Karl-May-Weltkarte, Orient
Die Ziffern bezeichnen die Handlungsorte der Karl-May-Bände 1-70
Mercator Projektion
W
90
120
150
30
0
30
46
40
11
30
11
30
46
11
30
38
90
120
150

KARL MAY'S
GESAMMELTE WERKE

BAND 74

DER VERLORENE SOHN

KARL-MAY-VERLAG BAMBERG

DER VERLORENE SOHN

ROMAN

VON

KARL MAY

70. TAUSEND

KARL-MAY-VERLAG BAMBERG

INHALT

Der vorliegende Roman
spielt zu Beginn der 80er Jahre des vorigen Jahrhunderts

Herausgegeben von Lothar Schmid

Deckelbild: Paul Drake

Satz und Druck: St. Otto-Verlag, Bamberg
ISBN 3-7802-0074-5

Geleitwort

Von Anbeginn gehörte es zu den schwierigsten Aufgaben des Karl-May-Verlages, den ‚Gesammelten Werken' jene Romanreihen anzugliedern, die von Karl May ursprünglich für den Verlag H. G. Münchmeyer verfaßt worden waren. Der Autor hatte sich in seinen letzten Lebensjahren von diesen gedruckten Texten distanziert; er bezeichnete sie als Fälschungen, die er für immer aus dem Buchhandel verbannen wollte. (Näheres in: Karl May, ‚Ein Schundverlag'. [Dresden 1905]. Reprint im Karl-May-Verlag, Bamberg 1982).

Klara May, die Witwe des Schriftstellers, und der kämpferische Karl-May-Verehrer und -Verteidiger E. A. Schmid, die zusammen mit dem früheren Verleger F. E. Fehsenfeld 1913 den Karl-May-Verlag gründeten, sind den Vorstellungen und Wünschen Karl Mays mit aller Sorgfalt nachgekommen. Als Erbin der Urheber- und Urheberpersönlichkeitsrechte hielt Frau May am 21. August 1930 vertraglich folgendes fest: „Ich erkläre mich ausdrücklich damit einverstanden, daß der Mitinhaber und verantwortliche Geschäftsführer Dr. jur. Euchar Albrecht Schmid, unterstützt von den Mitarbeitern seiner Wahl, an den Werken meines verstorbenen Mannes, des Schriftstellers Karl May, alle nötigen Verbesserungen und Überfeilungen bewirkt. Die von Dr. Schmid und seinen Mitarbeitern vorgenommenen Bearbeitungen, die Karl May selber nicht mehr vornehmen konnte, haben als einzig giltige Ausgabe letzter Hand, als editio ne varietur zu gelten."

Die Arbeit des Karl-May-Verlages ist erfolgreich verlaufen. Nach den berühmten Reiseromanen haben ‚*Schloß Rodriganda*', ‚*Trapper Geierschnabel*', ‚*Im Tal des Todes*', um nur einige Titel aus den Bänden 51–73 der ‚Gesammelten Werke' zu nennen, rasch die Gunst der Leser errungen und außerordentlich hohe Auflagen erzielt. Die Beliebtheit Karl Mays ist ständig gestiegen.

Band 64 ‚*Das Buschgespenst*' und Band 65 ‚*Der Fremde aus Indien*' bringen jeweils in sich abgeschlossen die zentralen Handlungsstränge des früher fünfbändigen Romans ‚Der verlorene Sohn'. Diese 1935 bzw. 1939 vollendeten Arbeiten rundeten das Lebenswerk meines Vaters, des Karl-May-Verlegers E. A. Schmid, ab. Ich war zuletzt sein zweitjüngster Mitarbeiter. Mein Bruder Roland Schmid gab ab 1958 die Bände 66–73 heraus, die andere Erzählungen Mays enthalten.

Das vorliegende Buch sollte schon in den 30er Jahren in einer von Franz Kandolf gestalteten Fassung erscheinen, wurde jedoch in den politischen Wirrnissen zurückgestellt.

Nunmehr sind die bisher im Karl-May-Verlag noch nicht veröffentlichten Einzelepisoden aus der Riesenschöpfung ‚Der verlorene Sohn' in einer zusammenhängenden Geschichte vereint worden. Es ist ein Detektivroman, über dem eine eigentümliche Spannung liegt. Man wird in Mays hintergründige Abenteuerwelt versetzt – in die Zeit vor 100 Jahren – und von Verfolgungsjagden, aparten Verkleidungsszenen und vielen anderen Begebenheiten gefesselt.

Das Nachwort behandelt die Editionsgeschichte und autobiographische Spiegelungen.

Die Gestaltung des Bandes 74 erwies sich infolge der besonderen Umstände als ungemein beschwerlich. Es galt, die vermutlich von fremder Hand stammenden Schwächen aus der Kolportage-Vorlage schonend herauszufiltern, dabei aber die alten Texte so nah wie möglich zu erhalten und nur so weit wie nötig zu verändern.

Der Karl-May-Verlag dankt den Herren Ekkehard Bartsch, Hans-Robert Hamacher, Franz Kandolf †, Hartmut Kühne, Dr. Christoph F. Lorenz (dessen Konzeption zugrunde gelegt wurde), Dr. Erich Mörth sowie einer Reihe weiterer erstrangiger Fachkenner für die gute Zusammenarbeit und für wertvolle Hinweise.

Lothar Schmid

1.

Zwei Sträflinge

Die Stadt Rollenburg hatte ihren Namen durch das Schloß erhalten, das sich über ihr auf dem Felsen erhob. Die Rollenburg, im dreizehnten Jahrhundert erbaut, war lange Zeit Sitz eines berühmten Raubrittergeschlechts gewesen. Spätere Besitzer hatten sie vergrößert. Mehrere Flügel waren im Lauf der Zeit angebaut worden; als das Anwesen eines Tages in staatlichen Besitz übergegangen war, wurde der größere Teil des Schlosses in ein Zuchthaus umgewandelt, und der kleinere diente als Aufenthalt für Geisteskranke.

Seit dieser Zeit verstand man unter der Redensart ‚nach Rollenburg kommen' nichts anderes als die Einlieferung ins Zucht- oder Irrenhaus.

Die Strafanstalt war nach dem gemischten System eingerichtet; es gab also Zellen für Isolierhaft, aber auch Schlaf- und Arbeitssäle für Kollektivhaft. Der Direktor war ein Hauptmann außer Dienst; er entstammte einem alten Adelsgeschlecht und hatte für seine Verdienste als Leiter dieses Zuchthauses den Titel Regierungsrat erhalten.

Die Gefangenen in Rollenburg gingen unterschiedlichen Beschäftigungen nach; da arbeiteten Schmiede und Schlosser, Schreiner und Schneider, aber auch Schuster, Weber und Zigarrenmacher in voneinander getrennten Räumen. Die Zellenhaft konnte entweder als eine Vergünstigung oder als eine Strafverschärfung betrachtet werden. Eine Strafverschärfung war sie für gefährliche, unverbesserliche Häftlinge, die man nicht mit den anderen Gefangenen in Berührung kommen lassen wollte. Als Vergünstigung aber konnten sie Gefangene empfinden, denen man noch ein gewisses Ehrgefühl zutraute, so daß die Gemeinschaft mit gewöhnlichen Verbrechern für sie eine Verschlimmerung der Strafe bedeutet hätte.

Es war Abend geworden. In den Sälen brannte Gaslicht, und die Zellengefangenen hatten Lämpchen erhalten, bei deren Schein sie ihre Arbeit verrichteten.

In einem engen Eckturm mit nur zwei kleinen Zellen, die durch eine Tür miteinander in Verbindung standen, saß ein Gefangener am Tisch und schrieb. Trotz seiner gebeugten Stellung konnte man erkennen, daß er eine hohe, breite Figur besaß. Er trug Sträflingstracht, leinene Hose und Jacke und ein graues Halstuch. Ein Zeichen am Jackenärmel deutete an, daß er zur ‚Disziplinarklasse' gehörte, also zu den wenigen Gefangenen, die sich durch ein tadelloses Betragen das Vertrauen ihrer Aufseher erworben hatten. Er mochte fünfzig Jahre alt sein, sah aber wesentlich älter aus. Seine Wangen waren eingefallen, seine Lippen bleich, und er machte ganz den Eindruck eines Mannes, der schweres Leid erlebt hatte. Sein Haupt war nahezu kahl geworden, und die Augen lagen tief in ihren Höhlen.

In einer solchen Anstalt fiel eine Unmenge Schriftverkehr an. Diese Beschäftigung erhielten nur solche Häftlinge, die durch ihren früheren Beruf dazu geeignet schienen und sich durch gute Führung ausgezeichnet hatten. An der Zellentür dieses Gefangenen hing die Nummer 306, und in dem Notizbuch des Aufsehers, der ihn zu bewachen hatte, stand: *‚Nummer 306, fünf Jahre wegen Unterschlagung. Karl Petermann, Gutsinspektor. Führung: sehr gut.'* In diesem traurigen Haus wurde keiner bei seinem Namen, sondern nur mit der Nummer gerufen, die ihm bei seiner Einlieferung zugeteilt worden war.

Die Feder von ‚Nummer 306' flog ohne Pause über das Papier. Ihr Knirschen war das einzige Geräusch, das sich hören ließ. Das einzige? Nein, denn eben hob der Gefangene den Kopf und lauschte. Draußen ließen sich nahende Schritte vernehmen. Der Türriegel klirrte, ein Schlüssel kreischte im Schloß, und der Aufseher erschien in der Tür.

„Dreihundertsechs“, sagte er.

„Hier!“

„Mitkommen!“

Der Gefangene hatte sich erhoben und stand in respektvoller Haltung vor dem Wärter.

„Bitte, wohin, Herr Aufseher?“

„Danach hast du nicht zu fragen. Vorwärts!“

Der Gefangene folgte dem Beamten aus der Zelle hinaus, die enge Treppe hinab und über mehrere Innenhöfe bis in einen Korridor, in dem bereits einige Gefangene in Reihe nebeneinander standen. Dieser Flur führte zum Arbeitszimmer des Direktors. Nun wußte ‚Nummer 306‘ also, zu wem er kommen sollte. Der Aufseher übergab ihn an einen anderen Wächter, der hier im Korridor Dienst tat, und entfernte sich dann. Der Gefangene mußte nun mit den anderen Häftlingen dort warten, bis er aufgerufen wurde. Dieser Korridor war allen Insassen des Zuchthauses sehr gut bekannt. Hier hatte mancher vor Angst geschwitzt oder gezittert, wenn er hergeführt worden war, um von dem Herrn Direktor eine Strafe diktiert zu erhalten. Der Korridor galt als der verhängnisvollste Ort im ganzen Gefängnis.

Die Gefangenen standen da nebeneinander, ohne sich anzusehen oder auch nur einen Laut von sich zu geben. Wer es gewagt hätte, dem Nachbarn ein Wort zuzuflüstern, wäre sofort hart bestraft worden. Sooft eine Nummer von dem Aufseher aufgerufen wurde, trat der Betreffende vor, um in das Zimmer des Direktors einzutreten, das er später verließ – entweder traurig oder seltener mit befriedigter Miene, je nachdem, was ihm von dem gestrengen Leiter der Anstalt mitgeteilt worden war.

Endlich kam auch ‚Nummer 306‘ an die Reihe. Er trat ein und blieb in strammer Haltung an der Tür stehen. Der Direktor saß in Uniform an seinem Schreibtisch und notierte sich eine Bemerkung über den Gefangenen, der ihn soeben verlassen hatte. Sein Gesicht war streng, und seine Augen blickten finster auf das Papier. Noch schreibend fragte er:

„Wer jetzt?"

„Nummer 306, Herr Regierungsrat."

Da hob er den Kopf, und als sein Blick auf den Gefangenen fiel, erhellten sich seine Gesichtszüge.

„Dreihundertsechs", sagte er. „Nicht wahr, dein Name ist Petermann?"

„Ja."

„Wie lange hast du hierzubleiben?"

„Fünf Jahre."

„Wieviel davon verbüßt?"

„Vier Jahre."

„Bist du hier einmal bestraft worden?"

„Nein, Herr Regierungsrat!"

Das Gesicht des Direktors erhellte sich immer mehr. Er langte neben sich und ergriff ein kleines Aktenheft, in dem er zu blättern begann.

Er nickte mit dem Kopf, räusperte sich und fragte dann: „Weshalb wurdest du bestraft?"

„Wegen Unterschlagung."

„Du warst natürlich unschuldig?"

„Nein, Herr Regierungsrat!"

„Ah! Ganz dieselbe Antwort hast du mir bereits bei deiner Einlieferung gegeben. Das macht einen guten Eindruck. Wer seinen Fehler bekennt, ist besserungsfähig. Die meisten aber sagen, sie seien unschuldig, und dementsprechend behandelt man sie mit Mißtrauen. Hier habe ich deine Personalien: ich lese, daß du Gutsinspektor gewesen bist. Wie steht es mit deiner Familie?"

Die Augen des Gefangenen füllten sich sofort mit Tränen. Er antwortete mit zitternder Stimme:

„Meine Frau ist während meiner Gefangenschaft gestorben. Sie hat die Schande nicht verwinden können."

Der Direktor nickte ernst.

„Ja, so kommt es. Jetzt hast du ihren Tod auf dem Gewissen! Wieviel Jahresgehalt bekamst du?"

„Fünfhundert Gulden."[1]

[1] May verwendet als Währungseinheit Gulden mit Kreuzern. Nach Einführung der Goldumlaufs-Währung im Deutschen Reich 1873 blieben Landeswährungen für eine Übergangszeit erhalten.

„Hm! Damit konntest du auskommen. Warum die Unterschlagung?"

Der Gefangene blickte vor sich nieder. Es ging wie ein schwerer Kampf über seine Züge, dann antwortete er:

„Ich hatte gespielt, Herr Regierungsrat."

„Ach so! Wieder einmal der Spielteufel! Wie soll das später werden, wenn du entlassen bist?"

„Ich kannte das Spiel nicht. Ich hatte ja noch nie gespielt. Darum verlor ich soviel."

„Du bist bestraft genug, ich will dir also keine Vorwürfe machen. Wo warst du übrigens angestellt?"

„Bei dem Herrn Major von Scharfenberg."

Der Direktor machte eine jähe Bewegung.

„Wie?" fragte er. „Bei meinem Bruder? Das habe ich nicht gewußt. Ich entsinne mich allerdings, von diesem Fall gehört zu haben. Und nun fällt mir auch der Name auf. Es gibt da eine Familie Petermann, die bereits seit Generationen in unseren Diensten steht. Der letzte Petermann, den ich persönlich kannte, war Schloßverwalter auf Waldau, das dann meinem Bruder zufiel."

„Das war mein Vater."

„So, so! Dich habe ich nicht gekannt. Aber, Menschenskind, das tut mir herzlich leid! Einer unserer Petermänner im Zuchthaus als mein Gefangener – und das habe ich in diesen vier Jahren nicht gewußt! Es ist nicht meine Sache, auf das Verbrechen zurückzukommen, aber – hast du dich denn nicht an meinen Bruder gewandt?"

Petermann zögerte, dann sagte er leise:

„Nein. Er selbst hat mich angezeigt und auf Bestrafung bestanden."

„Hm! Wie lange standest du in seinen Diensten?"

„Über zwanzig Jahre."

„Aber wohl nicht zu seiner Zufriedenheit?"

„Er hat mir nie ein tadelndes Wort gesagt."

„Dann begreife ich erst recht nicht. Es muß seine eigene Bewandtnis damit haben. Nicht?"

Wieder blickte Petermann zu Boden, doch bald richtete er den Blick wieder fest und entschlossen auf den Direktor.

„Es gab keinerlei besondere Bewandtnis damit, Herr Regierungsrat. Ich brauchte das Geld und nahm es aus der Kasse. Der Herr Major selbst entdeckte den Verlust und ließ mich sofort arretieren. Es wäre sinnlos gewesen, mich später noch an ihn zu wenden."

Der Direktor stand von seinem Stuhle auf und schritt einige Male nachdenklich im Zimmer auf und ab. Dann blickte er abermals in die Akten und sagte endlich:

„Morgen ist Königs Geburtstag. Seine Majestät pflegen sich kurz zuvor die Namen einiger Gefangener vorlegen zu lassen, die sich gut geführt haben. Ich erhielt heute die Liste zurück. Eine eigenhändige königliche Randbemerkung unter deinem Namen lautet folgendermaßen: ‚*Das letzte Jahr seiner Strafzeit erlassen!*'"

Der Gefangene holte tief Atem. Es wollte wie Jubel in ihm aufsteigen. Der Direktor fuhr fort:

„Heute jährt sich der Tag deiner Einlieferung, du wirst also morgen Rollenburg verlassen."

Der Gefangene wollte sprechen, aber die glückliche Nachricht übermannte ihn so, daß er kein Wort hervorbrachte. Er schlug beide Hände vor das Gesicht und weinte bitterlich.

Der Direktor ließ ihn eine Weile gewähren und sagte dann in beruhigendem Ton:

„Ich sehe, daß dich diese Nachricht ergreift, und gönne dir diese Freude. Du hast dich gut geführt und wirst hoffentlich nie wieder auf Abwege geraten. Was aber wirst du draußen anfangen?"

„Ich dachte an die Möglichkeit, doch wieder irgendeine Anstellung zu erhalten."

„Hm! Das ist schwer. Die Leute haben gegen jeden entlassenen Sträfling Vorurteile, die leider oft durchaus begründet sind. Hast du vor deiner Einlieferung auf den Gütern meines Bruders gewohnt?"

„Natürlich", sagte Petermann, „es gehörte zu meinen Pflichten, mich nicht nur um Schloß Waldau, sondern auch um die kleinen Güter in seiner Umgebung zu kümmern. Der Herr Major von Scharfenberg hatte die Güte, meine Frau und meine Tochter Valeska trotz meiner – –" hier stockte er, fuhr aber tapfer fort, „Verfehlungen weiter in der Nähe von Waldau wohnen zu lassen. Nach meiner Verurteilung und dem Tod meiner Frau hielt es Valeska aber nicht länger dort. Sie ging in die Residenz und wurde dort Wirtschafterin bei einer Dame. Seit einiger Zeit habe ich nichts mehr von ihr gehört."

Dabei senkte er betrübt den Kopf. Der Direktor empfand tiefes Mitleid mit dem ehemaligen Gutsverwalter seiner Familie. Nach einer kurzen Pause des Nachdenkens entschied er daher in festem Ton:

„So gehst auch du in die Residenz zurück. Eigentlich soll ein jeder entlassene Sträfling für eine bestimmte Zeit an den Ort geschickt werden, wo er geboren ist. Das ist in vielen Fällen mit großen Nachteilen verbunden. Er ist gezwungen, jahrelang in einer Umgebung zu leben, wo man ihm weder Verzeihung noch Arbeit zuteil werden läßt. Ich werde dir aber ein Vertrauenszeugnis geben, das berechtigt dich darüber hinaus zum Aufenthalt an jedem beliebigen Ort. Auf diese Weise wird es dir leichter fallen, eine neue Existenz aufzubauen. Wieviel hast du in den vier Jahren hier verdient?"

„Fünfzehn Gulden."

„Das ist freilich wenig. Na, werden sehen! Höre mir gut zu: Jeder, der durch seine Schuld dieses Haus betritt, verliert während seiner Strafzeit den bürgerlichen Namen und den Anspruch auf die gesellschaftliche Anrede ‚Sie', er wird geduzt und bei seiner Nummer genannt. Jetzt, da ich dich entlasse, gebe ich dir zurück, was dir nun wieder gehört, Namen und Anrede. – Herr Petermann, ich wünsche von ganzem Herzen, daß Sie lauter aus den Prüfungen hervorgehen mögen, die vielleicht noch vor Ihnen liegen. Sie haben sich durch eine ausgezeichnete Führung mein Vertrauen erworben, arbeiten Sie von jetzt an daran, sich das Vertrauen Ihrer Mitmenschen zu erwerben. Hier meine Hand! Gehen Sie mit Gott und vergessen Sie nicht, sich nötigenfalls an mich zu wenden."

Der Gefangene nahm die dargebotene Hand und taumelte dann wie betrunken vor Freude zur Tür hinaus.

Der nächste trat ein. Der Direktor nahm von ihm zunächst keine Notiz. Er fertigte das Vertrauenszeugnis für Petermann aus und schrieb dann folgende Anweisung an den Anstaltsrendanten:

‚*Dem morgen früh zu entlassenden Sträfling Karl Petermann sind vor seinem Fortgang dreißig Gulden aus der Anstaltskasse auszuhändigen und mir zu berechnen.*'

Erst als er diesen Zettel unterschrieben hatte, wandte er sich an den eingetretenen Gefangenen.

„Welche Nummer?"

„Achthundertundsechzig."

Der Direktor suchte unter den vor ihm liegenden Notizen nach dieser ‚Nummer 860'. Er hatte den Markierungen am Jackenärmel entnehmen können, daß gegen den betreffenden Sträfling wiederholt Disziplinarstrafen verhängt worden waren. Das machte sein Gesicht wieder streng und finster.

„Wie heißt du?"

„Heilmann."

„Was warst du?"

„Buchbinder."

„Weshalb bestraft?"

Der Gefangene war ein noch junger Mann, der etwas über zwanzig Jahre zählen mochte. Bei der letzten Frage zögerte er mit der Antwort und blickte trotzig vor sich nieder.

„Nun, hast du gehört? Weshalb bist du bestraft worden?"

„Wegen Diebstahls", stieß der Gefragte hervor.

„Wie lange?"

„Zwei Jahre."

„Natürlich bist du unschuldig?"

„Ja!"
Da fuhr der Direktor mit einem Ruck empor.
„Ah! Wirklich?" fragte er.
„Ja. Ich bin es nicht gewesen."
„So, so! Warte einmal!"
Er hatte jetzt die Einlieferungsakten des Buchbinders gefunden und suchte darin nach. Dann sagte er:
„Ja. Hier steht es: Ist ungeständig. Das ist keineswegs eine Empfehlung. Ich werde – –"
„Wenn ich unschuldig bin, kann ich nicht geständig sein!" fiel der Gefangene ein.
Der Anstaltsdirektor fuhr ihn scharf an:
„Schweig! Du hast nur zu antworten, wenn ich frage! Übrigens lese ich hier, daß du während deiner Haft zwölfmal bestraft worden bist, und zwar wegen Faulheit und Widersetzlichkeit. Meinst du vielleicht, daß dir das zur Ehre gereicht?"
„Nein, Herr Regierungsrat."
Er warf bei diesen Worten einen so eigentümlichen Blick auf den Direktor, daß dieser sagte:
„Nun? Was gibt es noch?"
„Ich möchte bitten, mich aussprechen zu dürfen!"
Der Direktor blickte den Sträfling durchbohrend an und sagte unfreundlich:
„Ich habe wenig Zeit!"
„Es ist ganz kurz."
„Nun, so laß hören!"
„Sie meinen es sicher gut mit den Gefangenen, Herr Regierungsrat, das weiß ich, obgleich Sie mich zwölfmal bestraft haben. Viele sagen von sich, sie seien unschuldig. Aber bitte, denken Sie einmal, wie es ist, wenn einer tatsächlich unschuldig ist. Mit welchen Gefühlen wird er hier eintreten, sich den Namen rauben und das Haar scheren lassen. Er wird behandelt wie jeder Spitzbube, nein, noch schlimmer, weil man ihm ja nicht glaubt und ihn noch strenger behandelt. Er wird mehr und mehr verbittert. Er

soll arbeiten für täglich einen Kreuzer und ist unschuldig, er soll – – ah, ich will lieber schweigen, denn Sie haben keine Zeit, und mir schadet das Sprechen nur. In zwei Jahren zwölfmal bestraft, das hat mir fast zweihundert Tage Kostentziehung eingebracht – und doch bin ich und bleibe ich unschuldig!"

Der Beamte blickte finster zu ihm herüber und sagte nach einer Weile:

„Ich bin nicht dein Untersuchungsrichter. Man hat dich meiner Obhut anbefohlen, und darein hattest du dich zu fügen. Bist du unschuldig, so stehen dir noch jetzt Wege offen, deine Ehre wiederherzustellen. Hier aber hast du dich schlecht geführt, ein gutes Zeugnis kann ich dir also unmöglich geben."

Die Augen des Gefangenen wurden feucht.

„Dann behalten Sie mich nur lieber gleich hier, Herr Regierungsrat", sagte er.

„Warum?"

„Weil man mich doch bald wieder einliefern wird."

„Ach so! Du nimmst dir also bereits vor, rückfällig zu werden! Willst du deine Unschuld so beweisen?"

„Das kann mir nicht einfallen. Aber ich bin gezwungen, zwei Jahre lang in meinem Geburtsort zu bleiben. Anderswo werde ich sofort ausgewiesen. Ich komme vom Lande, wo es für einen Buchbinder keine Arbeit gibt. Wer will aber überhaupt einen Zuchthäusler anstellen? Kein Mensch! Was habe ich also zu erwarten? Verachtung, Hunger und Not. Dazu kommt die Polizeiaufsicht! Wie kann ich gegen das alles ankämpfen? Es wäre wirklich am besten, ich könnte hierbleiben."

Das war im Ton echten Schmerzes gesprochen. Der Direktor schaute den jungen Mann nachdenklich an, dann sagte er:

„Ich könnte ja eine Ausnahme machen und dich in die Residenz schicken. Dort wirst du auf jeden Fall eine Arbeit finden."

„Bei wem? Kein Meister wird einen ehemaligen Sträfling in Dienst nehmen wollen."

„Der Staat hat die Verpflichtung, dir Arbeit zu geben."

„Ja, er wird mir welche geben, aber wo? Im Armen- oder Arbeitshaus, oder man steckt mich unter die städtischen Straßenkehrer."

„Hm! Wieviel hast du hier verdient?"

„Nichts", entgegnete der Sträfling bitter.

„Weil du nicht gearbeitet hast!" hielt der Direktor ihm entgegen.

„Ich wollte ja arbeiten. Aber mir Buchbinderarbeit zu geben, das hielt der Arbeitsinspektor für eine Straferleichterung, die ein so renitenter Mensch wie ich nicht verdient hatte. Er steckte mich also unter die Furnierschneider. Ich war diese Arbeit nicht gewöhnt und bewältigte mein Pensum nicht. Ich wurde wegen Faulheit mit Kostentziehung bestraft, bekam nichts zu essen und konnte noch weniger arbeiten als vorher."

Der Direktor fühlte sich von diesen Bemerkungen irgendwie angerührt, so daß er sich weiter erkundigte:

„Hast du Verwandte?"

„Keine Seele."

„Oder Freunde?"

„Einen alten Paten. Der ist aber der Vater des Mannes, der mich ins Unglück gestürzt hat."

„Du hast also nur für dich allein zu sorgen, das ist schon eine große Entlastung. Übrigens will ich dir deine mehr als offenen Reden verzeihen und dir zum Beweis, daß es doch Menschen gibt, die nicht dein Unglück wollen, zehn Gulden aus meiner Kasse gutschreiben. Man wird sie dir morgen früh bei deiner Entlassung auszahlen. – Und nun leben Sie wohl, Herr Heilmann! Verzagen Sie nicht, werfen Sie die Erbitterung von sich fort! Treten Sie Ihren Mitmenschen mit einem offenen, freundlichen Gesicht entgegen, und man wird dann nicht hart und rücksichtslos mit Ihnen umgehen können. Ich entlasse Sie in die Residenz. Gehen Sie morgen früh mit Gottes Segen hier fort, halten Sie sich wacker, und wenn ich Ihnen im Leben wieder begegne, so würde ich mich freuen, Sie als tüchtigen Meister wiederzusehen."

Er reichte ihm die Hand.

„Herr Regierungsrat", sagte der Buchbinder mit bebender Stimme, „hätte bei meiner Einlieferung hier nur ein einziger Mensch solche mitfühlenden Worte zu mir gesagt, ich wäre nicht zwölfmal bestraft worden."

Er ging, und der Nächste trat ein. Der Direktor fertigte einen nach dem anderen ab, bis endlich der letzte ihn verlassen hatte. Nun war sein Tagespensum beendet, und er zog sich in seine Privatwohnung zurück. Um diese Zeit wurde mit der Glocke das Zeichen gegeben, daß die Gefangenen sich an ihre Schlafstellen zu begeben hatten.

*

Der Regierungsrat und seine Frau hatten Besuch zum Abendessen. Sein Neffe, Bruno von Scharfenberg, befand sich bei ihm. Der Beamte war während des Abendessens ungewöhnlich schweigsam. Als er darauf aufmerksam gemacht wurde, sagte er:

„Ich habe heute Veranlassung zum Nachdenken erhalten. Morgen geht ein Gefangener fort, den ich bisher für einen frechen Lügner gehalten habe, weil er stets behauptete, unschuldig zu sein. In der letzten Stunde bin ich aber an meiner eigenen Beurteilung irre geworden."

„Ist es denn überhaupt möglich, daß jemand unschuldig verurteilt werden kann?" fragte seine Frau.

„Ich muß zugeben, daß solche Fälle leider vorkommen. Der Indizienbeweis läßt stets die Möglichkeit zu, daß die Justiz sich irrt."

Der Neffe trug die Uniform eines Gardeleutnants. Er wirkte nervös. Offenbar interessierte er sich für dieses Thema, denn er fiel mit einer wahrnehmbaren Wärme ein:

„Indizienbeweis, lieber Onkel? Oh, nicht bloß das! Der

Richter kann sich selbst dann irren, wenn der Angeklagte sich zu der Tat bekannt hat."

„Wohl kaum!"

„Oh doch!"

„Kein Mensch wird ein Verbrechen eingestehen, das er nicht begangen hat!"

„Warum nicht?"

„Welche Gründe sollten ihn dazu bringen?"

„Zunächst Selbsttäuschung. Es soll vorgekommen sein, daß jemand glaubte, einen anderen erschossen zu haben. Er wurde auf sein Geständnis hin verurteilt. Später stellte es sich eher zufällig heraus, daß die Todeskugel gar nicht aus dem Lauf seines Gewehrs stammen konnte. Auch könnte sich ein Unschuldiger zu einer Tat bekennen, um sich für den wahren Schuldigen aufzuopfern."

Da warf der Regierungsrat rasch ein:

„Dann ist der Schuldige entweder ein – – Feigling oder ein Schurke."

Über die Stirn des Leutnants flog eine plötzliche Röte. Er räusperte sich und sagte:

„Vielleicht gibt es hier auch Sonderfälle."

„Kann ich mir nicht vorstellen. Doch, apropos, wie war das denn damals eigentlich mit der Geschichte um Karl Petermann, den Inspektor eurer Güter?"

Der Leutnant erblaßte sichtlich, so daß es seinem Onkel sofort auffiel.

„Du erschrickst ja förmlich!" sagte er. „Freilich muß es unangenehm sein, einen solchen langjährigen Angestellten vor dem Strafrichter zu sehen. Konnte dein Vater nicht Gnade walten lassen?"

„Er hätte es können, tat es aber leider nicht."

„Ich begreife ihn nicht. War die Summe denn gar so sehr bedeutend?"

„Fünftausend Gulden", antwortete der Leutnant. „Für den Vater war das aber kein so riesiger Betrag, daß er ihn nicht wieder hätte erwirtschaften können."

„So begreife ich die Härte meines Bruders erst recht nicht. Es mögen da Dinge mitgespielt haben, die wir vielleicht nicht kennen, lieber Bruno?"

Es war dem Leutnant anzusehen, daß dieses Gespräch für ihn ganz und gar nicht erquicklich war; dennoch fuhr er fort:

„Aber dabei fällt mir ein, daß Petermann zu einer Zuchthausstrafe verurteilt wurde. Ich glaube, es waren fünf Jahre."

„Das stimmt, ja", bestätigte der Direktor.

„Nun, da müßte er sich doch hier bei dir befinden?"

„Er ist tatsächlich in diesem Zuchthaus, wie ich allerdings erst heute entdeckt habe. Ich wußte zwar, daß ein gewisser Petermann wegen Unterschlagung auf fünf Jahre die ‚Nummer 306' bekommen hatte, aber ich konnte nicht ahnen, daß es sich um euren Petermann handelte. Ich habe ihn hier selten gesehen."

„Kaum denkbar!"

„Du weißt vielleicht, daß die Einlieferungsakten die Angabe des Verbrechens enthalten, aber nicht viel mehr. So kam es, daß ich gar nicht wußte, daß euer Karl Petermann mein Gefangener ist. Nun, er hat sich bei mir gut geführt, und wenigstens ein Erfolg ist schon da: ich habe ihn der Gnade Seiner Majestät vorgeschlagen. Karl Petermann ist begnadigt und wird morgen entlassen."

Der Leutnant fuhr von seinem Sitz auf.

„Morgen? Ist das wahr?" fragte er.

„Ja! Ich habe es ihm vorhin mitgeteilt. Nach der Morgenandacht, also gegen acht Uhr früh, kann er gehen."

„Hat er dir gesagt, wohin?"

„Er fährt in die Residenz, wo seine Tochter lebt."

„Aber ohne Mittel, ohne feste Stellung in Aussicht?"

„Nun, ich habe ihm dreißig Gulden überwiesen, da ist er wenigstens fürs erste sorgenfrei. Findet er keine Stellung, so kümmere ich mich weiter um ihn."

Da streckte der Neffe dem Onkel die Hand entgegen und sagte in warmem Ton:

„Das hast du gut gemacht. Er ist wohl nicht so schuldig, wie es den Anschein hat. Er hatte nämlich lange Jahre die Kasse geführt, ohne daß sie je überprüft worden war. Er glaubte, in einigen Tagen das, was er ihr entnommen hatte, wieder zurücklegen zu können. Er wollte keineswegs unterschlagen, sondern nur für ganz kurze Zeit eine Anleihe machen. Er hat ja auch wirklich alles später auf Heller und Pfennig ersetzt."

Der Regierungsrat schüttelte den Kopf.

„Wenn das so ist, so ist mein Bruder geradezu unverständlich grausam gewesen. Aber wie auch immer, ich gebe Petermann ein Vertrauenszeugnis mit, und ich sage dir, daß ich dies nur höchst selten tue. „Leider liege ich schon seit langem mit dem Bruder im Zwist, aber bist du bei ihm, so rede ihm doch einmal zu. Er sollte sich des Petermann annehmen!"

Der Leutnant zuckte die Achseln.

„Ich darf mit ihm von dieser Angelegenheit gar nicht sprechen, werde aber doch noch einen Versuch machen."

Damit war die Sache erledigt, und bald zog sich der Regierungsrat zurück, um sich zur Ruhe zu begeben.

*

In der Frühe versammelten sich die Gefangenen wie jeden Morgen zur Andacht. Der Geistliche ließ zunächst das Lied ‚Die güldne Sonne' anstimmen, dann trug er den Eingangspsalm vor und sprach ein Gebet, um die besondere Gnade Gottes für die hier versammelten Unglücklichen zu erflehen. Danach wandte er sich dem Altar zu, wo die Bibel aufgeschlagen lag, und las mit klarer, feierlicher Stimme das Gleichnis vom verlorenen Sohn vor, wie es der Evangelist Lukas aufgezeichnet hatte. Mit tiefer Bewegung hörte Petermann die ihm seit seiner Jugend vertraute Geschichte vom Sohn, der sein ganzes Erbteil verpraßt und bitter leiden muß. In Gedanken versunken, vernahm er kaum, daß der

Geistliche sich zu den Gefangenen umwandte und mit einfachen Worten das Bibelwort auszulegen begann.

Der Anstaltsseelsorger war kein wortgewaltiger Redner, sondern ein einfacher, nicht mehr junger Mann, der in seiner Tätigkeit viel menschliches Elend kennengelernt hatte und wußte, wie er die Seelen der vor ihm sitzenden ‚verlorenen Schafe' erschüttern konnte.

„Freut euch, denn ich habe das verlorene Schaf wiedergefunden!" rief er seinen Zuhörern entgegen und sagte ihnen, kein Verbrechen sei so groß, daß die Gnade des Herrn es nicht tilgen könne. Er malte mit kurzen, kräftigen Strichen das Bild des reuigen Sünders, der zu dem himmlischen Vater zurückkehrt und ausruft: „Vater, ich habe mich versündigt gegen den Himmel und gegen dich, und ich bin es nicht mehr wert, dein Sohn genannt zu werden." Darauf zeigte er, wie der Vater nicht nur großmütig dem verlorenen Sohn verzeiht, sondern ihn sogar in allen Ehren wiederaufnimmt und ihm das Festgewand der ewigen Seligkeit anlegen läßt. Hier hielt der Geistliche inne und sagte, an die Zuhörer gewandt:

„So wird der himmlische Vater und Herr auch jeden von euch in Gnaden wiederaufnehmen, wenn er nur wahre Reue zeigt. Darum übt Besinnung und hört den Ruf des Herrn: ‚Bekehrt euch!' Amen!"

Die Andacht war zu Ende, und die Sträflinge verließen den Saal. Nur Petermann, der dem letzten Teil der Predigt besonders aufmerksam gefolgt war, blieb noch einen Moment wie benommen sitzen. Wer war der verlorene Sohn, der sich bekehren mußte – er oder jener andere, für den er büßte? Aus diesen düsteren Gedanken weckte ihn die Hand des Aufsehers, die sich auf seine Schulter legte, um ihn zum Gehen aufzufordern. Seltsam bewegt, folgte Petermann dem Wärter zum letztenmal durch die engen Gänge des Zuchthauses.

*

Es war eine gute Stunde später. Petermann wollte sich gerade zu dem vor der Stadt gelegenen Bahnhof begeben, als er eilige Schritte hinter sich hörte. Sich umdrehend gewahrte er den Leutnant Bruno von Scharfenberg, der Zivilkleidung trug.

Das Gesicht des frisch Entlassenen nahm schnell einen harten, abweisenden Ausdruck an. Er wollte den Weg fortsetzen, wurde aber am Arm zurückgehalten.

„Petermann!" erklang es in bittendem Ton.

„Herr Baron!" versetzte der ehemalige Bedienstete frostig.

„Nicht so, nicht so! Sie ahnen nicht, was ich gelitten habe!"

„Aber Sie ahnen hoffentlich, was ich habe leiden müssen?"

„Ich wollte Ihnen ja helfen, aber Sie selbst hatten mir den Weg dazu versperrt durch Ihr Geständnis."

„Ach so! Ich habe dieses Geständnis mit meiner Ehre, meiner Stellung und vier Jahren Zuchthaus bezahlt."

„Ich werde alles, alles wiedergutmachen!"

Petermann musterte den Leutnant von Kopf bis Fuß.

„Wirklich?" fragte er. „Wollen Sie das? So sagen Sie mir doch einmal, wie Sie das anzufangen gedenken! Was meine Stelle wert war, das läßt sich ja taxieren, aber was zahlen Sie mir für meine verlorene Ehre?"

„Petermann!"

„Und für die Jahre der Gefangenschaft, für den stillen Kummer, der mich verzehrt hat, für Knechtschaft und ständige Erniedrigung, für all das, was sich einfach nicht beschreiben läßt?"

„Seien Sie nicht zu grausam!"

„Waren Sie weniger grausam? Ich habe Tag um Tag gewartet, daß Sie kommen würden, um mein Geständnis umzuwerfen – vergebens!"

„Ich muß Ihnen alles sagen und erklären. Vielleicht sehen Sie dann meine Schwachheit nicht mehr so wie jetzt. Aber dazu ist hier der Ort nicht. Kommen Sie in die Stadt zurück; wir wollen – –"

Petermann schüttelte energisch den Kopf.

„Nein, nein! Ich habe keine Zeit. Wir sind geschiedene Leute, Herr Baron!"

Er riß sich los und eilte fort. Der Leutnant machte eine Bewegung, als ob er ihm nachfolgen wolle, besann sich aber, drehte sich brüsk auf dem Absatz herum und wandte sich wieder Rollenburg zu.

Als Petermann den Bahnhof erreichte, war es noch zu früh zur Abfahrt des Zuges. Er konnte noch kein Billett bekommen, suchte darum die Bahnhofsgaststätte auf und ließ sich ein Glas Bier geben – das erste seit vier Jahren. Er hatte kaum einige Minuten dagesessen, da kam ein zweiter Gast, ein junger Mann, der höflich grüßte und bei seinem Anblick zu stutzen schien. Auch Petermann kam es so vor, als kenne er ihn. Der junge Mann kam näher und fragte:

„Würden Sie mir erlauben, bei Ihnen Platz zu nehmen?"

„Ich kann nichts dagegen haben. Hier setzt sich ein jeder dahin, wo es ihm beliebt."

„Das heißt, besser wäre es, ich suchte mir einen anderen Platz? Nicht wahr?"

„Nehmen Sie es, wie Sie wollen!"

„Nun ich gestehe, daß ich zu Ihnen komme, weil ich mich für Sie interessiere."

„Ah! Warum?"

Der andere setzte sich, ließ sich ebenfalls ein Glas Bier geben und sagte dann, als der Kellner sich wieder entfernt hatte:

„Bemerken Sie die Falten, die Sie in Ihrem Anzug haben, mein Herr?"

„Wozu diese Frage?"

„Weil mein Anzug dieselben Falten hat. Wenn ein Rock jahrelang in einem Sack steckt, ohne angezogen worden zu sein, so sollte er doch wenigstens einmal aufgebügelt werden. Daran denken aber diese hohen Herren Beamten nicht."

„Ah, Sie wollen sagen – –"
„Daß wir Leidensgefährten sind."
„Sie wurden auch heute entlassen?"
„Ja. Aber bitte, beurteilen Sie mich nicht falsch! Es ist nicht empfehlenswert, Zuchthausbekanntschaften zu schließen und zu pflegen. Ich werde Sie nie kennen, selbst wenn ich Sie wiedersehe. Aber heute, am ersten Tag in Freiheit, lacht einem das Herz vor Glück. Man möchte dieses Glück teilen, und das kann man doch eigentlich nur mit einem Schicksalsgenossen tun. Zudem habe ich Sie öfters gesehen. Sie waren Schreiber, das ist eine Vorzugsstellung, und ich ersehe daraus, daß ich es nicht mit einem Mann zu tun habe, der für das Haus, in dem wir die letzten Jahre verbracht haben, geradezu bestimmt ist."
„Nein, das ist allerdings nicht der Fall. Auch ich habe Sie ab und zu gesehen. Wo waren Sie beschäftigt?"
„In der Furnierschneiderei."
„Eine harte Arbeit!"
„Ich hab's empfunden. Ich fahre von hier in die Hauptstadt."
„Ich auch."
„Wollen wir bis dahin beisammen bleiben?"
„Gerne!" nickte der andere.
„Schön! Und nun einen Schluck Bier! Prosit! Ah, wie das erquickt nach dem ewigen Wasser! Eigentlich kann ich mir das nicht leisten; denn ich konnte da oben im Schloß keinen Kreuzer verdienen und bin ohnehin ein armer Teufel, aber ich habe zehn Gulden vom Regierungsrat geschenkt erhalten."
Petermann blickte den Leidensgefährten fragend an.
„Ah, wirklich? Dieser Mann scheint trotz seiner Strenge doch ein wahrer Menschenfreund zu sein!"
„Das will ich meinen! Ich bin bis gestern vor meiner Entlassung schlecht auf ihn zu sprechen gewesen, aber er hat mich eines Besseren belehrt trotz der zweihundert Hungertage. Sie wissen ja, wie es im Zuchthaus zugeht: wenn Sie

nichts zu essen erhalten, weil Sie bei so schwerer, ungewohnter Arbeit das Pensum nicht erfüllen, so schaffen Sie es beim zweiten Mal erst recht nicht, und die Kostentziehung nimmt dann kein Ende. Auch war es mir unmöglich, mich in den aufgezwungenen Gehorsam zu fügen. Man ist nicht mehr Mensch, sondern nur noch Strafobjekt; ein Ding, an dem jeder seine vermeintlichen Besserungs-Experimente betreibt. Bessern! Herrgott! Und wer sind diese Leute? Diese Aufseher sind ja selbst bestenfalls nichts anderes gewesen als Handwerker. Was verstehen sie von Psychologie? Und einen zu bessern, der nichts begangen hat, wie soll man das wohl anfangen?"

Das offene, zutrauliche Wesen des Sprechers war Petermann sympathisch; aber bei den letzten Worten lächelte er doch ein wenig spöttisch und fragte:

„Also gehören Sie zu den berühmten ‚Unschuldigen'?"

Der andere schüttelte den Kopf.

„Nun, zu dieser Art von Unschuldigen gehöre ich keineswegs, unschuldig bin ich aber dennoch!"

„Ach so! Richtig!"

„Ich glaube, Sie lachen! Nun gut, lachen Sie oder heulen Sie, ganz wie es Ihnen beliebt. Aber ein Spitzbube bin ich doch nicht. Und trotzdem hat man mir wegen Diebstahls zwei Jahre Zuchthaus gegeben!"

Er preßte dabei die Zähne zusammen, daß es laut knirschte. Petermann fühlte sich versucht, ihm Glauben zu schenken.

„Dann wären Sie in der Tat ein sehr unglücklicher Mensch!" sagte er bedeutsam.

„Doppelt unglücklich! Ich verlor noch mehr als Zeit, Freiheit und Ehre! Ich besaß nämlich eine Geliebte, aber ein anderer Mann wollte sie mir streitig machen. Wir waren beide Buchbinder und arbeiteten bei demselben Meister. Eines Tages wurde bei ihm eingebrochen und ein Teil seines Geldes gestohlen samt einem goldenen Ehrenbecher, einem alten Familienerbstück. Nun kam also die Polizei und fand das Geld – ganz tief unten in meiner Lade versteckt."

„Und der Goldbecher?“ fragte Petermann gespannt.

„Er wurde nie gefunden“, sagte der ehemalige Buchbindergeselle trübsinnig. „Man nahm an, daß ich ihn anderswo versteckt oder gar schon verkauft hätte, und suchte ihn bei allen Goldschmieden und Altertumshändlern der Umgebung. Aber vergeblich! Die Polizei war dann überzeugt, ich hätte den Becher ins Ausland geschafft. Wie wäre mir das aber möglich gewesen? Ich hatte doch keinerlei Beziehungen dorthin!“

Petermann schüttelte den Kopf.

„Eine seltsame Geschichte! Wie groß war der Betrag, den man in Ihrer Lade fand?“

„Zweihundert Gulden“, antwortete Heilmann.

„Und wieviel war wohl der Becher wert?“

Heilmann dachte eine Weile nach, dann sagte er:

„Wenn ich die altertümliche, kunstvolle Art der Ausführung mit in Anschlag bringe, mindestens zweitausend Gulden. Aber das Stück ist doch nahezu unverkäuflich, weil man es leicht wiedererkennt! Es ging dem Mann, der mich haßt, darum, daß ich das größtmögliche Strafmaß erhalten sollte. Aber er hatte die Absicht, den Becher für sich zu behalten und nicht zu verkaufen. Sehen Sie, hätte ich das Geld an mich bringen wollen, ich hätte es doch nicht in meiner Lade versteckt, sondern vergraben oder sonstwo versteckt. Das sagte ich auch dem Richter. Aber mein Mitgeselle beschwor, daß er mich habe aus der Oberstube kommen sehen mit etwas in der Schürze, das wie Geld klang, und weil er der Sohn meines Paten und Meisters war, glaubte man ihm jedes Wort. Die Folge waren die zwei Jahre Zuchthaus. Glauben Sie es mir oder nicht! Im Zuchthaus haben sie es freilich nicht geglaubt. So bin ich denn als Unverbesserlicher eingestuft worden und stehe unter Polizeiaufsicht. Ich habe mich sofort nach meiner Ankunft bei der Polizei zu melden; ich muß sogar damit rechnen, daß sie bereits benachrichtigt ist, mit welchem Zug ich komme.“

Petermann, der durch die Erzählung des jungen Mannes nachdenklich geworden war, fiel jetzt lebhaft ein:

„Damit wird dem Wohlgesinnten, der sich anständig verhalten will, nur der Neuanfang erschwert oder geradezu zur Unmöglichkeit gemacht."

„Das ist sicher. Also, glauben Sie mir, daß ich unschuldig bin, mein Herr?"

„Ja", antwortete Petermann, ihm die Hand reichend.

Die Augen des jungen Buchbinders Heilmann glänzten.

„Ich danke Ihnen", sagte er. „Das tut meinem Herzen wohl. Ich habe in diesen zwei Jahren gut aufgepaßt. Der Mensch, der den entlassenen Zuchthäusler noch weiter mit offenem Mißtrauen und mit Verachtung straft, begeht ein großes Unrecht und beweist, daß er nichts vom Leben versteht. Wie viele laufen frei herum, denen ein Stammplatz im Gefängnis gebührte! Die Bevölkerung der Strafanstalten ist auch nicht anders zusammengesetzt als die freie Menschheit. Es gibt hier wie dort gute und schlechte."

„Ich weiß das, ich weiß das sehr genau. Ich habe vier Jahre lang die Anstaltsakten in der Hand gehabt und kann Ihnen bestätigen, daß es in den Gefängnissen keine kleinere Prozentzahl guter Menschen gibt als in der Freiheit. Ich glaube Ihnen, daß Sie unschuldig sind, weil – lachen Sie nun nicht über mich! – weil ich selbst auch unschuldig bin. Ich habe gar nicht das getan, weswegen man mich bestraft hat."

„War es auch bei Ihnen ein anderer, der Sie in das Verderben stürzen wollte?"

„Nein. Nicht so. Er handelte unüberlegt. Er war der Sohn meines Vorgesetzten. Meine Vorfahren hatten seiner Familie stets treu gedient. Ich nahm das, was er tat, auf mich."

Heilmann sprang auf.

„Herrgott! Und er duldete das?"

„Ja. Er hatte wohl mehr zu verlieren als ich. Doch genug hiervon! Sind Sie in der Residenz bekannt?"

„Ein wenig", versicherte Heilmann.

„Kennen Sie eine gewisse Frau Groh?"

„Hm!“ sagte Heilmann gedehnt. „Ich habe diesen Namen schon einmal nennen hören. Sie hat in der Residenz – –“ hier zögerte Heilmann, „nicht gerade den besten Ruf.“

„Herrgott! Mein Tochter dient bei ihr!“

„So nehmen Sie Ihr Kind besser sofort weg von dieser Frau.“

„Sogleich, sogleich! Wenn doch nur der Zug käme! Ah, da kommt das erste Zeichen! Lösen wir die Fahrbilletts!“

Über Petermann war plötzlich eine unbeschreibliche Unruhe, ja geradezu Angst gekommen. Er sprang in den Waggon, als könne er dadurch die Abfahrt des Zuges vorverlegen. Petermann zeigte sich unterwegs so zerstreut, daß es Heilmann nicht mehr gelang, ein richtiges Gespräch mit ihm anzuknüpfen. Als der Zug auf dem Bahnhof der Residenz ankam, standen zwei Männer in Zivil auf dem Bahnsteig und beobachteten die aussteigenden Fahrgäste.

„Das muß er sein“, sagte der eine und arbeitete sich durch das Gedränge auf die beiden Schicksalsgefährten zu.

„Entschuldigung, mein Herr!“ sagte er zu Heilmann. „Darf ich fragen, von welcher Station Sie abgefahren sind?“

„Warum?“

„Dies ist meine Legitimation.“

Er griff in die Tasche und zeigte eine Polizeimarke vor. Heilmann nickte betreten und antwortete auf die Frage:

„Ich komme aus Rollenburg.“

„Sie heißen Heilmann und sind heute dort entlassen worden?“

„Ja.“

„Ich muß Sie darauf aufmerksam machen, daß Sie sich sofort polizeilich anzumelden haben, anderenfalls wird man Sie festnehmen.“

„Wollen Sie es da nicht vorziehen, mich gleich mitzunehmen?“ fragte Heilmann traurig.

„Nein. Sie haben eine Formalität zu erfüllen. Tun Sie das gleich, so ist es zu Ihrem eigenen Besten. Adieu!“

Damit empfahlen sich die beiden Polizisten.

„Sagte ich es Ihnen nicht?" fragte Heilmann seinen Reisegefährten.

„Es läßt sich leider nichts dagegen tun."

„Nein. Übrigens erfüllen diese Leute einfach ihre Pflicht. Ich bin nicht so unverständig, ihnen böse zu sein. Aber wie soll das werden, wenn die Polizei stets zu meinen Meistern kommt, um die Aufsicht auszuführen! Gibt mir einer Arbeit, so schickt er mich doch gleich wieder fort."

„Sprechen Sie mit dem Polizeikommissar ein aufrichtiges Wort", riet Petermann dem Leidensgefährten. „Er wird Sie wenigstens anhören. Es dürfte ja nicht in seinem Interesse liegen, seine Leute Ihretwegen unnötig abzuhetzen."

„Will's versuchen. Also gleich zum Polizeigebäude! Jetzt aber wollen wir scheiden. Meine Gegenwart kann Ihnen nur Schaden bringen. Ich wünsche Ihnen alles Glück, mein lieber Herr! Wir werden uns nicht mehr kennen, wenn wir uns zufällig treffen sollten. Aber einander Gutes wünschen, das können wir doch."

„Möge Ihr Weg nicht so steinig bleiben, wie er begonnen hat!"

Sie trennten sich mit einem Handschlag.

2.

Die alte Uhr

Heilmann ging zur Polizei, um sich dort pflichtgemäß anzumelden. Die Eintragung des Namens wurde im Anmeldebüro vorgenommen, damit aber waren die Formalitäten noch nicht zu Ende. Er wurde vor einen Polizeikommissar namens Anders geführt, der ihn mit scharfen Blicken musterte und fragte:

„Sie wissen, daß Sie unter Polizeiaufsicht stehen werden?"

„Leider."

„Es gibt mehrere Klassen dieser Aufsicht. Sie befinden sich in der dritten und strengsten. Wissen Sie, was das zu bedeuten hat?"

„Nein. Ich stand noch nie unter Polizeiaufsicht. Vielleicht haben Sie die Güte, es mir zu sagen."

Er sprach ruhig und in höflichem Ton. Kommissar Anders betrachtete ihn abermals, schüttelte den Kopf und sagte dann:

„Ich habe Sie ja zu diesem Zweck kommen lassen. Sie sehen mir nicht wie ein gemeingefährlicher Mensch aus. Aber Sie können sich während Ihrer Gefangenschaft unmöglich zur Zufriedenheit Ihrer Aufseher geführt haben, denn Sie haben wiederholt Disziplinarstrafen erhalten."

„Leider muß ich das zugeben."

„Daher folgende Auflagen: Sie dürfen keine Gastwirtschaft besuchen –"

„Ich habe ohnehin nicht das Geld dazu."

„Ferner dürfen Sie die Stadt nicht verlassen, ohne mich um Erlaubnis gefragt zu haben."

„So bin ich also erneut Gefangener?" fragte Heilmann bestürzt. „Zwar nicht in der Zelle, aber doch in der Stadt?"

„So ist es. Erlaube ich Ihnen, die Stadt zu verlassen, so haben Sie sich zur vorher bestimmten Zeit wieder einzufinden und sich auf die Minute pünktlich bei mir zu melden."

Heilmann senkte den Kopf.

„Das ist hart, sehr hart, Herr Kommissar!" stieß er hervor.

„Aber vom Gesetz vorgeschrieben!"

„Wenn mich nun mein Beruf oder mein Geschäft zu einer Reise veranlassen?"

„Ich werde nicht übermäßig streng sein, muß aber Pünktlichkeit verlangen. Ferner haben Sie mir jeden Wohnungswechsel vorher zu melden. Und endlich müssen Sie alle Fragen, die meine Untergebenen an Sie richten, höflich und der Wahrheit gemäß beantworten. In der ersten Zeit werden Sie täglich von einem Polizisten aufgesucht."

Heilmann erschrak.

„Wer wird mir unter solchen Verhältnissen Wohnung und Arbeit geben?" fragte er mit bebender Stimme.

Der Kommissar zuckte die Achseln.

„Das ist Ihre Sache. Übrigens haben Sie sich abends um Punkt zehn Uhr im Bett zu befinden. Es ist notwendig, daß meine Leute Sie kennenlernen, darum werde ich Sie jetzt hierbehalten müssen. In einer Stunde ist Morgenappell der diensttuenden Polizisten. Ich werde Sie ihnen vorstellen. Morgen um dieselbe Stunde haben Sie sich abermals einzufinden, um der anderen Schicht gezeigt zu werden."

Die Augen des armen Buchbinders verdunkelten sich. Er hielt mit Mühe die Tränen zurück.

„Herr Kommissar", sagte er, „ich komme mir vor wie ein Schwerverbrecher. Ist eine solche Strenge nötig?"

Das intelligente Gesicht des Beamten zeigte einen teilnehmenden Ausdruck. Er antwortete:

„Ich mache Sie notgedrungen mit dem bekannt, was man von Ihnen fordert und erwartet. Im übrigen will ich Ihnen sagen, daß es mir keineswegs Vergnügen bereitet, einem Menschen das Leben schwerzumachen. Verhalten Sie sich anständig, so ist es zu Ihrem Besten. Sehe ich, daß ich Ihnen Vertrauen schenken kann, so werden Sie bald nicht mehr bemerken, daß Sie beaufsichtigt werden. Wo wohnen Sie?"

„Das weiß ich noch nicht. Ich will mir erst eine Arbeit suchen, aber vielleicht bin ich bereits heute gezwungen, einen Ihrer Befehle zu übertreten."

„Wieso?"

„Wenn ich keine Arbeit und kein Unterkommen finde, so muß ich in einer Herberge nächtigen, und diese ist doch ein öffentliches Schanklokal, mir also verboten."

„Nun, mit der Herberge will ich eine Ausnahme machen. Aber sehen Sie lieber, so bald wie möglich eine eigene Bleibe zu finden. Haben Sie denn keine Verwandten oder Bekannten, die sich Ihrer annehmen könnten?"

„Nein, aber einen alten Paten besitze ich noch. Der ist wohl der einzige, von dem ich Mitgefühl zu erwarten habe."

„So gehen Sie hin zu ihm", riet der Kommissar. „Verfügen Sie sich nun hinaus ins Wartezimmer. Dort bleiben Sie, bis Sie zum Appell geführt werden!"

Heilmann gehorchte. Er saß eine Stunde lang draußen unter Aufsicht eines Gendarmen, der ihn dann in einen Saal führte, wo er den versammelten Polizisten vorgestellt wurde. Sie betrachteten ihn aufmerksam, um sich sein Gesicht, seine Gestalt, sein ganzes Äußeres einzuprägen, dann durfte er gehen.

Als er aus dem Gebäude trat, holte er tief Atem. Es war ihm, als ob er jetzt von einem fürchterlichen Alpdrücken, von einer entsetzlichen Beängstigung erlöst worden war.

Was nun tun? Wohin sich wenden? Er beschloß, den alten Paten aufzusuchen. Zwar hatte er gerade dessen Sohn das ganze Unglück zu verdanken, aber der Pate hatte wohl nie wirklich an die Schuld ‚seines' Wilhelm Heilmann geglaubt. Zudem war der alte Heider ja Buchbinder und würde ihm vielleicht wieder Arbeit geben.

Wilhelm hatte bereits die Hälfte des Weges zurückgelegt, als er überlegend stehenblieb. Er dachte an seine damalige

Geliebte. Sollte er nicht lieber sie aufsuchen? Aber wo fand er sie? Anna war Dienstmädchen gewesen. Vielleicht stand sie aber gar nicht mehr bei ihrer damaligen Herrschaft in Diensten. Er setzte also seinen Weg fort.

In der Vorstadt lag das kleine Häuschen, das seinem Paten Heider gehörte. Dessen Sohn war sein Nebenbuhler und – Verderber gewesen, vielleicht –! Er wagte den Gedanken gar nicht zu Ende zu führen und beschleunigte seine Schritte. Er erkannte das Häuschen sofort wieder. Die Tür stand offen, so daß er direkt eintreten konnte. Gerade in demselben Augenblick kam eine junge Frau heraus. Beide sahen sich, blieben stehen und stießen einen Ruf des Erstaunens oder vielmehr des Erschreckens aus.

„Anna!" rief Heilmann.

„Wilhelm! Du hier?" fragte sie. „Was willst du?"

„Das möchte ich dich fragen, Anna. Was hast du in diesem Haus zu schaffen?"

Sie blickte einen Augenblick lang verlegen zu Boden. Dann richtete sie ihre Augen wieder auf ihn, ernst und vorwurfsvoll, und fragte in hartem Ton:

„Das weißt du nicht? Ich meine, du könntest es dir denken!"

Erst jetzt kam ihm die volle Erkenntnis.

„Du hast ihn geheiratet!" murmelte er. „Mein Gott! Was hast du mir angetan, Anna?"

Sie trat einen Schritt näher und sagte:

„Und was hast du mir angetan, Wilhelm?"

Heilmann blickte sie verständnislos an.

„Was denn? Ich habe an dir nichts verschuldet!"

„Nichts? Wirklich? Ich meine den – Diebstahl!" stieß sie heftig hervor.

Er fuhr sich mit beiden Händen nach dem Herzen.

„Den Diebstahl!" stammelte er. „Den Diebstahl! Also auch du, Anna! Glaubst du denn wirklich, daß ich es gewesen bin?"

„Wer sonst?" antwortete sie kurz.

„Kein anderer als dein – ach Gott – dein Mann!“

Das Gesicht der Frau versteinerte noch mehr.

„Das hast du damals vor Gericht auch gesagt, es war eine Schlechtigkeit von dir. Man hat das Geld in deiner Lade gefunden. Kannst du das etwa leugnen?“

„Nein. Aber ich bin es nicht gewesen!“

„Das glaubt dir niemand!“

Heilmann schlug die Hände vor das Gesicht.

„So sind also meine Ahnungen und Befürchtungen eingetroffen. Oh Anna, du weißt nicht, wie unglücklich ich jetzt bin!“

„Du hast es dir nur selbst zuzuschreiben. Wann bist du entlassen worden?“

„Heute früh.“

„Wo wohnst du?“

„Das weiß ich noch nicht. Ich habe noch keinen Meister. Ich wollte mit dem Paten sprechen, und da – da traf ich dich.“

„Mit deinem Paten? Der kann dir auch nicht helfen. Er hat das Geschäft meinem Mann übergeben.“

Wilhelm Heilmann schüttelte traurig den Kopf.

„Ach so! Da werde ich freilich keine Arbeit erhalten!“

„Nein. Mein Mann ist sehr schlecht auf dich zu sprechen, weil du damals die Schuld auf ihn hast schieben wollen. Ein Glück, daß er im Augenblick nicht zu Hause ist, es würde einen Mordsspektakel geben. Tu mir den Gefallen und geh!“

„Ja. Ich werde gehen, Anna. Du sollst meinetwegen keinen Zank haben. Mir ist's, als ob ich soeben gestorben sei. Grüß mir den Paten!“

Heilmann wollte sich zum Gehen wenden, hielt aber ein, als er sah, daß Anna bei dem Wort ‚Pate‘ die Fäuste geballt hatte und mit dem Fuß aufstampfte.

„Den?“ fragte sie. „Mit dem rede ich nicht! Wer kann es mit diesem alten Nörgler aushalten! Es wäre am besten, die Engel hätten ihn. Er hat mir, seitdem ich verheiratet bin, das Leben sauer genug gemacht. Jetzt hat er endlich dafür den Lohn erhalten. Der Schlag hat ihn gerührt.“

Heilmann traute seinen Ohren nicht. War das die, welche er so lieb gehabt hatte? War es möglich, daß das Mädchen, dem sein Herz gehört hatte, so gefühllos sein konnte?

„Der Schlag hat ihn getroffen?“ fragte er leise. „Wann?“

„Vor sechs Wochen.“

„Mein Gott, wie der brave Mann mich dauert!“

„Brav? Ein Drache ist er! Bedauere ihn nur! Was hat es für Zank und Streit gekostet, ehe er uns das Geschäft und das Häuschen übergeben hat! Nun liegt er da, kann sich kaum rühren und ist doch nicht satt zu füttern.“

„Wo ist er denn?“

„Droben unter dem Dach.“

„Bei dieser Kälte?“

„Sollen wir ihn etwa in die Stube nehmen? Geh jetzt, geh! Mein Mann könnte kommen, und dann gnade dir Gott!“

Heilmann konnte kaum sprechen. Heiser sagte er:

„Ja, ich will gehen. Leb wohl, Anna! Gott verzeihe dir, wie ich dir heute verzeihe!“

Sie antwortete nicht. Er drehte sich um und ging. Draußen aber blieb er nach einigen Schritten stehen.

„Der Schlag getroffen – den guten Alten – oben liegt er unter dem Dach. Nein, es ist meine Pflicht! Ich muß unbedingt nach ihm sehen, der mir immer ein väterlicher Freund war und nie ganz an meine Schuld geglaubt hat.“

Er kehrte zurück. Die Tür stand noch offen, aber Anna war nicht zu sehen. Er stieg die Treppe und dann die Oberbodentreppe empor. Da, unter dem Dach, stand ein Bett, in dem der Kranke lag. Die Lumpen, welche ihn bedeckten, waren kaum Decken zu nennen, durch die Dachziegel hatte es hereingeschneit, der Schnee lag zollhoch auf der halbverfaulten Diele. Es war ein schrecklicher Anblick. Der Alte sah fast aus wie eine Leiche, das graue Haar wirr und die Wangen eingefallen.

Als Heider den jungen Mann erkannte, glitt ein Zug der Freude über sein Gesicht.

„Wilhelm!“ stieß er hervor.

„Pate, mein lieber Pate! Wie finde ich Sie wieder!"

Bei diesen Worten trat er an das Bett, um die Hände des Alten zu erfassen. Sie waren eiskalt. Dem Kranken traten dicke Tränen in die Augen, aber er war nicht imstande, sie wegzuwischen.

„Ich wollte, ich wäre tot!" flüsterte er mit hörbarer Anstrengung.

„Aber kümmert sich denn niemand um Sie?" fragte Heilmann.

„Niemand! Das Haus haben sie, nun ist's gut, nun kann ich sterben und verderben!"

„War denn kein Arzt da?"

Der Kranke schloß die Augen, dann öffnete er sie wieder und bewegte den Kopf, als wollte er nicken.

„Zweimal. Er sagte, er könne nichts tun."

„Aber wärmere Decken müssen Sie haben!"

„Man gibt mir keine!"

„Und Essen, Trinken?"

Wieder rollte eine Träne über die Wange des Alten.

„Oh, Wilhelm, ich habe Hunger, großen Hunger!"

„Herrgott! Gibt man Ihnen nicht genug? Ich werde augenblicklich hinuntergehen, ich werde mit der Anna sprechen und mit Ihrem Sohn. Sie müssen – –"

„Nein, nein!" flüsterte der Alte heiser. „Um Gottes willen, nicht! Es würde mir nachher nur schlimmer ergehen. Ich weiß, daß ich bald sterbe, diese paar Tage will ich noch Frieden haben. Aber ehe ich sterbe, möchte ich – –"

Er konnte vor Schluchzen nicht weiterreden. Heilmann zog sein Taschentuch hervor, trocknete dem Alten die Tränen ab und fragte dann:

„Was möchten Sie denn? Sagen Sie es mir!"

„Mich noch einmal satt essen!"

„Du lieber Gott! Das sollen Sie!" rief Wilhelm aus. „Ich gehe gleich zum Fleischer und zum Bäcker. Ich hole Ihnen etwas."

„Hast du denn Geld? Ich denke, du kommst aus – aus – –"

Er wollte das böse Wort nicht aussprechen.

„Aus dem Zuchthaus? Ja, daher komme ich. Aber ich habe doch ein paar Gulden. Ich kann einige Brötchen und ein Stück Wurst bezahlen."

„Aber laß dich unten nicht sehen!"

Heilmann ging. Behutsam schlich er hinunter und kehrte schon bald wieder zurück.

Die Augen des Kranken waren hungrig auf die Eßwaren gerichtet, die Heilmann mitgebracht hatte.

„Bist du gesehen worden?" fragte er besorgt.

„Nein. Ich habe mich in acht genommen. Hier, lieber Pate, ist Wurst. Auch einige Brötchen und Kuchen habe ich mitgebracht. Und da – Sie frieren, und Feuer gibt es hier oben nicht – ich bin zum Kaufmann gegangen und habe mir ein Fläschchen Schnaps geben lassen. Ich denke, das wird Sie ein wenig wärmen!"

„Du Guter!" flüsterte der Alte. „Kommst aus dem Zuchthaus und bist besser als mein eigener Sohn! Ja, ich glaube wirklich, daß du unschuldig warst und er das Geld unterschlagen hat."

Heilmann sah, mit welchem Verlangen die Augen des Kranken an den mitgebrachten Sachen hingen, und sagte:

„Kommen Sie! Ich werde Ihnen zu essen geben."

Wilhelm bestrich die Brote mit Wurst und begann den Alten zu füttern. Trotz seiner Schwäche verschlang der Pate gierig die Speisen. Er verzehrte alles, selbst der Branntwein wurde bis zum letzten Tropfen ausgetrunken. Dann stieß er einen Seufzer aus und sagte mit Tränen in den Augen:

„Gott vergelte es dir! Du darfst leider nicht wiederkommen. Ach, könnte ich mir doch, wenn ich Hunger habe, etwas holen lassen! Hunger tut so weh!"

„Haben Sie denn kein Geld?"

„Keinen Kreuzer."

„Aber Sie haben doch auch niemand, den Sie schicken könnten, selbst wenn Sie Geld hätten!"

„Der Junge von den Leuten, die in der Hinterstube wohnen, kommt zuweilen herauf. Er könnte für mich etwas besorgen."

Heilmann überlegte eine Weile, dann sagte er:

„Nun, da will ich Ihnen etwas Geld hinlegen. Viel ist es freilich nicht. Zehn Gulden habe ich geschenkt erhalten. Davon ist der Betrag für das Bahnbillett und für einige andere Dinge bereits abgegangen. Zwei Gulden kann ich Ihnen aber gern geben."

Der Alte versuchte sich aufzurichten.

„Wilhelm, du brauchst es doch selber! Hast du Arbeit?"

„Nein."

„Und du wirst wohl auch schwer welche finden. Nein, ich kann das Geld nicht annehmen! Aber höre, da fällt mir etwas ein. Gib mir einmal das Zigarrenkästchen da auf dem Balken."

Wilhelm gehorchte. Mit zitternden Händen öffnete der Alte das Kästchen, in dem sich ein altes Gesangbuch und eine abgewetzte Taschenuhr befanden.

„Das ist alles, was ich noch habe", sagte der Alte. „Sieh dir einmal die Uhr an! Wieviel ist sie wohl wert?"

Heilmann betrachtete sie und sagte:

„Es ist eine Spindeluhr, abgegriffen und ausgeleiert. Ich glaube nicht, daß man viel dafür bekommen wird."

„Aber zwei Gulden doch wohl?"

„Vielleicht."

„Ich verkaufe sie dir. Nimm sie für die zwei Gulden, die du mir geben willst."

Als er sah, daß Heilmann ihm widersprechen wollte, fuhr der Alte mit ungewöhnlicher Lebhaftigkeit fort:

„Du bekommst nicht gleich Arbeit. Du brauchst das Geld ganz notwendig."

Heilmann zögerte, aber der Alte ließ nicht nach. Das Reden strengte ihn an, und um ihn von dieser Anstrengung zu befreien, gab Wilhelm nach:

„Gut, ich nehme die Uhr. Hier ist das Geld."

„Aber verkaufe sie, Wilhelm, damit du wieder Geld bekommst, und zwar noch heute! Willst du mir das versprechen?"

Um den Paten zu beruhigen, stimmte Heilmann zu. Der Alte fiel auf das elende Lager zurück und flüsterte:

„So bin ich ruhig. Du wirst nun keinen großen finanziellen Verlust erleiden."

„Ich denke es", versicherte Heilmann, sagte sich aber im stillen, daß er wohl kaum einen einzigen Gulden für die Uhr erhalten werde.

„Und nun lege das Geld in den Zigarrenkasten", bat der Alte. „Lieber Wilhelm, ich möchte – – hast du denn noch Zeit und willst mir einen letzten Gefallen tun?"

„Gern, wenn ich kann", sagte Heilmann bewegt.

Der Alte faßte seine Hand.

„Es kümmert sich kein Mensch um mich. Ich werde sicher nicht wieder gesund, und – und – willst du nicht einmal das Gesangbuch aufschlagen und mir etwas vorlesen? Ich meine das Lied, das so anfängt: ‚Es kann vor Abend anders werden'."

„Ich will sehen."

Wilhelm schlug die Sterbelieder auf, suchte nach und sagte dann:

„Hier ist es."

„Lies vor, lieber Wilhelm!" bat der Alte.

Seine Stimme war leiser geworden, und über sein eingefallenes Gesicht begann sich ein Zug milder Ergebung auszubreiten.

Heilmann begann:

„Es kann vor Abend anders werden,
als es am Morgen mit mir war.
Den einen Fuß hab ich auf Erden,
den andern auf der Totenbahr.
Ein kleiner Schritt ist nur dahin,
wo ich der Würmer Speise bin."

Er hielt inne. Der alte Buchbinder lächelte ihm zu und bat:
„Noch eine Strophe, noch eine!“

Heilmann las weiter:

„Dringt mir der letzte Stoß zum Herzen,
so schließe mir den Himmel auf.
Verkürze mir des Todes Schmerzen,
und hole mich zu Dir hinauf.
So ist mein Abschied keine Pein,
und ich werd' ewig selig sein!“

Als jetzt der Vorleser seinen Blick vom Buch weg auf den Kranken richtete, hatte dieser die Augen geschlossen. Seine Lippen bewegten sich leise wie im stillen Gebet. Nach einiger Zeit erklang es flüsternd:
„Es ist nun aus mit meinem Leben!“
Heilmann schlug dieses Lied auf und las vor:

„Es ist nun aus mit meinem Leben,
Gott nimmt es hin, der mir's gegeben,
führt mich ins bess're Dasein ein.
Mein Lebenslicht ist ausgegangen,
zum Himmel eil' ich mit Verlangen,
um ewig bei dem Herrn zu sein.
Es ist nun aus, es ist vollbracht.
Welt, gute Nacht!“

Wilhelm las langsam alle sechs Strophen dieses Sterbelieds. Der Alte bewegte sich nicht. Als er zu Ende gelesen hatte, wartete Heilmann noch eine Weile, dann neigte er sich über seinen Paten und horchte.

„Er schläft!“ flüsterte er. „Der Atem geht ruhig und ist kaum noch zu spüren. Er hat sich endlich einmal satt gegessen und wird nun weiterschlafen.“ Er legte das Gesangbuch in den Kasten zurück. Als er die beiden Gulden erblickte, mußte er wieder an die Uhr denken. „Was mache ich?“ fragte er sich. „Lege ich sie ihm wieder hin, oder nehme ich sie mit? Wenn ich sie nicht nehme, so ärgert der Pate sich. Ich kann sie ja verkaufen und ihm dann das Geld bringen. Ja, ich will sie doch mitnehmen!“

Er schlich sich leise fort und zur Treppe hinab. Eben als er durch den Hausflur huschen wollte, wurde die Stubentür geöffnet, und Anna trat heraus. Sie erblickte ihn und zog erschrocken die Tür hinter sich zu.

„Um Gottes willen!“ flüsterte sie. „Du bist wieder hier?“

„Ich war noch gar nicht fort“, antwortete er. „Ich wollte gehen, da fiel mir der arme Pate ein. Ich ging zurück und hinauf zu ihm.“

„Zum Paten?“ fragte Anna ängstlich. „Leise, leise! Mein Mann sitzt drin! Was hast du denn da oben zu suchen gehabt?“

Wilhelm wurde bei diesen Worten zornig. Er antwortete:

„Es wäre besser, Ihr suchtet auch etwas da oben. Der Alte verhungert und verfault ja ganz!“

Ihr Gesicht rötete sich, ihre Augen blitzten, und sie schimpfte: „Was fällt dir ein? So ein Zuchthäusler wäre mir der rechte Kerl, uns Vorschriften zu machen! Pack dich fort, sonst hole ich meinen Mann!“

Sie trat eilig in die Stube zurück, und er entfernte sich mit schwerem Herzen. Ihm fielen die schönen Stunden ein, die er mit Anna einst verbracht hatte, ihre Versprechungen und Schmeicheleien. Doch was nützten ihm nun die Erinnerungen? Er schüttelte die Gedanken ab und ging.

Alle seine Bemühungen und Bitten auf der Suche nach Arbeit waren vergebens. Kein Mensch wollte einem entlassenen Zuchthäusler, der noch dazu unter Polizeiaufsicht stand, Arbeit geben. Müde und niedergeschlagen suchte er die Herberge auf, um sich auf einem kargen Strohlager auszuruhen.

*

Der Buchbinder Kurt Heider saß mit seiner Frau beim Abendessen. Geredet wurde nicht viel, dafür war er viel zu sehr damit beschäftigt, möglichst große Bissen Fleisch in den Mund zu stopfen. Heider war ein breitschultriger Mann mit schwarzen Haaren und einer ewig unzufriedenen Miene. Man sah es ihm an, daß er sehr leicht jähzornig werden konnte. Endlich wandte er sich seiner Frau zu.

„Warst du einmal beim Alten droben?“ fragte er.

„Nein“, sagte Anna einsilbig.

„Hat er nicht gerufen?“

„Ich habe nichts gehört“, brummte sie. Kurt Heider schlug mit der Faust auf den Tisch.

„Es ist doch ein Kreuz mit dem Greis! Warum stirbt er nicht endlich? Wie ein Wickelkind muß man ihn füttern! Bring ihm einen Teller Suppe hinauf, Anna!“

Seine Frau schüttelte den Kopf.

„Zu dem Alten? Da hinauf bringst du mich nicht! Und füttern soll ich ihn? Was geht er mich an? Geh du hinauf!“

Er wurde unwillig, aber sein Schimpfen half nichts. Er zündete also die Laterne an, nahm den kleinen Topf, in dem sich einige Löffel Suppe befanden, und stieg die beiden Treppen empor. Oben herrschte tiefe Stille.

„Vater!“ sagte er.

Kein Laut war zu vernehmen.

„Vater!“

Es blieb still. Er trat näher an das Bett und leuchtete dem Liegenden ins Gesicht. Dieses zeigte ein ruhiges, beinahe kindliches Lächeln, das wie eingefroren wirkte.

„Verdammt!“ stieß Kurt Heider halblaut hervor. „Ist er etwa gestorben?“

Er setzte den Topf ab und faßte die Hand des Vaters.

„Wahrhaftig! Tot, ganz tot! Da muß ich doch gleich die Anna heraufholen!“

Ohne sonderliche Gemütsbewegung stand er auf und leuchtete mit der Laterne umher. Dabei fiel sein Auge auf den Zigarrenkasten.

„Das also ist das ganze Erbe! Das Gesangbuch und die alte abgegriffene Uhr. Die will ich – – Donnerwetter!"

Er hatte das Gesangbuch herausgenommen und blickte nun erstaunt in das Kästchen.

„Zwei Gulden! So hat der alte Heuchler doch noch Geld gehabt! Das will ich gleich einstecken. Die Anna braucht nichts davon zu wissen, die zwei Gulden kommen mir für den Skatabend und für Bier gerade recht!"

Er nahm das Geld und suchte dann weiter:

„Aber die Uhr ist fort! Wo ist sie hin? Ich muß Anna fragen. Vielleicht weiß sie es."

Er ging hinab. Seine Frau bemerkte, daß er den Topf nicht mitgebracht hatte.

„Hast du das Geschirr stehenlassen?" fragte sie.

„Das steht noch oben. Er hat die Suppe gar nicht gebraucht, denn er wird nie mehr eine essen."

„Was?" fiel sie ein. „Ist er endlich tot?"

„Ja. Er muß ganz ruhig eingeschlafen sein."

„Gott sei Dank!" rief Anna aus.

„Ja, Gott sei Dank!" stimmte der gefühllose Sohn zu. „Nun bin ich Herr im Haus! Aber – hat er dir etwas von der alten Uhr gesagt?"

„Sie lag im Zigarrenkasten bei dem Gesangbuch."

„Da ist sie nicht mehr."

„Der Alte kann sie doch schlecht versteckt haben, der konnte sich ja kaum noch rühren."

„Komm, wir wollen nach ihr suchen!"

Das wollte der Frau gar nicht gefallen.

„Suchen? Ich soll mit hinauf? Zu der Leiche? Und jetzt bei Dunkelheit? Fällt mir gar nicht ein! Ich fürchte mich!"

Kurt Heider ließ ein verächtliches Lachen hören.

„Unsinn! Kein Toter tut einem etwas! Übrigens können wir ihn nicht so liegen lassen. Wir müssen den Tod melden. Der Tischler wird kommen, Maß für den Sarg zu nehmen, auch die Leichenfrau und der Totengräber. Wenn sie ihn in diesem Schmutz finden, gibt es nur Gerede, das uns schaden kann. Wir nehmen die Lappen weg, auf denen er liegt, und legen besseres Bettzeug hinein. Das ist sehr nötig."

„Hm!" meinte seine Frau nachdenklich. „Da hast du recht."

Sie stiegen hinauf und hoben, so sehr die Frau sich auch ekelte, die Leiche aus dem Bett, um ein besseres Lager zurechtzumachen. Dann wurde der Tote wieder hineingelegt. Als sie damit fertig waren, begann der Mann abermals nach der Uhr zu suchen.

„Das ist doch sonderbar!" sagte er. „Ich weiß ganz genau, daß sie gestern noch da war. Doch halt! Es könnte ja jemand hiergewesen sein. Vielleicht hat sich irgendein Strolch eingeschlichen. Es gibt Bettler und Hausierer, die sich – – was hast du denn?"

Sie hatte einen halblauten Ruf des Erstaunens ausgestoßen.

„Vielleicht weiß ich, wer der Spitzbube ist!" murmelte sie erschrocken.

„So? Wer denn?"

„Der Wilhelm Heilmann."

Kurt schüttelte den Kopf.

„Der Heilmann? Unsinn! Der sitzt ja im Zuchthaus!"

„Nein, er ist wieder frei und war heute hier!"

„Was?" Kurt Heider ballte die Fäuste und starrte seine Frau wütend an. „Und du sagst mir nichts? Weib, dein früherer Anbeter besucht dich heimlich? Ich schlage dir alle Knochen im Leib entzwei! Gleich gestehst du, was er gewollt hat!"

„Na, sei nur nicht gar so patzig! Mit einem Zuchthäusler brauchst du mich doch nicht zusammenzubringen, da kennst du mich schlecht!"

„Er ist aber doch dagewesen!" rief Kurt aus. „Was hatte er denn hier zu suchen?"

„Heute ist er freigelassen worden und wollte zu dem Alten da, der ja sein Pate war. Er dachte, dieser habe das Geschäft noch, und wollte Arbeit von ihm haben. So hat er es mir jedenfalls gesagt."

Kurt blickte sie eifersüchtig an, dann stieß er hervor: „Erzähl mir doch keine Märchen! Zu dir wollte er, zu dir und zu keinem anderen! Aber ich werde es ihm heimzahlen, und dir sage ich auch etwas: wenn du ihn noch einmal hier einläßt, dann – –"

Blind vor Wut und Eifersucht packte er sie und schüttelte sie so heftig, daß sie am ganzen Leib zitterte. Freilich waren solche Wutausbrüche bei ihm nicht selten. Anna hatte sie früher für leidenschaftliche Beweise seiner Liebe gehalten, war aber bald eines Besseren belehrt worden. Nachdem der immer gleichmäßig freundliche Heilmann als gemeiner Dieb entlarvt wurde, hatte sie nur allzugern den leidenschaftlichen Werbungen Kurt Heiders nachgegeben, doch heute wußte sie, daß sie einen völlig unbeherrschten Mann geheiratet hatte.

„Beruhige dich!" rief sie. „Hast du immer noch deine lächerliche Angst vor Wilhelm?"

Kurt ließ von ihr ab und ging aufgeregt hin und her. Schließlich blieb er stehen.

„Nun gut, wenn sein Besuch denn wirklich so harmlos und zufällig war, wie du sagst – warum hast du ihn mir verschwiegen?"

Anna lächelte grimmig.

„Du warst nicht zu Hause. Als du endlich kamst, hattest du so schlechte Laune, daß ich lieber warten wollte bis morgen. Ich hatte ihn gleich fortgeschickt, und er war scheinbar auch gegangen. Später aber traf ich ihn wieder im Hausflur. Ich fragte ihn, was er hier zu suchen habe. Er sagte, er sei oben beim Alten gewesen, und wurde sofort grob. Wir ließen den Paten verfaulen und verhungern, rief er, wir sollten uns mehr um ihn kümmern!"

Heider ballte die Fäuste.

„Dieser freche Kerl! Das soll er mir büßen! Also, er ist oben gewesen und hat sich später heimlich fortschleichen wollen. Und jetzt ist die Uhr weg! Wenn das nicht klar und deutlich ist! Gleich gehe ich zur Polizei! Hat er nicht gesagt, wir ließen den Vater verfaulen und verhungern? Das muß bestraft werden!"

Sie widersprach nicht, es hätte auch nichts genützt.

*

Wilhelm Heilmann saß in der Herberge. Er hatte sich für einige Kreuzer Kartoffeln und einen Hering geben lassen und verzehrte eben sein frugales Abendbrot, als zwei Gendarmen eintraten. Sie sahen sich in der Stube um, die voller Handwerksburschen war, gewahrten Heilmann und kamen auf ihn zu.

„Haben wir uns nicht heute schon einmal gesehen?" fragte der eine.

„Wahrscheinlich", antwortete er zwar höflich, aber gleichmütig. „Sie werden mich wohl wiedererkennen."

Er glaubte, es handle sich nur um die obligatorische Kontrolle, ob er sich wirklich in der Herberge befände. Er stand ja unter Aufsicht.

„Sie sind der Buchbinder Heilmann und wollen heute hier schlafen?"

„Ja."

„Wo haben Sie Ihr Eigentum, Ihr Gepäck?"

„Ich habe kein Gepäck. Ich trage alles, was mir gehört, in den Taschen bei mir."

„So lassen Sie uns sehen, was Sie besitzen!"

Das hatte er nicht erwartet.

„Aber, meine Herren", fragte Wilhelm erstaunt, „geht ihre Befugnis denn wirklich so weit? Glauben Sie etwa, weil ich heute entlassen worden bin, muß ich auch sofort stehlen?"

Der andere Gendarm blickte Heilmann streng an.

„Wir werden sehen, was wir zu glauben haben. Leeren Sie Ihre Taschen!"

Er sah ein, daß er gehorchen mußte. Es bildete sich ein Kreis von Zuschauern um den Tisch. Das erbitterte ihn so, daß er vor Zorn hätte weinen können. Er sagte dennoch im ruhigen Ton:

„Ich werde tun, was Sie befehlen, aber ich will mich später erkundigen, ob Sie nicht zu weit gegangen sind. Hier!"

Er zog die wenigen Gegenstände, die er bei sich trug, aus den Taschen und legte sie auf den Tisch. Die Uhr des Paten war auch dabei. Die Gendarmen wechselten einen Blick miteinander, und dann sagte der eine:

„Es genügt! Stecken Sie die Dinge wieder ein!"

Heilmann tat es und fragte beinahe ein wenig spöttisch:

„Nun darf ich wohl weiteressen?"

„Nein, Sie werden jetzt mit uns gehen, Herr Heilmann! Sie sind unser Gefangener."

Der junge Buchbinder wurde leichenblaß.

„Sie arretieren mich? Mein Gott! Ich kann nicht begreifen, warum! Ich bin mir keiner strafbaren Handlung bewußt. Hängt das denn mit dem Umstand zusammen, daß ich unter Polizeiaufsicht stehe?"

„Nein. Sie sind angezeigt."

„Weshalb?"

„Das werden Sie nachher hören."

„Nun gut, das beruhigt mich. Ich habe nichts Unrechtes begangen und kann getrost mit Ihnen gehen. Kommen Sie, meine Herren! Ich bin überzeugt, daß es sich nur um einen Irrtum handelt."

Sie nahmen ihn in ihre Mitte und führten ihn fort. Als sie auf die Straße traten, kam ihnen ein nicht mehr ganz junger Mann entgegen, der erstaunt stehenblieb und sie aufmerksam beobachtete. Im Polizeigebäude angekommen, wurde Heilmann in dasselbe Zimmer geführt, in dem er noch am Morgen mit Kommissar Anders gesprochen hatte. Dieser war noch anwesend, obgleich die eigentliche Arbeitszeit vorüber war. Heilmann grüßte höflich. Der Kommissar achtete nicht darauf und fragte nur kurz die Gendarmen:

„Gefunden?"

„Ja!"

Er gab ihnen einen Wink, und sie verließen das Zimmer. Jetzt wendete er sich dem Buchbinder zu. Er musterte ihn mit finsteren Blicken, schüttelte den Kopf und sagte dann:

„Unbegreifliche Menschen, die es auf dieser Erde gibt! Man möchte allen Glauben an die Menschheit verlieren! Wie lange ist es wohl her, daß Sie mir versprachen, ich würde mit Ihnen zufrieden sein können?"

„Das war heute morgen, Herr Kommissar."

„Heute morgen, ja! Und jetzt? Glauben Sie wohl, daß ich mit Ihnen zufrieden bin?"

Heilmann wurde blutrot.

„Warum sollten Sie nicht mit mir zufrieden sein, Herr Kommissar?" fragte er hilflos.

„Warum?" wiederholte der Kommissar grimmig. „Das werden Sie ja sehen! Leeren Sie Ihre Taschen!"

Heilmann gehorchte. Der Kommissar betrachtete die Gegenstände und klingelte dann. Auf dieses Zeichen trat eine Person ein, die Heilmann nicht erwartet hätte, sein ärgster Feind Kurt Heider.

„Treten Sie näher!" sagte der Kommissar zu ihm. „Sehen Sie sich die Uhr an! Ist es die Ihrige?"

Der Buchbinder betrachtete die Uhr und antwortete:

„Ja, sie ist es."

„Sie selbst haben ihn nicht in Ihrem Haus gesehen?"

„Nein. Meine Frau hat mit ihm zweimal gesprochen. Er war ganz erschrocken, als sie ihn beim Fortschleichen ertappte."

„Schön! Jetzt Sie, Heilmann! Wem gehört diese Uhr?"

„Mir!"

Der Kommissar lächelte sarkastisch.

„Wie ist sie denn in Ihren Besitz gekommen?"

„Ich habe sie von meinem Paten, dem Vater dieses Mannes, gekauft."

„Wieviel haben Sie dafür bezahlt?" fragte der Kommissar.

„Zwei Gulden."

„Wenn Sie annehmen, bei mir Glauben für diese Ausrede zu finden, so irren Sie sich!" rief der Kommissar böse.

„Ich bitte den Herrn Kommissar dringend, den Vorgang erzählen zu dürfen“, sagte Heilmann ernst.

„Gut, erzählen Sie!“

Heilmann berichtete über sein heutiges Erlebnis. Er versäumte es auch nicht, seine erste Verurteilung zu erwähnen, damit der Kommissar das heutige Geschehen besser beurteilen konnte. Der Beamte hörte ihm aufmerksam zu und sagte, als er geendet hatte:

„Das klingt so, daß man versucht wäre, es zu glauben.“

„Mein Pate kann es mir bezeugen!“

„Der ist unterdessen gestorben.“

Wilhelm stockte, dann schlug er die Hände vor das Gesicht und stieß hervor:

„Der Pate – gestorben! Oh Gott!“

Der Kommissar begann, Mitleid mit ihm zu fühlen. Er sagte:

„Fassen Sie sich, Herr Heilmann. Die Wahrheit wird schon an den Tag kommen. Sie haben die Uhr also bezahlt?“

„Ja. Man muß die zwei Gulden in einem Zigarrenkästchen gefunden haben!“

Kommissar Anders wandte sich nun wieder an Kurt Heider:

„Stimmt das, Herr Heider? Haben Sie das Geld gefunden?“

„Es lag kein Kreuzer in dem Kästchen“, versetzte Heider fest.

„Überlegen Sie sehr wohl, was Sie sagen! Ihre Aussage ist von besonderer Bedeutung“, drängte ihn der Kommissar.

„Ich kann beschwören, was ich sage!“ behauptete Heider trotzig.

Der Kommissar zuckte mit den Achseln und fuhr fort:

„Das, was Heilmann erzählt, ist allerdings für Sie höchst belastend. Sie haben Ihren Vater hungern lassen?“

„Das ist die größte Lüge, die es geben kann.“

„Er hat im halb verfaulten Bett gelegen?“

Heider wurde blutrot und protestierte.

„Ich muß bitten, das Bett untersuchen zu lassen!“

„Das werde ich allerdings tun. Ich werde auch bei Bäcker, Fleischer und Kaufmann anfragen lassen, ob Heilmann bei ihnen gewesen ist."

„Sie werden meine Aussage bestätigen!" sagte dieser.

„Das mag sein. Es wäre aber immerhin möglich, daß Sie die Eßwaren nur für sich gekauft haben. Ihr Pate, den Sie als einzigen Entlastungszeugen benennen, ist tot. Die anderen Aussagen sprechen gegen Sie. Ich muß mich Ihrer Person versichern und die Angelegenheit dem Untersuchungsrichter übergeben!"

„Herrgott!" rief Heilmann erschrocken. „Aber ich bin unschuldig!"

„Das wird die Untersuchung ergeben. Ich sollte Sie aber darauf aufmerksam machen, daß die Uhr fast gar keinen Wert besitzt, die Strafe also nicht sehr hoch bemessen werden kann. Dazu aber kommt, falls Sie für schuldig erklärt werden, eine zusätzliche Bestrafung, weil Sie rückfällig geworden sind, und das bedeutet mindestens ein Jahr!"

„Herr Kommissar, ich kann nur versichern, daß ich abermals unschuldig bin!" schrie Heilmann auf. „Werde ich wieder verurteilt, so kann es keinen gerechten Richter mehr geben. Ich weiß nicht, was ich denken soll. Ich habe mich dem alten Paten gegenüber als mitfühlender Mensch benommen. Wird mir dies mit abermaliger Zuchthausstrafe vergolten, so – – ah, ich will lieber still sein. Je unglücklicher ich bin, desto größer ist ja die Freude dessen, dem ich das alles zu verdanken habe."

Der Beamte sagte ruhig:

„Sind Sie wirklich unschuldig, so wäre es falsch zu verzweifeln. Sie erhalten Gelegenheit, sich zu verteidigen. Jetzt aber werde ich Sie abführen lassen. Ich hoffe, daß Sie sich ruhig in Ihr Schicksal fügen, anstatt es durch Widerstand noch zu verschlimmern!"

Der Kommissar klingelte, und Heilmann wurde in eine Zelle des Polizeigefängnisses gebracht. Er hatte nicht einmal einen vollen Tag die wiedererlangte Freiheit genossen.

3.

Helfer in der Not

Als Wilhelm Heilmann unter Polizeibedeckung in die Gendarmerie abgeführt wurde, war ihm auf der Straße ein Herr begegnet, der dem ehemaligen Buchbindergesellen lange nachgeblickt hatte und schließlich der Gruppe gefolgt war. Er schien ein ganz besonderes Interesse an dem zu haben, was im Polizeigebäude vor sich ging, denn er hatte sich in eine Ecke gestellt, von der aus man das Eingangstor gut beobachten konnte. Seine Geduld wurde auf eine harte Probe gestellt. Endlich öffnete sich die Pforte und ein Mann trat heraus, der durchaus keinen freundlichen Eindruck machte; sein derbes Gesicht verriet Schadenfreude und hämischen Triumph. Dieser Mann schaute nicht rechts und nicht links und machte sich auf den Weg, ohne den Beobachter in dessen Mauerwinkel wahrzunehmen. Damit begann eine seltsame Jagd; denn der Beobachter setzte sich weiterhin unbemerkt auf die Spur des anderen, durch mehrere Gassen und über kleine Plätze bis hin in die Vorstadt, wo der Mann hinter einer Ladentür verschwand. Der Verfolger schlenderte an dem Laden vorüber und sah dabei das Schild an der Tür: ‚Thomas Heider, Buchbinder'.

Nach einigen Metern blieb der Herr stehen, schüttelte wie unwillig den Kopf und ging auf die andere Straßenseite, um denselben Weg wieder in umgekehrter Richtung zurückzulegen. Am Polizeigebäude angelangt, dachte er einen Augenblick nach und trat dann forsch auf das Tor zu, das sich auf ein Klingelzeichen öffnete.

Der Kommissar war gerade im Begriff, das Arbeitszimmer zu verlassen, da trat ein Polizist ein.

„Verzeihung, Herr Kommissar", sagte er, „da ist ein Fremder, der Sie unbedingt sprechen möchte."

Der Kommissar runzelte die Stirn. „Jetzt, nach Dienstschluß?"

Der Polizeibeamte schüttelte leicht den Kopf.

„Es soll sehr dringend sein", gab er zu bedenken. „Diese Karte gab mir der Mann als Legitimation."

Damit überreichte er dem Kommissar ein kleines Kärtchen, auf dem in gotischer Schrift der Name ‚Franz Arndt, Detektiv' geschrieben stand. Der Kommissar hatte es erst nur flüchtig und unwillig betrachtet, als er aber den Namen ‚Arndt' las, ging es wie ein Ruck durch seine hagere Gestalt.

„Arndt?" fragte er rasch. „Lassen Sie ihn sofort eintreten!"

Der Gendarm gehorchte, und wenige Augenblicke später trat der geheimnisvolle Mann ein, der eben noch dem Buchbinder Kurt Heider bis zu dessen Wohnung gefolgt war. Der Kommissar eilte auf ihn zu und schüttelte ihm die Hand.

„Herr Arndt! Welche Freude! Seit der Geschichte, bei der Sie damals das berüchtigte ‚Buschgespenst' zur Strecke brachten[1], habe ich Sie nicht mehr gesehen. Es hieß, Sie hätten den Polizeidienst verlassen?" Dabei schaute er Arndt fragend an.

Dieser zögerte einen Moment, faßte sich aber schnell und sagte:

„Ja, ich kaufte dem Baron von Wildstein das Bergwerk bei Hohenthal ab, um mich selbst um die Bergleute meiner Heimat zu kümmern. Später – – später aber kehrte ich wieder zur Geheimpolizei zurück. Zur Zeit bin ich einer großen Sache auf der Spur."

Der Kommissar blickte Arndt ungläubig an. Gerne hätte er noch weiter nach Arndts persönlichen Verhältnissen gefragt, aber sein Gefühl sagte ihm, daß er den Geheimpolizisten lieber nicht drängen sollte, Dinge zu erzählen, die ihm

[1] Siehe Karl May, Gesammelte Werke, Band 64, Das Buschgespenst

unangenehm zu sein schienen. Arndt war ihm persönlich bekannt, doch war diese Bekanntschaft nicht so eng, daß Kommissar Anders allzu persönliche Fragen an sein Gegenüber hätte richten dürfen. Arndt war ein Mann in den Vierzigern mit energischen Gesichtszügen und einem gewinnenden Wesen. Er sah jünger aus, als er tatsächlich war. Doch galt er nicht nur in Polizeikreisen als Einzelgänger, ja als Sonderling. So verzichtete Anders auf weitere diesbezügliche Fragen, bot Arndt einen Platz an seinem Schreibtisch an und setzte dann das Gespräch fort:

„Eine große Sache? Hier bei uns? Nichts für ungut, Herr Arndt, aber seit wir uns vor einigen Jahren, als Sie noch dem ‚Buschgespenst' auf den Fersen waren, hier kennenlernten, hat sich wenig Abenteuerliches in meinem Dienst ereignet. Die großen Verbrechen fallen nun einmal nicht in meine Zuständigkeit. Ein paar Diebstähle, Raufereien, auch einmal ein Einbruch – viel mehr habe ich nicht aufzuklären."

Arndt lächelte.

„Vielleicht stellen Sie sich das Leben eines Geheimpolizisten allzu dramatisch vor", gab er zu bedenken. „So verhält es sich freilich nicht immer, auch wenn ich es jetzt mit einem ganz verzwickten Fall zu tun habe. Es geht um – – Menschen- oder besser gesagt Mädchenhandel!"

Der Kommissar ließ einen halblauten Pfiff hören.

„Mädchenhandel hier in der Residenz? Donnerwetter! Das wäre – –"

Arndt nickte energisch.

„Wir haben tatsächlich den Verdacht, daß in der Residenz Mädchenhändler ihrem schmutzigen Handwerk nachgehen. Seit einiger Zeit werden immer häufiger junge Mädchen, die als Wirtschafterin oder Haushälterin gearbeitet haben, als verschwunden gemeldet. Meist handelt es sich um junge, unbedarfte Mädchen vom Lande, denen ein Lockvogel, oft ein seriöser, älterer Herr, großartige Versprechungen macht, wenn sie nur in einem Damenpensionat als Haushälterin arbeiten wollten. Dieses Pensionat befindet sich in Rollenburg und wird von einem ‚Fräulein Melitta' geleitet, einer zwielichtigen Person, die vorgibt, ihre Zöglinge seien junge Künstlerinnen. Jung sind sie freilich, aber mit der Kunst –" hierbei verzog der Detektiv ironisch das Gesicht, „soll es nicht sehr weit her sein. Bei dieser Melitta verkehren bisweilen junge Offiziere, die sich einen netten Abend beim Wein in Damengesellschaft machen wollen. Das alles ist wohl nicht gegen das Gesetz; wenn allerdings unter den Damen auch welche sind, die nicht ganz freiwillig zu Fräulein Melitta kamen, so – –"

„– sieht die Sache schon anders aus", ergänzte der Kommissar grimmig. „Verstehe vollkommen, worauf Sie hinauswollen! Kann man das saubere Nest nicht einfach ausheben?"

Arndt zuckte die Achseln.

„Beweise, mein lieber Kommissar, wir brauchen Beweise", entgegnete er. „Solange wir der Melitta nichts schlüssig beweisen können, bleibt ihr Haus ein anständiges Damenpensionat und sie eine ehrenwerte Frau. So ist das nun einmal! Finden wir allerdings bei ihr eins der Mädchen, die nach Rollenburg gelockt wurden, ist ihr Spiel aus. Aber wie soll man das anstellen? In ihre Villa können wir nicht eindringen, das wäre Hausfriedensbruch. Also dachte ich mir, wir beginnen bei den Lockvögeln hier in der Residenz, den ‚Ehrenmännern' mit den schmutzigen Geschäften. Nun kenne ich keinen, der die zwielichtigen Subjekte der Hauptstadt so genau beobachtet wie Sie."

„Zuviel der Ehre", lächelte der Kommissar. „Man kennt freilich seine Leute, das ist wahr. Die wirklichen Schufte bleiben meist, wie Sie wissen, ungehängt und laufen immer noch frei herum."

Arndt nickte und fügte hinzu:

„Wir haben einen Mann in Verdacht, der wohl hier in der Residenz wohnt und einige der verschwundenen Mädchen angesprochen haben soll. Er heißt angeblich Uhland und gibt sich als vermögender Mann aus. Kennen Sie ihn?"

Der Kommissar schüttelte den Kopf.

„Nein, der Name sagt mir nichts. Nun lassen sich Namen ja ändern. Wissen Sie etwas mehr über seine Lebensverhältnisse, seine Gewohnheiten und seinen Umgang?"

„Nicht das geringste", räumte Arndt ein, „außer daß er in verschiedenen Weinstuben der Residenz gesehen worden ist, zuletzt noch bei Winkelmann."

„Bei Winkelmann?" Der Kommissar zog die Augenbrauen hoch. „Dort verkehrt doch unsere ganze Prominenz! Sie werden die Staatsanwälte und Gerichtsräte da genauso häufig antreffen wie den Herrn Polizeipräsidenten und Seine Exzellenz, den Minister des Innern. Ich glaube kaum, daß ein Mädchenhändler sich ein solches Lokal zum Mädchenfang aussuchen wird."

„Warum nicht?" fragte Arndt lebhaft. „Gerade dort fällt man nicht auf. Aber wie kommen wir diesem Uhland auf die Spur?"

Der Kommissar machte ein hilfloses Gesicht.

„Lieber Herr Arndt", meinte er nach einer längeren Pause, „da kann ich Ihnen auch nicht helfen. Ich gebe es ungern zu, aber die täglichen Kleinigkeiten beschäftigen unsereins in einem Maße, das ein Außenstehender kaum gerecht beurteilen kann. Heute etwa habe ich mich mit einem vertrackten Fall herumzuschlagen. Da wird ein wegen Diebstahls verurteilter junger Mann nach zwei Jahren aus dem Zuchthaus entlassen und kommt hierher. Er steht unter Polizeiaufsicht, macht aber einen so guten Eindruck auf mich, daß ich mir schon vorgenommen hatte, ihn so milde wie möglich zu behandeln. Und was geschieht? Es vergeht kein ganzer Tag, und schon wird er angezeigt, weil er im Hause seines alten Paten eine Uhr gestohlen haben soll. Ich lasse ihn arretieren; er schwört Stein und Bein, unschuldig zu sein. Sein Pate habe ihm die Uhr verkauft, beteuert er. Leider ist der Pate inzwischen verstorben und kann nichts mehr bezeugen. Daß es so etwas tatsächlich gibt! Ich hätte geschworen, daß der junge Mann im Grunde ein anständiger Kerl ist, aber die Indizien sprechen gegen ihn."

Arndt hatte dem Kommissar mit wachsendem Interesse zugehört. Schließlich sagte er:

„Verzeihung, Herr Kommissar, aber ist das derselbe junge Mann, der vor einer Dreiviertelstunde von zwei Gendarmen in dieses Gebäude gebracht wurde?"

Der Kommissar blickte ihn verdutzt an.

„Woher wissen Sie das? Potztausend, Sie haben Ihre Augen aber überall! Jetzt sagen Sie nur noch, daß Sie hier vor dem Tor bereits Untersuchungen angestellt haben?"

Arndt lächelte.

„Untersuchungen nicht, aber ich habe gute Augen. Vor einer halben Stunde etwa verließ ein anderer Mann das Gebäude, breitschultrig, schwarzhaarig und mit einem Gesichtsausdruck, daß er die personifizierte Schadenfreude selbst hätte sein können. Wer war das?"

„Der Buchbinder Heider, Sohn des alten Paten und Hauptbelastungszeuge", sagte der Kommissar. „Wenn Sie sich so dafür interessieren, werde ich Ihnen die Vorgeschichte des Falles erzählen, so wie sie mir Wilhelm Heilmann dargestellt hat, versteht sich."

Die Erzählung dauerte eine Weile. Als der Kommissar geendet hatte, lehnte er sich zurück und erwartete Arndts Kommentar. Dieser war während des Berichts nachdenklich geworden. Er sagte vorsichtig:

„Welch seltsame Geschichte! Fast wäre man versucht, diesem Heilmann zu glauben!"

„Ja, fast", stimmte der Kommissar zu. „Und doch ist Heilmanns Lage praktisch aussichtslos. Wenn Bäcker, Fleischer und Kaufmann seine Aussagen bestätigen, so bedeutet das noch nicht, daß Brot, Wurst und Schnaps für den Paten gedacht waren. Wenn die Heiders aber lügen, den Alten wirklich haben darben lassen, so werden sie sich hüten, uns das auf die Nase zu binden. Sie haben bestimmt das Lager gewechselt, bevor die Leichenfrau gekommen ist. Nein, nein, Heilmann hat keine guten Karten. Wenn sich doch wenigstens die zwei Gulden gefunden hätten!"

„Die könnte Heider fortgenommen haben", fiel Arndt ein. „Aber mir ist die ganze Geschichte nicht recht geheuer. Heilmann behauptet, Heider habe damals bewußt den Verdacht auf seine Person gelenkt, indem er das Geld in die Lade legte. Warum ist aber der Goldbecher gestohlen worden? Der Dieb konnte ihn doch nicht so einfach verkaufen, denn seine Beschreibung ging durch alle Zeitungen. Wenn es Heider aber nur darum ging, seinen Nebenbuhler ins Gefängnis zu bringen, weshalb hat er dann das Gefäß nicht auch Heilmann untergeschoben?"

Der Kommissar schaute Arndt versonnen an.

„Inzwischen sind immerhin zwei Jahre vergangen. Vielleicht hat Heider, wenn Heilmanns Geschichte stimmen sollte, eine Zeitlang gewartet, bis er den Becher versilbern konnte? An die genaue Beschreibung des wertvollen Stücks erinnert sich doch heute wohl keiner mehr, und für die Polizei ist der Fall längst geklärt."

Arndt nickte.

„Sie können recht haben. Alles in allem, die Geschichte dieses Heilmann wirkt auf mich doch glaubwürdig. Ich glaube, er ist wirklich unschuldig. Wissen Sie, zufällig wurde ich Zeuge, wie Heilmann von Ihren Männern aus der Gastwirtschaft abgeführt wurde. Einer inneren Stimme folgend, kam ich hierher und habe den Eindruck, als müsse ich einem Unschuldigen in höchster Not helfen."

Der Kommissar zuckte die Achseln.

„Was nützt das alles?" gab er zu bedenken. „Was uns fehlt, sind Beweise. Ohne Beweise können wir nichts ausrichten."

„Und diese Beweise werde ich finden!" rief Arndt aus. „Herr Kommissar, was ist dieser Heider für ein Mensch? Kennen Sie ihn näher?"

Der Kommissar schüttelte den Kopf.

„Kennen ist zuviel gesagt", antwortete er. „Er gilt als jähzornig und unberechenbar, trinkt gern mehr, als er vertragen kann. Aber was haben Sie vor? Sie wollen doch nicht etwa auf eigene Faust in die Untersuchung eingreifen?"

„Stören werde ich Sie nicht", beruhigte ihn Arndt. „Lassen Sie mir ein wenig freie Hand?"

„Solange es unter uns bleibt, ja", sagte der Kommissar erstaunt. „Und der Mädchenhändler?"

„Läuft uns nicht davon!" meinte Arndt bestimmt. „Meine Leute sind ihm auf den Fersen. Darf ich jetzt mit Heilmann sprechen?"

Der Kommissar stimmte zu.

„Er befindet sich in Polizeigewahrsam und wird morgen in das Untersuchungsgefängnis gebracht. Wir gehen am besten direkt zu ihm, bevor der Wärter das Licht löscht."

Mit diesen Worten griff er Hut, Stock und Mantel und schritt voran. Sie gingen einen langen Flur hindurch, bis sie den Zellentrakt erreichten. Dort öffnete der Kommissar mit seinem Schlüssel eine bestimmte Zelle, in die Arndt eintrat. Der Kommissar zog sich diskret zurück. Nach einer halben Stunde verließ Arndt in angeregtem Gespräch mit Kommissar Anders das Polizeigebäude und verabschiedete sich von dem hilfsbereiten Beamten.

*

Es war noch am gleichen Abend. Ein unauffälliger, einfach gekleideter Bursche wandelte zum wiederholten Male gemächlich die Gasse herunter, in der das Haus des Buchbinders Heider lag. Als der Mann am Laden vorbeiging, öffnete sich die Tür, und Kurt Heider trat heraus. Ohne sich umzuschauen, lief er mit sichtlicher Hast an den Häusern entlang. Der andere Mann blieb einen Augenblick stehen und schaute ihm nach. „Endlich!" murmelte er. „Das hat ja eine Ewigkeit gedauert."

Ohne Zögern folgte er dem Buchbinder und sah ihn nach kurzer Zeit in einer Schenke verschwinden. Der Verfolger besann sich nicht lang und trat auch ein. Im Gastraum saßen zwei Männer an einem Ecktisch, sonst war das Wirtshaus mäßig gefüllt. Kurt Heider wurde mit lautem Hallo und heftigen Vorwürfen empfangen.

„Na, Kurt, wir warten schon 'ne geschlagene Stunde auf dich! Erst bestellst du uns einfach mitten in der Woche zum Skat, und dann kommst du erst jetzt!" rief der eine ärgerlich.

„Ach was", lachte Kurt Heider mit wegwerfender Geste. „Jetzt bin ich hier, also los! Aber eins sage ich euch: heute spielen wir nicht um ein paar Kreuzer! Heute gehe ich aufs Ganze!"

Bald war das Spiel in vollem Gang, und die drei Skatbrüder bemerkten in ihrem Eifer gar nicht, daß gegenüber ein anderer Gast Platz genommen hatte und ihnen aufmerksam zusah. Kurt Heider war in bester Laune. Sein Triumph über den verhaßten Rivalen machte ihn leichtsinnig. Er goß ein Bier nach dem anderen hinunter. Am Anfang hatte er ein gutes Blatt, das machte ihn unvorsichtig. Er wagte immer mehr, und bald wanderte ein Gulden nach dem anderen in die Taschen seiner Mitspieler. Statt nun aufzupassen, suchte er sein Glück auch mit ungünstigen Karten zurückzuzwingen. So nahm das Spiel seinen Lauf. Heider stieg das Blut in den Kopf, er schlug mit der Faust auf den Tisch und schwor, daß er das Spiel schon gewinnen werde, solle es ihn auch Haus und Hof kosten. Die Uhr schlug zehn, und jetzt schien das Glück Kurt Heider gänzlich im Stich zu lassen. Seine Barschaft war nicht nur längst aufgebraucht, er hatte sogar erhebliche Schulden bei den Mitspielern. Aus Rücksicht wollten diese aufhören und sagten die letzten Runden an, aber das brachte Heider gänzlich außer Fassung. Er beschuldigte seine Spielgenossen der Gewinnsucht und der Feigheit, und so nahm das Spiel unter häßlichen Flüchen und Streitereien seinen Fortgang.

Gegen Mitternacht stand es schlimm um Heider.

„Jetzt reicht's!" rief einer der Spieler. „Du hast keinen guten Tag heute, Kurt! Wie steht's denn mit dem Bezahlen? Schuldest du mir nicht noch vom letztenmal her Geld?"

„Ja", rief der andere, „und mir bist du schon seit einigen Wochen über fünfzig Gulden schuldig geblieben! Wann zahlst du endlich? Ich meine, unsere Freundschaft in allen

Ehren, aber du hast es doch nur dir selber zuzuschreiben! Warum spielst du auch so unvorsichtig und leistest dir teure Passionen? Ein Pferd wolltest du dir schon kaufen, und jetzt? Bezahl erst einmal deine Schulden!“

„Wir wollen endlich Geld sehen!“ rief der eine. „Wann bezahlst du uns?“

Kurt Heider wußte kaum, was er sagen sollte. Der Rausch des Spiels war verflogen, nun kam die Ernüchterung, und er mußte sich fragen, woher er die verlorene Summe nehmen konnte. Zwanzig Gulden hatte er heute verspielt; soviel hat man nicht jederzeit in der Kasse liegen, besonders wenn es nebenher noch einige ‚Liebhabereien‘ gab, die viel Geld kosteten. Und dazu der Todesfall im Hause! Zwar war Kurt die letzte Zeit seinem Vater gegenüber geizig gewesen, doch jetzt durfte er sich nicht lumpen lassen, wo es galt, ihn zu Grabe zu tragen. Wie sollte er aber die anderen Schulden bezahlen? Die zwei Gulden, die er seinem Vater aus der Zigarrenkiste genommen hatte, waren ohne Wiederkehr fort, und was bedeuteten denn auch zwei Gulden, verglichen mit der Summe, die er den ‚Genossen‘ schuldete. Da kam ihm plötzlich ein verzweifelter Gedanke. Rasch sagte er:

„Warum regt ihr euch so auf? Ich werde euch bezahlen, aber nicht heute. Mein Vater ist gestorben und muß anständig begraben werden. Dann aber werde ich ein kostbares Erbstück verkaufen und euch den Erlös geben. Freilich ist die Arbeit veraltet, doch wenn das Ding ein wenig umgearbeitet wird – –“

„Mach, was du willst“, knurrte der eine Skatfreund mürrisch, „aber beschaff bald das Geld! Und nun gute Nacht!“

Damit nahm er seinen Hut vom Haken und entfernte sich. Auch der andere Mann machte Heider ähnliche Vorhaltungen wegen der Spielschulden und ging schließlich. Nun war Kurt Heider mit dem Wirt allein in der Gaststube. Allein? Nein, am Nebentisch saß ja noch ein fremder Gast, der in einer Zeitung las. In Wirklichkeit wäre Arndt, denn er war der Fremde, vor Erregung fast aufgesprungen. Ein wertvolles Erbstück! Konnte das nicht der gesuchte Goldbecher sein, dessen Diebstahl Heilmann vor zwei Jahren zur Last gelegt worden war? Und umarbeiten lassen wollte Heider den Becher – natürlich, denn man hätte ihn ja doch vielleicht wiedererkennen können. Die drängenden Schulden und sein betrunkener Zustand schienen Heider unvorsichtig zu machen. Der Detektiv mußte die Gunst der Stunde unbedingt nutzen. Einstweilen beschränkte er sich jedoch darauf, hinter seiner Zeitung verschanzt, die weiteren Reaktionen Heiders abzuwarten.

Kurt Heider hing in seinem Stuhl und starrte vor sich hin. Die Gesellschaft seiner Skatbrüder hatte ihn nicht zur Besinnung kommen lassen. Nun aber war er mit seinen trüben Gedanken allein. Wie sollte er den Becher gefahrlos verkaufen, ohne daß seine Verbrechen zutage treten würden? Der Gedanke, dies könne die Strafe für den Diebstahl, die Anzeige gegen den Nebenbuhler und die Denunziation sein, kam ihm zwar, aber er verwarf ihn wieder.

‚Unrecht Gut gedeiht nicht'? Pah, das waren Sprüche für alte Weiber und abergläubische Männer, nicht aber für ihn. Was mußte sich Heilmann ihm auch in den Weg stellen! Hätte er ihm Anna gelassen, so wäre er nicht ins Zuchthaus gewandert! Heider lachte vor sich hin, ein häßliches Lachen.

„Herr Wirt, noch einen Schnaps!"

Der Wirt schüttelte den Kopf. Dennoch brachte er das Verlangte, denn er kannte den Mann als überaus jähzornig. Dabei sagte er:

„Das ist aber der letzte für heute!"

Heider brummte mißmutig vor sich hin und leerte das Glas in einem Zug. Dabei fiel sein Blick wie zufällig auf den fremden Gast ihm gegenüber. Das munterte ihn auf – eine willkommene Ablenkung nach all dem Pech heute abend.

„Hallo, ein neues Gesicht!" rief er dem Fremden gespielt heiter zu. „Sitzen Sie schon lange hier?"

Arndt ließ die Zeitung sinken, dann sagte er betont langsam: „Ein paar Stündchen werden's wohl sein."

„Dann sind Sie also Zeuge gewesen, wie man mich gerupft hat? Hat Ihnen etwa Spaß gemacht, was?"

Nur zu gern hätte Heider mit dem Fremden einen Streit begonnen, doch der antwortete nur:

„Wüßte nicht, warum. Habe mit mir selbst soviel zu schaffen, daß ich mich um andere nicht bekümmere."

Irgendwie sagte das kurz angebundene Wesen des Unbekannten Kurt Heider zu, denn er selbst war ja auch nicht bester Laune. Also rief er:

„Holla, Sie sind mir aber ein bärbeißiger Zeitgenosse! Unsereins nimmt es nach dem soundsovielten Krug Bier und einigen Schnäpsen nicht mehr so genau. Sind Sie etwa Uhrmacher, wenn's bei Ihnen immer so exakt zugehen muß?"

Ein rascher Gedanke schoß Arndt durch den Kopf. Scheinbar ärgerlich sagte er:

„Was geht's Sie an? Ich bin Goldschmied."

„Na, so sehen Sie auch aus", lachte Heider, „nach etwas ganz Besonderem. Bei welchem Meister? Oder sind Sie vielleicht selbst schon ein Meister der Goldschmiedekunst?"

Er hatte die letzten Worte in spöttischem Ton hervorgebracht. Arndt bemerkte das wohl, doch antwortete er ruhig:

„Bei keinem. Man kann mich hier nicht brauchen. Es gibt zuviel Goldschmiedegesellen in dieser Stadt."

Dabei zuckte er die Achseln. Heider ging ihm prompt in die Falle. Er stand auf und ging an Arndts Tisch, wo er sich vertraulich niederließ.

„Es stört Sie doch nicht, wenn ich mich ein wenig zu Ihnen setze?" fragte er freundlich. „Es redet sich so besser."

„Hm! Wenn Sie meinen", lautete die mürrische Antwort.

„Warum so brummig? Wo haben Sie denn schon gearbeitet?"

„Überall und nirgends", sagte Arndt kurz. „Ich war drei Jahre auf der Walz in Belgien, Holland und Frankreich."

Heider lächelte. Das paßte ja ganz famos! Wenn der

fremde Mann ohnehin im Ausland gewesen war, konnte er von der alten Diebstahlsgeschichte nichts wissen.

Rasch fügte er hinzu:

„Und was gedenken Sie jetzt zu tun?“

„Ich suche weiter nach Arbeit“, antwortete der Angesprochene in griesgrämigem Ton.

Heider klopfte ihm auf die Schulter.

„Lieber Mann“, sagte er leutselig, „ich hätte da vielleicht etwas für Sie!“

„So? Sind Sie Goldschmied?“ fragte Arndt erstaunt.

„Nein, ich binde Bücher. Aber ich habe von meinem Vater selig einen goldenen Becher geerbt, eine schöne Arbeit. Nun haben es die Umstände so gefügt, daß ich ihn einfach verkaufen muß. Leider ist er so altertümlich gefertigt, daß man ihn nur unter bestimmten Bedingungen abnehmen will. Könnten Sie die Schnörkel abschleifen?“

Arndt ließ sich nichts anmerken. Also war seine Vermutung richtig gewesen. Heider war tatsächlich der Dieb. Nun mußte er den Becher verändern lassen, damit man ihn nicht wiedererkennen konnte. Heider wollte ganz sichergehen. Darum wandte er sich an den vermeintlichen Goldschmiedegesellen um Hilfe, den er gewiß nachher mit einem Hungerlohn würde abspeisen können. Gespielt mürrisch gab Arndt daher zu bedenken:

„Wenn Sie das Stück verkaufen müssen, wovon wollen Sie mich dann bezahlen?“

„Pah! Das findet sich“, sagte Heider rasch. „Man hat mir eine große Summe geboten, von der ich Ihnen gern etwas abgeben werde.“

Im stillen lachte er vor sich hin: den fremden Vagabunden würde er leicht übers Ohr hauen können.

Arndt schien zu überlegen. Dann sagte er zögernd:

„Aber ich muß den Becher erst einmal sehen!“

„Natürlich“, fiel Heider ein. „Morgen, gleich morgen besuchen Sie mich zu Hause. Dort zeige ich Ihnen das gute Stück.“

Arndt schüttelte den Kopf.

„Morgen paßt es mir schlecht", behauptete er. „Wer weiß, wo ich heute nacht schlafen kann? Nein, nein, ich gehe jetzt mit Ihnen zu Ihrer Wohnung und schaue mir den Becher dort an."

Das war Heider gar nicht recht, doch wußte er sich keinen anderen Rat. Widerstrebend willigte er also ein, ließ den Wirt kommen, bat ihn, die Summe anzuschreiben, die er heute abend schuldig geblieben war, und ging dann mit Arndt durch die einsamen Straßen und Gassen zu seiner Wohnung.

Der Geheimpolizist fühlte sich von einer eigenartigen Spannung ergriffen. Würde es ihm gelingen, den Buchbinder zu entlarven und Heilmanns Unschuld zu beweisen? Auf keinen Fall durfte Kurt Heider jetzt irgendeinen Verdacht schöpfen. Also schwieg Arndt, bis sie den Laden des Buchbinders erreicht hatten. Heider zog einen Schlüssel heraus, öffnete damit die Ladentür und betrat vorsichtig das Haus. Dann drehte er sich zu Arndt um und legte den Finger auf die Lippen: „Treten Sie ein, aber leise! Meine Frau schläft schon. Warten Sie, bis ich zurückkomme!"

Damit zündete er eine Kerze an und schlich auf Zehenspitzen in das Wohnzimmer. Nach einer Weile kehrte er mit einem schweren Gegenstand zurück, der im matten Kerzenlicht sanft schimmerte. Vorsichtig schloß er mit der einen Hand die Wohnzimmertür und wendete sich dann dem Besucher zu.

„Hier ist der Becher. Sehen Sie sich ihn an, aber mit Vorsicht, wenn ich bitten darf!"

Seit er wußte, daß der Goldschmiedegeselle ihm nützlich werden konnte, verhielt er sich ihm gegenüber höflicher als vorhin in der Wirtschaft. Arndt nahm das ‚Erbstück' in die Hand und betrachtete es sorgfältig. Kein Zweifel, das war ein Wertgegenstand, der sicherlich vor etwa hundertfünfzig Jahren von einem guten Meister gefertigt worden war. Arndt dachte scharf nach: wie hatte Heilmann bei dem

Gespräch in der Polizeizelle den Becher beschrieben? Geschmückt mit allerlei Ornamenten, Blumen, Früchten und allegorischen Figuren, unter denen in der Mitte besonders die Gestalt des Riesen Atlas auffiel, der den Globus auf dem Rücken trug. Richtig! Hier war der Atlas deutlich zu erkennen. Nein, es gab keinen Zweifel: er hielt das verschwundene Gefäß in Händen. Vorsichtig reichte er Heider das kostbare Stück zurück.

„Nun?“ fragte dieser gespannt.

„Hm“, meinte Arndt gedehnt, „ein herrlicher Becher, prächtige Ziselierarbeit aus dem vorigen Jahrhundert. Durch die Umarbeitung wird er aber an Wert verlieren!“

„Ist mir ganz gleich“, versicherte der Buchbinder eifrig. „Der Herr, der kaufen will, besteht auf einer Umarbeitung, und zwar müssen die Schnörkel und Figuren verschwinden!“

„Wie Sie meinen“, sagte Arndt achselzuckend. „Ich werde also die altertümlichen Ornamente zum Teil entfernen und dem Becher eine moderne Form geben. Die notwendigen Werkzeuge habe ich dabei. Gibt es hier in der Nähe eine billige Herberge?“

„Sie können in dem Wirtshaus ‚Zum Roten Löwen‘ übernachten, wo wir uns heute abend getroffen haben“, meinte Heider, „der Wirt hat stets ein oder zwei Zimmer frei für Leute mit schmalem Geldbeutel. Wenn Sie sich eilen, treffen Sie ihn vielleicht noch in der Gaststube; er pflegt immer erst Ordnung im Schankraum zu schaffen, bevor er zu Bett geht.“

„Gut“, meinte Arndt. „Ich werde dorthin gehen. Wenn Sie morgen kommen und mir das Erbstück bringen, müßte ich in einigen Tagen fertig sein.“

Heider zögerte.

„Ich schenke Ihnen damit großes Vertrauen“, sagte er langsam. „Was ist, wenn Sie – –“

„Wenn ich den Becher nicht wiederbringe und mich damit aus dem Staub mache, wollen Sie sagen?“ lachte Arndt ihm glatt ins Gesicht. „Ihr Pech, mein Herr! Soviel Vertrauen werden Sie schon in mich setzen müssen. Morgen früh von neun bis zehn warte ich in der Schankstube des Wirtshauses auf Sie. Kommen Sie, dann ist es gut, kommen Sie nicht, haben Sie selbst den Schaden. Adieu!"

Damit öffnete er die Tür und entfernte sich rasch, ohne dem verdutzten Heider noch Gelegenheit zu einer Erwiderung zu geben. Dieser schaute ihm erstaunt nach.

„Impertinenter Kerl!" brummte er vor sich hin. „Wenn ich nicht auf ihn angewiesen wäre, sollten ihn alle Teufel holen. Aber so – –" Er zog eine Grimasse, schloß den Laden zu und verriegelte die Tür, um sich ins Bett zu begeben.

*

Am nächsten Morgen saß der Kommissar schon früh an seinem Schreibtisch und schrieb einen Bericht über das gestrige Geschehen. Er mußte die ihn seltsam bewegenden Ereignisse zu Papier bringen, um Klarheit zu gewinnen. Plötzlich wurde an seine Tür geklopft. Der Kommissar runzelte verärgert die Stirn.

„Herein!" rief er in strengem Ton.

Ein älterer Gendarm erschien und grüßte ehrerbietig.

„Was gibt's?" fragte der Kommissar. „Ich wollte doch eine halbe Stunde ungestört sein!"

„Verzeihung, Herr Kommissar", sagte sein Untergebener in höflichem Ton, „aber da draußen steht ein seltsamer Kerl, gekleidet wie eine Vogelscheuche, der dringend mit Ihnen sprechen will und Lärm macht für zehn!"

Der Kommissar sprang wütend auf.

„Lärm machen? Das werd' ich ihm austreiben!"

Damit riß er die Tür auf und schaute in den Flur. Er war leer. Der Kommissar durchschritt ihn und bog um die Ecke. In seiner Eile hätte er fast einen Mann über den Haufen gerannt, der dort stand und wartete.

Er hielt einen schäbigen Filzhut in der Hand und war in eine Art Flickengewand gekleidet. Vom Kinn herab hing ihm ein langer, fast weißer Bart, der schmutzig und ungepflegt aussah. Als er Kommissar Anders sah, machte er eine tiefe Verbeugung.

„Jongleur Zwiebel, zu Ihren Diensten, Herr Kommissar!"

Dieser hätte fast laut losgebrüllt, beherrschte sich aber im letzten Moment.

„Zwiebel?" brachte er mühsam hervor. „Woher kennen Sie mich überhaupt?"

„Oh, der Herr Kommissar kennen mich sehr gut", sagte der seltsame Fremde in spöttischem Ton und entfernte mit Schwung seinen Kinnbart. Der Kommissar sprang einen Schritt zurück.

„Herr Arndt!" rief er aus. „Mensch, sind Sie toll? Ich hatte Sie für einen Vagabunden gehalten!"

„Die Maskerade gehört nun einmal zu meinem Handwerk", lachte Arndt gutgelaunt. „In meinem derzeitigen Logis bei einer alten Witwe habe ich Kleider und Masken für etliche Verkleidungen im Schrank hängen. Übrigens trete ich hier als Zwiebel auf, um Ihren Herren nicht allzu bekannt zu werden. Inkognito bleiben ist alles in meinem Beruf! Doch lassen wir das jetzt, und kommen wir zu wichtigeren Dingen! Sind wir bei Ihnen ungestört?"

„Gehen wir in mein Zimmer", schlug der Kommissar vor, „dort haben wir Ruhe."

Fassungslos sah der Gendarm, der damit gerechnet hatte, sein Vorgesetzter werde den Jongleur im hohen Bogen zur Tür hinauswerfen lassen, beide im Arbeitszimmer verschwinden. Dort begann der Kommissar das Gespräch:

„Ich brüte gerade über der Angelegenheit Heilmann. Je mehr ich darüber nachdenke, desto wahrscheinlicher erscheint mir seine Unschuld."

„Ich kann Ihnen seit der heutigen Nacht sogar beweisen, daß er unschuldig ist", bestätigte Arndt ruhig. „Erinnern Sie sich an den verschwundenen Ehrenpokal?"

„Oh ja", sagte der Kommissar. „Nach Heilmanns Schilderung eine kostbare Arbeit mit Ornamenten und allegorischen Figuren aus dem 18. Jahrhundert. Hier" – damit hob er einen Aktenbündel hoch – „sind seine Strafakten mit der genauen Beschreibung, wie sie vor Gericht festgestellt wurde."

„Um so besser", meinte Arndt. „Diesen Pokal – – habe ich heute nacht in meinen eigenen Händen gehalten!"

Der Kommissar sprang auf.

„Wollen Sie mich zum Narren halten?" rief er aus. „Vor zwei Jahren wurde jeder Winkel der Residenz nach ihm abgesucht, und jetzt wollen Sie ihn gesehen haben!"

Arndt lächelte.

„Der Detektiv Zufall ist ein von mir sehr geschätzter Kollege, der schon oft geholfen hat. Aber gemach – wenn ich Ihnen die Geschichte der heutigen Nacht erzähle, werden Sie mir recht geben."

Damit begann er seinen Bericht. Der Kommissar hörte gespannt zu. Kaum hatte Arndt geendet, da ergriff der Kommissar seine Hand und drückte sie.

„Gratuliere, Herr Arndt", sagte er bewegt. „Durch Ihre Entdeckung können wir Heilmanns Unschuld zwingend beweisen. Wäre ich damals der Staatsanwalt gewesen, ich hätte der Beschuldigung des offensichtlichen Nebenbuhlers Heider nicht so ohne weiteres Glauben geschenkt. Freilich – fast alle diese Geschichten hier erzählen von Armut und Liebe, ausgenommen die Fälle, in die Berufsverbrecher verwickelt sind."

Dabei wies er mit einer Handbewegung auf die Schränke seines Zimmers, in denen Bände voller Akten standen.

„Sie haben recht, Herr Kommissar", stimmte Arndt zu. „Aber nun müssen wir uns beeilen. Es ist schon halb neun, und nach neun treffe ich mich mit Heider im ‚Roten Löwen'."

Der Kommissar nickte bedächtig.

„Schade, daß wir keine Zeit mehr haben, den Staatsanwalt

ins Vertrauen zu ziehen", meinte er. „Aber das läßt sich nicht ändern. Kommt Heider nicht um neun, lasse ich bei ihm eine Hausdurchsuchung vornehmen. Der Bursche soll mir nicht entgehen."

„Recht so, Herr Kommissar! Aber nun muß ich mich umziehen."

Arndt deutete auf eine schäbige Ledertasche, die er in den Händen trug, und fuhr fort:

„Hier befindet sich alles, was ich für meine nächste Verkleidung brauche. Gibt es irgendwo ein Zimmer, wo ich mich umkleiden kann?"

„Gewiß", sagte der hilfsbereite Beamte. „Folgen Sie mir!"

Damit schritt er Arndt voran. Es währte keine Viertelstunde, da verließ der Handwerksgeselle, der gestern im ‚Roten Löwen' gesessen hatte, das Polizeigebäude und setzte seinen Weg in Richtung Vorstadt fort.

*

Die Uhr im ‚Roten Löwen' schlug gerade neun Uhr, als der Buchbinder Heider den Schankraum betrat. Im Augenblick befand sich darin nur ein einziger Gast, nämlich der ‚Goldschmiedegeselle' Arndt. Er saß an einem Ecktisch und erhob sich bei Heiders Eintritt.

„Da sind Sie ja", empfing er ihn. „Nach Ihrer nicht gerade liebenswürdigen Bemerkung von gestern darüber, daß ich den Becher auch für mich behalten könnte, dachte ich schon nicht mehr daran, daß Sie mich wirklich aufsuchen würden."

„Lassen wir das jetzt", entgegnete Heider rasch, „und sprechen wir über wichtigere Dinge! Wie steht es mit Ihrem Honorar?"

Arndt zog die Augenbrauen hoch.

„Mein Honorar? Nun, ich werde mich genau an den festgesetzten Preis halten."

Heider runzelte die Stirn und sah ihn fragend an.

„Festgesetzten Preis? Gibt es denn so etwas bei den Goldschmieden?"

„Freilich zahlt man meist nach Vereinbarung oder nach dem Wert des betreffenden Stücks, das es umzuarbeiten gilt", meinte Arndt. „Aber in Ihrem Fall werde ich mich streng an das Gesetz halten."

Heider wurde blaß.

„Wie meinen Sie das?" stieß er hervor.

„Nun", sagte Arndt kaltblütig, „Ihr Mitgeselle Heilmann hat zwei Jahre im Zuchthaus verbringen müssen, so daß ich glaube, Sie werden in Ihrem besonderen Fall mit drei Jahren auskommen."

„Wie? Was?" stotterte Heider. „Ich fürchte, Sie haben den Verstand verloren!"

„Kaum", bemerkte Arndt ungerührt. „Aber das wird sich zeigen. Herr Kommissar, bitte, treten Sie ein!"

Bei diesen Worten öffnete sich eine Seitentür, Kommissar Anders betrat den Raum.

„Wir kennen uns bereits", wandte er sich finster an Heider, „weitere Worte sind also überflüssig. Bitte, zeigen Sie uns den Inhalt Ihrer Taschen!"

„Herr Kommissar, lassen Sie sich erklären – –", brachte der Buchbinder mühsam hervor.

„Keine Erklärungen, nur Tatsachen!" unterbrach ihn der Kommissar schroff. „Was ist das für ein Gegenstand, den Sie unter dem Mantel tragen?"

„Ein altes Erbstück", behauptete Heider mit einem Anflug von Dreistigkeit.

„Ein Erbstück?" fragte der Kommissar ironisch. „Zeigen Sie doch einmal her!"

Es half alles nichts, der Buchbinder mußte den verhüllten Becher vorzeigen. Der Kommissar betrachtete ihn eingehend, dann sagte er:

„Das genügt. Herr Heider, ich verhafte Sie wegen Diebstahls, begangen an Ihrem Vater, und wegen wissentlich falscher Anschuldigungen gegen Ihren ehemaligen Mitgesellen Wilhelm Heilmann."

Der Buchbinder erkannte, daß sein Spiel aus war. Widerstandslos ließ er sich von einigen herbeigeeilten Gendarmen fortbringen.

*

Bald darauf wurde Wilhelm Heilmann aus seiner Zelle im Untersuchungsgefängnis geführt.

„Kommen Sie mit", sagte der Schließer kurz, aber nicht unfreundlich, „der Herr Untersuchungsrichter erwartet Sie."

Heilmann schritt ihm beklommenen Herzens nach. Was würde der Richter ihm zu sagen haben? Die Lage schien hoffnungslos, denn seine Feinde sagten gegen ihn aus, und Beweise für seine Schuldlosigkeit gab es wohl nicht. Im tiefsten Innern sagte er sich trotzdem, daß noch nicht alles verloren sei. All seine Hoffnungen ruhten fest auf Arndt.

Im Zimmer des Untersuchungsrichters warteten der Gerichtsrat Leibold, Kommissar Anders und der Geheimpolizist Arndt auf ihn. Der Richter eilte auf Heilmann zu und sagte mit bewegter Stimme:

„Was haben Sie durchmachen müssen!"

Heilmann blickte ihn mit ungläubigem Staunen an. Da trat der Kommissar rasch hinzu.

„Ja, Herr Heilmann, Ihre völlige Unschuld ist nunmehr bewiesen. Herr Arndt hat entdeckt, daß Kurt Heider im Besitz des gestohlenen Ehrenbechers gewesen ist. Im Verhör sah Heider ein, daß Leugnen seine Lage nur verschlimmern würde, und gab alles zu: den Diebstahl damals, die falschen Anschuldigungen, die unmenschlichen Umstände, unter denen sein Vater die letzten Wochen verbringen mußte, und besonders, daß er das Geld – zwei Gulden, die Sie für die Uhr gegeben hatten – aus dem Zigarrenkästchen nahm. Seine Frau haben wir als Mitschuldige verhaftet. Von dem

Diebstahl und der falschen Beschuldigung freilich weiß sie nichts, aber den Schwiegervater hat sie gefühllos verkommen lassen. Damit ist Ihre völlige Unschuld erwiesen. Herr Heilmann, Sie sind frei. Einen angemessenen Schadensersatz für die erlittene Haft wird das Gericht festsetzen."

Heilmann wankte. Er mußte sich kurz setzen, das Glück hatte ihn übermannt. Dann ging er auf den Detektiv zu, ergriff seine Hände und sagte:

„Herr Arndt, das verdanke ich Ihnen! Sie haben an meine Unschuld geglaubt, und ohne Ihre Hilfe wäre ich bald wieder im Zuchthaus gelandet. Mein Leben gehört Ihnen, verfügen Sie darüber nach Belieben!"

„Nein, Heilmann", entgegnete Arndt gerührt, „über Ihr Leben darf ich nicht verfügen. Zudem hat mir Gottes Hand geholfen. Nun sind Sie immer noch ohne Arbeit, aber mit unserer Hilfe wird sich das rasch ändern lassen."

Heilmann erhielt auf Empfehlung Arndts schon bald Arbeit bei einem Buchbindermeister in Rollenburg. Zwar schmerzte ihn der Gedanke an seine Sträflingszeit in dem nahegelegenen Schloß immer noch, doch half ihm seine neue Beschäftigung, über die trüben Gedanken an die Vergangenheit hinwegzukommen. Nur einen Menschen aus dieser schlimmen Zeit seines Lebens konnte er nicht vergessen: den Geheimpolizisten Arndt. Würde er ihn wohl wiedersehen?

4.

Menschenhändler

Erich Uhland sah aus wie ein Lebemann – er war auch einer. Gekleidet nach der neuesten Mode, schlenderte er in der Residenz eine kleine, stille Straße hinunter, wobei er mit seinem Spazierstock Bewegungen ausführte, gerade als befände er sich im Zweikampf mit einem Degenfechter. Dabei huschten seine Schweinsäuglein ständig von rechts nach links und schienen alle Kleinigkeiten aufzunehmen. Er bewegte sich auf ein neu eröffnetes, hübsches Weinstübchen zu, das zunächst nur von wenigen Kunden, seit einigen Wochen aber recht lebhaft besucht wurde. Dort befanden sich unter den Gästen meist jüngere Leute, Schüler, Studenten und auch Lehrer. Das hatte seinen guten Grund, und er bestand in – einer neuen Kellnerin. Das Mädchen, das seit einiger Zeit hier bediente, war noch jung, etwa neunzehn Jahre alt, dabei aber von einer eigenartigen Lieblichkeit. Es lag über dem frischen Gesicht ein Hauch von Unschuld und Kindlichkeit, den eigentlich jeder respektieren mußte, es handele sich denn um einen besonders rücksichtslosen Menschen.

Das Lokal bestand aus zwei Stuben; in der hinteren saß ein älterer Herr, der hier regelmäßig verkehrte. Er war mit dem Wirt bekannt und unterhielt sich gerade mit ihm über die neue Kellnerin. Der Gast lobte ihr freundliches und umgängliches Wesen, unterbrach sich aber, weil sie gerade die hintere Stube betrat, um bei einer Häkelarbeit auszuruhen. Der Wirt verabschiedete sich von dem Herrn und verließ den Raum.

Es dauerte nicht lange, so trat Erich Uhland ein. Er grüßte knapp, aber mit gewisser Eleganz und bestellte sich einen

Schoppen. Die Kellnerin bediente ihn und setzte sich dann auf eine Bank. Sie bemerkte während ihrer Handarbeit gar nicht, daß der Gast sie genau beobachtete, und das eine ganze Weile. Schließlich schien ihm das lange Schweigen langweilig zu werden. Er räusperte sich halblaut und fragte beiläufig:

„Kennen Sie mich noch, Fräulein?“

Die plötzliche Anrede brachte eine leichte Röte auf ihren Wangen hervor, und sie antwortete freundlich, aber leise:

„Sie waren gestern abend hier?“

„Ja. Ich komme gleich heute früh wieder, weil Ihr Wein wirklich exquisit ist.“

„Das müßte der Wirt hören“, erwiderte sie. „Er würde sich freuen.“

„O ja“, sagte der Fremde mit einem seltsamen Unterton in der Stimme, „seit Sie hier sind, kommen die Gäste in Strömen. Freilich wundert mich das nicht, bei einem so hübschen – – Getränk wie diesem Weißwein.“

Er hatte eigentlich ‚Mädchen‘ sagen wollen, verbesserte sich aber noch rechtzeitig. Die Kellnerin nahm von seinen Worten keine Notiz. Sie arbeitete weiter, und es hatte ganz den Anschein, als halte sie das Gespräch nun für beendigt. Der Gast aber fuhr nach einer kurzen Pause fort:

„Nur schade, daß ich nicht wiederkommen kann. Ich wohne nicht hier und werde wohl in Zukunft nur noch selten in die Residenz fahren.“

Sie antwortete nicht. Wieder vergingen einige Minuten. Er suchte nach einem neuen Anknüpfungspunkt für das unterbrochene Gespräch. Sein Auge fiel auf das alte Klavier, das an der Wand der Stube stand. Er fragte:

„Spielen Sie bisweilen auf diesem Klavier, Fräulein?“

Sie errötete leicht und antwortete:

„Ich habe es leider nie gelernt.“

„So?“ Der Herr gab sich verwundert. „Das ist schade! Klavierspielen gehört zur Allgemeinbildung. Eine jede junge Dame sollte es können.“

Das Mädchen antwortete in leisem Ton:

„Meine Eltern sind zu arm dazu. Der Vater war Holzschnitzer, kann aber sein Handwerk nicht mehr ausüben. Er ist in die Kreissäge geraten und hat dabei drei Finger der rechten Hand verloren."

Der Gast gab sich mitleidig:

„O weh! Das ist schlimm! Da bedauere ich ihn von Herzen. Nun wird Ihre arme Mutter doppelt arbeiten müssen!"

Die Tränen traten der jungen Kellnerin in die Augen, und sie sagte fast schluchzend:

„Ich habe keine Mutter mehr. Sie starb schon vor Jahren an einem Fieber. Die Ärzte nennen es Hungertyphus. Es wurde gesagt, daß unsere Ernährung zu einseitig gewesen sei. Obwohl wir stets etwas zu essen hatten, fehlte es uns doch an allen wichtigen Nahrungsmitteln. Daher mußte ich fort, um Geld zu verdienen – für mich, den Vater und meine drei jüngeren Schwestern. Die zweitälteste Schwester wird jetzt vierzehn Jahre, sie kommt zu Ostern aus der Schule und muß nun an meiner Stelle das Haus versorgen."

Der Fremde heuchelte ein lebhaftes Interesse. Er fragte:

„Und was macht Ihr Vater? Wovon lebt er?"

„Er handelt ein wenig mit Obst", antwortete sie. „Das kann er trotz seiner invaliden Hand."

„Dann müssen Sie wohl fast Ihren gesamten Lohn an die Familie abgeben?" meinte der Herr wie beiläufig.

Die Kellnerin nickte. Ein lautes ‚Ja' zu sagen, das fiel ihr denn doch zu schwer. Sie hatte den Vater und die Geschwister von Herzen lieb. Was sie tat, das tat sie gern. Arm zu sein, ist keine Schande, aber so offen darüber zu sprechen, das widerstrebte ihr doch.

Wieder gab es eine Pause. Dann begann der neugierige Gast von neuem:

„Wie heißt Ihr Vater?"

„Weber."

„Und Sie?"

Das Mädchen blickte ihn erstaunt an.

„Magda", sagte sie.

Der Gast war sichtlich angetan.

„Ein schöner Name", sagte er. „Und nun arbeiten Sie hier? Da gibt es doch sicher wenig zu verdienen?"

Das Gespräch war eigentlich ein Verhör zu nennen, doch Magda Weber schien es nicht zu bemerken.

„Drei Gulden monatlich mit Kost und Logis", sagte sie traurig.

„Das ist freilich wenig", meinte Uhland. „Wie wollen Sie da den armen Vater unterstützen, zumal Sie doch auch etwas für sich brauchen?"

„Oh, was mich angeht, ich bin genügsam!" erwiderte Magda lebhaft. „Doch ein wenig Geld für Wäsche und verschiedenes andere brauche ich auch. Vielleicht finde ich eine neue und bessere Stelle. Der Wirt mag mich gut leiden, er würde mich aber sogleich ziehen lassen, wenn ich ihn darum bitte und auf den letzten Monatslohn verzichte. Was hilft's mir aber? Ich bin den Leuten zu jung, ich soll erst noch lernen. Mehr als drei Gulden bietet man mir nicht."

Uhland nickte zustimmend.

„Ja, ja, so ist es hier in der Residenz!" sagte er. „Bei uns bezahlt man zehnmal besser."

Das machte sie neugierig. Sie hob rasch den hübschen Kopf und fragte:

„Bei uns? Wo ist das?"

Der andere schien ihren Eifer nicht zu bemerken. Er fuhr ruhig fort:

„In Rollenburg. Ja, dort wissen die Leute zu leben! Man nutzt das Gesinde nicht so aus wie hier. Ein Mädchen, das gute Dienste leistet, hat jeden Sonntag frei, einen hohen Lohn und bekommt ein nobles Weihnachtsgeschenk."

„Welchen Lohn erhält man dort?" fragte Magda.

Der Gast tat geheimnisvoll.

„Hm!" sagte er gedehnt. „Das kommt auf die Stelle an, die man bekleidet, ob als Dienstmädchen, Hausmädchen,

Zimmermädchen, Verkäuferin oder Kellnerin. Was würden Sie vorziehen?"

„Kellnerin möchte ich nicht gern wieder werden. Aber als Hausmädchen bei einer Dame würde ich schon gern dienen."

Uhland blickte Magda mit gut gespielter Verwunderung an:

„Wirklich? Dann ist es gerade, als ob das Schicksal mich hierher geschickt hätte. Ich weiß nämlich eine gute, sehr gute Stelle in Rollenburg bei einer Verwandten von mir. Wissen Sie, sie ist Malerin, ja sogar eine recht berühmte. Bei ihr wohnt eine Anzahl junger Damen in Pension, die sich dort künstlerisch ausbilden lassen. Für diese Damen braucht sie ein Stubenmädchen. Ein Dienst- und ein Hausmädchen hat sie bereits. Das Stubenmädchen soll übrigens die feineren und leichteren Arbeiten besorgen. Der Lohn ist sehr hoch, und daß diese Künstlerinnen gute Trinkgelder geben, das können Sie sich denken!"

Das unerfahrene Mädchen stand von seinem Platz auf, und ihre Augen leuchteten vor Freude. Der Gast fühlte, daß er sein Ziel erreicht hatte. Beiläufig sagte er:

„Übrigens beträgt der Lohn fünfzehn Gulden monatlich, ohne die Trinkgelder und Geschenke."

„Fünfzehn – – mein Gott!" rief Magda aus. „Oh, könnte ich diese Stelle bekommen!"

Der Fremde legte ihr vertrauensvoll eine Hand auf die Schulter.

„Nun, ich will Ihnen sagen, daß meine Verwandte mich gebeten hat, mich hier nach einer passenden Person umzusehen, ich könnte sie gleich mitbringen."

„Dann bitte, nehmen Sie keine andere!"

Magda hielt ihm hilfesuchend die kleine Hand entgegen. Er ergriff sie und sagte im Ton väterlichen Wohlwollens:

„Nun, Sie sind zwar jung, aber gutwillig und wohlerzogen. Ich will es also wagen, Sie meiner Verwandten zu präsentieren. Sind Ihre Papiere in Ordnung, so daß Sie augenblicklich fortkönnen?“

„Ich werde sofort mit dem Wirt sprechen.“

„Schön! Sie müssen mir jetzt allerdings noch eine Bitte erfüllen. Verschweigen Sie Ihrer jetzigen Herrschaft, wohin Sie gehen! Den Grund dafür kann ich Ihnen erst später sagen. Ich fahre mit dem Zug heute nachmittag um fünf Uhr fort. Kommen Sie zum Bahnhof mit Ihren Sachen!“

„Oh, ich habe nicht viel, denn ich bin arm“, sagte Magda bescheiden.

„Sie werden sich in Rollenburg sehr bald gute Wäsche und schöne Kleider anschaffen können“, fügte der Fremde hinzu. „Meine Verwandte heißt Melitta. Sie ist unverheiratet. Mein Name ist Uhland, und ich freue mich sehr, meiner Verwandten und Ihnen helfen zu können. Sie werden es dort sehr gut haben! Hier sind fünf Gulden als Draufgeld. Topp?“

Er streckte ihr die Hand hin, und Magda schlug herzhaft ein.

Der Gast gab ihr noch einen Gulden und sagte:

„Das ist für den Wein.“

„Zuviel, Herr Uhland!“ wandte Magda rasch ein.

„Schon gut!“ wehrte Uhland ab. „Die Sache ist also abgemacht. Ich rechne nun damit, daß Sie auch zur rechten Zeit zum Zug eintreffen!“

„Oh, ich werde bereits viel eher auf dem Bahnhof sein!“ versicherte Magda.

Uhland nickte zufrieden. „Schön! Also auf Wiedersehen, liebes Kind!“

„Adieu, Herr Uhland!“

Er gab ihr die Hand und ging. Magda fühlte sich außerordentlich glücklich. Sie eilte sogleich zu dem Wirt. Dieser war zwar erstaunt und betroffen zugleich über ihren schnellen Entschluß, willigte aber ein, denn seine Frau war schon recht eifersüchtig auf die junge Kellnerin geworden.

*

Der ältere Gast in der Hinterstube hatte jedes Wort mithören können. Als Uhland das Lokal verließ, trank er seinen Wein schnell aus, legte die Bezahlung neben das Glas und folgte ihm. Uhland spazierte gemächlich durch mehrere Straßen und trat dann in ein feines Café.

„Ich habe ein brillantes Geschäft gemacht", dachte er, „und kann mir etwas Gutes tun. Wenn nur diese Kleine auch Wort hält!"

Er hatte sich kaum niedergesetzt, so trat der ältere Mann ein und schritt auf Uhlands Tisch zu. Dieser sprang sofort in die Höhe, als er den Neuankömmling erblickte.

„Heinz, du?" rief er erstaunt aus.

„Pst, nicht so laut!" zischte jener. „Die Wände haben hier Ohren. Gratuliere dir übrigens zu der famosen Magda Weber!"

Uhland glaubte seinen Ohren nicht trauen zu können.

„Wie? Du weißt?" fragte er perplex.

„Alles. Ich saß gleich nebenan in der Hinterstube und hörte dein Gespräch mit der jungen Gans. Ihr freilich konntet mich nicht sehen. Apropos: bist du nicht bei Winkelmann auch auf Fang ausgewesen?"

„Schweig mir mit Winkelmann", brummte Uhland verdrießlich. „Das Pflaster wurde mir dort zu heiß, seit so ein seltsamer Mensch mich einige Male ganz scharf beobachtet hat. Ich habe Freunde in der Residenz, und so war es ein leichtes herauszufinden, daß es sich um einen verdammten Polizeischnüffler handelte. Also wechselte ich Hals über Kopf das Revier, und nun bin ich doch fündig geworden!"

„Und wie fündig!" stimmte Heinz zu. „Bist du sicher, daß das Mädchen auch willig ist?"

„Willig oder nicht willig", sagte Uhland spöttisch, „der Melitta und mir widersteht niemand! Und wie geht dein Geschäft?"

Sein Kumpan grinste häßlich. „Gut wie deins! Aber eins will ich dir sagen, Erich: sei auf der Hut! Hinter deinem Schnüffler könnte dieser verdammte Geheimpolizist stekken, der sich seit kurzer Zeit hier herumtreibt und sich sehr für Mädchenhandel interessieren soll."

„Mag er sich doch dafür interessieren", meinte Uhland großspurig. „Aber wehe, er pfuscht mir ins Handwerk! Dann – –" Er machte die Bewegung des Halsumdrehens. „Jetzt laß uns auf meine neue Errungenschaft anstoßen! Herr Ober, eine Flasche vom Besten!"

*

Karl Petermann hatte sich nach dem Abschied von Heilmann vom Bahnhof der Residenz direkt in das Polizeigebäude begeben und sich auf der Meldestelle nach seiner Tochter erkundigt.

„Valeska Petermann?" meinte der Beamte, während er im Einwohnerregister nachschlug. „Gemeldet bei Frau Groh in der Ufergasse 10."

Petermann ging. Sein Herz war ihm zum Brechen schwer. Also befand sich sein Kind wirklich dort bei der so schlecht beleumundeten Frau Groh! In der Ufergasse klingelte er bei der angegebenen Hausnummer. Niemand öffnete. Petermann mußte unverrichteter Dinge wieder abziehen.

Während der nächsten Tage mühte er sich nach Kräften, Arbeit in der Residenz zu finden, doch niemand wollte einen wegen Unterschlagung Vorbestraften einstellen. Mehrfach versuchte er auch, Madame Groh in ihrer Wohnung anzutreffen, doch sie war angeblich verreist. Erst drei Wochen nach seiner Ankunft in der Residenz glückte es dem ehemaligen Gutsverwalter zu beobachten, wie eine vornehm gekleidete Dame das Haus Ufergasse 10 betrat. Schnell entschlossen folgte er ihr und ließ sich von dem verlegenen Dienstmädchen nicht abweisen. Nach einigen Minuten eines Wortwechsels wurde er endlich zur Madame Groh vorgelassen.

Die Dame stand in hochmütiger Haltung mitten in ihrem Zimmer. Petermann verbeugte sich leicht und sagte einige

Worte, um sein Vordringen zu entschuldigen, sie aber fiel ihm in die Rede:

„Ich kenne Sie nicht. Was wollen Sie?"

„Mich kennen Sie freilich nicht, Madame, aber meine Tochter kennen Sie."

Die Dame tat erstaunt. „Ihre Tochter? Wieso?"

„Sie steht bei Ihnen in Diensten."

„Bei mir? Ah, Sie heißen Petermann. Ja, eine Petermann war bei mir im Dienst."

„Meine Tochter ist nicht mehr bei Ihnen?" fragte Petermann.

„Nein. Sie blieb überhaupt nur recht kurze Zeit bei mir."

„Können Sie mir denn vielleicht Auskunft erteilen, wo sie jetzt ist?" erkundigte sich Petermann, immer noch in sehr höflichem Ton.

„Nein. Ich bin nicht neugierig. Ich pflege nicht zu fragen, wohin ein Mädchen geht, wenn es von mir fort will. Das geht mich doch gar nichts an!"

„Sie haben ihr aber doch ein Zeugnis ausgestellt?"

„Natürlich! Ich besinne mich, ihr ein Zeugnis gegeben zu haben, mit dem sie zufrieden sein kann."

„Sie ist bei Ihnen noch immer polizeilich gemeldet!"

„Wenn sie sich nicht ordnungsgemäß abgemeldet hat, so ist das nicht meine Sache. Haben Sie sonst noch eine Frage? Meine Zeit ist knapp!"

Das war mehr als deutlich. Petermann verabschiedete sich kurz und verließ die unfreundliche Dame. Das Dienstmädchen führte ihn zur Tür und wollte ihn hinauslassen, doch Petermann drehte sich noch einmal um und fragte:

„Sie stehen wohl schon lange in Diensten?"

„Ja, mein Herr", antwortete sie zögernd, „drei volle Jahre."

„Und Sie haben sicher viel zu tun?"

„Gewiß, die ganze Hausarbeit."

Petermann nickte freundlich.

„Da wurde Ihre Kollegin Valeska ja fast gar nicht gebraucht? Ich bin nämlich ein Verwandter von ihr."

Das Mädchen begriff nicht den Hintersinn dieser Worte und erwiderte unbefangen:

„Sie haben ganz recht! Darum mußte sie auch fort."

„Ja, ja", nickte Petermann. „Wohin ist sie eigentlich gegangen?"

„Das wissen Sie nicht?" fragte das Mädchen erstaunt. „Na, nach Rollenburg natürlich, zu Fräulein Melitta!"

Petermann bemühte sich, seine Freude nicht zu zeigen, dankte höflich und schritt von dannen. Das Dienstmädchen ging in das Zimmer ihrer Herrin.

„Was gibt's?" fragte diese barsch.

„Der Mann ist fort", meldete das Mädchen. „Er hat mich gefragt, wie lange ich hier diene und wohin die Valeska Petermann gegangen ist."

Da sprang Frau Groh von dem Sofa auf, wo sie eben Platz genommen hatte.

„Du hast es ihm doch nicht etwa gesagt?"

„Warum nicht?" fragte das Mädchen ängstlich. „Er sagte, er sei ein Verwandter von Valeska. Stimmt das etwa nicht?"

„Doch, doch, leider! Welche Unvorsichtigkeit! Wir müssen die Melitta warnen. Rasch zu Heinz! Und du bleibst hier und öffnest keinem Menschen!"

Die Dame rauschte davon und ließ das erschrockene Mädchen zurück.

*

Wilhelm Heilmann hatte seine Lehrzeit zwar bei dem Paten Heider in der Residenz verbracht, doch war er der Sohn armer Weber aus Langenstadt, droben im Gebirge. Seine Eltern waren früh gestorben und hatten ihn in der Obhut einer Verwandten zurückgelassen, die sich recht und schlecht um ihn kümmerte. Eines Tages war dann der Pate Heider ins Gebirge gekommen, um sich des vierzehnjährigen Knaben anzunehmen, der bei ihm in die Lehre gehen sollte. Sein weiteres Schicksal ist uns bekannt.

Schon wenige Tage, nachdem sich Heilmanns Unschuld herausgestellt hatte, fand er neue Arbeit in Rollenburg.

Seitdem waren drei Wochen ins Land gegangen, und der junge Mann hatte sich noch einmal in die Residenz begeben müssen, um Kommissar Anders einige abschließende Fragen zu beantworten. Dies war nun erledigt, und Heilmann wartete im Bahnhof der Residenz auf seinen Zug nach Rollenburg. Er saß im Wartesaal zweiter Klasse, trank ein Glas Bier und ließ seine Blicke schweifen. Da fiel sein Auge auf ein junges Mädchen, das in seiner Nähe saß und neben sich eine große Tasche stehen hatte. Heilmann fühlte sich unwillkürlich von ihrer Erscheinung berührt. Sie war eine aufknospende Schönheit, ohne Zweifel, aber nicht das allein zog sein Auge an, sondern in ihren weichen, sanften Zügen fand er etwas, das ihm seltsam bekannt vorkam. Und sonderbar, auch sie blickte wiederholt zu ihm herüber, und wenn sich ihre Blicke dabei begegneten, senkten sich ihre Wimpern, aber nicht erschrocken, sondern eher wie von Freude erfüllt. Da stand Wilhelm Heilmann auf, machte einige rasche, entschlossene Schritte auf sie zu, verbeugte sich leicht und sagte:

„Entschuldigung, mein Fräulein! Haben wir uns nicht schon einmal gesehen?“

Sie errötete, antwortete aber unbefangen:

„Schon oft, Herr Heilmann.“

„Wie! Sie kennen mich also? Wo sahen wir uns denn bloß?“

„In der Heimat, in Langenstadt“, erwiderte sie leise.

„Ah, Sie sind auch von da oben her? Ich bin allerdings lange Jahre nicht mehr dort gewesen. Aber hm! Ihr Gesicht spricht so freundlich zu mir, doch weiß ich nicht, welchen Namen ich Ihnen geben soll.“

„Denken Sie an Kirschen!“ lächelte das Mädchen.

Heilmann machte ein verblüfftes Gesicht.

„An welche Kirschen?“

„An die Kirschen, Stachelbeeren, Birnen und Äpfel, die Sie heimlich zwischen den Zaun steckten, damit sie jemand finden konnte. Dieser Jemand war ein kleines, armes Mädchen, das niemals einen Pfennig hatte, sich solche Früchte zu kaufen. Sie hatten zwar auch nicht viel, doch fanden Sie immer wieder Gelegenheit, sich für kleine Botendienste mit allerlei Obst beschenken zu lassen, das Sie dem kleinen Mädchen weitergaben. Es ist inzwischen freilich auch ein wenig größer geworden."

Wilhelm Heilmann trat einen Schritt zurück. Die Überraschung stand auf seinem Gesicht geschrieben, als er sagte:

„Sie sind Magda? Webers Magda! Nun, das ist eine große Freude! Wir haben uns schon ewig lang nicht mehr gesehen!"

„O ja", lächelte Magda schalkhaft. „Damals war ich ein ganz kleines, dummes Ding, lief barfuß und aß Grießbrei. Bald freilich kam eine traurige Zeit für mich. Die Mutter starb, und der Vater hat fast die Hand verloren, denn die Kreissäge verstümmelte sie ihm. Nun war es natürlich aus mit dem Holzschnitzen. Er fing einen kleinen Obsthandel an, der ihn und meine drei Schwestern nur kümmerlich ernährt."

Bei diesen Worten senkte sie den Blick zu Boden. Heilmann verstand sofort.

„Ich vermute, Sie haben Langenstadt verlassen, um sich Arbeit in der Residenz zu suchen?" fragte er vorsichtig.

„Bis vor kurzem arbeitete ich als Kellnerin in einer Weinstube", sagte Magda verlegen.

„Wie schade, daß ich nicht helfen konnte", rief Heilmann rasch aus. „Ich bin ja schon mit vierzehn Jahren von Langenstadt fort und habe seitdem – – viel Schlimmes, aber auch Gutes erlebt. Welch ein Zufall, daß wir uns hier treffen. Wohin fahren Sie jetzt?"

„Ich muß heute nach Rollenburg, wo ich einen neuen Dienst antrete", antwortete Magda. „Ich soll dort Wirtschafterin werden bei einer Dame, einer Malerin, die junge Künstlerinnen in Pension hat."

„Wie heißt sie?" fragte Heilmann vorsichtig.

„Fräulein Melitta."

„Dieser Name ist mir unbekannt. Allerdings bin ich selbst erst seit kurzer Zeit bei einem Buchbinder in Rollenburg beschäftigt. Aber sei's drum! In welcher Klasse reisen Sie?"

„Das weiß ich nicht", versetzte Magda. „Ich fahre mit einem Herrn dorthin, der ein Verwandter meiner neuen Herrin ist und mich für den Dienst ausgewählt hat."

Heilmann blickte auf.

„Dort schaut gerade ein Herr zur Tür herein. Er scheint jemand zu suchen."

„Das ist er", antwortete Magda, indem sie sich umsah. „Er winkt. Ich muß zu ihm."

Sie griff nach ihrer Tasche. Wilhelm streckte ihr die Hand entgegen und sagte:

„Unter diesen Umständen darf ich Sie allerdings nicht zurückhalten. Hoffentlich sehen wir uns in Rollenburg wieder. Oder wünschen Sie das nicht?"

Sie rang mit einer Antwort, dann klang es leise:

„Ich würde mich sehr freuen. Adieu, Herr Heilmann!"

„Adieu, Magda!"

Sein Blick folgte ihr, bis sie hinter der Tür zum Wartezimmer dritter Klasse verschwunden war. Dort stand Uhland und empfing sie mit bösen Blicken.

„Was taten Sie da drin?"

Sie sah ihn erstaunt an.

„Warum fragen Sie?"

„Weil Sie doch hier in diesem Saal warten sollten!"

„Ich habe darauf nicht geachtet", entschuldigte sich Magda. „Auch konnte ich doch nicht wissen, daß Sie in der dritten Klasse fahren. Sie als Verwandter des Fräulein Melitta reisen doch sonst zweiter Klasse?"

„Ah, diese kleine Fliege kann auch stechen", dachte sich Uhland. Aber er ließ seinen Ärger nicht merken, die Fliege hätte sonst noch im letzten Augenblick auf den Gedanken kommen können, ihm zu entweichen.

„Ich würde zweiter Klasse fahren, aber es ist alles besetzt. Wer war der Herr, mit dem Sie sprachen?"

„Er stammt aus meiner Heimat und arbeitet nun als Buchbinder in Rollenburg."

Uhlands Gesicht wurde plötzlich von einem hämischen Lächeln entstellt, als er fortfuhr:

„Nun, so werden Sie ihn wohl wiedertreffen. Jetzt will ich für die Billetts sorgen."

Kaum hatte er die Fahrkarten gekauft, da läutete es zum erstenmal. Sie betraten den Bahnsteig, um sich in das Abteil zu setzen. Draußen stand der junge Buchbinder. Er beobachtete die beiden, bis sie eingestiegen waren. Dann schritt er, wie unter dem Einfluß eines plötzlichen Gedankens, auf das Abteil zu und zog den Hut.

„Verzeihung, mein Herr!" sagte er. „Mein Name ist Wilhelm Heilmann."

„Schön!" antwortete Uhland, ohne seinen Namen zu nennen, wie es die Höflichkeit erfordert hätte.

„Sie fahren mit dieser Dame nach Rollenburg?"

„Allerdings."

„Es ist kalt in der dritten Klasse", sagte Heilmann mit besorgtem Unterton in der Stimme. „Erlauben Sie, daß ich ihr meinen Mantel zur Verfügung stelle? Es ist zwar nur ein einfacher Überzieher, doch hält er warm."

„Das ist nicht nötig. Es ist warm genug. Übrigens geht Sie das nichts an!"

Da trat der junge Mann einen Schritt näher an das Abteil heran, blickte dem anderen erstaunt in das Gesicht und antwortete:

„Herr, was fällt Ihnen ein! Ihr Betragen ist geradezu flegelhaft! Ich stelle mich Ihnen vor, und Sie verschweigen mir Ihren Namen. Sie tun ganz so, als ob Sie dieser Dame zu befehlen hätten, dabei kann sie nach Rollenburg fahren, wie und mit wem es ihr beliebt. Ich kenne sie, ich will sie nicht frieren lassen, und wenn Sie den Mantel nicht in Ihrem Abteil dulden wollen, so mag sich Fräulein Weber zu mir setzen. Ich fahre zwar auch nur dritter Klasse, doch wird sie dann meinen Überzieher erhalten!"

Das war deutlich. Uhland schwieg wütend. Wilhelm zog seinen Mantel aus, trat auf das Trittbrett und reichte dem Mädchen das warme Kleidungsstück.

„Hier, Magda, hüllen Sie sich hinein!"

Sie errötete, wies aber den Mantel nicht zurück. Heilmann ging ein Abteil weiter, Uhland aber schwieg, um seine Beute nicht noch mißtrauischer zu machen. Sie lehnte in der Ecke und schloß die Augen. ‚Magda' hatte er sie genannt, bei ihrem Vornamen. Eine Fülle von Gefühlen stürzte auf sie ein und brachte sie in große Verwirrung.

Unterdessen ging Heilmann seinen Gedanken nach. Dieser Uhland war ihm äußerst unsympathisch. Hoffentlich war Magda hier nicht an einen Wolf im Schafspelz geraten –!

In Rollenburg angekommen, ging Wilhelm zu Magda und Uhland und erbat den Mantel zurück. Um nicht wieder mit Uhland streiten zu müssen, verabschiedete er sich rasch und ging fort, immer noch in schwere Gedanken versunken. Jedenfalls beschloß er, so bald wie möglich die Wohnung des ihm vollständig unbekannten ‚Fräulein Melitta' aufzusuchen.

*

Es war zwei Tage nach der Abreise Magda Webers aus der Residenz. Im Bezirksgericht saß der junge Assessor Franz von Ansbach über einem Stapel wichtiger Akten. Es war ihm trotz seiner Jugend in recht kurzer Zeit gelungen, sich das völlige Vertrauen seiner Vorgesetzten zu erwerben. Zur Zeit befaßte er sich mit der ‚Mädchenhändlerangelegenheit', wie Arndt sie zu nennen pflegte. Einige erfahrene Polizisten waren dem ‚ehrenwerten' Herrn Uhland auf der Spur. Kommissar Anders selbst hatte die Oberleitung über diese delikate Beobachtungsaufgabe übernommen.

Gerade las Franz von Ansbach in dem Bericht eines der zuverlässigsten Mitarbeiter von Detektiv Arndt, daß er den sogenannten ‚Herrn Uhland' in Winkelmanns Weinstube schon vor einigen Tagen aus den Augen verloren hatte. War dem mutmaßlichen Mädchenhändler dort der Boden zu heiß geworden? Während Ansbach seinen Gedanken nachging, wurde plötzlich die Tür seines Arbeitszimmers aufgerissen und – Kommissar Anders stürzte sichtlich erregt herein.

„Herr Assessor, es gibt schlechte Nachrichten!“

Ansbach blickte sein Gegenüber besorgt an.

„In der Angelegenheit Arndt?“ fragte er rasch.

„Ja“, bestätigte der Kommissar. „Unser Mann, der Uhland in der Weinstube observierte, hat vor zwei Tagen endlich dessen Spur wiedergefunden, und zwar in einer neuen Weinstube der Residenz. Dort verkehrt ein gewisser ‚Heinz‘, dem allerlei dunkle Geschäfte nachgesagt werden, und dort ist nun auch Uhland aufgetaucht. Der Beschreibung nach müßte er es jedenfalls sein. Aber – wie der Teufel es so will – Uhland ist uns erneut entwischt, und zwar zusammen mit einer jungen Kellnerin namens Magda Weber. Nach langem Hin und Her hat unser Gewährsmann herausfinden können, daß Uhland mit Magda Weber vor zwei Tagen nach Rollenburg abgereist ist.“

Da sprang der junge Assessor erregt auf.

„Dann müssen wir ihnen nach! Diese Gelegenheit dürfen wir uns nicht entgehen lassen!“

Mit diesen Worten eilte er zu seinem Vorgesetzten, Staatsanwalt Unterberg, der über die gesamte unsaubere Angelegenheit genau informiert war. Dieser fällte rasch seine Entscheidung, und schon eine knappe halbe Stunde später verließen Staatsanwalt Unterberg, Assessor von Ansbach und Kommissar Anders die Residenz mit dem Abendzug in Richtung Rollenburg. Vorher aber war ein chiffriertes Telegramm an einen Mitarbeiter Arndts in Rollenburg abgegangen, das entschlüsselt folgenden Inhalt hatte: *Ankommen mit Abendzug in Rollenburg – sehr wichtig – Uhland in Rollenburg mit Magda Weber, neunzehn Jahre alt – wahrscheinlich zur Melitta – Herrn Arndt sofort von unserem Eintreffen unterrichten – Treffpunkt Haus M. – Staatsanwalt Unterberg.*

5.

Im Haus der Melitta

Mademoiselle Melitta bewohnte eine vornehme Villa am Rande der Stadt Rollenburg. Ein kräftiger Hausdiener sowie einige andere Bedienstete sorgten dafür, daß nur Gäste das Haus betraten, die Fräulein Melitta genehm waren. Der Dame des Hauses sah man an, daß mit ihr nicht zu spaßen war. Sie hatte eine wahre Xanthippen-Physiognomie mit spitzer Nase, scharfem Kinn und einem Mund, der sich sehr unangenehm verzog, wenn irgend etwas nicht nach ihrem Willen ging. Heute konnte sie freilich recht zufrieden sein. Ein spendabler, älterer Herr war nach Rollenburg gekommen, um dort einen angenehmen Tag im Kreise der Mädchen, die Fräulein Melittas Gesellschaft bildeten, zu verbringen. Er amüsierte sich bestens, und dennoch fiel es ihm auf, daß ein Mädchen sich von den anderen abseits hielt. Als die jungen Damen den Besucher begrüßt hatten, war sie als einzige auf ihrem Platz sitzen geblieben, darum musterte der erfahrene Lebemann sie besonders neugierig.

„Wer ist das?“ fragte er leise.

„Die?“ sagte eines der Mädchen verächtlich. „Das ist die dumme Wally.“

Das Mädchen, von dem die Rede war, saß in die Ecke gedrückt und hatte das Gesicht von der Gesellschaft abgewandt. Der Gast sah nur ihren Hinterkopf, von dem zwei lange und schwere Zöpfe schwarzen Haares auf das seidene Kleid, das sie trug, niederfielen.

Der Herr bedauerte es sehr, ihr Gesicht nicht sehen zu können.

„Ihr nennt sie dumm?“ fragte er. „Warum?“

„Sie hat gedacht“, lachte die vorige Sprecherin, „sie käme

als Zimmermädchen oder als Zofe her. Nun leistet sie keinem einzigen Herrn Gesellschaft."

„Hm! Ist das wirklich dumm? Aber fernbleiben soll sie nicht. Ruft sie!" befahl der Gast.

„Wally, komm her!" rief das eine Mädchen.

Die Angeredete blieb in ihrer Ecke sitzen.

„Wally, hörst du?"

Sie tat, als habe sie nichts gehört. Sie bewegte sich nicht, sie drehte nicht einmal den Kopf herum.

„So ist sie! Sie wird aber schon noch anders werden."

„Ich will doch einmal versuchen, ob sie auch mir nicht antwortet", sagte der Mann. Mit diesen Worten stand er auf und trat zu der Schweigsamen. Er legte ihr die Hand auf die Schulter und sagte:

„Kommen Sie und trinken Sie ein Glas Wein mit uns."

Sie antwortete ihm mit einer raschen Bewegung, durch die seine Hand von ihrer Schulter geschleudert wurde.

„Seien Sie nicht ungezogen!" fuhr er fort. „Ich meine es doch gut mit Ihnen."

Er beugte sich nieder und wollte den Arm um sie legen. Da aber fuhr sie empor und drehte ihm ihr Gesicht zu. Es war sehr schön, aber leichenblaß. Ihre großen, dunklen Augen glühten ihm drohend entgegen, aber kein Wort kam zwischen ihren zusammengepreßten Lippen hervor. So standen sie sich einige Augenblicke schweigend gegenüber. Dann begann der Kavalier lachend:

„Das sieht ja ganz gefährlich aus! Aber mich machen Sie nicht bange!"

Er streckte den Arm nach ihr aus. Sie wich so weit wie möglich zurück und stieß halblaut hervor:

„Fort! Nicht anrühren!"

„Meinen Sie?" fragte der Gast spöttisch.

Dabei wollte er sich ihr wieder nähern, erhielt aber in diesem Augenblick einen so kräftigen Stoß von ihr, daß er zurücktaumelte.

„Donnerwetter!" rief er zornig. „Diese Katze beißt!

Bezahle ich euch etwa den teuren Wein, um mißhandelt zu werden?"

Da wurde eine Glastür geöffnet, die in ein Nebenzimmer führte. Von dort aus war die Szene beobachtet worden. Fräulein Melitta trat höchstpersönlich ein.

„Warum schimpfen Sie, mein Herr?" fragte sie den Gast.

„Ich bat diese Dame darum, uns Gesellschaft zu leisten", rief der Fremde wütend, „erhielt aber statt dessen einen Faustschlag!"

Fräulein Melitta bebte vor Wut.

„Du renitentes Weibsbild, dich werde ich kurieren! Vorwärts! Hinaus! Oder soll ich nachhelfen?"

Wally schien aus Erfahrung zu wissen, was auf sie wartete. Aber sie gönnte den anderen die Genugtuung nicht, vor ihren Augen mit roher Gewalt aus dem Salon gestoßen zu werden. Sie stand auf und ging der Melitta in das Nebenzimmer voraus. Sie blickte dabei keine der Anwesenden an, aber auf ihrem bleichen Gesicht lag der Ausdruck unbeschreiblicher Verachtung.

„Horchen Sie!" sagte eines der Mädchen zu dem Kavalier, als sich die Tür hinter der Melitta und Wally geschlossen hatte. „Jetzt bekommt sie ihren Lohn."

Wirklich, er hörte ein Geräusch, das keine Mißverständnisse zuließ – das unglückliche Mädchen erhielt Ohrfeigen.

„Das geschieht ihr ganz recht", lachte ein Mädchen. „Sie wird noch gescheit werden."

„Ist sie denn schon lange hier?" fragte der Gast.

„Fast drei Monate", erwiderte dasselbe Mädchen. „Stets ist sie so ungehorsam gewesen. Erst weinte sie. Dann hat sie aber eingesehen, daß ihr das nichts hilft. Nun ist sie verstockt. Die Schläge werden sie kurieren. Sie glaubt, sie sei etwas Besseres. Dabei ist ihr Vater oben auf der Burg."

„Im Zuchthaus Rollenburg?" fragte der Fremde neugierig.

„Ja. Die gemeinsten Verbrechen hat er begangen, Diebstahl, Betrug, Fälschung, Unterschlagung, und dafür fünf Jahre Zuchthaus bekommen."

Der Gast schien interessiert und fragt weiter:

„Was ist er denn vorher gewesen?“

„Gutsinspektor, glaube ich. Darauf braucht sich Wally Petermann aber gar nichts einzubilden. Wer den Vater im Zuchthaus hat, der kann froh sein, von so einem feinen Herrn, wie Sie sind, zu einem Glas Wein eingeladen zu werden. Habe ich nicht recht?“

„Ja“, stimmte der Herr zu. „Du hast recht. Laßt uns die dumme Wally vergessen! Auf die Freundschaft!“

Dabei stieß er mit den Mädchen an. Die Gläser klangen, und bald hörte die Melitta frohes Gelächter aus dem Salon. Also amüsierte man sich. Das war gut, das hob das Geschäft. Zufrieden lächelte die ‚ehrenwerte‘ Dame vor sich hin. Sie konnte ja nicht ahnen, daß besagter Petermann bereits auf dem Weg zu ihr war!

*

Nachdem Frau Groh ihr Haus verlassen hatte, eilte sie durch den Stadtkern der Residenz und betrat in der Nähe des Neumarkts ein verfallenes Mietshaus. Dort klingelte sie im Parterre und wurde von einem älteren Mann eingelassen, den wir bereits kennengelernt haben. Mit ihm hatte Uhland seinen neuen ‚Fang‘ begossen.

„Gertrud, du?“ fragte er erstaunt. „Was willst du hier bei mir?“

„Dich warnen, Heinz“, ächzte sie atemlos. „Du kennst doch die kleine Petermann?“

„Freilich“, schmunzelte der Gauner, „ein hübsches Mädchen! Ist sie nicht bei Melitta in Rollenburg?“

„Ja, seit fast drei Monaten. Aber das ist nicht alles, wir haben fürchterliches Pech. Ihr Vater ist aus dem Zuchthaus entlassen worden und heute zu mir gekommen.“

Heinz zuckte die Achseln.

„Na und?“ fragte er leichthin. „Du hast ihm natürlich nicht gesagt, wohin sie gegangen ist?“

„Selbstverständlich nicht", sagte sie fast empört. „Aber das dumme Hausmädchen hat ihm alles verraten!"

Heinz fuhr der Schreck in die Glieder, das sah man deutlich.

„Heiliges Pech!" brachte er mühsam hervor. „So fährt er jetzt nach Rollenburg?"

„Ich nehme es an."

„Dann nichts wie fort! Ein Kriminaler hier in der Residenz auf unseren Spuren, Uhland fühlt sich beobachtet, und nun noch der alte Petermann, der seine Tochter sucht – wir müssen hier weg, bevor die Polizei unser Nest aushebt!"

„Aber sollten wir nicht vorher die Melitta und Uhland warnen?" wandte Frau Groh ein.

„Papperlapapp! Hilf dir selbst, dann hilft dir Gott!" meinte Heinz scheinheilig. „Wir machen uns aus dem Staube."

Eine knappe Stunde später verließ das ‚saubere Paar' die Residenz.

*

Karl Petermann begab sich, nachdem er glücklicherweise den Aufenthaltsort seiner Tochter erfahren hatte, sofort zum Bahnhof und nahm den nächsten Zug nach Rollenburg. Er wollte allein sein, denn er befand sich nicht in der Stimmung, um anderen zuzuhören oder sie auch nur zu bemerken. Darum fuhr er trotz seiner spärlichen Geldmittel zweiter Klasse. Er gab dem Schaffner ein Trinkgeld, um unbehelligt zu bleiben. Aber der Zug war stark besetzt, und auf den Zwischenstationen kamen zahlreiche neue Passagiere hinzu, so daß der Schaffner schließlich doch nicht umhin konnte, einen Herrn mit in das Abteil zu lassen.

Dieser neue Abteilnachbar war ein gutgekleideter Mann in reiferen Jahren. Er lehnte sich bequem in den Sitz zurück und begann, seinen Reisegefährten zu beobachten, dessen bleiches Gesicht und unruhiges Wesen ihm auffielen. Petermann dagegen gönnte ihm keinen Blick. Sein neuer Reisegenosse schien jedoch gesprächiger Natur zu sein, denn nachdem er sich vorher einige Male halblaut geräuspert hatte, sagte er:

„Wie langsam das doch geht!"

Petermann gab keine Antwort. Er tat so, als hätte er die Worte des anderen gar nicht gehört, darum bemerkte dieser nach einer kleinen Weile:

„Ihnen scheint es auch zu langsam zu gehen!"

„Wie kommen Sie zu dieser Vermutung?" fragte Petermann erstaunt.

„Sie rutschen auf dem Sitz hin und her und blicken so oft zum Fenster hinaus."

Petermann fühlte sich gestört und sagte gereizt:

„Sie irren sich! Ich habe Zeit. Was geht es Sie überhaupt an, ob ich aus dem Fenster schaue oder nicht?"

„Verzeihung! Es war nicht böse gemeint", beteuerte der andere. „Ich dachte nur, daß zwei Reisende, die im Abteil zusammensitzen, sich ein wenig gegenseitige Rücksicht und Aufmerksamkeit schuldig sind."

Das klang sehr höflich, aber doch auch wie ein Vorwurf. Darum sagte Petermann in einem freundlicheren Ton:

„Sie mögen recht haben. Ich war mürrisch, weil ich an meine Geschäfte dachte."

Der Mitreisende lächelte fein.

„Diese Geschäfte müssen wohl sehr ernst und schwierig sein, wenn man Ihre finstere Miene in Betracht zieht! Freilich, Geschäfte sind immer ernst und schwierig; ich weiß das, denn ich war früher Kaufmann, jetzt aber habe ich andere Interessen."

Petermann fühlte sich nun veranlaßt, auch etwas zum Gespräch beizutragen. Er meinte:

„So, so! Ich bin Journalist und Schriftsteller."

Wie er gerade darauf kam, wußte er selbst nicht recht. Er hatte früher als Gutsverwalter Beiträge für einige landwirtschaftliche Blätter geliefert, darum wohl war ihm der ‚Journalist' auf die Lippen gekommen.

„Ah!“ sagte sein Reisenachbar erfreut. „Journalist, Dichter! Das ist ein schöner und auch bequemer Beruf, falls man sich nicht durch Übernahme einer Redaktionsstelle abhängig gemacht hat.“

„Ich bin unabhängig“, behauptete Petermann. „Vorhin dachte ich über meinen neuen Roman nach, den ich vor einigen Tagen begonnen habe, daher meine ernste Miene. Aber verzeihen Sie eine Frage: kennen Sie Rollenburg?“

„Sehr gut sogar“, meinte der andere, der erfreut war, mit dem Reisegefährten doch in ein Gespräch gekommen zu sein.

„Dann können Sie mir vielleicht eine Auskunft erteilen“, fuhr Petermann fort. „Ich suche nämlich die Wohnung einer Dame, die sich Fräulein – Fräulein Melitta nennt.“

Er sprach den Namen nur zögernd aus und beobachtete dabei sein Gegenüber. Dieser hob schnell den Kopf und sagte:

„Ich kann Sie gerne zu ihrem Haus führen, wenn Sie in Rollenburg unbekannt sind. Nur eine Frage noch: stehen Sie mit ihr in – – Geschäftsverbindung?“

Er selbst kannte das Haus der Melitta genau, weil er häufig dort Gast gewesen war, daher die Frage. Petermann hörte den Unterton durchaus, doch er gab sich gelassen und antwortete:

„In Geschäftsverbindung freilich nicht. Eine Zeitschrift hat bei mir einen Aufsatz in Auftrag gegeben, für den ich einige Milieustudien machen muß. Sagen Sie, was ist Fräulein Melitta für eine Dame?“

„Hm“, räusperte sich der Mitreisende, „sie ist Künstlerin und hat junge Damen in Pension, die dort – – malen, aber sich auch um die Unterhaltung der Gäste kümmern. Sie verstehen?“

Petermann wurde bleich. War seine Tochter Wally etwa Mädchenhändlern der übelsten Sorte in die Hände gefallen? Heißer Zorn stieg in ihm hoch, doch er beherrschte sich eisern und versetzte scheinbar seelenruhig:

„Dachte es mir bereits! Wird die Dame denn nichts dagegen einzuwenden haben, wenn ich als Journalist zu ihr komme?“

„Sprechen Sie doch mit ihr selbst“, meinte der andere. „Ah, wir sind endlich in Rollenburg! Folgen Sie mir, ich zeige Ihnen den Weg.“

Sie verließen gemeinsam das Abteil. Vor dem Bahnhof warteten einige Droschken; der freundliche Reisegefährte bestieg eine davon und lud Petermann zum Mitfahren ein. Vor dem Haus der Melitta angekommen, trennten sich ihre Wege. Petermann bedankte sich bei dem zuvorkommenden Herrn und schritt auf die Villa zu, während das Fuhrwerk abdrehte und weiterfuhr. Der Fremde lachte vergnügt vor sich hin. Melitta zahlte ihm eine gewisse ‚Provision‘ dafür, wenn er ihr Gäste zuschickte, und heute hatte der Zufall ihm dabei ganz gewaltig geholfen – so meinte er jedenfalls. Petermann dagegen dankte seinem Geschick, das ihn so schnell auf die Spur seiner Tochter geführt hatte. Mit raschen Schritten eilte er die Eingangstreppe zur Villa hinauf und zog die Klingelschnur. Nach wenigen Augenblicken wurde die Tür geöffnet, und ein Hausknecht, der einen recht grobschlächtigen Eindruck machte, stand vor Petermann.

„Was wollen Sie?“ fragte er knapp.

„Mein Name ist Peterhagen“, sagte Petermann. „Ich bin ein guter Bekannter von Fräulein Melitta, auch wenn ihr mein Name vielleicht nichts mehr sagt. Ich habe sie in einer wichtigen Angelegenheit zu sprechen.“

Der Hausknecht zog die Brauen finster zusammen.

„Wichtige Angelegenheiten? Hm! Fräulein Melitta ist gerade sehr beschäftigt. Aber gut: ich werde Sie melden. Nehmen Sie einstweilen im kleinen Salon Platz!“

Ohne ein weiteres Wort schritt er Petermann voran, der ihm mit beklommenem Herzen folgte. Flur und Treppen der Villa waren mit prachtvollen Läufern belegt, die den Schall der Schritte dämpften. Wohlgerüche aller Art durchzogen die Räume, und an den Wänden hingen viele Bilder, darunter manche von Wert. Sie gingen durch einen langen Flur und gelangten an eine Flügeltüre, auf der das Wort ‚Salon' zu lesen stand. Der Hausknecht öffnete und ließ Petermann eintreten.

Sie befanden sich jetzt in einem kleinen Kabinett, dessen Möblierung in einem Sofa, Spiegel und Tisch, einigen Stühlen und einer Waschkommode bestand. Von der Decke hing eine grüne Leuchte, deren Licht die Gegenstände nur notdürftig erhellte.

„So! Hier sind wir!" sagte der Hausknecht. „Warten Sie, bis Sie gerufen werden!"

Mit diesen Worten trat er durch eine Seitentür in den Nachbarraum, lehnte sie aber nur an. Kaum war der Diener verschwunden, trat Petermann an die Tür und schaute durch den Spalt. Er blickte in einen prächtig ausgestatteten Raum von beträchtlichen Ausmaßen. Hier saßen mehrere Mädchen auf einem Samtdiwan, Zigaretten rauchend, Karten spielend oder miteinander plaudernd. In einer Ecke saßen zwei Mädchen an einem Tisch und tranken Wein. An der entgegengesetzten Ecke sah Petermann ein weiteres Mädchen, das jedoch in einem tiefen Sessel saß, so daß er ihr Gesicht nicht erkennen konnte. Er bemerkte nur, daß sie ein langes, schwarzes Kleid trug. Diese Frauengestalt weckte Petermanns Neugier, ohne daß er hätte sagen können, warum. Er wollte gerade, von einem plötzlichen Gedanken ergriffen, den großen Salon betreten, da wurde auf der anderen Seite eine Flügeltür aufgerissen, und aus mehreren kräftigen Männerkehlen erklang ein fröhliches „Guten Abend!" Die Mädchen sprangen von ihren Sitzen auf und erwiderten den Gruß. Darauf sagte eine schnarrende, männliche Stimme in dem leicht herablassenden Ton, dessen sich gewisse Offiziere zu bedienen pflegen:

„Ah! Gut! Famos! Acht Damen, acht Herren! Paßt vortrefflich! Was bekommt man hier zu trinken?"

„Wein!" lautete die Antwort.

„Wein – gut, sehr gut! Wir wollen es versuchen. Acht Mann, acht Flaschen. Her damit!“

„Welche Sorte?“ fragte eines der Mädchen.

„Natürlich vom Besten!“ rief der Mann. „Aber rasch!“

Mehrere Mädchen eilten hinaus, und einige Augenblicke später stand der Wein auf dem Tisch. Dann hörte Petermann die schnarrende Stimme wieder:

„Hört, Jüngferchen, einen Vorschlag! Jeder von uns setzt sich zu einer von euch. Aber nicht beliebig. Werdet ausgespielt, ihr Sakkermenter! Habe Würfel mitgebracht. Ah, famoser Vorschlag! Stammt von mir! Meine eigene Erfindung! Seid ihr's zufrieden, oder sollen wir wieder gehen?“

Der Gedanke, sich auswürfeln zu lassen, erschien den Mädchen amüsant; sie gingen sofort darauf ein. Kaum hatten sie ihre Einwilligung erteilt, so hörte Petermann Würfel rasseln.

*

Rollenburg war Garnisonsstadt, es stand dort Artillerie und Infanterie. Einer der bekanntesten, aber nicht unbedingt beliebtesten Offiziere war der Oberleutnant Walther von Hagenau. Seine lange, spindeldürre Gestalt hatte ihm im Kreise der Kameraden den Beinamen ‚Kranich‘ eingebracht, eine Bezeichnung, die er jedoch nicht übelnahm. Er war häßlich wie das personifizierte schlechte Gewissen, dabei aber durchaus kein übler Kerl. Hagenaus engste Freunde, von denen er freilich nur wenige besaß, wußten, daß er zwei Seiten hatte: eine gute, weichherzige und großmütige, aber auch eine arrogante und hochmütige. Wehe dem, der Hagenaus Zorn erregte oder ihn in seiner Ehre traf! Wohl aber dem, der sich seines offenen Wohlgefallens erfreute: der durfte Hagenau zu seinen treuesten Freunden zählen. Der ‚Kranich‘ liebte es, Witze zu machen, die aber nicht immer gelungen waren. Niemand war ihm dann böse.

Er galt als vermögend, und darum konnte er sich manches

leisten, was anderen versagt blieb. Da jedoch seine Börse anderen Kameraden stets offenstand, so fiel es keinem ein, ihn zu beneiden.

Der Regimentskommandeur war sein Oheim, und deshalb durfte Hagenau um manche Ecke scharf biegen, um die ein anderer einen vorsichtigen Bogen machte. Man wußte, daß er ein Freund des schönen Geschlechts war. Ferner war er seiner eigenartigen, beinahe barocken Einfälle wegen bekannt. Galt es, einen Ausflug, einen Ball oder ein sonstiges Vergnügen zu arrangieren, stets wendete man sich an ihn, und dann konnte man sicher sein, daß er irgendeine wunderliche Idee ausbrüten werde, die allen ein köstliches Vergnügen versprach.

Heute nun war Hagenaus Geburtstag. Es war ihm von allen Seiten gratuliert worden, aber er hatte doch nur einige der ihm näherstehenden Kameraden eingeladen, und zwar genau die heilige Zahl ‚sieben'. Ebenso ungewöhnlich war die Bedingung gewesen, daß sie sich in Zivil einfinden sollten. Sie hatten, da es sich um die Geburtstagsfeier des ‚Regimentsneffen' handelte, sogar Urlaub erhalten.

Am Morgen unternahm man einen ausgedehnten Ritt in die nähere Umgebung, am Mittag wurde opulent diniert und überlegt, wie man den Rest des Tages verbringen sollte. Beim Souper hatte dann einer der Gäste die Bemerkung gemacht, daß die Feier so ganz und gar nicht außergewöhnlich verlaufen sei.

„Das ist wahr", fiel ein anderer ein. „Hagenau, du wirst einfallslos! Du bist eines pyramidalen Gedankens, eines deiner ‚kolossalen' Einfälle wohl nicht mehr mächtig!"

Der lange Oberleutnant machte ein pfiffiges Gesicht und sagte:

„Irrtum, riesenhafter Irrtum von euch! Ich habe etwas in petto, und was!"

Dabei küßte er alle zehn Fingerspitzen und streckte sie empor, als ob es sich um etwas ganz und gar Himmlisches handle.

„Was ist's? Was? Heraus damit!“ riefen sieben Stimmen.

„Eine Entdeckungsreise“, antwortete er. „Und zwar nach Zypern!“

Auf diese Ankündigung hin brach ein schallendes Gelächter aus. Hagenau aber machte ein erzürntes Gesicht und sagte:

„Was gibt es da zu feixen? Kennt ihr Aphrodite?“

„Die schaumgeborene Göttin der Liebe?“ rief einer seiner Freunde. „Ich verstehe! Als Anadyomene ist sie der Sage nach bei der Insel Zypern aus dem Meer gestiegen.“

„Richtig!“ schnarrte Hagenau. „Hast deine Mythologie noch nicht ganz vergessen! Wir aber wollen ausziehen, um ihre Höhle zu entdecken. Oder wißt ihr nicht, daß sie sich in einer Höhle verbarg, als sie ihre Schönheit nicht mehr in den Wellen verstecken konnte?“

„Hagenau, Alter, du kennst diese Höhle?“ witzelte einer der Kameraden. „Und du bist lebend da herausgekommen?“

Hagenau merkte die Ironie der Frage und sagte mit seiner schnarrenden Stimme:

„Glaubt mir oder nicht, das ist mir gleich! Habt ihr mich vielleicht einmal als einen Aufschneider kennengelernt, he? Und hier kann erst recht von einer Übertreibung keine Rede sein! Hier handelt es sich um eine Schönheit, bei der der Ausdruck Aphrodite noch untertrieben ist! Die Sage geht, daß die Aphrodite rötliches Haar besessen und daß sie sogar geschielt habe. Bei ihr aber, die ich meine, ist von diesen Mängeln keine Rede. Sie ist ohne Fehler, ganz ohne Fehler! Ich schwöre es bei meinem Bart und, was noch mehr wert ist, bei meiner Taille!“

Alle lachten über die Begeisterung, mit der er diese Lobrede vorbrachte. Er aber ließ sich dadurch keineswegs beirren, sondern er behauptete:

„Es gibt keinen unter euch, der hier lachen dürfte. Keiner von euch hat jemals ein solches Mädchen gesehen!“

„Oho!“ erschallte es rundum.

„Oho?“ antwortete er wieder. „Vorige Woche wurde der

Tochter des Bürgermeisters ein Ständchen gebracht. Man sang da das Lied: ‚Ich kenn ein' Weiler fern im Grund'. Da kommen die Zeilen vor:

Und als ich kam und als ich's sah,
ich weiß es nicht, wie mir geschah.
O Röslein, jung, o Röslein schön,
ach hätt' ich nimmer dich gesehn.

Kennt ihr vielleicht das Lied?"

„Ich denke, daß es alt genug ist, um selbst uns bekannt zu sein!" bemerkte sein Nachbar.

„Nun gut! An diese Zeilen habe ich gedacht, als ich die betreffende Schönheit erblickte. Wie heißt es in irgendeiner Oper?"

„Meine Ruh' ist hin, mein Herz ist schwer", lachte sein Nachbar. „Das ist ein sehr schlimmes Zeichen. Wie geht dein Puls?"

„Hier, fühle ihn!"

Er streckte ihm die Hand hin. Der andere fühlte den Puls und verriet mit Kennermiene:

„Wahrhaftig! Achthundert Schläge in der Minute. Das ist eine fürchterliche, eine höchst beunruhigende Frequenz. Hagenau, du bist krank! Du bist verliebt! Du hast das Liebesfieber! Du befindest dich in einer hochgradigen Herzensaufregung, die mich alles befürchten läßt. Du denkst bereits an Gedichte!"

„Denken?" lamentierte Hagenau ironisch. „Nur denken? An Gedichte? Kamerad, du ahnst das Gefährliche meines Zustandes gar nicht! Ich denke nicht nur daran, sondern – – ich mache sogar welche!"

Der andere wollte sich ausschütten vor Lachen.

„Hört, Freunde, der Hagenau macht Gedichte!"

Es erhob sich ein ungeheures Hallo. Die einen lachten laut auf, die anderen aber zuckten mitleidig mit den Achseln und bedauerten den Armen in spöttischer Weise. Dieser machte das trübseligste Gesicht, das ihm möglich war, und sagte:

„Lacht nicht! Wenigstens mir ist es ganz und gar nicht zum Lachen zumute! Ich fühle mich höchst schuldbewußt; denn es ist wahr: ich habe wirklich ein Gedicht verbrochen."

„An wen?"

„An sie natürlich!"

„Es handelt sich also um Liebe mit Dichteritis. Eine schwere Krankheit."

„Es ist meine erste Arbeit auf diesem Gebiet, aber ihr sollt mein Gedicht kennenlernen."

Er ging zu einem Seitentisch und nahm einen Zettel auf.

„Es ist der Versuch eines schüchternen Jünglings. Ich bitte um Nachsicht, meine Herren! Also hört:

Ein einzig Mal in meinem Leben
möcht ich anbetend vor dir stehn
und dir, mein Engel, ohne Beben
ins himmlisch schöne Antlitz sehn – –"

„Er bebt! Er hat gebebt!" wurde er unterbrochen. „Er hat sich also gefürchtet! Und noch dazu vor einem himmlisch schönen Antlitz!"

„Vor einem Engel!" scherzte ein anderer. „Und welche Bescheidenheit! Er wünscht nichts, als nur ein einziges Mal vor ihr stehen und sie ansehen zu dürfen!"

„Oho!" sagte Hagenau. „So ist's nicht gemeint! Mit dem ‚vor ihr stehen' bin ich nicht zufrieden! Hört weiter!"

Er las die nächste Strophe:

„Nur einmal möcht ich niederknien,
die Stirn auf deine Hand geneigt,
und dann getröstet weiterziehn,
ob auch mein Lebensstern erbleicht – –"

„Hört! Hört! Niederknien will er!" lachte man. „Hagenau, du bist unheilbar!"

„Möglich", antwortete er sehr ernst. „Aber dieses Stehen und Knien hat mich befriedigt, das beweise ich durch die letzten Zeilen:

Daran hab' ich genug für's Leben,
stirbt es auch hin, geht es auch ein,
ich will mich gern zufrieden geben,
denn ohne dich kann ich nicht sein!"

Er legte das Blatt wieder weg, wendete sich mit gespielt trauriger Miene an die Freunde und fragte:

„Nun, was sagt ihr dazu? Ist mein Zustand nicht bejammernswert zu nennen?"

„In der Tat", fiel einer der Kameraden ein. „Ich bedauere dich von Herzen, aber den Grund will ich doch sehen, das heißt, das Mädchen, auf das du diese Reime in deiner Verzweiflung geschmiedet hast."

„Meine Aphrodite?" lächelte Hagenau. „Schön! Ich werde sie dir zeigen, aber auch nur dir!"

Dagegen erhob sich allgemeiner Widerspruch. Er lächelte befriedigt vor sich hin und sagte nach einigem Zögern:

„Ich kann keinem Kameraden leicht etwas abschlagen. Ihr sollt also das holde Geschöpf sehen, und zwar noch heute."

Da hielt es die muntere Runde nicht mehr auf den Beinen.

„Wo ist sie? Wer ist sie?" klang es von allen Seiten.

„Ruhig Blut", beschwichtigte Hagenau die Freunde. „Ihr sollt sie sehen, denn sie ist nicht auf Zypern, sondern – – hier in Rollenburg bei der Melitta!"

Es entstand eine Pause. Die Herren wechselten Blicke. Die meisten von ihnen kannten die Lokalität, wußten aber wohl, daß sie sehr teuer war.

„Das ist eine kühne Idee von dir, lieber Hagenau!" bemerkte einer verlegen, der an sein Portemonnaie dachte.

„Ja, kühn und famos! Meine eigene Erfindung!" schnarrte der Oberleutnant. „Das wird ein herrlicher Jux!"

Einer seiner Kameraden hatte sich bisher sehr still verhalten. Er schien noch recht jung zu sein und machte einen vornehmen Eindruck. Jetzt meldete er sich zu Wort und sagte:

„Ich nenne so etwas nicht einen Jux, sondern eine Unvorsichtigkeit. Es ist für Offiziere nicht gerade gut, solche Orte aufzusuchen."

„Wir sind in Zivil!" entgegnete Hagenau, der sich über den Widerspruch des Kameraden ärgerte. „Außerdem: willst du Klosterbruder werden, Randau?"

„Das nicht, sondern -- nun gut, ich gehe mit! Alle Verantwortung falle aber auf dich!"

Er legte mißmutig ein Bein über das andere und wendete sich halb vom Tisch ab. Hagenau bemerkte begütigend:

„Sei kein Störenfried, lieber Randau! Von Verantwortung kann hier keine Rede sein. Wir trinken ein paar Flaschen Wein und sehen uns das Mädchen an, weiter nichts. Ein Bekannter nahm mich vor einigen Tagen dorthin mit, und da erblickte ich meine Aphrodite zum erstenmal. Ich schätze sie auf achtzehn Jahre. Sie hat tief brünettes, vielmehr schwarzes Haar, wird Wally genannt, und ihre Gestalt -- ein wahres Meisterwerk der Natur – leider nicht meine eigene Erfindung. Stammt nicht von mir!"

„Glaube es, wenn sie wirklich so schön ist, wie du sagst!" rief ein anderer.

„Ich wiederhole es: sie ist zum Verrücktwerden reizend, aber auch ebenso spröde! Ich wette fünfzig Gulden gegen jeden von euch, daß das Mädchen keinem von euch gefällig sein wird."

Diese Behauptung erschien ihnen allen zu kühn, als daß sie nicht Aufsehen erregt hätte. Ausrufe des Zweifels wurden laut.

„Fünfzig Gulden?" fragte einer der jüngeren Kameraden.

„Ja, fünfzig Gulden!" wiederholte Hagenau. „Ich wette gegen euch alle. Gewinnt ihr, bekommt jeder von euch fünfzig Gulden. Verliert ihr, so hat mir jeder von euch ebensoviel zu geben."

„Ich halte die Wette!" sagte einer.

„Ich auch, ich auch!" antworteten fünf Stimmen.

„Und du, Randau?" fragte Hagenau.

Er hatte nämlich geschwiegen. Jetzt antwortete Randau:

„Ihr wißt, ich wette nie!"

„Das ist dein Fehler, der einzige, den der reiche Randau hat", meinte ein anderer.

„Heute aber könntest du doch wohl einmal eine Ausnahme machen."

„Fällt mir nicht ein!" sagte Randau scharf.

„Laßt ihn!" schnarrte Hagenau. „Es ist genug, wenn ich dreihundert Gulden gewinne. Also wer schlägt ein?"

„Wir anderen sechs."

Sechs Handschläge erhielt Hagenau. Dann rieb er sich lachend die Hände und sagte:

„Kinder, ich mache euch einen famosen Vorschlag! Er ist von mir, meine ureigene Erfindung. Also, wenn ihr gewinnt, zahle ich einem jeden von euch die fünfzig Gulden, wenn ich aber gewinne, spendiere ich von dem Geld ein üppiges Abendessen mit Wein. Der Wein bei der Melitta geht ohnehin auf mich."

Das war einmal wieder so recht Hagenau: großzügig bis zur Verschwendung.

„Nobel, nobel!" rief einer aus, halb spöttisch, halb anerkennend.

„Ja", lobte Hagenau sich selbst, „ich bin immer nobel. Also abgemacht: wenn die Aphrodite einem von euch eine – hm, zärtliche –" er dehnte das Wort lange aus, „Annäherung erlauben sollte, zahle ich euch allen je fünfzig Gulden. Aber, meine Herren, Ordnung muß in der Sache sein. Alle sechs können sich nicht zugleich auf das Mädchen stürzen! Bestimmen wir also eine Reihenfolge."

„Ja, losen wir!" schlug ein anderer vor.

„Das ist jetzt nicht das Rechte", meinte Hagenau. „Ich habe einen famosen Einfall – eigene Erfindung! Ich nehme die Würfel mit. Es werden ja noch andere Damen da sein. Wir würfeln erst bei der Melitta und setzen uns zu Paaren in bunter Reihe zusammen. Jeder bekommt diejenige, welche die gleiche Augenzahl würfelt wie er. Ihr seht also, daß ich euch mehr Chancen biete, als eigentlich ratsam wäre, desto größer aber ist dann mein Triumph, wenn ich gewinne. Also du, Randau, wettest du mit?"

„Nein", betonte dieser. „Es wäre mir wirklich äußerst lieb, wenn du die Güte gehabt hättest, mich von diesem Ausflug auszunehmen. Nachdem ich mich nun einmal entschlossen habe mitzugehen, so laßt mich wenigstens bei der Wette aus dem Spiel."

Hagenau zuckte die Achseln.

„Pah! Wollen dich schon in Laune bringen! Also, ausgetrunken und dann fort!"

Sie brachen auf. Die aufgeräumte Stimmung Hagenaus hatte sie angesteckt. Sein Wein war gut und schwer gewesen, und sie hatten ihm fleißig zugesprochen. So kam es auch, daß sie sich nun ganz in der Laune befanden, die zu einer solchen Wette erforderlich war. Bald erreichten sie das Haus der Melitta. Hagenau schritt voran. Er führte die Kameraden schnurstracks nach dem oberen Salon. Dort zog er die Würfel heraus, und das Losen begann.

Acht Offiziere und acht Mädchen, das paßte sehr gut. Erst sollten die Damen würfeln, dann die Herren. Sieben der Mädchen warfen ihre Nummern, nun würde das achte an die Reihe kommen.

„Wally!" sagte eines.

Die Genannte blieb ruhig sitzen, mit dem Gesicht von der Gesellschaft abgewandt. Sie schien von der Anwesenheit der Herren gar keine Notiz genommen zu haben.

„Wally, du bist an der Reihe. So komm doch!"

Sie gab weder eine Antwort noch regte sie sich.

„Soll ich es etwa Fräulein Melitta melden?"

„Nein", sagte da Hagenau, der es für geraten hielt, Streit zu vermeiden. „Wir haben ja Zeit."

„Zeit? Sie ist ja die einzige, die noch zu würfeln hat", entgegnete das Mädchen schnippisch.

„Wenn auch. Es mögen also sieben Herren würfeln. Wer übrigbleibt, bekommt eben die Wally. Auf diese Weise braucht sie gar nicht zu werfen."

Dieser Vorschlag wurde ausgeführt, und nun fand es sich, daß Wally – Hagenau zugeteilt wurde. Er lachte herzlich und sagte:

„Das große Los! Aber ich will nicht unbillig sein. Ich habe einen famosen Vorschlag, meine eigene Erfindung! Dürfte mir eine Medaille damit verdienen! Also: ein jeder Herr trinkt mit seiner Dame eine halbe Flasche Wein; dann aber wechseln wir."

„Wieder würfeln?" fragte einer seiner Kameraden mißtrauisch.

„Nein, denn da könnte eine Dame wieder denselben Herrn bekommen. Wir bleiben sitzen, aber die Damen rücken einfach um eine Stelle weiter. Famos, nicht wahr? Meine eigene Erfindung! Also, wenn jeder von uns vier Flaschen getrunken hat, hat er auch alle Damen bei sich gehabt. Nehmen wir Platz! Wein her und hoch die Tassen!"

Das war ein den Mädchen willkommenes Arrangement. Der Wein wurde in die Gläser gegossen, und die Fröhlichkeit perlte von den Lippen. Nur zwei waren davon ausgenommen – Randau und Wally.

Edmund von Randau hatte zwar sein Mädchen neben sich sitzen. Er mußte auch mit ihm anstoßen, aber er sprach kein Wort. Er hatte eine Zigarre angesteckt und schien ganz in den Anblick der Ringe, die er blies, versunken zu sein. Wenn er auch kein Spielverderber sein wollte, so hatte er sich doch vorgenommen, in der ihm unangenehmen Gesellschaft so zurückhaltend wie möglich zu bleiben. Heimlich aber beobachtete er Wally, deren Gesicht er freilich nicht erblicken konnte.

„Aber, Herr, Sie sehen mich wohl gar nicht", schmollte Randaus Nachbarin.

„Oh doch!" antwortete er einsilbig.

„So drehen Sie sich doch herum!"

„Sie müssen verzeihen", entschuldigte er sich, freilich auf Kosten der Wahrheit, „ich habe Zahnschmerzen."

„Oh, da hilft der Wein. Oder ist es heftig?"

„Sehr“, behauptete der wortkarge Offizier.

„Da weiß ich ein probates Mittel, welches auf der Stelle hilft. Kommen Sie!“

Sie wollte ihm den Arm um den Nacken legen, um ihn an sich zu ziehen, er aber wehrte sie ab.

„Wie garstig!“ zürnte sie. „Weshalb sind Sie denn hier?“

„Ihretwegen nicht!“

Das war zu deutlich, als daß es nicht hätte von Wirkung sein sollen. Sie wendete sich ab und sprach nicht wieder mit ihm. Aber ihr Ärger suchte sich einen Gegenstand und fand ihn in Wally.

„Da drüben sitzt das dumme Ding!“ sagte sie. „Wir werden von den Herren zurückgewiesen, und sie tut, als ob sie eine Heilige wäre. Ich will die Melitta holen.“

Sie wollte aufstehen, wurde aber von Hagenau, der an ihrer anderen Seite saß, zurückgehalten.

„Bleiben Sie!“ sagte er. „Fräulein Wally gehört jetzt mir, und wenn ich es dulde, daß sie da drüben sitzen bleibt, so geht das keinen andern etwas an.“

„Geht es auch niemand etwas an, wenn ich von einem Herrn beleidigt werde?“ fragte sie schnippisch.

„Wissen Sie, Randau ist ein verkappter Einsiedler“, scherzte Hagenau. „Lassen Sie den Kerl gehen. Er ist gar nichts wert. Halt! Meine Flasche ist halb leer, jetzt müssen wir wechseln.“

Die Mädchen rückten weiter. Zu dem sich Wally jetzt eigentlich zu setzen hatte, war nicht so nachsichtig wie Hagenau. Er blickte sie verlangend an und fragte:

„Nun, Fräulein, soll auch ich verzichten?“

Sie antwortete nicht.

„Wenn Sie glauben, daß ich Sie dispensiere, so irren Sie sich. Kommen Sie, sonst hole ich Sie!“

Jetzt nahm sie doch Notiz von seinen Worten. Sie gab zwar keine hörbare Antwort, aber sie zuckte die Achseln in einer Weise, aus der die tiefste Verachtung sprach.

„Famos!“ flüsterte Hagenau, von dieser vornehmen Bewegung hingerissen.

„Nun, darf ich bitten?“ fragte sein Kamerad in scharfem Ton.

Und als auch diese Mahnung fruchtlos war, stand er auf und ging zu ihr hin. Er faßte ihre Hand und sagte:

„Wer wird so stolz sein! Ein Mädchen wie Sie muß – – Donnerwetter! Au!“

„Was ist's?“ fragte Hagenau, als er sah, daß der andere den Finger in den Mund steckte.

„Ich habe mich gestochen“, sagte dieser mit schmerzverzerrtem Gesicht. „Der reizende Kobold hat meine Hand zurückgestoßen, und dabei bin ich an die Spitze einer Nadel gekommen.“

„Ha! Wespen stechen!“ lachte Hagenau, der bemerkte, daß Wally eine Nadel in den Falten ihres Kleides verbarg. „Setz dich lieber nieder!“

„Fällt mir nicht ein. Sie muß mit!“

Er wollte die Hand abermals nach ihr ausstrecken, fühlte sich aber sofort am Arm ergriffen. Randau stand bei ihm und sagte in ernstem Ton:

„Bitte, keinen Zwang!“

„Laß mich in Frieden!“ knurrte der andere rauh. „Sie ist jetzt mein!“

Die Augen Randaus blitzten auf, über sein Gesicht zog eine dunkle Zorneswolke.

„Sind wir etwa hier, um Schändlichkeiten zu begehen?“ fragte er in strengem Ton.

„Randau!“ brauste der andere auf.

„Bitte, keine Aufregung! Diese Dame steht unter meinem Schutz!“

„Ah! So!“ sagte der Kamerad gedehnt, der sich beleidigt fühlte. „Die Mädchen sind für uns alle da, also auch dieses hier! Wenn du mich aber beleidigen willst, so ziehe ich dich zur Rechenschaft dafür!“

Das war deutlich. Randau meinte aber nur gleichgültig:

„Ich stehe dir zur Verfügung.“

Unverrichteter Dinge mußte sein Gegenüber an den Tisch

zurückkehren. Jetzt erst bewegte sich Wally erstmals freiwillig. Sie wandte Randau ihr Gesicht zu und flüsterte:

„Danke!"

Sie hatte nur dieses eine Wort gesagt. Aber es war ihm, als läge darin ihr ganzes Elend ausgesprochen. Er hatte Mühe, sich loszureißen und wieder an seinen Platz zurückzukehren.

Dort suchte Hagenau den anderen zu beruhigen. Es gab einen Wortwechsel, den der lange Oberleutnant mit der Aufforderung beendete:

„Mach keinen Unsinn! Verzichte, gerade so wie ich! Mag es ein dritter versuchen. Trinken wir aus. Neue Flaschen her!"

Das Mädchen, das erst neben Randau gesessen hatte, ging hinaus, um weitere Flaschen Wein zu holen. Im Nebenzimmer saß Melitta und prüfte eine Rechnung. Bei ihr stand der Hausknecht und wartete darauf, daß sie mit ihm zu Petermann gehen werde. Das Mädchen sagte:

„Haben Sie es gehört, Fräulein Melitta?"

„Was?" fragte diese zerstreut und blickte von ihrem Zettel auf.

„Von der Wally", gestand das Mädchen.

„Nein. Wir haben Wichtigeres zu tun. Was ist schon wieder mit ihr?"

„Sie ist bereits zu zwei Herren nicht gegangen, die sie bei sich haben wollten. Den zweiten hat sie sogar mit einer Nadel gestochen, als er sie bei der Hand nehmen wollte."

„Was? Wirklich? Welche Frechheit! Diese Herren sind Offiziere! Das muß bestraft werden! Hol mir diese saubere Person doch einmal heraus!"

Das Mädchen ging wieder in den Salon und winkte Wally, ihm zu folgen. Die Unglückliche gehorchte.

Drinnen wurden die Gläser gefüllt, und die Mädchen wechselten zum drittenmal ihre Plätze. Dadurch entstand eine ziemliche Unruhe, dennoch aber schien es Randau, als höre er draußen Schläge.

Erst nach einer längeren Weile trat Wally wieder ein. Ihr schönes Gesicht war ganz verstört. Ihre Wangen glühten wie im Fieber, ihre Augen funkelten, und ihr Atem ging rasch und schwer. Sie setzte sich wieder auf ihren Platz und wollte das Gesicht ebenso wie vorher im Kissen verbergen. Da fühlte sie den leichten, höflichen Druck einer Hand auf ihrem Arm. Sie stieß mit einer hastigen Bewegung die Hand von sich fort, ohne sich umzusehen. Da flüsterte eine halblaute Stimme:

„Fräulein, bitte, blicken Sie mich an!"

Das war die Stimme dessen, der sie in Schutz genommen hatte. Es trieb sie, ihm ihr Gesicht zuzuwenden.

„Ich hörte etwas", sagte er. „Hat man Sie etwa geschlagen?"

Sie erglühte noch mehr als vorher, und in ihre Augen traten schwere Tränen.

„Bitte, antworten Sie!" bat er. „Sie sind geschlagen worden. Nicht wahr?"

„Nein", flüsterte sie, aus Scham zu dieser Unwahrheit genötigt.

„Ich wollte es dieser Frau auch nicht raten", stieß er scharf hervor.

„Sie sind Offizier?" hauchte sie.

Er sah es ihr ganz deutlich an, daß sie jetzt das erstemal mit einem Besucher dieses Hauses redete.

„Ja, mein Fräulein", sagte er, da es ihm widerstrebte, sie zu belügen. „Wollen Sie hier fort?"

„Ich kann nicht, denn man läßt mich nicht", antwortete Wally leise.

„Wer zwingt Sie?" fragte Randau rasch.

„Fräulein Melitta und der Hausknecht. Ich darf die Villa nicht verlassen."

In diesem Augenblick faßte ein anderer Kamerad Randau am Arm, zog ihn zur Seite und sagte:

„Halt, mein Bester! Das ist gegen die Verabredung! Jetzt gehört Wally mir!"

Sofort wendete diese wieder ihr Gesicht ab.

„Laß die Dame“, bat Randau. „Sie will nicht.“

„Ist das wahr, Fräulein?“

Wally nickte mit dem Kopf.

„Na, meinetwegen! Es widerstrebt mir, eine solche Person zur Freundlichkeit zu zwingen. Aber, Randau, dein Verhalten ist ganz und gar gegen unser Programm. Soll sie etwa dir allein gehören? Bist du bereits an der Reihe? Das ist gegen die Absprache. Ich muß dich ersuchen, deine Hand von der Dame zu lassen, bis die Reihe an dich kommt.“

Er ging. Diesen Augenblick nahm Wally wahr. Sie sagte schnell und leise:

„Sie haben den einen Kameraden meinetwegen beleidigt. Es wird doch nicht zu einer Forderung kommen?“

„Keinesfalls“, versicherte Randau.

„Ich habe Angst!“ flüsterte sie. „Die Herren Offiziere sind in solchen Angelegenheiten, wie ich gehört habe, sehr streng und sehr schnell.“

„Und das beunruhigt Sie?“ lächelte Randau.

„Machen Sie sich keine Sorgen meinetwegen!“

„Oh doch“, sagte sie rasch. „Sie waren der erste, der mir seinen Schutz gewährte!“

„Und er soll immer bei Ihnen bleiben“, flüsterte Randau kaum hörbar.

Nach diesen Worten ging er an den Tisch zurück und versank in tiefes Sinnen. Er war, das fühlte er genau, auf dem besten Wege, sich in dieses Mädchen zu verlieben.

Inzwischen war wieder eine Flasche zur Hälfte geleert worden, und die Mädchen rückten weiter. Jetzt kam die Reihe an Randau, Wally neben sich sitzen zu haben. Die Kameraden waren sehr neugierig, was er jetzt tun werde.

„Nun?“ fragte Hagenau gedehnt. „Wally ist jetzt dein.“

„Ich verzichte“, antwortete Randau kühl.

„Sapperment!“ fluchte Hagenau vor Freude.

Aber die anderen waren mit seinem Verzicht nicht einverstanden. Einer von ihnen flüsterte ihm zu:

„Laß uns nicht im Stich! Willst du, daß wir verlieren? Du bist der einzige, mit dem sie gesprochen hat. Vielleicht kannst du sie zu mehr bewegen. Dann hätten wir gegen Hagenau gewonnen!"

„Ich lege keinen Wert auf den Gewinn", meinte Randau kalt.

Damit war für ihn die Sache abgemacht, aber als die dritte Flasche geöffnet wurde, kam derjenige Offizier an die Reihe, der auf Hagenaus Vorschlag mit der Wette am schnellsten eingegangen war. Seine Miene zeigte eine siegesgewisse Entschlossenheit. Er prostete Wally zu und sagte:

„Bitte, Fräulein Wally, treten Sie näher!"

Wie gewöhnlich antwortete sie nicht.

„Haben Sie es gehört, Fräulein?"

Sie blieb auch jetzt stumm.

„Nun, wenn Hagenau für uns den fünffachen Preis für den Wein bezahlen muß und hohe Trinkgelder gibt, so wollen wir auch eine zuvorkommende Bedienung haben! Ich ersuche Sie allen Ernstes, sich an meine Seite zu setzen!"

Sie folgte auch dieser scharfen Aufforderung nicht. Da stand er mit den Worten von seinem Stuhl auf:

„Also gut, dann werde ich Sie holen!"

Er wollte zu ihr treten, um sie zu fassen und mit Gewalt an den Tisch zu bringen. Da aber erklang die Stimme Randaus:

„Halt! Keine Gewalt! Wir sind Offiziere und damit Ehrenmänner!"

„Soll ich meine Wette verlieren?" fragte der andere.

„Ich bezahle für dich!" bot Randau ihm an.

„Danke bestens!" sagte der Kamerad. „Wenn ich sie gewinnen kann, mag ich sie nicht geschenkt haben. Solch ungezogenem Verhalten muß man entgegentreten. Vorwärts, Fräulein!"

Er faßte sie beim Arm an, um sie emporzuziehen, fühlte aber da Randaus Hand an seinem Arm.

„Ich habe bereits vorhin gesagt, daß diese Dame unter

meinem Schutz steht", sagte dieser. „Setze dich ruhig an deinen Platz. Ich gebe dir mein Ehrenwort, daß ich die Dame von keinem, dem sie es nicht ausdrücklich erlaubt, anrühren lasse. Ich spreche in vollem Ernst!"

Der andere wurde rot vor Zorn.

„Donnerwetter, das ist stark!"

„Nein, es ist nur Menschen- und Christenpflicht!"

„Spiel nicht den Helden, Du – –" Er sprach nicht weiter.

Randau trat nämlich einen Schritt auf ihn zu, und zwar in so scharfer, drohender Weise, daß der andere sofort zurückwich.

„Was ist wohl gemeiner", sagte Randau ernst, „einen Menschen gegen Angriffe zu schützen oder ein Mädchen zu Freundlichkeiten zu zwingen?"

Der andere wollte antworten. Er öffnete bereits den Mund, fühlte aber das Gewicht der gehörten Worte so stark, daß er keine passende Entgegnung fand. Randau fuhr in ruhigem Tone fort:

„Ich habe mich ursprünglich geweigert, mit hierher zu gehen, und bin dann aus Kameradschaft mitgekommen. Niemand aber kann mich dazu bringen, mich an einer Gemeinheit zu beteiligen, die ich und jeder andere Ehrenmann verurteilen muß!"

Da stand Hagenau schnell von seinem Sitz auf und sagte:

„Randau, übertreibe nicht! Ich bin heute der Gastgeber, ich muß mir verbitten, daß du mich beleidigst!"

„Pah!" sagte Randau verächtlich. „Zieht meinetwegen alle gegen mich blank, ich bleibe doch bei dem, was ich gesagt habe."

„Du nanntest unser Verhalten eine Gemeinheit!"

„Von euch sprach ich nicht direkt", wich Randau zögernd aus.

„Nun, wir werden uns morgen des weiteren über diesen Gegenstand unterhalten, mein Lieber. Jetzt aber muß ich sagen – –"

„Bitte, sagen Sie jetzt nichts!" erklang es hinter ihm.

Hagenau drehte sich um und erblickte den Hausdiener. Hinter ihm stand die Melitta.

„Was wollen Sie?“ fragte der Oberleutnant erstaunt.

„Unsere Pflicht tun!“ sagte die Melitta streng. „Dieses Mädchen hat bereits einen Verweis erhalten; ihr wiederholter Ungehorsam zwingt uns zu größerer Schärfe. Bitte, setzen Sie sich, meine Herren!“

Die Offiziere folgten unwillkürlich diesem Gebot. Der Bedienstete aber wendete sich an Wally:

„Hier herüber an diesen Tisch!“

Sie rührte sich nicht.

„Hier herüber, sage ich! Augenblicklich!“

Sie machte auch jetzt noch keine Anstalten, seinen Befehl zu befolgen.

„Nun, so werden wir uns Gehorsam zu verschaffen wissen! Hoch mit dir!“

Der Hausdiener war ein überaus robuster Mann. Als er sie beim Arm faßte und hochriß, wurde sie bis in die Mitte des Salons geschleudert. Ihr Gesicht war leichenblaß geworden, was man jetzt im Lichtschein deutlich sah.

Von einem Nebenraum her erscholl ein lauter Schrei, der aber bei der Aufregung, die jetzt im Salon herrschte, nicht beachtet wurde.

„So! Hier hast du die Strafe für deine Frechheit!“

Bei diesen Worten holte der Diener aus und schlug sie so schnell mit beiden Händen auf die Wangen, daß es von niemand verhindert werden konnte. Im nächsten Augenblick aber stand Randau vor ihm und rief ihm zu:

„Mensch, was tun Sie?“

Aber noch eine andere Stimme war jetzt zu hören:

„Lassen Sie das! Hier muß ich einschreiten!“

Wally hielt beide Hände vor das schmerzende Gesicht. Der Domestike wendete sich zu dem Eindringling. Karl Petermann war es, der aus dem Kabinett getreten war. Er hatte die Szene von dort aus teilweise mit verfolgen können. Da der Hausdiener seine Anwesenheit offenbar ganz vergessen hatte, konnte er ungestört beobachten. Nur war es ihm nicht möglich gewesen, das Gesicht des Mädchens zu erkennen. Jetzt aber wußte er Bescheid.

„Weg von ihr!“ rief er dem Hausknecht zu, „sie ist meine Tochter.“

„Was?“ schrie dieser, „Sie haben hier nichts zu sagen! Und damit Sie das erkennen, werde ich das Mädchen vor Ihren Augen züchtigen! Hier!“

Er holte aus und schlug Wally abermals ins Gesicht, sank aber im nächsten Augenblick, von einem schweren Gegenstand auf den Kopf getroffen, zu Boden. Petermann hatte eine Weinflasche vom Tisch gerissen und sie ihm auf dem Kopf zerschlagen. Vor Schreck waren alle stumm. Nur Petermanns Stimme war zu hören:

„Valeska!“

„Vater! Mein Vater!“ rief sie jubelnd aus.

Er öffnete die Arme, und sie stürzte an seine Brust. Sie streichelte ihm die Wangen, küßte ihn und rief dabei freudig:

„Frei! Du bist frei! Du kommst und rettest mich!“

„Ja, ich habe dich gesucht, mein Kind. Man hat dich betrogen und verkauft, nicht wahr?“ rief er aufgeregt.

„Ja, ja! Bring mich fort, nur fort von hier!“

Er nahm sie bei der Hand, um sie fortzuführen. Da erblickte er Randau und bot dem jungen Mann die Hand.

„Mein Herr“, sagte er, „ich habe gehört, daß Sie Randau heißen, weiter weiß ich nichts von Ihnen, nur eines: nämlich, daß Sie ein anständiger Mensch sind. Sie haben mein Kind in Ihren Schutz genommen. Ich danke Ihnen von ganzem Herzen dafür!“

Nachdem er ihm die Hand gedrückt hatte, wendete er sich nach der Tür. Aber dort trat ihm die Melitta entgegen. Sie sagte:

„Was soll das heißen? Sie wollen gehen? Aber Ihre Tochter hat über hundert Gulden Schulden bei mir!“

„Das mag vom Gericht untersucht werden!“ sagte Petermann kalt.

„Ich lasse sie ohne Kündigung nicht fort!“ zürnte die alte Furie.

„Wer sie hier zurückhalten will, der bekommt es mit mir zu tun! Verstanden?“

Petermann trat drohend auf Melitta zu. Sie wich zurück und ließ ihn gehen. Er führte seine wiedergefundene Tochter hinaus und gelangte unangefochten mit ihr auf die Straße. Dort blieb er stehen.

„Gott sei Lob und Dank“, seufzte er tief auf. „Das war eine wahre Räuberhöhle!“

„Noch schlimmer, lieber Vater!“ sagte Wally tief aufatmend. „Ich kann mir selbst den schlimmsten Räuber nicht ohne Mitleid denken, diese Menschen aber hatten kein Erbarmen.“

„Ich werde sie bestrafen lassen, und zwar mit aller Strenge. Jetzt aber komm! Wir haben einander viel, außerordentlich viel zu erzählen.“

„Wohin gehen wir?“ fragte seine Tochter und schmiegte sich an ihn.

„In irgendeinen Gasthof. Morgen früh suche ich die Polizei auf, um Anzeige zu machen, und dann wird es sich ja finden, wo wir unser Domizil aufschlagen.“

*

Droben war alles in größter Aufregung zurückgeblieben. Die Melitta und die Wirtschafterin knieten bei dem Hausdiener, der kein Lebenszeichen von sich gab, und die Herren Offiziere blickten einander sehr betroffen an, ohne zunächst ihren Gedanken Ausdruck geben zu können.

„Da habt ihr nun die Folgen eurer Unvorsichtigkeit!“ sagte Randau.

„Verdammt! Außerordentlich fatal“, schimpfte Hagenau.

„Du wolltest morgen über diese Angelegenheit weiter mit mir sprechen“, meinte Randau gelassen. „Ich stehe dir und jedem zur Verfügung. Gute Nacht, meine Herren! Ich habe drei Flaschen Wein zu bezahlen. Hier ist das Geld."

Er warf eine Handvoll Guldenstücke auf den Tisch und ging.

„Auch das noch!" knurrte Hagenau. „Miserable Situation! Pyramidal unangenehmer Abend!"

„Wir haben ihn dir zu danken!" erinnerte einer.

„Hm! Armseliger Einfall, hierher zu gehen!"

„Dieser Einfall war von dir – deine eigene Erfindung", sagte ein anderer Kamerad. „Diesmal kannst du allerdings ein Patent darauf nehmen. Du wirst sogar eines bekommen, nämlich vom Oberst."

„Donnerwetter! Der erfährt die Sache freilich! Formidables Elend! Kolossales Pech! Riesenschlangenähnliche Verlegenheit! Wenn wenigstens dieser Petermann mit sich sprechen ließe, daß er von einer Anzeige absähe! Wie kann ich dem Alten, dem Kommandeur, jetzt vor die Augen treten! Werde vor ihm stehen wie ein Junge, der die Buttermilch und den Quark hat fallen lassen. Unbeschreibliche Blamage! Freilich – meine eigene Erfindung! Fräulein Melitta?"

Diese hatte sich bis jetzt mit dem Hausdiener beschäftigt. Auf den Ruf des Offiziers stand sie vom Boden auf, wo sie neben dem leblosen Körper gekniet hatte.

„Was befehlen Sie, Herr Oberleutnant?" fragte sie.

„Miserable Patsche, in die wir da geraten sind. Nicht?"

„Allerdings", sagte Melitta, der es vor einer Untersuchung durch die Polizei bangte.

„Ja", bestätigte Hagenau, „auch auf uns kommt da einiges zu. Lange Nasen, moralische Vorhaltungen, höchst unangenehme dienstliche Rippenstöße, Stubenarrest, Versetzung und sonstige Bescherungen. Hole es der Teufel! Aber – habe dennoch einen guten Gedanken! Famose Idee! Prächtiger Einfall! Kommt von mir! Meine eigene Erfindung! Wollen Sie hören?"

„Bitte sprechen Sie!" sagte die Melitta rasch.

„Sie kennen mich natürlich?"

„Sehr wohl", knickste das Weib. „Der Herr Oberleutnant Walther von Hagenau."

„Ja. Bin vermögend, sehr vermögend. Verstanden? Werde Ihnen eine hübsche Gratifikation zahlen, wenn wir nicht in diese Geschichte verwickelt werden. Wir sind nicht von hier. Sie kennen uns nicht!"

„Das wird nicht gut möglich sein", meinte die Melitta nachdenklich. „Ich habe sonst keinen Zeugen gegen diesen Petermann, wenn ich Sie nicht kennen darf."

„Unsinn! Riesenhafter Unsinn! Kolossale Gedankenlosigkeit, meine beste Melitta!" lachte Hagenau. „Nicht Ihnen werden die Zeugen fehlen, sondern nur ihm gegen Sie! Wer will ihm denn bezeugen, wenn wir nicht da sind, daß seine Tochter geschlagen worden ist?"

Das Gesicht von Fräulein Melitta leuchtete auf.

„Ach so! Ja, das ist wahr!"

„Also! Famoser Gedanke! Gigantischer Scharfsinn! Pythagoräischer Einfall! Nun, was sagen Sie?"

Sie blickte recht pfiffig drein und fragte:

„Wäre es Ihnen nicht möglich, die Art und Weise und die Höhe Ihres Dankes genau zu formulieren, wenn ich Ihre Anwesenheit der Polizei gegenüber verschweige?"

Hagenau wußte genau, was sie meinte.

„Oh ja!" sagte er. „Hier meine Hand!"

Damit drückte er der ‚Dame' einige größere Geldscheine in die Hand und wehrte ihren überschwenglichen Dank ab. Jetzt wandte er sich an seine Kameraden, um sie zum Gehen aufzufordern. Einer der Offiziere aber brachte noch Bedenken vor. Er sagte:

„Das allein bietet uns noch keine Sicherheit, lieber Hagenau. Wir wissen ja gar nicht, was Randau tun wird."

„Werde ihn aufsuchen! Werde ihn umstimmen! Bin sonst kein Freund vom Stimmen, bin nämlich höchst unmusikalisch. Umstimmen aber ist viel leichter als Klavierstimmen. Will es wenigstens versuchen."

„Ich wünsche sehr, daß es Ihnen gelingt, Herr Oberleutnant", sagte die Melitta. „Jetzt aber haben Sie wohl einmal die Güte, mir hier beizustehen? Der Diener regt sich immer noch nicht!"

„Wird ohnmächtig sein", meinte Hagenau. „Hat zwar eine Elefantennatur, der Kerl, war aber ein fürchterlicher Hieb! Flasche zerbrochen!"

„Mein Gott! Es scheint, er hat keinen Atem mehr", rief Melitta ängstlich.

„Blasen Sie ihm in den Mund", scherzte Hagenau zynisch. „Verstehe mich auf die Rettung Verunglückter. Hängen, ersäufen, vergiften, Kohlengase – nichts als nur an den Armen und Beinen ziehen und dabei in den Mund blasen! Aber ich gebe Ihnen einen guten Rat gratis: holen Sie einen Arzt! Für die restlichen Flaschen Wein nehmen Sie einstweilen dieses hier!"

Er warf eine wohlgefüllte Börse auf den Tisch und verabschiedete sich. Seine Kameraden folgten ihm durch einen Hinterausgang und ließen Melitta mit den Ihrigen in der Not zurück.

6.

Ermittlungen

Nach dem raschen Abschied der Offiziere schickte Fräulein Melitta eines der Mädchen, den nächsten Arzt herbeizuholen. Dieser wohnte drei Straßen entfernt und erklärte sich trotz der späten Stunde bereit mitzukommen. Das Mädchen führte den jungen Arzt eilig in den Salon, den die anderen inzwischen verlassen hatten. Der Diener lag auf einem Diwan, und die Melitta saß bei ihm.

„Der Doktor war so freundlich – –“

„Sehr gut, sehr gut!“ unterbrach Melitta das Mädchen. „Ich befinde mich in großer Sorge.“

„Doktor Rapf, Assistent an einer hiesigen Privatklinik“, stellte sich der junge Mann vor.

„Bitte, da liegt der Verletzte!“

Der Arzt warf einen Blick über die Diele des Hauses. Er sah die Glasscherben und machte ein besorgtes Gesicht.

„Der Hieb muß ungewöhnlich kräftig gewesen sein. Wir werden sehen.“

Er trat zu dem Hausdiener heran und nahm dessen Hände. Sein Gesicht wurde ernster. Er öffnete Rock, Weste und Hemd und legte die Hand auf das Herz des Verletzten.

„Bitte, einen kleinen Spiegel!“ forderte der Arzt.

Der Spiegel wurde gebracht. Er hielt ihn vor Mund und Nase des Dieners.

Draußen vor der offenen Tür versammelten sich nun die Mädchen, die vorher noch so lustig gewesen waren. Im Halbdunkel sahen ihre ängstlichen Gesichter wie Masken aus.

Der junge Mediziner legte den Spiegel weg und drehte sich zu Fräulein Melitta um:

„Gott sei Dank!“ sagte er. „Er ist nur ohnmächtig. Aber die Hirnschale scheint verletzt, der Mann muß sofort in das nächste Krankenhaus gebracht werden. Rufen Sie eine Droschke!“

Eines der Mädchen folgte dieser Aufforderung sofort. Doktor Rapf aber wandte sich an Fräulein Melitta:

„Kennen Sie den Täter?“

„Nur seinen Namen“, antwortete die Melitta betreten.

„Sie müssen schnell Anzeige erstatten, damit der Mann noch gefaßt werden kann. Wissen Sie, in welche Richtung der Täter geflohen ist?“ erkundigte sich der Doktor.

Melitta schüttelte den Kopf.

„Nein. Er hat das Haus einfach verlassen.“

„Vielleicht befindet er sich noch in der Stadt?“ meinte der junge Arzt ernst. „Also eilen Sie zur Polizei. Ich will zunächst bei dem Verletzten bleiben.“

Die Melitta zeigte sich verwirrt und schritt in dem Salon auf und ab. Sie vermochte vor Angst nicht, einen festen Gedanken zu fassen.

„Die beiden stritten wohl miteinander?“ fragte Doktor Rapf.

„Ja“, behauptete sie. „Ich war nicht dabei, sondern kam erst später hinzu. Es war mir nicht möglich, den Streit zu schlichten. Was soll daraus werden?“

„Sind Zeugen vorhanden?“

Sie zögerte eine Weile, dann sagte sie:

„Ich weiß nicht. Ich bin überhaupt nicht fähig, jetzt darüber nachzudenken, denn ich weiß nicht, wo mir der Kopf steht.“

Der Arzt war bereit, ihr die nächsten Schritte abzunehmen. Als die Droschke eintraf, begleitete er den schwerverletzten Hausknecht ins Hospital und informierte selber die Polizei. Bald traf ein Wachtmeister im Haus der Melitta ein, um die Aussage der Hausherrin zu Protokoll zu nehmen. Sie versäumte es natürlich nicht, Petermanns Eindringen in ihre Villa im ungünstigsten Licht erscheinen zu lassen. Nach ihren Worten hatte Petermann sich eingeschlichen, den Hausknecht beleidigt und ihn dann im Streit verletzt. Der Wachtmeister hörte aufmerksam zu und sagte am Ende:

„Ein eklatanter Fall, in der Tat! Wir werden diesen Petermann in Rollenburg suchen lassen. Zunächst aber muß ich den Herrn Staatsanwalt informieren, denn er ist für solche Fälle zuständig."

Mit diesen Worten zog er sich zurück und ließ eine aufgeregte Melitta im Salon stehen.

*

Unmittelbar nach ihrem Eintreffen in Rollenburg begaben sich Staatsanwalt Unterberg, der junge Assessor von Ansbach und Kommissar Anders zum Haus der Melitta, wo sie mit Arndt zusammen ankamen – allerdings geraume Zeit nach den Vorfällen im Hause der Melitta. Man beriet nun in einiger Entfernung von der Villa das weitere Vorgehen. Staatsanwalt Unterberg mußte Arndt sagen, daß eine Hausdurchsuchung mangels zwingender Beweise vorläufig nicht möglich sei, während Kommissar Anders darauf brannte, die ‚Räuberhöhle' auszuheben. Sie waren noch eifrig im Gespräch, als sich Arndt unversehens abwandte. Er hatte einen jungen Mann bemerkt, der in der Nähe des Hauses der Melitta herumschlich und es mit auffälligem Interesse beobachtete. Die Beamten sahen erstaunt, wie der Detektiv plötzlich auf den Mann zuging und ihm die Hand schüttelte. Wenige Augenblicke später kehrte Arndt mit seinem Schützling, den Kommissar Anders sofort als Wilhelm Heilmann wiedererkannte, zu den Herren zurück. Nach einer kurzen, förmlichen Vorstellung erzählte Heilmann von seinem Zusammentreffen mit Magda Weber und dem zwielichtigen Uhland, auch von seinem Bemühen, das ‚Haus Melitta' zu finden. Der Bericht rief großes Interesse bei den versammelten Beamten hervor, und man entschloß sich nunmehr, das Haus durchsuchen zu lassen.

In diesem Moment aber wurden die Beobachter Zeugen der Ankunft einer Droschke und sahen, wie ein offenbar Verletzter abtransportiert wurde. Der Staatsanwalt und Assessor von Ansbach wechselten besorgte Blicke. Als nun auch ein Wachtmeister eintraf und wenig später eilig aus der Villa kam, ließ sich Unterberg von ihm über den Stand der Dinge informieren.

Kurze Zeit später hatten sich der Staatsanwalt und seine Mitarbeiter in der Villa Einlaß verschafft, wo die Melitta und ihre Mädchen verhört wurden, während Kommissar Anders das ganze Haus sorgfältig durchsuchen ließ. Schon nach wenigen Minuten kehrte der Kommissar mit einer jungen Dame in die Eingangshalle zurück, die Heilmann sofort als Magda Weber wiedererkannte. Magdas kurzer Bericht bewies den Beamten, daß sie hier tatsächlich einer ganz gefährlichen Bande von Mädchenhändlern auf die Spur gekommen waren. Da nützte das Protestgeschrei der Melitta nichts: sie wurde in Polizeigewahrsam genommen und abgeführt, während Kommissar Anders den Befehl erhielt, sofort die Fahndung nach Uhland aufzunehmen.

Am Ende dieses ereignisreichen Tages saßen Staatsanwalt Unterberg und Geheimpolizist Arndt noch einige Minuten im Salon der Melitta zusammen.

„Ich habe einen meiner Mitarbeiter gebeten, in allen Gasthöfen der näheren Umgebung nach diesem Herrn Petermann und seiner Tochter zu forschen, von denen die Melitta gezwungenermaßen erzählen mußte“, eröffnete der Staatsanwalt das Gespräch. „Magda Weber, die erst vor zwei Tagen angekommen war, hat behauptet, es gebe noch mindestens ein Mädchen hier im Haus der Melitta, das gegen seinen Willen hier war. Sollte das vielleicht die Tochter dieses Petermann sein? Ich jedenfalls glaube der Melitta kein Wort, wenn sie erzählt, Petermann habe ihr ein Mädchen mit Gewalt entführt und dabei den Hausknecht lebensgefährlich verletzt. Was meinen Sie?“

„Ganz Ihrer Meinung“, sagte Arndt, „ich glaube, wir

sollten uns diesen Petermann einmal in Ruhe ansehen. Da hat mir Wilhelm Heilmann doch von einem Petermann erzählt, der angeblich unschuldig wegen Unterschlagung im Zuchthaus gesessen hat und dessen Tochter in der Residenz als Wirtschafterin bei der berüchtigten Groh gearbeitet haben soll. Wenn das derselbe Petermann wäre – –"

Er konnte seinen Satz nicht zu Ende führen, denn in diesem Moment betrat ein Mitarbeiter des Staatsanwaltes das Zimmer und teilte Arndt und Unterberg mit, daß im Gasthof ‚Zum Bären' in der unmittelbaren Nachbarschaft tatsächlich ein Petermann mit Tochter vor einer halben Stunde abgestiegen sei.

„Heute nacht werde ich sie nicht mehr aufsuchen", überlegte Arndt, „aber morgen will ich doch einmal hören, was Petermann zu sagen hat. Er könnte für uns ein wichtiger Zeuge sein."

„Auf jeden Fall", stimmte der Staatsanwalt zu. „Halten Sie mich bitte auf dem laufenden. Wollen wir hoffen, daß es Kommissar Anders gelingt, den sauberen Herrn Uhland festzunehmen!"

*

Am nächsten Morgen betrat Franz Arndt schon früh den Gasthof ‚Zum Bären' und erkundigte sich nach Petermanns Zimmer. Dort fand er den ehemaligen Sträfling im eifrigen Gespräch mit seiner Tochter. Arndt stellte sich vor und kam sogleich auf den Zweck seines Besuches zu sprechen.

„Sie waren gestern im Haus von Fräulein Melitta?" fragte er freundlich.

„Ja", antwortete Petermann erstaunt.

„Darf ich fragen, zu welchem Zweck?"

Petermann faßte sich rasch. Dieser Arndt schien ein vertrauenswürdiger Mann zu sein. Darum gab er freimütig zu:

„Um meine Tochter zu befreien, die man dort wie eine Gefangene hielt."

„Dachte es mir", sagte Arndt befriedigt. „Haben Sie einen

Streit mit dem Hausdiener angefangen?“

„Nein. Er ohrfeigte meine Tochter, weil sie sich weigerte, ihre Ehre zu opfern, und da verteidigte ich sie, mehr nicht. Das ist kein Streit.“

„Freilich nicht! Bitte erzählen Sie mir, wie alles zugegangen ist.“

Petermann kam dieser Aufforderung nach. Arndt hörte ihm aufmerksam zu und sagte dann:

„Lieber Herr Petermann, Sie haben gar nichts zu befürchten. Der Staatsanwalt Unterberg und die Polizei haben gestern das Haus der Melitta durchsucht. Es ist uns gelungen, Beweise für ihren Mädchenhandel zu finden. Die Melitta ist verhaftet und wird heute in die Residenz gebracht. Ihre Aussage und die Ihrer Tochter werden hier natürlich von besonderer Wichtigkeit sein. Aber gestatten Sie mir noch eine Frage, Herr Petermann: Sie sind erst vor kurzem aus dem Zuchthaus entlassen worden?“

Das kam völlig unerwartet. Wally stieß einen Schrei aus und legte weinend die Hände vor das Gesicht. Ihr Vater war bleich, sehr bleich geworden.

„Ja“, sagte Petermann mit gebrochener Stimme. „Herr Arndt, ich – –“

„Still!“ gebot Arndt und legte ihm die Hand auf die Schulter. „Vielleicht kann ich Ihnen helfen. Ein junger Buchbinder, Wilhelm Heilmann, der mit Ihnen entlassen wurde, hat mir von einem Mitgefangenen namens Petermann erzählt, der unschuldig verurteilt worden sei. Ein glückliches Geschick hat es mir ermöglicht, Heilmanns Unschuld zu beweisen. Erlauben Sie es mir darum, Sie ohne Umschweife zu fragen: Waren Sie schuldig oder unschuldig?“

Dabei sah er Petermann durchdringend an. Dieser blieb ruhig und gefaßt und sagte mit leiser Stimme:

„Ich war nicht unschuldig.“

Da klopfte Arndt ihm auf die Schulter und sagte:

„Wollen Sie mich wirklich täuschen, Herr Petermann?“

Der Gefragte schwieg verlegen.

„Mögen Sie vor dem Untersuchungsrichter ausgesagt haben, was Sie wollten, mag in Ihren Akten Ihre Schuld aufs klarste erwiesen sein: Sie sind doch unschuldig!"

„Herr Arndt!" rief Wally laut.

„Ja, Sie sind unschuldig! fuhr er fort, „damals gerade so wie auch heute. Sie mögen Gründe gehabt haben, die Schuld eines anderen Mannes auf sich zu nehmen, und ich respektiere Ihr Verhalten, noch mehr aber achte ich den Mann, der die Kraft hatte, eine unverdiente Schande auf sich zu nehmen. Ihr Auge und Ihr Gesicht, sie lügen nicht: Sie sind ein Ehrenmann! Und ich verspreche Ihnen: Ich werde Ihre Unschuld zu beweisen suchen. Doch genug davon für jetzt! Vielleicht werden Sie mir in einer stillen Stunde erzählen, was Ihnen jetzt noch nicht von den Lippen kommen will. Begleiten Sie mich nun bitte zu Staatsanwalt Unterberg!"

Petermann berichtete dem Staatsanwalt, der noch einmal ins Haus der Melitta zurückgekehrt war, die ganze unerhörte Begebenheit. Unterberg hörte aufmerksam zu und ließ die Aussage genau protokollieren. Auch Wally wurde gehört, und schließlich ließ sich der Staatsanwalt die Namen der Offiziere geben, soweit sie Petermann bekannt waren; der kannte allerdings nur Randau und den Oberleutnant von Hagenau. Letzteren wollte der Staatsanwalt in der Residenz besonders streng befragen.

Gegen Mittag reisten der Staatsanwalt und seine Begleiter, darunter der junge Assessor von Ansbach, in die Residenz zurück. Arndt fuhr mit demselben Zug, saß aber in einem separaten Abteil mit Petermann und Wally und führte dort ein langes, ernstes Gespräch mit dem so schwer geprüften Mann und seiner Tochter. Wilhelm Heilmann hatte sich einige Tage Urlaub genommen, was ihm mit Arndts Hilfe leicht bewilligt wurde: ihm fiel die Aufgabe zu, Magda Weber zu ihrem Vater nach Langenstadt zu geleiten.

In den Wochen nach diesen Ereignissen im Haus der

Melitta war die Polizei fieberhaft tätig, und tatsächlich glückte es ihr, nicht nur des Herrn Uhland, sondern auch der Frau Groh und des ‚sauberen' Heinz habhaft zu werden.

Die sich anschließenden Verhöre brachten Licht in den ganzen Plan der Bande. Das Haus der Melitta diente nur als zeitweiliger Aufenthalt; die ahnungslosen Mädchen wurden nach und nach ins Ausland gebracht, wo sie kein gutes Schicksal erwartete. Glücklicherweise war es Arndt und seinen Helfern gelungen, diesen verbrecherischen Plan rechtzeitig zu durchkreuzen.

In der Öffentlichkeit wurden diese Aktionen aufmerksam registriert und als großer Erfolg des tüchtigen Kommissars Anders, des Staatsanwalts Unterberg und besonders des Geheimpolizisten Arndt gefeiert. Man munkelte sogar, daß diese Personen vom Minister des Innern für eine hohe Auszeichnung vorgesehen seien, doch wahrte Seine Exzellenz darüber vorerst striktes Stillschweigen.

7.

Im Abgrund

Die Mühlengasse lag in einem recht übel beleumundeten Viertel der Residenz. Hier wohnten die Ärmsten der Armen neben allerlei ‚Geschäftsleuten', für deren Arbeit sich nicht selten die Polizei lebhaft interessierte. Gelegentlich verirrten sich jedoch auch einige gutgekleidete Herren in die Nähe der Mühlengasse, denn hier wohnte Siegmund Dorn. Vor vielen Jahren war er in die Residenz gekommen, um hier mit seiner Frau Aurora seinen Geschäften als Pfandleiher und Trödler nachzugehen. Freilich war Siegmund Dorn nicht sein richtiger Name, genausowenig wie seine Frau als ‚Aurora' zur Welt gekommen war. Die Heimat des Trödlers Dorn lag irgendwo in den Ländern des wilden Balkan, niemand wußte es gcnau. Im Laufe der langen Zeit, die er nun schon in der Residenz verbracht hatte, war seine Beherrschung der Landessprache besser, aber nicht fehlerfrei geworden; so erkannte man den zwielichtigen Dorn ebenso an seinem eigentümlichen Kauderwelsch wie an seinen zweifelhaften Methoden in geschäftlichen Dingen. Er handelte mit allerlei wertvollen und wertlosen Gegenständen, vor allem aber mit altem Eisen und sonstigen Trödelwaren. Böse Zungen behaupteten, Siegmund Dorn gebe sich zwar als arm aus, sei in Wirklichkeit aber sehr reich, denn er borge jungen, leichtsinnigen Kavalieren große Summen und verlange Wucherzinsen. Manch einer der Leute, die verstohlen die Mühlengasse aufsuchten, um bei Dorn Geld zu leihen, hatte das Haus des Trödlers in schrecklicher Not verlassen, und es ging die Sage in den entsprechenden Kreisen der Residenzstadt, daß ein ‚Kunde' des alten Siegmund sich sogar aus Verzweiflung über seine desolaten Finanzen das Leben genommen habe. Indessen hatte man dem Trödler noch nie einen Betrug nachweisen können, und für die Wahrheit der oft unter der Hand verbreiteten Behauptung, die Geschäfte dieses verdächtigen Mannes hätten fast immer das Licht des Tages zu scheuen, ließ sich kein zuverlässiger Beweis finden. Fest stand aber, daß Siegmund Dorn trotz des treuherzig-altdeutsch klingenden Namens ein ebenso durchtriebener wie hartnäckiger Geschäftsmann war, der schon manchen Kunden mit einem derben, walachischen Fluch verabschiedet hatte.

*

Unter den Reisenden, die um die Mittagsstunde im Bahnhof Rollenburg aus der Residenz eintrafen, befand sich der Altwarenhändler Siegmund Dorn. Was mochte er hier zu tun haben? Er hatte heute ein festtägliches Aussehen, sein sonst mit rauhen Bartstoppeln bedecktes Gesicht war glattrasiert, und wenn sein Anzug auch nach einem längst veralteten Schnitt gefertigt war, so mußte man ihn doch wenigstens fleckenlos nennen.

Der Alte hielt sich gar nicht lange am Bahnhof auf, sondern er ging sogleich in die Stadt und schlug, dort angekommen, die Richtung nach dem Schloß ein. Als Landesstrafanstalt war es nicht leicht zugänglich, sondern von einer hohen Mauer umgeben. Ein einziges Tor führte in das Innere. Hier blieb Dorn stehen und zog an der Glocke.

Der wachhabende Posten stand jenseits der Mauer in Tornähe. Er öffnete einen kleinen Schieber und blickte durch den so entstehenden Sehschlitz hinaus. Dann fragte er in barschem Ton:

„Wer da draußen?“

„Wer da draußen ist, haben Sie gefragt? Ich bin es, der Kaufmann Siegmund Dorn aus der Mühlengasse in der Hauptstadt.“

„Was wollen Sie?“ fragte der Posten immer noch unfreundlich.

„Ist der Direktor des Zuchthauses mit seinen Namen ein Herr Hauptmann und Regierungsrat von Scharfenberg?"

„Ja."

„Und ist bei ihm nicht zu Besuch ein Herr Leutnant, der sich ausspricht Bruno von Scharfenberg?"

„Ja", antwortete der Soldat abermals, diesmal schon etwas zögernder.

„Diesen Herrn Leutnant suche ich."

„Ist es dringend?" fragte der Posten.

„Ja. Es ist eine Sache von Geschäften, die sich läßt nicht aufschieben für einem Augenblick."

„So will ich Sie einlassen."

Das Tor knarrte in seinen Angeln, und der Alte durfte eintreten. Er sah einen weiten, gepflasterten Hof vor sich, der von hohen, mit kleinen Gitterfenstern versehenen Gebäuden eingefaßt war.

„Es muß schlimm sein, zu wohnen in diesen Logis da droben!" entfuhr es ihm.

„So nehmen Sie sich in acht, daß Sie nicht einmal in die Lage kommen, hier einquartiert zu werden", stimmte der Soldat in scherzhaftem Ton zu. „Sehen Sie dort an der Tür den zweiten Posten? Der wird Sie anmelden."

Der Trödler folgte dieser Weisung und wurde dann durch einige enge Gänge und über dunkle Treppen in ein helles Vorzimmer geführt, wo er zu warten hatte. Der Soldat meldete ihn an und wies ihn dann in einen Nebenraum, in den erst nach längerer Zeit der junge Leutnant Bruno von Scharfenberg eintrat. Dieser musterte ihn mit abschätzenden Blicken und fragte kurz und rauh:

„Sind Sie dieser Siegmund Dorn?"

„Ich habe die Ehre, es zu sein, gnädiger Herr Leutnant!"

„Ich kenne Sie nicht. Was wollen Sie von mir?"

„Ich komme zu Ihnen nach Rollenburg, weil ich habe mich erkundigt nach Ihrer Wohnung in der Residenz und Sie dort nicht waren zu Hause."

„Was hatten Sie in meiner Privatwohnung zu suchen?"

„Ich suchte dort heute früh den Herrn Leutnant, weil ich ihm habe zu zeigen kleines Papier."

„Ein Papier?" fragte Bruno von Scharfenberg. „Meinen Sie etwa einen Brief?"

„Nein, sondern ich meine diesen Zettel, auf den Sie haben beschrieben Ihren Namen."

Er zog eine Brieftasche hervor, entnahm ihr einen Wechsel und gab ihn dem Leutnant. Dieser wurde blaß und stieß überrascht hervor:

„Donnerwetter! Daran habe ich gar nicht gedacht!"

„Schadet nichts, gnädiger Herr! Habe doch ich gedacht an es!"

„Ich hatte mir das Datum nicht notiert."

„Das war nicht nötig, da es ist doch notiert auf der ersten Zeile von Akzept[1]."

Der Leutnant befand sich in sichtlicher Verlegenheit. Er überflog die auf der Rückseite stehenden Namen und sagte dann mit unsicherer Stimme:

„Muß dies denn heute gleich sein?"

Der Alte machte eine heftige Bewegung des Schrecks und sagte:

„Warum nimmt man in Zahlung Akzept? Weil man ist überzeugt, das Geld zu erhalten sofort und augenblicklich beim Vorzeigen des Papiers. Ich bin ein armer Händler. Ich kaufe gebrauchter Sachen, um zu verkaufen wieder an arme Leute. Was kann ich von ihnen nehmen für Profit? Einen Kreuzer oder zwei, mehr nicht!"

„Der Profit scheint denn doch nicht so gering zu sein, da Sie mit Wechseln über solche Beträge umgehen. Ich bin überzeugt, daß Sie warten können!"

„Ich kann nicht warten eine Stunde", beteuerte der Alte. „Ich muß zurück mit dem nächsten Zug, um selbst zu bezahlen einem Gläubiger, der wird haben weder Geduld noch Nachsicht mit meiner eigenen Armut."

Scharfenberg wurde unsicher und sagte:

1 Akzept (lat.) = Wechsel

„Wenn Sie bis übermorgen warten, werde ich mich sehr gern zu einer angemessenen Gratifikation verstehen!"

„Teufelsblut! Gratifikation? Was tue ich mit Gratifikation! Ich muß haben jetzt gleich mein Geld, um zu bezahlen können meine eigene Schuld! Aber der Herr Leutnant ist doch auf Besuch bei seinem Herrn Onkel? Der Herr Regierungsrat ist ein Mann von Vermögen. Er wird geben dem Herrn Leutnant gern die kleine Summe. Soll ich beweisen? Ich werde gehen zu Onkel Regierungsrat und ihm zeigen Papier."

„Halunke! Wage das etwa!"

Siegmund Dorn trat einen Schritt zurück, kniff die Augen zusammen und fragte:

„Was haben Sie gesagt? Halunke haben Sie gesagt?" Dabei murmelte er etwas in einer fremden Sprache, fuhr dann aber fort:

„Bin ich Halunke, weil ich gewagt habe verdientes Geld an Wechsel? Wollen Sie bezahlen Schuld mit groben Worten anstatt mit gültiger Münze? Aber ich will machen Vorschlag, das wird sein das allerbeste in dieser Angelegenheit, weil ich bin Mann von Gemüt: der Herr Leutnant mag selbst gehen zu Onkel seinigem. Das ist klüger, als wenn ich zu ihm gehe."

„Es wird nichts nützen."

„Oh, der Herr Onkel wird schon retten Ehre von Neffe!"

Scharfenberg stutzte.

„Von einer Rettung meiner Ehre kann gar nicht die Rede sein, da sie sich nicht in Gefahr befindet."

„Nicht?" fragte Dorn grimmig. „Woher wollen Sie nehmen Geld, zu bezahlen meine Wechsel?"

„Mensch! Halten Sie etwa meine finanziellen Verhältnisse für so zerrüttet, daß ich zahlungsunfähig bin?"

„Oh, man ist Mann von Geschäft! Man erkundigt sich nach Leuten, von denen man hat zu erwarten Zahlung!"

Das Gesicht des Leutnants wurde um einen Schatten bleicher. Er fuhr zornig auf:

„Was soll das heißen? Sie haben sich nach mir erkundigt?"

„Mußte ich nicht? Man hat mir gesagt, daß der Herr Leutnant hält teure Pferde."

„Das kann ich!" brauste Scharfenberg auf.

„Daß der Herr Leutnant trinkt teure Weine."

„Auch das kann ich!"

„Und daß der Herr Leutnant macht gerne kleines Spiel."

Dabei zwinkerte Dorn vertraulich mit den Augen.

„Pah! Man will sich unterhalten!" meinte Scharfenberg vorsichtiger. Ihm war ganz seltsam zumute geworden bei den Worten des Alten. „Aber das geht ja keinen Menschen etwas an!"

„Nein, wenn nämlich die Pferde sind bezahlt! Man hat mir aber gesagt, daß der Herr Leutnant sei schuldig dem Pferdehändler bedeutende Summe. Daß der Weinlieferant schon seit langer Zeit warte auf Geld! Und daß der Herr Leutnant beim Spiel schon seit langer Zeit gehabt habe sehr, sehr großes Pech!"

„Mensch, man hat Sie dreist belogen!" rief Scharfenberg entsetzt aus. Der alte Dorn lächelte spöttisch.

„Die Männer, die das haben gesagt, sprechen stets nur Wahrheit. Sie haben gemeint, daß ich mit dem Herrn Leutnant ja nicht haben soll Nachsicht und Geduld."

„Hölle und Teufel!" stieß Scharfenberg hervor. „Pack dich fort, Kerl!"

„So muß ich wirklich aufsuchen den Herrn Direktor!"

Dies brachte den Leutnant noch mehr in Harnisch, aber der Wucherer kannte in Geldsachen keine Angst. Er ging dem Offizier mit Drohungen so zu Leibe, daß dieser sich gezwungen sah, einen Schritt zu tun, der ihm in keiner Weise leichtfiel.

„Gut!" entschied er endlich. „Ich will dir beweisen, Schurke, daß man die frechste Unwahrheit gesagt hat. Ich werde zu dem Onkel gehen und Geld holen. Warte hier!"

Er nahm den Wechsel und entfernte sich. Unterwegs dachte er:

„Eine verdammte Geschichte! Gestern habe ich noch vierhundert Gulden bekommen, aber der Onkel hat mir versichert, daß es das letztemal sei. Ich stecke verteufelt in der Klemme. Dieser Dorn ist ein Satan. Der Alte geht nicht eher, als bis er bezahlt ist. Ob aber der Onkel nochmals in die Kasse greift, das ist fraglich. Auf alle Fälle habe ich mich auf eine fürchterliche Strafrede gefaßt zu machen."

Im Vorzimmer seines Onkels fühlte er sein Herz so schlagen, daß er, tief Atem holend, stehenblieb. Dann klopfte er zögernd – fast ganz lautlos.

Der Regierungsrat hatte es aber doch gehört.

„Herein!" rief er.

„Sapperment!" dachte der Neffe. „Das klingt ja außerordentlich barsch. Sollte er schlechter Laune sein? Das fehlte nun gerade noch!"

Er trat ein und bemerkte sofort, daß er richtig vermutet hatte. Der Direktor schien sich in großer Aufregung zu befinden. Er war im Zimmer auf und ab gegangen und hielt den Blick finster auf den Eingang gerichtet.

„Guten Tag, lieber Onkel!" grüßte Bruno sehr freundlich. „Störe ich etwa?"

„Ah, du? Das ist passend!" rief der Direktor aus. „Ich stand soeben im Begriff, dich holen zu lassen. Was bringst du mir?"

Sein Gesicht war keineswegs freundlicher geworden, und sein Blick verhieß nichts Gutes. Hätte der Leutnant sich nicht in gar so großer Verlegenheit befunden, wäre er wohl auf den Gedanken gekommen, die leidige Angelegenheit gar nicht erst zur Sprache zu bringen.

„Ich bin hier mit einer Bitte", antwortete er mit ziemlich unsicherer Stimme.

„Doch nicht etwa von der Art, wie die gestrige war?"

„Leider, ja."

„So kommst du vergebens! Du weißt, was ich dir gestern gesagt habe. Dreihundert Gulden warst du schuldig, dazu hundert Gulden Taschengeld, macht vierhundert. Ich bin schließlich nicht dein Vater!"

„Ich hatte gestern keine Ahnung, daß ich heute bereits in die Lage versetzt würde, dir wieder lästig zu fallen. Es ist aber sicher nun das allerletztemal!"

Der Direktor blickte den Neffen scharf und finster an und antwortete:

„So hat es stets geheißen. Aber ich will mich wenigstens informieren. Um was handelt es sich?"

Der Leutnant verzichtete darauf, durch irgendeine Einleitung die Angelegenheit zu beschönigen. Er gab dem Onkel den Wechsel mit den Worten:

„Es geht um das hier!"

Der Regierungsrat betrachtete das Papier, richtete dann den Blick kalt zum Fenster hinaus, hustete nach einer Weile leise vor sich hin und sagte in einem Ton, als ob es sich um etwas ganz Gewöhnliches handle:

„Zweitausend Gulden! Du scheinst Millionär zu sein oder auf den Tod deines Vaters und deiner sämtlichen Verwandten zu spekulieren."

„Daß dies nicht der Fall ist, weißt du ganz genau! Diese Summe stammt noch vom letzten Rennen her."

„Ah! Gewettet?" fragte der Direktor grimmig. „Um eine solche Summe?"

„Nur um tausend Gulden", gestand sein Neffe kleinlaut.

Der Direktor verstand sofort.

„So, so! Du zahlst also das Doppelte?"

Der Leutnant zuckte die Achseln, antwortete aber nicht.

„Schön! Aber mit der Post ist der Wechsel nicht gekommen?"

„Nein. Der letzte Inhaber hat ihn gebracht."

„Persönlich?" Der Direktor zog die Brauen zusammen. „Was ist das für eine Geschichte? Wie heißt der Mann?"

„Siegmund Dorn."

„Ein Wucherer?"

„Ja."

Der Direktor blickte seinen Neffen lange an, dann warf er ihm den Wechsel hin.

„Hier hast du den Wisch! Gib ihn zurück!“

„Aber der Mann will sein Geld!“

„Das ist seine und deine Sache, aber nicht die meinige! Ich habe dir gestern mein Wort gegeben, daß ich nicht einen Kreuzer mehr bezahle, und du weißt ganz genau, daß ich mein Wort zu halten pflege. Übrigens wird der Herr Dorn warten können, bis du mit deinem Vater gesprochen hast.“

„Er wartet nicht.“

„Oho! Steckst du schon so tief in Mißkredit?“

Der Leutnant senkte wortlos den Kopf.

„Antworte!“ befahl der Oheim. „Hast du nicht mit ihm von deinem Vater und von mir gesprochen?“

„Ja, doch.“

„Und dennoch will er nicht warten?“

Der Neffe nickte wortlos.

Über das Gesicht des Regierungsrats ging eine leise Röte. Er zog die Brauen zusammen und sagte barsch:

„Nun gut! Dieser Mann hat das Papier auf zweitausend Gulden angenommen und erwartet sein Geld. Er hat das Recht, es zu verlangen. Gewährt er keinen Aufschub, so ist das ein Zeichen, daß er es entweder notwendig braucht oder sich nach deiner Zahlungsfähigkeit erkundigt und eine für dich unangenehme Auskunft erhalten hat. Ich befehle dir, mir die Wahrheit zu sagen! Hat er sich erkundigt?“

„Ja!“ stieß der Leutnant mühsam hervor.

„Ah! Also doch so, wie ich dachte!“

Der Direktor blieb eine ganze Zeitlang stumm stehen und wischte sich mit der Hand über die Stirn. Er kämpfte mit sich selbst. Schließlich begann er:

„Ob der jetzige Inhaber des Wechsels ein ehrlicher Mann ist, weiß ich nicht. Jedenfalls ist der Wechsel echt, und du hast dich verpflichtet, ihn zu bezahlen.“

Damit trat er an den Sekretär, öffnete ihn und entnahm ihm einige Banknoten. Diese reichte er dem Neffen hin.

„Es gilt, unseren guten Namen zu retten!“ sagte er.

„Onkel, lieber Onkel!“ rief der Leutnant freudig.

Er wollte die Hand des Direktors ergreifen, dieser aber zog sie schnell zurück und sagte abwehrend:

„Schweig! Nicht um deinetwillen, sondern meiner Ehre wegen tue ich es! Bezahl den Mann! Von jetzt an aber kannst du in keiner Weise mehr auf mich rechnen. Ich habe dich für leichtlebig, vielleicht auch für leichtsinnig gehalten, jetzt aber habe ich beinahe Veranlassung bekommen, dich für schlecht zu halten!"

Das wollte der Neffe sich freilich nicht gefallen lassen.

„Onkel!" sagte er rasch. „Das Darlehen oder Geschenk, das du mir machst, gibt dir noch nicht das Recht, mich zu beleidigen!"

„Pah! Beleidigen! Spiele dich nicht als Ehrenmann auf! Die Angelegenheit ist überaus ernst und nicht dazu angetan, deinen Charakter in einem guten Licht erscheinen zu lassen. Du spielst, du besitzt teure Pferde, du lebst über deine Verhältnisse und verkehrst mit zwielichtigen Gestalten. Du mußt wissen, was du tust. Ich habe dich heute noch einmal gewarnt. Von nun an will ich ganz davon absehen, mich wieder mit deinen Angelegenheiten zu befassen. Ich werde dich also auch mit allen weiteren Erkundigungen meinerseits verschonen. Nur eines will ich noch von dir wissen. Erinnerst du dich des Abends, an dem ich dir mitteilte, daß dieser Karl Petermann begnadigt worden sei?"

Der Leutnant schwieg.

„Es kam die Rede auf Fälle, in denen Menschen unschuldig verurteilt worden waren, weil sie sich für einen anderen aufgeopfert hatten. Ich fällte damals ein strenges Urteil über den Menschen, der die Feigheit besitzt, ein solches Opfer anzunehmen. Besinnst du dich vielleicht noch darauf?"

„Ganz leidlich!" gab der Neffe zögernd zur Antwort.

„Nun, so möchte ich dich fragen, ob nicht vielleicht Karl Petermann dir ein solches Opfer gebracht hat? Schließlich fingst du ja damals selbst an, von diesen Justizirrtümern zu erzählen."

Der Leutnant war außerordentlich bleich geworden.

„Das ist doch nur eine Vermutung", brachte er schließlich hervor.

„Mag sein", meinte der Onkel. „Aber deine ewigen Geldverlegenheiten – –"

Seine Augen waren jetzt scharf, fast durchbohrend auf den Neffen gerichtet. Dieser raffte sich zusammen, machte eine möglichst finstere Miene und fragte:

„Meinst du etwa – – ah, das wäre zu stark!"

„Was?"

„Daß Petermann mir zuliebe das Geld unterschlagen hat!"

„Nein, das meine ich nicht. Ich bin überzeugt, daß Petermann einem andern zuliebe nicht zum Spitzbuben wurde, selbst wenn es sein Herr gewesen sein sollte. Eher nehme ich an, daß er sich für diesen Herrn aufopfern wollte."

Der Leutnant glaubte, in den Boden versinken zu müssen.

„Wie meinst du das?" fragte er, mühsam beherrscht.

„Du hast Geld gebraucht, und Petermann hat es nicht unterschlagen, sondern du selbst!"

Der Leutnant richtete sich stolz auf und rief:

„Onkel, selbst unsere Verwandtschaft gibt dir nicht das Recht, mich in dieser Weise zu beleidigen! Du bist stets gütig zu mir gewesen, aber jetzt machst du mich zum gemeinen Spitzbuben. Wir sind von jetzt an und für alle Zeit geschiedene Leute!"

„Hm!" sagte der Direktor ruhig. „Das klingt sehr ernsthaft!"

„Ist es auch! Ein Scharfenberg versteht da keinen Spaß."

Der Onkel blickte eine Weile versonnen vor sich hin, dann sagte er:

„Nun wohl! In welcher Beziehung stehst du aber zu jenen unterschlagenen fünftausend Gulden?"

„In gar keiner!" rief sein Neffe energisch.

Das Gesicht des Regierungsrates nahm wieder einen ärgerlichen Ausdruck an. Er zuckte die Achseln und sagte:

„Ganz wie du willst! Du scheinst sehr genau zu wissen, was deine Ehre von dir fordert. Sei also dein eigener Herr, sei der Schmied deines eigenen Schicksals! Versuche aber nie wieder, mich damit zu beschäftigen. Ich hielt es für meine Pflicht, mit dir über diese Dinge zu sprechen; du trittst mir abwehrend entgegen, und so mag es zwischen uns beiden so gelten, daß in Zukunft jeder seinen eigenen Weg geht. Du fährst am besten mit dem nächsten Zug in die Residenz. Abschied brauchst du von mir nicht zu nehmen, denn ich habe keine Zeit dazu. Natürlich wünsche ich dir alles Glück. Lebe wohl!"

Nach diesen Worten ging der Direktor durch die gegenüberliegende Tür hinaus und verschloß sie hinter sich. Der Leutnant hörte das.

„Ah", sagte er zu sich. „Er schließt ab! Er mag nichts mehr von mir wissen! Meinetwegen! Bin ich doch jetzt diesen verteufelten Dorn los!"

Als er zu dem Trödler zurückkehrte, setzte er eine triumphierende Miene auf und sagte in stolzem Ton:

„Hier sehen Sie den Wechsel. Ich zerreiße ihn."

„Nein, nein!" rief der Alte voller Angst, als er sah, daß der Leutnant das Akzept wirklich zerriß.

„Das dürfen Sie nicht!"

„Warum nicht?"

„Sie haben das Papier noch nicht bezahlt."

„Ist es Ihnen wirklich so bange um Ihr Geld?"

„Soll man nicht haben Sorge, wenn man braucht solche Summe und kann sie nicht bekommen?"

„Da beruhigen Sie sich! Hier ist es!"

Er gab Dorn die Scheine, die er von seinem Onkel erhalten hatte. Dieser griff hastig zu, betrachtete, prüfte und zählte sie und sagte dann mit breitem, wohlgefälligem Lächeln:

„Gott sei Dank! Nun kann ich bezahlen Gläubiger, der wartet auf mich! Aber der Herr Leutnant hat noch nicht gezahlt alles!"

„Nicht? Es sind volle zweitausend?"

„Aber ich bin gefahren auf eigene Kosten nach Rollenburg und habe daheim versäumt mein schönes Geschäft."

„Schurke! Wieviel willst du haben?"

„Fünf Gulden ist eine Wenigkeit, aber ich will nicht mehr fordern, weil ich nicht habe einklagen müssen Wechsel."

„Hier hast du auch noch dieses Sündengeld!"

Scharfenberg zog fünf Gulden hervor und warf sie dem Mann zornig vor die Füße. Siegmund Dorn trat einen Schritt zurück.

„Der Herr Leutnant meinen wohl, daß ich mich soll bücken, um aufzuheben dieses Geld?" fragte er.

„Ja, wenn du es haben willst!"

„Oho! Beim Himmel meiner Heimat. Der alte Siegmund ist kein Hund, dem man vor die Füße wirft das, was ihm gehört! Ich habe bezahlt Fahrkarte, und ich habe versäumt Geschäft. Ich kann verlangen fünf Gulden, und ich will sie haben hergezählt in meine Hand."

„Du schnappst über! Packe dich fort!"

Scharfenberg wandte sich bereits zum Gehen, da aber faßte der Wucherer ihn am Arm und sagte in siegesgewissem Ton:

„Oh, ich weiß genau, daß der Herr Leutnant doch noch wird vom Boden aufheben die fünf Gulden, um sie zu legen in meine Hand. Ich habe nämlich noch etwas mitgebracht für den Herrn Leutnant, über was er sich wird freuen ganz außerordentlich!"

Dabei öffnete er die Brieftasche, in der sich vorhin der Wechsel befunden hatte, und zog ein zweites Papier hervor.

„Zeig her!" gebot Scharfenberg.

„Nein, nein", meinte der Wucherer. „Dieses schöne Papierchen darf nicht anfassen kein anderer als ich. Ich werde es lesen vor."

Mit diesen Worten trat Dorn noch um einen Schritt zurück, um möglichst aus Scharfenbergs Nähe zu kommen, und las:

„Hiermit gebe ich als Offizier und Edelmann mein Wort, daß ich morgen früh Punkt neun Uhr dem Besitzer dieses Papiers die heute abend an ihn verlorenen zwölfhundert Gulden voll und richtig in guter Münze auszahlen werde."

Darunter stand ein bereits seit einer Woche verflossenes Datum und des Leutnants Unterschrift.

„Himmeldonnerwetter!" rief dieser aus. „Mensch, wie kommst du zu diesem Schriftstück?"

Der Alte tat gleichgültig.

„Ich habe es gekauft von dem Herrn, der gewonnen hatte das Geld. Er hatte Ihr Ehrenwort, als aber er kam, zu holen Geld, Sie waren verreist. Er wartete, Sie kamen nicht, er aber brauchte Geld. Da kam er zu mir, zu verkaufen diese Zettel. Der Tag ist nun vorüber, aber ist gültig noch immer die Unterschrift. Wollen der Herr Leutnant bezahlen nun?"

„Nein, Spitzbube!" rief der junge Mann wütend. „Für heute mußt du dich mit den zweitausend begnügen, die du bereits von mir bekommen hast."

Dorn zog eine Grimasse.

„Au wei! So muß ich tun, was ich bereits gesagt habe, ich muß verkaufen das Papier an einen anderen. Ich werde fahren nach der Residenz und gehen zu Ihrem Herrn Obersten, um zu fragen, was er bezahlt für den Ehrenschein des Herrn Leutnant von Scharfenberg."

Der Leutnant erbleichte. „Mensch, das wirst du bleiben lassen! Warte! Hier hast du dein Geld!"

Er bückte sich wirklich, hob die fünf Gulden auf und gab sie Siegmund Dorn. Dieser steckte das Geld ein und meinte schmunzelnd:

„Habe ich gehabt nicht recht, Herr Leutnant?"

„Schweig! Also, zu welchen Konzessionen bist du bereit?"

„Zwölfhundert Gulden stehen hier. Wie lange Frist will haben der Herr Leutnant?"

„Eine Woche."

„Nein, das geht nicht an. In drei Tagen!"

Scharfenberg schüttelte den Kopf.

„Bis dahin werde ich das Geld nicht beschaffen können."

„Hat der Herr Leutnant nicht noch ein Ehrenwort?" fragte der Alte bedeutungsvoll.

„Schlingel! Also in drei Tagen! Und wieviel forderst du?"
„Hundert Gulden."
Der Offizier knirschte mit den Zähnen.
„Hölle und Teufel! Bist du verrückt?" rief er aus. „Aber ich bin leider einmal in deiner Hand und muß dir den Willen tun. Zum zweitenmal geschieht dies aber nicht wieder. Ich gebe hundert!"
„Werden mir geben der Herr Leutnant kleine Sicherheit oder Unterschrift?"
„Unsinn! Dazu habe ich jetzt keine Zeit. Ich werde noch heute in die Residenz zurückkehren. Ich gebe dir mein Wort."
„Topp?"
Der Wucherer hielt dem Leutnant die Hand zum Einschlagen hin.
„Oho! Denkst du wirklich, daß ein Offizier dir erst die Hand zu geben hat, ehe du ihm glaubst?" meinte Scharfenberg verächtlich.
„Ist meine Hand voll von Schmutz? Nun so will ich nicht zwingen den Herrn Leutnant. Aber ohne Handschlag ist auch ungültig Geschäft!"
„Du bist wirklich ein ganz und gar halsstarriger Mensch! Hier ist die Hand. Schlag ein. Topp!"
Sie gaben sich die Hand, dann wandte der Leutnant sich rasch von Dorn ab.
„Und nun mach, daß du fortkommst!"
Siegmund Dorn entfernte sich. Er lachte in sich hinein, denn er hatte einen mehrfachen Sieg errungen. Später, bevor er in den Waggon vierter Klasse stieg, sah er den Leutnant in denselben Zug steigen, aber in ein Abteil erster Klasse.
Dagegen hatte der Alte gar nichts, denn er fühlte sich an seinem Platz jedenfalls wohler als Scharfenberg, den die Geldsorgen drückten auf seinem weichen Polstersitz. Siegmund Dorn schmunzelte. Er wußte, daß der leichtsinnige Offizier bald ganz in seiner Hand sein würde.

8.

Ein Sklave des Geldes

Einige Tage nach den oben geschilderten Ereignissen saß Leutnant Bruno von Scharfenberg in seiner wohleingerichteten Wohnung in der Residenz. Er brütete finster vor sich hin, warf aber immer wieder forschende Blicke auf die Straße hinab und schien mit großer Ungeduld irgend etwas oder irgendwen zu erwarten. Da endlich hellte sich sein Blick ein wenig auf. Er stand auf und ging zur Tür. Schritte ließen sich vernehmen, und es trat ein junger, sehr elegant gekleideter Herr ein.

„Nun?“ fragte Scharfenberg erwartungsvoll.

„Nichts und wieder nichts!“ erwiderte der andere.

„Selbst bei fünfzehn Prozent nicht?“

„Nein. Man scheint eben deine Verhältnisse für außerordentlich zerrüttet zu halten!“

„Unsinn! Wer kennt meine Verhältnisse?“ sagte Scharfenberg ärgerlich. „Ich habe bisher nur bei zwei oder drei Geschäftsleuten geborgt. Aber diese Blutsauger scheinen in enger Verbindung untereinander zu stehen. Verdammt! Wenn ich nur soviel hätte, um heute abend ein Spielchen wagen zu können!“

Der Freund nickte.

„Ich würde auch gern mein Glück versuchen,“, ergänzte er. „Ich war so froh, als du mir hundert Gulden für das Auffinden eines bereitwilligen Kreditgebers anbotest, finde aber leider keinen Menschen, der es tun will.“

„Der Teufel hole alle diese Geldmenschen! Früher riskierten sie etwas, jetzt aber wenden sie jeden einzelnen Kreuzer zehnmal um, ehe sie ihn ausgeben!“

Da machte der andere ein sehr nachdenkliches Gesicht.

„Hm! Ein Mittel wüßte ich noch."

„Wirklich? Welches denn?"

„Sieh in die Zeitung! Wie oft wird da ein Kredit angeboten!"

„Das nennst du noch ein Mittel?" fragte Scharfenberg verächtlich. Dabei griff er nach der neben ihm auf dem Tisch liegenden Zeitung, schob sie dem anderen zu, deutete auf eine Stelle und sagte:

„Da, lies!"

Der Aufgeforderte las:

„Ein Kavalier, Sohn eines reichen Hauses, sucht sofort zu hohen Zinsen ein Darlehen im Wert von einigen tausend Gulden. Offerten unter F. P. an diese Zeitung erbeten."

„Sapperment! Das bist du wohl?"

„Ja. Ich habe also inseriert, wie du siehst", antwortete der Leutnant.

„Und der Erfolg?"

„Dieser hier!"

Er streckte die Hand aus und blies darüber hin.

„Also nichts?"

„Kein einziger Halunke hat sich gemeldet. Lies nur, was genau darunter steht!"

Die angedeutete Stelle lautete:

„Offizieren, höheren Beamten und Standespersonen werden augenblicklich und zu billigen Bedingungen Darlehen in jeder beliebigen Höhe gewährt."

Darunter war die Adresse angegeben, an die man sich zu wenden hatte.

„Auf diese Annonce bist du wohl hereingefallen?" fragte der Freund.

„Auch das habe ich versucht. Nicht einmal eine Antwort habe ich bekommen."

„So hast du wohl deine Adresse gar nicht angegeben?"

„Pah! Mit der Anonymität hätte ich doch nur meine Zeit verschwendet. Ich habe also meinen Namen genannt."

„So ist keine Antwort erfolgt, weil der Betreffende sich erst erkundigt hat."

In diesem Augenblick trat Bruno von Scharfenbergs Bediensteter ein, um einen Brief zu überreichen.

„Von wem?“ fragte der Leutnant.

„Von einem fremden Menschen, der aussah wie ein Lohndiener.“

„Ist gut!“

Der Bedienstete entfernte sich wieder. Scharfenberg öffnete, las den Brief und gab ihn dann dem Freund. Die Zeilen lauteten:

„Wenden Sie sich in der betreffenden Geldangelegenheit bitte an mich. Willibald Schönlein.“

Darunter standen Straße und Hausnummer.

„Endlich!“ seufzte der Leutnant und erhob sich von seinem Sitz.

„Ja, endlich!“ stimmte der andere zu. „Jetzt ist der Knoten geplatzt, und die Hoffnung lächelt wieder! Du gehst doch sofort?“

„Das versteht sich!“

„Wann soll ich denn wieder nachfragen?“

„In der Dämmerung. Deine hundert Gulden, die ich dir versprach, wirst du auf alle Fälle bekommen. Eine Hand wäscht die andere.“

Der Freund warf Scharfenberg einen freudestrahlenden Blick zu.

„Danke, danke, lieber Bruno! So edle Grundsätze lasse ich natürlich gern gelten.“

Er verließ die Wohnung. Scharfenberg dachte aber bei sich:

„Blutegel! Diese Sorte beißt sich so fest bei einem ein, daß man sie nie wieder loswerden kann. Aber ich habe ihm zuviel Vertrauen geschenkt und muß also immer freundlich zu ihm sein. Sonst plaudert er noch!“

Er kleidete sich zum Ausgehen an. Gerade als er das Zimmer verlassen wollte, öffnete sich die Tür des Vorzimmers, und der Diener meldete den Assessor von Ansbach. Scharfenberg gab Anweisung, den Besuch hereinzuführen, und wenig später trat ein schwarz gekleideter Herr ein. Der Leutnant kannte ihn flüchtig, denn er hatte ihn hier und da gesehen.

„Entschuldigung!“ sagte der Besuch. „Ich sehe, daß Sie zum Ausgehen bereit sind?“

„Allerdings! Sie möchten mich sprechen?“

„Den Herrn Leutnant von Scharfenberg.“

„Dauert es lange?

„Ich denke nicht.“

„Ich bin es selbst. Was gibt es?“

Nach diesem kurzen Wortwechsel reichte der Assessor ihm seine Karte.

„Bitte nehmen Sie!“

Scharfenberg warf einen oberflächlichen, fast geringschätzenden Blick auf das kleine Kärtchen. Darauf stand in verschlungenen Schriftzügen: ‚Franz von Ansbach, Assessor am Königlichen Bezirksgericht‘.

Scharfenberg machte eine angedeutete Verbeugung und sagte im Ton eines Mannes, der sich gestört fühlt:

„Habe die Ehre! Was wünschen Sie?“

„Eine Unterredung unter vier Augen.“

„Wir befinden uns unter vier Augen. Hoffentlich eine Angelegenheit, die mich nicht bedauern läßt, meinen notwendigen Ausgang aufgeschoben zu haben!“

„Ich pflege niemand ohne Grund zu belästigen.“

„Also! Eine Privatangelegenheit?“

Der Assessor ließ einen kalten, forschenden Blick über den Offizier gleiten und antwortete:

„Sind Sie vielleicht im Besitz eines Stuhls, Herr von Scharfenberg?“

Der Gefragte errötete ein wenig und meinte:

„Sie sehen deren sechs hier stehen.“

„Und uns dabei!“ erklang es scharf.

„Hm! Ich glaubte, wir würden schneller fertig sein! Also, nehmen wir Platz, Herr Assessor!“

Er setzte sich, und der Jurist folgte seinem Beispiel. Als er dabei seinen forschenden Blick durch das Zimmer streifen ließ, ohne sofort zu sprechen, stieß der Leutnant ungeduldig hervor:

„Ich glaube, bereits gefragt zu haben, ob Sie in einer privaten Angelegenheit kommen."

Der Assessor blieb ruhig.

„Ich möchte Sie gern ersuchen, mir einige Fragen zu beantworten, Herr Leutnant."

„Die hoffentlich keine müßigen sein werden!"

„Oh, ich pflege den Fragen stets diejenige Form zu geben, die ihrem Zweck entspricht. Kennen Sie einen Herrn namens Karl Petermann?"

Der Leutnant erbleichte. Der junge Assessor fragte in einer so sicheren und überlegenen Art, daß der Offizier begann, sich in seiner Haut höchst unwohl zu fühlen. Er antwortete daher in scharfem Ton:

„Sind Sie etwa nur gekommen, um mich zu fragen, ob ich diesen Herrn kenne, Herr Assessor? Ich bin es nicht gewöhnt, fremden Leuten Rechenschaft über meine Bekanntschaften abzulegen. Ich spreche niemals solche unnützen Fragen aus und werde sie ebensowenig beantworten, wenn sie an mich gerichtet werden."

„Meine Frage, Herr Leutnant, wurde keineswegs aus dem Grunde privater Neugierde ausgesprochen. Ich bin amtlich hier!"

„Dann ersuche ich Sie, mir den amtlichen Grund zu nennen, bevor ich sie beantworte!"

„Bitte, bitte! Ich komme, um Fragen zu stellen, nicht aber Fragen an mich richten zu lassen!"

„So sind wir miteinander fertig! Ich werde Ihnen nicht antworten, Herr Assessor!"

Er erhob sich von seinem Stuhl. Der Assessor tat dasselbe, warf einen halb verächtlichen, halb mitleidigen Blick auf den Leutnant und meinte in ruhigem Tone:

„Ganz so, wie Sie es wünschen, Herr von Scharfenberg! Da ich aber meine Fragen dennoch beantwortet haben muß, und zwar zu der Zeit, die mir gefällig ist, so bitte ich um die Erlaubnis, mich für einen Augenblick hier Ihres Schreibzeugs bedienen zu dürfen."

Er zog ein vorgedrucktes Formular aus der Tasche, nahm die Feder, tauchte sie in die Tinte, füllte den Zettel aus und gab ihn dem Leutnant.

„Hier, bitte, nehmen Sie Notiz davon!"

Scharfenberg las, trat einen Schritt zurück und sagte: „Wie? Eine Ladung auf das Bezirksgericht?"

„Wie Sie sehen!"

„Und zwar bestellen Sie mich zu sich selbst?"

„Weil ich mit dieser Angelegenheit betraut wurde."

„Und zwar auf den heutigen Tag?"

„So ist es."

„Bei Vermeidung der Verhaftung?"

„Ich glaube, zu dieser scharfen Form berechtigt zu sein!"

„Dann werde ich vorher meinen Anwalt konsultieren."

„Tun Sie, was Ihnen beliebt", meinte Assessor von Ansbach mit einem feinen Lächeln. „Ich empfehle mich!"

Damit verbeugte er sich knapp und schritt hinaus. An der Tür drehte er sich noch einmal um.

„Ich erwarte Sie dann im Laufe des Tages im Bezirksgericht."

Kaum hatte er diese Worte ausgesprochen, verließ er die Wohnung. Scharfenberg stand einen Augenblick wie versteinert da. Dann raffte er sich auf, ballte die Fäuste und rief:

„Impertinenter Kerl! Aber ich werde es ihm heimzahlen. Ich werde – – ja, was werde ich denn? Verdammte Angelegenheit! Was weiß dieser Mensch über Petermanns Verhältnisse und über meine Angelegenheit? Sollte man gar die Vorgeschichte von Petermanns Verurteilung von offizieller Seite untersuchen wollen? Das wäre für mich wahrhaft fatal! Ah, pah! Die Sache ist doch nicht so schlimm, sie eilt nicht. Die Hauptsache ist vielmehr, Geld zu bekommen. Habe ich das, so kommt alles andere ganz von selbst. Suchen wir also schleunigst diesen ominösen Willibald Schönlein auf!"

Er trat nun den Gang an, den er vorhin nicht hatte ausführen können. Die angegebene Adresse wies ihn in eine der besseren Wohngegenden der Residenz. Das Logis Schönleins lag nur eine Treppe hoch, wo er den Namen auf einer Messingplatte las.

Er klingelte und wurde eingelassen. Man führte ihn in ein prächtig ausgestattetes Zimmer und bat ihn dann, einen Augenblick Platz zu nehmen.

Im Nebenzimmer befanden sich zwei Personen, die miteinander flüsterten – ein Mann und eine Frau.

„Laß ihn noch warten!" meinte die Frau. „Desto nachgiebiger wird er. Und die Möbel müssen erst ihren Eindruck machen."

„Haha! Er wird uns für sehr reich halten."

„Und ist doch alles nur geliehen, eben dieses Eindrucks wegen. Wenn er bloß mitmacht!"

„Ich denke, daß er auf die Bedingungen eingeht."

„Es wäre dumm, wenn er nicht ja sagte. Wir haben wirklich keinen roten Heller mehr. Was meinte denn Siegmund Dorn?"

„Er hat bereits ein Papier von ihm, will aber das Geld geben, denn der Vater des Leutnants ist sehr reich. – So, jetzt gehe ich!"

Der Mann betrachtete sich im Spiegel, zog die Krawatte zurecht, schob die Papiermanschetten aus den Rockärmeln hervor, nahm eine möglichst würdevolle Haltung an und trat dann bei dem Leutnant ein. Dieser hatte sich niedergelassen. Er erhob sich, grüßte höflich und fragte: „Herr Schönlein?"

„Habe die Ehre!" antwortete der Gefragte in herablassender Weise. „Herr Leutnant von Scharfenberg?"

„Zu dienen!"

„Bitte, nehmen Sie wieder Platz!"

Sie setzten sich einander gegenüber, und der Leutnant fragte, als der andere zögerte zu beginnen:

„Die Ursache meiner Anwesenheit ist Ihnen bekannt?"

„Sie teilten sie mir ja mit!“ lächelte Schönlein hintersinnig.

„Und Sie sind bereit – – hm! Ja?“

Herr Schönlein räusperte sich und meinte dann in einem sehr selbstgefälligen Tone:

„Vielleicht. Man kann zumindest darüber sprechen. Eigentlich habe ich es nicht nötig, Geld gegen Zinsen zu verleihen. Ich bin ein wohlhabender Mann, der solche Geschäfte nicht zu tätigen braucht. Nun wurde mir aber vor kurzem eine gewisse Summe ausgezahlt, die ich erst in einiger Zeit wieder fest anlegen kann. Bis dahin würde es im Schrank liegen, ohne irgendeinen Nutzen zu bringen. Da dachte ich, daß vielleicht jemand damit gedient sein könnte, und so ließ ich die Annonce einrücken.“

„Haben sich Interessenten gemeldet?“

„Oh, sehr viele! Aber ich habe doch gezögert. Es konnte mir keiner so ein rechtes Vertrauen einflößen. Man bot mir sehr hohe Zinsen und außerdem ansehnliche Vergütungen. Aber ich brauche das nicht. Was helfen mir gute Bedingungen, wenn ich mein Geld doch nicht wiederbekomme! Lieber suche ich mir einen sicheren Mann heraus, der mir das Geld pünktlich zurückgibt, und lasse es ihm zu dem üblichen Prozentsatz.“

„Wie ist dieser?“

„Drei Prozent.“

„Wie, nicht mehr?“ Der Leutnant war sichtlich überrascht. „Nun, dann wünsche ich nur, daß ich zu denjenigen gehöre, denen Sie Vertrauen schenken können!“

Schönlein blickte nachdenklich auf den jungen Mann.

„Na, um aufrichtig zu sein, Sie gefallen mir, doch – ich kenne Ihre Verhältnisse nicht.“

„Mein Vater war aktiver Offizier, lebt aber jetzt verabschiedet und zurückgezogen auf seinen Gütern. Er ist höchst sparsam und glaubt, man könne heute noch so leben wie zu seiner Zeit. Da halte ich es nun für besser, jetzt so wenig wie möglich an seine Kasse anzuklopfen. Sie verstehen –!“

Schönlein lächelte gewinnend.

„Sehr gut, sehr gut! Junges Blut will sich austoben. Die Alten haben vergessen, daß sie selbst so gewesen sind. Man soll seine Jugendzeit genießen, zumal wenn es die Verhältnisse erlauben, gewisse unvermeidliche Verbindlichkeiten später abzutragen."

„Das ist bei mir der Fall. Ich bin der einzige Erbe. Außerdem ist mein Onkel Regierungsrat und Direktor der Landesstrafanstalt zu Rollenburg."

„Sehr gut!" rief Schönlein aus. „Das klingt sehr empfehlend. Ich glaube, ich könnte mich für Sie entschließen. Wieviel brauchen Sie?"

„Hm! Sechs-, acht- oder zehntausend Gulden?"

„Das wäre mir ganz recht. Sie brauchen das Geld sofort?"

„Sogleich!"

„Welche Sicherheit bieten Sie?"

„Wechsel und Ehrenschein."

„Das würde genügen. Also, sind Sie mit drei Prozent einverstanden, Herr Leutnant?"

„Ja, gewiß, mehr als recht. Herr Schönlein, Sie sind ein sehr anständiger Mann!"

Er war wie besessen von dem Gedanken, jetzt sofort zehntausend Gulden zu erhalten.

„Oh bitte!" lautete die Antwort. „Es ist mir ein Vergnügen, einem Kavalier helfen zu können. Darf ich Ihnen das Wechselformular zur Ausfüllung vorlegen?"

„Bitte! Wie lange wollen Sie mir die Summe lassen? Ein halbes Jahr?"

„Na meinetwegen! Hier ist der Wechsel. Bitte!"

Das ging wirklich wie am Schnürchen. Der Leutnant griff zur Feder und begann, das Formular auszufüllen. Da wurde an der Tür geklingelt, und wenig später hörte man die Frage:

„Grüß Gott, liebes Kind! Ist Willibald da?"

„Im Wohnzimmer", antwortete eine weibliche Stimme.

Kurz danach wurde die Tür aufgerissen, und ein älterer Herr trat ein.

„Guten Tag, mein Söhnchen! Wie geht's. Wie – – ah, du bist nicht allein! Ich störe? Entschuldigung!"

Er verbeugte sich vor dem Leutnant, drückte dem Hausherrn die Hand und sagte:

„Werde nicht lange stören. Bin gleich fertig."

„Willst du nicht einstweilen da eintreten? Ich habe noch etwas zu regeln", bemerkte Schönlein, zu dem Herrn gewandt. Dabei deutete er auf die Tür zum Nebenzimmer.

„Danke, danke sehr! Habe keine Zeit zu warten, gar keine! Bin außerordentlich in Eile. Werde gleich wieder gehen!"

„Na, da mag es erlaubt sein – mein Schwiegervater, Herr Fischer! – Herr Leutnant von Scharfenberg!"

Die beiden Genannten verbeugten sich voreinander, und dann wendete sich der Schwiegervater an den Schwiegersohn:

„Höre, Willibald, eine Nachricht, eine famose Nachricht!"

„So? Geschäftlich?"

„Ja, natürlich! Die Peruaner[1] fallen fürchterlich!"

„Das nennst du famos?"

„Ja, denn dafür steigen die Chilenen[2] riesig. Sie steigen von Stunde zu Stunde, von Minute zu Minute, von Augenblick zu Augenblick. Ich erhielt soeben die Depesche, Chilenen anzukaufen, soviel nur immer möglich. Bin bis jetzt im alleinigen Besitz des Geheimnisses. Kann sie noch billig bekommen! Ausgezeichnetes Geschäft!"

„Gratuliere!"

„Danke, mein Junge." Dabei schlug er ihm gutmütig auf die Schulter und fuhr weiter fort: „Ist aber ein Haken dabei. Hast du Bargeld verfügbar?"

Schönlein zögerte.

„Hm! Warum?"

„Habe bereits für vierzigtausend Gulden gekauft und

1 „Peruaner": peruanische Aktien

2 „Chilenen": chilenische Wertpapiere

mich ganz ausgegeben. Kann noch einige Chilenen bekommen, leider aber nur gegen Bargeld. Hast du welches?"

„Ich habe allerdings fünfzehntausend Gulden daliegen, aber über diese Summe ist bereits – –"

„Daliegen?" unterbrach ihn der Schwiegervater. „Fünfzehntausend? Bravo! Hurra! Da komme ich zur guten Stunde! Übermorgen zahle ich sie zurück. Schaff her!"

„Das wird wohl kaum gehen."

„Warum nicht?"

„Ich habe bereits anderweit darüber verfügt."

„Anderweit? Unsinn! Wie denn?"

Schönlein tat einigermaßen verlegen. Darum erfand er die Ausrede:

„Ich habe es auf Hypothek versprochen."

„Auf Hypothek? Was? Dein Schwiegervater muß dir näherstehen als die beste Hypothek. Überhaupt kann der Mann noch bis übermorgen warten."

„Er braucht es heute."

„Papperlapapp! Mit diesen fünfzehntausend kann ich mindestens fünftausend gewinnen, gerade den dritten Teil. Und du gibst das Geld einem anderen? Schäme dich, Willibald! Das hätte ich von dir nicht gedacht! Aber warte!"

Er stieß ein lustiges Lachen aus und eilte durch die andere Tür davon. Der Leutnant hatte wie auf Kohlen gestanden. Erst die Freude, soviel Geld zu bekommen, und nun plötzlich dieser verteufelte Schwiegervater! Der Wechsel war schon ausgefüllt und der Ehrenschein auch bereits angefangen.

„Herr Schönlein, wäre es nicht am besten – –" stotterte er.

„Was, Herr Leutnant?"

„Sie teilten dem Herrn Schwiegervater aufrichtig mit, daß ich es bin, der das Geld empfangen soll!"

„So, so! Ich dachte, daß Sie Diskretion wünschen!"

„Unter diesen Verhältnissen halte ich die Mitteilung für angezeigt. Im übrigen darf ich Ihrem Herrn Schwiegervater wohl Verschwiegenheit zutrauen."

„Gewiß, gewiß! Ich werde also -- mein Himmel, er lachte, als er hier hinausging. Ich ahne etwas!"

„Doch nichts Unangenehmes?" fragte der Offizier besorgt.

„Oh nein! Aber, wissen Sie, wir nehmen einander nichts fort, aber unsere Kassen stehen uns gegenseitig zur Verfügung, und der Herr Papa ist ein wenig gewalttätig, obgleich man ihm nichts übelnehmen kann. Ich habe leider den Kassenschrank offengelassen. Darin liegt die Summe. Er wird doch nicht auf den Gedanken gekommen sein, sich selbst zu nehmen, was er -- ah, da ist er!"

Der Schwiegervater kehrte zurück. Er lachte über das ganze Gesicht, schlug sich an die Brusttasche und jubelte:

„Viktoria, gewonnen, gewonnen! Ich habe sie!"

„Was denn?"

„Die fünfzehntausend. Laß deinen Schrank ein andermal nicht offen. Ich habe das Geld in mein Portemonnaie gelegt und dir eine Quittung darüber ausgestellt. Nun aber schnell fort. Ich muß kaufen, kaufen! Adieu, mein Junge! Empfehle mich, Herr Leutnant!"

Er wollte zur Tür hinaus. Scharfenberg hätte ihn am liebsten an den Rockschößen festgehalten, doch war dies nicht notwendig, denn Schönlein trat schnell hinzu und nahm den Schwiegervater beim Arm.

„Halt!" sagte er. „So schnell geht das nicht!"

„Was denn noch?"

„Ich kann wirklich nicht mehr über das Geld verfügen. Ich habe es hier dem Herrn Leutnant versprochen."

„Dem Herrn Leutnant?" erklang es verwundert. „Nimmst du von ihm die Hypothek? Ah, nein! Da sehe ich ja einen Wechsel! Hm, hm! Schwiegersöhnchen, Schwiegersöhnchen, ich glaube gar, du fängst an, den Wucherern und Halsabschneidern in das Handwerk zu pfuschen!"

„Fällt mir nicht ein! Da kennst du mich! Nur drei Prozent!"

„Drei Prozent? Mensch, bist du toll? Ich kann mir über

dreißig damit verdienen! Aber, wie gewöhnlich: dein gutes Herz! Das gebe ich nicht zu!"

„Ich will ja gern mehr Zinsen zahlen", meinte der Leutnant, der sich wie im Fegefeuer fühlte.

„Wird nichts, wird nichts! Was ich einmal habe, das gebe ich nicht wieder heraus. Erlauben Sie einmal!"

Der angebliche Schwiegervater betrachtete den Wechsel und auch den angefangenen Ehrenschein, dann sagte er:

„Auf diese Weise! Ah, so! Nun, die Scharfenbergs sind Ehrenleute, da kann man es riskieren. Aber warum denn lauter Bargeld, wo ich jetzt einen besonderen Fang damit machen kann?"

Der Leutnant begann, wieder Hoffnung zu schöpfen.

„Haben Sie vielleicht einen Vorschlag für ein anderes akzeptables Arrangement?" fragte er.

„Vielleicht. Willibald, läßt du mir freie Hand?"

Der Schwiegersohn lächelte verhalten.

„Na, das Bargeld gibst du doch nicht wieder her, das weiß ich, aber zufriedenstellen wirst du den Herrn Leutnant dennoch, das ist ebenso sicher. Also mach, was du denkst!"

„Gut! Aber ich bin doch weit besser, als du wohl annimmst. Aus Rücksicht für den Herrn Leutnant werde ich schon etwas Bares herausgeben. Ich mache einen Vorschlag. Wird er angenommen – dann gut, wird er abgewiesen – dann verschwinde ich. Also soll ich?"

„Bitte sprechen Sie!" bat Scharfenberg.

„Also, ich gebe tausend Gulden bar heraus, sodann einen Wechsel auf die Firma Freimann & Co., lautend auf viertausend Gulden, und endlich die übrigen fünftausend Gulden in chilenischen Papieren, zu dem Preis, den ich selbst dafür gegeben habe."

„Hm, das ist anständig!" bemerkte Schönlein.

„Ist Freimann und Co. sicher?" fragte der Leutnant, der diesen Namen noch nie gehört hatte.

„In jedem Fall!"

„Und die Chilenen sind zu verwerten?"

„Welche Frage! Ich sage Ihnen ja, daß sie in die Höhe gehen wie Papierdrachen! Ihre Fünftausend können sich, wenn sie sie behalten, verdoppeln. Schlagen Sie ein!“

Er streckte ihm die Hand entgegen, und der leichtsinnige, junge Mann gab seine Zustimmung. Der Ehrenschein wurde vollends angefertigt und unterschrieben, und sodann erhielt Scharfenberg den Gesamtwert: tausend Gulden in Banknoten abzüglich der Zinsen, den Wechsel auf Freimann und Co. und die südamerikanischen Staatspapiere. Froh, das Geschäft doch noch zustande gebracht zu haben, steckte er alles ein und erhielt dabei die Versicherung des jovialen Schwiegervaters:

„Sie werden sich jedenfalls meiner Kulanz erinnern, mein werter Herr von Scharfenberg. Ich habe Ihnen den hohen Gewinn geradezu aus meiner Tasche geschenkt, so daß Sie dabei ein ausgezeichnetes Geschäft machen, freilich auch nur, weil ich den Ruf Ihrer Familie kenne. Wollen Sie sich überzeugen?“

Der Leutnant war alles andere als ein Geschäftsmann. Er hatte sich noch nie um die Kurse von Börsenpapieren gekümmert. Er war froh, das Darlehen doch noch auf eine so leichte Art und Weise erhalten zu haben, und hatte keine Lust, sich mit mühsamen Berechnungen zu beschäftigen. Da ihm aber der Nachweis so entgegenkommend angeboten wurde, antwortete er:

„Es würde mir sehr lieb sein, mich überzeugen zu können.“

„Schön! Bitte, sehen Sie her, Herr Leutnant!“

Fischer zog einen Kurszettel aus der Tasche, deutete auf die betreffende Stelle und sagte:

„Hier haben Sie es schwarz auf weiß. Lesen Sie einmal!“

„Neueste Emission[1] von Chile: 110“, las der Offizier.

„Nun, verstehen Sie das?“ fragte der Schwiegervater.

„Ich gestehe, auf diesem Gebiet nicht sehr bewandert zu sein, aber ich denke, daß der Emissionswert 100 ist?“

1 Emission (lat.) = (hier): Ausgabe von Wertpapieren

„Gewiß, 110 aber stehen sie. Wieviel also beträgt heute der Gewinn pro Papier zu hundert Gulden?"

Scharfenberg zögerte einen Augenblick, dann sagte er:

„Zehn Gulden."

„Ja. Sie haben aber für fünftausend Gulden Papiere, wie hoch beläuft sich also Ihr gegenwärtiger Gewinn?"

„Zehn Prozent, also fünfhundert Gulden."

„So ist es! Diese Summe fließt aus meiner Tasche direkt in Ihre, denn ich habe sie Ihnen zu Hundert gelassen, obgleich ich sie eigentlich zum Tageskurs berechnen sollte. Aber ich will anständig sein, weil ich denke, daß Sie sich in einer ähnlichen Angelegenheit dann wohl wieder an Herrn Schönlein wenden werden. Noblesse oblige – anständige Behandlung ist die allerbeste Empfehlung eines Geschäftsmannes."

„Ich danke Ihnen und versichere gern, daß ich Ihre Freundlichkeit nicht vergessen werde."

Scharfenberg verabschiedete sich auf die höflichste Weise und ging. Als er fort war, stieß der Schwiegervater ein lautes, triumphierendes Lachen aus und sagte:

„Prächtig, prächtig! Er ist auf den Leim gegangen!"

„Und wie leicht", stimmte sein angeblicher Schwiegersohn ein.

„Wie ein Gimpel!"

„Noch viel, viel dümmer!"

„Zu glauben, daß wir ihm fünfhundert Gulden schenken!"

„Und daß du wirklich mein Schwiegervater bist!"

„Und du so ein Geldmann! Dieser Siegmund Dorn ist wirklich ein genialer Kopf. Für die tausend Gulden und seine schlechten Papiere erhält er einen Wechsel über zehntausend Gulden samt dem Ehrenschein. Er verdient über fünftausend Gulden bei dem Geschäft."

„Und uns? Was gibt er uns?"

„Dir hundert, mir hundert und diesem famosen Freimann auch hundert."

Schönlein schüttelte den Kopf und gab zu bedenken:

„Oh, Freimann wird mehr verdienen. Er wird dem Leutnant eben auch chilenische Papiere geben, sie aber zu hundertzehn berechnen. Viertausend hat er zu zahlen, macht also für ihn noch einen Profit von vierhundert Gulden, summa summarum also fünfhundert. Wir haben zu wenig!"

„Das scheint mir allerdings auch so."

„Und das Risiko dazu!"

„Risiko? Pah! Ich verkaufe meine Papiere natürlich so hoch, wie ich will und kann. Kein Mensch hat mir da Vorschriften zu machen, auch das Gesetz nicht."

„Aber du hast den Leutnant getäuscht, wenn du sagtest, daß der Kurs hundertzehn sei."

„Habe ich das wirklich gesagt?"

„Ganz gewiß. Ich habe es doch selbst gehört!"

„Unsinn! Er selbst hat es gelesen. Warum sieht er auf die falsche Zeile und nicht auf die richtige. Da steht es ganz deutlich: ‚Vorjährige Emission von Chile: 30'. In Chile hat man den Präsidenten abgesetzt, denn er hat den Krieg gegen Peru verloren. Der neue Präsident wird sich hüten, die Schulden seines Vorgängers zu bezahlen! Er hat Glück gehabt, er hat die peruanische Armee geschlagen, darum stehen seine Papiere so hoch. Siegt er öfters, so steigen sie noch höher. Das versteht sich ganz von selbst. Die Papiere freilich, die ich dem Leutnant gab, sind von der vorjährigen Emission. Heute sind sie nur noch 23 wert und bald gar nichts mehr. Was geht mich das aber an? Dieser Herr Leutnant von Scharfenberg kann doch mich nicht für einen Irrtum, den er selbst begangen hat, verantwortlich machen. Übrigens ist er Offizier und muß sich davor hüten, andere Leute merken zu lassen, wie es um seine Finanzen steht. Er geht jedenfalls jetzt zu Freimann. Ich möchte dieser Verhandlung gar zu gern beiwohnen. Freimann ist ein Schlaukopf. Er hat ein großes Büro, aber nur einen einzigen Schreiber. Beide sind froh, wenn sie täglich wenigstens ein einziges Mal die Feder in die Tinte tauchen dürfen."

*

Das Bankhaus ‚Freimann & Co.' befand sich in einer belebten Straße. Die Tür des Büros war stark mit Eisen beschlagen. Man gelangte durch ein längliches Vorzimmer in das Kontor der Firma. Es enthielt etwa ein halbes Dutzend Schreibtische, die voller Geschäftsbücher lagen. Das machte den Eindruck, als würden hier bedeutende Geschäfte abgewickelt, aber an diesen Tischen saß nie jemand. Nur an einem stand ein kleines, trockenes Männchen und kaute an einem ebenso trockenen Gänsekiel – es gab keine Arbeit für ihn. Da wurde aus dem Büro von Herrn Freimann das Klingelzeichen gegeben, daß der Bankier ihn zu sprechen wünsche. Der Schreiber brummte leise vor sich hin und trat in das Arbeitszimmer. Freimann war, das hätte ein scharfer Beobachter auf den ersten Blick gesehen, ein skrupelloser Geschäftsmann, doch er wußte sich gut zu verstellen. Seine Stimme klang eigentümlich salbungsvoll und näselnd, als er fragte:

„Das hat aber lange gedauert. Es war wirklich der junge Scharfenberg, den du beobachtet hast?"

„Ja. Ich habe, nachdem er den Brief erhalten hatte, in seiner Straße gewartet und bin ihm dann nachgegangen. Er ging direkt zu Schönlein."

Freimann machte ein bedenkliches Gesicht.

„Dann begreife ich die Langsamkeit nicht, mit der diese Leute vorgehen."

Der Schreiber nickte zustimmend.

„Ich auch nicht. Vielleicht hegt er Bedenken. Das wäre aber dumm, denn unsere Kasse – –".

Er sprach den Satz nicht zu Ende, denn der Chef warf ihm einen zornigen Blick zu und fragte:

„Was ist mit unserer Kasse?"

„Ich habe bereits einen Monat lang kein Gehalt erhalten!"

„Und ich habe bereits über einen Monat lang keinen Kreuzer eingenommen. Dir geht es nicht schlechter als mir!"

„Aber ich bin Kompagnon!"

„Desto weniger hast du Ursache zu klagen!"

„So? Wen wird man denn fassen, wenn man endlich hinter unsere ‚Geschäfte‘ kommt? Sie oder mich?“

„Mich, denn ich bin der Chef!“

„Und ich muß alles unterschreiben.“

„Als Kompagnon hast du das Recht und die Pflicht dazu!“

„Dann möchte ich aber auch den Gewinn teilen!“ forderte der alte Schreiber.

„Unsinn! Ah, da klingelt es endlich. Mach deine Sache gut!“

Der Schreiber entfernte sich. Die vordere, eiserne Tür war verschlossen. Er mußte sie öffnen. Bruno von Scharfenberg trat ein. Er grüßte kurz und stolz, warf einen erstaunten Blick auf die leeren Plätze und fragte:

„Hier ist das Bankhaus ‚Freimann & Co.‘?“

„Ja.“

„Ist der Herr zu Hause?“

„Hm! Vielleicht.“

„Wie kommt es, daß hier so wenig Leute arbeiten?“

„Es ist heute der Geburtstag des Chefs, da hat das Personal den Nachmittag frei bekommen. Nur ich bin mit Herrn Freimann anwesend, um das Notwendigste zu erledigen.“

Das war die übliche Erklärung für die leeren Plätze.

„Warum sagten Sie ‚vielleicht‘, als ich fragte, ob der Chef zu sprechen sei?“

„Ich weiß nicht, ob die Angelegenheit, in der Sie kommen, zu denen gehört, die wir notwendig nennen.“

„Ich will einen Wechsel präsentieren.“

„Ach so! Das ist allerdings nicht aufzuschieben. Gestatten Sie mir wohl, Sie zu melden?“

„Hier ist meine Karte.“

Der Kontorist nahm die Visitenkarte unter einer Verbeugung in Empfang, ging in das Kabinett des Chefs, kehrte sogleich wieder zurück und sagte:

„Herr Freimann läßt bitten!“

Er ließ den Leutnant eintreten und tat so, als ob er sich zurückziehen wolle, blieb aber auf einen Wink Freimanns an der Tür stehen. Die beiden Herren verbeugten sich. Freimann bot dem Offizier einen Stuhl an und sagte dann:

„Nehmen Sie Platz, Herr Leutnant, und haben Sie die Güte, mir vorher noch einen Augenblick Zeit zu geben. Es handelt sich um einige wichtige Entscheidungen, die ich augenblicklich zu treffen habe, um sie telegraphisch übermitteln zu lassen."

Der Angeredete verneigte sich zustimmend und nahm dann Platz.

„Kommen Sie her!" gebot Freimann dem Schreiber.

Dieser nahm einige Briefe vom Nebentisch, trat hinzu, öffnete den ersten und sagte:

„Anfrage von Burton in New Orleans wegen Tabak."

„Wie hoch?"

„Hundertvierzigtausend Gulden."

„Hm! Das ist sehr viel. Aber – –"

„Meine bescheidene Meinung geht dahin, den Vertrag abzuschließen."

„Denken Sie?"

„Ja. Die nächste Ernte kann unmöglich wieder so gut ausfallen wie die letzte. Der Preis muß steigen."

„Gut! Telegraphieren Sie also, daß ich kaufe. Weiter!"

Der Schreiber öffnete einen Brief nach dem anderen.

„Miloro in Bahia, Kaffee!" sagte er.

„Wieviel?"

„Sechzigtausend Zentner."

„Auf Vorrat nehme ich ihn."

„Soll ich notieren?"

„Ja. Weiter!"

„Westindien: Zucker und Rum."

„Wird behalten."

„Wisby, wegen Tran."

„Kaufe ich."

„Alexandria, Reis und Weizen."

„Den darf ich nicht auslassen."

So ging es eine ganze Weile fort. Dem Offizier wurde es

immer banger zumute. Dieser Freimann machte Bestellungen für viele Millionen Gulden, und er tat dies in einer Weise, als handele es sich nur um Kreuzer. Endlich war der letzte Brief erledigt, und der Schreiber entfernte sich. Der Chef wandte sich nun Scharfenberg zu.

„Entschuldigung, daß ich Sie warten ließ! Aber Sie werden bemerkt haben, daß es sich wirklich nur um sehr Wichtiges handelte. Womit kann ich dienen?"

„Ich ließ Ihnen bereits sagen, daß – –"

„Ach ja – ein Wechsel! Wie hoch?"

„Viertausend Gulden!"

Er sagte dies nur halblaut. Fast schämte er sich, ein so unbedeutendes Sümmchen von einem Mann zu verlangen, der in dieser Weise mit Millionen umging. Freimann nickte leichthin, nahm das Akzept in Empfang, betrachtete es, schüttelte den Kopf und fragte:

„Hm! Nehmen Sie es mir nicht übel, Herr Leutnant, aber Sie sind wohl nicht besonders bewandert in geschäftlichen Angelegenheiten?"

„Ich gestehe allerdings aufrichtig, daß – –"

Er stockte. Er begann, Besorgnis zu hegen, daß Freimann das Papier aus irgendeinem Grund nicht einlösen werde. Dieser nickte lächelnd und meinte:

„Das dachte ich mir. Der Wechsel ist zwar ganz richtig an Sie übertragen, aber Ihren Namen haben Sie vergessen."

„Ah so!" sagte Scharfenberg im Ton der Erleichterung. „Das werde ich sofort nachholen! Geben Sie mir bitte die Feder!"

Er setzte seinen Namen hin und sagte:

„So, nun ist das Hindernis beseitigt!"

„Dieses ja!"

„Wie? Sollte es ein zweites geben?"

„Allerdings", meinte Freimann mit einem überlegenen Lächeln. „Herr Leutnant, haben Sie denn das Papier etwa nicht gelesen, bevor Sie es in Zahlung nahmen?"

„Oberflächlich, ja."

„Oberflächlich? Nehmen Sie es mir nicht übel, aber wenn es sich um viertausend Gulden handelt, so sieht man doch ein wenig genauer hin! Selbst ich, der ich über bedeutende Mittel verfüge, pflege in dieser Beziehung höchst sorgsam zu sein."

Jetzt wurde es dem Leutnant abermals angst und bange.

„Sollte der Wechsel vielleicht einen Fehler haben?" fragte er.

„Nein. Darüber kann ich Sie beruhigen, aber – – hm! Vielleicht habe ich Sie um Verzeihung zu bitten, weil ich kein Recht hatte, das Wort Sorgsamkeit zu gebrauchen. Vielleicht habe ich Sie nur falsch verstanden. Ich soll den Wechsel einlösen, nicht aber diskontieren?"

Scharfenberg verstand den Sinn der Frage nicht.

„Wieso fragen Sie? Er ist ja auf Sicht gestellt, Herr Freimann?"

„Ja, auf Sicht gestellt, aber nicht nach Sicht zu zahlen. Jetzt sehe ich allerdings, daß Sie die Worte nur oberflächlich betrachtet haben. Bitte, sehen Sie her!"

Der Leutnant las zu seinem Erstaunen:

‚Drei Monate nach Sicht zahlen Sie auf Weisung – –'

„Himmeldonnerwetter!" fluchte er.

„Hm! Ja!" meinte Freimann. „Unangenehm allerdings, aber doch kaum abzuändern. Sie können mir den Zinsverlust nicht zumuten. Bitte kommen sie in einem Vierteljahr wieder, Herr Leutnant."

Er gab den Wechsel zurück. Scharfenberg drehte ihn sehr verlegen in seinen Händen hin und her. Erstens war er blamiert, und zweitens hätte er doch gar zu gern das Geld gehabt. Lieber wollte er seinerseits auf die Zinsen verzichten.

„Ich sehe ein", sagte er, „daß Sie nicht verpflichtet sind, den Wechsel einzulösen, aber bitte, würden Sie mir das Geld vielleicht vorstrecken?"

„Hm! Sie haben gehört, welche Bestellungen ich mache. Ich brauche mein Geld selbst notwendig. Bargeld zieht man nicht ohne Not aus dem Geschäft, selbst wenn es sich nur um viertausend Gulden handelt. So klein dieser Betrag ist, ich kann mir mit ihm in drei Monaten Vorteile verschaffen, die jedenfalls ansehnlich sind."

„Ich will Sie ja gern entschädigen."

„Nun, an wieviel Prozent denken Sie denn?"

„Vielleicht die üblichen sechs?"

„Sind sechs üblich?"

Freimann sah ihn dabei mit blinzelndem Auge von der Seite an, als ob er ihm sagen wolle: Ihr Herren Offiziere pflegt ja viel, viel mehr zu geben.

„Werden acht Prozent genügen?" fragte der Leutnant.

„Hm, ich will kein Halsabschneider sein. Sechs sind genug. Aber wenn Sie klingende Münze haben wollen, kann ich nicht dienen."

„Ich würde mich auch mit anderen Objekten begnügen, wenn sie sich nur leicht verwerten lassen."

„Leicht, sehr leicht zum Tageskurs. Ich habe mir nämlich eine Anzahl Chilenen zugelegt, weil ich weiß, daß sie in den nächsten Tagen noch steigen werden. Ich gebe sie natürlich nicht gern aus, denn es ist etwas daran zu verdienen. Aber – ich möchte Ihnen nicht als ungefällig erscheinen. Nehmen Sie denn überhaupt Chilenen?"

„Ja, sehr gern!"

„Gut! Ich werde nachschlagen, wie sie heute notiert worden sind."

Da sagte der Leutnant rasch:

„Hundertzehn!"

Freimann sah ihn fragend an, und Scharfenberg beeilte sich hinzuzufügen:

„Ich habe nämlich bereits welche in Zahlung genommen."

„So! Dann müssen Sie es allerdings wissen. Also sechs Prozent – macht sechzig Gulden in drei Monaten. Die gehen von den viertausend ab. Gebe ich Ihnen sechsunddreißig Chilenen nach dem Kurs zu hundertzehn, so erhalte ich von Ihnen zwanzig Gulden zurück."

„Es stimmt!“ rief Scharfenberg freudig aus. „Danke!“

„Bitte“, versetzte der Geldmann höflich. Dann fügte er hinzu: „Sie werden natürlich die Chilenen sofort verkaufen wollen?“

„Ja, denn ich ziehe doch Bargeld vor.“

„So warten Sie lieber noch einige Tage. Sie werden ganz außerordentlich in die Höhe gehen.“

„Will es mir überlegen! Adieu, Herr Freimann!“

„Adieu!“

Kaum hatte der Schreiber hinter dem Leutnant zugeschlossen, so eilte er zu seinem Chef.

„Hat er angebissen?“ fragte er erwartungsvoll.

„Ja. Gott sei Dank! Ich habe nun doch wenigstens Aussicht, mich wieder einmal satt essen zu können. Wieviel verdienen wir dabei?“

„Hm! Ich will ehrlich sein. Er hat mir für sechsunddreißig Chilenen viertausendundzwanzig Gulden gegeben, macht also für diesen Dorn eigentlich einen Gewinn von zweitausendneunhundertzwanzig Gulden. Aber er bekommt sie nicht ganz. Wir verdienen fünfhundert. Davon gebe ich dir hundert. Bist du damit zufrieden?“

„Ja, vorausgesetzt, daß ich sie gleich erhalte.“

„Unsinn! Ich habe ja selbst kein Geld außer den zehn Gulden, die er mir herausgegeben hat. Aber ich werde sofort zu Siegmund Dorn gehen und mir meine Belohnung holen!“

*

Scharfenberg war fest davon überzeugt, ein sehr gutes Geschäft gemacht zu haben. Daß er von Freimann auch nur chilenische Papiere erhalten hatte, fiel ihm gar nicht auf; es war ihm aber auch gar nicht unlieb, weil er glaubte, daß er sie zu jeder Stunde für hundertzehn wieder verkaufen könne.

So kam er in sehr guter Laune nach Hause. Er fand den Freund vor, der sich bereits eingestellt hatte, da er auf den versprochenen Betrag wartete.

„Schon wieder zu Hause?“ fragte dieser. „Das hat ja gar nicht lang gedauert.“

„Es ging schnell, und die Geschäfte sind gelungen.“

„Sage es deutlich und aufrichtig, Mensch! Du hast Geld erhalten, wirklich Geld?“

Scharfenberg nickte.

„Und wieviel?“

„Es reicht aus.“

„Na, ich will nicht in diese zarten Geheimnisse dringen, aber kannst du mir heute mit dreihundert Gulden aushelfen?“

„Das ist viel! Wollen wir nicht lieber zweihundert sagen?“

„Bitte, bitte! Dreihundert! Du wirst doch deinen besten Freund nicht im Stich lassen!“

„Wenn du meinst! Hier hast du sie!“

Scharfenberg zählte dem ‚Freund‘ die Summe ab und legte sie auf den Tisch. Der andere betrachtete das Geld mit Genuß, faßte den Leutnant an beiden Armen und rief: „Weiß Gott, er gibt mir dreihundert Gulden! Mensch, Scharfenberg, du mußt reichlich geerntet haben!“

Das schmeichelte dem leichtsinnigen Leutnant.

„Ja“, sagte er, „ich kann zufrieden sein.“

„So ist heute der Stern des Glückes an deinem Himmel aufgegangen! Bruno, heute mußt du spielen!“

„Das werde ich ja auch“, lachte Scharfenberg.

Der Freund wurde immer neugieriger. „Sei aufrichtig! Wieviel hast du?“ fragte er.

„Na, du sollst es wissen, zehntausend Gulden.“

„Zehn – zehn – heiliger Sebastian! Natürlich willst du mich nur foppen!“

„Fällt mir nicht ein!“

„Das ist unglaublich, es ist wunderbar, es ist grandios!“

„Na, wenn es dir gar so wundervoll vorkommt, dann sieh doch einmal her! Hier, fast tausend in Banknoten, und den Rest in famosen Papieren. Südamerika, Chile!“

„Verteufelt! Die sollen ja sehr hoch stehen!“

„Hundertzehn!"

„Glückspilz! Heute ist dein Tag! Heute sucht dich Fortuna mit tausend Augen. Also mußt du heute spielen, Bruno! Mit dem Glück ist es gerade wie mit dem Teufel! Wenn es einmal leise lächelt, so beginnt es bald laut zu lachen."

Scharfenberg lächelte.

„Angelacht hat es mich, das ist wahr. Warte, ich werde mir den Spaß machen, diese Chilenen einzupacken und mit ihnen im Kuvert zu bezahlen. Willst du helfen?"

„Mach es selbst, lieber Bruno! Das Einpacken ist eine Arbeit, zu der ich nicht im mindesten begabt bin. Man darf dich also heute im Kasino erwarten. Nun gut! Ich weiß zwar, daß ich bei deinem heutigen Glück die dreihundert Gulden wieder an dich verlieren werde, aber ich gönne sie dir gern. Du bist ja eine treue Seele!"

Draußen aber, als er das Haus verlassen hatte, brummte er vergnügt vor sich hin:

„Zehntausend Gulden! Dieser Schönlein muß geradezu übergeschnappt sein! Aber mir ist es lieb. Wir werden ihn an- und auszapfen! Er soll heute ohne einen Kreuzer nach Hause gehen müssen, dafür stehe ich!"

*

Kaum hatte ihn der ‚Freund' verlassen, so fiel es Scharfenberg ein, daß der verwünschte Assessor ihn für heute auf das Königliche Bezirksgericht bestellt hatte. Es war zwar schon spät am Tage, doch wußte er, daß der Assessor wie auch andere Beamte des Bezirksgerichts erst gegen Abend den Dienst beenden konnte. Rasch kleidete er sich um, nahm einen Spazierstock in die Hand und begab sich dorthin. Assessor von Ansbach empfing ihn sofort, ließ ihn Platz nehmen und fragte:

„Also, bitte, Herr von Scharfenberg, kennen Sie einen gewissen Petermann?" begann er.

Scharfenberg war bei dieser Frage nicht wohl zumute.

„Es gibt mehrere Männer dieses Namens", antwortete er schließlich zögernd.

„Ganz recht. Einer davon heißt Karl Petermann und stand in Diensten Ihres Herrn Vaters. Er wurde wegen Unterschlagung verurteilt. Was hatte er veruntreut?"

„Fünftausend Gulden aus der Kasse meines Vaters", antwortete Scharfenberg zögernd.

Assessor von Ansbach zog ein Bündel Akten hervor.

„Petermann hat damals sofort gestanden. Aber der Gerichtsrat Seibold und auch ich sind von seiner Schuld inzwischen keineswegs mehr überzeugt. Sie hatten damals große Verbindlichkeiten, Herr Leutnant von Scharfenberg. Sie mußten Rennpferde an Ihre Gläubiger verkaufen."

Der Leutnant wurde bleich. „Das ist eine Lüge!" brachte er mühsam heraus.

„Wohl kaum", bemerkte der Assessor mit einem kühlen Lächeln. „Wir sind über Ihre finanziellen Verhältnisse sehr wohl informiert." Damit deutete er auf dic vor ihm liegenden Akten. „Sie schuldeten Ihren Gläubigern noch einige tausend Gulden mehr über den Wert der Pferde hinaus. Die Gläubiger drohten Ihnen mit dem Gericht, Sie aber waren zahlungsunfähig. Plötzlich scheinen Sie die lästigen Herren befriedigt zu haben. Gleichzeitig verschwinden fünftausend Gulden aus der Kasse Ihres Vaters, und der langjährige Gutsverwalter gibt zu, gespielt und später das Geld unterschlagen zu haben. Nach unseren Nachforschungen können wir das nur entschieden verneinen. Nichts deutet auf große Spielverluste des Herrn Petermann hin. Was soll man davon halten?"

Der Leutnant war auf seinem Stuhl zusammengesunken.

„Woher wissen Sie das alles?" antwortete er schließlich mit einem gezwungenen Lächeln. „Es ist die reine Verleumdung."

Der Assessor blickte ihn scharf an.

„Herr von Scharfenberg, ich bin Kriminalist und als solcher auch Psychologe. Ich habe mich darin geübt, in das Innere derjenigen Menschen einzudringen, die mir die Wahrheit verhehlen wollen. So liegt nun auch Ihre Seele offen vor mir. Ich weiß, daß Sie kein schlechter Mensch sind. Aber das Geständnis in bezug auf Petermanns angebliche Unterschlagung kann ich Ihnen nicht ersparen. Ich will versuchen, alles in meiner Macht Stehende zu tun, um Ihnen die Schande einer Gerichtsverhandlung zu ersparen. Sie hätten das fürchterliche Opfer, das Petermann Ihnen brachte, nie annehmen dürfen. Er hat wohl Stunde für Stunde gehofft, daß Sie den bitteren Kelch von ihm nehmen würden. Er hat noch bei der Verhandlung ‚Ja' gesagt in der festen Überzeugung, daß Sie aus dem Kreis der Zuhörer hervorspringen würden, um ein lautes ‚Nein' zu rufen – vergeblich! Er wurde abgeführt und trug die unverdiente Schande. Er hat großen Heldenmut bewiesen, Sie aber eine ebenso große Feigheit. Ich sage das unter vier Augen und gebe Ihnen den guten Rat, sich zu der Sache zu bekennen. Ich will Ihnen aber noch Gelegenheit geben, Ihrem Vater alles zu gestehen, bevor wir ihm die betreffende Mitteilung machen müssen. Und glauben Sie nicht, daß Petermann ewig schweigen wird! Ich rate Ihnen noch einmal: haben Sie Mut und gestehen Sie endlich! Leben Sie nun wohl! Mehr habe ich für heute nicht zu sagen."

Damit war Scharfenberg entlassen. Er wagte nicht zu antworten, drehte sich wortlos um und ging. In seinem Innern kochte es. Rasch entschlossen lenkte er seine Schritte zum Spielkasino der Offiziere, in dem er schon so große Summen verloren hatte.

9.

Am Spieltisch

In den Abendstunden desselben Tages betraten zwei Herren ein gewisses Haus des Altmarkts, in dessen erster Etage sich das erwähnte Spielkasino befand. Sie stiegen eine breite Treppe empor und klingelten an der Eingangstür. Ein junges Mädchen öffnete.

„Guten Abend, die Herren", begrüßte es die Gäste mit einem tiefen Knicks.

„Guten Abend, Anna", grüßte der eine Herr zurück. „Bereits Gesellschaft da?"

„Die Herren Offiziere sind fast vollständig versammelt."

Mit diesen Worten gab sie den Eingang frei. Die beiden traten ein. In dem Raum saßen zehn oder zwölf Personen, lauter junge Männer. Sie blickten auf, als die Neuankömmlinge hereinkamen, und einer rief:

„Donnerwetter, Hagenau! Ist's wahr?"

„Hagenau, der Kranich?" fragte ein anderer.

„Weiß Gott, er ist's! Mensch, wer bringt dich auf den glücklichen Gedanken, einmal wieder aus deinem Garnisonsstädtchen in die Residenz zu kommen?"

„Ich selber!" schnarrte der Angeredete.

Es war jener Oberleutnant von Hagenau, der vor kurzem das unglückliche Abenteuer im ‚Haus Melitta' zu bestehen hatte.

„Meine eigene Erfindung!" freute er sich jetzt. „Kinder, gibt's hier was Vernünftiges zu trinken?"

„Punsch und Wein."

„Pfui Teufel! Punsch ist ein Gesöff für Hökerweiber. Und Wein – bon! Welche Sorten? Doch nur Krätzer oder Grüneberger Katerschwanz? Was?"

„Die Weine hier sind exquisit", bemerkte ein anderer lächelnd, der die Eigenheiten des Oberleutnants sehr gut zu kennen schien.

„Wohl so exquisit wie ihr?" parierte der Oberleutnant von Hagenau. „Mag da schöner Sauerländer sein! Pumpenschwengelsaft mit Essigsprit – ah, famoser Witz! Selbst fabriziert – meine eigene Erfindung! Werde Patent darauf nehmen! Komm doch einmal her, meine kleine Hexe!"

Dies bezog sich auf die Bedienung. Das Mädchen schien den Ton gewöhnt zu sein, denn es trat sofort hinzu. „Wein vom Besten!" bestellte Hagenau, schnarrend wie immer.

Sofort erhob sich ein großes Hallo im Raum. In kurzer Zeit saßen die Herren beim Wein. Das war so Hagenaus Eigentümlichkeit. Er war ein über die Maßen spendabler Zeitgenosse, wenn er sich in entsprechender Stimmung befand. Die Offiziere unterhielten sich lebhaft miteinander, und plötzlich warf einer der jungen Männer ein:

„Übrigens, Scharfenberg kommt heute."

„Das glaube ich nicht", zweifelte ein anderer, „wir haben ihn kürzlich so gerupft, daß er es wohl nicht gleich wieder wagen wird."

„Er kommt dennoch. Ich weiß es", erwiderte der erste lebhaft.

„Wer sagte es?"

„Er selbst. Ich war bei ihm."

„Dann hat er Geld!"

„Viel Geld", versicherte der Sprecher, in dem man leicht den ‚bedürftigen Freund' Scharfenbergs wiedererkennen kann.

„Wirklich? Wirklich?"

„Volle zehntausend Gulden, sage ich euch."

„Mensch, du bist nicht bei Trost!" rief ein anderer.

„Ich beschwöre es!"

„Unsinn! Woher soll er zehntausend Gulden haben? Sein Vater zahlt nicht mehr für ihn, und sein Onkel hat es wohl auch satt."

„Ich will es euch mitteilen: gepumpt."

„Auch das glaube ich nicht. Wer leiht ihm noch eine so hohe Summe?" meinte ein dritter.

„Ein gewisser Schönlein."

Jetzt mischte sich Hagenau in das Gespräch ein.

„Kenne diesen Namen nicht. Wer ist er?"

„Weiß es nicht", gab Scharfenbergs Bekannter vor. „Ich weiß nur, daß Scharfenberg von ihm zehntausend Gulden geborgt hat, tausend bar und das übrige in ausländischen Aktien."

„So wird er ein paar Flaschen den Hals brechen", lachte ein anderer.

„Nein. Er wird ein Spielchen mitmachen", sagte der angebliche Freund Scharfenbergs. „Erst mal Karten." — Da sprangen sie alle auf, außer Hagenau.

„Ist's wahr?" fragte es im Kreise.

„Gewiß. Er hat es mir versprochen."

„Dann rasch in das hintere Zimmer! Es ist doch geheizt?"

„Schon längst", antwortete das Mädchen, das die Offiziere bediente.

„So kommt! Hagenau, du beteiligst dich doch auch?"

„Habe große Lust dazu! Bin lange Zeit nicht bei euch gewesen. Wie hoch spielt ihr denn jetzt!"

„Das ist verschieden. Gewöhnlich beginnen die Einsätze niedrig und steigen nach und nach."

„Gerade wie bei den Brennesseln, die wachsen auch! Schon wieder ein verdammt geistreicher Ausdruck. Meine eigene Erfindung! Famos, famos!"

„Also du machst mit?"

Hagenau schüttelte den Kopf.

„Hm! Scharfenberg!" sagte er gedehnt.

„Hast du etwas gegen ihn?"

„Na! Er ist nicht nobel, verschafft sich sein Geld auf merkwürdige Weise und wirft es dann unsinnig wieder hinaus. Ich gebe auch gern aus, aber ich weiß, was ich einnehme."

„Na, es ist doch aber kein Unglück, wenn du ihm einige Gulden abnimmst."

„Habe aber leider so verdammtes Schwein. Darf nur Würfel oder Karten anrühren, so gewinne ich!"

„Das halte ich nun freilich für keinen Grund, sich vom Spiel auszuschließen. Jeder ist seines eigenen Glückes Schmied."

Hagenau zuckte die Achseln. „Nun, dann will ich es halt probieren."

Damit war die Sache abgetan. In kurzer Zeit hatte sich das vordere Zimmer geleert, da sich alle in den Spielsalon begeben hatten. Die Kellnerinnen hielten die Tür von innen verschlossen, damit die Herren nicht von der Polizei überrascht werden konnten.

Nach einer Weile klopfte es an der Eingangspforte.

„Wer draußen?" fragte eins der Mädchen.

„Scharfenberg", meldete sich der junge Offizier.

„Bitte, kommen Sie! Die anderen sind hinten."

Bruno von Scharfenberg trat ein und verschwand im Salon.

„Wieviel wird er heute verlieren?" meinte die eine Kellnerin und schüttelte den Kopf.

„Nicht mehr, als er bei sich hat. Geborgt bekommt er nichts mehr."

Es kamen noch einige Herren, die durch dieselbe Tür wieder verschwanden. Es wurde viel Wein getrunken, aber es ging sehr ruhig zu. Nach und nach begann es lebhafter zu werden. Die Flaschen wurden schneller leer, und bald konnte man Ausrufe wie ‚Zwanzig Gulden rechts' und ‚Fünfzig links' hören.

„Ah, so hoch haben sie noch nie gespielt", meinte das eine Mädchen. „Fünfzig Gulden! Man hört das Geld förmlich klingen!"

So spielte man einige Stunden lang. Der Wein tat immer mehr seine Wirkung. Der Wirt im Hintergrund wahrte seinen Vorteil und trug nun mindere Sorten auf, die heimtückisch wirkten. Die Stimmen wurden lauter, es ließen sich Flüche hören, Verwünschungen und Drohungen, die eigentlich nicht in ein Kasino gehörten.

Da ließ sich Scharfenbergs Stimme laut vernehmen:

„Noch einmal hundert Gulden in Papier!"

Es wurde einige Augenblicke still, dann riefen mehrere Stimmen durcheinander:

„Verloren! Abgefallen! Hör auf, Scharfenberg!"

Aber als Antwort auf diesen guten Rat sagte er:

„Abermals hundert Gulden!"

Wieder dauerte es eine Weile, da erklang die Stimme Scharfenbergs:

„Das letzte Hundert auch noch! Hat der Teufel so viel geholt, so mag er auch noch dieses holen! Gebt einmal die volle Pulle her!"

„Donner und Doria! Weiß Gott, er trinkt sie aus, rein aus! Jetzt geht's los, Scharfenberg! Schau her! Ah! Dein letztes Geld ist zum Teufel, ganz so, wie du es haben wolltest! Kondoliere, alter Junge! Fast zehntausend Gulden verloren!"

„Sei still!" antwortete Scharfenberg. „Was mache ich mir aus dieser Kleinigkeit! Wer borgt mir hundert?"

Niemand antwortete.

„Ich frage, wer mir hundert leihen will?"

Ganz dasselbe Schweigen.

„Donnerwetter! Erst nehmt ihr es mir ab, und dann verweigert ihr mir den Kredit! Hagenau, du hast tausend gewonnen. Pumpe mir fünfhundert davon!"

„Das geht nicht, alter Junge!"

„Nicht? Warum nicht?"

„Ist gegen meinen Grundsatz. Vom Gewinn verleihe ich nie einen Kreuzer!"

„Du hast doch soeben Stautenow vierhundert gelassen!"

„Ja, mein Sohn, der gibt mir's wieder."

„Willst du damit sagen, daß du dein Geld von mir nicht wiederbekommen würdest?"

Er ärgerte sich über den Verlust und nun auch über die Hartnäckigkeit derer, die ihm keinen Kredit geben wollten. Seine Stimme klang erregt, er war schon dem Geist des Weines erlegen.

„Das will ich so nicht sagen", antwortete Hagenau, nun auch mit bereits geschärfter Stimme.

„Nicht so? Wie denn? Jetzt wird es Ehrensache! Schießt du mir fünfhundert Gulden vor oder nicht?"

„Nein. Ich borge dir nichts, weil wir alle wissen, daß du bereits deine Ehre einmal verpfändet hattest, ohne daß du deine Schulden einlösen konntest."

„Wer hat das gesagt? Wer war es, wer?"

„Der Soldat Berthold", erklang es fest und bestimmt.

„Alle Teufel! Ein Soldat! Was so ein gemeiner Kerl, so ein Halunke, über einen Offizier sagt, das wird so ohne weiteres von dir für wahr genommen?"

„Berthold sagt nie eine Lüge!" beteuerte Hagenau. „Ich werde es dir beweisen. Du warst bei deinem Onkel in Rollenburg zu Besuch und hast dort den bekannten Wucherer Siegmund Dorn aus der Residenz empfangen müssen. Warum wohl?"

Scharfenberg schwieg.

„Dorn war bei dir?" fragte Hagenau noch einmal.

„Ja", gab der Leutnant endlich zu.

„Also doch! Ihr habt im Vorzimmer miteinander gesprochen. Von dort geht ein Wasserleitungsrohr ins Parterre. Das Rohr ist älterer Bauart und sehr weit. Daher kann man unten jedes Wort hören, was oben gesprochen wird."

„Und da hat der Kerl gelauscht?" fragte Scharfenberg erregt.

„Nein. Er stand Posten und hat so alles unfreiwillig hören müssen. Berthold ist mit meinem Burschen verwandt. Er besuchte ihn, die Sprache kam auf dich, und er erzählte die Geschichte. Kannst du ihm das verbieten?"

„Er hat gelogen. Ich verlange, daß du deine Beleidigung zurücknimmst!"

„Die Wahrheit kann nie beleidigen. Bring mir den Trödler, und wenn er sagt, daß meine Geschichte nicht stimmt, dann will ich widerrufen, sonst aber keinesfalls."

In diesem Augenblick hörten die draußen an der Tür lauschenden Kellnerinnen eine andere Stimme:

„Donnerwetter! Was ist denn das? Das sollen tausend Gulden sein?"

Es hatte jemand ein Paket Scharfenbergs geöffnet.

„Natürlich!" antwortete dieser.

„Du sagtest, jedes Päckchen enthält tausend Gulden in Papier?"

„Ja".

„Darunter verstehe ich aber doch Guldenscheine, nicht Aktien oder ähnliche Wische!"

„Diese Papiere sind gut!"

Da sagte auch Hagenau: „Wie soll das sein? Keine Guldennoten sind es? Da will ich denn doch gleich einmal nachsehen! – Ah! Chilenen! Donnerwetter! Solches Zeug! Darum also hat er sie eingepackt! Und er behauptete auf Ehre, daß jedes Päckchen tausend Gulden enthalte!"

„Das ist auch der Fall!" schrie Scharfenberg.

„Unsinn! Dort liegt die Zeitung mit den Börsenkursen. Es ist sogar die neue Abendnummer. Her damit! Welche Emission? Schaut einmal, Kameraden! Diese Wische sind von der vorjährigen Emission und stehen dreiundzwanzig. Zehn davon sind also zweihundertunddreißig Gulden wert anstatt tausend!"

„Lüge! Niederträchtige Lüge!" rief Scharfenberg.

„Du! Höre, dieses Wort sagst du nicht noch einmal! Ich habe nämlich lesen gelernt!"

„Und dennoch ist es Lüge!"

„Gut! Hier hast du die Lüge!"

Es erfolgte ein klatschendes Geräusch wie von einer Ohrfeige. Dann hörte man einen lauten Wutschrei Scharfenbergs. Es schien eine richtige Prügelei stattzufinden.

„Ohrfeigen! Ohrfeigen zu geben!“ schrie er. „Das kostet Blut! Nur Blut kann das abwischen! Verstanden?“

„Pah! Ich bemerke nicht, daß meine Hand schmutzig ist.“

„Hund! Auch das noch!“

Eine Flasche zertrümmerte an der Wand, und dann ertönte Hagenaus Stimme:

„Mensch, unterlaß diese Gassenbubenstreiche, sonst werde ich dich noch einmal beim Schopfe nehmen!“

„Genugtuung! Satisfaktion muß ich haben! Morgen schicke ich dir meinen Bevollmächtigten!“

„Das laß nur sein! Mit einem, der Ohrfeigen empfängt und seinen Ehrenschein nicht einlöst, schlage ich mich nicht.“

„Ich werde dich zu zwingen wissen! Ich mache dich auf offener Straße zum Krüppel!“

„Papperlapapp! Das geht nicht so schnell! Aber höre, Mann, wenn ich mich auch nicht mit dir schlage, so kommt es mir doch auf ein kleines Duellchen nicht an. Wie wäre es mit einem amerikanischen?“

„Mir recht!“

„Schön! Dir kann geholfen werden. Kinder, tut mir den Gefallen und gebt einmal das ‚Geld‘ wieder her, das ihr von ihm gewonnen habt. Ich habe da einen famosen Gedanken! Eigene Erfindung!“

„Hier, hier, hier!“ schob man ihm die Scheine zu.

„So recht!“ meinte er in befriedigtem Ton. „Jetzt, Scharfenberg, wollen wir sehen, ob du Mut hast. Ich meine nämlich ein echtes Yankee-Duell, wobei der Mammon eine Rolle spielt. Ich will dir die Satisfaktion nicht verweigern. Ich biete sie dir in Geld, und du brauchst ja Geld. Hier sind deine zehntausend Gulden, das heißt, die sogenannten zehntausend. Die setze ich, und du setzt dein Leben. Wir würfeln. Wer am höchsten wirft, gewinnt. Gewinne ich, so hast du dich innerhalb einer Woche zu erschießen, gewinnst aber du, so sind die zehntausend Gulden dein.“

„Verflucht schneidige Idee!“ lachte eine Stimme.

„Ja, meine eigene Erfindung!“ schnarrte Hagenau. „Aber ich glaube nicht, daß dieser Mann den Mut hat, darauf einzugehen. Er zittert schon vor Angst!“

War diese Idee nur dem Weinrausch entsprungen, oder meinte Hagenau es wirklich ernst? Auch Scharfenberg war betrunken, mehr noch als die anderen, er hatte eben noch eine Flasche geleert. Er dachte daran, daß er das Geld wiedergewinnen und dabei seinen Mut beweisen könne, ans Verlieren aber dachte er nicht.

„Du irrst dich!“ sagte er höhnisch. „Mein Mut ist sicher noch größer als deiner. Ich beweise es dir, indem ich darauf eingehe.“

Hagenau lachte bitter auf. „Na gut! Einen Becher mit drei Würfeln her! So! Hier, Scharfenberg! Du bist der Beleidigte. Wirf zuerst!“

Man hörte die Würfel im Becher klirren und dann auf den Tisch fallen. Hagenau zählte:

„Fünf und fünf und vier macht vierzehn! Stimmt's?“

„Ja“, antwortete Scharfenberg in gereiztem Ton.

„Alle Teufel! Ich glaube, das Geld ist verloren. Na, wir wollen sehen, was zu machen ist.“

Er schüttelte die Würfel im Becher und warf.

„Tausend Donner!“ rief Hagenau. „Was ist denn das? Sechs, fünf und vier, macht fünfzehn. Gewonnen! Kinder, nehmt euer Geld wieder! Scharfenberg, ein Mann ist ein Wort. Aber ich bin kein Unmensch. Wenn du uns für die zehntausend Gulden gutes Geld gibst, so will ich das Yankee-Duell vergessen. Wenn nicht, so erschieß dich oder laß dich nie wieder im Kasino sehen. Einverstanden?“

„Hol euch alle der Teufel!“

Mit diesen Worten kam Scharfenberg aus dem Spielsalon gestürzt. Er riß seine Kopfbedeckung vom Nagel und eilte davon – ärmer, als er noch am Morgen gewesen war.

10.

Das große Los

Der Trödler Siegmund Dorn besaß in der Mühlengasse nicht nur das Haus, in dem er mit seiner Frau wohnte, sondern noch mehrere andere, die sich allerdings ebenfalls in ziemlich baufälligem Zustand befanden. Dorn hatte sie an arme Leute zu Preisen vermietet, die geradezu unverschämt zu nennen waren. Aber was half es? Wohnungen ließen sich in der Residenz schwer finden, und in anderen Vierteln mußte man noch höhere Mieten zahlen.

Es war Abend. Im Dachgeschoß eines dieser Häuser, vier schmale, hölzerne Treppen hoch, saß ein Mann bei dem spärlichen Licht einer Lampe am Tisch und arbeitete. Wie er den Griffel über die vor ihm liegende Metallplatte führte, ließ den ausgezeichneten Graveur erkennen. Er war schmächtig, bereits über fünfzig Jahre, sehr hager, hatte ein gedrücktes, leidendes Aussehen und trug eine Brille, unter deren blauen Gläsern zwei wimpernlose, äußerst entzündete Augen zu erkennen waren. Er arbeitete mit sichtlicher Anstrengung und strich sich dabei oft über die Augen, als fühle er dort einen heftigen Schmerz.

Der kleine, eiserne Kanonenofen rauchte, verbreitete aber allenfalls infolge der drei oder vier Kohlenstücke, die in ihm lagen, etwas, das höchstens eine auf dem Ofen sitzende Mücke für Wärme gehalten hätte.

Von Zeit zu Zeit horchte der Mann zur Seite, wo sich hinter einer nur angelehnten Tür ein oft unterbrochenes Murmeln und Seufzen hören ließ. In der Nähe des Mannes stand ein Stuhl, auf dem ein Stickrahmen lag, ein Zeichen, daß ein weibliches Wesen an seiner Seite gearbeitet hatte.

Da wurde die Tür geöffnet, und eine bleiche, sehr ärmlich, aber sauber gekleidete Frau trat herein. Sie weinte.

„Wie geht es?“ fragte er leise.

„Es geht zu Ende, lieber Werner“, schluchzte sie. „Mußt du denn gar so dringend arbeiten?“

„Ich soll morgen früh fertig sein.“

„Aber der sterbenden Schwiegermutter kannst du noch ein paar Minuten schenken!“ flüsterte sie, indem sie ihm über das bereits vollständig ergraute Haar strich.

Er legte die Platte weg und seufzte tief auf.

„Es ist nicht nur der Arbeit wegen. Aber wenn ich mit hinausgehe, muß ich weinen, und das schadet meinen kranken Augen noch mehr!“

Dabei weinte der gute Mann schon jetzt. Die Frau sah es, legte ihm den Arm um den Nacken und bat:

„Werner, komm heraus! Sie will dich noch einmal sehen.“

Er stand vom Stuhl auf und folgte ihr hinaus in die Schlafkammer. Dort saßen auf Stroh in der Diele fünf Kinder, die nicht schlafen konnten, da sie wußten, daß es mit ihrer guten Großmutter zu Ende ging. Sie lag mit tief eingefallenen Wangen und Schläfen in ihrem ärmlichen Bett. Man sah es ihr an, daß der Tod bereits an die Tür geklopft hatte. Als sie den Schwiegersohn erblickte, ging ein befriedigtes Lächeln über das verhärmte Gesicht.

„Wie gut von Ihnen, daß Sie kommen“, sagte sie langsam und leise. „Ich muß Sie und Ihre Kleinen verlassen, die ich so gern noch versorgt und gepflegt hätte, damit meine Tochter ungestört arbeiten kann. Aber der liebe Gott will mich bei sich haben, und dort oben werde ich ihm sagen, was für ein guter Mann und Vater und Schwiegersohn Sie sind. Ich werde ihn bitten, Ihnen Ihre Gesundheit und Ihre Augenkraft wiederzugeben. Er wird es mir sicherlich zu Gefallen tun. Jetzt aber haben Sie tausend Dank für alles, was Sie an mir alten Frau getan haben!“

Sie hatte nur mit großen Pausen gesprochen. Jetzt hielt sie inne, um Atem zu schöpfen. Sie hatte seine Rechte ergriffen und drückte sie zwischen ihren welken Händen. Er stand dabei mit tränenüberströmten Augen und konnte nichts sagen. Seine Frau lehnte weinend an der Wand, und die Kleinen hielten sich umschlungen und weinten auch, aber nur leise, denn sie wußten, sonst müßte der Vater noch mehr weinen, und dann täten ihm ja die Augen so sehr weh.

„Sie sind uns immer eine große Hilfe und Stütze gewesen, liebe Schwiegermutter", klagte Werner Herold halblaut. „Sollte ich Sie einmal gekränkt haben, so vergeben Sie es mir. Mit Absicht ist es sicherlich nicht geschehen!"

Und nun war es aus. Er konnte nicht länger an sich halten. Er schluchzte laut auf und eilte in die Stube zurück, wo er sich traurig an die Fensterwand lehnte. Draußen hörte er Frau und Kinder weinen und dazwischen die schwache Stimme der Sterbenden, die sie zu beruhigen suchte. Als er sich wieder in der Gewalt zu haben glaubte, ging er in die Stube zu der Schwiegermutter.

„Lieber Werner", sagte seine Frau, „hast du den Zettel mit dem schönen Lied noch? Die Mutter möchte es so gern hören."

Er zog ein Blatt Papier aus seiner Brusttasche hervor und setzte sich auf den unteren Bettrand. Die Frau hatte die beiden Hände der Mutter ergriffen. Die Kinder falteten die Händchen, der Vater wischte sich noch einmal über die Augen und las dann die herrlichen Strophen Geroks[1]:

„Ich möchte heim, mich ziehts dem Vaterhause,
Dem Vaterherzen zu;
Fort aus der Welt verworrenem Gebrause
Zur stillen, tiefen Ruh;
Mit tausend Wünschen bin ich ausgegangen,
Heim kehr ich mit bescheidenem Verlangen,
Noch hegt mein Herz nur e i n e r Hoffnung Keim:
Ich möchte heim.

1 Die religiöse Lyrik von Karl Gerok (1815–1890) fand seinerzeit große Beachtung. In Karl Mays Handexemplar der Gedichtsammlung ‚Palmblätter' ist der Titel ‚Ich möchte heim!' angestrichen. Wir folgen hier der Druckanordnung dieser aus dem Jahr 1883 stammenden Ausgabe.

Ich möchte heim, bin müd von deinem Leide,
Du arge, falsche Welt;
Ich möchte heim, bin satt von deiner Freude,
Glückzu, wem sie gefällt!
Weil Gott es will, will ich mein Kreuz noch tragen,
Will ritterlich durch diese Welt mich schlagen,
Doch tief im Busen seufz' ich insgeheim:
Ich möchte heim."

„Heim, heim, heim!" erklang es leise von den Lippen der Sterbenden. „Weiter, weiter, mein guter Schwiegersohn!"

Er trocknete sich die Tränen und las weiter:

„Ich möchte heim; ich sah in sel'gen Träumen
Ein bessres Vaterland;
Dort ist mein Theil in ewig lichten Räumen,
Hier hab ich keinen Stand:
Der Lenz ist hin, die Schwalbe schwingt die Flügel
Der Heimat zu, weit über Thal und Hügel,
Sie hält kein Jägergarn, kein Vogelleim, –
Ich möchte heim.

Ich möchte heim; trug man als kleines Kindlein
Mich einst zu Spiel und Schmaus:
Ich freute mich ein leichtes kurzes Stündlein,
Dann war der Jubel aus;
Wenn sternhell noch der Brüder Auge blitzte,
In Spiel und Lust sich erst ihr Herz erhitzte,
Trotz Purpuräpfeln, goldnem Honigseim:
Ich wollte heim.

Ich möchte heim; das Schifflein sucht den Hafen,
Das Bächlein läuft ins Meer,
Das Kindlein legt im Mutterarm sich schlafen,
Und ich will auch nicht mehr;
Manch Lied hab ich in Lust und Leid gesungen,
Wie ein Geschwätz ist Lust und Leid verklungen,
Im Herzen blieb mir noch der letzte Reim:
Ich möchte heim."

Ein langer und tiefer Atemzug war in der Kammer zu hören. Sie warteten, daß die Mutter noch etwas sagen werde – vergebens! Sie hatte die Augen geschlossen und bewegte sich nicht. Ihre Hände lagen noch in denen ihrer Tochter. Da legte der Vater das Blatt zur Seite, beugte sich über die gute Schwiegermutter nieder, betrachtete sie einige Augenblicke lang und sagte dann leise:

„Sie ist auch heim."

Weiter wurde kein Wort gesprochen. Die Tochter drückte der Mutter die Augen zu und sagte dann, tief und schmerzlich aufatmend: „Wir wollen weiterarbeiten!"

Der Vater erhob warnend den Zeigefinger zu den Kindern:

„Die Großmutter ist nun ganz fest eingeschlafen. Ihr dürft sie nicht stören. Legt euch hin und schlaft ruhig!"

Die Kinder gehorchten, und die Eltern traten in die Stube zurück, wo sie sich zur Arbeit niedersetzten. Der Griffel und die Stricknadeln bewegten sich emsig bis weit nach Mitternacht, ohne daß die Fleißigen ein Wort gesprochen hätten. Dann aber brach die Frau endlich das tiefe Schweigen:

„Ist es dir nicht zu kalt?"

„Nein", erwiderte er einsilbig.

Dennoch froren sie beide. Die Frau warf einen wehmütigen Blick zum Ofen. Dort lagen vier oder fünf kleine Holzscheite neben einer Handvoll Kohlen. Das war das Heizmaterial für den morgigen Tag.

„Was tun wir jetzt?" fragte sie.

„Wir müssen ihren Tod melden", antwortete er, ohne von der Arbeit aufzusehen, die er lange genug vernachlässigt hatte.

„Ja. Das meine ich aber nicht. Was ist mit dem Sarg und den Begräbniskosten?"

Er neigte den Kopf noch tiefer auf die Platte herab, antwortete aber nicht.

„Und was ziehen wir ihr an?" flüsterte sie weiter.

„Ihr bestes Kleid!“ sagte er mit fester Stimme.

Seine Frau legte ihm die Hand auf die Schulter.

„Aber es ist schade drum!“ meinte sie leise. „Ich kann den Kindern zwei Röckchen und ein Jäckchen daraus machen!“

Ihr Mann schüttelte den Kopf.

„Sie hat es bei ihrer Hochzeit getragen, also soll sie es behalten. Sie hatte uns lieb, und ich müßte mich schämen, wenn ich sie ganz so ärmlich zu Gott schicken sollte.“

Da richtete die Frau einen langen, innigen Blick auf ihren Gatten und flüsterte:

„Du Guter!“

Wieder verging eine Zeit. Da begann dieses Mal der Mann das kurze Gespräch:

„Wann wirst du fertig?“

„Heute abend“, sagte sie. „Ich bekomme zwei Gulden dafür, daß ich die Stickerei fertige. Und was machst du da?“

Er senkte den Kopf so tief herab, daß die Stirn fast die auf dem Tisch liegende Platte berührte, und antwortete leise:

„Den Titelkopf für eine Zeitung.“

„Ah, darum ist es so lang und schmal“, stellte seine Frau arglos fest. Er blickte sorgenvoll auf die Platte und arbeitete weiter.

„Und was bekommst du dafür?“ fragte sie vorsichtig.

„Hm! Jetzt vielleicht gar nichts! Es wird erst später ganz fertig. Ich kann es nur Teil um Teil herstellen, und ob mich die Leute auch in Raten bezahlen werden – –“ dabei schüttelte er den Kopf, „weiß ich nicht.“

„Herr Jesus! Was fangen wir da an!“ jammerte sie händeringend.

„Ich habe nur noch zwei Kreuzer, und die brauche ich, um Milch für die Kinder zu kaufen. Wieviel hast du noch?“

„Gar nichts. Ich habe dir gestern mein letztes Geld gegeben. Ich wollte, wir hätten etwas zu verkaufen oder ins Leihhaus zu schaffen!“

Sie blickte vorsichtig zu ihm hinüber und sagte dann mit unsicherer Stimme:

„Oder wir müßten in der Lotterie gewinnen!"

Er schüttelte trübe lächelnd den Kopf und antwortete:

„Das dürfen wir uns nicht einbilden. Wir haben nun einmal kein Glück auf dieser Erde. Es war eine richtige Vermessenheit, daß wir die fünf Gulden für das Los ausgaben. Wir hätten zwei Wochen davon leben können!"

„Aber die schöne Hoffnung!"

„Nützt nichts!" sagte er hart.

„Ich wollte es eigentlich nicht sagen, aber die Mutter meinte vorhin noch, als du in die Stube zurückgingst, daß sie gleich, wenn sie in den Himmel komme, den lieben Gott bitten wolle, uns mit dem Los hundert Gulden gewinnen zu lassen."

„Das ist Sünde!" erwiderte ihr Mann streng. „Der liebe Gott weiß auch ohne sie, daß wir bitterarm sind."

Das sagte er in einem so herben Ton, daß die Frau beschloß, lieber zu schweigen.

So arbeiteten sie miteinander die ganze Nacht hindurch. Am frühen Morgen ging die Frau fort, um für die letzten zwei Kreuzer Milch zu holen. Er aber tauchte einen Lappen in kaltes Wasser und band ihn sich auf die brennenden Augen, um die Schmerzen zu kühlen. Einige Minuten saß er frierend da. Seine auf dem Tisch liegende Hand berührte die Platte. Da faltete er die Hände und murmelte leise:

„Herrgott, vergib mir! Ich weiß, daß ich in kurzer Zeit blind sein werde, und muß doch für die Meinigen sorgen. Was ich hier mache, ist eine Sünde, ein Unrecht. Ich will es auf mich nehmen, ganz auf mich allein. Nun ist die Schwiegermutter oben, sie weiß also auch, was ich Schlimmes vorhabe. Aber mir bleibt keine andere Wahl!"

Nach einiger Zeit entfernte er den Umschlag und arbeitete weiter. Aber er merkte wohl, daß er sich verrechnet hatte und erst gegen Mittag fertig werden konnte.

*

Am Vormittag desselben Tages saß der alte Siegmund Dorn in seiner Stube und kramte in allerlei Gerümpel herum, das er gut und teuer zu verkaufen gedachte. Da brachte ihm seine Frau Aurora einen Mann, bei dessen Anblick Dorn schnell von seinem Stuhl aufsprang.

„Willkommen!" sagte er, dem Ankömmling die Hand bietend. „Endlich! Haben Sie gemacht Proben?"

„Ja, in dieser Nacht", bestätigte der andere, „sie sind über Erwarten gut gelungen. Dieser Graveur Werner Herold hat uns ein Meisterstück geliefert. Die Vorderplatte ist gar nicht mit Geld zu bezahlen. Zehntausend Gulden sind da nicht zuviel."

„Zehn – – zehnt – – zehntau – –!" Der Trödler erschrak. „Sind Sie etwas geworden verrückt! Tausend Gulden, das ist genug."

Der andere zuckte die Achseln.

„Meinetwegen! Mir kann es lieb sein. Er wird ohnehin nur die ersten Hundertguldenscheine seiner eigenen Arbeit bekommen. Sehen Sie einmal."

Er zog ein Papier hervor, das ganz das Aussehen einer Hundertguldennote hatte, aber nur auf der einen Seite bedruckt war. Der Alte nahm die falsche Geldnote, griff eine Lupe und begann, die Note zu prüfen.

„Teufelsblut!" brummte er vergnügt, „das ist eine feine, eine sehr feine Arbeit! Da ist die Kopie gar nicht zu unterscheiden von dem Original. Wenn die Hinterplatte gerät auch so gut, so können wir drucken tausend Jahre, ehe man entdeckt, daß Scheine sind falsch! Wann also werden wir bekommen Hinterplatte?"

Der Fremde machte ein nachdenkliches Gesicht.

„Das erfahre ich hoffentlich noch heute. Herold wird mir vielleicht am Vormittag berichten, wie weit er gekommen ist. Und nun Adieu!"

Er reichte dem Trödler die Hand und ging. Nach einiger Zeit kam ein anderer Besucher, und zwar eiligen, beinahe tänzelnden Schrittes. Siegmund Dorn kannte ihn gut. Es war ein Lotteriekollekteur, mit dem er zuweilen kleine Privatgeschäfte abschloß, die gewöhnlich beiden zum Vorteil gereichten.

„Guten Morgen, Herr Dorn“, grüßte der Kollekteur verbindlich.

„Guten Morgen, Herr Maibaum! Was kommen Sie, zu machen für Gesichter? Haben Sie gewonnen großes Los oder gar ganze Lotterie?“ schmunzelte der Alte.

„Scherz beiseite!“ wehrte der andere ab. „Es handelt sich wirklich um einen großen Gewinn.“

„Aber wohl nicht für mich, sondern für andere“, brummte der Trödler, „weil ich nicht habe Los.“

Der Kollekteur lächelte verschlagen.

„Oh, man kann auch gewinnen ohne Los. Nehmen wir einmal an, daß auf irgendeine Nummer der Hauptgewinn fällt und daß jemand diese Nummer hat, aber noch nichts von dem Gewinn weiß. Nehmen wir weiter an, daß Sie dem betreffenden Dummkopf sein Los abkaufen. Würden Sie dann den Gewinn mit mir teilen?“

Der Alte schnitt eine Grimasse.

„Ich mit Ihnen teilen den Gewinn? Bin ich geworden verrückt oder ein Wohltäter der Menschheit?“

„Oh nein“, lächelte Maibaum. „Sie sind im Gegenteil sehr vernünftig, wenn Sie auf meinen Vorschlag eingehen. Hören Sie: ich bin Kollekteur. Ich weiß zwar, daß der bewußte Jemand gewinnen wird, darf ihm aber dieses Los nicht abkaufen. Ein anderer aber könnte es übernehmen. Sie wiederum wissen die Nummer nicht. Nun mein Vorschlag: Sie kaufen das Los und geben mir die Hälfte des Gewinns, wenn das Geld dann ausgezahlt wird. Das geschieht gewöhnlich innerhalb von zwei Wochen.“

„Hm!“ Der Alte tat nachdenklich. „Woher wissen Sie Nummer des Hauptgewinns?“

„Ich habe soeben von der Direktion eine Depesche erhalten, daß auf die betreffende Nummer das große Los gefallen ist“, erwiderte der Kollekteur. „Es hat nur fünf Gulden gekostet, der Gewinner wird aber dafür Zehntausend erhalten! Also, was ist? Gehen Sie darauf ein?“

„Ja“, meinte Dorn rasch. „Sagen Sie mir Nummer und den, der Los hat in seinen Händen!“

„Nicht so rasch!“ wandte der Kollekteur ein. „Zunächst muß ich Ihrer sicher sein. Also wieviel zahlen Sie mir?“

Der Alte tat so, als habe er nicht recht gehört.

„Zahlen? Ah, so! Ich will Ihnen geben volle hundert Gulden, weil ich bin ein großzügiger Mann.“

Der Kollekteur trat einen Schritt zurück.

„Sind Sie wahnsinnig? Die Hälfte will ich haben, und keinen Heller weniger! Entscheiden Sie sich schnell! Die Zeit vergeht, und der Betreffende erfährt, daß er Gewinner ist.“

Der Trödler schien nachzugeben: „Tausend!“ Dabei tat er so, als habe der Kollekteur das Leben von ihm gefordert.

„Zum Teufel!“ rief der andere erbost. „Denken Sie denn, ich bin Ihr dummer Junge?“

Der Trödler merkte, daß es ihm ernst war und lenkte ein: „Nun gut, gut, gut! Ich werde sagen: Ja; ich sage bereits ja, ich bin einverstanden. Wie ist die Nummer und wer hat sie?“

Der Kollekteur triumphierte.

„Nicht so eilig, mein Bester! Zunächst will ich Sicherheit haben. Sie sind Siegmund Dorn, das ist ein Grund zur Vorsicht. Man kennt Sie. Ich will einen Wechsel, sonst gehe ich!“

„Einen Wechsel auf wieviel?“ fragte der Alte.

„Auf fünftausend Gulden, gestellt auf Sicht. Ich präsentiere natürlich den Wechsel erst dann, wenn ich Ihnen den Gewinn auszahle.“

Der Alte raufte sich die Haare.

„Bei der Sonne meiner Heimat! Wollen Sie mich bringen in Armut und Elend? Aber gut, ich werde schreiben der Wechsel.“

Sie setzten sich hin und machten zwei Papiere fertig. Der

Kollekteur erhielt den geforderten Wechsel und der Alte dafür von Maibaum eine Quittung. Als diese Formalitäten erledigt waren, forderte Dorn:

„Also die Nummer!"

„Es ist die Nummer 45332", verriet der Kollekteur, „der Gewinner Herold, der in einem Ihrer Häuser wohnt, besitzt das Los."

Da machte der alte Wucherer vor Freude einen ellenhohen Sprung und rief:

„Hurra! Das Geld ist unser!"

„Sie denken, daß er Ihnen das Los verkauft?" lächelte der durchtriebene Kollekteur.

„Ja, ganz sicher", schmunzelte Dorn, „ich werde ihn aufsuchen noch heute."

„So will ich gegen Abend noch einmal wiederkommen", meinte der andere, „um von Ihnen zu erfahren, ob Sie das Los bekommen haben. Leben Sie wohl!"

Er verabschiedete sich knapp und ging. Kaum war er draußen, so sprang der Alte auf und lief zu seiner Frau, um ihr von dem unerwarteten Glücksfall zu erzählen, der ihm fünftausend Gulden einbringen sollte.

11.

Die Versuchung

Es war am Mittag desselben Tages. Der alte Dorn befand sich im Keller bei seinen ‚Waren' und sortierte die unbrauchbaren Gegenstände aus, die er anderen Trödlern weiterverkaufen wollte. Da klingelte es, und wenig später kam seine Frau Aurora hinunter und meldete:

„Es ist ein Leutnant von Scharfenberg da, der mit dir zu sprechen wünscht. Bist du für ihn daheim?"

„Hm!" räusperte sich der Alte, „diese Herren von Militär, die sind so stolz, daß sie auf Straße keinen Menschen ansehen, der nicht Krösus oder Adeliger ist; diese Herren muß man demütigen, wenn sie kommen, Geld zu leihen. Sage ihm, daß ich habe keine Zeit. Er wird nicht gehen, und erst nach langen Bitten wirst du ihn schicken."

Aurora ging, und Siegmund schlich sich auf leisen Sohlen hinauf in seine gute Stube.

Nach Verlauf von wohl einer Viertelstunde trat der Leutnant in Zivil ein. Er grüßte. Siegmund Dorn tat, als ob er es gar nicht gehört habe. Er hatte ein neues Papier vorgenommen, blickte nicht auf und gab sich den Anschein, als ob er mit einer höchst notwendigen Schreibarbeit beschäftigt sei.

Der Offizier hustete, es half nichts. Er räusperte sich sehr laut und sehr unwillig, und als der Alte sich auch jetzt zu keinem Wort herabließ, sagte er in stolzem Ton:

„Herr Dorn, sind Sie heute zu sprechen oder nicht?"

Jetzt hob der Trödler den Kopf empor, warf einen unwilligen Blick auf den Fragesteller und antwortete:

„Sie sehen, daß ich bin beschäftigt. Ich habe meine Arbeit zu vollenden. Warten Sie einige Minuten!"

„Gut! Aber denken Sie, daß ich wie ein Schulbub hier an der Tür stehenbleiben soll, bis Sie fertig sind?"

„Dort steht ein Stuhl. Setzen Sie sich!"

„Der Stuhl ist nicht leer!" versetzte der Leutnant wütend.

Dorn blieb ungerührt.

„Legen Sie das, welches Ihnen ist im Weg, herab auf den Fußboden. Ich kann Sie nicht bedienen im Moment."

Innerlich knirschend, nahm der Leutnant das Gerümpel, das auf dem Stuhl lag, weg und setzte sich.

Der Alte ließ ihn sehr lange warten. Endlich legte er die Feder weg, wie von einer großen Anstrengung aufatmend:

„So, nun bin ich bereit. Ah, warten Sie!"

Er öffnete ein Pult, kramte in den darin befindlichen Sachen und brachte dann ein Papier zum Vorschein.

„Ich weiß, weshalb Sie sind gekommen! Sie wollen einlösen Ehrenschein von mir!"

Der Leutnant stand vom Stuhl auf und sagte einigermaßen verlegen:

„Das ist allerdings der Zweck meines Besuchs, doch möchte ich Sie fragen, ob die Zahlung bar geschehen muß?"

„Natürlich! Haben Sie doch auch empfangen Summe in barem Geld!"

„Ich kann Ihnen aber nur Papiere geben, gute natürlich. Es sind Chilenen", sagte der Leutnant rasch. Der Trödler schüttelte den Kopf.

„Chilenen? Beim Himmel meiner Heimat, nein! Ich bin keiner von den Männern, die spekulieren an der Börse. Lösen Sie die Papiere ein und bringen Sie mir Bargeld, das Sie dafür erhalten."

Der Offizier wurde sehr verlegen und kratzte sich am Hinterkopf.

„Ich denke, es ist gleich, wer sie verkauft, Sie oder ich."

„So! Wie Sie wollen! Ich werde einmal sehen nach dem Kurs."

Er nahm die Börsenzeitung des heutigen Tages her, schlug die betreffende Seite auf, sah nach und meinte dann:

„Nicht übel. Also gut, ich will nicht sein wie die Wucherer und will nehmen der Papiere zu Hundert."

Dem Leutnant wurde das Herz leicht, er trat an den Tisch heran, zog die Chilenen hervor und begann, sie abzuzählen. Siegmund Dorn folgte seinen Bewegungen mit dem Blick einer Katze, die mit der Maus ihr grausames Spiel treibt.

„So!" sagte Scharfenberg. „Bitte, zählen Sie nach!"

Der alte Dorn zählte die Scheine, nickte befriedigt und sagte:

„Es stimmt. Wenn der Herr Leutnant vielleicht einmal brauchen kleinen Vorschuß, so bin ich gern bereit, ihm zu geben solchen."

„Wie nun, wenn ich gleich jetzt eine gewisse Summe benötigte?" fragte Scharfenberg vorsichtig.

Der Alte nickte nur.

„Ganz gern! Wieviel brauchen Sie?"

„Einige tausend Gulden in bar."

„Hm! Wäre ich doch in diesem Fall nur Ihr Geldwechsler! Soll ich Ihnen mein bares Geld borgen, und Sie bezahlen mich mit diesen Papieren?"

Scharfenberg beeilte sich, dem Alten zu versichern:

„Ich bin ja auch bereit, Ihnen Prozente dafür zu geben."

Dorn blickte recht skeptisch drein.

„Wollen sehen!"

Damit nahm er die Aktien, ließ wie zufällig den Blick darauf fallen, machte eine Bewegung des Schrecks und rief, indem er die Papiere schnell wieder hinlegte:

„Teufelsblut, was muß ich sehen!"

Der Leutnant wurde unruhig.

„Nun, worüber erschrecken Sie denn?" fragte er.

„Freilich stehen Chilenen auf hundertzwölf, aber nur die, wo sind übriggeblieben von letzter Emission. Sehen Sie, die Ihre sind gefallen auf fünfzehn. Morgen werden sie ohne Wert sein – vollkommen. Ich kann sie nicht nehmen in Zahlung."

„Donnerwetter!" entfuhr es dem Leutnant. „Ich habe sie für hundert und auch noch mehr nehmen müssen!"

Siegmund Dorn lächelte zynisch. „Welche Leute haben Ihnen verkauft diesen Plunder?"

„Ein Herr Schönlein – –" stotterte der Leutnant verlegen.

„Schönlein?" fiel Dorn ein. „Ich kenne ihn, der ist gut, sehr gut. Er soll besitzen großes Vermögen."

Scharfenberg begann wieder Mut zu schöpfen.

„Und einen zweiten Teil der Wertpapiere habe ich von ‚Freimann & Kompanie'."

„Auch gut, außerordentlich gut sogar", sagte der Trödler kopfnickend.

„Aber Herr Schönlein ist verreist und Herr Freimann auch. Ich traf nur seinen Buchhalter, der mir nicht zu helfen vermochte."

Der Alte zuckte mit den Achseln.

„So warten Sie, bis die Herren sind zurückgekehrt."

„Aber ich brauche jetzt Geld!"

„Sie scherzen!" bemerkte Siegmund Dorn. „Sind doch die Scharfenbergs bekannt als reiche Leute."

„Gewiß. Aber Sie haben bereits erfahren, daß ich jetzt kein Kapital zur Verfügung habe, nur die chilenischen Papiere. Wie steht es also mit meinem Ehrenschein?"

Der Alte zuckte die Achseln.

„Sie können ihn lösen ein, aber nur gegen bares Geld. Die Schuld muß sofort werden bezahlt!"

Scharfenberg wußte nun weder ein noch aus. Er hätte ja eigentlich nicht einmal die chilenischen Papiere gehabt, denn er hatte alles im Kasino verloren. Heute aber waren ihm die Chilenen zugestellt worden, und zwar mit folgenden Zeilen:

„Herr Leutnant,

Sie haben den beifolgenden Scheinen gestern einen Wert angedichtet, den sie keineswegs haben. Obgleich nun nach dem offiziellen Paragraphen des Gesetzbuches Spielschulden nicht einklagbar sind, gebietet doch das Gesetz der Ehre, sie zu bezahlen. Sie setzten die Scheine je zehn Stück zu angeblich tausend Gulden. Ich habe sie von den anderen Gewinnern dafür erstanden und sende sie Ihnen in der Überzeugung zurück, daß Sie mir binnen vierundzwanzig Stunden den vollen Betrag bar zugehen lassen. Sie wissen, daß ich Sie von den Bedingungen des amerikanischen Duells suspendiert habe. Tun Sie nun, was Ihre Ehre Ihnen gebietet!

Oberleutnant von Hagenau."

Infolge dieses Briefes war ihm himmelangst geworden. Er kannte Hagenau. Er wußte, wie großzügig dieser sein konnte, wie streng er aber andererseits auf Ehre hielt. Er war überzeugt, bei ihm kein Erbarmen zu finden, wenn es ihm nicht möglich war, das Geld binnen der angegebenen Frist zu beschaffen. In diesem Fall würde er von allen Kameraden als ehrlos gemieden werden. Das anfängliche Verhalten des Alten hatte ihn mit Hoffnung erfüllt, desto bitterer und größer war nun die darauffolgende Enttäuschung. Er hatte eine wahre Angst vor dem, was nun kommen werde, und fragte kleinlaut:

„Sagten Sie nicht, daß diese Papiere auf fünfzehn gefallen seien?"

Der Trödler nickte nur.

„Wenn Sie mir noch einen Tag Frist geben, lasse ich sie Ihnen für zehn Gulden das Stück."

„Was kann mir nützen so ein Handel! Vielleicht sie sind morgen wertlos ganz und gar!" bemerkte Dorn.

Scharfenberg redete eindringlich auf ihn ein.

„Es gibt doch noch die Möglichkeit, daß sie steigen! Wollen Sie etwa einen Schuldner, dem später große Kapitalien zur Verfügung stehen werden, verderben. Überlegen Sie sich das!"

Der alte Dorn wußte recht wohl, was er wollte. Er gab sich den Anschein, als ob die letzten Worte des Offiziers Eindruck auf ihn gemacht hätten. Er ging überlegend einige Male in dem Raum auf und ab, dann blieb er vor Scharfen-

berg stehen, legte ihm die Hand auf die Schulter und sagte:
„Sie mögen da nicht ganz haben Unrecht. Ich will also eingehen auf Ihren Vorschlag so weit, wie ich kann. Hören Sie: Wenn Sie mir wollen lassen diese Papiere für fünfhundert Gulden, wird Ihnen lassen Siegmund Dorn seinerseits einen vollen Tag Zeit. Und ich will Ihnen geben noch einen guten Rat: Sie brauchen Geld. Ich kann es Ihnen nicht verschaffen, weil ich brauche dringend mein Geld. Aber ich will Ihnen nennen guten Mann, von den Sie werden bekommen alles, was Sie nur brauchen."

„Wer ist dieser Mann?" fragte Scharfenberg aufatmend.

„Es ist Tuchhändler mit Namen Solbrig, der wohnt Neumarkt Nummer zwölf in erster Etage. Ich werde Ihnen geben kleines Empfehlungsschreiben von mir, weil er ist guter Freund vom alten Siegmund Dorn."

Scharfenberg hatte keine Wahl, er mußte einwilligen.

Der Trödler schrieb nun einige Zeilen und verschloß sie dann in ein Kuvert, das er adressierte und ihm gab. Als Scharfenberg ging, wußte er nicht, ob er sich erleichtert fühlen sollte oder im Gegenteil noch bedrückter.

12.

Falschmünzer

Wenig später erhielt der Trödler wieder Besuch. Es war der Graveur Werner Herold, der am späten Vormittag seinen Auftraggeber Solbrig mit der gerade fertiggestellten Hinterplatte für die geplante Notenfälschung aufgesucht hatte. Dem armen Herold war nicht wohl zumute. Wieder kein Geld von Solbrig, und nun auch noch der Besuch bei seinem unerbittlichen Hauswirt, dem er die Miete für ein halbes Jahr schuldig war. Mit beklommenem Herzen trat er in Dorns Stube ein.

Der Alte machte ein finsteres Gesicht, als er Herold erblickte, und fragte in mißmutigem Ton:

„Warum so spät? Wußten Sie nicht, daß ich Sic erwartete viel eher?“

„Ich war nicht eher fertig“, entschuldigte sich Herold leise. „Ich habe Tag und Nacht gearbeitet, aber meine Augen sind schwach, und es geht nicht so schnell.“

„So? Geht mich nichts an“, sagte Dorn leichthin. „Wie aber verhält es sich nun mit Miete?“

„Die schulde ich Ihnen für ein halbes Jahr“, fiel Herold rasch ein. „Hundertzwanzig Gulden sind es. Morgen erhalte ich Geld für meine Arbeit, dann werde ich Sie bezahlen.“

Der Trödler tat so, als sei er über diese Worte geradezu empört.

„Morgen?“ fragte er erstaunt. „Teufelsblut! Kann ich nicht warten so lange Zeit. Ich brauche notwendig mein Geld.“

Der Graveur blickte zu Boden und sagte:

„Ich dachte, daß Sie Nachsicht haben würden. Diese Nacht ist meine Schwiegermutter gestorben.“

„Schwiegermutter? Da sollten Sie sein sehr froh! Aber verdienen denn Leute Nachsicht, die bezahlen Schulden nicht und spielen doch in Lotterie?"

„Ich, in der Lotterie?" fragte Herold erschrocken. „Wer hat das gesagt?"

„Ich habe gehört so etwas", ließ der schlaue Alte durchblicken. „Ist es etwa nicht wahr?"

„Nun ja", gab Herold zu. „Meine Frau war schuld. Es war ja möglich, daß uns das Glück günstig sein werde."

Siegmund Dorn schüttelte mißbilligend den Kopf.

„Gerade Ihnen, unter so vielen Nieten? Das ist lächerlich. Spiele doch nicht einmal ich! Aber warten Sie! Aurora, mein Weib, wollte auch kaufen ein Los in dieser letzten Lotterie, aber sie hatte bekommen keines mehr. Verkaufen Sie mir das Los, so will ich Ihnen geben in meiner Großzügigkeit fünf Gulden."

Der Graveur blickte auf. Dieser Gedanke war ihm noch gar nicht gekommen. Das Los stellte alles dar, was er entbehren konnte: so entschloß er sich denn auch sogleich, es zu verkaufen, aber doch nicht ganz ohne Gewinn. Das Begräbnis seiner Schwiegermutter mußte schließlich bezahlt werden.

„Fünf Gulden ist zwar der übliche Preis für ein Los", sagte er langsam. „Aber heute und morgen sind die letzten Ziehungstage, an denen die größten Gewinne gezogen werden. Wie leicht kann gerade auf diese Nummer ein bedeutender Gewinn kommen!"

Der Alte zog die Augenbrauen finster zusammen.

„Sie wollen also mehr als fünf Gulden?" meinte er. „Sind Sie geworden ein Wucherer? Gut, so mögen Sie behalten Ihr Los in alle Ewigkeit. Ich brauche es ja nicht dringend", setzte der Geschäftemacher scheinbar gleichgültig hinzu.

Herold besann sich. Auf der einen Seite lag die Möglichkeit eines sehr unsicheren Lotteriegewinns, auf der anderen dachte er an die tote Schwiegermutter; er hatte keinen Kreuzer, um sie zu bestatten, ganz zu schweigen von den hungrigen Mäulern zu Hause.

„Nun gut“, sagte er zögernd. „Aber mit jedem Tag steigt der Wert eines Loses, weil die Wahrscheinlichkeit zu gewinnen ja auch steigt.“

„So will ich sein sehr nobel“, meinte Dorn nach längerem Nachdenken, „und Ihnen geben das Doppelte – zehn Gulden!“

Herold schüttelte den Kopf.

„Auch dafür gebe ich es nicht hin. Wenn ich es verkaufe, so muß ich gleich soviel dafür bekommen, daß ich meine Schwiegermutter begraben lassen kann. Für dreißig Gulden bar will ich es Ihnen lassen.“

„Eine grausam große Summe!“ jammerte Dorn. „Aber Aurora, mein Weib, will nun einmal haben ein Los, und es ist keines mehr zu haben. Darum will ich geben in Rücksicht auf Ihre bedrängte Lage Ihnen die dreißig Gulden. Also, Sie werden machen mit?“

Er hielt dem Graveur die Hand hin, dieser aber zögerte einzuschlagen.

„Nicht so eilig, Herr Dorn“, erwog Herold bedächtig. „Ich muß erst sehen, ob meine Frau mitmacht. Eigentlich ist sie ja dafür verantwortlich, daß wir das Los genommen haben, aber ich werde meiner Frau trotzdem gut zureden, das Los zu verkaufen.“

„Tun Sie das“, riet Dorn. „Aber ich sage Ihnen, daß ich nur eine Viertelstunde lang kann aufrechterhalten mein Angebot, bin ich doch gerade jetzt bei guter Laune. Ich lasse mir in Geschäftssachen nicht einmal Vorschriften machen von Aurora, meinem Weib! Gehen Sie jetzt, und binnen eine Viertelstunde werde ich Ihnen zahlen das viele Geld, später aber nicht.“

Herold fügte sich und ging. Der andere wartete mit größter Spannung auf seine Wiederkehr. Die Viertelstunde war noch nicht verstrichen, da kam der Graveur zurück.

„Nun?“ fragte Dorn ungeduldig.

„Erst wollte sie nicht“, sagte Herold, „aber ich machte ihr klar, daß wir das Geld haben müssen, und so hat sie mir das Los mitgegeben. Hier ist es!“

Er gab das Los her, und Dorn betrachtete es in Ruhe. Es war wirklich die Nummer 45332, auf die, wie der Kollekteur gesagt hatte, der Hauptgewinn gefallen war. Der Trödler zeigte seine Freude nicht. Er zahlte Herold die dreißig Gulden aus, und der Graveur ging nach kurzem Abschied. Der Alte wartete, bis er fort war, dann streckte er jubelnd die Arme aus und rief:

„Alle Wetter! Was für ein Geschäft ist das! Welch ein Gewinn! Fünftausend Gulden in dieser kurzen Zeit. Ich habe gemacht in meinem ganzen Leben noch nie ein so brillantes Geschäft!“

Da trat seine Frau Aurora herein und sagte:

„Hast Du das Los erhalten, Siegmund?“

„Ja“, triumphierte er, „ja, es ist 45332, auf das ist gefallen der große Gewinn, welcher kommt uns zur Hälfte zu.“

„Hättest Du denn nicht mehr haben können als die Hälfte?“ fragte Aurora mißbilligend.

„Oh, ich hätte so gern gehabt das Ganze, aber der Lotteriekollekteur ist so kurz gewesen angebunden, daß ich bekommen habe große Angst, daß er gehen könne noch zu einem anderen. Habe ich doch nur geben müssen dem dummen Gimpel, dem Herold, dreißig Gulden dafür!“

Da blieb der alten Aurora der Mund weit offen stehen.

„Dreißig ganze, schöne silberne Gulden?“ stöhnte sie. „Oh, Siegmund, du hast viel zuviel für das bißchen Papier bezahlt, auf dem doch nichts anderes als eine Nummer steht.“

„Ja, es ist zuviel, aber wenn ich nicht hätte geben wollen dreißig Gulden, so hätte ich gar nicht bekommen diese Nummer. Es ist gestorben dem Graveur die Schwiegermutter, er braucht gerade dreißig Gulden, sie zu begraben, darum hat er mir gelassen das Los nicht billiger.“

„Also gut! Gib mir einmal das Los!“

Der Alte tat ihr den Gefallen. Aurora verschlang das Los fast mit ihren gierigen Augen, preßte es zwischen ihre Hände und murmelte in einer Art irrer Verzückung:

„Oh, was sind wir so arm gewesen! Wir haben Hunger und Durst gehabt, aber wir haben nicht gegessen und nicht getrunken, um uns ein Vermögen zu sammeln, mit dem wir zu den reichen Leuten gezählt werden können. Aber bald sind wir am Ziel!“

✳

Bei dem ‚Tuchhändler‘ Wilhelm Solbrig handelte es sich um denselben Mann, der wegen der von dem Graveur Herold zu fertigenden Platten beim alten Dorn gewesen war. Er bewohnte eine hübsche Wohnung mitten in der Residenz und galt als stiller, unauffälliger Bürger.

Als Bruno von Scharfenberg sich bei ihm anmeldete, wurde er sofort vorgelassen. Solbrig empfing den Leutnant mit schlecht verhehltem Erstaunen. Er konnte sich nicht denken, was ein Offizier bei ihm wollte. Aber als er die Zeilen Dorns gelesen hatte, war er sich über die Absicht des alten Trödlers vollständig im klaren.

„Nehmen Sie Platz, Herr Leutnant“, sagte er. „Herr Dorn schreibt mir da, daß Sie in einer Angelegenheit kommen, die er mir dringend ans Herz legt. Das ist sehr allgemein gehalten. Darf ich Sie bitten, mir diese Sache näher zu bezeichnen?“

Scharfenberg nahm seinen ganzen Mut zusammen und sagte:

„Es handelt sich um einen Kredit.“

„So! Das ist deutlich. Wie hoch soll er sein?“

Scharfenberg faßte sich ein Herz und sagte:

„Zehn- bis zwölftausend Gulden.“

„Sapperment! Das ist viel!“ überlegte Solbrig. „Wann brauchen Sie das Geld und auf wie lange Zeit?“

„Sofort. Am liebsten wäre es mir, ich könnte das Geld ein Jahr oder noch länger erhalten.“

Solbrig schwieg. Dann fragte er:

„Ein Jahr? Und welche Zinsen geben Sie?“

„Nach Vereinbarung.“

Solbrig fixierte ihn mit einem langen, scharfen Blick. Er nickte vor sich hin und sagte dann:

„Ich ersuche Sie, aufrichtig mit mir zu sein, Herr Leutnant. Sie haben reiche Verwandte?“

„Ja. Ich bin der einzige Erbe meines Vaters.“

„Er rückt aber jetzt nichts heraus?“

„Leider nein.“

„Sie befinden sich also in Schwierigkeiten, haben vielleicht Schulden auf Ehrenwort?“

„So ist es. Ich darf mich reich nennen, besitze aber jetzt nicht einen Gulden. Wenn Sie mir nicht helfen, muß ich vielleicht zur Pistole greifen. So, ist das aufrichtig genug?“

„Ja, ich danke. Ich kann Ihnen helfen, aber nur in anderer Weise, als Sie denken. Das freilich ist eine Sache, die größte Vorsicht erfordert. Wollen Sie mir Ihr Ehrenwort geben, daß kein Mensch ein Wort von unserem gegenwärtigen Gespräch erfährt?“

„Ich gebe es.“

Damit reichten sie sich die Hände, worauf Solbrig meinte:

„Ich kann Ihnen diese Summe nicht leihen.“

„Donnerwetter!“

„Bitte, nicht verzagen! Verleihen kann ich nichts. Aber ich biete Ihnen die Gelegenheit, sich soviel und noch weit, weit mehr zu verdienen. Wollen Sie zwölftausend Gulden in kürzester Frist erwerben?“

Scharfenberg fuhr von seinem Sitz empor.

„Heute?“ fragte er erstaunt. „Ist das möglich?“

„Sehr leicht sogar. Sie brauchen nur das Geld, das Sie von mir erhalten, auszugeben.“

Als er bemerkte, daß Scharfenberg ihn verständnislos ansah, fuhr er fort:

„Ich werde mich Ihnen erklären. Entschuldigen Sie mich für einige Augenblicke!“

Er verließ das Zimmer, kehrte aber bald zurück und setzte sich zu dem Leutnant.

„Erlauben Sie mir, Ihnen diese beiden Fünfziggulden-scheine vorzulegen. Bitte, betrachten Sie das Geld!"

Der Leutnant schüttelte den Kopf.

„Zu welchem Zweck?"

„Finden Sie nichts Auffälliges an ihnen?"

„Nein", antwortete der junge Offizier, nachdem er die Banknoten genau betrachtet hatte.

„So vergleichen Sie doch einmal die Nummern!"

Scharfenberg betrachtete die Noten. Plötzlich leuchtete ein Blitz des Verstehens über seine Züge.

„Beide tragen dieselbe Nummer! Sie gehören zur selben Serie. Aha! Die eine von ihnen ist folglich gefälscht."

„Das erschreckt Sie?" lächelte Solbrig.

„Erschrecken? Alle Teufel, Herr Solbrig, soll ich etwa annehmen, daß Sie – Sie – –"

„Bitte fahren Sie getrost fort!"

„Daß Sie ein Falschmünzer sind?"

Da ließ Solbrig ein leises Lachen hören.

„Welch unangenehmes Wort: Falschmünzer! Von einer Münze ist doch keine Rede. Überhaupt ist die Sache doch wohl nicht so schlimm, wie sie Ihnen auf den ersten Blick erscheinen mag. Der Staat gibt uns ein Stück Papier, das wir anstelle von fünfzig Gulden annehmen müssen, obwohl es eigentlich keinen Kreuzer wert ist. Das ist doch Betrug. Darum gebe ich ihm auch ein Stück Papier, das er annehmen muß. Ich stelle mich also auf ganz den gleichen Standpunkt wie er."

„Nur ist der Unterschied, daß der Staat seine Banknote mit der angegebenen Summe einlöst, Sie aber die Ihrige nicht."

„Werde mich hüten!" gab der Fälscher munter zu.

„Wie aber kommt es, daß Sie mir dieses Falsifikat zeigen, Herr Solbrig?"

„Es gibt keinen Menschen, der diese Note von ihrer

Doppelgängerin unterscheiden kann. Im übrigen habe ich noch Tausende solcher Banknoten."

Da sprang Scharfenberg auf.

„Mensch! Ich muß Sie anzeigen!"

„Pah! Ich habe Ihr Ehrenwort!" sagte Solbrig mit einer verächtlichen Handbewegung.

„Himmeldonnerwetter! Welche Unvorsichtigkeit, daß ich es gegeben habe. Herr Solbrig, wir sind natürlich fertig! Adieu!"

Damit wollte Scharfenberg gehen. Solbrig machte keine Anstalten, ihn aufzuhalten.

„Sie gehen?" fragte er leichthin. „Hm! Ich kann Sie nicht hindern, obgleich ich Ihnen sehr gern geholfen hätte. Leben Sie wohl, Herr Leutnant!"

Scharfenberg wandte sich der Tür zu. Dort angekommen, war es ihm, als ob ihn eine Gewalt von oben fasse und festhalte. Er blieb stehen, drehte sich langsam um und fragte:

„Mir helfen? Wie haben Sie sich denn eigentlich diese Hilfe gedacht?"

„Ich verkaufe Ihnen zwölftausend Gulden in solchen Noten, wenn Sie mir sechstausend in echtem Geld dafür geben."

Es begann dem Leutnant vor den Augen zu flimmern. Er fuhr sich mit der Hand nach der Stirn. Er schritt langsam wieder näher:

„Erklären Sie mir das!"

„Sehr gern! Wir müssen von der Tatsache ausgehen, daß die Fälschung – wenn wir es einmal so nennen wollen – dem Original so vollständig gleicht, daß es selbst mit der Lupe nicht möglich ist, die geringste Abweichung zu erkennen."

„Wie nun, wenn man auf die Nummern achtet?" fragte Scharfenberg, der aufmerksam zuhörte.

„So ist es unmöglich herauszufinden, welche Note die gefälschte ist. Derjenige, der sie ausgibt, kann also niemals in Gefahr kommen. Es ist ein Zeichen großer Vorsicht, daß der Künstler, der diese Noten fertigte, sie nicht selber ausgeben will. Solche Beträge darf man vor allem nicht in die Hand eines Menschen geben, von dem ein jeder weiß, daß er über solche Beträge nicht verfügen kann. Wir haben also mit der Ausgabe gezögert, um einen Mann zu finden, dessen gesellschaftliche Stellung es ihm erlaubt, mit Fünfzigguldenscheinen zu bezahlen."

Die gefälschten Geldscheine lagen schon seit einiger Zeit in Solbrigs Keller, was Scharfenberg aber nicht wissen konnte. Ihre Druckplatten stammten nicht von Werner Herold, sondern waren von einem anderen Graveur gefertigt worden. Solbrig war in ihren Besitz gekommen durch Vermittlung eines Freundes, des Akrobaten Borwald. Dieser hatte aus dunklen Quellen sogar echtes Banknoten-Papier ‚besorgt'. Dann mußte Borwald plötzlich untertauchen. Wie es hieß, sollte er seinem Zirkusdirektor Wertsachen gestohlen haben; er wurde deswegen polizeilich gesucht. So mußte Solbrig sich nach anderen Quellen umsehen. Aufgrund der gelungenen Fälschung hatte er beschlossen, nun auch Hundertguldenscheine herzustellen, und der in Not geratene Graveur Herold, auf den er durch Siegmund Dorn aufmerksam gemacht worden war, sollte ihm als williges Werkzeug dienen.

Scharfenberg verstand sofort, was der Fälscher von ihm wollte. Sein Auge flammte zornig auf:

„Und Sie denken, diesen Mann in mir gefunden zu haben, Herr Solbrig?"

Der ‚Tuchhändler' aber schien sich aus diesem bösen Blick gar nichts zu machen. Er antwortete vielmehr in ausnehmend freundlichem Ton:

„Ja, das ist meine Absicht."

Scharfenberg stampfte mit dem Fuß auf.

„Herr! Ich bin Offizier!"

„Mit uneingelöstem Ehrenschein!" lachte der Fälscher.

Da senkte Scharfenberg den Kopf. Er antwortete nicht. Solbrig klopfte ihm auf die Schulter und sagte:

„Herr Leutnant, das Leben ist ein Gauklerspiel. Nur der gewandteste Seiltänzer bleibt oben, die anderen aber fallen alle früher oder später vom Seil. Wollen Sie ein Dummkopf sein?"

„Nein, aber auch kein Verbrecher!"

„Pah! Wer ist ein Verbrecher! Doch geraten wir nicht in Wortgefechte! Bleiben wir vielmehr bei der Wirklichkeit! Sie haben kein Geld. Sie brauchen eine bedeutende Summe. Das Messer sitzt Ihnen an der Kehle. Sie stecken sich jetzt die Tasche voll Fünfzigguldennoten. Damit ist Ihnen geholfen, denn Sie haben eine immerwährende Geldquelle."

„Die mich ins Zuchthaus bringt!" stieß Scharfenberg hervor.

„Sehen Sie doch nicht am hellen Tag Gespenster! Niemand vermag doch die Fälschung zu erkennen. Wer weist Ihnen nach, daß Sie es sind, der die Noten ausgibt? Sie bringen die Scheine möglichst bald in Umlauf, jeder zahlt mit ihnen. Kann es da auffallen, wenn auch Sie dann im Besitz einiger dieser Noten sind?"

Scharfenberg antwortete nicht. Es war gewiß: das Wasser stand ihm tatsächlich bis zum Hals, und das Angebot, das Solbrig ihm machte, war verlockend. Er trat an das Fenster und blickte hinaus, ohne aber wahrzunehmen, was da draußen geschah. Er kämpfte mit sich selbst. Hinter ihm sprach Solbrig eindringlich auf ihn ein. Er machte ihm alles so leicht, beschwichtigte alle seine Bedenken. Als er nichts mehr vorzubringen wußte, schwieg er, um den Leutnant nun sich selbst zu überlassen.

Der gewandte Versucher hatte sich nicht geirrt. Scharfenberg drehte sich um, kam langsam herbei, setzte sich an den Tisch und fragte:

„Haben Sie eine Lupe?"

„Ja, natürlich. Bitte, bedienen Sie sich!"

Er zog ein Vergrößerungsglas aus der Tasche und gab es dem Offizier. Dieser nahm es und begann, die beiden Noten sorgfältig miteinander zu vergleichen. Es wurde kein Wort gesprochen. Über eine Viertelstunde, ja wohl eine halbe Stunde verging, dann legte Scharfenberg die Lupe weg. Er wischte sich die Augen, die ihn von der Anstrengung schmerzten, und sagte:

„Der Fälscher besitzt eine geradezu unheimliche Geschicklichkeit! Wer ist der Kerl?"

„Pah! Darüber wird nicht gesprochen. Wenn keiner den anderen kennt, ist jeder sicher."

Scharfenberg nickte.

„Dieser Grundsatz ist lobenswert. Also würde man auch mich nicht kennen?"

„Nein. Nur ich würde von Ihnen wissen."

„Und welches sind Ihre Bedingungen?"

„Fünfzig Prozent für Sie. Sie sehen also, daß ich nicht knausere!"

„Wann hätte ich zu zahlen? Im voraus?" fragte der Leutnant zurück.

„Nein. Sie haben ja kein Geld. Sie zahlen den Betrag, sobald Sie neuen Vorrat holen. Ich gebe Ihnen fürs erste zwölftausend Gulden in ‚neuen' Noten. Dafür haben sie mir sechstausend in gutem Geld zu bringen."

Scharfenberg blieb im Zweifel.

„Und welche Garantie fordern Sie? Ich könnte Sie ja verraten."

Solbrig warf ihm einen mitleidigen Blick zu.

„Mich verraten? Pah! Das tun Sie nicht!"

„Ich könnte zum Beispiel Ihre Noten, die Sie mir zu geben beabsichtigen, direkt zum Staatsanwalt bringen!" fuhr Scharfenberg fort.

„Sie würden morgen nicht mehr am Leben sein. Mein Grundsatz ist: gegen den Freund zuvorkommend, gegen den Feind aber unerbittlich!"

Da gab der verzweifelte Leutnant nach.

„Gut also! Wollen Sie es mit mir versuchen?"

Solbrig nickte zustimmend und streckte ihm die Hand entgegen.

„Hier meine Hand!"
„Und hier die meine!"
Sie schlugen ein, dann fügte Scharfenberg hinzu:
„Übrigens haben wir uns nie gesehen!"
„Das versteht sich ganz von selbst. Kommen Sie stets in Zivil und möglichst unbemerkt zu mir. Und versäumen Sie nicht, sich bei mir Rat zu holen, wenn Sie nicht wissen, wie Sie handeln sollen. Zum Beispiel jetzt: wem werden Sie die Noten geben?"
„Einem Bankier. Ich werde sagen, daß ich Gold brauche statt des Papiers."
„Das wäre unvorsichtig, das würde auffallen. Kaufen Sie lieber bei einem Bankhaus irgendwelche Papiere, die Sie bei einem anderen wieder verkaufen", riet Solbrig. „Da machen Sie zwar Verluste, aber sie sind relativ gering. Die sicherste Art aber, unsere Noten unterzubringen, bleibt das Reisen."
Scharfenberg blickte ihn groß an.
„Wieso?"
„Man reist, man ist unbekannt, man gibt hier und dort hundert Gulden aus. So wechselt man an einem einzigen Tag eine beträchtliche Summe um und kann nie in Gefahr geraten."
„Werde es mir merken. Also, bitte!"
Dabei hielt der Leutnant die Hand auf.
„Sofort!"
Solbrig zählte ihm sichtbar befriedigt zweihundertundvierzig falsche Noten hin.
„So haben Sie die besprochene Summe. Wann darf ich denken, daß Sie mich besuchen werden?"
„Sehr bald. Ich brauche Geld und muß also die Scheine schnell ausgeben."
Solbrig lächelte.
„Desto besser. Lassen Sie sich Glück wünschen!"
Der Leutnant steckte die Scheine ein, hatte aber soviel, wie er Dorn schuldete, vorher abgezählt. Er verabschiedete sich nun, und als er auf die Gasse trat, fühlte er sich nicht

mehr von dem Gedanken bedrängt, der Helfer einer Falschmünzerbande zu sein. Er dachte nur, daß es ihm jetzt gelingen müsse, seinen Sorgen und all seiner Not ein Ende zu machen. Das höhnisch grinsende Gesicht Solbrigs, der ihm nachblickte, sah er nicht.

*

Scharfenberg begab sich nach dem Besuch bei Solbrig direkt zu dem Trödler Dorn. Als Siegmund von seiner Frau hörte, daß der Leutnant von Scharfenberg abermals gekommen sei und ihn zu sprechen wünsche, nickte er mit dem Kopf und sagte:

„Aurora, wir haben errungen großen Sieg!"

„Welchen Sieg?"

„Das darf ich Dir nicht sagen jetzt. Schick mir herein diesen Leutnant von Scharfenberg."

Als der junge Offizier eintrat, zeigte er ein sehr sicheres, selbstbewußtes Wesen. Er grüßte nicht und sagte barsch:

„Da bin ich wieder. Geben Sie den Schein!"

Der Alte antwortete ruhig:

„Ich werde geben den Schein nur, wenn ich bin bezahlt."

„Auch gut. Hier!"

Scharfenberg zählte ihm die Summe auf den Tisch und sagte dann:

„Hier haben Sie! Diese stehen aber nicht auf fünfzehn im Kurs!"

Der Trödler ergriff einen der Scheine, trat zum Fenster, betrachtete ihn und meinte dann:

„Nein, die stehen nicht auf fünfzehn, sondern sie stehen noch tiefer."

„Was meinen Sie damit?" fragte Scharfenberg erregt.

„Daß ich auch nicht kann nehmen diese Noten! Ich kann nicht brauchen Fünfzigguldennoten."

„So werde ich Sie gerichtlich zwingen, mir meinen Schein herauszugeben!" stieß Scharfenberg hervor.

„Dann müssen Sie auch gerichtlich deponieren die Summe, welche Sie mir sind schuldig! Sie aber sind kein dummer Mann. Werden Sie doch nicht wissen lassen Gericht, daß ich habe Ehrenschein von Ihnen in den Händen!" lachte der Alte. „Dann müßte ich nämlich auch sagen Gericht, warum ich nicht will haben von Ihnen solche Fünfzigguldennoten! Stecken Sie ein das Geld. Bringen Sie mir etwas Solides."

Der alte Trödler ließ sich nicht umstimmen, so daß Scharfenberg sich unverrichteter Dinge entfernen mußte. Er konnte sich das Verhalten des Wucherers nicht anders erklären, als daß er eine Ahnung von der Fälschung hatte.

„Ein verdammter Kerl!" brummte er. „Ist dieser Dorn etwa mit im Komplott? Doch ich kann nicht zurück, also immer vorwärts! Jetzt geht es schnell zum Bankier!"

Es war ihm aber doch ziemlich unheimlich zumute, als er wenig später in ein Bankgeschäft trat und nach russischen Staatsobligationen fragte. Er gab vor, daß er mit dem Ankauf dieser Papiere beauftragt worden sei, und erhielt für alle zwölftausend Gulden russische Wertpapiere. Dann eilte er in ein anderes Bankhaus, wo er die Russen wieder verkaufte. Er erlitt dabei einen geringen Verlust.

Am nächsten Tag begab er sich zu Solbrig, zahlte diesem sechstausend Gulden aus und ließ sich für zwanzigtausend Gulden weitere Noten geben. Er setzte sich sodann auf die Bahn und fuhr in die nicht sehr weit entfernte Nachbarstadt, wo er mit den Falsifikaten verschiedene Wertpapiere einkaufte und sie dann später in Bargeld umtauschte. Als er gegen Abend zurückkehrte, konnte er Solbrig zehntausend Gulden bringen und abermals für zwanzigtausend falsche Noten holen.

„Sehen Sie, welch ein Geschäft Sie machen!" meinte Solbrig. „Sie haben in kurzer Zeit fast sechzehntausend Gulden verdient. Fahren Sie fort!"

Sodann begab sich Scharfenberg in das Spielkasino der Offiziere, wo sein Kommen einiges Aufsehen erregte. Er setzte sich allein in eine Ecke, spielte den Stolzen und wartete, bis man sich in den Spielsalon verfügte. Als auch er an den Tisch trat, um sich zu beteiligen, sagte Hagenau, der selber zugegen war:

„Ich hoffe nicht, daß Herr von Scharfenberg glaubt, an unserem Spiel teilnehmen zu dürfen, ehe er seine Verbindlichkeiten erfüllt hat!"

Scharfenberg zog die Brieftasche, nahm eine Anzahl von Geldscheinen heraus und warf sie ihm hin.

„Hier!" sagte er verächtlich. „Es widerstrebt mir übrigens, ein solches Verhalten einer Kritik zu unterwerfen!"

„Pah!" lachte Hagenau. „Wir sind ja noch gar nicht fertig. Wie steht es mit dem Ehrenschein bei dem alten Dorn?"

Scharfenberg machte eine verächtliche Handbewegung.

„Was geht euch das an?"

Hagenau zuckte die Achseln.

„Gut, so scheint diese Angelegenheit in Ordnung zu sein. Beginnen wir also, meine Herren!"

Scharfenberg wollte sich für die durch Hagenau empfangene Demütigung rächen, aber er spielte allzu unvorsichtig und hatte nach kurzer Zeit soviel verloren, daß die anderen erklärten, es müsse ein Ende gemacht werden. Also brach man das Spiel vorzeitig ab.

*

Nach den dramatischen Ereignissen im Hause der Melitta war Wilhelm Heilmann mit Magda Weber zunächst in die Residenz gefahren. Von dort hatte er sie, mit dem Notwendigsten ausgestattet, zu ihrem Vater und ihren Schwestern nach Langenstadt begleitet, damit sie sich daheim von den erlittenen Aufregungen erholen konnte.

Diese Bahnfahrt sollte unvergeßlich für die beiden jungen Menschen werden. Beide hatten Schweres durchgemacht. Sie kannten sich von Jugend an; nun waren sie vom Schicksal erneut zusammengeführt worden. Und das Gefühl tiefer Zuneigung gab Wilhelm den Mut zu der Frage:

„Magda, wir nähern uns der Heimat, wo wir uns als Kinder gesehen haben. Wollen wir uns nicht auch mit dem heimatlichen Du anreden?“

Als sie stumm nickte, fügte er, mutiger geworden, hinzu:

„Und nenne mich bitte mit meinem Vornamen. Ich muß schon morgen nach Rollenburg zu meinem Meister zurück. Aber wenn du willst, werden wir uns bald wiedersehen.“

Beide spürten, daß sie mehr verband als Sympathie und gemeinsame Kindheitserinnerung.

Seitdem waren einige Wochen vergangen. Rasch hatte Wilhelm Heilmann sich bei seinem neuen Meister eingearbeitet und dessen Vertrauen erwerben können. Von der Lehrzeit her kannte er noch mehrere Kunden in der Residenz und bemühte sich darum, Aufträge für die Buchbinderwerkstatt in Rollenburg zu bekommen. So kam es, daß er im Auftrag seines Meisters häufig in die Residenz fahren mußte. Nach Möglichkeit nutzte er solche Gelegenheiten auch dazu, seine neuen Freunde zu besuchen. Dabei fand er eines Tages auf dem Bahnhof beim Lesen einer Zeitung die in ihr enthaltene Gewinnliste der Landeslotterie und kam dadurch auf den Gedanken, spaßeshalber selber ein Los zu kaufen. Gedacht, getan! Eine Woche später, als er wieder in die Residenz kam, studierte er gespannt die letzte Ziehungsliste und machte die frohe Entdeckung, daß auf sein Los ein Gewinn gefallen war.

„Sogleich zum Lotteriekollekteur!“ sagte er zu sich und führte diesen Vorsatz auch aus. Als er die Wohnung des Kollekteurs Maibaum erreichte, erfuhr er von dessen Frau, daß ihr Mann zwar ausgegangen sei, aber bald wiederkehren werde. Sie bat ihn, im Nebenzimmer Platz zu nehmen, wo ihr Mann seine Schreibarbeiten auszuführen pflegte. Heilmann setzte sich dort nieder und griff, um sich die Zeit zu vertreiben, zu einem Buch, das auf dem Tisch lag.

Die Frau hatte in der Küche zu tun. Ihr Schwiegervater

war für einige Minuten im Hof des Gebäudes gewesen und kam in die Stube zurück, ohne zu ahnen, daß sich jemand im Nebenzimmer befand. Er stellte sich an das Fenster und blickte in reger Erwartung hinab auf die Straße, bis er seinen Sohn kommen sah, der gerade bei dem alten Dorn gewesen war. Als Maibaum junior endlich in die Stube trat, wurde Heilmann durch die dünne Tür ungewollt Zeuge des Gesprächs:

„Endlich, endlich! Ich habe über eine Stunde gewartet!" rief der Vater aus.

„Es ging nicht schneller", verteidigte sich sein Sohn. „Aber ich hatte Erfolg. Der Kerl war selbstredend sofort mit von der Partie. Freilich kostete es mich einige Mühe, ihn zu den fünftausend Gulden zu überreden. Er versuchte, mit mir zu feilschen. Schließlich haben wir dann doch abgeschlossen, allerdings mit Vorsichtsmaßnahmen. Diesem Geizhals ist nämlich nicht zu trauen. Hat er einmal das Los, so läßt er sich den Gewinn auszahlen, ohne mir einen Kreuzer zu geben. Er mußte mir also einen Wechsel auf fünftausend Gulden geben, und ich füllte ihm eine Quittung aus."

„Er wird das Los doch kriegen?" fragte der Vater besorgt.

Sein Sohn machte eine zuversichtliche Miene.

„Er zweifelte nicht. Unter Umständen könne er den Graveur sogar zwingen, es ihm zu überlassen, sagte er. Dieser Kerl ist ein wahrer Satan. Er hat manchen ziemlich fest in der Hand."

Der Vater lief aufgeregt durch den Raum und meinte:

„Welch ein Glück, daß die Depesche kam. Das große Los! Der Telegraphist wird doch auch die Nummer ganz genau durchgegeben haben?"

„Versteht sich!" versicherte sein Sohn. „Bei so etwas müssen diese Leute doppelt aufpassen. Nummer 4 5 3 3 2! Eigentlich tut es mir leid um diesen Herold! Er hat gewiß gehungert, um überhaupt das Geld für das Los zusammenzubringen. Aber das ist nicht meine Sache! Laß nur um

Gottes willen meine Frau nichts von dem Handel wissen! Wenn die erführe, daß wir den Graveur um zehntausend Gulden betrügen, sie würde es nie erlauben."

„Was fällt dir ein! Werde ich so etwas ausplaudern?" entgegnete der Vater.

„Aber – zeig mir doch einmal den Wechsel!"

„Hier ist er!"

Nach einigen Augenblicken hörte Heilmann den Vater fragen:

„Ah, auf Sicht?"

„Natürlich, das ist das Sicherste. Wenn ich den Gewinn auszuzahlen habe, bekommt der alte Siegmund Dorn die Hälfte und den Wechsel zurück. Dann sind wir quitt. Wo aber stecke ich den Wechsel hin? In die Stube kann ich ihn nicht legen, weil meine Frau überall herumkramt. Wenn sie ihn fände, wäre ja alles verraten. Halt, da fällt mir etwas ein! Wir stecken den Wechsel in deine Nachttischschublade. Die kann meine Frau nicht öffnen, da hast nur du den Schlüssel. Wir sollten den Wechsel sofort in die Lade legen; in solchen Dingen kann man nicht vorsichtig genug sein. Komm, Vater!"

Sie gingen fort.

Wilhelm hatte jedes Wort verstanden. Er begriff sofort, um was es sich handelte, es waren ja sogar Namen genannt worden. Es verstand sich ganz von selbst, daß er es sich nicht anmerken lassen durfte, daß er das Gespräch belauscht hatte. Darum trat er aus dem Nebenzimmer in die Wohnstube zurück und stellte sich so in die Nähe der Tür, daß die beiden, wenn sie zurückkehrten, annehmen mußten, er sei eben erst gekommen. Und kam die Frau aus der Küche, würde er sagen, es sei ihm die Zeit zu lang geworden.

Er hörte auch sehr bald Schritte. Der Kollekteur kam mit seinem Vater aus der Kammer zurück. Die Anwesenheit eines Fremden erweckte in ihnen kein Mißtrauen. Sie grüßten, und Maibaum junior fragte Heilmann nach seinem Begehr.

„Sie kennen mich wohl nicht mehr?“ fragte Wilhelm. „Ich habe neulich ein Los bei Ihnen gekauft.“

„Welche Nummer?“ erkundigte sich der Kollekteur.

„Diese hier“, sagte Heilmann und zeigte ihm das Los.

„Hm!“ versetzte der Kollekteur, indem er seine Liste mit den Namen der Gewinner durchblätterte.

„Ich werde gleich sehen, ob ich Ihr Los finde. Ah, hier! Sie haben tatsächlich Glück. Fünfzig Gulden sind auf Ihr Los gefallen. Freilich werden die Gewinne erst nach einer Wartefrist ausgezahlt, aber – –“

Er machte eine bedeutungsvolle Pause und sah Heilmann schief an. Dieser wußte sofort, was der durchtriebene Mensch von ihm wollte, und fragte:

„Wieviel Prozent wünschen Sie?“

„Zehn, also fünf Gulden“, antwortete der Losverkäufer überrascht, daß man ihn so schnell verstand.

Heilmann fuhr unbefangen fort:

„Und außerdem werden auch die üblichen Verwaltungsprozente abgezogen?“

„Freilich“, nickte der Kollekteur lächelnd.

„Danke sehr!“ erwiderte Wilhelm. „Dann warte ich lieber.“

Mit diesen Worten war er zur Tür hinaus. Er wußte ganz genau, was von dem Kollekteur zu halten war. Der Mensch war ein Betrüger! Wie aber sollte man ihm das Handwerk legen?

Zunächst freilich hatte er die Aufträge seines Meisters zu erledigen, und so war er bis zum späten Abend auf den Beinen. Die seltsame Geschichte mit dem Graveur ging ihm jedoch nicht aus dem Kopf, und so beschloß er, am nächsten Morgen den betrogenen Herold aufzusuchen.

Heilmann trat in ein Gasthaus und ließ sich dort ein Bier und das Adreßbuch geben. Er schlug nach und fand, daß die im Gespräch genannten Personen, der Graveur Herold und der alte Siegmund Dorn, fast nebeneinander wohnten. Der Weg zu der hohen Giebelwohnung des Graveurs war mühsam und steil, was dem jungen, kräftigen Mann jedoch nichts ausmachte. Als er an die Tür klopfte, war es ihm, als ob er drinnen ein halblautes Weinen gehört hätte, das aber schnell verstummte. Er trat ein und sah, daß er sich bei einer trauernden Familie befand. Ein Mann und eine Frau saßen am Tisch; mehrere Kinder hockten weinend im Winkel.

„Entschuldigung!" sagte er. „Mein Name ist Wilhelm Heilmann. Sind Sie der Graveur Herold?"

„Ja", erwiderte der Mann verdutzt.

„Kennen Sie einen gewissen Dorn?" fragte Wilhelm weiter.

Das Erstaunen des Befragten wuchs sichtlich.

„Ja. Er ist unser Hauswirt."

„So, so!" meinte Heilmann bedächtig. „Hat er Ihnen vielleicht etwas abgekauft?"

„Freilich", antwortete Herold und blickte Wilhelm nun völlig verwirrt an.

„So komme ich also doch zu spät. Aber es wird sich hoffentlich wieder gutmachen lassen. Gehören diese anwesenden Personen alle zu Ihrer Familie?"

„Ja. Meine Schwiegermutter ist gestern nacht gestorben und vor wenigen Stunden weggebracht worden. Nun sitzen wir zusammen und beraten, was weiter geschehen soll."

„Mir scheint, Sie leben in ärmlichen Verhältnissen?"

„Sehr, Herr Heilmann", antwortete Herold betreten.

„Nun, der liebe Gott sorgt für alle, er wird auch Ihrer gedenken. Ich will offen mit Ihnen sprechen. Was hat Dorn Ihnen abgekauft?"

„Ein Lotterielos", gab Herold zögernd zu. „Die Mutter war gestorben, und wir hatten kein Geld, sie zu begraben. Da verkauften wir das Los."

„Kamen Sie selbst auf diesen Gedanken?" fiel Heilmann rasch ein. „Besinnen Sie sich, das ist von größter Wichtigkeit."

„Nein, ich kam nicht selbst darauf. Ich ging zu dem Alten, um mir eine weitere Frist zur Zahlung der rückständigen Miete zu erbitten. Er gab sie mir nicht, aber er bot mir an, das Los kaufen zu wollen. Dreißig Gulden habe ich immerhin dafür erhalten."

„Dreißig Gulden?" rief Heilmann aus. „Und dafür haben Sie das Los verkauft?"

„Ich wollte es nicht erlauben", mischte sich Herolds Frau in das Gespräch ein. „Meine Mutter sagte nämlich kurz vor ihrem Tode, sie wolle den lieben Gott, sobald sie zu ihm komme, bitten, uns doch etwas gewinnen zu lassen, damit die Not nicht noch größer werde und mein Mann sich etwas schonen könne, denn seine Augen sind sehr krank."

Heilmann schüttelte den Kopf.

„Augenkrank sind Sie?" sagte er mitleidig. „Da können Sie sich gewiß bei Ihrer Armut nicht einmal eine vernünftige ärztliche Behandlung leisten. Hm! Aber sorgen Sie sich nicht mehr. Die Worte Ihrer Schwiegermutter haben sich erfüllt."

Da blickten ihn die guten Leute staunend an.

„Wieso? Woher können Sie das wissen?" riefen sie wie aus einem Munde.

„Welche Nummer hatten Sie?" fragte Heilmann.

„Fünfundvierzigtausenddreihundertzweiunddreißig", sagte Herold rasch; er kannte die Zahl längst auswendig.

„Das stimmt. Diese Nummer hat gewonnen, und zwar zehntausend Gulden."

„O du mein Heiland!" klagte die Frau und sank auf einen Stuhl nieder. Ihr Mann aber lehnte sich bleich an die Wand.

„Erschrecken Sie nicht", sagte Wilhelm tröstend. „Noch ist Hoffnung vorhanden, den Gewinn für Sie zu retten. Es ist mir gelungen, einem ganz niederträchtigen Betrug auf die Spur zu kommen. Der Lotteriekollekteur hat nämlich die Depesche erhalten, daß auf Ihre Nummer der Hauptgewinn gefallen ist. Er ging zu Herrn Dorn und veranlaßte diesen, Ihnen das Los schleunigst abzukaufen. Beide wollen den Gewinn teilen, jeder fünftausend Gulden."

Die sonst so ruhige und besonnene Frau schrie laut auf

und fuhr sich mit den Händen durch die Haare. Heilmann beruhigte sie:

„Verzagen Sie nicht. Es ist noch nichts verloren. Ich bin zufällig Ohrenzeuge dieses betrügerischen Handels geworden und kam zu Ihnen, um Ihnen meine Dienste anzubieten. Ihr Mann begleitet mich sofort zum Staatsanwalt. Wir machen Anzeige!"

„Ja, ja; die muß gemacht werden. Werner, Werner, schnell! Zieh den Rock an, damit du mitgehen kannst!"

Dabei zerrte die Frau den Graveur, der immer noch bleich wie der Tod an der Wand lehnte, in die Mitte des Zimmers. Er mußte seinen guten Rock anziehen und mit Wilhelm gehen. Als sie das Haus verließen, hörten sie noch, wie Herolds Frau den Kindern von dem unerwarteten Gewinn erzählte, wobei aber nur einzelne Worte zu vernehmen waren: „Großer Gewinn! – Unser Los! – Zehntausend Gulden! – Reich! – Alle Not zu Ende!"

*

Die beiden Männer hatten kaum die Mühlengasse hinter sich gelassen, da blieb Herold stehen.

„Herr Heilmann, ich kann nicht weiter", sagte er, „es liegt zu schwer, zu schwer auf meiner Seele!"

„Sie haben ein Geheimnis?" fragte Heilmann überrascht.

„Ja", sagte Herold bedrückt. „Aber welches, das kann ich Ihnen hier auf offener Straße nicht sagen. Dort ist eine kleine Gastwirtschaft. Gehen wir für einige Minuten da hinein."

Heilmann stimmte zu, und sie betraten die Gaststätte. Nachdem sie sich zwei Gläser Bier hatten geben lassen, setzten sie sich an einen Tisch, wo sie miteinander sprechen konnten, ohne von jemandem belauscht und beobachtet zu werden.

Und nun begann Herold sein Geständnis: er erzählte von seiner Armut, der entsetzlichen Furcht vor der Erblindung, der Angst um die Zukunft und davon, daß ein gewisser

Tuchhändler Solbrig ihn eines Tages aufgesucht und genötigt hatte, Druckplatten für Falschgeld zu fertigen. Solbrig habe ihm viel Geld für die Herstellung der Platten angeboten, und nur seine große Not habe ihn dazu getrieben, schließlich einzuwilligen. Am Schluß seiner Erzählung versicherte der Graveur:

„So, jetzt wissen Sie alles. Nicht wahr, ich bin verloren. Sie müssen mich anzeigen?"

„Nein", antwortete Heilmann, der den Bericht mit Teilnahme angehört hatte. „Wenn die Polizei Solbrig auf die Spur kommen sollte, so wird er sich hüten, Ihren Namen zu nennen. Die Ausbeutung eines armen und leidenden Handwerkers ist kein Ruhmesblatt. Niemand ist verpflichtet, sich selbst anzuzeigen. Es genügt, daß Sie Ihr Vergehen bereuen und es möglichst ungeschehen machen. Lassen Sie sich Ihre Platten von Solbrig wiedergeben. Wie viele haben Sie gefertigt?"

„Die vordere Platte hat er bereits einige Tage; die Rückseite habe ich gestern abgeliefert."

„So ist es wohl noch nicht zu spät! Gehen Sie sofort zu diesem Solbrig!" riet Heilmann. „Ich erwarte Sie hier. Behaupten Sie einfach, es sei Ihnen ein Versehen unterlaufen, Sie hätten beim Muster der Verzierung die Vorder- und Rückseite verwechselt und wollten diese Kleinigkeit noch korrigieren. Lassen Sie sich die Platten wiedergeben!"

Der Graveur entfernte sich und kam schon nach kurzer Zeit mit erleichtertem Gesichtsausdruck und mit den beiden Druckplatten unterm Arm zurück. Es war ihm gelungen, den ‚Tuchhändler' zu überlisten. Mit einem harten Metallstift machten die beiden Männer die Platten unbrauchbar. Herold atmete tief auf; ihm war eine schwere Last von der Seele genommen.

Heilmann und Herold gingen nun zum Gerichtsgebäude, wo sie sich bei Staatsanwalt Unterberg melden ließen. Sie wurden gleich vorgelassen, denn der Staatsanwalt kannte Wilhelm ja bereits als Zeugen der Mädchenhändleraffäre im

‚Haus Melitta'. Heilmann erzählte nun mit Herolds Unterstützung die Geschichte vom ‚großen Los'.

Der Beamte hörte sie ruhig an, machte sich dabei Notizen und fragte dann:

„Der Vater des Kollekteurs, Herr Maibaum senior, weiß also auch von der Sache?"

„Gewiß", antwortete Heilmann.

„Hat der alte Dorn noch sonstige Mitwisser, Herr Herold? War seine Frau oder sonst noch jemand dabei, als er Ihnen das Los abkaufte?"

„Nein."

„Gut! Ich werde die Sache selbst in die Hand nehmen", sagte der Staatsanwalt und erhob sich aus seinem Sessel. „Herr Herold, Sie können jetzt nach Hause gehen, Sie aber, Herr Heilmann, werden mich begleiten. Bitte warten Sie im Vorzimmer, bis ich meine Vorbereitungen getroffen habe!"

Etwa eine halbe Stunde später begab der Staatsanwalt sich mit Heilmann zu dem Kollekteur. Wilhelm merkte schon bald, daß zwei Polizisten in Zivil ihnen in einiger Entfernung folgten.

Als sie bei dem Kollekteur eintraten, erkannte er den jungen Mann sofort wieder.

„Was wollen Sie?" fragte er besorgt.

„Mich mit Ihnen über Ihre Provision unterhalten", meinte Heilmann gemütlich.

Der Kollekteur spielte den Erstaunten:

„Welche Provision? Träumen Sie?"

„Mitnichten", antwortete statt dessen der Beamte und trat vor. „Ich bin Staatsanwalt Unterberg und habe Ihnen nun in dieser Funktion einige Fragen vorzulegen, die Sie mir beantworten werden."

„Staatsanwalt?" fragte der erschrockene Kollekteur. „Dieser Herr hat mich angezeigt? Wegen eines Loses, eines Gewinns? Er wird da wohl von Prozenten gefaselt haben, die ich ihm hätte berechnen wollen?" rief er erregt.

„Nein. Es handelt sich nicht um Prozente, sondern um

den ganzen Gewinn", sagte der Staatsanwalt ruhig. „Erhalten Sie zuweilen Depeschen?"

Der Lotterieverkäufer stutzte. Was sollte die Frage? Er beschloß auszuweichen und antwortete ziemlich schnell:

„Die letzte kam vor einigen Wochen."

„So?" meinte der Staatsanwalt und zog die Augenbrauen hoch. „Wie nun, wenn ich zum Telegraphenamt gehe, um mich zu erkundigen?"

Maibaum junior sah ein, daß er nicht leugnen konnte. Darum tat er, als ob er sich besinne, und antwortete:

„Ah, da fällt mir ein, ich erhielt gestern eine von der Lotteriedirektion, eine geschäftliche Neuigkeit, die ganz uninteressant für Sie ist, Herr Staatsanwalt."

„Oh, ich bin notorisch neugierig", lächelte der Beamte. „Das bringt mein Beruf so mit sich. Was wurde Ihnen also mitgeteilt?"

„Das ist Geschäftsgeheimnis, Herr Staatsanwalt!" beteuerte der in die Enge getriebene Kollekteur.

„Vor dem Staatsanwalt gibt es kein Geschäftsgeheimnis", blieb Karl Unterberg fest. „Sie haben mir zu antworten! Also?"

„Man telegraphierte mir, daß der Hauptgewinn soeben gezogen worden und in meinen Zuständigkeitsbereich gefallen sei."

Der Staatsanwalt nickte.

„Das ist allerdings ein sehr erfreuliches Ereignis für Sie. Es wundert mich außerordentlich, daß Sie sich gerade auf diese Depesche so spät besinnen. Wer hat das betreffende Los?"

„Herr Dorn in der Mühlengasse", wußte der Kollekteur.

Der Staatsanwalt spielte den Verwunderten.

„Ah, dieser? Er gilt als gewiefter Geschäftsmann. Sonderbar, daß die großen Gewinne so selten Leuten zufallen, die das Geld dringender benötigen. Bitte, zeigen Sie mir die Depesche einmal!"

Der Lotterieverkäufer öffnete zögernd ein Kästchen.

„Hier ist sie."

Man hörte es dem Ton seiner Stimme an, daß er sich einigermaßen beklommen fühlte. Der Staatsanwalt betrachtete das Telegramm, runzelte die Stirn und sagte:

„Es stimmt. Ausgefertigt um acht Uhr fünfzig. Sie pflegen doch ein Verzeichnis Ihrer Kunden zu führen? Zeigen Sie es mir!"

Die Hand des Kollekteurs bebte sichtlich, als er das Heft vorzeigte.

„Sehr ordentlich angelegt", meinte der Beamte. „Die Nummern alle hübsch nach der Reihe. Hier ist das betreffende Los 4 5 3 3 2. Sehen wir einmal nach! Ah, da steht doch nicht Dorn, sondern ein anderer."

„Wie denn?" heuchelte Maibaum junior und trat näher, um in das Heft zu blicken.

„Hier steht: Werner Herold, Graveur, Mühlengasse."

„Ah, ich habe den Namen noch nicht ausgestrichen? Herold hat das Los nämlich an Dorn verkauft."

„So?" fragte der Staatsanwalt gedehnt. „Wie haben Sie von dem Verkauf erfahren?"

„Der Käufer selbst teilte es mir mit."

„Verkehren Sie mit ihm, geschäftlich oder privat?"

„Weder noch", behauptete der Mann und wurde immer aufgeregter.

Da drohte ihm der Beamte ironisch mit dem Finger:

„So? Dabei munkelt man von kleinen Geschäften, die Sie von Zeit zu Zeit mit Dorn abschließen! Erst neulich soll er Ihnen einen Wechsel über fünftausend Gulden ausgestellt haben."

Der Kollekteur wankte. Man sah es ihm an, daß ihm der Schreck regelrecht in die Beine gefahren war. Er mußte alle seine Kräfte zusammennehmen, um antworten zu können.

„Das ist ganz gewiß eine Lüge."

Der Staatsanwalt schüttelte den Kopf.

„So, so! Ihr Vater wohnt doch hier im Hause? Vielleicht weiß er besser Bescheid über Ihre Geschäfte als Sie. Wo ist er jetzt?"

„In seiner Kammer", flüsterte Maibaum. „Aber ich verstehe nicht – –"

„Das macht nichts", schnitt ihm der Staatsanwalt barsch das Wort ab. „Gehen Sie voran!"

Ob er wollte oder nicht, Maibaum mußte den Befehl ausführen. Als sie in die Kammer traten, kramte sein Vater in alten Wäschestücken herum.

„Wer sind diese Leute? Was wollen Sie?" fragte er erstaunt.

„Ich bin Staatsanwalt Unterberg", bekam er zur Antwort. „Ich komme, um mir Ihr Zimmer anzusehen."

Der Senior öffnete vor Erstaunen den Mund.

„Mein Zimmer? Warum?"

Der Staatsanwalt ging gar nicht auf ihn ein, sondern fragte weiter:

„Wer hat den Schlüssel zu dieser Lade?"

Dabei deutete er auf den Nachttisch.

„Ich natürlich", flüsterte Maibaum senior, bleich vor Schreck.

„Öffnen Sie einmal! Ich möchte doch gern wissen, ob vielleicht schon der Wurm hineingekommen ist."

Das war so gebieterisch gesprochen, daß der Mann sofort gehorchte.

„Ah, Taschentücher darin", stellte der Beamte fest. „Und hier dieses kleine Fach? Was haben Sie da drin?"

Dem Vater war es, als sei ein Blitz vom Himmel gekommen und habe ihn getroffen. Er stotterte:

„Verschiedene alte Schreibereien, Gevatterbriefe, Zeugnisse und ähnliche Sachen."

„Machen Sie doch bitte einmal auf!" befahl der Staatsanwalt.

Vater Maibaum gehorchte. Sein Sohn mußte sich auf den Rand des Bettes stützen, so schwach wurde ihm. Der Staatsanwalt nahm die Zettel heraus. Ganz unten lag der Wechsel. Er schlug ihn auseinander, las ihn, warf einen Blick des Erstaunens auf den Kollekteur und sagte:

„Sie wissen wohl von diesem Wechsel nichts?“

„Nein“, stammelte der Gefragte.

„Und auch Sie nicht?“ wandte er sich an den Vater. „Ein Wechsel, lautend auf fünftausend Gulden, akzeptiert von Siegmund Dorn. Nie gesehen? Nein? Reiner Zufall?“

Der Kollekteur und sein Vater schwiegen.

„Machen Sie sich doch nicht lächerlich!“ rief der Beamte aus, ehrlich erzürnt. „Ich bin kein Kind, dem man das Unglaubwürdige glaubhaft machen kann. Gestehen Sie!“

„Ich kann nichts gestehen, ich weiß von nichts“, flüsterte der Kollekteur.

Auch sein Vater leugnete.

„Nun, so verschlimmern Sie Ihre Lage nur“, sagte der Staatsanwalt achselzuckend. „Mit dem geständigen Verbrecher pflegt man Nachsicht zu haben, halsstarrige Leugner aber haben keinen Anspruch auf Rücksichtnahme. Sie wollten einen armen Mann um seinen Losgewinn betrügen, und Ihr Vater ist mitschuldig, ebenso Siegmund Dorn. Ich erkläre Sie beide für verhaftet. Sie folgen mir jetzt!“

Da wurde Maibaum junior zornig.

„Nein, ich bleibe! Im übrigen kenne ich Sie nicht. Ich weiß nicht, mit welchem Recht Sie hier ein Verhör anfangen und in unseren Möbeln herumstöbern.“

Der Staatsanwalt zog seine Legitimationskarte aus der Tasche und hielt sie dem Lotteriekollekteur vor das Gesicht.

„Genügt das?“ fragte er ironisch.

Der andere aber machte eine abwehrende Handbewegung und sagte:

„Das gilt nichts. Es hat Fälle gegeben, daß die größten Spitzbuben solche Legitimationen besaßen.“

Da verlor der Beamte endgültig die Geduld.

„Ob es gilt oder nicht, das habe ich zu bestimmen, nicht aber Sie! Ich hatte mir vorgenommen, mit größtmöglicher Zurückhaltung zu verfahren, da Sie aber in dieser Weise auftreten, sehe ich davon ab. Ich lasse sie also offen und unter Polizeibewachung ins Gefängnis bringen.“

Er öffnete die Tür, zog ein kleines Pfeifchen hervor und gab das Signal. Sofort kamen zwei in Zivil gekleidete Polizisten die Treppe herauf, denen der Staatsanwalt seine Weisungen gab:

„Diese beiden Männer weigern sich Ihnen zu folgen, weil Sie nicht uniformiert sind. Einen von Ihnen bitte ich, uniformierte Stadtgendarmen herbeizuholen. Man lasse die Maibaums nicht miteinander sprechen und schaffe sie fort, sobald die Gendarmen hier sind."

Dann kehrte er in das Wohnzimmer zurück, um das Verzeichnis der Losinhaber an sich zu nehmen. Die Frau des Kollekteurs hatte keine Ahnung von dem, was ihr Mann getan hatte. Als sie hörte, daß er und ihr Schwiegervater arretiert worden waren, brach sie in lautes Wehklagen aus. Der Beamte konnte darauf keine Rücksicht nehmen. Er entfernte sich mit Wilhelm Heilmann, um nun zu Siegmund Dorn zu gehen.

13.

Das Spiel ist aus!

Inzwischen war es Nachmittag geworden, und als die beiden am Haus des Trödlers ankamen, wurden sie von seiner Frau Aurora empfangen.

„Was wünschen die Herren?“ fragte sie.

„Ist Ihr Mann zu Hause?“ erkundigte sich Staatsanwalt Unterberg.

„Ich weiß es nicht. Er geht oft fort, ohne es mir zu sagen. Was wollen Sie von ihm?“

Der Staatsanwalt wußte genau, woran er bei ihr war. Er antwortete scharf:

„Wir haben uns nach etwas zu erkundigen. Also, wo ist Ihr Mann?“

Die Frau stützte die Hände in die Hüften und sagte:

„Für Sie ist er auf keinen Fall daheim. Solche groben Menschen werden fortgeschickt!“

„Es fragt sich, ob wir uns fortschicken lassen“, meinte der Staatsanwalt. „Gehen Sie zur Seite, wir brauchen Platz!“

Beide Männer schoben sich an ihr vorbei in das Innere des Hauses. Sie aber drängte sich schnell dazwischen und rief laut:

„Zu Hilfe! Zu Hilfe, Siegmund!“

Da öffnete sich die Tür des zweiten Raumes.

„Was ist’s? Was gibt’s, Weib?“

„Diese Männer drängen sich mit Gewalt herein. Sie sind zu mir sehr grob!“ rief Aurora. „Sie gehen nicht, obgleich ich sie fortgewiesen habe!“

Dorn machte ein entrüstetes Gesicht.

„Das ist unverschämt! Soll ich nicht einmal sein Herr in meinem eigenen Hause? Soll ich schicken nach Polizei?“

„Ist nicht nötig. Hier ist sogar der Staatsanwalt", bemerkte Unterberg trocken.

„Staats – –!" Dem Trödler blieb das Wort im Munde stecken. „Teufelsblut! Was haben Sie bei Siegmund Dorn zu suchen?"

„Das werden Sie erfahren. Gehen Sie hinaus, Frau Dorn, und sorgen Sie dafür, daß wir nicht gestört werden!"

„Ja, geh hinaus!" stimmte Siegmund zu. „Diese Herren werden fragen vielleicht, ob jemand mir verkauft hat einen gestohlenen Gegenstand. Das ist Amtsgeheimnis, das niemand hören darf. Laß keinen Menschen herein, bis wir fertiggeworden sind mit Unterredung."

Die Frau gehorchte, und ihr Mann führte die beiden Besucher in seine Stube.

„So", sagte er. „Nun bin ich neugierig, was Sie mir fragen wollen!"

„Ich hoffe, daß Sie uns eine wahrheitsgetreue Auskunft erteilen!" meinte der Staatsanwalt. „Machen Sie Wechselgeschäfte?"

„Ja, nämlich wenn Aussteller der Wechsel ist ein sicherer Mann", sagte er vorsichtig.

„Und zahlen Sie selbst auch zuweilen in Wechseln?"

Dorn tat unschuldig. „Muß ich nicht wieder ausgeben, die ich habe eingenommen?"

„Zum Beispiel gestern", fragte der Staatsanwalt mit spöttischem Lächeln, „haben Sie da einen Wechsel akzeptiert?"

Dem Alten fuhr der Schreck in die Glieder. Er sagte rasch:

„Das muß sein großer Irrtum. Sehen Sie hier Geschäftsbuch!" – er schlug eine dicke Kladde auf –, „habe ich vor fünf Tagen erhalten einen Wechsel des Kaufmanns Wolkenberg, lautend auf hundert Gulden, und danach keinen mehr!"

Der Staatsanwalt sah in das Buch, nickte und sagte:

„Es stimmt. So steht es da. Also hat man mich falsch informiert. Aber in der Lotterie spielen Sie doch, Herr Dorn?"

Da wurde es dem Alten himmelangst. Hatte die Anwesenheit des Staatsanwalts etwas mit dem gekauften Los zu tun? Am liebsten hätte er geleugnet, aber es mußte ja schließlich bekanntwerden, daß ihm das große Los zugefallen sei, darum antwortete er:

„Ich habe es jetzt versucht zum erstenmal auf meine alten Tage."

Der Staatsanwalt blieb ernst.

„So? Welche Nummer haben Sie?"

„Fünfundvierzigtausenddreihundertzweiunddreißig."

„Sie haben es beim Kollekteur gekauft?"

Der Alte erschrak noch mehr.

„Ich habe es gekauft von einem, welcher Geld brauchte, von Graveur Herold, welcher wohnt im Nachbarhaus, für dreißig Gulden", sagte er zögernd.

Der Staatsanwalt spielte den Erstaunten:

„Dreißig Gulden? Das ist viel. Es kostet doch nur fünf!"

„Aber es ist die letzte Ziehung, wo vielleicht großer Gewinn kann darauf fallen", erwiderte der schlaue Trödler.

Dem Staatsanwalt wurde die Sache doch zu dumm.

„Kennen Sie vielleicht dieses Papier?" fragte er barsch, holte den Wechsel hervor, den er bei dem Lotteriekollekteur gefunden hatte, und zeigte ihn dem Alten.

Dieser fuhr entsetzt zurück und rief:

„Himmel! Wie kommt der Wechsel in Ihre Hand?"

„Ich habe ihn von dem bewußten Lotterieangestellten", sagte der Staatsanwalt hart. „Leugnen hat keinen Zweck! Zeigen Sie mir das Los!"

Siegmund Dorn war starr vor Schrecken. Wortlos öffnete er sein Schreibpult und drückte an einer verborgenen Feder, worauf ein Geheimfach heraussprang, dem er das Los entnahm. Er gab es dem Staatsanwalt. Vorher aber schob er das Fach wieder in den Verschluß zurück.

Der Beamte lächelte zufrieden. Er hatte den Vorgang genau beobachtet und wußte nun, wie das Fach zu öffnen war. Er betrachtete das Los und sagte:

„Jetzt zeigen Sie mir die Quittung, die der Kollekteur Ihnen ausgestellt hat.“

Da trat der Trödler einen Schritt zurück.

„Herr, ich verstehe Sie nicht!“ rief er entsetzt.

„Aber ich Sie um so besser“, meinte der Staatsanwalt ruhig. „Der Kollekteur behauptet, er habe Ihnen die Mitteilung gemacht, daß Herold ‚das große Los‘ besitzt. Sie sollten es dem Graveur abkaufen und den Gewinn dann mit dem Kollekteur teilen. Als Nachweis dienten dieser Wechsel und die Quittung, die Ihnen Maibaum geben mußte. Und dieser Revers ist hier!“

Damit trat er an das Pult, drückte auf die Feder und das Fach sprang wieder heraus. Dorn stieß einen Schrei des Entsetzens aus. Er faßte den Beamten am Arm und rief voller Angst:

„Halt, halt! Was tun Sie hier? Was haben Sie nachzusuchen in Kästchen?“

Er wollte den Beamten vom Pult fortziehen, dieser aber schüttelte ihn ab:

„Nehmen Sie Ihre Hand fort, sonst rufe ich meine Leute und lasse Ihnen sofort Handschellen anlegen!“

Da zog Dorn rasch seine Hand weg. Der Staatsanwalt nahm das oberste Papier aus dem geheimen Fach und entfaltete es.

„Ah, da ist ja die Quittung! Nun, Herr Dorn, was sagen Sie dazu? Leugnen Sie immer noch?“

„Zeigen Sie!“

Unterberg hielt ihm das Papier von weitem hin. Der Alte machte eine Miene größter Verwunderung und sagte: „Ich kenne dieses Papier nicht. Ich habe es nie gesehen.“

Der Staatsanwalt tat erstaunt.

„Wunderbar! Eine Quittung mit der Unterschrift des Kollekteurs gelangt in Ihr Pult, und Sie wissen nicht wie. Der Kollekteur besitzt einen Wechsel mit Ihrer Unterschrift, den Sie nie gesehen haben – sehr mysteriös! Herr Dorn, Sie werden die Güte haben, mich zu dem Kollekteur zu begleiten, um dieses Geheimnis aufzuklären. Lassen Sie Ihre Frau Rock und Hut holen!"

Das klang so bestimmt, daß Dorn nicht zu widersprechen wagte. Er rief seine Frau, hieß sie die Kleidungsstücke bringen und sagte ihr dann, daß er mit dem Herrn Staatsanwalt einen Besuch zu machen habe.

Draußen patrouillierten mehrere Polizisten in Zivil so unauffällig wie möglich auf und ab. Als sie die drei Männer aus dem Hause treten sahen, zogen sie sich zurück und folgten in angemessener Entfernung. Wilhelm Heilmann fragte den Beamten:

„Ist Ihnen meine Gegenwart noch länger nötig, oder darf ich mich nun verabschieden?"

Der Staatsanwalt reichte ihm die Hand.

„Sie können gehen, Herr Heilmann. Ich danke! Wenn man Sie braucht, werden Sie Nachricht erhalten."

Heilmann verabschiedete sich und eilte sofort zu dem Graveur, um ihm die Neuigkeiten zu berichten. Darauf besserte sich die Stimmung im Haus des armen Herold ganz erheblich. Zudem versprach Heilmann, wegen der Augenkrankheit Herolds mit Franz Arndt zu sprechen, der mehrere tüchtige Ärzte kannte.

*

Währenddessen schritt Siegmund Dorn in höchst gedrückter Stimmung neben dem Staatsanwalt dahin. Was würde der Kollekteur noch aussagen? Würde er ihn belasten? Zu seiner großen Beunruhigung bemerkte er, daß ihn der Beamte zum Ortsgefängnis führte.

„Wohin gehen wir, Herr Staatsanwalt?" fragte er. „Ich denke, daß wir zum Kollekteur gehen wollen?"

„Allerdings!" bestätigte dieser. „Er wartet hier auf uns."

Sie traten ein, durchschritten einen Korridor und gelangten an eine starke, eisenbeschlagene Tür, die der Staatsanwalt mit einem Schlüssel öffnete und dann sorgfältig wieder verschloß. Siegmund Dorn sah sich nun in einem langen Gang, der an einem vergitterten Fenster endete, rechts und links des Flures schwerbeschlagene Türen, über denen je ein Täfelchen mit einem Namen hing. Die Türen waren mit eisernen Doppelriegeln versehen. Hinten am Fenster stand ein Beamter, der einen großen Schlüsselbund in der Hand trug.

„Mein Gott!“ stieß der Alte hervor. „Wohin haben Sie mich geführt, Herr Staatsanwalt?“

„Bemerken Sie das nicht?“ fragte dieser. „Es ist das Gefängnis. Der Kollekteur befindet sich ebenfalls hier, so hoffe ich jedenfalls. Wollen einmal fragen!“

Der Schließer war, als er den Staatsanwalt erkannte, sofort nähergekommen. Unterberg erkundigte sich:

„Zwei Zugänge gekommen?“

„Ja, Herr Staatsanwalt, Lotteriekollekteur Maibaum nebst Vater. Man ist gerade bei der Einkleidung.“

Karl Unterberg dankte ihm kurz und wandte sich an Dorn:

„Ah, so können wir jetzt nicht mit ihnen sprechen. Wir müssen also noch ein wenig warten, Herr Dorn. Bitte, treten Sie einstweilen hier ein!“

Er zeigte auf eine Tür, über der kein Name hing. Der Schließer verstand ihn sofort und öffnete.

„Hier eintreten?“ fragte der Alte entsetzt. „In dieses Loch mit Pritsche, Kübel, zwei Ketten und eisernen Stangen am Fenster?“

„Das ist hier so gebräuchlich“, meinte der Staatsanwalt gelassen. „In dieser Zelle werden Sie auf den Kollekteur warten. Sie sind verhaftet!“

Da schrie der Alte entsetzt: „Was hat zu bedeuten das?“

„Denken Sie darüber hier in der Zelle nach!“ Unterberg gab dem Schließer ein Zeichen. Dorn wurde in die Zelle geschoben, dann klirrten die Riegel vor. Der Alte stieß einen lauten, unartikulierten Schrei aus, sank auf die Pritsche und raufte sich mit beiden Händen das Haar. Sein Spiel war aus.

14.

Der „Pascherkönig"

Staatsanwalt Karl Unterberg bewohnte eine bescheidene Mietwohnung in der Altstadt der Residenz. Er galt bei seinen Nachbarn nicht nur als ein fleißiger und pflichtbewußter Beamter, sondern auch als überzeugter Junggeselle. Oft arbeitete er bis in die späten Abendstunden im Gerichtsgebäude. Besuche empfing er fast nie, ausgenommen einige Kollegen, mit denen er dann aber zumeist dienstliche Angelegenheiten zu besprechen hatte.

Es war an einem Mittwochabend, zwei Wochen nach der Verhaftung des Trödlers Siegmund Dorn. Der Staatsanwalt hatte in seiner Privatwohnung Gäste, mit denen er ein lebhaftes Gespräch führte.

Um den runden Tisch in seiner ‚guten Stube' saßen der Detektiv Franz Arndt und Kommissar Anders, der gerade eine Bemerkung machte:

„Übrigens, Herr Staatsanwalt, ist die Schuld des Kollekteurs Maibaum und dieses Siegmund Dorn denn zweifelsfrei erwiesen?"

„Der Kollekteur und sein Vater haben nach anfänglichem Leugnen gestanden", berichtete Unterberg, „den Betrug zusammen mit Siegmund Dorn ausgeheckt zu haben. Sie werden wohl mit einer geringeren Gefängnisstrafe davonkommen als der alte Trödler, der immer noch hartnäckig leugnet. Wir besitzen aber unterdessen Beweise, daß er allerhand illegale Wechselgeschäfte betrieben hat. So fanden wir bei ihm ein geheimes Verzeichnis all seiner Schuldner; ein Teil der jungen Aristokratie unserer wohllöblichen Residenz" – er lächelte ein wenig – „ging demnach bei Dorn ein und aus. Aber für Sie, lieber Herr Arndt, dürfte folgende

Sache von Interesse sein: Kennen Sie einen gewissen Leutnant Bruno von Scharfenberg?“

Der Geheimpolizist hob langsam den Kopf und fragte:

„Ist das nicht der Sohn des ehemaligen Dienstherrn von Karl Petermann?“

„Ganz recht“, bestätigte der Staatsanwalt. „Die Angelegenheit Petermann, von der Sie mir bei der Verhaftung der Melitta und ihrer Komplizen erzählten, Herr Arndt, hat mich seitdem nicht mehr losgelassen. Bei den Verhören gab die Melitta zu, daß Uhland ihr in unregelmäßigen Abständen Mädchen zugeführt hat, die aus einfachen Verhältnissen stammten und als Wirtschafterinnen oder Hausmädchen angestellt wurden, um in Rollenburg dann über die wahre Natur ihrer neuen Stellung aufgeklärt zu werden. Nicht alle weigerten sich freilich so standhaft wie Wally Petermann. Die Melitta scheint über Petermanns Verhältnisse nur so viel zu wissen, daß er im Zuchthaus gesessen hat. Inzwischen befinden sich sowohl Melitta als auch ihre Helfershelfer in sicherem Gewahrsam und können ihrer Strafe nicht entgehen. Ihre ‚Mädchen‘ konnten wir übrigens sämtlich entlassen, weil die meisten ohnehin Opfer dieser unsauberen Machenschaften gewesen sind. Aber es bleiben immer noch Fragen offen, die wahrscheinliche Unschuld Petermanns betreffend.“

Er schwieg einen Augenblick. Seine Gäste folgten gespannt der Erzählung.

„Als wir die Geschäftsbücher des alten Dorn durchsuchten, fanden wir dort sowohl den Namen Uhland als auch den Namen Scharfenberg verzeichnet. Der Trödler könnte also in Verbindung zu der Mädchenhändlerbande gestanden haben. Dies aber nur am Rande. Herr von Ansbach, den Sie ja kennen, hat nun Nachforschungen in Sachen Petermann angestellt. Ich habe ihn gebeten, heute abend zu kommen und uns zu berichten. Ich wundere mich allerdings, wo er so lange bleibt. Ah, das ist er sicherlich!“

Es klingelte gerade an der Tür. Der Staatsanwalt sprang

aus seinem Sessel auf, verließ den Raum und kehrte nach wenigen Augenblicken mit dem Assessor zurück. Man nahm wieder Platz, die Gläser wurden erneut gefüllt, und dann begann Franz von Ansbach auf Aufforderung des Staatsanwalts mit seiner Erzählung:

„Sie kennen ja alle die näheren Umstände von Petermanns Verhaftung, aber es war uns bisher nicht möglich herauszufinden, ob Petermann wirklich Spielschulden hatte, die ihn zu der Unterschlagung genötigt hätten. Dagegen habe ich nun entdeckt, daß Leutnant Bruno von Scharfenberg zu der Zeit, als die Unterschlagung begangen wurde, beträchtliche Verbindlichkeiten hatte, die sich über den Verkauf von Sachwerten hinaus, zu dem er damals gezwungen war, auf etwa fünftausend Gulden beliefen."

Arndt ließ einen halblauten Pfiff hören, auch der Kommissar war sichtlich überrascht.

„So ähnlich wie Sie habe ich auch reagiert", nickte der Assessor lächelnd. „Mir kam die ganze Angelegenheit höchst verdächtig vor. Als ich endgültig Gewißheit erlangt hatte, daß meine Informationen über Scharfenbergs Vermögensverhältnisse zuverlässig waren, ging ich zu Scharfenberg und sagte ihm auf den Kopf zu, er habe das Geld unterschlagen und Petermann wäre für ihn in die Bresche gesprungen. Ich gebe zu, daß das nicht ganz korrekt ist. Bruno von Scharfenberg reagierte jedenfalls sichtlich erschrocken; er gestand nicht, widersprach aber nicht besonders überzeugend. Ich legte ihm ans Herz, mit seinem Vater über die Angelegenheit zu reden und ihm gegenüber ein Geständnis abzulegen."

Der Assessor schwieg, und auch die anderen verharrten eine Zeitlang in betroffenem Schweigen. Danach nahm der Staatsanwalt wieder das Wort:

„Sie sehen, meine Herren, die Justiz arbeitet langsam, aber stetig! Wenn wir auch den absoluten Wahrheitsbeweis für Petermanns Unschuld noch nicht antreten können, so sammeln wir doch fleißig Indizien. Sie erinnern sich vielleicht an den Leutnant Edmund von Randau, der Zeuge des Auftritts zwischen Petermann und dem Hausdiener der Melitta wurde? Dieser junge Mann, der sich übrigens inzwischen Petermanns und seiner Tochter angenommen und sie in der Nähe des Landguts seiner Eltern einquartiert hat, war ja nicht allein bei der Melitta. Eine ganze Schar leichtlebiger Offiziere wollte sich dort einen lustigen Abend machen, als die erwähnten Ereignisse dazwischenkamen. Ich habe zwar Randau versprochen, diese ‚Herren' in den Untersuchungsakten nicht mit Namen zu nennen, aber ich konnte es mir doch nicht versagen, den ‚Anführer' der lustigen Gesellschaft, einen Oberleutnant von Hagenau, zu einem Gespräch zu bitten. Ich habe da die interessantesten Dinge erfahren können. Dieser Hagenau, der ein ganz seltsamer Mensch zu sein scheint, sagte, es sei garnisonsbekannt, daß Bruno von Scharfenberg hohe Schulden und einen uneingelösten Ehrenschein bei Siegmund Dorn habe. Es hat darum sogar schon einen Streit im Kasino der Offiziere gegeben."

„Und was sagt sein Vater zu alledem?" wollte Arndt wissen.

„Der ahnt wohl nichts davon. Er lebt im Ruhestand auf Schloß Waldau, und das ist schon ein ganzes Stück Wegs von hier entfernt. Im übrigen lassen wir Scharfenberg nun beobachten; vorgestern hat er zweimal nach Dorn gefragt, dessen Frau weiß aber nur, daß er verreist ist. Ich habe es wohlweislich vermieden, die Verhaftung des Trödlers bekanntzugeben, weil ich seine Komplizen kennenlernen will, wenn es noch welche gibt. Leider haben wir in den letzten Tagen die Observation Scharfenbergs nicht mehr fortsetzen können. Erstens ist der junge Mann sehr vorsichtig geworden, er geht anscheinend fast nur noch nachts aus, und dann wohl in Zivil. Jedenfalls verlieren wir öfters seine Spur. Und zum zweiten" – er machte eine bezeichnende Handbewegung – „haben wir jetzt anderes zu tun."

„Verstehe!" rief Kommissar Anders, „Naumann, der Pascherkönig!"

„Ja", bestätigte der Staatsanwalt, „es ist uns gelungen, den berüchtigten Wolf Naumann festzusetzen, der neben anderen Verbrechen auch zweier Morde an Grenzsoldaten beschuldigt wird. Letzte Woche wurde er mit einigen Komplizen in einem kleinen Dorf droben im Gebirge gefaßt."

„Leider wurde seine Bande nicht völlig zerschlagen", ergänzte der Kommissar grimmig. „Man munkelt, daß er eine ganze Reihe von Komplizen in der Residenz hat, die auf eine Gelegenheit warten, ihrem Anführer wieder zur Freiheit zu verhelfen. Der Schmuggel im Gebirge ist ja ohnehin so weit verbreitet, daß man schon ganze Dörfer festnehmen müßte, um dem Paschen ein Ende zu machen."

„Und nun, Herr Arndt", wandte sich der Staatsanwalt an den Geheimpolizisten, „bitten wir um Ihre Hilfe. Könnten Sie im Interesse einer vollständigen Rehabilitierung Karl Petermanns ein wachsames Auge auf Bruno von Scharfenberg werfen?"

Arndt nickte zustimmend.

„Ich muß natürlich eine genaue Personenbeschreibung des Leutnants haben und über seine Lebensverhältnisse ein wenig Bescheid wissen", meinte er, an Franz von Ansbach gewandt. „Sie werden uns sicher Ihre Mithilfe nicht versagen, Herr Assessor?"

Dieser beeilte sich zu versichern, daß er Herrn Arndt ganz zur Verfügung stehe.

„So ist das also abgemacht", sagte der Staatsanwalt befriedigt. „Auf Ihr Wohl, meine Herren!"

Mit diesen Worten erhob er das Glas und prostete seinen Gästen freundlich zu.

15.

Naumann und Borwald

Es war um dieselbe Stunde in einer abgelegenen Straße der Residenz. Ein scharfer Wind trieb den dichten Regen prasselnd gegen die Fenster der Häuser. Das Licht der Gaslaternen hatte seine Kraft verloren, so daß selbst Leute, die nahe aneinander vorübergingen, sich nicht erkennen konnten.

Es gab nur wenige Fußgänger, die sich zu dieser Stunde noch auf die Straße wagten. Wer nicht gerade gezwungen war, in das Wetter hinauszugehen, blieb lieber daheim am warmen Ofen sitzen.

Vom Fluß herauf kam ein Mann durch eine der engen Gassen. Er hatte sich einen alten Mantel umgeworfen und ging tief gebückt, um seine hohe und breite Figur kleiner erscheinen zu lassen. Auch hielt er sich soweit wie möglich von den Laternen entfernt. So erreichte er unbehelligt ein halbverfallenes Mietshaus, an dessen Tür er dreimal in gewissen Abständen klopfte. Er mußte wegen des Winds, der fast jedes Geräusch verschluckte, das Klopfen wiederholen.

Endlich wurde der Riegel zurückgeschoben und die Tür geöffnet, allerdings bloß um einen kleinen Spalt.

„Wer ist da?“ fragte eine weibliche Stimme.

„Ist Harder zu Hause?“ fragte der Fremde zurück. „Ich habe dringend mit ihm zu reden.“

„Was?“ lautete die Antwort.

„Donnerwetter!“ fluchte er ungeduldig. „Das geht dich doch den Teufel an, dummes Weib!“

„Oho!“ antwortete die Frau. „Hier wird nicht ein jeder eingelassen. Wer sind Sie?“

„Das werde ich ihm selber sagen. Ich will in den Keller!“

Er gab diesen letzten Worten eine hörbare Betonung, und das wirkte sogleich.

„Nun ja!“ sagte sie. „Kommen Sie!“

Jetzt erst machte sie die Tür vollständig auf, so daß er eintreten konnte. Er behielt die gebückte Haltung bei. Wie man jetzt deutlich sehen konnte, bestand sein Mantel aus zwei zusammengehefteten Pferdedecken. Er hielt eine Ecke des Mantels vor das Gesicht. Da er die Krempe des alten Hutes, den er trug, in die Stirn hereingezogen hatte, war von seinen Zügen gar nichts zu erkennen. Die Frau hob die Lampe, um ihm ins Gesicht zu leuchten, da sagte er zornig:

„Pack dich fort mit der Lampe! Ruf lieber deinen Alten heraus, ich kann mich nämlich nicht ewig hier hinstellen!“

„Gehen Sie die Kellertreppe hinunter!“ brummte die Frau mürrisch. „Mein Mann befindet sich unten.“

Der Fremde stieg wortlos die Kellertreppe hinab. Die Tür des Kellers war nur angelehnt, so daß er eintreten konnte.

In einem düsteren Raum arbeitete der Hausherr Harder. Der Fremde hatte den ‚Mantel‘ abgeworfen und hielt den Hut nun in der Hand. Harder hob ein Licht, so daß er das bärtige Gesicht des Fremden gut erkennen konnte.

„Alle guten Geister!“ entfuhr es Harder. „Borwald! Der Akrobat Borwald! Was wollen Sie hier? Naumann ist gefangen! Außerdem sucht die Polizei nach Ihnen, weil Sie den Direktor Ihres Zirkus bestohlen haben sollen.“

„Na und?“ Borwald machte eine wegwerfende Bewegung. „Ich habe verdammtes Pech gehabt, daß ich auffiel. Aber nun zu wichtigeren Dingen: Können Sie mit dem Pascherkönig Verbindung aufnehmen?“

Harder zuckte die Achseln und meinte zögernd: „Das ist jetzt gefährlich!“

„Dummheit! Es ist stets gefährlich gewesen!“ brüllte Borwald roh. „Kennen Sie den jetzigen Versammlungsort von Naumanns Männern?“

Harder schwieg verbissen. Da legte der riesige Akrobat ihm die Hand auf die Schulter und drohte:

„Ich verlange, daß Sie mir Antwort geben! Tun Sie es aber nicht, so ist es Ihr eigener Schaden. Ich quartiere mich bei Ihnen ein, bis Sie mir sagen, was ich wissen will. Findet man mich dann, so wissen Sie, was folgt!"

Das wirkte. Harder stotterte erschrocken:

„So ist es nicht gemeint! Bei mir kann ich Sie ganz und gar nicht gebrauchen. Ich wäre verloren, wenn Sie bei mir gefunden würden. Aber ich kenne einen, der Ihnen über Naumanns Bande Auskunft erteilen kann. Ich will Sie zu ihm schicken."

„Fällt mir gar nicht ein", lachte Borwald entschlossen. „Ich bleibe hier, und Sie gehen ihn holen! Ich setze mich gemütlich oben in Ihre Wohnstube zu Ihrer Frau und verlasse Sie nicht eher, als bis ich mit dem Mann gesprochen habe. Das ist mein letztes Wort in dieser Angelegenheit. Kommen Sie also!"

Er wendete sich nach der Tür, um den Keller zu verlassen. Da griff Harder ihn am Arm und sagte in ängstlichem Ton:

„Es ist doch wahr: Gibt man dem Teufel einen Finger, so verlangt er bald die ganze Hand. Ich werde mich in Zukunft hüten. Jetzt aber muß ich Ihnen helfen. Ich werde also gehen."

„Schön", grinste Borwald, „aber beeilen Sie sich, damit ich hier nicht etwa eine Ewigkeit zu warten haben!"

„Ich mache so schnell, wie ich kann."

Damit zog Harder den Kellerschlüssel aus der Tasche und wollte gehen; der Akrobat aber hielt ihn zurück und sagte:

„Halt, Herr Gevatter! Was soll das mit dem Schlüssel?"

Harder gab sich vorsichtig: „Ich muß Sie einschließen!"

„Unsinn!" meinte Borwald verärgert. „Ich bin nicht so dumm, mich festsetzen zu lassen. Ich wäre dann allen möglichen Gefahren ausgeliefert. Nein, den Schlüssel geben Sie mir. Ich schließe von innen zu. Damit basta!"

Er riß ihm den Schlüssel aus der Hand und schob ihn hinaus. Draußen warnte Harder noch:

„Aber saufen Sie mir nicht meinen Branntwein!"

„Keine Sorge! Ich habe keine Lust, mich durch Ihr Gift ums Leben zu bringen."

Kaum war Harder hinaus, so schloß Borwald die Tür ab und setzte sich auf den Boden, um ein wenig zu ruhen. Er war sehr ermüdet und fiel schon bald in eine Art von Halbschlummer, so daß ihm das Zeitgefühl gänzlich verlorenging. Auf einmal wurde er durch Schritte geweckt.

Es klopfte an der Tür.

„Wer ist draußen?" fragte Borwald.

„Ich, Harder! Ich bringe ihn!" erklang es von draußen.

Borwald öffnete. Draußen stand der Erwartete mit einem zweiten Mann. Dieser sagte zu Harder:

„Gehen Sie hinauf und stehen Sie Wache! Was wir hier sprechen, ist nur für uns beide bestimmt!"

Der Sprecher trat in den Keller, schloß die Tür von innen zu und ließ dann seinen Blick musternd auf den Riesen fallen, der mit erhobener Lampe vor ihm stand. Der Neuankömmling war ein Mann in den Fünfzigern mit stechenden Augen und schwarzem Vollbart, gut, aber nicht auffallend gekleidet. Der Akrobat hatte ihn noch nie gesehen.

„Ich kenne Sie nicht", sagte er.

„Um so besser", versetzte der andere scharf. „Sie haben dem Pascherkönig einige nicht unbedeutende Dienste geleistet, dennoch gehören Sie nicht zu seinen engsten Vertrauten wie ich. Wissen Sie, wo er sich jetzt befindet?"

„Hm!" meinte Borwald. „Das weiß jedes Kind. In einer Zelle des hiesigen Gefängnisses."

„Ganz recht", bestätigte der andere. „Borwald, Sie sind ein kräftiger Mensch. Das haben Sie schon früher bewiesen, als Sie uns bei unseren Unternehmungen halfen. Solche Dummheiten, wie jetzt im Zirkus, können Sie sich freilich nicht mehr leisten. Was mußten Sie auch Ihren Direktor bestehlen? Hatten Sie denn nicht von Naumann bereits genug Geld bekommen? Doch einerlei: Trauen Sie es sich zu, den Pascherkönig zu befreien?"

Der Akrobat machte ein überraschtes Gesicht. Dann kratzte er sich den schon beinahe kahlen Schädel:

„Hm! Das ist dumm! Es hat ein jeder sein Feld, das er am liebsten bearbeitet. Der eine liebt es, List anzuwenden, der andere wieder verläßt sich auf seine körperlichen Eigenschaften. Zu der Befreiung eines Gefangenen gehört Verschlagenheit. Das ist mein Fach nicht. Ich liebe es, die Faust arbeiten zu lassen."

„Das sollen Sie auch", fiel ihm der andere rasch ins Wort.

„Soll ich etwa mit der Faust die Gefängnismauern zerschlagen, um Naumann herauszuholen?"

„Nein. Ich will nur sagen, daß nicht die geringste List erforderlich sein wird. Ich habe den Hauptschlüssel zum hiesigen Gefängnis besorgen können. Wenn Sie in der Nacht dort eindringen und die Zellenliste einsehen, können Sie leicht bis zur Zelle des Pascherkönigs kommen. Aber Vorsicht, er wird streng bewacht!"

„Keine Sorge", meinte Borwald. „Ein kleiner Hieb mit dem Totschläger hat oft schon Wunder bewirkt."

Der andere nickte.

„Ich sehe, Borwald, daß ich mich auf Sie verlassen kann. Noch ist die Stunde freilich nicht gekommen, Naumann zu befreien. Wir werden Ihnen ein Zeichen geben, wenn es soweit ist. Das wird innerhalb von drei Tagen geschehen. Dann bekommen Sie auch den Schlüssel. Doch zuvor noch eine Frage: Haben Sie einen Bekannten hier in der Residenz, bei dem Sie sicher sind?"

„Hm!" überlegte Borwald. „Außer Harder nur noch einen, aber der ist völlig sicher. Der Kerl darf mich nicht verraten, sonst ist auch er übel dran. Wir haben miteinander gearbeitet. Er gibt sich als Tuchhändler aus; über seine sonstige Tätigkeit schweigen wir lieber."

„Wie heißt er?"

„Solbrig. Er wohnt am Neumarkt Nummer 12; bei ihm kann ich wohnen."

„Gut", stimmte der Vertraute des ‚Pascherkönigs' zu.

„Wenn die Zeit gekommen ist, gebe ich Ihnen Bescheid und bringe Ihnen den Hauptschlüssel. Er schließt freilich nicht die Türen der einzelnen Zellen auf, aber das dürfte für einen Mann Ihrer Statur keine Schwierigkeit sein. Hier haben Sie fünfzig Gulden als Vorschuß."

Er warf ihm eine Börse hin, die Borwald begierig einsteckte.

„Noch etwas", fügte der Mann hinzu. „Wenn Sie Naumann befreit haben, gehen Sie mit ihm für eine Weile ins Ausland. Dafür braucht man jedoch mehr Reisegeld, als wir besorgen können. Daher hat der Pascherkönig uns aus dem Gefängnis durch einen Boten befohlen, Sie ausfindig zu machen. Ein glücklicher Zufall führte Sie jedoch direkt zu Harder. Nach seiner Befreiung will der Pascherkönig mit Ihnen sofort das Hotel Union aufsuchen."

Borwald verstand nicht.

„Ich glaube nicht, daß wir dort sehr willkommen sein würden", meinte er schließlich.

„Blödsinn!" rief der andere aus. „Sie sollen dort nicht wohnen, sondern ‚arbeiten'! Im Hotel Union wohnt zur Zeit die weltberühmte amerikanische Sopranistin Miss Ellen Starton. Ihre Juwelen sollen Millionen wert sein – und die sorglose Lady pflegt sie stets in ihrem Schlafzimmer aufzubewahren! Sie verstehen?"

Borwald machte die Handbewegung des Stehlens. „Verstehe vollkommen", sagte er, froh über die Aussicht, wieder an Geld zu kommen.

„Dann lassen Sie uns jetzt gehen."

Sie verließen den Keller. Oben an der Haustür stand Harder, der gewissenhaft Wache gehalten hatte. Der Vertraute Naumanns gab ihm ein Geldstück und trat dann mit Borwald auf die Straße, wo das Wetter jetzt fast noch ärger tobte als vorher.

„Nun, adieu", sagte der Freund des Pascherkönigs. „Wir treffen uns also bei Solbrig. Ich heiße übrigens Rudolf, der Nachname tut nichts zur Sache."

Damit trennten sich die beiden ‚ehrenwerten' Herren und eilten in verschiedenen Richtungen davon.

Der Akrobat Borwald schlug die Richtung zum Neumarkt ein, bog aber, kurz bevor er ihn erreicht hatte, in ein kleines Seitengäßchen ein und schlüpfte dort durch eine Pforte. Es war die Rückseite des Hauses Neumarkt 12.

Er schlich vom Garten in den Hof und musterte die Reihe der oben erleuchteten Fenster. Dann hob er einige Steinchen auf und warf sie an ein bestimmtes Fenster. Der rasende Sturm übertönte das leise Geräusch der auf das Glas prallenden Steine, so daß Borwald den Versuch mehrfach wiederholen mußte. Endlich öffnete sich oben ein Fensterflügel, und der Kopf eines Mannes erschien. Borwald schlug die Hände dreimal in eigentümlicher Weise zusammen, und sofort zog sich der Kopf zurück. Bereits nach kurzer Zeit wurde die Hintertür geöffnet, und es kam jemand in den Hof, ergriff ihn bei der Hand und zog ihn zu einem Schuppen, in dem Holz und Kohle gespeichert lagen.

„Borwald, du bist's?" fragte der Mann.

„Ja. Wer sonst? Kennst du noch andere mit demselben Zeichen?"

Solbrig schüttelte den Kopf.

„Nein. Aber Mann, du wagst viel! Überall sucht man dich. Was willst du hier in der Residenz?"

„Unterkunft bei dir!" sagte Borwald knapp.

Da fuhr der Tuchhändler erschrocken zurück.

„Ich habe keinen Platz für dich. Du kannst mir doch nicht zumuten, daß ich mich deinetwegen in so große Gefahr begebe."

„Diese Gefahr ist sehr gering", beteuerte Borwald kopfschüttelnd. „Wer sieht mich schon bei dir? Deine Frau, das Dienstmädchen, sonst keiner! Ich bin ein alter Freund, der auf ein paar Tage zu Besuch kommt. Warum soll das nicht gehen?"

Solbrig blieb still. Da legte der Akrobat ihm eine Hand auf den Arm und fragte:

„Du willst also nicht, Solbrig? Obwohl wir so gute Freunde sind?“

„Das ist vorüber!“ stieß Solbrig hervor. „Wir dürfen uns nicht kennen.“

Borwald grinste. „Wie mir scheint, mein Bester, kennen wir uns überhaupt noch nicht, oder wenigstens kennst du mich noch nicht, sonst würdest du mich nicht fortjagen! Wenn du mich nicht aufnimmst, gehe ich an die Vordertür und klingele bei dir so lange, bis wenigstens deine Frau aufmacht. Der sage ich dann, in welcher Weise du mir verpflichtet bist und woher wir uns kennen. Wie steht es nun, willst du oder nicht?“

Solbrig fühlte sich in die Enge getrieben, er wußte, daß er dem Akrobaten nicht gewachsen war. Also fragte er zähneknirschend:

„Wie lange willst du bleiben?“

„Höchstens drei Tage“, meinte Borwald, der daran dachte, daß der Vertraute Naumanns ihn bis dahin sicher aufgesucht hatte. „Ich bin zerlumpt“, fügte er hinzu, „du wirst mir neue Kleider besorgen müssen. Ich gebe dir Geld dafür. Die erste Nacht kann ich ja auch hier schlafen.“

„Gut“, sagte Solbrig, der froh war, den gefährlichen Gast wenigstens einstweilen in einem sicheren Versteck zu wissen. „So will ich dich vorläufig hier lassen, damit du nicht ertappt wirst. Welche Sachen brauchst du?“

Borwald überlegte: „Überzieher, Hut, Hose und Stiefel.“

„So muß ich in den sauren Apfel beißen. Ich werde dich meiner Frau als alten Bekannten vorstellen, den ich zufälligerweise getroffen habe.“

Der Akrobat nickte.

„Gut! Einen anderen Namen will ich mir ausdenken. Mach jetzt, daß du fortkommst! Ich sehne mich nach einer Mütze voll Schlaf. Halt, noch eins: Morgen oder übermorgen wird ein Mann nach mir fragen, den läßt du zu mir.“

„Teufel!“ rief Solbrig aus. „Man weiß also bereits, daß du bei mir bist?“

„Nur ein einziger weiß es“, beschwichtigte ihn Borwald, „und den brauchst du nicht zu fürchten. Unter Umständen verlasse ich dich bereits morgen wieder.“

Solbrig war halbwegs beruhigt und ging. – –

Es war am Samstagvormittag nach den geschilderten Ereignissen. Der Akrobat Borwald, inzwischen als alter Bekannter bei Frau Solbrig eingeführt, lag noch schlafend in seinem Quartier, als er von seinem ‚Wirt‘ geweckt wurde.

„Da wartet ein Mann auf dich.“

Borwald sprang aus seinem Bett, kleidete sich schnell an und folgte Solbrig in das Wohnzimmer. Dort stand der Vertraute des ‚Pascherkönigs‘.

„Guten Tag“, sagte er und streckte Borwald die Hand entgegen. „Können wir einen Augenblick miteinander unter vier Augen reden?“

Auf einen Wink Borwalds entfernte sich Solbrig. Dann rückte der Komplize Naumanns mit der erwarteten Nachricht heraus:

„Heute Punkt Mitternacht ist es soweit. Der Pascherkönig weiß Bescheid. Hier –“ er zog einen Schlüsselbund und eine Karte hervor und reichte sie Borwald, „sind die Generalschlüssel und ein Lageplan des Gefängnisses. Und nun machen Sie Ihre Sache gut und folgen Sie dann genau den Weisungen Naumanns.“

Damit verabschiedete er sich. Kaum war er fort, so rief Borwald höchst vergnügt seinen ‚Freund‘ Solbrig zu sich.

„Höre, mein Bester, du hast mich hier mit so unendlicher Freude willkommen geheißen, daß es mir wirklich noch unendlicher leid tut, deine Gastfreundschaft nur bis heute abend genießen zu dürfen. Ich mache mich unsichtbar.“

„Zieh ab mit hellem Klang der Lieder, und komme mir ja niemals wieder!“ reimte Solbrig mit saurem Gesicht.

„Kerl, du platzt ja fast vor Zärtlichkeit!“ Der Akrobat behielt den heiteren Ton bei. „Hoffentlich siehst du ein, daß es mir sehr schwer fällt, mich von dir zu trennen. Da aber das Schicksal einmal beschlossen zu haben scheint, daß wir voneinander scheiden müssen, so wollen wir uns dreinfügen und nicht etwa eine Tränenflut vergießen, die uns nur um unsere gute Stimmung bringen würde. Ich bin kein Freund unnützer Aufregungen. Lassen wir das also. Punkt Mitternacht bin ich fort."

Borwald blieb den ganzen Tag und Abend allein. Er erhielt Essen und Trinken auf sein Zimmer gebracht, sonst aber kümmerte sich niemand um ihn.

Es begann am Nachmittag wieder zu regnen; als es Abend wurde, goß es in Strömen, und gegen Mitternacht heulte gar ein rasender Sturm und peitschte den Regen mit solcher Gewalt auf die Straßen, daß es kaum möglich war, sich auf den Beinen zu halten. Das war ganz das Wetter, wie Borwald es brauchte. Es befand sich jetzt sicher kein Mensch ohne Not auf der Straße.

Punkt zwölf Uhr kam Solbrig zu dem Akrobaten.

„Nun, bist du bereit?" fragte er. „Dein Gang muß ja sehr notwendig sein! Bei diesem fürchterlichen Wetter geht doch niemand auf die Straße. Aber hau ab und laß dich bloß nie wieder hier blicken!"

„Werde es zu vermeiden wissen!" lachte Borwald. „Warte mal! Hast du nicht einen Hammer?"

„Nicht nur einen, sondern gleich mehrere", sagte Solbrig verdutzt. „Aber was willst du damit?"

„Geht dich nichts an!" meinte Borwald kurz. „Einen kannst du wohl entbehren, oder – –?"

Solbrig kannte diesen Ton. Um den ehemaligen Kumpan endlich loszuwerden, kam er dem Wunsch nach, führte Borwald dann zur Tür und sagte:

„Geh jetzt, aber vergiß nicht: Du warst niemals hier!"

„Klingt das wie ein Abschied eines Freundes?" scherzte Borwald. „Na, mir soll's gleich sein. Gehab dich wohl und nimm dich in acht vor dem Zuchthaus. Falschmünzer steckt man da gern hinein."

Damit trat Borwald hinaus in das Regenwetter. Der Orkan faßte seine riesige Gestalt mit solcher Gewalt, daß selbst Borwald Mühe hatte, sich aufrecht zu halten. Er mußte sich ihm förmlich entgegenstemmen. Es begegnete ihm kein Mensch, sogar die Nachtwächter hatten sich unter die Torwege zurückgezogen, um wenigstens einigermaßen geschützt zu sein. Es war ein rechtes ‚Spitzbubenwetter'. Reichte auch das Licht der Laternen, um die Straße wenige Schritte weit zu erhellen, so machte der Sturm das Sehen weitgehend unmöglich. Borwald arbeitete sich bis an das Gefängnisgebäude vor. Er umschlich es, um zu sehen, ob es von außen bewacht wurde, bemerkte aber kein einziges menschliches Wesen.

Der Akrobat machte nicht von dem Haupteingang Gebrauch, sondern suchte eine Hinterpforte, die aus dem Gefängnishof in das Freie führte. Er zog die gestern von ‚Rudolf' erhaltenen Hauptschlüssel heraus und probierte sie aus. Ein Schlüssel paßte und öffnete ihm die Pforte.

Er schloß sie hinter sich wieder ab und schlich sich leise an der Mauer entlang bis zum Nebeneingang des Gefängnisgebäudes. Auch hier öffnete er und schloß dann wieder hinter sich zu. Er befand sich nun in einem nur spärlich erleuchteten Flur, von dem links eine Tür zu den Verhörzimmern und Büros, rechts aber eine zweite in das eigentliche Gefängnis führte. Diese machte er auf und trat in eine Vorhalle, von der aus eine Treppe nach oben ging. Hier zog er seine Stiefel aus und versteckte sie unter der Treppe. Auf Strümpfen stieg er lautlos empor. Der Sturm tobte draußen mit solcher Wut, daß man selbst ein ziemlich lautes Geräusch hier im Innern gar nicht gehört hätte.

Jetzt kam er oberhalb der Treppe an eine Tür, die er mit äußerster Vorsicht öffnete. Er trat ein, verschloß aber diesmal die Tür nicht, sondern klinkte sie nur ein. Ein langer, hell erleuchteter Zellengang dehnte sich vor ihm aus. Gleich über der ersten Tür war zu lesen: ‚Aufsichtsraum'. Die anderen Türen waren mit fortlaufenden Nummern bezeichnet. Er trat an die erste und lauschte angestrengt. Während einer kurzen, windstillen Pause glaubte er Schnarchlaute zu vernehmen. Borwald schloß ganz leise auf und blickte durch den Türspalt in den kleinen Raum. Auf das Lager hingestreckt, war der Gefängniswärter in Schlaf gefallen. In der Hand hielt er einen Schlüsselbund. An der Wand hingen Ketten und eiserne Fesseln. Auf dem Tisch lag ein aufgeschlagenes Buch – die Zellenliste.

Der Akrobat zog die Tür hinter sich zu und trat leise an das Lager. Ohne mit der Wimper zu zucken, zog er den Hammer hervor, holte aus und schlug auf den Schließer ein. Der Getroffene streckte sich nur einmal, gab aber keinen Laut von sich.

„Bis hierher ging es gut“, murmelte Borwald. „Hoffentlich kommt nichts mehr dazwischen.“

Er nahm den Schlüsselbund des Schließers und trat an den Tisch.

„Nummer acht, erste Etage: Wolf Naumann, rechter Flügel“, las er. „Stimmt, genau wie im Lageplan eingezeichnet. Also vorwärts!“

Er verließ den Aufsichtsraum und schloß hinter sich zu. Den Hammer hatte er wieder an sich genommen. An einem Kleiderständer im Flur hingen Rock und Mütze des Schließers. Borwald setzte die Mütze auf und zog den Rock an. Er war ihm zwar zu eng und zu kurz, reichte aber aus, um für kurze Zeit etwaige Posten zu täuschen.

Jetzt trat Borwald an den Gashahn und drehte ihn so weit zu, daß das Licht auf dem Gang fast verlosch. Dann ging er über den Flur bis dahin, wo eine Tür nach dem rechten Flügel führte. Dort horchte er. Als der Sturm einmal Atem zu holen schien, hörte der Lauscher feste, abgemessene Schritte.

„Donnerwetter! Ein Militärposten“, fluchte er. „Dachte es mir. Na, ich fürchte mich nicht!“

Er öffnete jetzt mit dem Schlüsselbund des Wärters betont laut die Tür. Der Posten hörte es, drehte sich um und fragte:

„Wer da?“

„Die Ablösung. Bitte, kommen Sie her!“

Der Soldat erblickte die blanken Knöpfe auf dem Rock und die farbige Mütze. Er hegte keinen Verdacht.

„Was gibt es?“ fragte er, nähertretend.

Borwald stand neben dem Eingang, nur spärlich von dem trüben Gaslicht beleuchtet.

„Haben Sie nichts gehört?“ fragte er.

„Was soll ich denn gehört haben?“

Während dieser Worte war der Posten ganz nahe herangekommen, so daß Borwald ihn mit der Hand berühren konnte.

„Ein Sägen und Feilen.“

„Wo denn?“ fragte der ahnungslose Soldat.

„Dort hinten!“

Borwald zeigte in den Flügelgang hinein. Ganz unwillkürlich drehte sich der Soldat um und folgte mit dem Auge der angedeuteten Richtung. In diesem Augenblick schnürte ihm der riesenstarke Mann mit der Linken die Kehle zusammen und würgte ihn bis zur Bewußtlosigkeit. Dann huschte Borwald eilig bis zur Zelle Nummer acht. Den Schlüsselbund des Schließers in der Hand, probierte Borwald aus, welcher Schlüssel paßte. Er hatte bald Glück, und im Nu war die Tür geöffnet.

„Herr Naumann!“ flüsterte Borwald heiser.

Der ‚Pascherkönig‘ fuhr von seinem Lager auf, wo er ruhelos auf seinen Befreier gewartet hatte.

„Borwald! Endlich!“ rief er halblaut aus.

„Ja. Ich werde Sie losschließen!“

Nachdem Borwald zwei Schlüssel vergebens probiert hatte, paßte der dritte auf die Handfesseln.

„Wo ist der Posten?“ fragte Naumann.

„Ohnmächtig“, beruhigte ihn Borwald. „Der Schließer ist ebenfalls unschädlich gemacht.“

„Sie sind ein verwegener Kerl! Aber nun schnell fort.“

Sie verließen die Zelle, die Borwald wieder verschloß. Als sie an dem Soldaten vorüberkamen, bewegte er sich. Er war also nicht tot. Ohne auf ihn zu achten, eilten die beiden

Verbrecher bis zur Hinterpforte des Gefängnisses. Dort blieb der Akrobat stehen.

„Man hat Ihnen Ihre Kleider genommen. Ziehen Sie den Rock des Schließers an und die Mütze, die ich mir eben übergezogen hatte. In dem Anzug von Sackleinwand würde jeder in Ihnen einen entsprungenen Gefangenen erkennen."

Naumann folgte dieser Aufforderung. Dann verließen sie das Gefängnis auf demselben Weg, den Borwald schon vorher benutzt hatte. Als sie auf der Straße standen, fragte er:

„Jetzt wohin?"

„Zu der Wohnung meines Vertrauten", sagte Naumann. „Ich habe dort noch einige Gegenstände zu holen."

Sie kämpften sich gegen den Sturm durch die menschenleeren Straßen und Gassen der Residenz. In einer kleinen Nebenstraße in der Nähe des Altmarkts machte Naumann halt, befahl dem Akrobaten, auf ihn zu warten und entfernte sich rasch in die dunkle Gasse hinein. Von jetzt an verging fast eine Stunde, die Borwald endlos lang vorkam. Endlich hörte er nahe Schritte. Ein Mann in elegantem Regenmantel trat auf ihn zu.

„Borwald?" fragte er leise.

„Wer ist's?" fuhr der riesenhafte Akrobat auf. „Ah, Sie, Herr Naumann? Gut so, in dieser Verkleidung wird man Sie nicht erkennen. Aber nun rasch unter das Kirchenportal, wo wir im Trockenen miteinander reden können."

Sie eilten dorthin.

Noch etwas außer Atem keuchte der Akrobat:

„Ich habe ziemliche Angst um Sie gehabt. Sie blieben so lange fort, fast eine ganze Stunde."

„Es ging nicht schneller", rechtfertigte sich Naumann. „Ich habe hier einen Reisekoffer mit Pässen und Geld."

„Einen Koffer?" fragte Borwald verdutzt. „Wollen Sie etwa auf die Eisenbahn?"

„Nein", lachte Naumann. „In aller Frühe wird uns eine Droschke vom Hotel Union abholen."

„Hotel Union? Ah, ich verstehe! Sie wollen an die Millionen der Sopranistin!"

„Allerdings", bestätigte Naumann. „Wenn wir ins Ausland wollen, brauchen wir mehr Geld. Diese amerikanische Sängerin hat Bargeld und Brillanten im Wert von mehreren Millionen bei sich und bewahrt sie, sorglos wie sie ist, in ihrem Zimmer auf. Die ganze Sache ist von meinen Freunden genau ausgekundschaftet worden. Ich nehme mir jetzt eine Droschke und fahre zum Hotel. Dort hat ‚Rudolf' für mich ein Zimmer bestellt und gesagt, ich werde erst nach Mitternacht kommen. Ich habe die Nummer 107, und was noch besser ist", er zog einen Schlüssel aus der Tasche und hielt ihn Borwald vor die Nase, „einen Dietrich, der auf alle Türen im Hotel Union paßt. Das wird ein bequemer Spaziergang für uns. Also was ist – machen Sie mit?"

Borwald nickte.

„Natürlich, wenn wir teilen!"

„Das versteht sich ganz von selbst", beruhigte ihn der ‚Pascherkönig'. „Sie müssen zu Fuß gehen, damit wir nicht zusammen gesehen werden. Also gehen wir! In einer Stunde am Hotel Union! Ich werde dem Portier sagen, daß ich Sie erwarte, und Sie kommen dann zum Zimmer 107."

In diesem Augenblick kamen zwei Gestalten an der Kirche vorbei. Der Sturm heulte auf und warf ihnen einen ganzen Regenschwall entgegen.

„Sapperment!" prustete der eine. „Wollen wir uns nicht einen Augenblick dort unterstellen?"

„Ja. Wir sind lange genug durch den Regen gelaufen", stimmte der andere zu.

Sie waren stehengeblieben und schritten dann rasch auf das Portal zu.

„Da kommen zwei!" erschrak der Akrobat.

„Ja. Schnell fort, Borwald!" antwortete der ‚Pascherkönig'.

Sie flohen nicht, sondern traten aus dem Portal heraus, als ob sie sich eine Station weiterbewegen wollten, nachdem sie kurzfristig Schutz vor dem Regen gesucht hatten. Die beiden Neuankömmlinge blieben stehen. Der Wind war ihnen entgegengekommen und hatte die letzten Worte Naumanns, der laut sprechen mußte, um im Sturmgeheul verstanden zu werden, hörbar gemacht.

„Haben Sie es gehört, Herr Arndt?“ fragte der eine. „Sagte der Mann nicht: Fort, Borwald –?“

„Ja“, murmelte Arndt. „Akrobat Borwald? Wird der nicht wegen schweren Diebstahls gesucht? Vorwärts, Herr Assessor, wir folgen den beiden. Haben wir den ganzen Abend umsonst auf Scharfenberg gewartet, so machen wir jetzt vielleicht einen Fang. Da hinunter sind sie!“

Der Detektiv und der junge Assessor eilten die Straße hinab. Der Akrobat hatte sich bereits von dem ‚Pascherkönig‘ getrennt und war in eine Nebengasse eingebogen. Die Verfolger sahen also nur Naumann vor sich, der langsam gehen mußte, weil ihm der Sturm entgegenblies. Er konnte in diesem Toben die Schritte der beiden ihm folgenden Männer nicht hören, auch drehte er sich nicht um, und so bemerkte er gar nicht, daß er observiert wurde.

„Es ist nur einer!“ sagte von Ansbach atemlos.

„Ja, der Kleine!“ versetzte Arndt fast schreiend. „Der Große muß durch eine Nebengasse fortgegangen sein. Aber gut! Wer mit Borwald geht, ist ohnehin verdächtig genug. Wir müssen erfahren, wohin er geht. Vielleicht gibt es etwas zu entdecken, was für uns von Interesse sein kann.“

Von jetzt an wurde kein Wort mehr zwischen ihnen gewechselt. Etwas schneller folgten sie der in dem stürmischen Wetter nur noch undeutlich sichtbaren Silhouette Naumanns. Erstaunt bemerkten sie nach ungefähr einer halben Stunde, daß der Verfolgte auf das Bahnhofsgebäude zusteuerte. Dort brannten noch mehrere Laternen, so daß Arndt und der Assessor nun die Gestalt des Flüchtlings besser erkennen konnten. Ansbach wollte gerade einige Schritte machen, da wurde er von Arndt am Arm gepackt und zurückgehalten.

„Halt!“ sagte Arndt. „Hier ist es deutlich heller, und er darf nicht merken, daß wir ihm gefolgt sind. Ah, er steigt in eine Droschke! Merkwürdig! Man läuft nicht in dieser Sintflut zum Bahnhof, um dann eine Droschke zu nehmen. In der Stadt war ein Konzert im Tivoli, da warten Kutschen genug am Neumarkt. Nein, mit dem Herrn stimmt etwas nicht! Rasch!“

Sie eilten zur nächsten Droschke, die vor dem Bahnhof stand. Arndt befahl dem Kutscher: „Fahren Sie nach!“

Sie stiegen ein und folgten der Droschke.

Leider waren die Fenster des Wagens beschlagen, weil der Regen mit Wucht dagegen gepeitscht wurde, und so konnten die beiden Männer nicht sehen, wohin die Fahrt ging.

Vor dem Hotel Union, einem der besten Häuser am Platze, hielt die andere Droschke an, und der Fremde stieg aus. Das Hotel war noch geöffnet. Arndt und Ansbach verließen rasch ihr Gefährt, nachdem sie den Kutscher bezahlt hatten. Durch die Glastür am Eingang konnten sie sehen, daß der Fremde gerade einen Zimmerschlüssel erhalten hatte und sich von dem Nachtportier knapp verabschiedete, um dann die breite Hoteltreppe hinaufzuschreiten. Arndt gab dem Assessor einen kurzen Wink, und die beiden huschten lautlos in das Hotel. Der Portier war gerade in das hintere Büro gegangen, so daß sie ungesehen die Treppe hinauflaufen konnten. Im ersten Stock angelangt, wurden sie gerade noch Zeuge, wie der Fremde die Tür zum Zimmer 107 öffnete und schnell wieder hinter sich schloß.

„Und jetzt?“ fragte der Assessor im Flüsterton. Arndt zuckte die Achseln.

„Warten wir ab, was geschieht. Wenn dieser Mensch wirklich etwas Unrechtes vorhat, wartet er bestimmt, bis das Licht im Hotelflur auf kleine Flamme gestellt wird. Es schlägt gleich zwei, also Geduld!“

Sie drückten sich in eine dunkle Ecke. Wenige Minuten später gingen die Flurlichter aus; jetzt brannten nur noch zwei kleine Lämpchen am Ende des Ganges.

Die beiden Männer harrten geduldig der Dinge, die da kommen sollten. Arndt hatte das Ohr an das Schlüsselloch gelegt und hörte so beinahe jedes Geräusch im Zimmer 107. Plötzlich wurden am anderen Ende des Ganges Schritte laut; Arndt fühlte sich von Ansbach am Ärmel gepackt und in eine dunkle Ecke gedrückt.

Jetzt bog eine riesenhafte Gestalt um die Ecke und klopfte leise an die Tür 107. Es war Borwald.

Nach wenigen Augenblicken wurde er von Naumann in das Zimmer gezogen.

„Pst, keinen Lärm!“ warnte dieser. „Ich habe das Licht gelöscht, damit die Nachbarn da drüben denken, daß hier alles schläft. Jetzt mache ich aber wieder etwas Licht!“

Damit zündete er eine Kerze an. Als er nun Borwald so vor sich stehen sah, konnte er ein Lachen nicht unterdrücken.

„Mensch, wie sehen denn Sie aus?“ fragte er so leise, daß nur Borwald und ein Lauscher an der Tür ihn verstehen konnten. „Haben Sie Schwimmstunde gehabt?“

„Ist das ein Wunder?“ schimpfte Borwald. „Diese lange Zeit in einem solchen Regen durch die Stadt zu laufen. Ich bin nicht nur bis auf die Haut, sondern sogar bis auf die Knochen naß. Haben Sie nichts Warmes zu trinken?“

„Bedaure“, meinte der ‚Pascherkönig‘ verächtlich, „ich hatte Wichtigeres zu tun. Zittern Sie sich gefälligst warm und schauen Sie her! Das ist der Plan der Suite von Miß Starton, den meine tüchtigen Freunde angefertigt haben. Die Amerikanerin bewohnt drei Räume, Vor-, Wohn- und Schlafzimmer. Diese drei Zimmer hängen durch Verbindungstüren zusammen, und von jedem Raum führt eine Tür auf den Korridor hinaus. Es gibt also im ganzen fünf Türen. Es kann sein, daß die Starton die Riegel vorgelegt hat.“

„Hm!“ brummte Borwald nachdenklich. „Und wenn alle drei von innen verriegelt sind? Das wäre fatal!“

„Nicht doch!“ entgegnete Naumann überlegen. „Ich würde so klopfen, daß nur die Sängerin es hört, und ihr mit verstellter Stimme vortäuschen, ich sei das Zimmermädchen und hätte ihr Wichtiges mitzuteilen. Öffnet sie dann, so kriegt sie einen einzigen Klaps und ist ruhig. Jetzt warten Sie einen Augenblick! Die Frau schläft im Zimmer 180, genau auf der gegenüberliegenden Seite des Hotels. Wollen doch einmal sehen, ob sie das Licht gelöscht hat!"

Die Lauscher vor der Tür konnten hören, wie vorsichtig die Fensterflügel geöffnet und kurz darauf wieder geschlossen wurden. Dann ließ sich wieder die Stimme Naumanns vernehmen:

„Gut! Sie hat das Licht gelöscht. Wir warten noch einige Minuten, dann brechen wir auf. Am besten lösche ich jetzt auch unser Licht!"

Er wollte das Kerzenlicht ausblasen, wurde aber von Borwald daran gehindert.

„Halt!" sagte der Akrobat. „Nicht so eilig! Wann und wo teilen wir?"

Naumann schien einige Augenblicke zu überlegen, dann schlug er vor:

„Ist der Coup gelungen, schleichen Sie sich ganz ruhig und gelassen aus dem Hotel. Ich werde bald nachkommen, und zwar vor dem Morgengrauen. Passen Sie nur auf, daß Sie der Portier nicht entdeckt! Die Haupttür öffnen wir mit dem Dietrich."

„Warum getrennt marschieren?" fragte Borwald mißtrauisch. „Nein, nein, zusammen oder gar nicht! Wohin wollen wir uns überhaupt wenden?"

„Zunächst gehen wir in ein verlassenes Gebäude in der Vorstadt, eine ehemalige Eisengießerei", meinte Naumann ruhig. „Dort taxieren wir den ungefähren Wert der Gegenstände, teilen und trennen uns dann für kurze Zeit."

Borwald, der sehr wohl merkte, daß der andere ihn loswerden wollte, widersprach so heftig, daß Naumann schließlich versicherte, gemeinsam mit ihm das Hotel zu verlassen. Im stillen aber sagte er sich:

„Esel! Ich mit dir teilen? Was du dir einbildest! Habe ich

dich erst mit dem Schatz in der Eisengießerei, so bekommst du eine Kugel in den Kopf. Während dieses Sturms heut' nacht hört kein Mensch den Schuß, und ich bin dann alleiniger Herr des Vermögens. In dem letzten Brief, den ‚Rudolf' ins Gefängnis schmuggeln ließ, stand, daß auch er Borwald mißtraue. Nein, nein, er muß weg, und dann fort ins Ausland!"

Und der Akrobat dachte für sich: „Er meint wirklich, daß ich ihm vertraue! Der und mit mir teilen! Daß ich nicht lache! Ich soll ihm die Kastanien aus dem Feuer holen, und dann schießt er mich nieder wie einen Hund. Millionen teilt der Mann nicht mit mir. Bin ich nur erst überzeugt, daß die Schmucksachen im Zimmer sind, so bekommt die Sängerin einen Hieb, und dann schlage ich Naumann mit meinem Hammer vor dem Kopf."

Während die beiden Verbrecher in Zimmer 107 so ihren tückischen Gedanken nachgingen, besprach Arndt sich draußen im Flüsterton mit dem Assessor:

„Eine Sängerin soll beraubt werden, die in Zimmer 180 wohnt? Das müssen wir verhindern! Rasch, Herr Assessor, laufen Sie hinunter! Benachrichtigen Sie den Portier, daß er Beamte von der nächsten Polizeistation holen soll!"

„Und Sie?" fragte der Assessor.

„Ich?" lachte Arndt leise. „Ich werde mit den Schurken wohl allein fertig. Zur Not habe ich dies." Er zog einen Revolver hervor.

Im Zimmer flüsterte Naumann, nach einigen Minuten des Wartens, dem Akrobaten zu:

„Jetzt sollten wir es versuchen!" Mit diesen Worten zog er eine Kerze aus seiner Reisetasche, zündete sie an, öffnete vorsichtig die Tür und blickte forschend hinaus. Niemand war zu sehen. Er gab Borwald einen Wink. Die Verbrecher verließen das Zimmer, eilten über den Flur und begaben sich in den gegenüberliegenden Teil des Hotels. Bei Zimmer 180 angelangt, zog Naumann seinen Dietrich hervor und versuchte, die Türen zu öffnen. Der erste und zweite Versuch mißlangen, die Türen waren von innen verriegelt. Doch bei der dritten Tür gelang der Versuch. Die Tür öffnete sich, und die Männer traten ein.

„Leuchten Sie!“ befahl Naumann im Flüsterton. Der Akrobat gehorchte. Im Schein der Kerze waren einige Einrichtungsgegenstände zu erblicken, die Tür zum Wohnzimmer stand offen. Borwald und Naumann huschten hindurch. Auch in das Wohnzimmer wurde geleuchtet, nach einem kurzen Blick schüttelte Naumann aber den Kopf.

„Die Kostbarkeiten sind jedenfalls in ihrem Schlafzimmer. Los, Borwald! Wenn sie schreien will, wird sie unschädlich gemacht!“

Die beiden Männer schlichen auf Zehenspitzen in Richtung der Verbindungstür, die zum Schlafzimmer führte. Sie stand offen. Gerade wollten Sie eintreten, da rief eine barsche Stimme: „Halt! Stehenbleiben!“

Sie fuhren herum.

Vor ihnen stand Arndt mitten im Zimmer und hielt den Revolver auf die beiden Einbrecher gerichtet. Borwald war einen Augenblick wie gelähmt. Dann stürzte er sich wie ein Raubtier auf Arndt und entriß ihm die Waffe. Der bärenstarke Mann schlug wie besessen auf den Geheimpolizisten ein. Dieser hatte alle Mühe, sich seiner Haut zu wehren. Eine Weile kämpften sie fast lautlos, da öffnete sich die Tür des Schlafzimmers. Miß Starton trat heraus und blickte höchst erschrocken auf den zähen Kampf. Ihr Erscheinen lenkte den Akrobaten für einen Augenblick ab. Blitzschnell versetzte ihm Arndt einen Mordshieb gegen die Schläfe, so daß der Riese zu Boden fiel und bewußtlos liegenblieb.

„Höllenelement!“ stieß Arndt hervor, indem er sich den Schweiß von der Stirn wischte. „Das war knapp! Ich bin Ihnen zu großem Dank verpflichtet, Miß Starton, und eine Erklärung schuldig. Dieser Mann hier wollte eindringen, um Ihre Juwelen zu stehlen, zusammen mit einem Komplizen – –“ Er unterbrach sich plötzlich, „oh, den habe ich ja ganz vergessen! Er ist fort!“

Er lief zur Vorzimmertür. Diese war verschlossen.

„Rasch, Miß Starton, den Schlüssel!"

Sie eilte herbei, und Arndt öffnete die Tür. Das Fenster an der Seite stand offen. Arndt blickte hinaus; kein Zweifel, einem geschickten Kletterer konnte es gelingen, über die Fensterbrüstung in den Hof des Hotels zu gelangen und von dort ins Freie. Sofort kehrte Arndt zu der Sängerin zurück und fand sie nun in Anwesenheit mehrerer Männer vor. Der Assessor hatte den Portier benachrichtigt, und dieser war inzwischen mit einer Anzahl von Gendarmen gekommen. Der Akrobat Borwald wurde gefesselt und zum Verhör transportiert. Ellen Starton nutzte die Gelegenheit, sich überschwenglich bei Arndt zu bedanken. Sie stammte aus kleinen Verhältnissen, war aber in ihrer Heimat wegen der ungewöhnlichen Stimmbegabung schon früh entdeckt und gefördert worden. Nach großen Erfolgen im Konzertsaal und auf der Bühne hatte man sie eingeladen, eine Tournee durch Europa zu unternehmen. Seitdem war sie auch hier einfach nur ‚die Starton', die berühmte Sopranistin, die man nicht nur wegen ihrer herrlichen Stimme, sondern auch wegen ihres bescheidenen und liebenswürdigen Wesens feierte. Arndt vermochte sich den Dankesbezeigungen der Sopranistin kaum zu entziehen und verließ nach einiger Zeit das Hotel, noch ganz unter dem Eindruck der aufregenden Ereignisse.

Nach der Ergreifung Borwalds im Hotel Union wurde Staatsanwalt Unterberg alarmiert. Er kleidete sich an und begab sich sofort in das Gerichtsgebäude, wo er sogleich begann, mit Arndts Hilfe den inzwischen wieder zu Bewußtsein gekommenen Borwald zu verhören. Der Akrobat schwieg sich jedoch aus und beantwortete keine der Fragen des Staatsanwalts, insbesondere nicht die nach seinem Komplizen. Schließlich war es Unterberg leid, und er ließ den halsstarrigen Verbrecher abführen.

Dann wandte er sich an Arndt:

„Offengestanden, ich verstehe da einiges noch nicht so

ganz. Sie hörten den Namen Borwald und beschlossen, den beiden Verbrechern zu folgen. Können Sie Borwalds Komplizen beschreiben?“

Arndt schüttelte den Kopf.

„Bei diesem Regen und der Dunkelheit war es unmöglich, mehr als seine Gestalt zu erkennen. Er ist kleiner als Borwald, trug einen eleganten Regenmantel und einen Reisekoffer, den wir übrigens in dem Zimmer gefunden haben, das er im Hotel Union gemietet hatte. Es steckten Pässe für zwei Personen und Geld darin. Die Pässe sind offenbar gefälscht.“

Der Staatsanwalt ließ einen halblauten Pfiff hören.

„Also steht fest“, versetzte er nach einer längeren Pause, „daß er ins Ausland wollte, zusammen mit Borwald. Warum?“

Statt einer Antwort zuckte Arndt mit den Achseln.

Unterberg forderte nunmehr die Gendarmen auf, die Borwald aus dem Hotel abtransportiert hatten:

„Lassen Sie doch einmal sehen, was sich in Borwalds Taschen befunden hat!“

Die Gendarmen zeigten ihm die Gegenstände. Es handelte sich um einen Beutel mit Goldstücken, eine alte Uhr, ein Messer, einen Hammer und zwei Schlüsselbunde. Der Staatsanwalt betrachtete die Dinge mit großer Aufmerksamkeit und wandte sich dann an Arndt:

„Was halten Sie hiervon?“

Damit deutete er auf Hammer und Schlüssel. Arndt untersuchte die Gegenstände sorgfältig, dann sagte er:

„Hier muß etwas Furchtbares passiert sein. An dem Hammer klebt Blut, und einer der Schlüsselbunde könnte zu einem öffentlichen Gebäude passen. Die anderen aber gehören unverkennbar zu Hand- oder Fußfesseln, wie sie Gefangene tragen.“

Da sprang der Staatsanwalt auf, riß seinen Mantel vom Haken und sagte atemlos:

„Rasch ins Gefängnis! Ich habe eine furchtbare Ahnung!“

Arndt nickte.
„Ich auch, wir dürfen keine Zeit verlieren!"
Die beiden Männer verließen das Gerichtsgebäude und eilten zum Gefängnis. Am Haupttor angelangt, klingelte der Staatsanwalt mit ungewöhnlicher Heftigkeit. Erst nach einer geraumen Weile wurde das Tor von einem verschlafen wirkenden Wachtmeister geöffnet, der sehr erstaunt war, den Staatsanwalt zu so früher Stunde vor sich zu sehen.
„Wer hat die Nachtwache?" fragte Unterberg nach kurzer Begrüßung.
„Schließer Leistner", antwortete der Wachtmeister höchst verwundert. Es folgte rasch die nächste Frage:
„Ist die Wachablösung pünktlich geschehen?"
„Um zwölf Uhr kam die zweite Wache, danach ging ich schlafen. Um vier Uhr soll die dritte Ablösung kommen."
„Führen Sie uns sofort zum Aufsichtsraum!" befahl der Staatsanwalt knapp.
Der Wachtmeister gehorchte und geleitete die beiden Herren die Treppe empor. Als er oben die Tür öffnen wollte, stellte er mit einem Blick auf den Kleiderständer vor der Tür betroffen fest:
„Hier hing noch um zwölf Uhr der Rock und die Mütze des Schließers. Sollte er diese Sachen irgendwo hingebracht haben? Merkwürdig?"
„Wir werden sehen", meinte der Staatsanwalt. „Der Mann müßte uns doch hören können, selbst wenn er eingeschlafen wäre. Wir sprechen ja laut genug!"
Der Wachtmeister öffnete, und die drei Männer betraten den Aufsichtsraum. Der Schließer lag reglos auf der Pritsche. Arndt drehte ihn um und entdeckte eine tiefe Wunde am Hinterkopf.
„Herrgott!" rief er aus. „Ist er tot oder nur ohnmächtig?"
Dabei begann er, den Schließer sorgfältig zu untersuchen. Endlich richtete er sich auf und sagte:
„Lassen Sie schnell einen Arzt rufen! Gott sei Dank! Der Schließer liegt nur in einer tiefen Ohnmacht!"

Unterberg gab dem Wachtmeister den entsprechenden Befehl. Währenddessen zog Arndt ein Tuch hervor, in das er den bei Borwald gefundenen Hammer eingewickelt hatte und hielt ihn an die Wunde. Der Staatsanwalt war herangetreten und beobachtete dies mit großer Spannung.

„Kein Zweifel!“ bestätigte er, „mit diesem Hammer ist der Schließer niedergeschlagen worden. Also hat Borwald einen Sträfling befreien wollen!“

Arndt richtete sich auf.

„Herr Staatsanwalt, wir wissen auch wen!“ sagte er hastig, „in welcher Zelle befindet sich der Pascherkönig Naumann?“

Unterberg studierte den Zellenplan und antwortete:

„In der Zelle acht. Ich werde sofort – –“ dabei wollte er die Schlüssel von der Wand nehmen, wo sie gewöhnlich hingen.

„Himmel, die Schlüssel sind nicht mehr da! Sie sind fort!“

„Das dachte ich mir“, nickte Arndt. „Wir nehmen solange diese!“ Damit zog Arndt einen jener Schlüsselbunde hervor, die man bei Borwald sichergestellt hatte.

Mit dem Staatsanwalt eilte er den Gang hinunter. Arndt öffnete die Verbindungstür zum rechten Flügel und sah den wachhabenden Soldaten bewegungslos daliegen. Er war ohnmächtig, wie eine kurze Untersuchung ergab. Ein Blick in die Zelle acht bestätigte nur, was bereits zu befürchen stand: die Zelle war leer.

„Entflohen!“ rief der Staatsanwalt erbittert aus. „Herrgott! Dieser Borwald spaziert so mir nichts dir nichts in das Gefängnis, schlägt zwei Männer nieder, befreit den Pascherkönig und macht sich mit ihm auf die Flucht. Unterwegs holen sie sich auch noch etwas ‚Reisegeld‘ im Hotel Union und sind fort! Wenn Sie nicht gekommen wären, Herr Arndt, wären sie bereits über alle Berge!“

„Ja“, bestätigte dieser, „wir hatten Glück im Unglück. Naumann ist uns zwar entkommen, aber den Fluchtkoffer mit Geld und Pässen hat er zurücklassen müssen. Damit befindet er sich jetzt in großer Verlegenheit. Herr Staatsanwalt, versäumen Sie keine Minute! Lassen Sie die Telegraphendrähte spielen, Kavalleriepatrouillen aussenden. Nach Anbruch des Tages soll die örtliche Feuerwehr die Umgebung nach Spuren untersuchen. Wir müssen alles tun, ihn zu ergreifen. Ich werde versuchen, vom Hotel Union aus die Spur aufzunehmen."

Damit verabschiedete er sich. Kurz darauf traf der Gerichtsarzt ein. Er untersuchte zunächst den verwundeten Schließer, verband ihn und zeigte sich hoffnungsvoll hinsichtlich seiner Gesundung. Bei dem Militärposten konnte er nach kurzer Untersuchung feststellen, daß er zwar schwere Würgemale aufwies, aber sich wieder erholen werde.

Der Staatsanwalt gab nunmehr Anweisung, Borwald ins Gefängnis zu bringen, ihn an Händen und Beinen zu fesseln und die Wachen zu verdoppeln. Dann erteilte er seine Befehle zur Verfolgung des flüchtigen Naumann. Würde es gelingen, den ‚Pascherkönig' zu fassen?

16.

Auf der Flucht

Der ‚Pascherkönig' Wolf Naumann floh in fieberhafter Hast aus dem Hotel Union. Er glaubte, daß die Polizei ihm nicht nur im Hotel aufgelauert, sondern dieses auch umstellt hatte. Er konnte zwar nicht begreifen, wie sein Plan verraten worden war, aber es galt jetzt auf jeden Fall, schleunigst das Weite zu suchen. Naumann hatte Glück: die Pforte, die aus dem Hinterhof ins Freie führte, war unverschlossen. So konnte er in dem immer noch tobenden Unwetter unbehelligt bis in die Nähe des Neumarkts gelangen. Hier stand er eine Weile und überdachte seine Lage. Sie war schlecht genug: den Koffer mit Reisepässen und Geld hatte er im Hotelzimmer zurücklassen müssen, der schöne Plan des Schmuckraubs war gescheitert – was nun? Eines wußte er sicher: er mußte fort aus der Residenz, fort um jeden Preis!

Es kam ihm ganz so vor, als hörte er bereits die Verfolger hinter sich, und so brach er hastig auf. Er war im Begriff, um eine Ecke zu biegen, da stieß er mit einem Mann zusammen, der von der Seite kam. Er erkannte in ihm einen Nachtwächter. Diesem wieder mußte die Eile des Mannes auffallen, und daß er zu dieser Stunde und bei einem solchen Wetter in großer Hast durch die Stadt lief, machte den Verdacht noch größer.

„Halt! Warten Sie!" rief der Wächter.

Als dies nicht half, zog er seine Pfeife und gab ein Signal. Von dem anderen Ende der Gasse ertönte Antwort. Naumann hörte, daß er sich zwischen zwei Gegenspielern befand, lief aber weiter, fest entschlossen den zweiten Wächter über den Haufen zu rennen. Zum Glück für ihn öffnete sich jedoch rechts eine Gasse. Er bog in sie ein, war aber noch nicht weit gekommen, so ertönte hinter ihm ein Doppelsignal. Die beiden Wächter waren zusammengetroffen und wußten nun, welche Richtung er eingeschlagen hatte. Vorn, weit vor ihm, wurde geantwortet. Wieder zwei Nebengassen, rechts eine und links eine. Rechts ertönte auch ein Pfiff, er bog also links ab, kam in eine Hauptstraße, hörte wieder vor und hinter sich jenes verteufelte Pfeifen. Es war, als seien alle Nachtwächter der Residenz ihm auf den Fersen.

Bald war man ihm wieder so nahe, daß er die eilenden Schritte seiner Verfolger hören konnte.

„Haltet ihn auf! Haltet ihn auf!“ rief man hinter ihm.

„Wo? Wo?“ hörte er es vor sich schreien.

Im trüben Schein einer Laterne war Naumann in ein Verbindungsgäßchen geschlüpft. Was tun? Zu seiner rechten Hand befand sich eine Gartenmauer, die nicht sehr hoch zu sein schien. Schnell kletterte er über sie. Hierher fiel kein Licht. Er mußte sich erst orientieren. Das Blut pulste heftig durch seine Adern. Er war völlig außer Atem. Naumann preßte sich an die Mauer und horchte. Da kamen von der einen Seite zwei Männer gerannt, wie er an den Doppelschritten hörte, und von der anderen ein dritter. Draußen vor der Mauer trafen sie zusammen.

„Halt? Wohin?“ fragte einer.

„Vorwärts, es hat gepfiffen!“

„Das waren wir.“

„Ach so! Hier ist es so dunkel, und das Wetter schlägt einem die Augen zu. Ist dir niemand begegnet?“

„Nein.“

„Wir dachten, er sei hier herein.“

„Wer denn?“

„Ein Spitzbube! Der Wächter dieses Stadtbezirkes hat ihn draußen auf der Johannstraße laufen sehen. Regenmantel mit Kapuze und sehr verdächtig in Eile!“

„Wir werden ihn schon kriegen“, brummte der zweite Wächter. „Also hier herein ist der Bursche jedenfalls nicht!“

„Zu dumm“, meinte sein Kollege enttäuscht. „Wir müssen uns geirrt haben, wollen aber die Gegend im Blick behalten.“

Sie trennten sich. Naumann hatte jedes Wort gehört. Hier in der engen Gasse konnte der Sturm die Worte nicht augenblicklich verwehen. Hinaus konnte er nicht, wenigstens jetzt noch nicht. Er mußte eine tüchtige Weile abwarten. Aber hier im Dunkeln? Er erkannte gerade noch, daß er sich in einem Hof befand. Vielleicht gab es irgendein Plätzchen, wo er sich zur Not unterstellen konnte. Er fand einen Schuppen sowie einen Kellereingang, aber die Türen waren verschlossen. Naumann trat an die Hoftür des Hauses. Das Dach hing ein wenig über. Wenn er sich an die Tür lehnte, so konnte ihn wenigstens niemand sehen, und er blieb einigermaßen trocken. Bei dieser Gelegenheit ergriff Naumann die Klinke, drückte sie nieder und – die Tür ging überraschend auf. Er trat sofort ein. Hier war doch ein sicherer Ort. Entdeckt zu werden, hatte er nun fürs erste nicht zu befürchten. Zu so später Stunde befand sich wohl kein Bewohner mehr außerhalb des Hauses, zumal bei diesem fürchterlichen Wetter.

Es fiel ihm ein, daß er noch ein Päckchen Zündhölzer einstecken hatte. Er brannte eines der Hölzer an und leuchtete um sich. Vorn war die Haustür, rechts gingen einige Stufen zur Wohnung des erhöhten Parterres und links die Treppe zum ersten Stock empor. Unter dieser Treppe sah er eine Tür, an der sich weder Riegel noch Schloß befanden. Er öffnete und leuchtete mit einem zweiten Hölzchen hinein. Der kleine Raum war halb mit Pappen angefüllt. War es nicht besser, sich da auszuruhen? In den Flur konnte jemand kommen, in diese Ecke aber wohl keiner. Auf den Pappen war es auch wärmer als auf den kalten Steinen. Er schob also den Riegel vor die Hintertür und kroch dann in den Treppenverschlag. Dort machte er es sich bequem, soweit es ging. Er beschloß, ein Stündchen hier zu warten und dann sein Glück weiter zu versuchen. Hätte ihn die Sorge um die

Fortsetzung seiner Flucht nicht gequält, so wäre ihm der jetzige Schlupfwinkel recht angenehm vorgekommen.

Kaum hatte er sich niedergesetzt, als sich oben eine Tür öffnete. Er hörte leise Schritte die Treppe herabkommen. Zugleich bemerkte er durch den ziemlich breiten Türspalt, daß die betreffende Person ein Licht bei sich hatte. Es war ein Mann in Schlafrock und Hausschuhen. Er setzte das Licht auf eine der Treppenstufen und ging dann zur Haustür, wo er eine horchende, wartende Stellung einnahm. Nach einiger Zeit begann er unruhig im Flur auf und ab zu gehen. Da ließ sich ein halblautes Klopfen vernehmen. Der Mann ging, um zu öffnen, und wenig später hörte der Lauscher leisen Wortwechsel.

„Guten Abend, Herr Solbrig", grüßte eine gedämpfte Stimme.

„Guten Abend, Herr Leutnant, oder vielmehr guten Morgen."

„Freilich, es ist aber sehr wichtig. Schließen Sie schnell die Tür. Es könnte mich doch vielleicht ein Neugieriger bemerken."

Der Schlüssel wurde im Schloß umgedreht, und dann kamen die beiden bis an die Treppe heran, so daß Naumann in seinem Verschlag alle ihre Worte verstehen konnte.

Der Leutnant sagte:

„Sie haben also meine eiligen Zeilen erhalten?"

„Ja, bin überrascht."

„Alles in Ordnung." Der Leutnant atmete auf. „Übrigens ist es gar nicht gut, draußen ‚spazierenzugehen', wenigstens wenn man Absichten verfolgt, die niemand zu wissen braucht. Haben Sie nicht die Signale gehört?"

„Natürlich", Solbrig zeigte sich verunsichert. „Ist es unter den Umständen nicht leichtfertig, in Uniform zu erscheinen, wo die Stadt von Wächtern nur so wimmelt?"

„Gerade die Uniform gibt mir diesmal die Sicherheit, unbehelligt zu bleiben. Man verfolgt irgendein Subjekt und ist nun besonders wachsam. Aber der Gang zu Ihnen war nicht aufzuschieben. Ich habe nämlich meinen ganzen Geldvorrat ausgegeben. Und schon bald habe ich gute Gelegenheit, eine erhebliche Summe an den Mann zu bringen, deshalb komme ich mitten in der Nacht zu Ihnen. Haben Sie noch zwanzigtausend Gulden?"

„Ja, allerdings nur gegen bar."

„Natürlich. Diese Fünfzigguldenscheine sind so famos nachgemacht, daß kein Mensch die Fälschung entdecken kann. Ich habe mich überzeugt, daß meine anfängliche Unruhe ganz überflüssig war."

„Sehen Sie?" triumphierte der Fälscher. „Ich sagte es Ihnen ja! Leider höre ich nichts mehr von meinem ‚Künstler', sonst würden wir auch Hundertguldenscheine herstellen. Aber gut! Warten Sie bitte. Ich werde Ihnen das Licht hier lassen."

Er stieg leise die Treppe hinauf, und der Leutnant lehnte sich an die Wand. Naumann in seinem Versteck hatte jedes Wort verstanden. Der Zufall hatte ihn also in das Haus des von Borwald erwähnten Falschmünzers geführt und auch zum Zeugen der dunklen Geschäfte Solbrigs gemacht. Es kam ihm ein Gedanke, den er auszuführen beschloß. Unterdessen hörte er die sich nahenden Schritte Solbrigs. Der Fälscher kehrte zurück.

„Hier ist das Paket: zwanzigtausend Gulden!"

„Und hier sind zehntausend dafür", antwortete Scharfenberg. Er gab Solbrig ein Bündel Scheine.

„Sie erlauben natürlich, daß ich sie prüfe?"

„Gewiß. Echte prüft man, falsche aber nicht."

Solbrig kauerte sich auf die Treppenstufen nieder und begann, im Licht der Laterne die Banknoten durchzusehen. Der Offizier hatte das Falschgeld eingesteckt und stand wartend dabei. Endlich sagte Solbrig:

„Es stimmt. Gold wäre mir aber lieber."

„Das ist zu schwer. Seien Sie zufrieden. Ich habe in dieser kurzen Zeit über fünfzigtausend Gulden an den Mann gebracht."

Solbrig erwiderte: „Das erkenne ich an. Aber bedenken Sie auch, welchen Profit Sie dabei – –!"

„Wie hoch beziffert sich dieser Profit?"

Ein furchtbarer Schreck ließ die beiden Männer zusammenzucken. Sie fuhren herum und sahen einen unbekannten Menschen vor sich stehen, dessen Aussehen einen abschrekkenden Anblick bot. Der Regen hatte trotz der Kapuze, die sein Gesicht beschirmte, Kopf- und Barthaare des Flüchtigen vollständig aufgeweicht. Naumann sah aus wie ein verwildertes Tier. Scharfenberg faßte sich zuerst.

„Wie kommen Sie herein?"

„Durch die Hintertür", sagte Naumann gelassen.

Scharfenberg erbleichte.

„Verdammt! Haben Sie etwa unser Gespräch gehört?"

„Jedes Wort!" antwortete Naumann, die Ruhe in Person.

Jetzt hatte auch Solbrig sich von seinem Schreck erholt. Er machte eine zornige Miene und sagte:

„Sie haben hier nichts verloren! Das ist mein Haus! Eigentlich müßte ich Sie der Polizei übergeben. Ich will aber Nachsicht üben, wenn Sie augenblicklich das Haus verlassen."

Da lächelte Naumann geringschätzig.

„Und wenn ich der Polizei von dem Geschäft erzähle, das hier abgeschlossen worden ist?" fragte er.

„Sie täuschen sich", versetzte Solbrig scharf. „Wir haben ein einfaches Diskontogeschäft geregelt. Was ich und was der Leutnant von Scharfenberg vor Gericht sagen würden, hätte jedenfalls größeres Gewicht als Ihre Halluzinationen."

„Nun, das müßte man abwarten. Ich will gehen, ja, vorher aber bitte ich Sie, mir Ihre echten Gulden zu überlassen."

„Sind Sie verrückt?" fuhr Solbrig auf und vergaß, seine Stimme zu dämpfen.

„Verrückt bin ich nicht, ganz im Gegenteil", grinste der andere. „Sie kennen mich vielleicht. Mein Name ist Naumann."

Er warf die Kapuze zurück, so daß man nun sein Gesicht richtig sehen konnte.

„Hölle, Tod und Teufel!“ schrie der Leutnant außer sich. „Sie sind der Pascherkönig, der vor kurzem gefaßt wurde! Was machen Sie hier in Freiheit?“

„Das geht Sie nichts an. Nachdem ich mich Ihnen nun vorgestellt habe, werden Sie mir nicht mehr von einem einfachen Diskontogeschäft faseln!“

Er blickte die beiden Falschmünzer frech an, und als keiner von beiden antwortete, verschärfte Naumann seine Forderung:

„Dann wird mir der Herr Leutnant seine falschen Gulden auch noch überlassen müssen.“

Solbrig schüttelte entsetzt den Kopf.

„Das geht nicht“, widersetzte er sich. „Wir verkaufen nur gegen Bargeld.“

„Machen Sie sich doch nicht lächerlich!“ fauchte Naumann verärgert. „Ich habe gute Freunde in der Residenz. Ein Wort von mir, und sie lassen die Polizei die ganze Wahrheit über Ihre Falschmünzerei wissen. Außerdem – ein Mann, der den berüchtigten Akrobaten Borwald vor seinem Einbruch im Hotel Union beherbergt hat, kann wohl nicht mit Nachsicht rechnen.“

Solbrig brachte kaum ein Wort heraus.

„Sind Sie des Teufels?“ stammelte er schließlich. „Wer ist Borwald?“

„Oh, Sie kennen Borwald sehr gut“, erwiderte Naumann leichthin. „Übrigens war ich bei dem Streich im Hotel Union dabei. Morgen werden Sie in den Zeitungen lesen können, daß ich nicht mit mir spaßen lasse. Wollen Sie nicht, so muß ich Sie zwingen.“

Damit zog er einen Revolver hervor, den er von seinem Verbündeten ‚Rudolf‘ erhalten hatte, und hielt ihn Solbrig vor die Brust. Dieser sprang vor Angst einen Schritt zurück.

„Um Gottes willen, seien Sie vorsichtig! Wie leicht könnte die Waffe losgehen! Wir geben Ihnen ja die

Gulden, aber machen Sie bloß keinen Lärm, sonst wird meine Frau wach. Wie wollen Sie aber überhaupt hier verschwinden? Die Polizei sucht bestimmt nach Ihnen!"

„Pah!" lachte Naumann verächtlich. „Der Herr Leutnant wird die Güte haben, seine Kleidung mit mir zu wechseln. Wir haben beinahe dieselbe Statur und können also leicht miteinander tauschen."

Scharfenberg hatte sich bis jetzt ruhig verhalten, doch jetzt wurde es ihm zuviel.

„Das werde ich nicht tun!" brauste er auf.

„So?" fragte Naumann ironisch zurück. „Sie vergessen, daß ich Mittel und Wege habe, Sie zu zwingen."

Dabei spielte er anzüglich mit seinem Revolver.

Scharfenberg schwieg. Er wußte, daß ihm keine andere Wahl blieb.

„Von der Grenze her sende ich Ihnen die Sachen wieder zu", kündigte Naumann spöttisch an. „Ich brauche Ihre Uniform samt Stiefeln und Sporen."

Scharfenberg zögerte.

„Hm! Sie geben mir Ihr Wort, mich nicht zu verraten?"

„Mein Ehrenwort als Mann! Wir sind also einig?"

Beide nickten schweigend. Hastig tauschten Naumann und Scharfenberg im engen Flur ihre Kleidungsstücke. Danach verstaute der Verbrecher eilig die frisch erworbenen Notenbündel in die Innentasche der Uniform.

Bald danach öffnete ein Offizier vorsichtig die Haustür, blickte hinaus, und als er keinen Menschen sah, trat er auf die Straße. Er überquerte langsam den Markt, bemerkte aber nicht, daß sich eine Gestalt aus dem Schatten einer Nische löste und bis zur nächsten Ecke huschte, wo ein Wächter Posten hielt.

„Sehen Sie diesen Leutnant dort?" fragte der Beobachter den Wachposten.

„Ja!"

„Folgen Sie ihm nach. Kehren Sie zurück, wenn Sie seinen Standort melden können."

Der Wächter eilte dem Mann hinterher, der Scharfenbergs Uniform trug. Der andere schlenderte wieder zu seiner Beobachtungsstelle; es war Assessor von Ansbach. Nach einer halben Stunde sah er den Wächter kommen, winkte ihn zu sich und ließ sich berichten:

„Dieser Mensch ging in kein Haus. Er machte einen ganz eigentümlichen Spaziergang am Petrikirchhof vorbei und lief dann plötzlich eilig über die Wiesen zum Fluß hin. Weiter konnte ich ihm nicht folgen. Es gab keine geeignete Dekkung mehr. Er hätte mich bemerkt."

„Danke!"

Der Assessor verharrte unschlüssig auf der alten Position. Das Glück stand ihm bei, denn kurz darauf wurde er gewahr, daß die Tür von Solbrigs Haus sich abermals öffnete. Ein Mann sah sich nach allen Seiten um und ließ dann eine andere Person heraus, die in einen Regenmantel mit Kapuze gehüllt war. Ansbach sah die Gestalt kommen und forderte den Wächter auf: „Halten Sie diesen Mann an! Er sieht genauso aus wie der, den wir suchen."

„Wenn er es aber nicht ist?" fragte der Wächter besorgt.

„So lassen Sie ihn natürlich wieder fort."

Auf diese Anweisung hin trat der Wächter der verhüllten Gestalt in den Weg, als sie vorbeigehen wollte.

„Halt! Bitte, woher kommen Sie?"

„Haben Sie mich danach zu fragen?" fuhr ihn der Mann ärgerlich an.

„Ja!" sagte der Wächter fest. „Wir suchen jemanden, der ganz genauso wie Sie gekleidet ist."

„Ich bin es sicher nicht. Mein Name ist Leutnant Bruno von Scharfenberg."

„Den Namen kenne ich nicht. Bitte um Legitimation!"

Scharfenberg zuckte zusammen.

„Donnerwetter! Ich werde mich doch nicht hier vor jedem Nachtwächter zu legitimieren haben. Ich werde mein Recht suchen."

„Das kann mich nicht in Verlegenheit bringen. Sie sind so

früh schon auf den Beinen?"

„Ja, weil es mir so beliebt. Was noch?"

Da trat der Assessor heran, stellte sich aber so, daß Scharfenberg ihn nicht sehen konnte. Er nahm den Wächter beiseite und flüsterte ihm zu:

„Lassen Sie ihn laufen! Es ist wirklich von Scharfenberg."

Der Wächter wandte sich wieder an den Herrn, der sich fortwährend und lautstark über die Belästigung beschwerte und dann seiner Wege ging. Schließlich meinte der Wächter zu dem Assessor:

„Da haben wir es! Warum beauftragten Sie mich?"

Ansbach ließ sich nicht beirren. Er antwortete:

„Um eine Spur des Flüchtlings zu entdecken. Ich glaube, ich habe sie nun und werde dafür sorgen, daß Sie auch eine Belohnung erhalten!"

Mit diesen Worten empfahl sich der Assessor. Im Gerichtsgebäude traf er Staatsanwalt Unterberg an, der gerade auf dem Weg nach Hause war.

Arndt befand sich noch im Hotel Union. Ansbach nahm eine Droschke und ließ sich dorthin bringen, um Arndt über seine Entdeckung zu informieren.

Der Geheimpolizist hörte gespannt zu, während Ansbach folgendes berichtete:

„Auf der Suche nach dem zweiten Einbrecher bin ich mit den Wächtern und Polizisten durch die Gassen und Straßen gestreift, in der Hoffnung, vielleicht eine Spur des Kerls zu finden. Vor dem Neumarkt gibt es ein kleines Gäßchen, das auf die Tiefenstraße zuführt. Das Eckhaus gehört nach Auskunft der Wächter einem gewissen Tuchhändler Solbrig. Der Flur dieses Hauses war beleuchtet. Wir hatten wenige Augenblicke vorher in der Nähe einen verdächtigen Mann verfolgt, den wir für den Gesuchten hielten. Leider gelang es ihm, uns zu entkommen. Freilich ist man ja bei solchen Angelegenheiten doppelt argwöhnisch. Als ich bei der Verfolgung das Licht in dem Eckhaus sah, schlich ich zur Tür und sah durch das Schlüsselloch, daß ein Mann im Flur auf und ab ging, als erwarte er jemanden. Ich versteckte mich jedenfalls auf der anderen Seite des Gäßchens und harrte der Dinge, die da kommen sollten."

„Und wer kam? Naumann persönlich?" fragte der Detektiv halb im Scherz.

„Er nicht, aber ein anderer interessanter Mann. Ein junger Offizier, dessen Antlitz ich jedoch nicht erkennen konnte. Er schritt auf Solbrigs Haus zu, und zwar so langsam und vorsichtig, als führe er etwas im Schilde. Er trat ins Haus und schloß die Tür. Da der Schlüssel sich zwar im Schloß befand, aber mit dem Bart nach oben gedreht war, konnte ich wieder durch das Schlüsselloch beobachten, was innen vor sich ging. Der Offizier und der Mann – vermutlich Solbrig – verhandelten miteinander, dann ging Solbrig nach oben und kam nach einer kleinen Weile mit Banknoten zurück, die er dem anderen gab. Das eigentliche Rätsel folgt aber noch: es stand nämlich plötzlich ein Dritter bei ihnen, mit Regenmantel und Kapuze."

Arndt blickte überrascht drein.

„Ah! Sahen Sie sein Gesicht?"

„Nein, auch seins nicht! Aber ich beschloß aufzupassen. Ich instruierte den nächsterreichbaren Wächter. Dann kehrte ich zum Haus zurück. Kurz danach öffnete Solbrig die Haustür, spähte vorsichtig umher und ließ den Offizier heraus. Wenigstens glaubte ich aufgrund seiner Uniform, daß er es sei. Sein Gang schien mir jetzt aber irgendwie anders zu sein. Ich bat den Wächter, dem Mann zu folgen, um zu erfahren, wohin er gehe. Später erfuhr ich, daß er zur Stadt hinaus und hinter dem Petrikirchhof über die Wiesen zum Fluß geeilt sei. Dem Wächter war es nicht möglich, ihm weiter zu folgen. Unterdessen wartete ich auf den Mann mit dem Regenmantel."

„Aber er kam nicht?" fragte Arndt gespannt.

„Er kam, mit Regenmantel und Kapuze, ganz so, wie der Dritte im Bunde gekleidet war. Ich gab dem Wächter einen Wink, ihn anzuhalten. Der Mann entpuppte sich aber als

Leutnant Bruno von Scharfenberg!“

Arndt fuhr auf.

„Unglaublich! Wollen Sie mich foppen?“

„Kann mir nicht einfallen“ sagte der Assessor mit Nachdruck. „Bedenken Sie: die Wächter verfolgen einen Verdächtigen. Nehmen wir an, es sei Naumann. Nehmen wir ferner an, er habe sich bei Solbrig mit Scharfenberg getroffen. Vorsätzlich oder zufällig, das wird sich finden. Jedenfalls hat Naumann den Offizier veranlaßt, seine Uniform mit ihm zu tauschen. Das ist sehr einfach, denn beide haben etwa dieselbe Statur. So konnte der Pascherkönig fliehen.“

Arndt schwieg zunächst, dann erklärte er:

„Herr Assessor, da haben Sie etwas sehr Wichtiges herausgefunden. Wir müssen wohl den Spuren Scharfenbergs etwas näher nachgehen. Wo mag er sich hingewendet haben? Hm! Wir werden Kommissar Anders etwas beschäftigen müssen; ich gehe noch einmal an seiner Wohnung vorbei. Er soll sich unbedingt den jungen Herrn von Scharfenberg vornehmen. Banknoten hat er mit Solbrig getauscht? Seltsam! Aber das ist jetzt Anders’ Sache. Herr Assessor, ich möchte unbedingt persönlich Naumanns Spur verfolgen. Helfen Sie mir?“

Der Assessor versprach natürlich gern seine Unterstützung bei der Jagd auf den ‚Pascherkönig‘. Da Arndt vorher noch mit Kommissar Anders sprechen wollte, vereinbarte man, sich in zwei Stunden bei der Wohnung des Assessors zu treffen.

17.

Verfolgung

Kaum zwei Stunden nach den geschilderten Ereignissen wurde Ansbach von Arndt abgeholt.

„Reiten können Sie doch wohl?“ fragte Arndt.

„Natürlich.“

„Um so besser“, meinte Arndt. „Sie sehen, ich habe auch Ihnen ein Pferd mitgebracht.“

Während sie wenig später durch die Straßen ritten, fragte Ansbach: „Glauben Sie, daß Naumann die Eisenbahn benutzt, um über die Grenze zu kommen?“

„Nein. Er muß wissen, daß er in diesem Falle baldigst ergriffen würde.“

„Welche Art des Fortkommens könnte er wählen?“

„Er wird wohl ein Pferdegespann nehmen. Oder er besorgt sich ein Reitpferd – wie wir!“ ergänzte Arndt. „Ich möchte annehmen, daß er sich für letzteres entscheidet. Als Reiter ist er viel mehr Herr seiner Bewegungen als im Wagen. Darum habe auch ich den Sattel genommen. Kommen Sie!“

Er trieb sein Pferd zu größerer Eile an. Die beiden Männer schlugen die Richtung zum Petrikirchhof ein, der etwas höher als das Flußufer lag. Auf dem Wasser lastete der Nebel, begann sich aber in dichten Ballen und Schwaden abzulösen, um sich langsam zu erheben. Eine Fernsicht war noch nicht möglich. Am Kirchhof stand ein Polizeiposten, der die beiden Herren kannte und ehrerbietig grüßte.

„Seit wann stehen Sie hier?“ fragte der Geheimpolizist.

„Seit mehreren Stunden. Keine besonderen Vorkommnisse!“

„Danke!“ Die beiden Reiter lenkten ihre Pferde zum Ufer hin.

Dabei sagte der Assessor: „Der Flüchtling soll sich zum Fluß hingewendet haben. Wenn wir von hier aus am Ufer entlangreiten, müssen wir auf seine Spur stoßen.“

Arndt stimmte zu und ritt weiter, mit dem Auge den Boden genau und scharf betrachtend. Bereits nach kurzer Zeit hielt er an, deutete auf eine Stelle des feuchten Wiesengrundes und nickte befriedigt mit dem Kopf:

„Sehen Sie diese Reihe von Löchern, die da quer über die Wiese zum Fluß führen?“

„Ja. Das sind Fußstapfen.“

„Aber sehr eigentümliche!“ bemerkte Arndt. „Sie zeigen an der Ferse eine schnittartige Fortsetzung. Derjenige, der hier vorbeigegangen ist, hat unbedingt Sporen getragen. Naumann hat ja Scharfenbergs Uniform und also auch seine Stiefel mit den Sporen angezogen.“

Ansbach konnte nur staunen über die Kombinationsgabe Arndts. Die beiden Männer folgten den Spuren, die sie zu einem Fährbetrieb führten. Der Fährmann selbst stand dort und blickte mit finsterem Ausdruck stromabwärts. Als er die Reiter erblickte, machte er ein verwundertes Gesicht, grüßte aber höflich.

„Guten Morgen!“ dankte Arndt. „Wann pflegen Sie Ihre Arbeit zu beginnen?“

„Beim Anbruch des Tages.“

„Des Nachts ist niemand hier?“

„Nein, denn da fährt ohnehin kein Mensch rüber.“

Arndt stieg vom Pferd und trat an das Ufer, um den schlammigen Boden näher zu untersuchen. An fünf Pfählen waren ebenso viele Fährboote angebunden. Ein sechster Pfahl war leer, aber gerade um diesen Pfahl herum bemerkte er eine große Anzahl frischer Fußspuren.

„Hat auch hier ein Boot gehangen?“ fragte Arndt.

„Ja. Aber da ist während der Nacht irgendein Halunke gekommen, der es losgebunden hat, um es treiben zu lassen.

Es kommt recht oft vor, daß uns solche Streiche gespielt werden. Ich habe meinen Sohn schon stromabwärts geschickt, um das Boot zu finden."

„Hm! Der Mann, der hier war, ist eingestiegen. Seine Spuren führen zwar hierher, aber nicht wieder zurück. Herr Assessor, bitte, reiten Sie mit den beiden Pferden schleunigst über die nächste Brücke zum anderen Ufer. Ich fahre mit dem Boot hinüber."

Ansbach folgte seinen Worten, nahm das Pferd Arndts am Zügel und sprengte davon. Der Geheimpolizist aber stieg in ein Boot und wies den Fährmann an, ihn überzusetzen. Drüben angekommen, stieg Arndt aus, bezahlte und ging dann langsam am Ufer entlang, um nach Spuren zu suchen. Als der Assessor nach geraumer Zeit mit den Pferden kam, sah er Arndt am Ufer stehen und winken. Er ritt zu ihm hin.

„Schauen Sie mal, Herr Assessor, hier hat er das Boot verlassen, dann ließ er es einfach weitertreiben. Er ist da schräg hinauf zur Straße gegangen. Wir folgen natürlich."

Arndt stieg auf sein Pferd, und nun lenkten sie ihren Weg auf die Straße, wo die Fußstapfen sich zwischen den vielen Wagenspuren verloren.

„Warum ist er nicht am anderen Flußufer geblieben?" fragte Ansbach. Arndt schaute die Spuren nachdenklich an.

„Naumann will zur nächstgelegenen Grenze, das versteht sich ganz von selbst", dachte er laut. „Sie liegt aber droben im Gebirge, und auf der Gebirgsseite des Flusses sind wir jetzt. Lange wird er sich aber nicht auf seine Füße verlassen haben; ich wette, daß er bereits im nächsten Dorf nach einem Reitpferd gesucht hat."

Sie setzten ihren Weg fort und erreichten bald das nächste Dorf. Am Ortsanfang befand sich ein kleines Haus, vor dem ein Bauer seine Beine langstreckte. Arndt ritt zu ihm hin und fragte: „Sitzen Sie schon lange hier?"

„Oh ja!" sagte der Mann und fing an zu plaudern: „Ich konnte nicht schlafen. Da setzte ich mich hierhin, um die frische Luft zu genießen. Ich nickte ein wenig ein und wurde durch ein Pferdegespann geweckt, das dem Gastwirt von der ‚Sonne' gehörte. Der Knecht des Wirts saß auf dem Bock, bezahlte die Wegsteuer und fuhr aufwärts nach Oerau zu."

„Ist's weit bis zu dem Gasthof?"

„Keine Minute."

Die beiden Reiter lenkten in das Dorf hinein. Als sie besagten Gasthof ‚Zur Sonne' erreichten, kam der Wirt zur Tür, weil er glaubte, daß sie bei ihm einkehren würden. Aber sie blieben im Sattel, und Arndt fragte:

„Haben Sie heute morgen Ihren Wagen an einen Leutnant aus der Residenz verliehen?"

„Ja. Er wollte nach Reichenstadt", bestätigte der Wirt, etwas verwundert.

„Wie sieht Ihr Pferd aus?" fragte Arndt weiter.

„Es ist ein Schimmel."

„Danke und adieu!" rief der Geheimpolizist und trabte davon. Der Assessor folgte ihm, während der Wirt ihnen verdrießlich brummelnd nachschaute.

Als sie den Ort verlassen hatten, rief Arndt Ansbach zu:

„Jetzt gilt es, unsere Tiere ausgreifen zu lassen, damit wir ihn einholen."

Sie ritten abwechselnd Galopp und scharfen Schritt, gerade wie der Boden es erlaubte. Als sie Oerau erreichten, hörten sie von Leuten, daß die Halbkutsche längst vorüber war. Doch setzten sie guten Mutes ihren Ritt fort. Sie mochten noch eine beträchtliche Strecke Weges bis Reichenstadt zurückzulegen haben, da kam ihnen ein Gefährt entgegen, gezogen von einem Schimmel. Die beiden Reiter versperrten den Weg, so daß der Kutscher halten mußte.

„Wo kommen Sie her?" wollte Arndt wissen.

„Von Reichenstadt. Ich habe einen Passagier im Gasthof ‚Zum Hirschen' abgesetzt, einen Herrn aus der Residenz."

„Einen Leutnant?"

Der Kutscher blickte Arndt verwundert an.

„Ja. Er scheint sich ein Reitpferd kaufen zu wollen. Warum fragen Sie?"

Statt einer Antwort gab Arndt dem Assessor ein Zeichen. Sie stoben davon und ließen ihre Pferde voll ausgreifen, so daß sie die Stadt bereits vor der Zeit erreichten. Sie fragten sich zu dem Gasthof durch, und bald sahen sie ihn auf der rechten Seite der Straße liegen. Sie stiegen dort ab. Der Hausknecht nahm ihre Pferde in Empfang. Arndt zog ihn in den Flur hinein, damit man sie nicht von der Gaststube aus bemerken konnte, und stellte die Frage:

„Ist bei Ihnen ein Herr aus der Residenz angekommen?"

„Ja, ein Infanterieleutnant. Er ist aber vor einigen Augenblicken zum Löwenwirt gegangen, um sich ein Pferd zu kaufen."

„So kommt er sicher wieder?"

„Ganz gewiß", nickte der Hausknecht.

„Sagen Sie ihm nicht, daß sich jemand nach ihm erkundigt hat! Wird er in die Gaststube kommen?"

„Wohl kaum. Er hat auf seinem Zimmer gefrühstückt."

„Schön. Was gibt es hier an Polizei?"

„Wachtmeister und Schutzmann, diese zwei."

„Holen Sie doch bitte beide, sie werden mich in der Gaststube finden."

Der Hausknecht ging kopfschüttelnd fort. Er fand die erwähnten Polizisten im Rathaus und bat sie mitzukommen. Beide setzten sich zu Arndt, der sich bei ihnen erkundigte:

„Wissen Sie, ob während der Nacht im hiesigen Polizeibüro eine Depesche angekommen ist?"

„Ja, es kam eine."

„Kennen Sie den Inhalt?"

Der Wachtmeister blickte den Geheimpolizisten von oben herab an und fragte in kleinstädtischer Überlegenheit:

„Sie halten uns wohl für dumm, wenn Sie meinen, daß wir Ihnen unsere Amtsgeheimnisse mitteilen?"

Arndt begriff rasch, mit welcher Art von Beamten er es hier zu tun hatte.

„Ach so!" sagte er gedehnt. „Nun, das können Sie getrost tun. Ich bin ein Kollege von Ihnen."

„Sie? Ah! Sie sind Polizist?"

„Ja. Hier sehen Sie!"

Er zog seine Dienstmedaille hervor.

„Ah, wirklich!" meinte der Mann erstaunt. „Sie sind ein Geheimpolizist aus der Residenz!"

„Ja. Also wie lautete die Depesche?"

„Daß der Mörder Naumann ausgerissen ist."

„War die Beschreibung dabei?"

„Ja. Der Flüchtling trägt die Kleider eines Leutnants."

„Haben Sie also Ihre Schuldigkeit getan?" fragte Arndt scharf.

„Denken Sie etwa, weil wir nicht in der Hauptstadt angestellt sind, haben wir keine Kenntnisse?" entgegnete der Wachtmeister spöttisch. „Oh, wir wissen einen Spitzbuben ebenso gut zu ergreifen wie Sie! Ja, ich könnte Ihnen vielleicht noch mehr sagen, wenn ich wollte."

„Was denn?"

Da lachte der Wachtmeister dummdreist:

„Das werde ich lieber für mich behalten."

Jetzt wurde Arndt zornig. Er sagte in ernstem Tone:

„Ich bin nicht gewohnt, in dieser Weise mit mir reden zu lassen. Der Gesuchte befindet sich bereits hier in der Stadt."

„Wirklich?" fragte der Wachtmeister ungläubig.

„Ja. Er soll sich in diesem Haus aufhalten. Oder haben Sie etwa noch nicht erfahren, daß ein Infanterieleutnant hier abgestiegen ist?"

Der Wachtmeister blickte pfiffig drein, oder vielmehr glaubte er, ein besonders intelligentes Gesicht zu machen.

„Das ist uns bekannt."

Dabei lachte der Mann dem Geheimpolizisten ganz vergnügt ins Gesicht. Arndt schüttelte zornig den Kopf.

„Herr Wachtmeister, ich glaube, Sie wissen nicht so recht, was Sie tun. Dieser vermeintliche Leutnant ist in den Gasthof ‚Zum Löwen' gegangen, um sich ein Pferd zu kaufen. Wenn ihm der Kauf gelingt, wird ihm die Flucht so leicht, daß wir das Nachsehen haben."

„Oh, der entflieht uns nicht. Ihm fällt es gar nicht ein fortzugehen!“ Der Wachtmeister gab sich selbstbewußt.

Arndt hielt es für das beste, sich an den Vorgesetzten des Wachtmeisters zu wenden. Darum fragte er:

„Kann ich den hiesigen Bürgermeister sprechen?“

„Ja. Montags bis freitags im Rathaus.“

Arndt biß die Zähne zusammen und zwang sich zur Ruhe.

„Guter Mann, ich werde Ihnen zwei Zeilen an ihn mitgeben, die Sie bitte bei seiner Privatwohnung abliefern. Warten Sie auf die Antwort des Herrn Bürgermeisters!“

Mit diesen Worten zog er sein Notizbuch hervor, riß eine Seite heraus und schrieb darauf:

„Bitte Sie, sich sofort zu mir zu verfügen. Franz Arndt, Beauftragter des Königlichen Staatsanwalts.“

Er steckte das Blatt in ein Kuvert, verschloß es und gab es dem Wachtmeister, der sich, immer noch überlegen lächelnd, damit entfernte. Dann sagte Arndt zu dem zurückbleibenden Schutzmann:

„Bitte, nehmen Sie draußen an der Tür Posten ein. Und melden Sie mir, sobald der Infanterieleutnant zurückgekehrt und auf sein Zimmer gegangen ist.“

Der Mann antwortete nicht, folgte aber der Weisung. Arndt nahm mit seinem Helfer einen Platz in der Nähe des Fensters ein, um Naumann sofort sehen zu können, sobald er zurückkehrte.

Draußen im Flur stand der Hausknecht. Der Schutzmann trat zu ihm und machte mit beiden Händen eine lange Nase gegen die Tür.

„Was gibt's?“ fragte der Hausknecht.

„Naseweise Kerls!“

„Die beiden, die gekommen sind?“

„Ja. Es sind Polizisten aus der Residenz. Sie wollen uns die Belohnung wegschnappen.“

„Was alles möglich ist! Das mögen sie schön sein lassen!“

„Ja. Wir sind selber Manns genug. Und was das Allerbeste ist, sie sagen, unser Leutnant sei der Flüchtling. Ausgerechnet er, der den Pascherkönig selbst fangen will! Es ist zum Totlachen! Ah, da kommt er!"

Das Gastzimmer, in dem Arndt und Ansbach saßen, lag rechts von dem Tor. Linker Hand aber kam der verkleidete Naumann die Straße herab. Er hatte ein Pferd kaufen wollen, doch hatte der Wirt noch nicht geöffnet. Als er unter den Torbogen trat, machte der Schutzmann ihm ein Zeichen, daß er nicht laut sprechen solle.

„Herr Leutnant, eine Neuigkeit!" sagte der Schutzmann.

„Was?"

„Sie sind der Flüchtling!"

Das Blut stockte in Naumanns Adern. Er konnte nur die zwei Silben hervorbringen: „Oho!"

„Ist das nicht lächerlich?"

Das gab Naumann den Atem wieder. Er fragte:

„Wer sagt das denn?"

„Zwei Polizisten aus der Residenz, drin in der Gaststube."

„Ah, das ist wirklich lustig!" stieß Naumann mit einem gezwungenen Lachen hervor. „Nicht nur die Polizei, sondern auch das Militär ist hinter dem Flüchtling her. Ich bin meiner Kompanie vorangeeilt, die nun wohl in einer halben Stunde hier sein wird, und da kommen zwei Polizisten und behaupten, daß ich derjenige sei, den man auf allen Wegen sucht. Das ist doch zum Lachen! Wie alt sind sie denn?"

„Hm!" Der Schutzmann kratzte sich hinter dem Ohr. „Einer etwas über vierzig und der andere einiges jünger. Da im Hof stehen ihre Pferde."

Naumann blickte hinaus. Es kam ihm ein plötzlicher Gedanken, und er sagte rasch:

„Laßt Euch nichts weismachen! Am Ende sind diese beiden Kerle nur Schwindler! Kann man sie nicht einmal unbemerkt sehen?"

„Oh ja!" versetzte der Hausknecht, der bisher geschwiegen hatte. „Kommen Sie mit herein in die Küche. Von dort aus führt ein kleines Fenster in die Gaststube."

Er ging voran, schob in der Küche den Vorhang des Fensters zurück und blickte hindurch.

„Schade!“, sagte er, „sie sitzen zu weit links. Warten Sie! Horch, da geht die Tür! Jetzt stehen sie auf. Der Bürgermeister kommt mit dem Wachtmeister. Jetzt kann man die Fremden sehen. Sie haben sich erhoben. Blicken Sie einmal hindurch!“

Naumann trat heran. Seine Augen leuchteten entschlossen auf.

„Wartet hier!“ sagte er. „Jetzt gehe ich auch hinein, da werdet Ihr sogleich sehen, wie ich diese sogenannten Polizisten entlarve.“

Der Hausknecht und der Schutzmann harrten neugierig am Fenster aus, um zu sehen, was nun geschehen würde. Dem ‚Leutnant‘ aber fiel es gar nicht ein, in die Stube zu gehen. Er eilte in den Hof und trat zu den beiden Reitpferden.

„Wie mögen diese Polizisten meine Spur gefunden haben?“ zuckte es ihm durch den Kopf. „Aber sie sollen mich nicht erwischen, kommen sie mir doch wie gerufen! Ich habe nichts im Zimmer liegen, sondern trage alles bei mir, und hier stehen zwei Pferde. Der Braune scheint besser zu sein als der Schwarze. Ich nehme ihn!“

Er band den Braunen los, stieg auf, ritt vorsichtig bis an den Eingang des Wirtshauses und sprengte dann plötzlich durch den Torbogen hinaus die Straße hinab.

Der Wachtmeister hatte seinen Vorgesetzten wecken müssen, mit ironischen Worten von den beiden angeblichen Polizisten aus der Residenz erzählt und ihm dann den Brief gegeben. Aber als der Bürgermeister die wenigen Worte gelesen hatte, fuhr er auf:

„Mann, Sie irren sich! Der Mann, der das geschrieben hat, ist der persönliche Beauftragte des Staatsanwalts!“

„Des Staats – –!“

Der Wachtmeister brachte das letzte Wort vor Schreck gar nicht heraus.

„Und Sie sind unhöflich mit ihm gewesen? Wohl gar grob?"

„Weil er sagte, unser Leutnant sei der Flüchtling!"

„Wenn dieser Arndt das sagt, so hat er auch recht. Ich habe den Offizier nicht gesehen. Wie alt ist er denn wohl?"

„Hm! Für einen Leutnant allerdings etwas alt!" meinte der Wachtmeister, dem es immer bedenklicher zumute wurde. „Vielleicht vierzig?"

„Sapperment! Und das meldet Ihr mir nicht! Was hat er euch weisgemacht?"

„Daß er vorausgefahren sei. Seine Kompanie werde nachkommen, um alle Wege der Umgegend zu besetzen, da man mit Sicherheit vermutet, daß der Flüchtige sich hierher wenden werde."

Der Bürgermeister schlug sich an den Kopf.

„Wenn das kein Schwindel ist! Welcher Offizier reist seiner Kompanie ganz allein voraus? Vielleicht will dieser Mensch nur Zeit gewinnen, sich ein Pferd zu beschaffen. Welch einen Rüffel von oben werden wir erhalten! Der wäre nicht von Pappe! Wo ist dieser Arndt jetzt?"

„In der ‚Sonne'!" meinte der betroffene Polizist.

„So muß ich schleunigst dahin! Vielleicht läßt sich der Fehler wiedergutmachen."

Sie brachen eiligst auf. Als sie in das Gastzimmer traten, begrüßte der Bürgermeister Arndt auf das untertänigste. Er stand im Begriff, einen langatmigen Satz loszulassen, doch Arndt kam ihm zuvor.

„Ich habe keine Zeit zu vielen Worten, Herr Bürgermeister. Mir scheint, Sie sind irregeführt worden?"

„Wegen des Offiziers, der hier eingekehrt ist?"

„Ja, gewiß! Ich bin ihm seit der Residenz auf den Fersen."

„Er behauptete, hierher kommandiert zu sein, um mit seinen Leuten die Wege zu besetzen und nach dem entflohenen Gefangenen zu fahnden."

Arndt schüttelte wütend den Kopf.

„Wie hat er sich denn legitimiert?"

Der Bürgermeister wurde verlegen.

„Bei mir war er nicht“, gab er zu.

„So! Ich sage Ihnen, daß es der Ausbrecher ist, und zwar ohne jeden Zweifel! Wir müssen – ah, was ist das?“

Verblüfft starrte Arndt aus dem Fenster. „Donnerwetter! Naumann auf meinem Pferd! Sofort nach, hinter ihm her! Herr Bürgermeister, diesen Fehler werden Sie kaum wiedergutmachen können!“

Arndt und Ansbach eilten hinaus. Eben als Ansbach die Tür hinter sich zuwarf, sauste Arndt auf dem zweiten Pferd schon an ihm vorüber. Aus der Küchentür kamen der Schutzmann und der Hausknecht.

„Wißt ihr, daß ihr einen Verbrecher begünstigt habt, ihr dummen Kerle!“ rief ihnen der Assessor entgegen. „Er hat uns ein Pferd gestohlen und ist auf und davon. Gibt es bei euch kein anderes Pferd?“

„Nur den Rotschimmel!“ entfuhr es dem Hausknecht. „Dort hinter der zweiten Tür!“

Ansbach rannte über den Hof hinüber, riß die Stalltür auf und zog den Rotschimmel, ein kaum dreijähriges Tier, am Halfter heraus.

„Um Gottes willen!“ rief der Hausknecht. „Sie wollen doch da nicht etwa hinauf? Das Pferd ist ja gar nicht zugeritten!“

„Ich kann nicht warten, bis ihr es eingeritten habt. Wenn ich mir den Hals breche, habt ihr es auf eurem Gewissen. Hallo!“

Mit einem kühnen Satz sprang der Assessor hinauf. Das Pferd bäumte sich auf, bockte und wollte den Reiter abwerfen, aber – die angstvollen Zuschauer wußten nicht, wie er es fertigbrachte – Ansbach flog auf dem Tier wie ein Pfeil über den Hof, zum Tor hinaus und die Straße hinab. Als er die letzten Häuser erreichte, erblickte er Arndt weit vor sich. Aber der Rotschimmel, der noch keinen Menschen auf seinem Rücken getragen hatte, sprengte in rasendem Galopp dahin. Jetzt sah der Assessor in der Ferne auch Naumann davonjagen. Er hatte einen bedeutenden Vorsprung gewonnen.

„Vorwärts, Schimmel! Vorwärts!“ rief Ansbach, als ob das Pferd ihn verstehen könne.

Arndt hörte Hufschlag hinter sich. Er drehte sich im Sattel um, ohne die Schnelligkeit seines Pferdes zu vermindern, und sah den Assessor in beängstigendem Tempo näher kommen.

„Sind Sie verrückt?“ rief er ihm zu.

„Nein! Nur vorwärts! Vorwärts! Wir müssen ihn haben! Gott sei Dank, daß die Sintflut von gestern vorbei ist!“

Jetzt hatte Ansbach den Detektiv fast erreicht. Sie konnten einige Sätze wechseln.

„Sie werden sich den Hals brechen!“ warnte Arndt.

„Denken Sie nicht daran! Ich denke nur an den dort! Sehen Sie, daß die Straße einen Bogen nach links schlägt? Naumann folgt der Straße. Ich aber werde der Sehne des Bogens nachreiten. Auf diese Weise komme ich Naumann zuvor. Er ist dann gezwungen, von der Straße ab nach rechts auf das Feld auszuweichen, und zwar zum Wäldchen hinüber. Ich umreite es links, Sie rechts. Dann treffen wir ganz sicher auf ihn.“

Arndt schüttelte den Kopf.

„Sie könnten sich aber vorher das Genick brechen!“

„Keine Sorge! Ich habe bereits als Junge das Reiten gelernt.“

Der Assessor war Arndt bald so weit voraus, daß sie sich nicht mehr verständigen konnten. Ansbach bog nach links ab, um den Weg abzukürzen. Der Rotschimmel stürmte über die Äcker und Wiesen dahin. Ein Bach kam, im Nu sprang das Pferd darüber hinweg. Bald befand sich der Assessor bereits auf gleicher Höhe mit dem Flüchtigen. Dieser bemerkte ihn, erkannte die Gefahr, zwischen zwei Verfolger genommen zu werden, zügelte für einen Augenblick sein Pferd und bog nach rechts über die Felder ab, ganz wie Ansbach es vorausgesagt hatte.

Auch Arndt lenkte nun sein Pferd nach rechts. Zur gleichen Zeit sah er, daß es Ansbach gelang, seinem Pferd dieselbe Richtung zu geben. Naumann näherte sich bald dem Wäldchen, Arndt kam zur rechten Seite hinter ihn, und Ansbach schlug links einen Bogen, um in gleicher Höhe mit dem Verfolgten zu bleiben.

„Tod und Teufel!" knirschte dieser. „Sie machen es mir verdammt sauer. Woher nur dieser Kerl da links das Satansroß bekommen hat! Das fliegt ja wie eine Schwalbe in der Luft!"

Jetzt hatte er den Wald erreicht und stürmte am rechten Saum dahin. Er fühlte, daß sein Pferd zu ermüden begann. Der Wald war nicht tief und lief in eine Spitze aus, und dahinter lag ein Dorf.

„Ah, gerettet, oder vielmehr: vielleicht gerettet!" sagte sich Naumann. „Die Häuser werden mir erlauben, den beiden Verfolgern aus dem Gesichtskreis zu verschwinden. Dann mögen sie mich suchen!"

Er drückte dem Pferd die Sporen in die Weichen, daß es laut aufwieherte und nochmals alle Kräfte anstrengte. Sich umblickend, sah er Arndt immer noch in beträchtlicher Entfernung hinter sich. Aber da drüben, links, kam Ansbach schon hinter dem Wald hervor, und zwar in erstaunlich raschem Tempo.

Das Dorf war nicht mehr weit. Naumann flog darauf zu, riß sein Pferd in eine Seitenstraße, jagte zwischen zwei Bauernhöfen hindurch und befand sich nun hinter dem Dorf, dessen Häuser zwischen ihm und seinen Verfolgern lagen. Er atmete erleichtert auf. Sie mußten ihn nun erst suchen, denn sie konnten ja nicht wissen, welche Richtung er eingeschlagen hatte. Jetzt bemerkte er vor sich ein schloßähnliches Gebäude, das in geringer Entfernung zwischen dichten Bäumen lag. Nicht weit davon waren einige Feldarbeiter beschäftigt. Er lenkte zu ihnen hin, deutete auf das Gebäude und fragte:

„Wie heißt das Schloß?"

„Waldau."

„Wem gehört es?"

„Dem Herrn Major von Scharfenberg."

In den Augen Naumanns blitzte es freudig auf.

„Wissen Sie, ob der Herr Major einen Verwandten hat, der Leutnant ist?" fragte er vorsichtig.

„Ja, einen Sohn."

„Danke!"

Naumann trieb sein Pferd von neuem an und galoppierte dem Schloß entgegen.

„Dieser Major von Scharfenberg ist also der Vater des Leutnants", sagte er zu sich. „Er muß mir andere Kleider geben. In dieser Uniform kann ich kaum entkommen."

Das Tor stand offen. Er ritt im Galopp in den Hof und hielt vor dem Eingang. Ein Bedienter kam herbei und griff nach dem Zügel.

„Der Herr Major da?" keuchte Naumann. „Ich bin ein Freund seines Sohnes und Leutnant wie er."

Der Mann nahm sofort Haltung an.

„Jawohl!" meldete er militärisch knapp. „Die Gemächer des Herrn liegen eine Treppe höher, links hinter der Bibliothek."

„Danke! Führen Sie das Pferd in den Stall, und verstecken Sie es dort! Es kommen noch zwei Herren hinter mir. Verheimlichen Sie ihnen, daß ich bereits vor ihnen angekommen bin! Es gilt eine Wette!"

Er stieg die Treppe empor. Im breiten, hellen Korridor stand ein Tisch, an dem ein livrierter Diener saß, der sich beim Anblick des Offiziers erhob.

„Wen befehlen der Herr Leutnant anzumelden?" fragte er.

„Danke! Will den Herrn Major freudig überraschen."

„Dann bitte, hier, durch diese Tür."

Der Lakai öffnete ihm eine Flügeltür. Naumann befand sich in einer Art Vorzimmer und schritt einer zweiten Tür zu. Als er diese geöffnet hatte, fand er sich in der Bibliothek.

Dort saß ein alter Herr, der blaß und leidend aussah. Er hatte eine Zeitung in der Hand.

Naumann trat leise ein. Er zog die Tür hinter sich zu, und nun erst blickte der alte Mann von seiner Lektüre empor. Als seine Augen auf den Neuankömmling fielen, fuhr er von seinem Sitz auf.

„Wer sind Sie?“ herrschte er ihn an. „Was wollen Sie?“

Der Verbrecher verbeugte sich und antwortete:

„Mein Name ist Naumann. Herr von Scharfenberg, nehme ich an?“

„Naumann?“ fragte Scharfenberg senior erschrocken. „Der berüchtigte Pascherkönig?“

„Ja, ich bin es. Woher kennen Sie mich?“

Der Major deutete stumm auf die vor ihm liegende Sonntagszeitung. Unter der Rubrik ‚Neueste Nachrichten‘ war da zu lesen:

„In der vergangenen Nacht gelang es dem ‚Pascherkönig‘ und Mörder Wolf Naumann, unter lebensgefährlicher Verletzung eines Militärpostens und eines Gefängnisschließers, aus der Feste der Residenz zu entfliehen. Er trägt die Uniform eines Infanterieleutnants; alle Militär- und Polizeikräfte des Landes sind zu seiner Ergreifung aufgeboten.“

Der Verbrecher zuckte nur die Achseln.

„Weiter haben Sie nichts zu sagen?“ fragte der Major. „Und Sie kommen zu mir? Mensch, Sie sind geradezu wahnsinnig! Ich werde Sie ergreifen, binden, fesseln lassen!“

„Das werden Sie nicht!“

Die beiden Männer standen sich glühenden Blickes gegenüber. Der Major stieß hervor:

„Erwarten Sie etwa von mir Schonung?“

„Schonung und – – Unterstützung!“

„Das ist wirklich frech, über alle Maßen frech!“

„Oh, meine Ansprüche gehen nicht weit. Wir haben in etwa dieselbe Statur. Ich erbitte mir einen Anzug von Ihnen und lasse Ihnen die Uniform dafür hier. Man verfolgt mich, man ist hart hinter mir. Sie wissen, daß man die Uniform kennt, die ich trage. Nur ein Zivilanzug kann mich retten."

„Und den soll ich Ihnen geben? Sie sind vollkommen wahnsinnig! Ich werde meiner Dienerschaft klingeln und Sie festnehmen lassen!"

Der alte Major wollte zum Klingelzug an der Tür gehen, aber Naumann trat ihm in den Weg und sagte kalt:

„Wissen Sie, wer mir die Leutnantsuniform geliehen hat? Ihr Sohn, der Leutnant! Er ist verloren! Sie allein können ihn retten, wenn Sie meinen Rat hören und befolgen. Ich beschuldige ihn schwerer Verbrechen."

„Was?" stieß der Major hervor.

„Er ist ein Falschmünzer!" sagte Naumann laut. „Ihr Sohn hat falsche Guldennoten verbreitet, weil Sie ihm die Kasse nicht so gefüllt haben, wie er es wünscht. Vielleicht ist er bereits arretiert."

Da richtete sich der Major stolz auf. Er sagte:

„Ich durchschaue Sie! Sie wollen sich meine Hilfe durch diese Märchen erkaufen. Aber Sie sollen keinen Erfolg haben. Mein Sohn ist gedankenlos, vielleicht auch leichtsinnig, ein Verbrecher aber ist er nicht!"

„Es ist so!" versicherte Naumann. „Ich gebe Ihnen den Rat, sofort nach der Residenz zu fahren. Womöglich können Sie ihn noch retten."

„Also doch!"

Der alte Offizier griff sich nach dem Kopf. Es wurde ihm dunkel vor den Augen. Es war ihm, als versinke er in ein Meer, als stürmten hohe Wellenberge auf ihn ein. Er gab noch einen leisen Laut von sich und sank auf den Boden nieder. Er war ohnmächtig geworden.

Da erklang Hufschlag vom Schloßhof herauf. Naumann trat an das Fenster und blickte hinab. Er sah Arndt und Ansbach von ihren Pferden springen.

„Sie kommen! Sie sind da!" sagte er zu sich. „Ich muß schnell machen, muß fort! Dieser alte Mann wird mich nicht stören. Hier muß sich doch auch die Garderobe befinden."

Er schob den Riegel vor die Eingangstür, um seine Verfolger aufzuhalten. Dann eilte er durch die Wohnräume, bis er in ein Zimmer mit hohen Schränken kam. Er öffnete sie und sah, daß sich in dem einen Schrank Uniformen befanden, in dem anderen aber Zivilanzüge.

In fliegender Eile zog er seine Uniform aus und warf die Teile von sich. Er wählte schnell Rock, Hose und Weste aus schwarzem Tuch und einen hohen Zylinderhut dazu. Eine Krawatte lag auf dem Tisch, er ergriff sie und band sie sich um. Da hörte er von der Bibliothek her ein Geräusch, als schlage jemand gegen die Tür. Es war höchste Zeit.

„Jetzt zum Fenster hinaus, und sollte ich Hals und Beine brechen!" entschied er. „Vorher aber die Uniform unter das Sofa, damit sie nicht so schnell bemerken, daß ich die Kleider gewechselt habe."

Naumann versteckte die Sachen. Am Fenster sah er, daß der aus starkem Eisen bestehende Blitzableiter gleich neben dem Fenster in den Garten hinabführte. Er stieg hinaus, zog den Fensterflügel wieder zu und sprang hinab in den Garten, von wo er sich unbemerkt aus dem Staube machen konnte.

*

Assessor von Ansbach war dem Flüchtigen sehr nahe gewesen. Er folgte ihm in das Dorf. Er blickte auf- und abwärts, aber Naumann war verschwunden. Es war ihm unmöglich, sein Pferd anzuhalten oder ihm mit dem Halfter eine kurze Wendung zu geben. Es stürmte die Dorfstraße hinauf. Arndt sah das, dachte, daß der Assessor den Verfolgten vor sich habe, und galoppierte hinter ihm her. Erst am Ende des Dorfes gelang es Ansbach, den Rotschimmel zu beruhigen. Arndt erreichte ihn.

„Wo ist Naumann?" fragte er.

„Fort! Ich sehe ihn nicht!" antwortete der Assessor schwer atmend. „Ich konnte mein Pferd nicht mehr lenken. Er muß wohl in die andere Richtung geritten sein."

„Dann schnell zurück!“

Arndt jagte wieder durch das Dorf zurück. Ansbach riß nur mit Mühe sein Pferd herum, dann aber flog es freiwillig dem anderen nach. Die beiden erreichten jetzt das obere Ende des Ortes, erblickten aber auch da keinen Reiter.

„Er muß da hinüber sein“, meinte Ansbach, „wo das große Gebäude steht. Aber halt, auf dem Feld da arbeiten Leute! Wollen wir sie fragen?“

Arndt stimmte ohne Zögern zu. „Ja. Wenn er dorthin geritten ist, so müssen sie ihn unbedingt gesehen haben.“

Sie trabten einen Wiesensaum entlang bis hin zu den Arbeitern, an die sich Ansbach wandte:

„Haben Sie vielleicht einen Offizier gesehen? Einen Mann mittleren Alters auf braunem Pferd?“

„Jawohl“, antwortete einer. „Er ist zum Schloß geritten, nachdem er den Namen des Herrn erfragt hatte.“

„Wie heißt dieser?“ bohrte der Assessor weiter.

„Der Herr Major von Scharfenberg.“

Ansbach machte eine überraschte Bewegung, dann erkundigte er sich:

„Ist er auf dem Schloß?“

„Ja, er ist daheim!“

Jetzt meinte Arndt:

„Das muß der Vater unseres Leutnants sein. Vorwärts! Wir müssen uns sputen.“

Sie hatten wohl eine Viertelstunde verloren, diese Zeit war kaum wieder einzuholen. Als sie in den Schloßhof gelangten, kam ihnen derselbe Diener entgegen, der dem Flüchtigen das Pferd abgenommen hatte.

„Ist ein Leutnant hier angekommen?“ fragte Arndt.

„Nein, meine Herren.“

„Ah, so ist er also vorübergeritten!“

Arndt drehte bereits sein Pferd herum, um den Schloßhof wieder zu verlassen, da meinte der Diener mit einem listigen Lächeln:

„Da haben die Herren nun wohl die Wette verloren?“

Sofort kehrte der Geheimpolizist sich ihm wieder zu und fragte:

„Welche Wette? Ah, ich ahne eine neue Teufelei! Mann, sagen Sie um Gottes willen die Wahrheit! Es handelt sich nicht um eine Wette. Man scheint Ihnen eine Lüge erzählt zu haben. Wir verfolgen einen Schwerverbrecher, der aus der Gefangenschaft entwichen ist. Er reitet einen Braunen."

Da erschrak der Mann.

„Herrgott! Einen Verbrecher?" fragte er.

„Ja, den berüchtigten Pascherkönig Naumann, der aus dem Gefängnis ausgebrochen ist."

„Oh je, was habe ich getan! Er erkundigte sich nach dem Herrn, und ich habe ihn auch wirklich zum Herrn Major gewiesen."

„Wo befindet sich dieser?"

„Eine Treppe höher in der Bibliothek."

„Und wo ist das Pferd des Mannes?"

„Dort im Stall."

„Halten Sie es fest! Es gehört mir, er hat es mir gestohlen. Rufen Sie schnell alle verfügbaren Leute zusammen!"

Arndt und Ansbach sprangen von den Pferden, ließen den verstörten Diener stehen und eilten die Treppe empor. Oben saß der Lakai.

„Wo ist der fremde Mann?" rief Arndt in Eile.

„Da drin, bei dem gnädigen Herrn!"

„Führen Sie uns! Schnell!"

Der Diener wußte nicht, um was es sich handelte, aber er sah die entschlossenen Züge der beiden Herren, riß die Tür auf, eilte auf die gegenüberliegende zu und wollte auch sie öffnen. Nach einigen vergeblichen Bemühungen sagte er:

„Sie ist von innen zugeriegelt."

„Klopfen Sie! Laut! Immer lauter!"

Niemand antwortete.

„Da ist etwas geschehen!" sagte Arndt. „Der Mann, den Sie zu Ihrem Herrn gelassen haben, ist ein verkleideter Verbrecher."

„Nein!“ schrie der Diener auf.
„Ein Beil herbei, eine Axt! Eilen Sie! Wir müssen die Tür aufbrechen!“
Der Mann sprang behende fort und brachte nach wenigen Augenblicken eine Axt. Arndt wuchtete damit die Tür auf. Da sahen sie den Major liegen.
„Mein Herr, mein lieber, guter Herr Major!“ rief der Diener und warf sich vor ihm nieder.
Die beiden anderen aber bekümmerten sich jetzt nicht um den Schloßherrn. Sie eilten durch die sich anschließenden Räume, ohne aber jemand zu sehen. Ansbach öffnete ein Fenster im letzten Raum – der Garderobe – und blickte nach unten.
„Da ist der Garten! Sollte er da hinab sein?“ fragte er.
„Möglich wäre es, denn hier ist der Blitzableiter. Also zurück und höher hinaus, wo man eine bessere Aussicht hat!“ forderte ihn Arndt auf.
Als sie in die Bibliothek zurückkehrten, kniete der Diener noch immer vor seinem Herrn.
„Tot, tot, tot!“ stöhnte er.
Arndt ließ sich neben dem Major nieder und untersuchte ihn.
„Beruhigen Sie sich!“ sagte er dann. „Herr von Scharfenberg ist nicht tot, sondern nur ohnmächtig. Lassen Sie ihn im Augenblick so liegen! Es ist das beste. Führen Sie uns zu irgendeinem Fenster, von dem aus man die ganze Umgebung überblicken kann.“
Der Diener dachte kurz nach und sagte dann:
„Da müssen wir in den Turm. Kommen Sie!“
Es ging eine Anzahl von Treppen empor in einen engen Turm, der die Dachfirste überragte und vier Fenster besaß, die nach den vier Haupthimmelsrichtungen wiesen. Die Verfolger beobachteten die gesamte Umgebung sorgfältig. Nirgendwo war Naumann zu erblicken. Ansbach deutete hinaus und sagte zu Arndt:
„Da drüben sind die Arbeiter, mit denen wir gesprochen

haben, und dort geht zwischen den Feldern ein Herr spazieren. Er trägt einen schwarzen Anzug und Zylinderhut."

„Das ist unser Pastor", meinte der Diener.

Arndt schüttelte enttäuscht den Kopf.

„Kein Mensch sonst weit und breit! Naumann muß sich noch im Schloß befinden! Bleiben Sie hier oben, Herr Assessor, und halten Sie Ausschau! Ich werde unterdessen unten nachsuchen lassen."

Arndt stieg mit dem Diener wieder hinab. Es hatte sich mittlerweile im Schloßhof das ganze Personal versammelt, eine recht bedeutende Anzahl von Leuten.

Der Detektiv gab ihnen Befehl, alle Räume des Schlosses nach Naumann zu durchsuchen. Er selbst ging zu dem Major.

Major von Scharfenberg hatte die Besinnung wiedererlangt, schien aber sehr angegriffen zu sein. Er blickte den Eintretenden starr an und sagte:

„Falschmünzer ist er, mein Sohn?"

„Das weiß ich nicht", sagte Arndt überrascht.

„Nicht? Geben Sie mir die Hand darauf, daß er es nicht ist?"

Dies sagte er nicht mit voller, klarer Überlegung. Er sprach wie im Traum. „Bei mir war ein Verbrecher."

„Wo ist er hin?" fragte Arndt rasch.

„Ich weiß es nicht."

„Was wollte er von Ihnen?"

„Er verlangte, ich sollte falsche Banknoten anfertigen und mein Sohn solle sie ausgeben. Aber ich habe nicht eingewilligt. Falsche Banknoten sind verboten."

„Befindet sich Ihr Herr öfters in einem solchen Zustand?" flüsterte Arndt dem Lakaien zu.

„Niemals."

„Dann ist Naumann bei ihm gewesen und hat ihm Mitteilungen gemacht, die ihn in dieser Weise verstörten. Man muß ihn schonen. Sehen Sie, ob Sie ihn ins Bett bringen können."

Er entfernte sich, um die Nachforschungen zu überwachen, doch es fand sich kein Hinweis. Man sandte Boten in das Dorf, auch dort war Naumann von keinem Menschen gesehen worden. Die Suche im Schloß begann von neuem, führte aber zu keinem Resultat. Naumann schien wie vom Erdboden verschluckt zu sein!

*

Am Spätnachmittag befand sich der Major, nachdem er einige Stunden im Bett geruht hatte, wieder in der Bibliothek. Arndt hatte die Hoffnung aufgegeben, den Gesuchten noch zu finden, und war gekommen, um sich dem Schloßherrn offiziell vorzustellen. Er berichtete von seiner Jagd auf Naumann.

„Haben Sie ihn?“ fragte der Major.

„Leider nein.“

„Er wohnt in der Residenz“, meinte der alte Offizier, etwas verunsichert.

„Ach, Sie sprachen von Ihrem Sohn?“ fragte Arndt.

„Ja. Von wem soll ich sonst sprechen. Wissen Sie, wie es ihm geht?“

„Er befindet sich wohl“, wich der Geheimpolizist aus.

„Ja, ich denke es mir. Wenn er auch immer zuviel Geld brauchte, so habe ich ja stets für ihn gesorgt. Ich werde ihn besuchen, ich muß mit ihm sprechen.“

Arndt hielt es für das beste, von dem Schicksal des Leutnants zu schweigen, um den Zustand des Kranken nicht zu verschlimmern. Da trat der Lakai aus dem Nachbarraum in die Bibliothek und winkte ihm. Arndt folgte dem Zeichen, nachdem er sich von dem ermatteten Major verabschiedet hatte.

„Was gibt es?“ fragte er.

„Bitte, kommen sie zur Garderobe!“

Er führte den Detektiv dorthin und deutete auf das Sofa. Dort lag die Kleidung, die Naumann abgelegt hatte.

„Eine Uniform“, sagte Arndt. „Wem gehört sie?“

„Dem jungen Herrn. Ich habe diese Uniform einmal gereinigt und kenne auch das Zeichen des Schneiders am Rockhenkel. Sie lag hier unter dem Sofa. Ich vermißte nämlich die Krawatte, die hier gelegen hatte, und suchte sie. Bei dieser Gelegenheit schaute ich mich um und fand diese Sachen. Nun fehlt aber nicht nur die erwähnte Krawatte, sondern auch ein schwarzer Tuchanzug und ein Zylinder.“

Da schlug Arndt sich an den Kopf.

„Alle Wetter! Da geht mir ein Licht auf! Jener Mann auf dem Feld, den Sie für den Pastor hielten, ist Naumann gewesen. Verflixt! Wir haben ihn entschlüpfen lassen, weil er so klug war, den langsamen Schritt eines Spaziergängers anzunehmen. Ich muß augenblicklich aufbrechen. Ich kenne immerhin seine neue Verkleidung. Man muß schleunigst nach allen Richtungen telegraphieren.“

Arndt wollte schon den Raum verlassen; da fiel sein Blick noch einmal auf die abgelegte Uniform. Etwas war daran ungewöhnlich. Als er danach griff, fielen ihm Bündel von Banknoten und ein Revolver entgegen. Hat Naumann also doch einen Fehler gemacht, murmelte er.

Keine zehn Minuten waren vergangen, da ritt Arndt mit dem Assessor fort, den Rotschimmel am Leitzügel. Das Pferd mußte natürlich seinem Besitzer zurückgebracht werden.

*

Dem Major von Scharfenberg hatten die Aufregungen doch mehr zugesetzt, als der alte Offizier es sich selbst eingestehen wollte. Kaum war er mit seinem Diener Joseph wieder allein, so mußte er sich niederlegen. Die große Schwäche hielt ihn im Bett fest, und in seinem Bewußtsein wechselten Fieberphantasien mit lichten Momenten. Bilder tauchten auf, von entsprungenen Häftlingen, von Falschgeld im Offizierskasino, von Polizisten zu Pferde – und zwischendurch immer wieder das Gesicht seines Sohnes Bruno, den er zu lange in seinen Nöten und mit seinen Problemen alleingelassen hatte.

Nach zwei Tagen fühlte der Major sich so weit gekräftigt, daß er aufstehen konnte. Er stand am Fenster und blickte auf den Hof.

„Joseph", fragte er, „wann waren die Fremden hier?"

„Vor zwei Tagen, gnädiger Herr."

„Ein Geheimpolizist und ein Gerichtsassessor zu Pferde?"

„Ja!"

„Und doch dachte ich, der Pascherkönig Naumann sei hier gewesen! Hast du ihn nicht gesehen?"

„Oh doch!"

„Ah, so habe ich nicht geträumt. Er hat mir also doch von meinem Sohn erzählt. Joseph, wir werden jetzt schleunigst abreisen in die Residenz. Ich muß mit meinem Sohn sprechen."

„Aber Sie sind nicht wohl, Herr Major!" wandte der treue Diener besorgt ein.

Der Major richtete sich energisch auf und versicherte:

„Oh nein, ich befinde mich sehr wohl. Mein Sohn schwebt in großer Gefahr, und ich muß ihm helfen!"

„Ist das wahr, gnädiger Herr?"

„Ja, Naumann hat es mir erzählt. Laß anspannen! Wir fahren zum Bahnhof."

Der Diener widersprach jetzt nicht mehr. Er ahnte allerdings, in welch gefährdetem Zustand sich sein Herr befand. Joseph bestellte den Wagen, half dem Major beim Ankleiden, und dann fuhren sie ab, um den nächsten Zug zu erreichen.

18.

Der Neffe aus Amerika

Es war einige Zeit nach den geschilderten Ereignissen. Ganz oben im wilden Gebirge, nahe an der Grenze, stand auf einer kleinen Lichtung eine Hütte. Rohe, ungetünchte Mauern, kleine, enge Fenster, eine niedrige Tür, das Dach schindelgedeckt: dem allen sah man an, daß es keinen Reichtum barg. Dennoch machte die Hütte einen gepflegten Eindruck. Das lag vielleicht auch an dem dichten, undurchdringlichen Buchenzaun, der den anstoßenden Garten mehrere Ellen einrahmte. Dem Erbauer hatte es wohl nicht an einem gottesfürchtigen und heiteren Gemüt gefehlt, denn in dem oberen Querbalken der Tür waren die Worte eingeschnitzt:

„*Dies Häuschen steht in Gottes Hand,*
drum ist's auch noch nicht abgebrannt"

Seit vielen Jahren wohnte nun der Kohlenbrenner Hendschel zusammen mit seiner Frau darin, und zwar ganz allein. Wer aber Gesicht und Gehör besaß, so scharf, daß es durch den Buchenzaun zu dringen vermochte, der hätte bald erfahren, daß beide jetzt auch noch andere Leute beherbergten.

Die Sonne war untergegangen. Im freien Feld war es gewiß noch leidlich hell, hier aber unter den riesigen Tannen und Fichten lag bereits das Dunkel der Nacht ausgebreitet. In dem Stübchen erklangen blecherne Löffel – die Abendsuppe wurde verzehrt.

Drei Männer und eine Frau saßen am Tisch. Der eine der Männer war der Köhler; die beiden anderen wohnten zu Gast bei ihm. Als die Suppe zu Ende war, griff der Köhler zu einem alten, abgegriffenen Buch und sagte:

„Ist der Leib satt geworden, so soll auch die Seele nicht hungern! Mutter, lies den Abendsegen!“

Die Alte setzte die Hornbrille auf die Nase, schlug das Buch auf und begann:

„Der lieben Sonne Licht und Pracht
hat nun den Lauf vollführet:
die Welt hat sich zur Ruh gemacht;
tu' Seel' was dir gebühret!
Tritt an die Himmelstür,
und bring' ein Lied herfür;
laß deine Augen, Herz und Sinn
auf Jesum sein gerichtet hin!“

Der eine der beiden Gäste ließ ein Räuspern vernehmen, das nicht zu der Stimmung der Alten paßte. Sie sah ihn forschend an und fragte:

„Gefällt Ihnen das Lied nicht?“

„Oh, es ist sehr gut!“ beeilte er sich zu antworten. Aber seine Stimme klang kalt, vielleicht sogar ein wenig spöttisch.

Die Leserin fuhr unbeeindruckt fort:

„Ihr Höllengeister, packet euch!
Hier habt ihr nichts zu schaffen,
dies Haus gehört in Jesu Reich;
laßt es nur sicher schlafen;
der Engel starke Wacht
hat es in guter Acht;
ihr Heer und Lager hält's in Schutz;
drum sei auch allen Teufeln Trutz!“

Da erklang das Räuspern abermals. Mutter Hendschel blickte den Gast über die Brille hinweg an und fragte:

„Sie glauben wohl nicht an den Teufel?“

„Ich habe noch gar nicht darüber nachgedacht“, antwortete er. „Aber so schlimm, wie es hier im Buch gemacht wird, ist es mit den Höllengeistern doch nicht!“

„Gott behüte uns vor ihnen, mögen sie nun zu uns

kommen als Geister oder in Menschengestalt!" sagte die fromme Frau.

Dann las sie weiter:

„So will ich denn nun schlafen ein,
Jesu, in deinen Armen;
dein Ang'sicht soll mein Bette sein,
mein Lager dein Erbarmen,
mein Kissen deine Brust,
mein Traum die süße Lust,
die aus der Seiten Wunde fleußt,
und dein' Geist in mein Herze geußt!"

Jetzt erhob der Gast sich von seinem harten Stuhl, hustete laut und sagte:

„Ihr habt wohl noch nie ein anderes Buch in euren Händen gehabt?"

„Nein", antwortete die Köhlersfrau aufrichtig.

„So ist es euch auch nicht übelzunehmen, daß ihr an solchem Unsinn Geschmack findet. Wer keine Ananas gegessen hat, dem mögen Erdäpfel schmecken; mir aber bekommen sie nicht. Ihr freilich wißt es nicht anders. Ihr seid Christen und führt doch fast ein Heidenleben. Gute Nacht!"

Er ging hinaus und schlug die Tür ziemlich laut zu. Mutter Hendschel sah die beiden anderen Männer an, dann unterbrach sie die eingetretene unangenehme Stille:

„Vater, soll es so weitergehen? Willst du mit dem Vetter reden, oder soll ich es tun?"

Der Köhler nickte nachdenklich mit dem Kopfe und antwortete:

„Ich werde es wohl tun müssen, denn dies ist Männersache!"

Und sich zu dem anderen wendend, fragte er:

„Kannst du mir wohl sagen, Vetter, wer hier der Herr in diesem Hause ist?"

„Natürlich du!" murmelte der andere, dem die Sache

unangenehm zu sein schien. Der Kohlenbrenner schüttelte mißvergnügt sein Haupt.

„Das habe ich auch gedacht, jetzt aber scheint es anders geworden zu sein. Schau, ich habe mit meiner Frau immer einsam gewohnt und einsam gelebt. Im stillen ist der liebe Gott bei uns gewesen, und es wohnte bei uns stets Eintracht und Zufriedenheit. Da kamst du. Du sagtest, du hättest ein bißchen über die Grenze hinübergeschmuggelt, müßtest aus deinem Nest fort, und ob ich dich so einige Wochen lang bei mir unterbringen könnte. Du bist mein Vetter, und so sagte ich gern und willig zu. Aber du kamst nicht allein, sondern brachtest diesen Menschen mit. Wir sollten ihn mit aufnehmen, weil er dein Freund war und auch für gewisse Zeit nicht gesehen werden sollte. Ich bin nie ein Schmuggler gewesen, aber wie alle hier an der Grenze denke ich nicht so schlimm über dieses ‚Geschäft‘, und so habe ich gedacht, keine Sünde zu tun, wenn ich dir aus der Verlegenheit helfe. Was aber geht mich die Verlegenheit eines fremden Menschen an? Ihr eßt schon seit Wochen von meiner Armut, und ich bekomme nicht einmal einen Dank dafür. Das möchte nun noch angehen! Aber daß er hier Unfrieden sät, daß er unseren Glauben verachtet, daß er die alten Lieder verspottet, die uns getröstet haben in Trübsal, Hunger und Not, das kann und mag ich nicht länger leiden! Er nennt sich Hirsch. In unserer Gegenwart sagt ihr du zueinander, seid ihr aber allein, so nennst du ihn Sie. Wer ist dieser Mann?“

Da fiel der Vetter erschrocken ein:

„Du irrst! Ich sage nie Sie zu ihm. Er heißt Hirsch, ist mein Geschäftsfreund, und seine Heimat liegt drüben jenseits der Grenze.“

„So?“ entgegnete der Alte scharf. „Warum trägt er falsches Haar?“

Der Gefragte erschrak, faßte sich aber und antwortete:

„Er benutzt eine Perücke, weil er nur noch spärliches Haar hat.“

Der Kohlenbrenner schüttelte den Kopf.

„Nein, er hat volles schwarzes Haar und legt sich doch eine helle Perücke darüber. Du kannst mir nichts weismachen! Ihr schlaft neben unserer Kammer. Ich habe durch die Astlöcher gesehen, wie er im Schlaf die Perücke verloren hat und du selbst sie ihm wieder aufsetzen mußtest. Nun gut! Aber ich will dir einmal eine kleine Geschichte erzählen, wenn es dir recht ist. Ich komme nur selten aus dem Wald hinaus. Das letztemal war vor einer Woche, als ich auf dem Jahrmarkt in Waltersgrün war. Ich saß in der Schenke und hörte zu, was die Leute so erzählten. Auf einmal redete einer von dem Wagner Hendschel in Obersberg. Kennst du den?"

„Spaßvogel!" lachte der Vetter gezwungen. „Das bin ich ja selbst!"

„Schön! Also von dir erzählte er. Er sagte, du sollst zur Bande des Pascherkönigs gehört haben und seist vor lauter Angst fortgelaufen. Doch könne dir nichts bewiesen werden, und so wäre es besser, wenn du zurückkehrtest und dein gutes Gewerbe wieder in die Hand nähmst. Hatte er recht?"

Der Vetter schwieg und nickte.

„So gehe heim und arbeite von jetzt an treu und ehrlich! Und wenn jemand sagt, du seist ausgerissen, so antworte ihm, daß du bei mir auf Besuch gewesen bist, dann muß er still sein. Aber zu etwas anderem. Selten komme ich in die Welt hinaus, auch lese ich keine Zeitungen. Ich lebe in meinem Wald und halte es mit meinem Haussegen. Das genügt mir vollständig. Nun habe ich in Waltersgrün auch gehört, daß der Pascherkönig aus dem Gefängnis der Residenz geflohen ist. Jetzt wird an allen Orten nach ihm gesucht. Er kann nicht über die streng bewachte Grenze, und da man ihn im Wald vermutet, so soll nächstens über das ganze Gebirge eine großangelegte Suche nach ihm angestellt werden. Ich möchte nicht in seiner Haut stecken."

Der Wagner rückte hin und her. Ihm war auch nicht wohl in seiner Haut. Der Alte schien das aber gar nicht zu bemerken und fuhr munter fort:

„Ich weiß nicht, ob oder wann einmal eine Zeitung in dieses Haus gekommen ist, aber das Blatt hier war doch so interessant, daß ich es mir mitgenommen habe."

Dabei zog er aus der Schublade des Tisches eine zusammengefaltete Zeitung hervor.

„Hier steht die genaue Beschreibung des flüchtigen Verbrechers drin. Nun, lies das einmal!"

Der Vetter nahm den Zeitungsbogen und las die betreffende Stelle durch. Der Köhler beobachtete ihn genau. Jetzt sagte er:

„Da paßt ein jedes Wort ganz genau auf deinen guten Freund Hirsch."

„Vetter, wo denkst du hin!" rief der andere erschrocken.

„Ich denke immer nur gerade das, was mir in den Sinn kommt", murmelte der Alte. „Aber hast du auch die großen dicken Zeilen gelesen, die unter dem Steckbrief stehen? Nicht? Ich will sie dir vorlesen!"

Er nahm dem Wagner die Zeitung aus der Hand und las:

„Tausend Gulden, wer ihn tot, und zweitausend Gulden, wer ihn lebendig bringt oder seine Festnahme überhaupt ermöglicht. – Na, ist das nicht großartig? Ein ganzes Vermögen! Denke dir, wie arm ich bin! Wenn dieser Mann bei mir wäre, so könnte ich auf einen Schlag reich sein, und zwar nicht durch eine Schlechtigkeit, sondern gerade dadurch, daß ich meine Pflicht tue. Und so werden viele Menschen denken. Der Naumann ist wirklich keinen Augenblick sicher. Erschrick nicht! Die Gastfreundschaft ist das Heiligste mit, was es gibt, aber ich bin ein armer Teufel und habe nichts zu verschenken. Außerdem lasse ich mir meine höchsten Güter, meinen Glauben und meinen Seelenfrieden, nicht rauben und verspotten. Darum kannst du mir einen großen Gefallen tun!"

Er machte eine lange Pause. Als er sah, daß der Vetter ihn in ängstlicher Erwartung anblickte, setzte er fort:

„Wenn du einem begegnen solltest, der der Pascherkönig sein könnte, so sage ihm, daß ich ein ehrlicher Kerl bin und mit den Gerichten nichts zu tun haben will. Er mag sich fern von mir halten, je weiter weg von hier, desto besser für ihn und für mich. Morgen setze ich den neuen Meiler auf. Wenn ich übermorgen nach Hause komme, so will ich ein reines Haus vorfinden."

„Vetter!" rief der Wagner aus.

„Schon gut! Ich halte große Stücke auf dich. Wir sind verwandt, du bist und bleibst mir willkommen zu aller Zeit. Aber was darüber ist, das ist von Übel! Jetzt gehe ich schlafen. Komm, Mutter! Gute Nacht, Vetter!"

Das Köhlerpaar begab sich in seine Kammer. Als sie dort miteinander allein waren, fragte die Frau:

„Du glaubst also, daß er es wirklich ist?"

„Er ist's. Ich bin mir völlig sicher!"

„Herrgott! Zweitausend Gulden!" rief sie aus. „Wir könnten anstatt der Erdäpfel das essen, wovon er sprach. Wie hieß das Zeug? Farinas?"

Der alte Köhler schüttelte den Kopf.

„Nein, das ist doch Tabak. Es war Canevas."

„Auch nicht", berichtigte ihn sein Frau. „Canevas nehmen die feinen Damen zum Sticken."

Hendschel brummte unwillig:

„Nun, so war's ein Heringsfaß – as oder aß war hinten dran. Halt: Amma, Anna, Ananas, jetzt habe ich es, ja, so war es. Das muß etwas sehr Gutes sein. Vielleicht wie Hagebuttenbrühe und junger Ziegenbraten! Doch ganz egal! Ein Verräter werde ich wegen eines Ziegenbratens nicht. Führe uns nicht in Versuchung!"

„Sondern erlöse uns von dem Übel!" ergänzte seine Frau. „Nicht?"

„Ja. Er ist das Übel, und wir werden bald erlöst." Hendschel nickte. „Er ist bei uns untergetaucht, weil er dachte, wir erkennen ihn nicht und wissen auch nichts von dem Preis, der auf ihn gesetzt ist. Wenn er nun das Gegenteil erfährt, wird er sich schleunigst auf die Strumpfsocken machen. Ich bin überzeugt, daß der Vetter und er jetzt miteinander unten auf der Gartenbank sitzen und von meiner Zeitung reden. Mir wird der Abschied nicht weh tun. Jetzt aber wollen wir das Ding beschlafen. Gute Nacht, Mutter!"

„Gute Nacht, Vater!"

Sie schwiegen, aber sie schliefen doch nicht. Sie sannen und sannen. Sie wollten nicht zum Verräter werden, aber zweitausend Gulden – –? Als der Köhler eingeschlafen war, träumte ihm von einem Geldsack, der höher als die höchste Tanne war, und seiner Ehefrau träumte von einer Frucht, die aus lauter Zuckerhüten, Rosinen und jungen Ziegenkeulen bestand, und darunter waren in riesenhaften Buchstaben die beiden Worte Canevas und Farinas zu lesen.

*

Der Köhler hatte recht gehabt: Zunächst war der Vetter eine Zeitlang sitzen geblieben; dann aber war er hinaus in das Gärtchen gegangen, wo eine aus rohen Steinen errichtete Bank stand. Auf ihr saß – Franz Naumann, denn dieser war es tatsächlich.

Wagner Hendschel setzte sich zu ihm, wenn auch in so respektvoller Entfernung, wie es die Länge der Bank zuließ. Sie saßen einige Zeit schweigsam; dann endlich unterbrach Hendschel die Stille:

„Herr Naumann, ich habe Ihnen etwas Wichtiges mitzuteilen!"

„Es wird nicht viel Gescheites sein", fiel ihm der sogleich ins Wort. „Übrigens weiß ich es schon: Ich soll fort! Das hat in den letzten Tagen so in der Luft gelegen. Und als ich heute mit meinem Ärger über diese dumme Reimerei losbrach, da wußte ich, daß es nun sicher zur Sprache kommen werde. Ich ging also hinaus, tat, als ob ich mich entfernte, kehrte aber leise an den Fensterladen zurück."

„So haben Sie gehorcht?" fragte der Wagner. „Und alles gehört?"

„Alles!“ meinte Naumann gelassen. „Ich muß gewisse Zeit verstreichen lassen, bis sich der Lärm gelegt hat. Dann darf ich mich erst wieder in die Residenz wagen. Jetzt stoßen mich die beiden Alten hinaus, und ich weiß nicht, wohin. Dieser entlegene Winkel ist die einzige Stelle des Gebirges, an der ich sicher sein konnte. Nun fängt die Gefahr von neuem an. Aber gut! Ich will dich warnen, bevor ich gehe. Es ist sehr wahr, daß du ruhig nach Obersberg zurückkehren kannst. Niemand kann dir etwas beweisen. Aber wenn dein Vetter hier mich verraten würde oder wenn du selbst ein einziges Wort fallen ließest, so wäre dir dein Brot gebacken. Merk dir das!“

Da sagte der Wagner erschrocken:

„Herr Naumann, Sie werden doch nicht glauben, daß ich so an Ihnen handeln würde!“

„Schon gut! Ich möchte es dir auch nicht raten. Meine Freunde sind überall. Gute Nacht, Hendschel!“

Er erhob sich und verschwand im Haus. Hendschel blieb dagegen noch eine Weile sitzen. Er ballte ergrimmt die Fäuste und dachte nach.

„Recht hast du, Halunke!“ flüsterte er. „Du hast mich zum Schmuggler gemacht und mich ausgenutzt für ein Lumpengeld! Zweitausend Gulden! Ah! Tausend, wenn er tot ist! Man sollte den Kerl einfach erschlagen!“

So saß er noch lange da, in Gedanken versunken, die ebenso dunkel waren wie die nächtlichen Schatten, die unter dem dichten Dach des Waldes brüteten. Er ging erst spät schlafen. Was nun auch das Ergebnis seines Sinnens gewesen sein mochte – als er erwachte, fand er Naumanns Lager verlassen vor. Hatte er Verdacht geschöpft? Hatte er denselben Gedanken gehabt wie Hendschel: Tot abgeliefert gibt tausend Gulden? Hendschel suchte überall nach ihm, konnte ihn aber nicht finden und war nun überzeugt, daß er das Weite gesucht hatte. Und so war es auch.

*

Naumann traute den Köhlersleuten nicht mehr. Ihr gestriges Verhalten hatte ihn zur Vorsicht gemahnt. Und ebenso hatte ihn die Unterredung mit Wagner Hendschel zu der Überzeugung gebracht, daß er sich auch vor diesem in acht zu nehmen hatte. Er entschloß sich also, sein jetziges Asyl ganz im stillen zu verlassen. Früh, als die anderen noch schliefen, war er aufgestanden, hatte sich von dem auf dem Tisch liegenden schwarzen Haferbrot ein Stück abgeschnitten, um während des Tages nicht hungern zu müssen, und war dann gegangen. Draußen an dem dichten grünen Gartenzaun war er stehengeblieben, und sein Auge musterte das Häuschen, dessen stillen Schutz er von jetzt an entbehren mußte. Er wischte sich mit der Hand über die Stirn und murmelte:

„Nun ist's auch hier vorüber! Vogelfrei! Ein jeder kann mich umbringen, ohne Strafe fürchten zu müssen. Ja, er wird sogar noch dafür belohnt. Ich bin ausgestoßen wie ein wildes Tier. Aber ein wildes Tier will fressen und saufen, will leben! Was es braucht, das raubt es sich also. Ich werde es auch so machen müssen!"

Daß er es bereits so gemacht hatte, als er noch nicht vogelfrei war, daran wollte er nicht denken.

Er ging fort, benutzte aber nicht den breiten Waldweg, auf dem er jemandem begegnen konnte – und das mußte er gezwungenermaßen vermeiden –, sondern er bog in einen schmalen, kaum gangbaren Pfad ein. Noch wußte er nicht, wohin er sich wenden sollte. Er wollte zunächst in die Tiefe des Waldes tauchen und dort überlegen, was für ihn ratsam war.

So schritt er, tief in Gedanken versunken, weiter, bog mehrere Male zur Seite ab, ohne es eigentlich zu wollen, blieb immer wieder sinnend stehen, ging weiter, bis er zu seiner nicht sehr freudigen Überraschung bemerkte, daß er sich erneut in der Nähe der Köhlerbehausung befand. Jetzt aber nahm er sich eine bestimmte Richtung vor. Er wandte sich gegen Norden, mitten in den Wald hinein, und zwar zu der Stelle hin, wo die enge, kaum begehbare Schlucht steil empor zu einer Höhe führte, von der aus man weit in das Land hineinzuschauen vermochte. Dieser Ort war von außerordentlicher Schönheit, aber auch ebenso gefährlich. Der Aussichtspunkt lag hart am Rande eines Felsens, der tief in den dunklen Grund abfiel. Eine Schranke gab es nicht. Wem es schwindlig wurde, der konnte sich höchstens an einer der Tannen festhalten, die ihre spärliche Nahrung aus den Felsenritzen sogen.

So schritt und kletterte er weiter und weiter, immer höher und höher. Fast hatte er den oberen Rand des Felsens erreicht, da stand er plötzlich erschrocken still. Er hatte über sich, auf der Felsenplatte, eine menschliche Stimme vernommen, nicht etwa sprechend, sondern räuspernd, wie wenn einer zu singen anfangen will. Der Flüchtige stand und horchte. Er hörte ein leises Hüsteln, und dann begann eine volle, kräftige Baritonstimme die Verse:

„Land meiner Väter, länger nicht das meine,
so heilig ist kein Boden, wie der deine.
Nie wird dein Bild aus meiner Seele schwinden,
und knüpfte mich an dich kein lebend Band,
es würden mich die Toten an dich binden,
die deine Erde deckt, mein Vaterland.“

Dann wurde es still. Naumann hörte nichts, keinen Laut, keine Bewegung mehr. Er kletterte weiter empor, leise und vorsichtig. Als er den Rand der Felsenplatte erreichte, schob er vorsichtig den Kopf hoch. Da lehnte der Sänger an einer der Tannen, die er mit beiden Armen umfangen hielt, und blickte über die Berge und Täler weit in das Land hinein.

Er war ein Mann in Naumanns Alter und besaß ungefähr dessen Statur. Sein Teint war braun. Der Fremde mußte sich wohl viel in der Sonne aufgehalten haben. Auf dem Kopf trug er einen breitkrempigen Hut. Seine Kleidung war nicht diejenige eines reisenden Handwerkers, sie bestand vielmehr aus teurem Stoff und war nach dem neuesten Schnitt gefertigt. Ein kräftiger Knotenstock und ein praller Ranzen lagen neben ihm auf der Erde.

„Von diesem Mann habe ich nichts zu befürchten, sondern eher noch etwas zu erwarten“, dachte Naumann.

Er stieg also weiter. Dabei verursachte er mit Absicht mehr Geräusch, als das nötig gewesen wäre. Der Fremde hörte es und drehte sich herum zu ihm.

„Guten Morgen!“ grüßte Naumann.

„Guten Morgen!“ antwortete der andere.

„Störe ich?“ fragte Naumann vorsichtig. „Ich hörte hier oben singen. Das waren wohl Sie?“

„Allerdings“, lachte der andere fröhlich. „Ich habe das Lied gesungen, weil ich es so gern habe. Es ist eine deutsch-amerikanische Weise, gedichtet von Konrad Krez[1], und drüben in Amerika habe ich es auch gelernt.“

„So sind Sie nach Amerika gereist?“ fragte Naumann neugierig.

Sein Gegenüber schüttelte den Kopf.

„Nein, ich bin allerdings da drüben sehr weit herumgekommen, von Kanada im Norden bis an den Amazonenstrom in Brasilien im Süden, denn seit meiner frühesten Jugend lebte ich in Amerika. Geboren bin ich freilich hier in dieser Gegend, aber meine Eltern gingen übers Meer, als ich ein halbes Jahr alt war. Sie sind von hier?“

Naumann zögerte, dann sagte er:

„Ja, ich bin für heute nachmittag verabredet.“

Der andere schien sich darüber zu freuen.

„Nun, so haben Sie Zeit! Wollen Sie ein bißchen neben mir Platz nehmen? Der Felsen ist bemoost, man sitzt weich. Wir können uns unterhalten und dabei die herrliche Aussicht aus erster Hand genießen.“

Er setzte sich am Stamm der Tanne nieder. Naumann zögerte ein wenig. Für ihn war es ein Wagnis, sich hier an einem so offenen Punkt gemütlich zu einem lauten Gespräch

[1] Konrad Krez, geb. 27. 4. 1828 in Landau/Pfalz, emigrierte nach der Revolution 1848/49 nach Amerika, wo er bis zu seinem Tod am 9. 3. 1897 (in Milwaukee) lebte und dichtete.

niederzusetzen. Man konnte sie hören, und das würde vielleicht jemanden anlocken. Wurde er erkannt, so war er verloren. Es gab nur den einen Ausweg zu der Seite hin, von der er heraufgestiegen war. Zu den drei anderen Seiten hin fiel der Fels so steil ab, daß eine Flucht dorthin mit äußerster Lebensgefahr verbunden war. So lauschte er ganz unwillkürlich zurück in den Wald hinein, ob er vielleicht etwas Verdächtiges hören konnte.

„Nun?" fragte der Fremde. „Sie horchen?"

„Oh, nur so", antwortete Naumann, einigermaßen verlegen. „Es war mir, als hätte ich einen Schuß gehört."

Der Fremde schüttelte ungläubig den Kopf.

„Jetzt im späten Frühjahr? Die Jagd ist doch zu Ende. Wenigstens pflegt zu dieser Zeit hier in euren zivilisierten Ländern das Wild geschont zu werden. Aber wie dem auch sei. Lassen wir den Förster oder seinen Burschen schießen, soviel es ihm beliebt! Kommen Sie her an meine Seite. Die Aussicht ist schön, aber ich lasse mir durch solche ideellen Genüsse auch die materiellen nicht verleiden. Haben Sie schon gefrühstückt?"

„Noch nicht", gab Naumann zu, der wirklich hungrig war.

Der Reisende öffnete seinen Ranzen und zog ein Paket mit Schinkenschnitten nebst einer Flasche Wein hervor.

„Die Schinkenbrote teilen wir", sagte er. „Den Wein müssen wir leider aus der Flasche trinken, denn ich bin nicht mit einem Glas versehen."

Er sagte das so jovial und gutherzig, daß der Verbrecher sich immer sicherer zu fühlen begann. Die Brote wurden zwischen ihnen geteilt, und als die Flasche geöffnet war, bemerkte Naumann, daß der Fremde die teuerste Marke gewählt hatte.

„Danke!" sagte er, nachdem er einen kräftigen Schluck Wein zu sich genommen hatte. „Es tut mir leid, daß Sie sich meinetwegen Ihres Mundvorrates berauben."

Da lachte der Fremde fröhlich und sagte:

„Schadet nichts. Wir sind ja nicht in der Wüste Sahara oder Gobi!"

„Aber im hohen Gebirge!" meinte Naumann. „Bis Sie zum nächsten bewohnten Ort gelangen, hätten Sie von hier aus lange zu gehen. Wie kommt es überhaupt, daß Sie als Amerikaner, der Sie seit Ihrer frühesten Kindheit nicht mehr in dieser Gegend waren, nicht in der Nähe der Eisenbahn oder Chaussee bleiben, sondern gerade den unsicheren, dichten Gebirgswald wählen?"

Der andere stutzte, scherzte dann aber:

„Unsicher? Gibt es hier Räuber? Vielleicht einen Rinaldo Rinaldini oder einen Schinderhannes?"

„Das freilich nicht", bemerkte Naumann in demselben scherzhaften Ton, „aber immerhin einen Pascherkönig!"

„Auch ich habe schon von ihm gehört", entgegnete der Fremde, der plötzlich sehr ernst geworden war. „Als ich die Grenze passieren wollte, wurde ich festgehalten. Hätte ich nicht gar so gute Legitimationen besessen, wahrhaftig, ich wäre arretiert worden!"

Naumann ahnte den Grund dieser Unannehmlichkeiten, rief aber scheinbar erstaunt aus:

„Was Sie sagen! Aber warum denn?"

„Ich soll eine gewisse Ähnlichkeit mit ihm haben. Nur mein guter Paß, das Bürgerzeugnis der Vereinigten Staaten und das Patent als Kapitän der amerikanischen Miliz haben mir geholfen. Darüber hinaus habe ich noch ganz andere Dinge, hier und hier!" Dabei klopfte er auf den Tornister und auf die linke Seite seines Rockes, da, wo man in der Brusttasche das Portemonnaie zu tragen pflegt.

„Aha!" nickte Naumann. „Sie sind wohlhabend!"

„Nicht nur das, sondern reich!" antwortete der Amerikaner mit einer gewissen Selbstzufriedenheit. „Ich kann es mir leisten, von meiner zweiten Heimat Abschied zu nehmen, um mich hier niederzulassen. Geboren wurde ich in dem kleinen Gebirgsstädtchen Langenstadt, und dorthin will ich mich jetzt wenden. Kennen Sie es?"

Naumann nickte.

„Von hier bis nach Langenstadt sind es aber noch etliche Stunden zu Fuß", gab er zu bedenken. „Sie müssen quer durch die Berge. Eine direkte Straße gibt es nicht, Sie hätten mit der Eisenbahn fahren sollen."

Der Amerikaner schüttelte mißbilligend den Kopf.

„Das war nicht meine Absicht. Ich wollte den ersten bewußten Schritt in die Heimat mit meinen eigenen Füßen tun. Daß ich so quer über die Berge steigen muß, ist mir ganz lieb. Auf diese Weise lerne ich die Heimat gleich gut kennen. Der Bruder meines Vaters lebt noch in Langenstadt. Er heißt Weber wie ich und ist Holzschnitzer, soll aber jetzt mit Obst handeln. Auch mein Vater war Schnitzer, kam aber auf den klugen Gedanken auszuwandern. Drüben ging sein Geschäft von Jahr zu Jahr besser. Ich wuchs heran, hatte aber überhaupt keine Lust zum Holzschnitzen. Ich ging in die Welt, wurde dieses und jenes, zuletzt gar Goldsucher. Zunächst hatte ich kein Glück, weil ich in Kalifornien suchte; die Blütezeit für das ‚Gold-digging' war bereits vorbei. Ich wandte mich deshalb weiter nach Süden zur texanisch-mexikanischen Grenze, und dort fand ich eine ‚Bonanza'!"

Naumann hatte ihm mit unverhohlener Aufmerksamkeit zugehört. Jetzt fragte er:

„Was ist das?"

„Das ist ein spanischer Goldsucherausdruck, den ich Ihnen erklären will. Der fleißigste und auch glücklichste Goldsucher ist das Wasser. Wo das edle Metall sich findet, wird es von dem Wasser, das die leichte Erde fortwäscht, bloßgelegt, oft zu großen Klumpen. Nach und nach reißt das Wasser es aus seinem Halt und spült es fort. Wenn nun im Bett eines Wildbaches, oder sagen wir besser Goldbaches, eine Stelle kommt, die aus lockerem, tiefgrundigen Sand besteht, so wird dieser Sand ausgewaschen und fortgeschwemmt. Da, wo sich der Sand befunden hat, entsteht also eine Vertiefung, in die alles Schwere, was von dem

Wasser herangebracht wird, hinabfällt. Auf diese Weise gibt es in den Bächen tiefe Löcher, in die über Jahrhunderte das Gold hinabgespült worden ist. Wer nun so ein Loch, eine Bonanza, findet, ist ein gemachter Mann. Das Gold fördert man am besten zu Tage, indem man an aussichtsreichen Stellen den Wasserlauf ableitet. Als ich mal wieder einen solchen Bach gefunden hatte und das Loch leerpumpte, bemerkte ich zu meiner freudigen Überraschung, daß sich im Bett des Bächleins gleich mehrere solcher Bonanzen nebeneinander befanden. Mit einem Schlag war ich steinreich. Nach Hause zurückgekehrt, mußte ich leider erfahren, daß unterdessen mein Vater gestorben war. Ich verkaufte sein Geschäft, das mir sehr gut bezahlt wurde, und beschloß, in die alte Heimat zu gehen und mir eine bleibende Stätte zu suchen. Zu einem Rittergütchen wird es langen, vielleicht auch zu dreien, vieren oder fünfen."

Er blickte dabei vergnügt über die vor ihm liegenden Bergkuppen hinaus, als ob er bereits die Rittergüter sähe, die zu kaufen in seiner Absicht lag. Deshalb bemerkte er es nicht, daß die Augen seines Gegenüber verlangend aufleuchteten und forschend seine Gestalt streiften. Es war, als ob Naumann prüfen wollte, ob er mit diesem fremden Mann einen Kampf auf Leben und Tod um dessen Vermögen aufnehmen könnte.

„Da müssen Sie aber wohl Ihr ganzes Vermögen flüssig gemacht haben?" fragte er dann so gleichgültig wie möglich.

„Natürlich!" sagte der Amerikaner, leicht verwundert über die Frage.

„Hoffentlich sind Sie aber doch so klug, es nicht bei sich zu tragen, Herr Weber?"

„Pah! Selbst wenn dieser Pascherkönig vor mir auftauchte, könnte ich mich wehren. Ich bin bewaffnet!"

Er griff in die Tasche und zog einen geladenen Revolver hervor, den er Naumann zeigte. Diesem entfuhr in der inneren Aufregung, in der er sich befand, die mehr als unvorsichtige Frage:

„Aber wenn nun ich der Pascherkönig wäre?"

Der Amerikaner warf ihm einen belustigten Blick zu und antwortete lachend:

„Sie? Spaßvogel! Nehmen Sie es mir nicht übel, aber Sie sehen gar nicht aus wie so ein berüchtigter Spitzbube. Ich halte Sie für eine Art Forstbeamten."

Naumann hatte seinen Fehler längst bemerkt. Um ihn wiedergutzumachen, sagte er nun:

„Erraten!"

„Nicht wahr? Ja, ich habe einen scharfen Blick!" triumphierte Weber. „Sie befinden sich also wohl amtlich hier im Wald?"

„Ja. Wir wollen in der Nähe einen Schlag beginnen. Ich warte auf den Förster, mit dem ich den Ertrag zu berechnen habe."

„Dann Prost auf den Ertrag!" sagte der Amerikaner, indem er die Flasche erhob. Als jeder einen Schluck getan hatte, fuhr er in munterer Laune fort:

„Übrigens dürfen Sie nicht denken, daß ich so unvorsichtig bin, mein ganzes Vermögen bei mir zu tragen. Ich habe nur die Papiere bei mir. Alles andere, ganze Kisten und Kasten voller Raritäten, Felle und was ich mir sonst gesammelt habe, ist unterwegs nach Langenstadt zu meinem Onkel. Daß ich komme, weiß er. Ich habe ihm von New York aus vor meiner Abreise geschrieben. Von den Kisten freilich kann er noch nichts ahnen. Lange Jahre haben wir nichts voneinander gehört, da keiner der beiden Brüder Freund vom vielen Schreiben war. Vater wird in den Jahrzehnten vier oder fünf Briefe erhalten haben, die er beantwortete. Weiter ist wohl keine Tinte verbraucht worden. Ich werde nun bald erfahren, ob und in welcher Weise ich ihm nützlich sein kann. Er hat Kinder, und zwar – – ah, ich habe wahrhaftig vergessen, wieviel Nachkommen er hat. Ich muß gleich einmal nachsehen. Es wäre doch, wenn ich zu ihm komme, eine Blamage, so wenig unterrichtet zu sein."

Er zog eine Brieftasche hervor und öffnete sie. Mehrere

Fächer steckten voller Banknoten, daneben befanden sich die Briefe. Er öffnete einen davon und las daraus vor.

„Ja", begann er, „ich teilte ihm natürlich mit, daß mein Vater, sein Bruder, gestorben sei. Darauf schrieb er mir diesen Brief. Dies ist der einzige, den ich selbst von ihm empfangen habe. Da steht es: vier Töchter hat er, und ganz ärmlich lebt er mit ihnen, so ärmlich, daß er die älteste, die Magda, in die Residenz schicken muß, um in fremde Dienste zu gehen. Na, das soll schnell anders werden. In fremde Dienste gehen soll keine Kusine von mir. Ach, übrigens: wissen Sie eigentlich, daß heute die große Suche nach dem Pascherkönig durch das ganze Gebirge abgehalten werden soll? Ich hörte an der Grenze davon. Im Zollhaus, wo ich mich legitimieren mußte, saßen mehrere Soldaten, die zu dieser Suche abkommandiert waren."

Naumann war im Innersten höchst erschrocken, tat aber unbeteiligt:

„Hm! So bin ich bereits von zu Hause fort gewesen, als der Befehl gekommen ist. Na, schadet nichts! Ich bin ja sowieso nicht verpflichtet mitzumachen. Wann soll die Hetzjagd denn beginnen?"

„Das weiß ich nicht", meinte Weber. „Direkt wurde mir ja gar nichts mitgeteilt. Ich hörte nur ganz zufällig, was die Leute miteinander flüsterten. Es werden zwei Doppelreihen von Forstleuten und Soldaten gebildet, an der Ost- und an der Westgrenze des Gebirges. Diese beiden Linien haben eine solche Länge, daß sie durch den ganzen Wald reichen. Zu einer bestimmten Stunde setzen sie sich gegeneinander in Bewegung. Sie werden sich also alles, was sich zwischen ihnen befindet, gegenseitig zutreiben. Die einzelnen Glieder stehen einander so nahe, daß keine Feder zwischen ihnen hindurch kann. Mir kann es gleichgültig sein, ob man diesen Pascherkönig fängt, denn mir hat er ja nichts getan. Wenn ich noch einmal auf diese Herren treffe, habe ich freilich nichts mehr zu befürchten. Ich bin nämlich im Besitz eines Passierscheines. Jeder, der im Wald angetroffen wird, muß sich legitimieren. Hat er das getan, so erhält er eine Karte, auf der die Bemerkung steht, daß er sich bereits ausgewiesen hat und ungehindert den Wald durchqueren kann."

Er öffnete sein Portemonnaie, das von Goldstücken glänzte, zog die Karte hervor und zeigte sie Naumann. Als er sie wieder eingesteckt hatte, erhob er sich von der Erde und fuhr fort: „Es wird Zeit. In welcher Richtung von hier aus liegt denn eigentlich Langenstadt?"

Diese Frage kam dem Verbrecher gelegen. Er trat bis nahe an den Rand des Felsens, deutete mit der Hand nach Westen und antwortete:

„Kommen Sie einmal her! Haben Sie scharfe Augen?"

„Ja", antwortete der Amerikaner arglos.

„Dann wird es Ihnen möglich sein, Langenstadt zu sehen. Die Morgenluft ist rein und klar, und das Schloß Waldau bei Langenstadt liegt hoch genug. Ja, ich sehe seine Türme dort hinten leuchten."

„Wo, wo?"

Dabei trat der Amerikaner neben ihn hin.

„Passen Sie auf! Sehen Sie die beiden Vorberge da ganz in der Nähe, grad vor meiner Hand? Dahinter eine einzelne Bergkuppe? Links davon etwas Schwarzes, das das Aussehen einer langgezogenen Bergwand hat?"

Der Amerikaner gab auf alle diese Fragen eine bejahende Antwort.

„Mitten auf dieser Wand ist ein weißer, wenn auch nicht sehr heller Punkt zu bemerken. Das ist Schloß Waldau bei Langenstadt."

„Ah, also dort! In der Nähe des Schlosses werde ich bald sein!" rief Weber freudig aus.

„Nein!" meinte Naumann bedeutungsvoll.

Der Amerikaner behielt das Schloß im Auge. Er fragte, ohne sich zu Naumann umzudrehen:

„Nicht? Meinen Sie? Denken Sie, daß es zu weit ist?"

„Nein, sondern weil Sie eine andere Richtung nehmen werden."

Weber drehte sich langsam um und sah ihn fragend an.

„Diese da –!"

Naumann deutete mit der Linken in die Tiefe hinab und versetzte Weber in demselben Augenblick einen solchen Stoß vor die Brust, daß der Getroffene über den Rand der Felsenplatte hinunterflog. Ein lauter, entsetzlicher Angstschrei – ein dumpfes Krachen, wie das Aufschlagen eines fallenden Körpers auf lockeres Geröll – dann Totenstille.

Naumann lauschte noch eine Minute lang, dann dachte er:

„Fertig! Ah, das war Hilfe in der Not! Jetzt bin ich gerettet, nun habe ich wieder Geld, eine Waffe und sogar Legitimationen. Ich brauche dem Kerl nur nachzuklettern. Sein Onkel wird mich als Neffe aufnehmen, denn keiner hat den Amerikaner je gesehen. Dort warte ich, bis ich mich aus dem Staube machen kann. Jetzt aber schnell! Ich habe keine Minute zu verlieren. Wenn er recht hat, so können die Soldaten binnen kurzem hier eintreffen."

Er warf die geleerte Flasche ihrem letzten Besitzer nach, setzte den Hut Webers auf, Tornister auf den Rücken, nahm den Stock des Amerikaners in die Hand und begann, abwärts zu klettern. Das geschah natürlich auf der gefahrlosen Seite, die er heraufgekommen war. Als er aber an einer Stelle angelangt war, wo es möglich erschien, zum abschüssigen Teil des Felsens hinüberzuwechseln, kletterte er dorthin.

Aus den Felsenritzen ragten hohe Tannen, Ginstergestrüpp wucherte an den unzugänglichen Stellen, und aus dem Schutt und Geröll zogen allerlei Sträucher ihre Nahrung. Diese Büsche gaben dem Kletternden einen Halt. Er gelangte glücklich in die Nähe des Ortes, wo der Amerikaner abgestürzt war. Nach oben blickend, gewahrte er den Streifen, den der Stürzende über Geröll und Gesträuch gerissen hatte. Dort, wo dieser Streifen aufhörte, war im Gebüsch etwas Dunkles zu bemerken. Naumann kletterte hin und fand sein Opfer. Er kniete bei ihm nieder und untersuchte kurz den zwar noch warmen, aber bewegungslosen Körper.

„Tot! Der Hals scheint gebrochen!“ sagte er triumphierend. „Und das Gesicht ist ganz zerschunden, unmöglich zu erkennen! Es sieht schrecklich aus!“

Er wendete sich für einen Augenblick schaudernd ab, dachte aber dann:

„Gerade das ist gut für mich! Wenn ich jetzt mit ihm die Kleider wechsle und ihm meine Perücke aufsetze, bin ich gerettet. Sein Anzug ist zwar beschmutzt, aber glücklicherweise kaum zerrissen. Man wird Weber, wenn man ihn findet, für mich halten. Der Pascherkönig ist dann tot, und ich erfreue mich einer desto größeren Sicherheit. Ja, das werde ich tun!“

Er zog die Leiche aus, sich auch und legte dann die Kleider des Amerikaners an, die er Stück für Stück zuvor sorgfältig gereinigt hatte, und zwar mit einer Kleiderbürste, die er im Tornister gefunden hatte. Schwieriger war es nun freilich, dem Toten die anderen Kleidungsstücke anzuziehen, doch auch dies glückte dem Verbrecher. Dann setzte er den Tornister auf den Rücken, griff zum Stock und kletterte vollends hinab bis an den Fuß der Höhe, wo er einen gangbaren Weg fand, dem er folgte. Erst nach längerer Zeit fühlte er sich sicher, so daß er nun die Taschen zu durchsuchen begann. Er fand eine bedeutende Summe in Papiergeld, das Portemonnaie voller Gold, dann Depositenscheine auf verschiedene Banken. Er hatte das ganze Vermögen des Amerikaners in den Händen, natürlich außer den Gegenständen, die sich noch unterwegs befanden. Auch der Passierschein von der Grenze war nun sein und sämtliche Legitimationen – und der Revolver. In einer der Taschen steckte ein kleiner Reisespiegel, mit dessen Hilfe sich Naumann genau musterte. Er hatte dem Toten seine blonde Perücke, die diesem sehr gut paßte, aufgesetzt, ließ also jetzt seine natürlichen Haare sehen. Er besaß auch einen ähnlich dunklen Teint, wie ihn der Fremde gehabt hatte. Auch der

Bart, den er in der Residenz getragen hatte, war abrasiert. So war er überzeugt, daß man ihn nicht mehr erkennen würde. Er hatte sich sorgfältig verkleidet, fand nichts daran auszusetzen und setzte seinen Weg fort. Weit war er noch nicht gekommen, da tönte es ihm entgegen:

„Halt! Wer da!"

Dieser Ruf traf ihn ganz unerwartet. Er wollte auf den Frager, den er allerdings noch nicht sehen konnte, zugehen, hörte aber den Befehl:

„Stehenbleiben, oder ich schieße!"

„Gut!" sagte er. „Also, was soll es?"

Sein Opfer hatte das Deutsche mit einem sehr hörbaren Akzent ausgesprochen. Naumann fiel es nicht schwer, diesen Akzent nachzuahmen. Aus einer Deckung heraus fragte jemand:

„Was tun Sie hier?"

„Ich bin ein Reisender und will durch den Wald nach Langenstadt."

„Haben Sie Waffen bei sich?"

„Ja. Einen Revolver."

Einen Augenblick hörte er keinen Laut, dann sagte der andere:

„Warten Sie! Man wird sogleich mit Ihnen sprechen."

Er sah in einiger Entfernung den Lauf eines Gewehres auf sich gerichtet und hütete sich infolgedessen, eine Bewegung zu machen.

Nach kurzer Zeit kamen drei Männer auf ihn zu, ein Offizier und zwei Unteroffiziere. Kaum hatte der erste einen Blick auf ihn geworfen, so rief er aus:

„Alle Wetter! Da scheinen wir einen ausgezeichneten Fang gemacht zu haben."

Er trat auf Naumann zu und fragte: „Wie heißen Sie?"

„Weber", antwortete der Gefragte, dem Wort einen amerikanischen Akzent gebend.

„Ah! Schön, Herr Weber! Wo sind Sie her?" fragte der Offizier ironisch.

„Aus St. Louis."

„Wunderbar! Wo liegt das?"

„In den Vereinigten Staaten."

„Das, das meinen Sie! Sie scheinen ein höchst spaßhafter Kerl zu sein. Haben wir uns nicht bereits gesehen? Hm? Als Weber wohl noch nie, aber als Wolf Naumann jedenfalls!"

„Sie täuschen sich, Herr Leutnant", korrigierte Naumann. „Ich komme von jenseits der Grenze und will zu meinem Geburtsort Langenstadt."

Der Leutnant blickte ihn zweifelnd an:

„Langenstadt? Und doch sind Sie Amerikaner? Halten Sie mich doch nicht für so naiv!"

Naumann ließ sich nicht beirren.

„Ich bin zwar in Langenstadt geboren, aber mein Vater wanderte nach Amerika aus, als ich noch klein war."

„Und gerade heute kehren Sie zurück? Merkwürdig! Legitimieren Sie sich!"

Der Leutnant war überzeugt, den ‚Pascherkönig' vor sich zu haben. Auf einen Wink stellten sich die beiden Unteroffiziere mit schußbereitem Gewehr neben Naumann, kein Auge von ihm wendend.

„Das ist doch eigentümlich", wunderte sich der vermeintliche Amerikaner. „In dieser Weise in der Heimat empfangen zu werden, habe ich nicht erwartet. Ich war heute bereits einmal gezwungen, mich zu legitimieren, und zwar an der Grenze. Hier ist meine Passierkarte."

Er gab sie dem Offizier. Dieser sah sie an, wendete sie nach beiden Seiten, schüttelte den Kopf, fuhr ratlos mit der Hand nach dem Schnurrbart und fragte endlich – eher verzweifelt:

„Haben Sie diese Karte irgendwo gefunden?"

„Nein. Ich habe sie im Mauthaus von einem Offizier erhalten."

„Verflucht!" schimpfte der Leutnant. „Und dennoch diese Ähnlichkeit. Wir suchen nämlich einen entwichenen Gefangenen – –"

„Das hörte ich bereits."
„Mit dem Sie eine bedenkliche Ähnlichkeit besitzen. Darum werden Sie entschuldigen, wenn ich meine Pflicht tue und möglichst genau verfahre. Ich muß Sie bitten, mir die Legitimation zu zeigen, auf die hin Sie diesen Passierschein bekommen haben."
„Gern! Hier zunächst mein Paß."
Naumann nahm ihn aus der Brieftasche und gab ihn dem Leutnant. Der Offizier prüfte ihn auf das genaueste und sagte dann:
„Da gibt's allerdings nichts auszusetzen."
„Hier mein Schein als Bürger der Vereinigten Staaten und hier mein Patent als Kapitän der US-Miliz!"
„Donnerwetter! Also ein Kamerad!"
„Ja", lächelte Naumann überlegen. „Hier ferner die Briefe meines Oheims, die er von Langenstadt abgesandt hat. Hier auch meine Depositenscheine. Ich glaube, derjenige, den Sie suchen, hat nicht an dem hier angegebenen Tag solche Summen in New York einzahlen können."
Das Gesicht des Leutnants wurde lang und immer länger. Er befand sich in großer Verlegenheit. Er sah ein, daß er zu weit gegangen war.
„Pardon, Herr Kamerad", sagte er. „Sie müssen wirklich verzeihen. Kolossaler Irrtum, aber auch kolossale Ähnlichkeit. Meine Pflicht, Sie verstehen. Nehmen Sie also Ihre Dokumente zurück! Sie kommen quer über die Berge?"
„Ja. Ich wollte gleich beim ersten Schritt in die Heimat ihre Schönheiten bewundern."
Der Leutnant schien an dem ‚Kameraden' Gefallen zu finden. „Recht so!" sagte er. „Ist Ihnen jemand begegnet?"
Naumann schüttelte den Kopf und fand, raffiniert wie er war, einen amerikanischen Ausruf. „Nein, aber – – zounds! Es ist mir doch ein Mensch entgegengekommen."
„Ein Mensch? Warum sagen Sie das in einem solch merkwürdigen Ton? Hatte er vielleicht etwas Verdächtiges an sich?" Der Leutnant merkte auf.

„Das schien mir allerdings“, antwortete Naumann. „Der Waldboden ist weich, man kann die Schritte kaum hören. Als ich so langsam meines Weges ging und eben um eine Felskante biegen wollte, kam von der entgegengesetzten Seite ein anderer auf mich zu, der bei meinem Anblick totenbleich wurde und erschrak, daß er beinahe zu Boden gefallen wäre. Er wollte umkehren, schien sich aber zu besinnen, denn er grüßte höflich und richtete einige Fragen an mich, wer ich sei, woher ich komme und wohin ich gehe. Zuletzt wollte er wissen, ob ich Militär gesehen habe. Da der Kerl mir verdächtig vorkam, beschloß ich, ihm nicht die Wahrheit zu sagen. Ich wußte ja, daß einer gesucht wurde, und berichtete ihm, daß von Militär keine Spur vorhanden sei, ebenso wenig von Forstbeamten, nach denen er auch fragte.“

Der Leutnant war plötzlich eifrig geworden.

„Können Sie sich genau auf sein Äußeres besinnen?“ fragte er.

„Sehr genau.“

„Alter?“

„Ungefähr wie ich.“

„Statur?“

„Gerade wie die meinige.“

„Sapperment! Kleidung?“

„Schwarzes Tuch, altmodischer Schnitt!“

„Ah! Das ist der Anzug, den er bei dem Herrn von Scharfenberg entwendet hat. Wie lange ist es her, seit Sie mit ihm gesprochen haben?“

„Ungefähr eine halbe Stunde. Wenn man auf dem Weg, den ich hier gekommen bin, zurückgeht, so gelangt man in einen Abgrund, der sich lang und breit nach links zieht, rechts aber steigt ein Fels fast gerade in die Höhe. Da war es. Da mir der Mensch seltsam vorkam, blieb ich hinter den Bäumen stehen, um zu sehen, wohin er gehen werde. Er kletterte an diesem auffälligen Steilhang empor.“

Der Leutnant war hocherfreut und konstatierte:

„So wissen wir also auch die Richtung!"

Er wollte sich schon zu den Unteroffizieren wenden, da sagte Naumann:

„Warten Sie! Da fällt mir ein Umstand ein, auf den ich, als er so vor mir stand, keinen Wert legte. Seine Kopfbedekkung hatte sich verschoben – –"

„Er hatte natürlich schwarzes Haar, gerade wie Sie?" fiel der Offizier schnell ein.

„Hm! Er trug blondes Haar, aber darunter schien er schwarzes zu haben. Ich glaube mich nicht zu irren, wenn ich annehme, daß er eine Perücke getragen hat."

„Er ist es, er ist es ganz sicher! Adieu, Herr Kamerad! Ich muß eilen, damit er uns nicht entwischt. Also verzeihen Sie die Belästigung!"

Die Soldaten zogen schnell ab. Naumann holte tief und erleichtert Atem und machte sich rasch von dannen.

*

Der Offizier gehörte mit seinem Zug zu der militärischen Truppe, die den Wald zu durchkämmen hatte. Seine Leute bildeten einen Teil der zusammenhängenden Linie. Er zog sie jetzt mehr zusammen und dirigierte sie auf dem angegebenen Weg vorwärts. Der Leutnant war voller Tatendrang, glaubte er doch, mit der erhofften Gefangennahme des berüchtigten Verbrechers Ruhm und Ehre zu erwerben. Als er die Schlucht erreichte, befahl er seine Unteroffiziere zu sich und teilte ihnen mit:

„Hier rechts soll er hinaufgeklettert sein. Wir nehmen also die Höhe ein. Dadurch verlieren wir zwar die Fühlung mit den anderen für kurze Zeit, aber man wird uns loben, wenn wir den Flüchtling ergriffen haben. Also einzeln in Linie die Höhe empor, langsam und hinter jeden Busch spähend!"

Ein Korporal blieb an der Seite des Leutnants. Plötzlich griff er seinen Vorgesetzten ganz respektwidrig beim Arm, hielt ihn zurück und raunte ihm zu:

„Halt! Ich sehe etwas."

„Wo denn?"

„Dort, da oben, neben dem Felsbrocken liegt – ein Mensch!"

Der Offizier folgte mit seinem Auge der angedeuteten Richtung und erkannte etwas Dunkles, das sich hinter dem Gesträuch versteckt zu haben schien.

„Sollte es wirklich ein Mensch sein?" flüsterte er.

„Ganz gewiß", erwiderte der Korporal. „Er hat wohl nicht weiter fliehen können. Der Fels wird ja zu steil. Unsere Leute klettern von allen Seiten empor. So ohne weiteres kann er gar nicht mehr entkommen. Nun versucht er sich zu verstecken."

„Also darauf zu!" rief der Leutnant aus.

„Er wird bewaffnet sein, Herr Leutnant!" warnte der Korporal.

„Alle Teufel! Das ist richtig. Schießt er uns beide nieder, so entsteht eine Lücke, durch die er ganz leicht entkommen kann. Gehen wir also zunächst nur so weit vor, bis wir Genaueres sehen."

Sie stiegen langsam weiter. Bereits nach wenigen Schritten blieb der Offizier stehen und fragte:

„Sehen Sie die Beine? Er kann sie wohl nicht genug an sich ziehen. Rufen wir unsere Leute näher!"

Ein lautes Kommandowort genügte, um die Soldaten auf den betreffenden Punkt aufmerksam zu machen.

„Wer da?" fragte nun der Korporal.

Es erfolgte keine Antwort.

„Antwort oder ich schieße!"

Als auch jetzt noch nichts erfolgte, drückte der Korporal ab – ein Warnschuß!

„Er bewegt sich immer noch nicht", meinte der Leutnant, „gehen wir also vorsichtig näher!"

Auch die anderen Soldaten strebten dem Standort zu, wo sie hinter dem Busch einen leblosen Körper vorfanden.

„Tot! Er ist tot!" rief der Leutnant.

„Nicht möglich! Sollte ich ihn getroffen haben?“ fragte der Korporal ratlos.

„Vielleicht, aber mir scheint, er ist an etwas anderem gestorben. Seht dieses Gesicht! Es ist ganz zerfetzt und zerrissen. Woher mag das kommen?“

„Er muß abgestürzt sein.“

„Ah, ja! Blickt da hinauf! Man sieht es ganz genau, wo er herabgerutscht ist. Er hatte also den Felsen bereits erstiegen und auf den letzten Metern einen Fehltritt getan. Er sieht schauderhaft aus.“

Der Korporal wollte niederknien, um den Toten zu untersuchen, da aber sagte der Leutnant schnell:

„Halt! Nicht anrühren! Wir befinden uns nicht im Gefecht. Es handelt sich hier um einen flüchtigen Verbrecher. Der Todesfall muß von der Justiz untersucht werden. Das geht uns nichts an. Wir haben einen Gerichtsarzt mit, er mag ihn untersuchen. Gebt jetzt das Zeichen: eine Salve!“

Die Gewehre wurden zugleich abgeschossen. Das gab einen Knall, der auf weite Entfernung hin gehört und vom Echo mehrmals wiederholt wurde. Zur besseren Orientierung der Herbeigerufenen schoß man noch einige Male die Gewehre einzeln ab, bis von verschiedenen Seiten Militär- und Forstpersonen, aber auch Polizisten herbeigeeilt kamen. Einer der ersten war der Hauptmann der Kompanie. Ihn begleitete der Arzt. Bei diesen beiden befand sich ein hoher Forstbeamter und auch ein Obergendarm.

„Sie ließen das Zeichen geben, Leutnant?“ rief der Hauptmann bereits von weitem. „Haben Sie vielleicht eine Spur entdeckt?“

„Nicht nur eine Spur, sondern den Burschen selbst. Hier liegt er“, sagte der Leutnant stolz.

Die Herren kamen herbeigestürzt. Als der Hauptmann die Leiche sah, stieß er hervor:

„Ah! Sie haben ihn erschossen!“

„Nein. Er war bereits tot. Er ist von da oben herabgestürzt, Herr Hauptmann.“

Alle blickten nach der Felsenhöhe. Der Obergendarm meinte:

„Kein Wunder, daß er tot ist, bei der Höhe. Bitte, Herr Doktor, untersuchen Sie ihn!"

„Wollen wir uns nicht erst überzeugen, daß er es auch wirklich ist!" fragte der Angeredete.

„Gewiß, Sie haben recht. Das ist ja die Hauptsache."

Der Polizeibeamte wendete die Leiche um, betrachtete sie sorgfältig und zog schließlich den Rockhenkel unter dem Kragen hervor und sagte:

„Er ist es. Die Suche ist also nicht vergeblich gewesen."

„Täuschen Sie sich nicht?"

„Nein. Der Henkel ist aus gepreßtem Leder gefertigt und zeigt den eingestanzten Namen des Schneiders. Es ist der Rock, den er dem Herrn von Scharfenberg gestohlen hat. Und da, sehen Sie!"

Er zeigte die Perücke.

„Bemerken Sie das schwarze Haar, das er unter dieser Perücke getragen hat? Das Gesicht ist nicht zu erkennen, aber die Figur und alles stimmt. Bitte, Herr Doktor, übernehmen Sie den Rest!"

Der Arzt begann die Untersuchung. Er schüttelte überrascht den Kopf, entfernte schnell die Kleidung von der Brust des leblosen Körpers und nahm verschiedene hastige Handgriffe vor, über die die anwesenden Laien bei anderer Gelegenheit gelacht hätten. Das dauerte einige Minuten, dann endlich erhob er sich und holte tief Atem.

„Nun, Doktor, wie steht es?" fragte der Hauptmann. „Lebt er noch?"

„Ja. Von da oben herabzustürzen, ohne ein einziges Glied zu brechen, das hält man freilich für unmöglich. Ob er innerlich verletzt ist, wo und wie, das kann ich natürlich jetzt nicht sagen. Er atmet schwach, und der Puls ist erkennbar, wenn auch nur ein Hauch, eine Ahnung. Wie es mit dem Gehirn steht, weiß ich nicht."

Der Hauptmann schüttelte den Kopf.

„Er hat blutigen Schaum vor dem Mund. Ich denke, das ist ein Zeichen des Todes?“

„Nein, er hat sich während des Sturzes die Zungenspitze fast durchgebissen, daher das Blut.“

„Wir müssen alles tun, um ihn am Leben zu erhalten“, entschied der Hauptmann. „Gibt es noch Hoffnung?“

Der Arzt zuckte die Achseln.

„Ich kann nicht in das Innere des Menschen sehen. Jedenfalls können wir ihn nicht hier liegenlassen. Aber wohin in dieser Waldesöde?“

„Oh, Herr Doktor, wir haben gar nicht sehr weit bis zu einer Behausung“, bemerkte der Oberförster. „Kaum zehn Minuten von hier wohnt ein Kohlenbrenner, der Hendschel heißt. Ein armer Teufel, aber verläßlich!“

„Gut, versuchen wir es, den Verletzten bis dorthin zu bringen“, entschied der Hauptmann. „Man soll eine Trage herstellen. Nehmen wir dazu Gewehre und einige Mäntel! Wenn wir recht vorsichtig verfahren, wird er uns unterwegs nicht sterben.“

*

Der Köhler war des Morgens in den Wald gegangen, um den neuen Meiler einzurichten. Seine Frau erwartete ihn erst am nächsten Vormittag zurück. Sie saß strickend am Tisch und sprach mit dem Vetter, der trübselig neben ihr saß.

„Mein Mann hat recht“, sagte sie. „Du mußt nach Hause zu den Deinigen.“

„Und wenn ich komme, arretiert man mich!“ warf er ein.

„Das glaube ich nicht. Wirst du steckbrieflich verfolgt? Sucht die Polizei nach dir?“

Er schüttelte den Kopf.

„Nein, nein! Aber ich denke, die Polizei ist sehr pfiffig. Sie tut ganz so, als ob Gras über die Geschichte gewachsen sei, und wenn ich dann komme, nimmt sie mich beim Kragen.“

Die gute Alte blickte ihn zweifelnd an, dann meinte sie:

„Sei einmal ehrlich! Nicht wahr, dieser Hirsch war kein anderer als der Pascherkönig?“

Da gab der Wagner nach.

„Na, er ist jetzt fort, und ich will es also ruhig gestehen: Ja, er war es!“

Die Frau schlug die Hände zusammen und rief:

„Nun denke dir einmal, in welche Gefahr du uns dadurch gebracht hast! Wenn man ihn bei uns gefunden hätte!“

„Es ging nicht anders; es war – ah, was ist denn da los?“

Er war eilig an das kleine Fenster getreten.

„Was ist denn?“ fragte sie schnell und besorgt.

„Der Vetter kommt schon!“

Die Köhlersfrau eilte ebenfalls an das Fenster, um hinauszublicken.

„Ja, da ist etwas geschehen“, sagte sie erschrocken, „und zwar nichts Gutes. Ich kenne seine Miene.“

Sie öffnete die Haustür und rief ihm entgegen:

„Um Gottes willen, Alter, was ist passiert? Du siehst ja wie das reine Unglück aus!“

„Hincin, hinein!“ befahl er ihr.

Dann, als er selbst die Tür hinter sich zugemacht hatte, sagte er, vom schnellen Laufen schwer atmend:

„Ja, es ist ein Unglück! Sie haben ihn, den Pascherkönig. Es ist Polizei und Militär im Wald, aber ich dachte freilich nicht, daß es so schnell gehen würde.“

„Woher weißt du es denn?“ fragte seine Frau ängstlich.

„Ich habe es selbst gesehen, mit meinen eigenen Augen. Ich war eben daran, die Erde für den Meiler umzugraben, jenseits der breiten Schlucht, da hörte ich aus der Ferne einen gräßlichen, einen entsetzlichen Schrei, wie ihn nur ein Mensch in der höchsten Todesnot auszustoßen vermag. Das schien mir von der Felsenplatte zu kommen. Ich sprang also nach der Lichtung hin, die wir vor zwei Jahren geschlagen haben, und richtig, da sah ich unter dem Felsen sich etwas bewegen. Irgendwer war verunglückt, von der Platte gestürzt, ich mußte hin. Du kennst ja den Weg, es ging sehr langsam. Endlich hatte ich die letzte Höhe erreicht und kroch nun unter den Fichten zum Felsabsturz hin. Eben wollte ich unter den Bäumen heraus auf die kahle Steinfläche, da hörte ich ein Krachen wie von einem Kanonenschuß. Ich blieb stehen, sah hinunter und erblickte eine Menge Soldaten und andere Leute, die um den Körper, den ich von da drüben bemerkt hatte, im Kreise standen. Daher war meine Hilfe nicht mehr vonnöten, aber ich wartete. Kaum fünf Minuten waren vergangen, so kamen noch viel mehr Soldaten, Offiziere und Gendarmen herbei, und alle eilten zu diesem Ort. Sie redeten lebhaft miteinander. Endlich sah ich, daß sie eine Bahre gemacht hatten und einen Menschen darauflegten. Dieser Mensch war – der Pascherkönig. Ich sah es ganz deutlich an der Kleidung."

„Ah! Wenn er doch tot wäre!" seufzte der Vetter.

„Gut wäre es für dich und auch für uns!" sagte Hendschel zustimmend. „Ist er tot, so wird er hier in der Gegend eingescharrt, oder sie schaffen seine Leiche sonst wohin. Wenn er aber noch lebt, so bringen sie ihn sicherlich zu uns."

„Du lieber Herrgott!" stieß die Frau hervor.

„Ja, ganz gewiß, denn es gibt ja in der weiten Umgegend nur uns. Aber Fassung: ich denke mir, daß – da, schaut, wer kommt?"

„Mein Himmel! Der Förster und auch ein Gendarm!" rief die Frau.

Der Vetter erschrak:

„Donnerwetter, da muß ich mich verstecken!"

Er wollte eiligst zur Stubentür hinaus, aber der alte Köhler faßte ihn beim Arm, hielt ihn fest und sagte:

„Halt, Vetter! Entweder ist es verraten, daß er bei uns gewohnt hat, und da magst du die Folgen auch mit tragen, denn du bist's ja gewesen, der ihn zu uns gebracht hat. Ist aber noch nichts verraten, so kannst du ruhig bleiben. Du wirst bei dieser Gelegenheit gleich erfahren, ob die Polizei nach dir sucht oder nicht."

„Ich muß fort! Laß mich, Vetter, laß mich!"

Während dieser Worte versuchte er, sich loszureißen, aber der Alte hielt ihn mit eiserner Gewalt fest und gebot:

„Du bleibst! Es ist auch bereits zu spät. Schau, da sind sie ja schon an der Haustür!"

Der Wagner trat in die hinterste Ecke zurück. Er war vor Angst weiß wie Schnee. Jetzt wurde die Tür geöffnet, und die beiden Männer traten ein.

„Guten Morgen!" grüßte der Obergendarm. „Sie sind der Kohlenbrenner Hendschel?"

„Ja, Herr."

Er sah sich um, erblickte die hier herrschende Armut und erkundigte sich:

„Wir haben einen Verwundeten aufgegriffen, der so schwer verletzt ist, daß er unmöglich noch weitergeschafft werden kann. Wollen und können Sie ihn aufnehmen?"

„Ja", sagte der Köhler fest.

„Es wird Ihnen bezahlt werden", beteuerte der Polizist.

„Ich tue meine Menschenpflicht", wehrte Hendschel ab.

„Dann schaffen Sie am besten schleunigst eine Liegestatt hier herein!" meinte der Obergendarm.

Die beiden Alten eilten, den Befehl zu erfüllen. Die Beamten setzten sich nieder, sie waren schnell gelaufen, um Zeit vor dem Verwundetentransport zu gewinnen. Der Obergendarm wendete sich an den angstvoll in der Ecke stehenden Vetter:

„Gehören Sie auch mit ins Haus?"

„Eigentlich nicht", stammelte der Wagner verlegen. „Ich bin nur auf Besuch hier. Eigentlich komme ich aus Obersberg."

„Ach, Obersberg!" lächelte der Obergendarm. „Das kenne ich gut! Was sind Sie? Doch nicht auch Köhler, denn Kohlenbrenner gibt's dort nicht."

„Nein, ich bin Wagner", erwiderte der Mann immer noch ängstlich, „ich heiße auch Hendschel und bin ein Vetter des Köhlers."

„So, so!“

Nach diesen zwei freundlich-gleichgültigen Silben wandte der Gendarm sich dem alten Hendschel zu, der jetzt mit seiner Frau die Liegestatt hereinbrachte. Dem Wagner war es, als sei ihm der schwerste Mühlstein vom Herzen gefallen. Der Obergendarm war freundlich gewesen, hatte, als er seinen Namen hörte, keinerlei Bemerkungen gemacht, nicht einmal eine Miene verzogen. Das war ein sicheres Zeichen, daß nichts zu befürchten war. Er trat aus seiner Ecke vor und half das Bett aufzustellen. Das ging so rasch vonstatten, daß die drei fertig waren, als der Verletzte gebracht wurde. Der Zug war von weitem zu sehen, da fragte der Förster den Köhler:

„Haben Sie eine Ahnung, wen wir bringen?“

„Nein.“

„Aber Sie wissen, wen wir suchen?“

„Auch nicht.“

Der Gendarm machte ein ungläubiges Gesicht, aber der Förster nickte mit dem Kopf und sagte:

„Ja, so ist der alte Hendschel! Er arbeitet still und fleißig, er tut seine Pflicht und kümmert sich um weiter gar nichts in der Welt. Hören Sie, Mann, haben Sie denn nie etwas vom Pascherkönig gehört?“

Der Kohlenbrenner nickte gemächlich.

„Von dem? Oh ja, ein paarmal.“

„Den bringen sie. Vorhin haben wir ihn gefangen. Er ist von der Felsenplatte gestürzt und wird es wohl nicht überleben. Er kann nicht reden, sein Gesicht sieht ganz schrecklich aus. Da, seht!“

Eben wurde die Stubentür geöffnet und der Verunglückte hereingebracht, unter Anleitung des Arztes ausgekleidet und aufs Lager gelegt. Die Bewohner der Hütte zogen sich in die hinterste Ecke zurück; der Förster verabschiedete sich, die Soldaten machten vor der Hütte Quartier, und am Krankenbett nahmen nur der Arzt und der Obergendarm Platz, um den Patienten nicht aus den Augen zu lassen.

„Schrecklich, schrecklich!“ flüsterte der Köhler seiner Frau zu, „hast du sein Gesicht gesehen?“

„Ja, Vater“, antwortete sie leise. „Ich glaube nicht, daß er es überleben wird. Horch!“

Der Arzt und der Polizist sprachen halblaut miteinander. Der Obergendarm fragte: „Nun, können Sie jetzt etwas Bestimmtes sagen?“

Der Arzt nickte.

„Vielleicht, wenn ich auch nicht behaupten will, daß es nicht anders sein könne. In solchen Fällen läßt sich kein absolutes Urteil aussprechen. Ich hoffe, daß wir ihn am Leben erhalten. Das Herz ist in Tätigkeit, die Lunge auch. Lägen da Verletzungen vor, so hätten längst innerliche Blutungen stattgefunden. Einen Gliederbruch kann ich überraschenderweise auch nicht feststellen – wenn auch schwere Prellungen und Abschürfungen. Nur das Gehirn scheint bedenklich erschüttert zu sein, sonst wäre er während des Transportes erwacht. Er ist die Felsen hinaufgeschafft worden und wieder hinab, das hätte einem, der nicht in dieser Weise betäubt ist, die entsetzlichsten Schmerzen verursacht. Die Zunge werde ich sogleich in Behandlung nehmen. Sie wird um so eher heilen, je länger er in Ohnmacht und Betäubung verbleibt.“

„Wann kann er erwachen?“

„Heute – oder auch erst nach Wochen“, meinte der Arzt nach kurzer Überlegung. „Es muß uns daran liegen, sein Leben zu erhalten. Leider ist das Lebens eines solchen Verbrechers – möchte man sagen – fast mehr wert als dasjenige eines ehrlichen Menschen. Wenigstens muß der Kriminalist so denken. Jede zusätzliche Ortsveränderung aber kann tödlich sein. Also muß er hierbleiben. Jedenfalls kann er nicht fliehen, darauf können Sie tausend Eide schwören. Ärztliche Behandlung ist jetzt das Allernotwendigste. Meine anderweitigen Pflichten erlauben mir nicht, hier auszuharren, aber ich bin der Ansicht, daß ein tüchtiger Arzt nur allein für ihn geholt werden muß. Er müßte hierbleiben, bis sein Leben außer Gefahr ist. Ich aber muß heute noch fort."

Der Obergendarm machte ein ernstes Gesicht.

„So wird es geraten sein zu telegraphieren", schlug er vor.

„Ja. Telegraphieren Sie nach der Residenz, meinetwegen direkt an den Justizminister. Bitten Sie um einen Arzt von dort. Er muß aber noch am heutigen Tage hier eintreffen."

„So werde ich mich schleunigst zur nächsten Telegraphenstation aufmachen. Vorher aber wollen wir tun, was wir bisher noch unterlassen haben, nämlich seine Taschen durchsuchen."

Er nahm die Kleider und durchsuchte die Taschen. Es fand sich nichts als das Stück Brot, das Naumann sich in der Frühe noch bei Hendschel abgeschnitten hatte.

„Hm!" brummte der Obergendarm. „Auch kein Leckerbissen! Woher mag Naumann dieses Brot wohl haben?"

Der Arzt nahm es aus seiner Hand, betrachtete es:

„Das ist nicht alt, das ist erst heute von einem Laib abgeschnitten worden!"

Die alte Köhlersfrau stieß ihren Mann an und flüsterte:

„Um Gottes willen! Sie werden es doch nicht merken!"

„Warte es ab!" antwortete Hendschel.

Der Blick des Gendarmen fiel wirklich auf den Tisch, auf dem das Brot noch immer lag, doch war davon bereits mehr abgeschnitten worden.

„Das ist ja auch solches Haferbrot", sagte er. „Zeigen Sie doch einmal her!"

Er paßte die Schnitte an den Laib an und meinte dann:

„Ja, ganz das gleiche. Haben Sie heute Brot verschenkt oder ein Stückchen verkauft, Herr Hendschel?"

„Nein. Es ist auch kein Fremder hier eingekehrt", erwiderte der Alte ruhig.

„Dachte es mir, doch muß man nach allem fragen. Der Verbrecher kann ja gar nicht aus dieser Richtung gekommen sein. Leutnant von Willmers hat im Wald einen Reisenden getroffen, einen Amerikaner. Ihm haben wir eigentlich diesen Fang zu verdanken, denn Naumann ist ihm zufällig begegnet. Der Fremde hat dann den Leutnant auf die Spur gelenkt. Der Pascherkönig ist am Felsen emporgestiegen, ist also aus der entgegengesetzten Richtung gekommen."

„Gott sei Dank!" seufzte die Köhlerin.

„Hoffentlich geht alles gut!" antwortete ihr Mann ebenso leise.

„Wie steht es mit dir, Vetter?" fragte er rasch den Wagner.

„Ah, habe ich Angst ausgestanden!" flüsterte der andere. „Der Obergendarm fragte, wer ich sei und woher ich komme. Glücklicherweise ist alles glatt abgelaufen! Es hat kein Mensch etwas gesagt!"

„Na, siehst du, daß ich recht hatte!" Sein Vetter war zufrieden. „Es besteht für dich gar keine Gefahr. Du kannst ganz ruhig zu den Deinen zurückkehren. Am besten ist es, wenn du das heute noch tust."

Der Wagner blickte zweifelnd drein.

„Soll ich euch allein lassen bei der Last, die nun auf euch liegt?"

„Du kannst uns auch nicht helfen und wirst daheim viel nötiger gebraucht als hier bei uns."

Jetzt erhob sich der Obergendarm von seinem Stuhl, trat herbei und sagte freundlich:

„Es tut mir leid, daß wir Sie belästigen müssen, aber Sie sehen doch wohl ein, daß wir den Verunglückten nicht noch weiter fortschaffen konnten?"

Der alte Kohlenbrenner beeilte sich zu versichern:

„Er mag hier bleiben, wenn es Ihnen recht ist."

„Gut!" stellte der Polizist fest. „Es wird noch heute ein Kriminalbeamter kommen, der Ihnen genau sagt, wie Sie sich zu verhalten haben. Einen Militärposten werde ich zur Vorsicht vors Haus stellen. Adieu!"

Er verabschiedete sich und ging.

19.

In Langenstadt

Wolf Naumann war den weiten Weg nach Langenstadt nicht ganz zu Fuß gegangen, sondern hatte die Gelegenheit benutzt, sich von einer Kutsche mitnehmen zu lassen. Es war Abend geworden, als er den Ort erreichte. Auf seine Frage wurde ihm der Weg zur Wohnung des Holzschnitzers Weber beschrieben. Er fand sie leicht und wollte eben die Haustür öffnen, als ein junges Mädchen heraustrat.

Er grüßte und fragte:

„Wohnt hier die Familie Weber?"

„Jawohl", strahlte das Mädchen. „Wollen Sie zu uns?"

„Gewiß", antwortete der ‚Amerikaner'. „Du bist sicher eine der Kusinen?"

Da schlug das Mädchen die Hände vor Freude zusammen und rief:

„Herrjesses! So bist du der Vetter aus Amerika! Deinen Brief haben wir erst gestern erhalten. Aber komm herein! Du erscheinst genau im richtigen Augenblick, denn wir feiern gerade die Verlobung meiner Schwester Magda."

In den letzten Wochen hatte sich viel verändert. Sooft wie möglich fuhr Wilhelm Heilmann von Rollenburg aus in die alte Heimat, um dort Magda zu treffen. Die Zuneigung, die beide vom ersten Augenblick ihres Wiedersehens an spürten, war zu einem Gefühl echter Liebe geworden.

Schon bald, bei einem Spaziergang, faßte sich Wilhelm Heilmann ein Herz:

„Magda, weißt du noch, wie ich dir im Coupé meinen Mantel gab? So möchte ich dich schützen und umfangen fürs ganze Leben. Sag, Magda, wollen wir für immer zusammenbleiben? Willst du meine Frau werden?"

Wilhelm hatte den Arm um sie gelegt, und sie schmiegte sich an ihn. So waren sie sich einig geworden, und als am Abend Vater Weber davon erfuhr, da rief er:

„Herrgott von Mannheim! Meine Magda will heiraten! Na, Kinder, kommt! Ich wollte gerade Kartoffelbrei kochen mit Rindstalggriefen dran, da aber die Sachen so glanzvoll stehn, so kommen eben Speckgriefen dran. Ich kann auch nobel sein, wenn's nötig ist!"

Heilmanns Meister freute sich ebenfalls über das Glück seines tüchtigen Gesellen und gab ihm einige Tage Urlaub, um im Kreise der Webers Verlobung feiern zu können. So war er nun hier, als der ‚amerikanische Vetter' eintraf.

Nachdem Magdas Schwester den Gast vor der Tür so herzlich begrüßt hatte, öffnete sie die Stubentür und schob ihn hinein. Am Tisch saß Vater Weber mit der ganzen Familie beim Abendbrot.

„Da kommt noch ein Gast!" rief Magda Weber überrascht aus.

„Guten Abend!" grüßte Naumann.

„Guten Abend!" antwortete Weber und stand auf.

„Wen bringst du uns denn da, Kathrin?"

„Einen reisenden Handwerksburschen", lachte die Tochter. „Rat nur, wo er herkommt, Vater!"

„Na, allwissend bin ich nicht!" Weber schüttelte den Kopf.

„Weit, weit her, von jenseits des großen Wassers!"

„So ist es gar der Neffe?" löste Weber das Rätsel. „Das ist eine Freude! Willkommen, willkommen!"

Er umarmte den vermeintlichen Neffen, der sich keine Blöße gab und die Begrüßung herzlich erwiderte. Der ‚Amerikaner' schüttelte auch den anderen Anwesenden die Hand. Etwas zurückhaltend musterte er den jungen, hochgewachsenen Mann, den ihm Weber als Magdas Verlobten vorstellte. Heilmann hatte ein angenehmes, offenes Wesen. Mit seinem kleinen Oberlippenbärtchen und der wohlklingenden Baritonstimme wirkte er sympathisch. Die blauen

Augen blitzten energisch und entschlossen in die Welt; er schien ein recht intelligenter Mensch zu sein. Naumann witterte Gefahr.

Beim Anblick des ‚Neffen' stutzte Heilmann, sagte aber nichts. Dieser legte ab und wurde dann sogleich zu Tisch gebeten. Während des Essens plauderte man sehr angeregt. Naumann gab sich jovial und gutmütig, beobachtete aber unterdes verstohlen den jungen Buchbinder, der ziemlich wortkarg blieb. Nur ab und zu warf Heilmann eine kurze Bemerkung ein, besonders wenn es um Amerika ging, und damit brachte er den vermeintlichen Amerikaner in arge Verlegenheit. Wilhelm Heilmann war sehr belesen; schon in seiner Jugend hatte er gelernt, Bücher als die besten Freunde zu betrachten. Besonders brennend interessierte er sich für Reisebeschreibungen aus fernen Ländern, und vor seiner Verhaftung hatte er in der Residenz zu den eifrigsten Benutzern der dortigen Leihbibliothek gehört. Zugleich besaß er aber auch ein vorzügliches Gedächtnis; durch Steckbriefe und vor allem durch die ausführlichen Schilderungen seines Freundes und Gönners, Detektiv Arndt, hatte er ein recht genaues Bild vom Aussehen des Verbrechers Naumann bekommen. Nun mußte er eine frappierende Ähnlichkeit des Neuankömmlings mit diesen Angaben feststellen. Im Gespräch erwähnte er einmal ganz nebenbei seine Bekanntschaft mit dem berühmten Arndt und bemerkte ein kurzes, irritiertes Aufflackern im Auge des Gastes; das verstärkte seinen Verdacht. Er begann, ihm auf den Zahn zu fühlen, und merkte schnell, daß die Auskünfte über amerikanische Verhältnisse meist nicht stimmten. Als er die Rede gar auf Texas brachte, lenkte der ‚Amerikaner' so auffallend schnell ab, daß Heilmann sich nun fast sicher war, es in Wahrheit mit dem ‚Pascherkönig' zu tun zu haben. Freilich hütete er sich, seinen Argwohn deutlich werden zu lassen.

Nach dem Essen entfernte er sich unter einem Vorwand für kurze Zeit und suchte die nächste Polizeistation auf. Dort mußte er allerdings erfahren, daß Naumann bereits gefaßt worden war und schwer verwundet droben im Gebirge unter Bewachung in einer Köhlerhütte lag. Detektiv Arndt wäre schon benachrichtigt und würde sich tags darauf von der Residenz aus per Zug und weiter zu Pferd ins Gebirge begeben. Hatte Heilmann sich geirrt? Er wollte und wollte das Gefühl nicht loswerden, daß mit der Sache etwas nicht richtig war. Heimlich zog er nach seiner Rückkehr Magda ins Vertrauen. Sie starrte ihn zunächst ungläubig an, meinte dann aber:

„In einer Köhlerhütte im Gebirge, sagst du? Das kann nur bei unserem Gevatter Hendschel sein. Wilhelm, geh hin! Es ist ein weiter Weg bis dort, aber ich werde ihn dir so beschreiben, daß du ihn nicht verfehlen kannst. Mach dich gleich morgen früh auf den Weg und besprich dann mit Herrn Arndt, was von der Sache zu halten ist! Wenn Vater oder der fragwürdige Verwandte sich nach dir erkundigen, wird mir schon eine Erklärung einfallen."

Heilmann gab ihr recht und schärfte ihr ein, sich ja nichts dem ‚Vetter' gegenüber anmerken zu lassen:

„Wenn es wirklich der gesuchte Verbrecher ist, dann ist er, in die Enge getrieben, zu allem fähig!"

Dann kehrte er in die Stube zurück, wo die Männer im emsigen Gespräch beieinander saßen. Der ‚Amerikaner' fragte gerade:

„Was für ein Mensch ist denn eigentlich dieser Pascherkönig Naumann? Er hat mir heute bereits Unannehmlichkeiten bereitet."

„Dir?" fragte Weber verwundert. „Wieso denn?"

„Ach, ich soll ihm ähnlich sehen", berichtete der ‚Neffe' lachend. „Schon an der Grenze wurde ich aufgefordert, mich zu legitimieren, und da erhielt ich diese Passierkarte."

Er zog sie aus der Tasche und legte sie auf den Tisch. Mit Genugtuung sah er, daß Heilmann sie hastig ergriff und aufmerksam studierte. Dann fuhr er fort:

„Eine Menge Militär strich im Wald herum und wollte den Pascherkönig fangen. Ein Leutnant hielt mich an. Ich gab ihm die Karte, aber erst als ich ihm auch die übrigen Dokumente gezeigt hatte, ließ er mich fort."

Dabei zog er seine Legitimationen hervor und zeigte sie Weber. Ärgerlich brummte er:

„Hätte ich damit gerechnet, hier solche Schwierigkeiten zu bekommen, wäre ich lieber drüben geblieben."

„Unsinn!" antwortete der ehemalige Holzschnitzer. „Deshalb brauchst du doch nicht kopfscheu zu werden. Hoffentlich ziehst du nach Langenstadt?"

„Möglich", meinte der ‚Neffe'. „Entweder bleibe ich hier, oder ich kaufe mir in der Residenz ein Häuschen. Dann zieht ihr mit."

Im stillen aber plante er, nur die Ankunft der Kisten abzuwarten, ihren Inhalt an sich zu nehmen und dann für immer zu verschwinden. Um den ‚Onkel' ganz in Sicherheit zu wiegen, baute er allerlei Luftschlösser und plauderte auch mit Heilmann, der keinerlei verfängliche Fragen mehr stellte und schon bald das Zimmer verließ, um sich schlafen zu legen. Er wollte noch vor Sonnenaufgang aufbrechen, um der Sache im Gebirge auf den Grund zu gehen. Denn auch die Legitimationen des ‚Amerikaners' hatten seinen Verdacht nicht zerstreuen können.

Weber aber saß mit seinem vermeintlichen Neffen noch lange im Gespräch zusammen.

*

Es war in derselben Nacht. In der Stube des Kohlenbrenners Hendschel brannte noch eine kleine Lampe, die nur sehr spärliches Licht verbreitete. Der Verunglückte lag regungslos auf seinem Lager, an dem ein Arzt aus der Residenz saß. Auch Staatsanwalt Unterberg war inzwischen eingetroffen. Er hatte sich überzeugt, daß der Verwundete nicht fliehen konnte, und war dann in die Kammer gegangen, um dort die Nacht zu verbringen.

Am Tisch, von dem Schein des Lichtes nicht getroffen,

saß der Köhler mit seiner Frau. Sie hatten allerlei Gedanken auszutauschen und tuschelten leise miteinander.

„Und ich behaupte, daß er es nicht ist", raunte die Frau dem Köhler zu.

„Woher willst du das so genau wissen?"

„Ich fühle es. Weißt du, wir Frauen haben so ein feines Gespür. Wäre nur sein Gesicht nicht so sehr zerschunden, daß man die Züge erkennen könnte!"

„Aber es waren doch seine Kleider. Und unser Brot hat er auch einstecken!"

„Daran denke ich ja schon. Aber ich kann mir den Kopf zerbrechen, ich finde keine Erklärung. Du, Vater, da fällt mir etwas ein, etwas Wichtiges! Hatte der ‚Hirsch' nicht eine frische Wunde am Handrücken, die er sich angeblich bei der Wanderung zu unserer Hütte an einem Dornbusch zugezogen hatte?"

„Hm! Du hast recht", brummte der Alte. „An der rechten Hand!"

Seine Frau nickte.

„Richtig! Ich besinne mich ganz genau. Wollen doch einmal sehen!"

Nach einiger Zeit erhob sich die Köhlerin, machte sich unauffällig in der Nähe des Bettes zu schaffen und kehrte dann zurück.

„Die Hände sind zwar vom Sturz zerschürft, aber diese Wunde fehlt."

Der Mann schüttelte ungläubig den Kopf.

„Auch an der Linken nicht? Vielleicht irren wir uns mit der Hand."

„Nein, nein. Außerdem sind seine Hände schwielig, die von Hirsch waren glatt", behauptete seine Frau fest.

„Du, das kommt mir allerdings auch verdächtig vor", meinte der alte Hendschel. „Er muß nach dem Sturz sofort bewußtlos gewesen sein. Und doch sah ich ganz deutlich, nachdem ich den gräßlichen Schrei gehört hatte, daß sich etwas an dieser Stelle bewegte."

Seine Frau war ratlos.

„Wer könnte das gewesen sein?“ fragte sie. „Vielleicht der, den der Leutnant in der Nähe getroffen hat? Du weißt doch, daß davon gesprochen wurde; es ist ein Amerikaner dagewesen, den der Leutnant erst für den Naumann hielt.“

Es entstand eine längere Pause. Der Köhler knurrte einige Male vor sich hin, kratzte sich hinter dem Ohr, brummte wieder und wieder, bis es endlich doch seiner Frau zu dumm wurde. Sie wisperte:

„Was hast du denn?“

„Einen Gedanken.“

„Na, da gibt es doch nichts zu brummen!“

„Oho! Es ist ein ganz verzweifelter Gedanke. Was nun, wenn dieser angebliche Amerikaner der Verbrecher gewesen wäre und der Verunglückte hier ein Unschuldiger? Naumann kann ihn herabgestürzt und nachher mit ihm den Anzug gewechselt haben.“

Das kam der Alten denn doch zu unglaubwürdig vor. Sie murmelte:

„Mann! Ich fürchte mich vor dir!“

„Na, ich habe ihn doch nicht heruntergestürzt“, beruhigte er sie gutmütig.

„Herrgott!“ rief seine Frau da plötzlich aus und fuhr ganz entsetzt vom Stuhl auf. Der Verwundete hatte in diesem Augenblick, ohne sich nur im geringsten dabei zu bewegen, einen fürchterlichen Schrei ausgestoßen, einen so entsetzlichen Schrei, daß auch der Arzt erschrocken auffuhr.

„Mein Heiland!“ sagte der Köhler. „Das ist der gleiche Schrei, den ich im Wald hörte.“

Sie horchten. Der vermeintliche Naumann war wieder ruhig. Draußen aber knarrte die Stiege, und der Staatsanwalt, der sich noch nicht ins Bett gelegt hatte, trat ein.

„Wer schrie so?“ fragte er.

„Hier“, antwortete der Arzt, auf den Besinnungslosen deutend. „Unser Patient.“

„So, so! Ich dachte, es wäre etwas geschehen.“

Danach verließ er wieder die Stube, in der nun nahezu völlige Stille eintrat. Nur die alte Wanduhr ließ ihr regelmäßiges, monotones Ticktack hören. Da begann der Verunglückte leise, ganz leise zu wimmern. Es klang fast, als ob er singen wolle. Dann plötzlich sagte er lauter und schwach wahrnehmbar:

„Weber heiße ich."

Darauf ward es wieder still. Die beiden Alten reckten die Hälse. Sie wollten sich eine Mitteilung zuflüstern; da aber erklang es kurz und zornig:

„Aus Amerika – – nach Langenstadt!"

Der Arzt schüttelte verwundert den Kopf. Der Köhler aber raunte seiner Frau zu:

„Hast du es gehört? Weber heißt er, und nach Langenstadt will er!"

„Und aus Amerika kommt er!"

Der Halbohnmächtige wimmerte leise fort. Sodann murmelte er kurze, unverständliche Worte vor sich hin, bis man endlich deutlicher hörte:

„Mein Ranzen – – viel Geld – – Holzschnitzer – – ha, jetzt stürzt er mich hinab – –"

Dann ließ das Wimmern nach, und er versank wieder in tiefe Ohnmacht. Es war nichts mehr zu hören. Der Köhler wartete eine ganze Weile. Als das Schweigen andauerte, sagte er zu seiner Frau:

„Jetzt ist es fast gewiß, daß er den Gevatter Weber meint! Weber – Holzschnitzer – Langenstadt. Es kann ja gar kein anderer gemeint sein."

„Was wollte er mit dem Ranzen?" fragte seine Frau.

„Er wird einen gehabt haben mit viel Geld drin. Er sprach vom Hinabstürzen. Mein Verdacht stimmt. Naumann ist auf diesen Fremden getroffen und hat ihn vom Felsen gestürzt. Danach tauschte er mit ihm die Kleidung und gab sich als dieser Weber aus."

„Das wäre schauderhaft."

„Aber es ist doch möglich", sagte Hendschel. „Nicht?"

Sie überlegten schweigend. Erst nach einer längeren Pause stieß der Köhler seine Frau an und flüsterte:

„Ich behalte es nicht auf meinem Gewissen und sage es dem Staatsanwalt. Hm! Aber wenn ich ihm erzähle, daß wir den ‚Hirsch' oder vielmehr Naumann beherbergt haben, mache ich uns unglücklich und den Vetter dazu. Sapperment!"

Es trat wieder eine längere Pause ein. Endlich beugte sich Hendschel herüber:

„Jetzt weiß ich, was ich tue! Ich gehe nach Langenstadt. Zu den Webers, um mir Klarheit zu verschaffen."

„Gleich jetzt?" fragte seine Frau. „Durch den Wald?"

„Was ist das weiter?" wehrte er ab. „Du weißt, daß ich mich nicht fürchte. Die Wege sind mir ganz genau bekannt. Je später ich von hier weggehe, desto später komme ich dort an. Draußen stehen freilich Wachen, tut aber nichts, denn ich bin nicht ihr Gefangener. Sie haben aufzupassen, daß der Verunglückte nicht entkommt. Ich tue so, als müsse ich zum Meiler. Sie können mich nicht anhalten."

Sie besprachen die Angelegenheit noch eine Weile, dann war der Alte fest entschlossen, nach Langenstadt zu gehen. Es mochte kurz nach Mitternacht sein, als er aus seiner Haustür trat.

„Halt! Wer da!" tönte ihm eine Stimme entgegen.

„Der Köhler."

„Stehenbleiben!"

Der Posten kam näher und überzeugte sich, daß er tatsächlich den Köhler vor sich hatte. Vorsichtshalber trat er an das Fenster und blickte in die Stube, wo er den angeblichen ‚Pascherkönig' liegen sah.

„Sie sollten schlafen!" sagte er.

„Das geht heute nicht", belehrte ihn der Köhler. „Ich muß den Meiler anbrennen. Oder darf ich etwa nicht?"

Der Militärposten zuckte die Achseln.

„Warum nicht? Wir haben nur den Verunglückten festzuhalten, und der läuft uns wohl nicht davon. Gute Nacht!"

Der Posten lauschte, bis er die Schritte des Köhlers nicht mehr hörte, und setzte dann seinen Rundgang fort.

Zehn Soldaten waren unter Führung eines Unteroffiziers bei dem Köhlerhaus zurückgeblieben. Sie hatten ihr Quartier in einem alten Holzschuppen aufgeschlagen. Der Gerichtsarzt, der gegen Abend eingetroffen war, hatte diese Vorsichtsmaßregeln für mehr als ausreichend erklärt, da der Schwerverletzte ja nicht sein Lager verlassen konnte.

Die Nacht verging, und der Tag brach an. Der Staatsanwalt erschien in der Stube und erkundigte sich bei dem Arzt nach dem Gesundheitszustand Naumanns. Es hatte sich nichts verändert.

Kurz nach Mittag traf ein Reiter ein. Als Unterberg ihn erblickte, ging er ihm entgegen, um ihn freudig zu begrüßen. Es war Franz Arndt.

„Wo ist Naumann?“ rief er dem Staatsanwalt schon von weitem entgegen.

„Der Gefangene liegt noch in tiefster Ohnmacht“, antwortete Unterberg.

„Ist das nicht vielleicht Verstellung?“ zweifelte Arndt. „Begeben wir uns doch einmal hinein!“

Beide gingen in die Hütte.

In der ärmlichen Stube trat Arndt an das Bett und betrachtete den Verletzten.

„Sein Gesicht ist entsetzlich zugerichtet“, meinte der Staatsanwalt leise.

„Ja, es ist kaum ein Zug zu erkennen. Woran aber hat man ihn denn als Naumann identifizieren können?“

„An der Kleidung, die er bei dem alten Herrn von Scharfenberg mitgenommen hatte“, sagte Unterberg.

Arndt nahm die Hand des Bewußtlosen und betrachtete sie. Dann schob er vorsichtig dessen Lippen auseinander, betrachtete die Zähne und sagte dann:

„Sie haben nicht den Pascherkönig gefangen.“

„Nicht? Was?“ rief der Staatsanwalt.

„Ich kann es beschwören. Sehen Sie: Naumann hat, wie

auch im polizeilichen Steckbrief zu lesen ist, feine, gelbliche Hände und eine Zahnlücke im Oberkiefer. Dieser Mann hier hat große, schwielige Hände und kräftige Zähne ohne die geringste Lücke. Nein, das ist nicht Naumann! – Hat er etwas geredet?" wandte er sich an den Arzt.

„In der Nacht hörte ich einige Worte. Sie waren ohne alle Bedeutung."

Arndt schüttelte heftig den Kopf.

„Ich glaube nicht, daß in einem solchen Fall auch nur ein Wort ohne Bedeutung sein kann. Können Sie sich gar nicht erinnern?"

Der Arzt fuhr sich an die Stirn:

„Der Patient stieß einen lauten Angstschrei aus. Dann sprach er von Herabgeworfenwerden, von einem Tornister, von Geld darin, und nannte Namen. Er redete, glaube ich, auch von Amerika und von einem – na, wie war es doch? – von einem Holzschnitzer."

Arndt blickte schnell auf.

„Amerika? Holzschnitzer?" fragte er. „Hat er den Namen dieses Holzschnitzers genannt?"

Der Arzt stockte. „Ja, ach ja. Weber – – in – –"

„In Langenstadt etwa?" stieß Arndt hervor.

„Ja, so war es, in Langenstadt."

Da wurde Arndt blaß.

„Herr Staatsanwalt, man hat Naumann entkommen lassen, dafür aber einen Unschuldigen festgenommen, an dem der Mörder ein schreckliches Verbrechen begangen hat. Nicht wahr, auf dem Weg hierhin ist der Patrouille ein Amerikaner begegnet, der eine auffällige Ähnlichkeit mit Naumann besaß?"

Der Staatsanwalt war erstaunt, bejahte aber. Da geriet der Detektiv in eine für ihn völlig ungewohnte Aufregung.

„Herr Staatsanwalt, Sie haben hier den Falschen! Diesen armen Teufel hier brauchen Sie nicht so sorgfältig bewachen zu lassen. Wir müssen sein Leben zu retten suchen; er ist ein wichtiger Zeuge gegen Naumann und der Verwandte einer braven Familie. Nun aber muß ich mich augenblicklich auf Naumanns Fährte begeben."

Er eilte hinaus und bestieg sein Pferd. Der Staatsanwalt kam ihm aus dem Haus nach und fragte:

„Kann ich nichts Näheres erfahren, Herr Arndt?"

„Die Zeit ist kurz", versetzte der Detektiv knapp. „Ich ahne, wo Naumann sich befindet, und will telegraphischen Befehl zur Festnahme geben. Darum muß ich schleunigst nach dem nächsten Ort, an dem sich ein Postamt befindet."

Dann jagte er davon. Bei erster Gelegenheit ließ er folgende Depesche abgehen:

„Dem Bürgermeister von Langenstadt.
Sofort Amerikaner bei Holzschnitzer Weber arretieren. Umgehend Rückantwort an Franz Arndt."

Er ging nebenan in einen Gasthof, um diese Antwort zu erwarten. Sie kam schon nach Verlauf einer Viertelstunde und lautete zu seinem größten Erstaunen:

„Haben ihn schon! Transport im nächsten Zug zur Residenz.
Im Auftrag Wilhelm Heilmann."

Arndt stand da, als habe ihn der Schlag gerührt. Zum ersten Mal in seiner langen und erfolgreichen Laufbahn war er wirklich sprachlos.

20.

Wilhelm Heilmann auf Verbrecherjagd

Was war geschehen? Der alte Köhler Hendschel hatte, ohne sich im Weg zu irren, den Gebirgswald hinter sich gebracht. Es wurde Tag, als er den nächsten größeren Ort vor sich sah, und schon früher Morgen, bis Langenstadt am Horizont auftauchte. Da kam ihm ein forscher junger Mann entgegen, der ihn aufmerksam betrachtete und dann höflich fragte:

„Verzeihen Sie, kennen Sie sich dort oben im Gebirgswald aus?"

„Ja", sagte der Alte ein wenig erstaunt. „Ich wohne sogar dort, denn ich bin Köhler."

„Donnerwetter!" stieß der junge Mann hervor. „Da bin ich ja gerade an den Richtigen gekommen! Hören Sie, bei Ihnen liegt ein Gefangener?"

Der Alte bejahte zögernd.

„Das nenne ich eine Fügung des Himmels! So sind Sie sicher der Gevatter Hendschel, von dem Magda mir erzählt hat? Ich heiße Wilhelm Heilmann – der Verlobte von Magda Weber."

„Unsere Magda ist verlobt? Welche Überraschung! Ich bin gerade unterwegs zum Gevatter Weber, um ihn zu warnen – – ."

„Etwa vor dem ‚Neffen' aus Amerika?" fragte Heilmann rasch.

„Wie, Sie wissen – du weißt schon? Zum Verlobten Magdas darf ich doch ‚du' sagen!"

Heilmann nickte.

„Niemand ahnt etwas. Nur ich wurde den Verdacht nicht los, daß mit dem ‚Amerikaner' etwas nicht stimmt. Er glich aufs Haar den Beschreibungen des Pascherkönigs Naumann, die man mir in der Residenz gab. Außerdem waren seine Auskünfte über Texas so vage, daß mein Argwohn noch verstärkt wurde. Ich ging also zur nächsten Polizeistation, hörte dort aber, daß Naumann verletzt in eine Köhlerhütte im Gebirge geschafft worden sei. Auch Detektiv Arndt wolle dorthin kommen, und so machte ich mich auf, um mir endlich Klarheit zu verschaffen."

„Den Weg kannst du dir jetzt sparen", rief der Köhler. „Euer Gast ist tatsächlich der gesuchte Schmuggler und Mörder Naumann. Ich kenne ihn genau, denn er hat sich wochenlang unter dem falschen Namen ‚Hirsch' bei mir verborgen gehalten. In dieser Zeit zog er sich eine Wunde am rechten Handrücken zu, die jetzt noch nicht ganz verschwunden sein kann. Der Verunglückte in meiner Hütte hat aber keinerlei Verwundung an der rechten Hand! Ich wollte die Sache ja gerne verschweigen, um nicht von der Polizei als Mitwisser belangt zu werden. Nun aber hat Naumann seinen Untaten einen weiteren Mordversuch hinzugefügt, außerdem schwebt mein Gevatter Weber in großer Gefahr. Da mußte ich einfach herkommen. Was machen wir nun?"

„Zuerst einmal ins Rathaus, um uns ‚amtliche' Hilfe zu sichern."

Das ungleiche Paar eilte zusammen nach Langenstadt. Im Rathaus fragte Heilmann nach dem Bürgermeister. Dieser reagierte unwillig auf die Störung. Seine Miene erhellte sich jedoch, als Heilmann sich als künftiger Schwiegersohn des Holzschnitzers Weber zu erkennen gab.

„Unser Rathaus birgt einige schöne Schnitzarbeiten Webers, und es ist tragisch, daß er durch die Verletzung seinen Beruf nicht mehr ausüben kann. Womit kann ich Ihnen helfen?"

Heilmann schilderte in knappen Worten den Sachverhalt, erwähnte seinen Verdacht, der sich durch die Ankunft des Köhlers Hendschel bestätigt hatte. Der Bürgermeister hörte mit wachsender Spannung zu. Solch eine Begebenheit war einmalig in seinem kleinen, friedlichen Städtchen.

Dann beriet man, auf welche Weise der ‚Pascherkönig' am besten zu überführen wäre. Heilmann sollte unbefangen in das Haus Webers zurückkehren. Um die Mittagszeit würde ein Polizist im Gewand eines Handwerksburschen auftauchen, um Naumann endgültig das Handwerk zu legen. Mehrere Gendarmen sollten zu diesem Zeitpunkt das Webersche Haus umstellt haben.

Heilmann kehrte zurück, zur Freude und zur nicht geringen Überraschung Magdas, die ihn unterwegs zu Gevatter Hendschel wähnte. Unauffällig informierte Wilhelm sie über die Entwicklung und die geplanten Maßnahmen.

Die Zeit des Mittagsmahls kam, und der ‚Neffe' wurde aus seinem Dachzimmer heruntergerufen. Er erschien in der Wohnstube und nahm am Tisch Platz; die Unterhaltung war ebenso lebhaft wie bisher. Man erwartete natürlich, daß der weitgereiste Neffe noch mehr zu erzählen hatte und selbst auch noch viel erfahren wollte. Da klopfte es an der Tür.

„Herein!" sagte Vater Weber.

Ein Handwerksbursche trat in die Stube, ärmlich, aber sauber gekleidet, und fragte höflich, ob nicht vielleicht ein wenig Essen übrigbleiben werde.

Der Hausherr knurrte etwas, aber Magda fiel ihm ins Wort:

„Vater, wir essen doch nicht alles auf. Wenn dieser Mann Hunger hat, so mag er sich mit hersetzen. Reichen wird es für alle."

Ihr Vater stimmte zu und machte für den Fremden Platz, der sich in der Weise eines gesitteten Menschen auf seinen Stuhl setzte und vorgelegt bekam. Der ‚Amerikaner' war ärgerlich, einen Tippelbruder zum Tischgenossen zu bekommen. Er machte seiner Unzufriedenheit daher Luft:

„Ist denn hierzulande das Betteln nicht verboten?"

„Freilich wohl, lieber Herr!" antwortete der ‚Bursche' bescheiden. „Aber wenn man es nicht zum Beruf macht, so ist es wohl keine Schande. Sehen Sie, falls jemand keine Arbeit bekommt und nicht verhungern will, so ist er gezwungen, sich an die Güte seiner Mitmenschen zu wenden. Ob sich ein Reicher bei einem Bekannten vornehm zu Gast lädt oder ein armer Teufel in Demut und Bescheidenheit bei einem Unbekannten, das ist ganz dasselbe. Beide sind Gäste. Wer ist mehr zu verachten, ein Handwerksbursche, der um ein bescheidenes Mahl bittet, oder ein -- Verbrecher, der sich als angeblicher Verwandter in eine Familie einschleicht?"

„Was soll das heißen!"

„Der vielgesuchte Pascherkönig Naumann soll eine Wunde am rechten Handgelenk haben, so eine wie diese!"

Damit zeigte der neue Gast auf die rechte Hand des ‚Amerikaners'. Dieser erbleichte, versuchte seinen Handrücken zu verbergen, faßte sich aber schnell wieder.

„Wollen Sie etwa behaupten, daß ich dieser Pascherkönig bin? Das ist doch barer Unsinn!"

„Nein, kein Unsinn!" erklang da eine Stimme von der Tür her, und Hendschel trat ein. „Guten Tag, Gevatter Weber. Sieh da, der Herr Hirsch! Was machen Sie denn im Kreise einer ehrlichen Familie?"

Naumann sprang mit einem Wutschrei auf, ergriff ein Tischmesser und drang auf Hendschel ein, um an ihm vorbei ins Freie zu gelangen. Da waren aber schon die Gendarmen zur Stelle, die draußen gewartet hatten und den wild um sich schlagenden ‚Pascherkönig' bändigten. Auch der ‚Handwerksbursche' packte kräftig mit zu. Naumann wurde an Armen und Beinen so gefesselt, daß er allenfalls nur noch kleine Schritte zu machen vermochte.

Weber war vor Bestürzung ganz sprachlos, dann rief er: „Aber, meine Herren, mein Neffe ist völlig unschuldig!"

„Dein Neffe?" fragte Hendschel. „Das ist der Pascherkönig Wolf Naumann."

„Aber er hat Legitimationen, die meinem Neffen gehören!" flüsterte der brave Mann verwirrt.

„Das alles stahl er ihm, nachdem er ihn zu töten versucht hatte“, griff nun Heilmann in das Gespräch ein. „Glücklicherweise ist dein Neffe nicht tot, und er wird sich hoffentlich wieder erholen. Er befindet sich im Hause des Gevatters Hendschel in guter Pflege.“

„Ihr kennt euch?“ Weber blickte überrascht von Hendschel zu seinem künftigen Schwiegersohn.

„Ja“, lachte Wilhelm, „freilich erst seit wenigen Stunden; aber wir verstehen uns schon bestens.“

Er nickte dem Köhler zu.

„Wilhelm hat recht“, stimmte dieser bei. „Er hat Naumann hier ausgemacht. Ich beglückwünsche Magda zu einem so scharfsinnigen und beherzten Mann.“

Die Angesprochene, auf die sich nun aller Augen richteten, konnte einen Anflug von Röte nicht verbergen. Aber Vater Weber ließ keine Verlegenheit aufkommen:

„Gevatter, mein wirklicher Neffe liegt also bei dir? Und er ist wirklich in guter Pflege? Da muß ich sofort hin!“

*

Der Gefangene wurde durchsucht. Man nahm ihm alles ab, was er mitgebracht hatte, und fertigte eine Bescheinigung darüber an. Dann wurde er in das Rathaus transportiert, wo inzwischen Arndts Depesche angelangt war, die Heilmann sofort auftragsgemäß beantwortete. So konnten Arndt und Staatsanwalt Unterberg direkt in die Residenz aufbrechen, nachdem sie alle Vorkehrungen getroffen hatten, um den verunglückten Amerikaner in guter Pflege zu lassen.

Man schloß Naumann ein. Gegen Abend geleitete man ihn im Zug unter schwerer Bewachung zur Residenz. Sein Empfang war ganz so, wie man es erwarten konnte. Er erhielt einen Wächter in die Zelle und außerdem zwei Posten vor Tür und Fenster. Jetzt mußte er einsehen, daß er alle Hoffnung aufzugeben hatte. Er war rettungslos verloren.

21.

Das Ende des verlorenen Sohns

Der freundliche Leser wird es verzeihen, wenn er jetzt noch einmal zu dem Tag nach der Flucht Wolf Naumanns zurückgeführt wird. Der Geheimpolizist Arndt hatte ja seinem alten Bekannten, Kommissar Anders, aufgetragen, sich den Leutnant von Scharfenberg vorzunehmen. Der Kommissar stellte auch unverzüglich entsprechende Nachforschungen an.

Das Kasino in der Bärenstraße hatte keinen besonders guten Ruf. Hier verkehrten auch junge Offiziere von zweifelhafter Reputation. Die ganze Nacht hindurch wurde gespielt, und mancher hatte schon sein Vermögen in einer solchen Nacht verloren. Am späten Abend klopfte ein älterer Herr an die Tür des Hauses. Daraufhin öffnete ein Mädchen und fragte:

„Was wollen Sie?"

„Bedient sein", antwortete der Herr kurz.

„Warten Sie!" erwiderte das Mädchen barsch.

Sie schloß die Tür wieder, und er stand nun allein auf dem Vorplatz. Eine ganze Weile dauerte es, bis sich die Tür wieder öffnete und der Wirt zu ihm heraustrat.

„Mein Herr, das hier ist keine öffentliche Restauration, sondern ein geschlossenes Kasino", sagte er gemessen.

„Ich weiß", sagte der andere gelassen. „Ich bin Kommissar der Kriminalpolizei und darf wohl auch Ihr Haus betreten."

Hierbei zeigte er eine kleine, goldene Medaille vor. Der Wirt fuhr sofort zurück.

„Darf ich also hinein?" fragte Kommissar Anders.

„Sehr gern, bitte, bitte!"

Der Wirt riß die Tür weit auf und machte eine tiefe, einladende Verbeugung. Dann, als Anders eingetreten war, fragte er ihn in nahezu demütiger Haltung:

„Was wünschen Sie, mein Herr?"

„Ich beabsichtige, in Ruhe eine Flasche Wein zu trinken. Geben Sie mir die Karte!"

Anders ließ sich auf einem bequemen Fauteuil im Empfangsraum nieder, wählte aus und wurde bedient. Dann griff er zu einer Zeitung und gab sich den Anschein, als ob er ganz in die Lektüre vertieft wäre.

In diesem Zimmer befand sich jetzt außer ihm und einer Kellnerin kein Mensch, da der Wirt sich zurückgezogen hatte. Nur aus dem Nachbarzimmer drangen lärmende Stimmen herüber. Pausen tiefsten Schweigens wechselten mit lauten, jubelnden oder ärgerlichen Ausrufen. Grimmige Flüche erklangen zuweilen, begleitet von höhnischem Gelächter.

So verging fast über eine halbe Stunde, da rief eine laute, zornige Stimme:

„Verloren! Die letzten tausend Gulden jetzt!"

Wieder war es still. Eine Stimme sagte:

„Sechzehn geworfen! Jetzt, Scharfenberg!"

Nach einer kurzen Pause erklangen abermals laute Rufe. Der Kommissar hörte sagen:

„Zwölf geworfen, Scharfenberg! Zwei, vier und sechs. Die fünfhundert Gulden sind futsch!"

„Hol euch der Teufel! Ich gehe nach Hause."

Die Tür wurde aufgerissen, und Bruno von Scharfenberg trat heraus.

Sein hochrotes Gesicht und der glühende Blick verrieten die Aufregung, in der er sich befand. Niemand folgte ihm. Er warf die Tür hinter sich zu. Als er Anders erblickte, stockte er und wendete sich fragend an die Kellnerin:

„Ein Fremder! Wer hat ihn hereingelassen?"

Da erhob sich der Kommissar und antwortete an ihrer Stelle:

„Gestatten Sie mir, Ihnen das selbst zu sagen. Bleiben Sie hier, oder gehen Sie nach Hause?"

„Ich gehe heim."

„Dann bitte ich um die Erlaubnis, Sie begleiten zu dürfen. Ich habe mit Ihnen dringend zu sprechen."

Scharfenberg war sichtlich überrascht.

„Zu dieser Stunde? Worüber?"

„Ich werde Ihnen die Auskunft unter vier Augen geben."

„Gut! Hoffentlich ist der Gegenstand so wichtig, daß er Ihren ungewöhnlichen Vorschlag entschuldigt! Kommen Sie!"

Anders bezahlte, und die beiden gingen. An der Tür des erleuchteten Flures blieb Scharfenberg stehen und fragte:

„Nun? Was haben Sie mir zu sagen?"

Er schien keine Lust zu haben, mit dem Mann, der ihm völlig unbekannt war, weiterzugehen.

„Bitte, gehen wir! Sie dürfen sich mir getrost anvertrauen."

Bei diesen Worten trat Anders aus dem Haus, und der Offizier folgte ihm notgedrungen, wollte aber wissen:

„Ihr Name?"

„Ich heiße Anders und bin Kriminalkommissar."

„Alle Teufel!"

„Sie erschrecken?"

„Nein. Ich wüßte nicht, warum! Ich nehme an, daß Sie mir nur Angenehmes zu sagen haben?"

„Allerdings, denn eine Warnung hat stets ihre Annehmlichkeiten, Herr Leutnant. Meine Warnung betrifft einen gewissen Solbrig."

Hier machte der Kommissar eine Pause und sah Scharfenberg durchdringend an. Dieser hatte sich gut unter Kontrolle und fragte achselzuckend:

„Wer ist denn das?"

„Er wohnt Neumarkt Nummer 12", fügte Anders hinzu.

„Habe keine Ahnung von diesem Mann!" meinte Scharfenberg, scheinbar uninteressiert.

„Hm!“ sagte Anders gedehnt. „Sie sollen in Geschäftsverbindung mit ihm stehen.“

Scharfenberg verlor allmählich doch die Beherrschung.

„Ich bin Offizier und kein Geschäftsmann, mein Herr!“ stieß er hervor. „Und nun Adieu!“

Damit wollte er davoneilen, aber Anders hielt ihn am Ärmel fest.

„Nicht so eilig!“ sagte er ruhig. „Es gibt Zeugen dafür, daß Sie von Solbrig Banknoten empfangen haben!“

Scharfenberg heuchelte Gleichgültigkeit.

„Welche Zeugen?“ fragte er mit gezwungener Ruhe.

„Zum Beispiel derjenige, mit dem Sie letzte Nacht Ihre Kleidung getauscht haben.“

Der Leutnant war für einige Augenblicke nicht imstande, ein Wort hervorzubringen. Dann raffte er sich mit Gewalt zusammen und stieß hervor:

„Ich, meinen Anzug getauscht? Wo soll dies geschehen sein?“

„Eben bei diesem Solbrig.“

Scharfenberg zitterte.

„Mit wem denn?“

„Mit dem entflohenen Verbrecher Naumann. Einen Regenmantel mit Kapuze haben Sie dafür von ihm erhalten.“

„Ich glaube, Sie phantasieren!“

„Hm! Wie nun, wenn meine Leute jetzt in Ihre Wohnung gingen, um danach zu suchen?“

„Man würde nichts finden, gar nichts! Es muß irgendein hirnverbrannter Tor sich ein Ammenmärchen ausgesonnen haben. Ich kann nachweisen, daß ich zu Hause war und – –“

„Gestern mitten in der Nacht zu diesem Solbrig ging“, fiel ihm Anders in die Rede.

„Ist mir nicht eingefallen“, behauptete Scharfenberg dreist.

Der Kommissar lächelte daraufhin nur und meinte:

„Dann gute Nacht!“

Er wandte sich rasch ab.

Scharfenberg ging mit eiligen Schritten zu seiner Wohnung und überlegte fieberhaft:

„Das ist entsetzlich! Wie ist die Polizei dahinter gekommen? Ich muß schleunigst die Kleidung Naumanns verbrennen, dann zu Solbrig, um ihn zu warnen, damit er sich nicht verplappert."

Kommissar Anders war ein erfahrener Kriminalist und wußte die Wirkung seiner Worte recht gut einzuschätzen. Er lief rasch zum Neumarkt in die dortige Polizeistation. Da alle Polizisten wegen der Flucht Naumanns in Alarmbereitschaft standen, so fand er eine ansehnliche Zahl von Gendarmen in der Wache versammelt. Anders bat sich dann einen gewandten Beamten als Begleiter aus. Mit diesem begab er sich zu der Seite des Marktes, an der das Haus Solbrigs lag. Dort stand der Wächter, mit dem der Assessor in der vorigen Nacht dem Kleidertausch Scharfenbergs mit Naumann auf die Spur gekommen war. Anders kannte ihn und wußte, daß er einen Dietrich besaß, der alle Haustüren öffnen konnte.

Anders trat zu ihm, begrüßte ihn kollegial und fragte:

„Sie haben Ihren Dietrich bei sich?"

„Ja, Herr Kommissar."

Der Wächter reichte den eigentümlich gebogenen Draht an Anders weiter.

Der Kommissar schloß die Vordertür von Nummer 12 auf, und als der Polizist hinter ihm eingetreten war, wieder zu. Dann zog Anders ein kleines, mit Öl und Phosphor gefülltes Fläschchen aus der Tasche. Es spendete ein gedämpftes, aber ausreichendes Licht. Der Polizist bemerkte dies mit Verwunderung:

„Das ist praktischer als eine Blendlaterne."

„Unter Umständen, ja! Wir brauchen kein helleres Licht. Wir verstecken uns hier. In kurzer Zeit wird, wenn ich mich nicht täusche, jemand kommen, um mit dem Herrn dieses Hauses eine Unterredung zu führen. Diese müssen wir auf alle Fälle belauschen. Wir wollen sehen, ob sich hier ein

Versteck für uns bietet. Hoffentlich machen Scharfenberg und Solbrig ihre Sache hier im Flur ab."

„Vielleicht unter der Treppe?" schlug der Polizist vor.

„Möglich", stimmte Anders zu. „Ah, da ist ein Verschlag!"

Anders leuchtete hinein.

„Pappen", konstatierte der Polizist. „Das gibt ein gutes Versteck."

„Glücklicherweise! Aber, sehen Sie, was ist das? Ein getrockneter runder Wasserrand auf dieser Pappe? Und hier unten, das sieht so aus, als ob Stiefelabsätze ihre Spuren zurückgelassen hätten! Sollte hier bereits jemand gesessen haben?"

„Ganz sicher", bestätigte der Polizist.

„Schauen Sie dort in die Ecke – das abgebrannte Zündholz! Ganz so, als ob sich jemand nach einem Unterschlupf umgeschaut hätte!"

„Kein Zweifel! Es muß – vermutlich in der vergangenen Nacht – jemand zur Hintertür hereingekommen sein. Ich glaube, das war Naumann. Kriechen Sie jetzt in den Verschlag! Es ist hier leidlich Platz für zwei. Ich denke, wir werden nicht lange warten müssen."

Sie krochen hinein und setzten sich nebeneinander auf die Pappen. Der Kommissar zog die Tür zu und steckte sein kleines Phosphorlaternchen wieder in die Tasche. Nun war es ganz dunkel um sie herum. Im Hausflur herrschte eine derartige Stille, daß den beiden Lauschern nicht das geringste Geräusch entgehen konnte. Nach einer kleinen Weile flüsterte der Polizist:

„Wäre es nicht besser, wenn ich deutliche Instruktionen empfangen könnte?"

„Was wollen Sie wissen?"

„Handelt es sich um eine Verhaftung?"

„Unter Umständen. Ich werde es Ihnen sagen. Wir warten auf den Leutnant von Scharfenberg."

Der Polizist stieß einen leisen Pfiff aus.

„Wetter noch einmal! Dürfen wir uns denn seiner bemächtigen? Er gehört vor ein Militärgericht, wenn er etwas verbrochen hat. Wir dürfen uns nicht am Rock des Königs vergreifen."

„Er trägt bestimmt Zivil", klärte ihn Anders auf.

In diesem Augenblick war ein Geräusch zu hören.

„Draußen ist jemand gekommen", flüsterte der Polizist.

Anders stimmte zu: „Ja. Er steht noch da. Hören Sie? Die Tür ist zu. Gleich wird er den Hausherrn wecken. Da! Er geht fort, mitten auf die Straße, wie es scheint."

Sie lauschten.

„Er wird sich irgendwie bemerkbar machen wollen", vermutete der Gendarm.

„Auf jeden Fall vermeidet er es zu klingeln", bestätigte Anders.

Nach kurzer Zeit hörte man oben eine Tür sich vorsichtig öffnen, und mit leisen Schritten kam jemand die Treppe herab. Solbrig war es, in Schlafrock und Filzpantoffeln. Er trug ein Licht, das er auf die Treppenstufe setzte. Dann ging er zur Tür, um sie zu öffnen. Das geschah, ohne ein Geräusch zu verursachen. Als der Besucher eintrat, knirschten seine Sohlen auf den Steinplatten. Da hörten die beiden Solbrig zischen: „Leise, leise! Es ist schon sehr spät. Meine Frau darf nichts hören, Herr Leutnant!"

„Schließen Sie zu", sagte Scharfenberg, „und stellen Sie das Licht so, daß man es von draußen nicht bemerkt."

„So kommen Sie weiter nach hinten!"

Sie kamen an die Treppe. Solbrig stellte den Leuchter in die Ecke der Treppenbiegung und fragte:

„Aber, was ist's, daß Sie schon wieder hier sind? Ich will nicht hoffen, daß etwas geschehen ist!"

„Viel, sehr viel sogar! Ein Fremder hat mich in meinem Kasino aufgesucht und mir auf den Kopf zugesagt, was sich hier in der letzten Nacht ereignet hat."

Einen Augenblick blieb es still, dann fragte Solbrig mit heiserer Stimme:

„Wer war das?“

„Ein Kriminalkommissar namens Anders“, sagte Scharfenberg.

„Ist der Kerl ein Hellseher?“

„Das ist doch unwichtig“, meinte der Leutnant. „Wenn die Polizei mich hier erwischt, ist der Beweis halb erbracht. Hätten Sie für den Notfall ein Versteck?“

Solbrig überlegte einen Moment.

„Ja. Gleich hier unter der Treppe. Aber Sie werden sich gar nicht verstecken, sondern sich einfach entfernen. Ich lasse Sie durch die Hintertür in den Hof. Springen Sie da über die Mauer, so befinden Sie sich in einem Seitengäßchen, wo Sie sicher sind. Aber sagen Sie mir nur: wie hat man das alles erfahren?“

„Ich weiß es nicht“, sagte Scharfenberg, „denn ich mußte den Mann so kurz wie möglich abfertigen. Hätte ich Besorgnis oder gar Angst gezeigt, wäre er noch mißtrauischer geworden. Jedenfalls scheint er gesehen zu haben, wie wir das Geld an der Treppe umtauschten. Er weiß auch, daß ich mit Naumann die Kleidung wechselte.“

„Das ist mir vollständig unbegreiflich. Vielleicht schlägt er nur auf den Busch?“

„Das glaube ich nicht“, sagte Scharfenberg. „Man hat mich gestern tatsächlich aus diesem Haus kommen sehen! Dieser verdammte Nachtwächter hielt mich an, da ich die Kleidung Naumanns trug, deren genaue Beschreibung man besitzt. Der Wächter hätte mich weiß Gott arretiert, wenn sich nicht noch ein zweiter Mensch eingemischt hätte. Verteufelte Sache! Was aber sage ich, wenn die Polizei nach dem Geld forscht? Soll ich angeben, daß ich die gefälschten Scheine gefunden habe?“

Solbrig schüttelte den Kopf.

„Sie müssen rechtmäßig zu den Banknoten gekommen sein. Ah, da kommt mir eine famose Idee. Ein unbekannter Gönner hat einige Male ein Päckchen Fünfzigguldennoten an Ihre Adresse geschickt. Verstanden? Morgen bekommen

Sie wieder so ein Päckchen, von mir natürlich. Was ich noch da habe, muß ich fortschaffen. Ich schicke es also Ihnen und lege einige Zeilen in verstellter Handschrift bei. Ich erwähne darin, daß ich Ihnen bereits einige Male solche Noten geschickt habe und dies nun das letzte Mal sei."

Dem Leutnant fiel es gar nicht ein, irgendwelche Zweifel oder Gewissensbisse bei dem bedenkenlosen Plan des Fälschers zu empfinden. Er atmete hörbar auf und sagte:

„Gut! Erkennt man, daß die Scheine, die ich ausgegeben habe, gefälscht sind, so zeige ich den Brief und den Inhalt des letzten Päckchens vor."

„Sie sind also auf alle Fälle gesichert", meinte Solbrig. „Ich werde ebenfalls auf Nummer Sicher gehen und meine Platten und Druckstöcke verschwinden lassen. Wir schaffen sie sofort in die Senkgrube. Herr Leutnant, Sie müssen mir dabei helfen!"

Der Offizier zögerte erst, dann aber sagte er:

„Na, meinetwegen. Ich habe mich nun einmal auf diese verdammte Geschichte eingelassen."

„Rasch, rasch!" sagte Solbrig, „wir verlieren zuviel Zeit. Ich hole jetzt den Schraubenschlüssel, damit wir uns über die Presse hermachen können, und eine Laterne bringe ich auch. Mit offenem Licht läßt es sich ja nicht gut hantieren."

Solbrig nahm den Leuchter und stieg zu seiner Wohnung empor. Nach kurzer Zeit kam er wieder herab. Die Hintertür wurde geöffnet und dann wieder leise zugedrückt. Die beiden Lauscher hörten die sich entfernenden Schritte.

Da flüsterte der Polizist:

„Also Falschmünzerei wird hier betrieben! Wir müssen uns der beiden Verbrecher versichern. Jetzt wäre der geeignetste Augenblick."

Anders zögerte nicht.

„Ja. Wir müssen sie bei der Notenpresse erwischen. Sie eilen sogleich auf die Wache, um Verstärkung zu holen!"

Es vergingen nur wenige Minuten, da kehrte der Polizist mit drei weiteren Gendarmen zurück. Anders verschloß hinter ihnen den Eingang wieder und führte sie zu der Hintertür, die er aufklinkte.

„Wissen Sie, um was es sich handelt?" fragte er leise.

„Ja, unser Kollege hat es uns gesagt."

„So horchen Sie! Hören Sie etwas?"

„Ja. Man schaufelt da drüben offenbar Kohlen."

„Folgen Sie mir! Da scheinen einige Stufen hinabzuführen. Machen Sie kein Geräusch. Lassen Sie keinen entkommen! Ich selbst werde vorangehen."

Die Polizisten schlichen hinter Anders her über den Hof bis vor die Tür des Schuppens. Dort blieben sie stehen. Der Kommissar aber trat an den Eingang, lehnte sich an den Türpfosten und blickte vorsichtig hinein.

Hinten in der Ecke schaufelte Solbrig die Kohlen zur Seite. Der Leutnant leuchtete.

„Hier ist sie", sagte der Fälscher. „Die Schaufel macht zuviel Lärm. Bitte, greifen Sie zu! Wir müssen sie unter den Kohlen hervorziehen."

„Oh weh, meine Hände!" stöhnte Scharfenberg. „Wo stelle ich denn die Laterne hin?"

„Da an der Wand ist ein Haken. Hängen Sie sie auf!"

Die beiden faßten dann die Presse an und hoben sie aus dem Kohlenhaufen hervor.

„Schwerer, als ich dachte!" sagte der Leutnant und versuchte seine schwarz gewordenen Hände an dem Schlafrock Solbrigs abzuwischen.

„Ja. So im ganzen können wir sie nicht in die Grube versenken. Wir müssen sie zerlegen. Aber, bitte, reinigen Sie sich die Finger noch nicht! Sie müssen mir noch helfen."

„Der Teufel hole dieses unsaubere Geschäft!" fluchte Scharfenberg.

Sie begannen zu arbeiten. Es dauerte nicht lange, da war die Presse zerlegt. Solbrig erklärte:

„So, fertig! Jetzt werde ich die Bretter von der Grube nehmen. Hinunterwerfen dürfen wir diese schweren Stücke freilich nicht, das würde zuviel Geräusche verursachen. Wir lassen sie hinab! Hier hängt ein alter Strick, der dazu geeignet ist. Fassen Sie an!"

Da aber erklang es vom Eingang her:

„Laßt die Presse liegen!"

Sie fuhren empor und herum.

„Alle guten Geister!" rief Solbrig.

„Verdammt!" entfuhr es dem Leutnant.

Kommissar Anders trat einen Schritt weiter in den Raum. Der Schein der Laterne fiel auf ihn. Scharfenberg sprang erschrocken zurück.

„Guten Morgen, meine Herren! Darf ich fragen, womit Sie sich hier unterhalten?" fragte Anders spöttisch.

Bruno von Scharfenberg hatte sich ziemlich schnell gefaßt.

„Und darf ich fragen, was Sie hier wollen?"

„Ich wollte sehen, ob Sie die Wahrheit gesagt haben. Sie entsinnen sich doch wohl, behauptet zu haben, daß Sie Herrn Solbrig nicht kennen?"

„Das sagte ich allerdings", beteuerte der Leutnant. „Ich bin nur aufgrund Ihrer Mitteilung hierher gekommen."

„So?" äußerte Anders ironisch. „Das begreife ich nicht."

„Wer nur schwer zu begreifen vermag, der mag in die Schule gehen, um seine Geisteskräfte auszubilden", höhnte Scharfenberg. „Ich aber bin weder Professor noch Schulmeister."

„Aber Falschmünzer!"

Scharfenberg wollte aufbrausen.

„Herr – –!"

„Oh bitte, schreien Sie nicht so laut! Es liegt in Ihrem eigenen Interesse, daß die Anwohner nicht aus dem Schlaf geweckt werden. Sie würden sich wundern, den Herrn Leutnant von Scharfenberg bei einer so ‚schmutzigen' Beschäftigung zu erblicken."

Scharfenberg geriet langsam in Wut.

„Es kann allen Menschen sehr gleichgültig sein, womit ich mich beschäftige. Übrigens sollte eben jetzt untersucht werden, was für einen Gegenstand wir hier vor uns haben."

Der Kommissar zog fragend die Augenbrauen hoch.
„Ah, Sie wissen es noch nicht?“
„Nein. Sie erzählten nur von Herrn Solbrig und von Banknoten, die ich von ihm erhalten haben soll. Ich eilte zu diesem Mann, um ihn zur Rede zu stellen!“
Anders war über soviel Frechheit verblüfft.
„Ah, und deswegen nehmen Sie diese Notenpresse auseinander? Machen Sie sich doch nicht lächerlich! Im übrigen habe ich alle Ihre Gespräche eben belauscht!“
Das brachte Solbrig auf den Plan. Er warf sich in die Brust, trat einen Schritt auf Anders zu und sagte:
„So. Sie lauschen hier? Wie sind Sie überhaupt hineingekommen, mein Herr?“
Anders entgegnete ruhig:
„Mit Hilfe eines Nachschlüssels.“
Solbrig spielte den Empörten. Er stemmte die Hände in die Seiten und sagte:
„Ach nein? Wenn solche Dinge geschehen, dann ist es kein Wunder, daß man hier in allen möglichen Winkeln verdächtige Sachen findet, wie zum Beispiel diese Maschine – Sachen, von denen man nicht weiß, was sie sollen. Es kann eine Mechanik sein zum Zünden einer Höllenmaschine, zum Explodieren von Dynamit und Sprengwatte! Ich dulde, besonders zu nachtschlafender Zeit, keine fremden Subjekte auf meinem Grundstück. Ich konfisziere diesen sogenannten Nachschlüssel. Geben Sie ihn her!“
Anders trat einen Schritt zurück und befahl:
„Meine Herren, walten Sie Ihres Amtes!“
Die Polizisten traten ein.
„Himmel!“ rief Solbrig.
Er fuhr mit der einen Hand nach dem Herzen und stützte sich mit der anderen auf einen Balken, als müsse er Halt suchen. Scharfenberg dagegen fragte, indem er die Brauen finster zusammenzog:
„Was wollen die Herren hier?“
„Sie haben die Absicht, Sie, Herr Leutnant, in Ihr neues

Logis zu begleiten", erklärte Anders mit Nachdruck. „Sie sind verhaftet als Mitschuldiger dieses Mannes, der falsche Banknoten gedruckt hat."

„Ich weiß von nichts!" schrie Scharfenberg aufgeregt.

„Sie haben keine der Falsifikate ausgegeben?"

„Nein. Ich habe stets mit gutem Geld bezahlt."

Der Kommissar fuhr Scharfenberg an:

„Reden Sie doch keinen Unsinn! Und nun folgen Sie uns! Wenn Sie Widerstand leisten, werde ich Sie fesseln lassen. Diese Herren sind mit guten Handschellen versehen."

„Pah! Ein Offizier läßt sich keine Handschellen anlegen!"

Scharfenberg fuhr mit der Hand in die Tasche. Der Lauf eines Revolvers glänzte, er wollte schießen, aber – – blitzschnell hatte Anders ihm die Waffe entrissen: von den Polizisten überwältigt, glitt der Offizier zu Boden.

„So!" sagte der Kommissar. „Und nun zu Ihnen, mein bester Herr Solbrig! Haben Sie diese Presse wirklich noch nie hier in Ihrem Kohlenschuppen bemerkt?"

„Nein."

„Und doch haben Sie falsche Banknoten in Ihrer Wohnung? Meine Herren, durchsuchen Sie das Haus!"

Die Polizisten gehorchten. In der Tat fanden sie nach längerer Suche mehrere Bündel gefälschten Geldes. Damit war der Beweis erbracht, und man lieferte den Falschmünzer sowie seinen Komplizen Scharfenberg in das Gefängnis ein.

*

Das alles hatte jedoch nicht ganz geräuschlos ablaufen können. Die Nachbarschaft mußte etwas mitbekommen haben, denn die Kunde, daß der Leutnant von Scharfenberg arretiert worden war, hatte sich bereits am Morgen in der Residenz verbreitet. Am späten Vormittag war der Adjutant des Regimentskommandeurs bei dem Untersuchungsrichter erschienen, um auf Auslieferung des Offiziers zu dringen, hatte aber, als er über die Gründe von dessen Verhaftung unterrichtet worden war, sein Verlangen zurückgenommen und sich in tiefer Niedergeschlagenheit entfernt.

Am Nachmittag mußte der Leutnant sich dem ersten Verhör unterziehen, doch war er zu keinem Geständnis zu bewegen. Am nächsten Tag jedoch schickte er den Schließer zu Staatsanwalt Unterberg und ließ diesen um eine Unterredung ersuchen. Der Beamte begab sich augenblicklich zu ihm. Scharfenberg erwartete ihn, inmitten seiner Zelle stehend.

„Verzeihung, Herr Staatsanwalt, daß ich Sie belästige“, sagte er. „Ich habe über meine Lage nachgedacht und bin zu der Ansicht gekommen, daß es töricht ist, den Unschuldigen zu spielen. Ich bin bereit, ein offenes Geständnis abzulegen, wenn Sie mir eine kleine Konzession machen.“

„Welche meinen Sie?“

„Ich möchte noch einmal in meine Wohnung zurück. Es liegt dort einiges verwahrt, was ich dem Richter zu übergeben habe, und der Aufbewahrungsort ist derart, daß nur ich ihn öffnen kann.“

Der Staatsanwalt wiegte bedenklich den Kopf.

„Hm! Ich habe eigentlich nicht die Macht, Ihnen diese Bitte zu erfüllen. Ich habe alle Folgen, die daraus entspringen, zu verantworten. Aber gut! Sie werden keinen Fluchtversuch machen?“

„Nein“, sagte Scharfenberg fest.

Der Staatsanwalt blickte zweifelnd drein.

„Es widerstrebt mir natürlich, Sie gefesselt oder unter auffälliger Bedeckung gehen zu lassen. Doch haben Sie bei Ihrer Gefangennahme zur Waffe gegriffen!“

„Ich gebe Ihnen mein Ehrenwort, daß ich nicht fliehen werde.“

„Ich glaube Ihnen, kann aber diese Sache nicht allein auf mich nehmen. Ich werde mit dem Herrn Gerichtsrat sprechen. Ich gehe augenblicklich zu ihm und hole mir die Antwort. Stimmt er zu, so werden wir mit Ihnen sofort in Ihre Wohnung gehen.“

„Ich danke Ihnen."

Der Staatsanwalt verließ ihn, und der Gefangene schritt in düsterer Erwartung in seiner engen Zelle hin und her. Bereits nach einer Viertelstunde kam ein Wachtmeister und brachte ihm seinen Hut und Überrock.

„Ah, man erfüllt mir also meine Bitte?" fragte der Leutnant aufgeregt.

„Ich weiß von nichts. Ich habe Sie mit Hut und Überrock zum Herrn Staatsanwalt zu bringen."

Er folgte dem Beamten. In einem anderen Raum fand er den Staatsanwalt und den Assessor von Ansbach.

„Herr Leutnant, Ihr Wunsch ist erfüllt worden", sagte der Staatsanwalt. „Man wird auch davon absehen, Sie streng bewachen zu lassen. Nur wir beide werden Sie begleiten."

„Ich bin Ihnen sehr dankbar und stehe zur Verfügung", erwiderte Scharfenberg.

Als sie das Gerichtsgebäude verlassen hatten, bot der Assessor dem Gefangenen eine Zigarre an, die dieser annahm und in Brand steckte. Wenig später schellten sie an der Wohnung des Leutnants. Der Diener Scharfenbergs öffnete seinem jungen Herrn die Tür.

„Bring Wein und Zigarren!"

Dann füllte er die Gläser, nachdem der Diener das Verlangte gebracht hatte, präsentierte die Zigarren und sagte:

„Bitte, verschmähen Sie es nicht! Es ist wohl das letztemal, daß ich jemandem etwas anbieten darf."

Sie wollten ihn nicht kränken und erfüllten also seine Bitte. Dann fuhr Scharfenberg fort:

„Geben Sie mir einige Minuten Zeit! Ich werde hier an meinem Schreibtisch einige Zeilen aufsetzen, die ich Ihnen dann zur Prüfung vorlege."

Er setzte sich hin, nahm Papier und Feder zur Hand und begann zu schreiben. Das Geräusch, das die Feder auf dem Papier hervorbrachte, war das einzige, was im ganzen Raum zu vernehmen war. Scharfenberg schrieb nur wenige Sätze, dann schob er das Papier von sich weg, öffnete ein Schubfach und nahm ein Miniaturporträt heraus. Er betrachtete es lange Zeit. Dann sagte er:

„Das war meine Mutter!"

Die Tränen rannen ihm über die Wangen; er trocknete sie, schob das Porträt unter die Weste in die Herzgegend und gab dann den beiden Beamten das Papier.

„Bitte, meine Herren! Dies ist es, was ich noch schreiben wollte."

Sie blickten beide zugleich auf den Zettel und lasen:

„Ich bekenne meine Schuld und bereue sie. Vater und Oheim mögen mir verzeihen! Gott sei mir gnädig! Fluch aber denen, die mich auf falsche Wege brachten! Ich war zu schwach zum Widerstehen. Gute Nacht!"

Scharfenbergs Hand griff nochmals ins Schubfach, ein stählerner Glanz – ein leiser Knall –! Ein kleiner Revolver fiel aus seiner Rechten, sein Kopf sackte nach hinten. Mitten auf seiner Stirn befand sich ein kaum erbsengroßes Loch. Er war – – tot! Die beiden Anwesenden hatten keine Bewegung gemacht; sie blickten einander nur kurz und erschüttert an. Dann ergriff Staatsanwalt Unterberg die Hand des Leutnants, lauschte eine Minute und sagte:

„Vorüber!"

„Ich ahnte es", meinte der Assessor.

„Konnten wir es verhindern?" fragte der Staatsanwalt zweifelnd. Der Assessor schüttelte den Kopf.

„Es ging zu schnell. Überhaupt war es vielleicht das beste."

Auf der Treppe wurden plötzlich Schritte laut. Die Tür öffnete sich und herein trat der alte Vater Scharfenberg, gefolgt von seinem Diener Joseph.

„Guten Abend, meine Herren!" sagte der Major. „Ich muß dringend meinen Sohn sprechen. Was haben Sie denn da? Zeigen Sie das Papier!"

Er nahm es aus der Hand des Assessors und las. Als er fertig war, blickte er die Beamten verständnislos an, sah wieder auf die Zeilen und wiederholte:

„Gott sei mir gnädig! Gute Nacht!“

Erst jetzt schien er den Sohn zu sehen. Er trat zu ihm, ergriff seine Hand und beugte sich zu seinen Lippen nieder, um sie zu küssen. Da heftete er seinen Blick tödlich erschrocken auf den Sohn, berührte mit dem Finger die Wunde in der Stirn und sank dann langsam, ohne einen Laut von sich zu geben, auf den Boden nieder. Der Schlag hatte ihn getroffen und auf der Stelle getötet. Der Diener erhob lautes Klagen. Die beiden Beamten aber entfernten sich. Sie konnten hier nichts mehr tun, als den Gerichtsarzt zu bestellen.

„Welche Tragik!“ meinte der Assessor nachdenklich. „Wissen Sie, Herr Staatsanwalt, in meiner frühesten Jugend hat mich keine Stelle der Bibel so gerührt wie das Gleichnis vom verlorenen Sohn. Obwohl der Sohn sich gegen den Vater aufs Höchste versündigt hat, wird er doch in Freuden wiederaufgenommen und erhält ein Ehrengewand. Und hier? Hätte Vater Scharfenberg seinen Sohn nicht aus dem Abgrund retten können, ja müssen, bevor es zu spät war?“

„Wer weiß?“ sagte Staatsanwalt Unterberg kopfschüttelnd. „Der himmlische Vater verzeiht den beiden Scharfenbergs bestimmt. Da haben die Vertreter der irdischen Gerechtigkeit nicht mitzusprechen.“

Sie gingen im ernsten Gespräch von dannen.

22.

Hendschels großer Tag

Wir wollen uns nun noch einmal den Ereignissen zuwenden, die sich im Gebirge nach der endgültigen Festnahme des flüchtigen Naumann abspielten. Während der ‚Pascherkönig' in der Residenz in sicherem Gewahrsam war, saß das alte Köhlerpaar mit seinem Gevatter Weber in der Hütte am Lager des Amerikaners, der immer noch sehr schwach und nicht bei vollem Bewußtsein war. Plötzlich sah der Alte durch das Fenster eine Uniform unter den Bäumen schimmern.

„Der Postbote!" rief er.

„Will er etwa zu uns?" fragte die Köhlerin verwundert.

„Zu wem denn sonst? Wir sind die letzten hier am Ende der Welt. Wer sich in dieser Gegend sehen läßt, will zu uns."

Der Briefträger kam herein, hielt einen großen Brief hoch und las die Adresse vor: *„Herrn Kohlenbrenner Andreas Hendschel, Eichengrund bei Dorf Wettersheim."*

„Bin ich!" konstatierte der Alte.

„Das will ich meinen!" stöhnte der Briefträger. „Ihnen einen Brief zu bringen, das ist eine Arbeit. Ich habe fast zwei Stunden zu gehen."

„Dafür gebe ich Ihnen einen Schnaps", lächelte die Köhlersfrau. Sie zog eine staubige, nur sehr selten benutzte Flasche aus dem Wandschränkchen und schenkte ein. Dann hielt ihr Mann, während der Briefträger trank, den Brief gegen das Licht, schüttelte den Kopf und sagte:

„Das sieht gerade wie ein Amtsbrief aus!"

„Natürlich", sagte der kundige Postbeamte. „Er kommt vom Oberlandesgericht."

„Was! Aus der Residenz?“ zweifelte Hendschel. „Das ist unmöglich. Was wird man von mir wollen?“

„Das werden Sie wohl im Brief lesen“, meinte der Briefträger und trank seinen Schnaps aus. Der Alte fuhr fort:

„Ich kann ihn nicht lesen. Der Schreck ist mir in alle Glieder gefahren. Machen Sie auf und lesen Sie vor!“

Der Briefträger öffnete das Schreiben sehr umständlich und las folgendes:

„Der Kohlenbrenner Andreas Hendschel im Eichengrund wird hiermit veranlaßt, sich binnen heute und zehn Tagen an Amtsstelle hier einzufinden. Anmeldung bei Herrn Oberlandesgerichtsrat von Harsdörffer.“

„Herrgott! Sie wollen mir den Prozeß machen!“ rief der Alte aus.

„Weshalb denn den Prozeß?“ fragte Weber.

„Weil – weil – ich weiß es selber nicht.“

Im stillen aber dachte er an Naumann, den er ja bei sich beherbergt hatte.

„Na, Gevatter, wenn du nichts weißt, so hast du ja nichts begangen“, beruhigte Weber. „Und wer nichts begangen hat, dem kann man nichts tun. Sei also unbesorgt!“

Da meinte der Briefträger, indem er einen kleineren Brief hervorzog:

„Hier ist noch ein Schreiben aus der Residenz. Vielleicht bringt das Aufklärung?“

„Lesen Sie auch diesen Brief vor!“ forderte ihn der Köhler auf und setzte sich ganz matt nieder. Seine Frau goß dem Briefträger zum zweitenmal nach, so daß er neugestärkt seine Vorlesung fortsetzen konnte:

„Dem Kohlenbrenner Hendschel!

Sie werden eine Vorladung an das Oberlandesgericht erhalten. Kommen Sie möglichst bald, und melden Sie sich zuvor bei mir, Marktgasse 7. Ich beabsichtige, Sie selbst dem Herrn Oberlandesgerichtsrat von Harsdörffer vorzustellen.

Franz Arndt“

„Da bin ich so klug wie zuvor!“ jammerte der Alte. „Nun soll ich nicht nur zu einem Oberlandesgerichtsrat, sondern auch noch zu dem Detektiv. Prost Mahlzeit! Mit solchen Herren ist niemals gut Kirschen essen. Wenn sie unsereinen zu sich bestellen, dann ist ganz gewiß der Teufel los!“

„Ach woher, Gevatter!“ sagte da Weber ruhig. „Dieser Arndt ist doch ein anständiger Kerl. Meine Magda kennt ihn genau. Er hat sie gerettet, als sie – na, das gehört nicht hierher. Nein, nein, Gevatter, es wird am besten sein, du machst dich so bald wie möglich auf die Beine. Da bekommst du Gewißheit und bist die große Sorge los. Habe ich recht?“

„Hm, ja!“ überlegte Hendschel. „Der Gedanke ist nicht so übel. Am liebsten würde ich gleich heute noch gehen. Aber Frau, wieviel Geld hast du noch?“

„Na, wir haben über vierzehn Gulden“, zählte sie bedächtig.

Er nickte zufrieden und sagte:

„Gut. Ich ziehe den neuen Rock an und die guten Stiefel.“

Weber kannte den Köhler besser als manch anderer. Er fragte lachend:

„Wann hast du dir denn den neuen Rock gekauft?“

Der Köhler kratzte sich hinter dem Ohr.

„Hm, das weiß ich nicht mehr so genau. Ich glaube, als ich damals getraut wurde.“

„Also vor fünfzig Jahren?“ lachte Weber.

„Neunundvierzig!“ verbesserte Hendschel. „Zum letztenmal habe ich ihn angehabt, als ich bei deiner Magda Pate stand.“

„Und die guten Stiefel?“ erkundigte sich Weber weiter.

„Sind die Bräutigamsstiefel – kalbslederne! Sie sind furchtbar eng und nobel. Sonst trage ich ja rindslederne. Habe ich denn überhaupt ein Vorhemdchen, Alte?“

Da stemmte die Köhlerin die Arme in die Seiten und fragte in sehr beleidigtem Ton:

„Vorhemdchen? Denkst du denn, daß ich so eine liederliche Zippe bin, die ihre Sachen nicht schont? Ich habe das Vorhemdchen damals gleich wieder gewaschen und aufgehoben. Es liegt droben bei meinen Brautstrümpfen, das rote Halstuch mit den schönen gelben Punkten ist auch dabei."

„Gleich wieder gewaschen und aufgehoben?" fragte Weber. „Wann war denn das?"

„Bei der Patenschaft damals."

„Was? Das war ja vor neunzehn Jahren!" Der Holzschnitzer blickte den Alten ungläubig an. „Na, da wird es schön gelb geworden sein!"

„Oho!" antwortete die Frau. „Ich habe es jedes Frühjahr einmal an die Luft gelegt. Verderben lasse ich mir nichts. Willst du noch etwas, Mann?"

„Das blaue Schnupftuch mit dem grünen Rand. In der Hauptstadt muß man Staat machen. Und den roten Regenschirm."

Sie trat direkt vor ihn:

„Hendschel, wie kommst du mir vor! Willst du als Weltmann auftreten?"

„Nein, nein!" wehrte er ab. „Aber zehn Gulden Reisegeld brauche ich wohl."

Sie schlug die Hände über dem Kopf zusammen und rief:

„Zehn Gulden! Bist du denn gescheit? Na, da wirst du in Saus und Braus leben können! Wozu brauchst du das Geld denn eigentlich?"

„Für die Eisenbahn und für den Gasthof", sagte ihr Mann vorsichtig. Sie aber ließ ihn kaum ausreden:

„Das macht doch nicht zehn Gulden!" rief sie. „Wir haben Verwandte dort. Aber ich kann es mir denken: du willst auf den Ball oder ins Theater!"

Hendschel verdrehte schwärmerisch die Augen.

„Hm! Übel wäre das nicht."

„So?" fragte sie in gereiztem Ton. „Ja, ja, euch Männer kennt man! Wenn ihr aus unsern Augen seid, dann geratet ihr außer Rand und Band. Zehn Gulden! Aber ich weiß, was ich mache! Ich fahre mit!"

Der Köhler blickte sie starr vor Staunen an.

„Du? Du willst mit?“ fragte er. „Davon steht doch hier in den Briefen gar kein Wort! Dieser Herr Oberlandesgerichtsrat und der Geheimpolizist Arndt würden ja schöne Augen machen, wenn sie dich sähen!“

Das brachte seine Ehefrau in Rage, und sie sagte zornig:

„Oho! Nicht größere Augen als bei dir! Eine vorsichtige Frau läßt ihren Mann nicht in Versuchung geraten. Ich kann mich wohl nicht sehen lassen, he? Aber warte: Meine grüne Schneppenjacke und die gelbe Flattusenhaube, rote Zwickelstrümpfe und ein weißes – hörst du, Alter? – ein weißes Schnupftuch, kein blaues. Der rote Regenschirm ist groß genug für uns beide. So sind wir damals in die Kirche gegangen, als wir uns trauen ließen, und so können wir auch in die Hauptstadt fahren.“

Der Holzschnitzer Weber schmunzelte bei dem Gedanken, die beiden Alten gemeinsam in der Residenz zu wissen. Dann sagte er:

„Ja, macht das nur! Mir könnt ihr euer Heim anvertrauen, bis ihr wiederkommt. Nimm sie nur mit, Gevatter.“

Der Köhler kratzte sich verlegen am Kopf.

„Zehn Gulden reichen für zwei nicht aus!“

Doch er hatte nicht mit der Sparsamkeit seiner Frau gerechnet.

Sie antwortete rasch:

„Außer dem Geld für die Eisenbahn brauchen wir nichts. Ein Schwarzbrot nehmen wir uns noch mit. Wozu habe ich denn den Handkorb! Einen Käse haben wir auch, und wenn alle Stränge reißen, so gibt es immer noch unsere Backäpfel.“

„Backäpfel?“ fragte der Alte verdutzt. „Haben wir denn welche?“

„Als der alte Apfelbaum auf der Waldwiese noch stand, habe ich mir die Äpfel gesammelt und nach und nach gebacken. Du weißt eben noch gar nicht, was für eine sparsame Frau du hast!“

„Potzsapperment!“ sagte der Alte kopfschüttelnd. „Das weiß ich allerdings nicht. Der alte Apfelbaum ist schon vor über zwanzig Jahren vom Blitz getroffen worden!“

Seine Frau ließ sich aber von ihren Gedanken nicht abbringen und plauderte munter fort:

„In einen Gasthof gehen wir nicht. Das haben wir bei unserer nahen Verwandtschaft in der Hauptstadt nicht nötig. Einer meiner Vettern ist als Amtswachtmeister in der Residenz angestellt. Bei dem bleiben wir!“

„Kennt er dich denn?“ fragte ihr Mann einigermaßen bedenklich.

„Er wird doch seine Kusine kennen!“ rief sie empört aus. „Wir haben uns zwar nie gesehen, und er ist schon seit etwas über vierzig Jahren in der Residenz, aber das ist ganz gleich. Die Landrocks sind eine langlebige Familie. Er wird Freude haben, wenn er uns sieht, denn bei uns hat man immer auf Verwandtschaft gehalten.“

„Aber wenn er vielleicht tot sein sollte?“ meinte nun Weber ganz im Ernst.

„Na, in diesem Falle müssen wir eben in einer Herberge unterkommen. Das kostet uns auch nicht so viel. Wir legen uns für einige Kreuzer aufs Stroh; Bürste und Seife nehmen wir uns mit. Ich will nur gleich hinaufgehen und nach den Sachen sehen!“

Der Briefträger, der sich inzwischen noch einige Schnäpse genehmigt hatte, sah ein, daß er sich nun empfehlen mußte, und zog leicht schwankend seines Weges. Kaum war er fort, so kam eine einspännige Kutsche langsam und vorsichtig daher.

„Der Doktor!“ rief der Köhler. Er hatte recht. Die Kutsche hielt an; der vom Staatsanwalt aus der Residenz herbeorderte Gerichtsarzt stieg aus und trat herein.

„Wie geht es dem Kranken?“ fragte er die Frau des Köhlers.

„Unverändert.“

„Sie haben ihm doch immer einen feuchten Umschlag aufs

Gesicht gelegt? Die Tropfen, die ich Ihnen zu diesem Zweck gegeben habe, heilen die Verwundung schnell. Der Hinterkopf ist immer noch geschwollen, vielleicht ist ein Schädelbruch vorhanden. Wir müssen uns bemühen, die Geschwulst verschwinden zu lassen. Ich habe dem Kranken eine besondere Heilsalbe mitgebracht."

Da wandte sich der alte Hendschel an den Gerichtsarzt und sagte:

„Leider müssen meine Frau und ich fort in die Residenz, aber Gevatter Weber hier wird auf seinen Neffen aufpassen. Es sind nämlich zwei Briefe gekommen. Vielleicht hätten Sie die Güte, sie kurz durchzulesen."

„Zeigen Sie ruhig her!"

Der Arzt überflog die Briefe und fragte dann den Köhler lächelnd:

„Sie wissen wohl nicht, was Sie dort sollen?"

„Nein. Ich habe überhaupt mit solchen Leuten nicht gern zu tun."

„Sie brauchen keine Angst zu haben, Herr Hendschel", meinte der Arzt begütigend. „Sie werden bestimmt nichts Unangenehmes erfahren!"

„Gott sei Dank!" rief der Alte erleichtert. „Na, Frau, so hole den Sonntagsstaat aus der Kammer herunter!"

„Sie wollen also heute noch fort?" fragte der Arzt und sah auf seine Uhr. „Sie könnten mit dem Zug fahren, der in zwei Stunden vom Bahnhof abgeht."

„Das ist unmöglich", meinte Hendschel kopfschüttelnd. „Wir brauchen zum Ankleiden wenigstens eine halbe Stunde, und zu Fuß ist die Station dann nicht mehr rechtzeitig zu erreichen."

„So müssen Sie fahren!" meinte der Arzt. „Ich setze mich auf den Bock und kutschiere Sie."

Als er sah, daß das Paar verlegen wurde, wehrte er ab:

„Oh, nein, ich tue das recht gern. Nun aber beeilen Sie sich!"

Die Köhlersleute gehorchten willig und zogen sich

zurück. Der Arzt zeigte unterdessen dem Holzschnitzer Weber genau, wie er den Patienten zu behandeln hatte.

Im selben Augenblick erhob sich über ihnen ein Lärm, als werde die Stubendecke eingetreten.

„Die beiden scheinen sich aber sehr zu beeilen", lächelte der Arzt.

„O gewiß", antwortete Weber. „Sie werden Ihr blaues Wunder erleben, Herr Doktor. Sie legen ihren Hochzeitsstaat an, der fünfzig Jahre lang in der Truhe gelegen hat, ein einziges Mal ausgenommen, als sie vor neunzehn Jahren bei mir Gevatter standen."

„Da bin ich freilich neugierig."

„Passen Sie besonders auf den Zylinderhut auf!" empfahl Weber. „Er war damals schon unaussprechlich: hoch wie eine Feueresse und rauh wie ein Pudelfell. Die beiden werden Furore machen in der Hauptstadt!"

Endlich kamen die Köhlersleute die Treppe herunter und zur Tür herein. Die alten Gesichter glänzten vor Wonne. Hendschel zupfte sich sein Vorhemdchen zurecht und stellte selbstbewußt fest:

„Man ist doch gleich ein ganz anderer Mensch, wenn man einmal die guten Sachen anzieht."

Seine Frau aber gab ihm einen kräftigen Stups.

„Geh auf die Seite! Wer wird so eitel sein? Ich muß nach den Haubenschleifen sehen. Das hast du ja nicht nötig!"

Während sie sich vor dem matten Spiegel nach rechts und links drehte, trat der Arzt zu dem Handkorb und blickte hinein. „Sapperment!" sagte er. „Was haben Sie denn da eingepackt?"

„Brot, Käse und Bratäpfel als Proviant", verkündete der Köhler mit einer Miene, als sei das selbstverständlich.

„Was? Diesen harten Käse wollen Sie essen?" fragte der Arzt erschrocken. „Da sind Sie um Ihre Zähne aber zu beneiden! Und die Äpfel! Sind das nicht Holzäpfel?"

„Ja", bestätigte die Alte. „Die haben mir Mühe gemacht, damals vor zwanzig Jahren!"

Dem Arzt wurde es mulmig zumute.

„Dann schmeckt das Zeug ja doch wie Galläpfel!“ wandte er ein.

Mutter Hendschel ließ sich nicht aus der Ruhe bringen.

„Ja, es wickelt einem die Zunge ein bißchen zusammen, aber das schadet nichts; das ist gesund. Sauer macht lustig! Wissen Sie, wir wohnen bei Verwandten. Und weil wir denen doch nicht alles wegessen wollen, so haben wir uns selbst etwas mitgenommen.“

Über das Gesicht des Arztes zuckte es eigentümlich; bei allen seinen Freunden war er als ausgemachter Spaßvogel bekannt.

„Schade!“ sagte er. „Jammerschade! Mit diesem Käse könnten Sie Ehre einlegen.“

„Bei wem denn?“ fragte der Alte verblüfft.

„Bei Herrn Arndt“, sagte der Arzt todernst. „Er ist als der größte Freund von sehr altem, hartem Reibekäse weit und breit bekannt. Wer weiß, ob er schon einmal so einen gesehen hat wie diesen hier!“

„Meinen Sie?“ rief sie erstaunt. „Du, Alter, denkst du, daß wir da den Käse dem Herrn Arndt anbieten wollen? Wir setzen uns da einen dicken Stein ins Brett!“

„Und was für einen!“ meinte der Arzt. „Aber eins müssen Sie mir hoch und teuer versprechen: Sie dürfen mich nicht verraten! Er hat es mir nämlich einmal im Vertrauen mitgeteilt, daß er solchen alten Stänker am liebsten ißt. Ich als Arzt will mir doch nicht nachsagen lassen, daß ich solche Sachen ausplaudere. Aber hören Sie: Sie müssen doch auch zu dem Herrn Oberlandesgerichtsrat von Harsdörffer? Da will ich Ihnen einen kleinen Wink geben, der Ihnen von großem Nutzen sein kann! Der Herr von Harsdörffer hat nämlich ein eigentümliches Leiden, eine unheilbare Krankheit. Er leidet an einer unterirdischen Hasenscharte, oder medizinisch gesprochen, an einem verborgenen Wolfsrachen. Der liegt dermaßen tief unter der Haut, daß man gar nichts davon sehen kann. Man kann etwas so Unterirdisches freilich nicht operieren. Wer diese Hasenscharte hat, kann nun nicht gut sprechen. Er muß also immer etwas sehr Saures essen, damit die Scharte sich zusammenzieht. Da gibt es nun nichts Besseres und Kostbareres als uralte Holzäpfel. Verstanden?"

„Sapperment!" entfuhr es der Köhlersfrau.

„Dieser Herr nun kauft heimlich solches Obst zusammen", fabulierte der Arzt weiter. „Weil er täglich wenigstens zwei Pfund braucht, sind fast gar keine mehr zu bekommen."

„Na, da wird er sich aber über meine Holzäpfel freuen", lachte sie. „Ich werde ihm auch sagen, daß ich daheim noch einen ganzen Hut voll habe. Wir sind Ihnen sehr dankbar für diesen Wink, Herr Doktor!"

„O bitte, bitte!" wehrte er ab. „Wo ich einem Mitmenschen einen Dienst erweisen kann, tue ich es gern. Die Freundschaft dieses hohen Herrn kann Ihnen von großem Nutzen sein. Übrigens bin ich ein Neffe des Oberlandesgerichtsrats. Aber grüßen Sic ihn erst von mir, wenn Sie ihm die Äpfel verehrt haben, sonst ist die ganze Überraschung verdorben."

Das Köhlerpaar brach nun mit dem Arzt auf. Unterwegs lächelte Harsdörffer heimlich in sich hinein; als er dann aber die beiden am Bahnhof abgeladen hatte und zurückfuhr, lachte er laut auf bei dem Gedanken an das ‚Abenteuer', das dem Paar in der Residenz bevorstehen mochte.

Bereits auf dem Bahnhof erregte das ungewöhnliche Aussehen der beiden Köhlersleute großes Interesse. Der Schaffner, ein erfahrener Mann, setzte sie daher in ein Abteil für sich. Das war den Hendschels ganz recht, denn so konnten sie sich ungezwungen über den Wachtmeister Landrock, den ‚nahen Verwandten' der Alten unterhalten. Plötzlich sagte sie zu ihrem Mann:

„Alter, jetzt kann ich es dir ja sagen. Ich habe nicht nur zehn Gulden eingesteckt, sondern gleich alle vierzehn. Wir brauchen sie zwar nicht zu vertun, aber es klimpert doch gleich anders, wenn man mehr im Beutel hat. Na, wir werden schon sehen, wohin wir geraten."

Jetzt ruhte das Gespräch. Die beiden blickten durch die Fenster, um sich an der Landschaft zu erfreuen. Als sie endlich in der Residenz angekommen und ausgestiegen waren, fragte die Köhlersfrau ihren Mann:

„Wohin gehen wir nun?"

„Ich werde gleich fragen", meinte er. „Da steht einer mit einem goldenen Streifen um die Mütze. Der ist gewiß etwas Vornehmes. Solche Leute wissen gewöhnlich alles."

Der Mann, den er meinte, war der Bahnhofsvorsteher. Als er die beiden eigentümlichen Gestalten bemerkte, zuckte es verräterisch über sein ernstes Gesicht. Der Köhler steuerte gerade auf ihn zu, nickte ihn freundlich an und sagte:

„Guten Tag! Sind Sie hier vielleicht bekannt?"

„So leidlich!" meinte der Beamte.

„Wissen Sie, wo Landrocks wohnen?"

Der Vorsteher schüttelte den Kopf.

„Landrock? Was ist der Mann?"

„Amtswachtmeister", sagte die Alte, die auch hinzugetreten war.

„Nein, den kenne ich leider nicht", meinte der Vorsteher, „Sie werden am besten das Adreßbuch befragen, meine Herrschaften."

Sie sah ihn erstaunt an und meinte:

„Das Adreßbuch fragen? Wie fragt man es denn?"

„Man sieht hinein", lächelte der Bahnhofsvorsteher. „Es ist ein Buch, in dem die Namen aller stehen, die hier in der Residenz wohnen. Dabei ist ferner zu lesen, was sie sind und wo sie wohnen. Sie finden das Adreßbuch drinnen in der Restauration. Bitten Sie nur den Kellner darum!"

„Danke schön, lieber Herr!"

Die beiden entfernten sich. In der Bahnhofsgaststätte traten sie in das Wartezimmer erster Klasse, freilich ohne es zu wissen. Die Köhlerin bemerkte mit Genugtuung, daß sich aller Augen auf sie und ihren Alten richteten. Das gab ihr eine innere Festigkeit, wie sie sie noch niemals gefühlt hatte.

„Setz dich!" raunte sie dem Köhler gebieterisch zu.

Er zögerte aber doch und flüsterte:

„Du, das ist Samt!"

„Samt oder nicht, andere sitzen auch darauf!"

Sie zog ihn neben sich auf das Sofa nieder, und da kam auch schon der Kellner und sagte:

„Entschuldigen die Herrschaften! Sie befinden sich wahrscheinlich hier am verkehrten Ort."

„Nein. Wir sind sogar hierher gewiesen worden", sagte sie stolz. „Von einem Herrn mit goldener Mütze!"

Der Kellner verbeugte sich.

„Ah, Verzeihung! Das ist etwas anderes! Was wünschen Sie?"

„Das Buch mit den vielen Namen."

„Sie meinen das Adreßbuch?" fragte er verwundert.

„Ja, so war es."

„Wollen Sie auch etwas zu sich nehmen? Vielleicht einen Eierpunsch?"

Die Alte zögerte, aber als sie die leuchtenden Augen ihres Mannes sah, erbarmte sie sich.

„Meinetwegen! Ist er groß?"

„Ein Gläschen", versetzte der Kellner.

„Na, da bringen Sie zwei!"

Der dienstbare Jüngling machte eine heldenmütige Schwenkung. Die Alte aber wisperte ihrem Mann zu:

„Hast du es gehört, wie er uns nannte?"

„Herrschaften? Nicht?" flüsterte er zurück.

„Ja. Und um Verzeihung bat er. Hast du's gehört? Du, ich denke, daß wir heute einen vornehmen Eindruck machen. Es ist die Hauptstadt. Da liegt die Vornehmheit nur so in der Luft. Da kommt er schon wieder!"

„Hier, meine Gnädige!"

Der Kellner verbeugte sich mit übertriebener Höflichkeit und legte ihr das Adreßbuch hin. Als er sich dann wieder entfernte, blickte sie ihm befriedigt nach, ließ das Auge über die Anwesenden schweifen und sagte:

„Alle staunen uns an. Ich glaube, daran ist meine seidene Flattusenhaube schuld. So ein Prachtstück wird eben jetzt gar nicht mehr gemacht. Die Schneiderinnen haben kein Geschick dazu. Früher gab es gescheitere Leute."

Jetzt öffnete sie das Buch. Ihr Gesicht nahm einen solchen Ausdruck an, daß die Leute rundum sich das Lachen kaum verbeißen konnten.

„Du", sagte sie, „das ist nicht meine Art von Schrift. Die ist mir viel zu klein, und ich habe meine Nasenquetsche nicht mit."

Hendschel nahm das Buch und begann zu blättern.

„Na", meinte sie. „Wann geht's denn los?"

„Ich weiß gar nicht, wo ich anfangen soll. Mir sind die Buchstaben auch viel zu klein", stotterte er.

„Ja, deine Augen sind nicht mehr wie früher", stimmte seine Alte zu.

„Schadet aber auch nichts. Der Kellner muß vorlesen."

Sie wartete, bis er die Getränke brachte, schob ihm ganz einfach das Buch hin und sagte:

„Da, fangen Sie an!"

„Anfangen?" fragte er erstaunt. „Ich soll Ihnen den Inhalt dieses Buches vorlesen? Hören Sie, dazu habe ich freilich keine Zeit! Sie suchen doch einen bestimmten Namen? Schlagen Sie ihn in Gottes Namen auf – und fertig!"

„Aber ich weiß doch nicht, wo er steht!" sagte sie verlegen.

„Es geht ja nach dem Alphabet, meine Gnädige!"

Da begann es in ihrem Kopf zu dämmern. Sie nickte zum Zeichen ihres Erstaunens dreimal vor sich hin und fragte:

„Ach so! Das ist kein Buch, sondern ein Register?"

„Ja", lachte der Ober. „Ein Register ist es. Welchen Namen wollen Sie denn finden?"

„Landrock."

„Da schlägt man das L auf. Hier! Was ist der Mann?"

„Wachtmeister."

Der Kellner suchte und sagte dann:

„Einen Wachtmeister Landrock gibt es nicht, nur einen Pensionär mit diesem Namen."

„Siehst du!" meinte der Köhler. „Der Verwandte ist bestimmt tot."

„Unfug!" rief sie. „Halt dich da heraus!"

Wortlos probierten die beiden von ihrem Eierpunsch, und dann fragte die Köhlersfrau:

„Was kosten die beiden Gläser?"

„Zwei Gulden", sagte der Kellner.

„Das machen Sie mir nicht weis!" stieß sie hervor. „Schikken Sie uns Ihren Vorgesetzten. So rasch gehen wir doch nicht auf den Leim. Ich bin die Frau Hendschel. Verstanden?"

Der Kellner zuckte die Achseln und entfernte sich. Der Wirt kam und bestätigte, daß der Preis für ein Glas Eierpunsch einen Gulden betrage.

„Na, da hört aber alles auf!" sagte die gute Frau. „Ich habe auch meine Zunge und meinen Geschmack. Ich weiß, was drin ist: ein Ei für zwei Kreuzer. Und dafür verlangen Sie einen Gulden pro Glas! Na, da haben Sie das Sündengeld! Jetzt aber komm, Alter, sonst läuft mir die Galle vollends über, und dann ist nicht gut mit mir reden. Für so ein Geld lassen wir uns wohl nicht gleich wieder ‚Herrschaften' nennen!"

Sie ergriff den Handkorb und den roten Regenschirm, stülpte ihrem Mann den Hut auf den Kopf und zog ihn mit sich fort. Draußen aber blieb sie stehen und machte ihrem Herzen so kräftig Luft, daß ein Schutzmann herbeikam und sagte:

„Wenn Sie Ihren Mann auszanken wollen, so wählen Sie bitte dazu eine andere Zeit und einen anderen Ort. Alle Leute bleiben schon stehen."

„Wer sind Sie denn?" fragte sie böse zurück.

„Ich bin Polizist."

Diese Worte übte sofort eine heilsame Wirkung auf die Alte aus.

„Herrjesses!“ sagte sie. „Soll ich etwa wegen dieser Prellerei noch mit der Polizei zu tun bekommen! Das fällt mir nicht ein.“

„Wer hat Sie geprellt?“ fragte der Polizist erstaunt.

„Die Leute da drin. Wir haben für zwei Glas Eierpunsch zwei Gulden bezahlen müssen.“

„In der ersten Klasse?“ lächelte der Schutzmann. „Das wird da bezahlt. – Na ja, Sie sind wohl nicht von hier? Zu wem wollen Sie denn? Vielleicht kann ich Ihnen Auskunft geben.“

„Wir haben beschlossen, bei Verwandten zu übernachten“, antwortete die Köhlerin. „Nun kenne ich hier in der Residenz nur noch einen, den Amtswachtmeister Landrock. Aber der ist wohl gestorben.“

„Gestorben?“ Der Beamte horchte auf. „Nein, nein, er ist pensioniert und lebt bei seinem ältesten Sohn in der Bachstraße 10. Versuchen Sie Ihr Heil ruhig bei ihm.“

Die beiden Alten verabschiedeten sich sehr erleichtert, nachdem ihnen der zuvorkommende Beamte noch eine Droschke zur Bachstraße bestellt und sie sogar selber im voraus bezahlt hatte.

Als sie miteinander im Wagen saßen, sagte der Alte nachdenklich:

„Du, ich werde an der Hauptstadt ganz irre. Überall ist die Polizei grob und die anderen Leute sind höflich. Hier aber ist die Polizei höflich. So etwas!“

Sie stiegen vor Nummer 10 der Bachstraße aus. In diesem Haus hatte der pensionierte Amtswachtmeister Logis. Landrock war ein fleißiger und tüchtiger Beamter unter vielen gewesen, bevor ihm ein besonderes Unglück widerfuhr: ein berüchtigter Verbrecher, den er zu beaufsichtigen hatte, war ihm auf dem Transport ins Gefängnis entsprungen. Zwar traf den Wachtmeister Landrock keine Schuld an dem Vorfall, dennoch wurde er vorzeitig pensioniert. Lange Jahre lebte er in großer Armut und verbittert im Armenviertel der Residenz, bis eines Tages ein wohlhabender Mann auf sein Schicksal aufmerksam wurde und ihn mit den Seinen großzügig unterstützte. Sein ältester Sohn konnte mit dessen Hilfe ein angesehener Damenschneider in der Residenz werden, und Vater Landrock wohnte jetzt bei ihm und seiner Familie.

Hier fanden die beiden Alten aus dem Gebirge endlich eine wahrhaft herzliche Aufnahme. Natürlich wurde auch der gemeinsame Stammbaum besprochen. Der ehemalige Wachtmeister hörte aufmerksam zu und sagte dann:

„Ja, wir sind verwandt, wenn auch etwas weit entfernt. Aber es ist doch hübsch, daß Sie zu uns kommen. Sie wohnen natürlich bei uns. Wollen Sie?“

„Na und ob!“ rief die Alte. „Nach all dem Ärger mit dem Verbrecher Naumann in den letzten Wochen und der Szene auf dem Bahnhof tut so ein Empfang einmal richtig wohl!“

Da horchte der Wachtmeister auf und fragte dann den alten Hendschel:

„Was Sie sagen! Sie sind also jener Kohlenbrenner, der mit dazu beigetragen hat, den ‚Pascherkönig‘ dingfest zu machen! Jetzt freut es mich doppelt, daß wir verwandt sind und daß Sie mich besuchen. Sie werden mir dieses Abenteuer sehr ausführlich erzählen müssen. Vorher muß ich Sie doch fragen, ob Sie mir auch einmal die beiden Briefe zeigen wollen, die Sie in die Residenz geführt haben.“

„Natürlich, gern, hier sind sie!“ rief Frau Hendschel erfreut.

Landrock las die beiden Schreiben und sagte dann:

„Ich möchte Ihnen raten, direkt den Geheimpolizisten Arndt aufzusuchen. Er hat sicher Wichtiges mit Ihnen zu bereden. Lassen Sie uns lieber gleich gehen, er wohnt ganz in der Nähe.“

Die Köhlerin griff nach ihrem Handkorb. Dabei fiel ihr etwas ein, und sie sagte mit wichtiger Miene zu ihrem Verwandten:

„Übrigens haben wir auch etwas für Herrn Arndt dabei. Er schwärmt nämlich für alten, steinharten Reibekäse. Darum bringen wir ihm ein Prachtexemplar mit. Und der Herr von Harsdörffer leidet an der unterirdischen Hasenscharte, also bekommt er von uns Backäpfel, die so sauer sind, daß sie seine Krankheit sicher heilen werden."

„Reibekäse? Backäpfel?" fragte der Wachtmeister a. D. kopfschüttelnd. „Liebe Leute, wer hat Sie denn auf die Idee gebracht?"

Die beiden berichteten ihm wahrheitsgemäß. Daraufhin brach er in ein schallendes Gelächter aus und sagte:

„Welch ein Witzbold, dieser Arzt! Aber hören Sie: ich habe einen Einfall, wie wir uns revanchieren können – –!"

*

Wenige Minuten später brachen Landrock und die Köhlersleute zum Haus Marktgasse 7 auf. Dort verabschiedete sich der ehemalige Wachtmeister von seinen Verwandten und ging wieder nach Hause. Als der Alte klingelte, stieß ihn seine Frau an und flüsterte:

„Du, mach nur gehörig einen sehr feinen Diener! So einen richtigen Kratzfuß, mit dem linken Bein hinten hinaus! Ich werde so einen Knicks machen wie gerade in der Kirche, wenn der Pastor den Segen spricht. Der Herr Arndt muß gleich sehen, daß wir Lebensart besitzen."

„Hab nur keine Sorge!" flüsterte ihr Mann zurück. „Meine Verbeugung wird gut. Knickse du nur tief genug, besser drei Zoll zu tief als einen Zoll zu hoch! Solche Leute halten viel von Höflichkeit."

Die Tür wurde geöffnet, und ein Diener stand vor ihnen. Er geleitete das Paar in das Wohnzimmer, wo sich Arndt aufhielt. An der Tür schob die Köhlerin ihren Mann vorwärts. Er machte eine tiefe Verbeugung mit dem linken Bein hinten hinaus, wie seine Frau es gewollt hatte, und traf sie mit dem Stiefelabsatz an der Kniescheibe, daß sie fast auf den Teppich zu hocken kam, denn sie hatte hinter ihm einen so tiefen Knicks gemacht.

„Esel!“ wisperte sie ihm zu.

Sie schob sich an seine Seite und wiederholte ihren Knicks. Der Detektiv konnte unmöglich ernst bleiben, er lachte herzhaft auf.

„Sie bringen Ihre Gemahlin mit? Recht so! Da bitte, nehmen Sie dort Platz!“

Hendschel wollte gehorchen und krümmte bereits die Kniekehlen, um sich mit einem weichen Sessel zu ‚vereinigen‘. Da aber zog seine Frau ihn an den langen Rockschößen zur Seite und sagte:

„Das ist zu hübsch von Ihnen, Herr Arndt, viel zu gütig. Aber wir wissen ganz gut, was sich schickt. Setzen werden wir uns nicht.“

„Setzen Sie sich bitte!“ meinte er. „Sie kommen ja von so weit her, da gilt es auszuruhen.“

„Na, wir haben zwar alte Beine, aber ein paar Minuten stehenbleiben können wir doch noch.“

Dabei ruderte sie mit ihren Armen hin und her, als ob sie jemand ohrfeigen wolle.

Arndt lächelte gütig und sagte:

„Ich freue mich, daß Sie meiner Einladung gefolgt sind. Herr von Harsdörffer möchte Sie sprechen, und ich will Sie begleiten, um Ihnen ein wenig beizustehen, wenn es nötig ist. Der Oberlandesgerichtsrat ist ein gebildeter Mann, und es wird für Sie eine besondere Freude sein, sich mit ihm zu unterhalten.“ Dabei schmunzelte er ein wenig und fuhr dann fort: „Sie wissen ja, daß ich an der Verfolgung des Verbrechers Naumann beteiligt war. Um so mehr freue ich mich, Ihnen heute meinen Dank abstatten zu können für Ihre Hilfe; ohne Sie, lieber Herr Hendschel, hätten wir wohl noch lange vergebens nach dem richtigen Pascherkönig suchen müssen.“

Die beiden alten Leute wurden verlegen und suchten nach Worten. Da fiel der Köhlerin ihr Korb ein, und sie rief aus:

„Wir wollen Ihnen auch danken, Herr Arndt, weil Sie so freundlich zu uns sind. Wir haben Ihnen etwas mitgebracht."

„Etwas Gutes!" bemerkte der Alte, indem er mit der Hand eine Bewegung machte und den Mund so aufsperrte, als ob er ein Rinderviertel verschlingen wolle.

„Ja, etwas Feines!" fügte sie unter einem sehr bedeutungsvollen Nicken hinzu.

„Na, da zeigen Sie nur her!" meinte Arndt neugierig.

Sie öffnete den Korb und zog das schwarze Haferbrot hervor.

„Ah, ein echtes Gebirgsbrot!" rief er, doch die Alte unterbrach ihn rasch:

„Aber nicht für Sie, sondern für unseren Vetter, den Wachtmeister Landrock. Für Sie ist das hier gedacht!"

Sie hatte während ihrer Rede ein weiß eingeschlagenes Paket aus dem Korb gezogen.

„Da!" sagte sie stolz. „Ihr Lieblingsessen!"

Arndt schüttelte verwirrt den Kopf.

„Meine Lieblingsspeise? Hm, ich habe viele!"

„Aber keine, die Ihnen so lieb ist wie dieser Käse!" lächelte die Alte. „Ich habe ihn in mein Schnupftuch eingewickelt; aber Sie brauchen sich nicht zu fürchten, ich habe nur zweimal hineingeschnaubt, nämlich bei der Hochzeit damals. Seit dieser Zeit ist es stets neugewaschen und ungebraucht gewesen. Ich bin nämlich mein Lebtag an Reinlichkeit gewöhnt. Jetzt aber wollen wir einmal aufmachen!"

Sie wickelte den Käse aus dem Taschentuch heraus und hielt ihn Arndt triumphierend entgegen.

„Nun, was sagen Sie dazu?"

Arndt wich erschrocken zurück. Sie hielt das für ein Zeichen freudigen Erstaunens und fuhr fort:

„Nicht wahr? Ein Reibekäse, und so groß! Das hätten Sie wohl nicht gedacht?"

„Allerdings nicht", antwortete er der Wahrheit gemäß.

„Wenigstens fünf Jahre alt!" rief sie begeistert aus.

„So alt?“ fragte Arndt schon kleinlaut.

„Ja, Sie sehen, daß er durchsichtig ist wie Horn und steinhart! Aber das schadet nichts. Sie scheinen ja sehr gute Zähne zu haben. Haben Sie auch einen guten Magen?“

„Ich hoffe“, antwortete Arndt noch kleinlauter.

„Na, der gehört dazu, denn solcher Kapitalkäse liegt einem wie Blei im Magen“, bestätigte die Alte. „Unter vier bis fünf Tagen kann man ihn gar nicht verdauen. Das ist eben das Gute, denn es hilft außerordentlich wirtschaften. Wer ein Viertelpfund solchen Käses im Magen hat, braucht eine halbe Woche lang keinen Bissen zu essen. Nur viel trinken muß man, denn der Käse muß natürlich im Magen aufgeweicht werden, ehe er verdaut werden kann. Es war mein einziger, aber ich habe ihn für Sie bestimmt, weil Sie ihn so sehr gern essen.“

Arndt blickte sie fassungslos an.

„Mein Gott, wer sagt denn das?“ brachte er mühsam hervor.

„Sehen Sie! Tun Sie doch nicht so!“ lachte sie vergnügt. „Das ganze Land weiß es, daß Sie nichts lieber essen als solchen harten, steinigen Stänker.“

Arndt verstand immer noch nicht recht. Hatte sich jemand einen Scherz mit ihm gemacht? Freilich bemerkte er nicht, daß die beiden Köhlersleute sich von Zeit zu Zeit zuzwinkerten. Er machte gute Miene, um das wackere Paar nicht weiter in Verlegenheit zu bringen. Dann sagte er freundlich:

„Ich danke Ihnen für Ihr hochherziges Geschenk und werde es wohl verwahren. Jetzt aber wollen wir zum Herrn Oberlandesgerichtsrat fahren. Die Kutsche steht bereit.“

Sie traten aus dem Haus und stiegen in eine draußen wartende Kutsche. Es fiel Arndt gewiß sehr schwer, sich unterwegs das Lachen zu verbeißen, aber alles lief glücklich und ernsthaft ab, bis auf den Augenblick, als die Pferde rasch anzogen. Da verlor nämlich der hohe Zylinderhut des Köhlers das Gleichgewicht. Der Alte griff schnell zu, um ihn festzuhalten, warf ihn aber so erst recht zum Wagen hinaus. Es wurde gehalten, und der Kutscher brachte den Hut.

„Der Hut ist das Fahren nicht gewöhnt“, entschuldigte sich der Köhler. „Er ist noch nie in der Hauptstadt gewesen. Und ein bißchen eng geworden ist er mir auch.“

„Dann drücke ihn fest!“

Bei diesen Worten erhob sich seine Frau vom Sitz und pochte ihm dreimal so kräftig auf die ‚Feueresse‘, daß sie ihm fast bis auf die Ohren herunterfuhr.

„Donnerwetter!“ meinte er. „Der zerquetscht mir ja den Schädel! Wie bringe ich ihn gleich wieder herunter?“

„Dazu haben wir ja den Kutscher“, meinte seine Frau unverdrossen. „Wenn der sich richtig einstemmt, bringt er ihn schon los. Nicht wahr, Herr Arndt?“

Dieser stimmte lachend zu. Er hatte seinen Spaß mit den beiden Alten. Endlich hielt die Kutsche vor einem prächtigen Haus. Schon das Aussteigen des Paares gestaltete sich schwierig, und der Geheimpolizist kam mit seinen Begleitern auch nicht ohne Mühe in den Flur hinein. Während sie die Treppe emporklommen, gelang es Hendschel, unter großen Anstrengungen seinen Kopf von der Umschlingung des Zylinders zu befreien.

„Aber hier ist doch wohl kein Amtsgebäude?“ meinte er kopfschüttelnd.

„Wir dürfen den Herrn von Harsdörffer in seiner Privatwohnung besuchen“, lächelte Arndt. „Es ist jetzt die Stunde, wo er zu dinieren pflegt.“

„Dinieren?“ fragte der Alte. „Ach so, das heißt Mittagessen!“

Inzwischen hatten sie das Vorzimmer erreicht. Dort hingen mehrere Hüte, Überröcke und andere Garderobenstücke. Ein livrierter Bedienter stand dabei und verbeugte sich.

„Herr von Harsdörffer?“ fragte Arndt.

„Bei Tisch. Das Diner hat soeben begonnen.“

Arndt gab Hut und Überrock ab und winkte dem Köhlerpaar, ihm zu folgen. Der Diener wollte Frau Hendschel den Handkorb abnehmen, sie aber protestierte:

„Halt! Der bleibt bei mir!"

Der Bediente griff nun nach Hut und Regenschirm ihres Mannes, aber auch er wehrte ab:

„Nicht nötig, mein Lieber!"

Arndt sah und hörte zu, ließ den Dingen aber ruhig ihren Lauf. Er freute sich auf den Eindruck, den die Gebirgler hervorrufen würden. Als er mit den beiden eintrat, erhob sich der Gastgeber.

„Herr Arndt!" rief der Rat aus. „Eine freudige Überraschung. Herzlich wollkommen!"

Arndt begrüßte den Hausherrn.

„Ich störe", entschuldigte er sich, „bin aber doch gekommen, weil ich weiß, daß Sie mit meinen Schützlingen zu sprechen wünschen, Herr Oberlandesgerichtsrat. Das sind der Herr Hendschel mit Frau Gemahlin."

„Ah, auch eine schöne Überraschung. Nehmen Sie bitte Platz!" sagte der Rat freundlich.

Im Nu wurden noch drei Stühle an die Tafel gerückt. Arndt nahm sofort ungeniert Platz, der Rat ging auf die beiden Alten zu und sagte:

„Sie haben doch die Güte, mit uns zu dinieren?"

„Das ist das, was ‚Mittagessen' heißt?" fragte die Köhlerin.

Der Rat bejahte lächelnd und deutete auf die Stühle. Hendschel nahm Platz, aber seine Frau zögerte noch.

„Halt!" sagte sie. „Ich muß doch erst den Korb irgendwohin stellen! Setzen Sie ihn dort auf das Kanapee", wies sie den Diener an. „Wenn's auch von Seide ist, es wird doch nicht dreckig, denn ich habe erst vorgestern den Korb abgewaschen. Tun Sie auch meinem Mann seinen Hut und Regenschirm mit hin. Besser ist besser. Aber nehmen Sie sich mit dem Schirm ein bißchen in acht. Der Griff ist nicht mehr ganz fest."

Der Diener gehorchte, obwohl er nur mühsam ernst bleiben konnte. Sie aber nahm gravitätisch auf dem Stuhl Platz und wandte sich an den Rat mit den freundlichen Worten:

„Aber nötig war's gerade nicht. Wir hätten auch warten können. Wir haben nämlich Zeit."

Der Diener servierte eine Platte mit Gänseleberpastete. Sie nahm sich etwas davon und meinte dann zu ihrem Mann, der ihr gegenüber saß und zu dem der Diener jetzt ging:

„Du brauchst nicht das größte Stück zu wählen! Und laß ein bißchen davon übrig! Das ist nobel!"

Ein augenblickliches Hüsteln war der Beweis, daß sich die Anwesenden höchst amüsiert fühlten, und aller Augen richteten sich mit dankbarem Blick auf den Detektiv, der ihnen diesen seltsamen Genuß bereitete. Frau Hendschel zerschnitt das Stück, kostete und kostete, schüttelte den Kopf und meinte dann zu der Dame, die ihr zur Rechten saß:

„Hm! Daraus werde ich nicht klug. Sie etwa?"

„Es ist Straßburger Gänseleberpastete", erklärte die Dame.

„Ach so! Danke schön! Sie schmeckt pikant. Fast ein bißchen zu pikant, was man bei uns droben im Gebirge müffelig nennt. Die Leber muß ziemlich anrüchig gewesen sein. Aber das Gewürz verdeckt es wieder. Man glaubt gar nicht, was ein Lorbeerblatt tut. Wenn das Fleisch stinkig geworden ist, dann nur ein paar Lorbeerblätter mehr in die Brühe. Man schmeckt und riecht es viel weniger."

„Na", meinte Hendschel, „so viel Fleisch, wie du in den Topf kriegst, das wird nicht muffig."

„Geh, Alter! Tu nur nicht gar so arm! Wir haben zu Weihnachten ein halbes Pfund Schweinernes gehabt und jetzt am ersten Osterfeiertag gar dreiviertel Pfund Kälbernes. Die Leute müssen doch denken, daß bei uns die Armut zu Hause ist!"

Der Diener goß ihr ein Glas Wein ein, und Arndt hob der Köhlersfrau das seinige entgegen.

„Prosit, Mutter Hendschel!“

„Gott segne es, Herr Arndt!“

Sie nippte ein wenig und meinte dann:

„Na, das kenne ich auch nicht, Wacholder ist es nicht, Kümmel auch nicht, Anis vollends gar nicht!“

„Frau, wo denkst du denn hin!“ rief Hendschel ihr über den Tisch zu. „Das ist doch Wein! Na, Herr Oberlandesgerichtsrat, Sie leben aber nicht schlecht!“ wandte er sich jetzt an den Rat. „Sogar wochentags Wein! Bei unserem Oberförster kommt er nur zu den großen Festtagen auf den Tisch.“

Diese Bemerkung löste eine allgemeine Heiterkeit aus. Jetzt gab es Braten und verschiedenes Kompott. Frau Hendschel aß, ohne viel zu sprechen. Es schien ihr ausgezeichnet zu schmecken. Zum Abschluß kamen Obst und allerhand Süßigkeiten.

Der Hausherr liebte die heitere Unterhaltung. Er trank den beiden Alten wacker zu und brachte sie so in Laune, daß sie endlich sogar ihre Heiratsgeschichte erzählten. Das geschah in einer so frischen und ungezwungenen Weise, daß die Zuhörer aus dem Lachen nicht herauskamen. Aber dennoch hüteten sich die Hendschels vor Ausdrücken, die Anstoß hätten erregen können.

Als der Rat sich endlich erhob und damit das Zeichen gab, daß die Tafel aufgehoben war, zeigte sich die brave Köhlersfrau dermaßen zufrieden, daß sie Arndt auf die Schulter klopfte und zu ihm sagte:

„Das war hübsch, daß Sie uns hierher geführt haben! Unsereins weiß zwar nicht so ganz genau, wie man sich zu benehmen hat, aber hier wird einem alles so leicht gemacht, und man kann reden, wie einem der Schnabel gewachsen ist. Ich habe mir die vornehmen Leute ganz anders vorgestellt.“

„Wohl recht stolz und finster?“ lachte Arndt.

„Ja, so recht bärbeißig“, bestätigte die gute Köhlerin. „Wenigstens droben bei uns sind sie so. Da ist zum Beispiel die Frau Kantorin, die hat die Nasenspitze höher als die Haubenschleife, und gar dem Dorfrichter seine, die weiß gar nicht mehr, wie es unten auf dem Erdboden aussieht! Hier aber habe ich es mit Fürsten, Grafen, Barons, Räten, Obersten und gnädigen Fräuleins zu tun und bin ganz genau so vornehm gewesen wie sie alle. Na, wenn ich nur heimkomme! Denen will ich schon den Rockbund bürsten. Die sollen merken, daß ich Gänseleberpastete gegessen habe! Ich bin sonst zwar eine gute Haut, und man kann mich um den kleinen Finger wickeln, aber den Stolz und den Hochmut und den Eigendünkel, den kann ich für den Tod nicht leiden! Ich weiß auch, wer ich bin! Eine Frau, die dem berühmten Arndt solchen Käse geschenkt hat, die braucht sich vor keiner anderen zu verstecken. Soviel steht fest! Nicht wahr, Herr Arndt?"

„Wie, Sie sind beschenkt worden, Herr Arndt?" fragte der Rat und gab sich Mühe, ein ernstes Gesicht zu machen.

„Ja, man hat mich sehr überrascht", erwiderte Arndt mit entsagungsvoller Miene, „mit einem Wunderwerk von Käse, mindestens fünf bis sechs Jahre alt und hart wie ein Amboß!"

„Gerade das ist eben der Vorzug!" fiel die Köhlerin ein. „Herr Arndt ißt nämlich nichts so gern wie solch steinharten und hornigen Reibekäse. Er muß springen wie Glas. Ja, ja, es hat eben ein jeder seine Geheimnisse. Sie auch!"

Dabei drohte sie dem Rat scherzhaft mit dem Finger.

„Ich?" fragte er erstaunt. „Darf ich fragen, welches Geheimnis Sie meinen?"

Alle waren gespannt, welche Antwort jetzt folgen werde.

„Na, Sie haben auch ein Leibgericht!" lachte sie verschmitzt. „Freilich nicht so ganz, denn eigentlich ist das, was ich meine, nicht Ihr Leibgericht. Sie müssen es essen wegen Ihrer Krankheit!"

„Sogar eine Krankheit?" fragte er stirnrunzelnd.

„Oder vielmehr einen Fehler", ergänzte sie, „in der Gegend des Kopfes."

Da stieß Harsdörffer ein herzliches Lachen aus, deutete sich an die Stirn und fragte:

„Wohl gar hier?"
Sie schüttelte den Kopf.

„Nein, weiter unten. Aber ich zeige Ihnen mein Mitbringsel erst einmal. Es liegt dort im Korb."

Sie ging zu dem Diwan und holte den Korb. Natürlich hofften alle auf einen Spaß und warteten mit Spannung, was da kommen werde.

„Da steht ein Teller", sagte sie, „auf den kann ich es wohl schütten?"

Ja, tun Sie das", stimmte der Rat zu, der immer noch nicht wußte, was sie vorhatte.

Sie nahm das Brot aus dem Korb, legte es einstweilen beiseite und schüttete dann die Äpfel auf den vor ihr stehenden Teller. Alle traten neugierig herbei.

„Was ist denn das?" fragte der Hausherr. „Backäpfel?"

„Ja, aber wilde!" meinte sie. „Von Holzäpfeln! Das Zeug zieht gekocht herrlich den Gaumen zusammen. Die Äpfel sind schon über zwanzig Jahre alt und haben in meinem Mann seinem Hut gelegen."

Der Rat verdrehte komisch die Augen.

„Ah, quelle délicatesse!" rief er aus. „Aber welchen Zweck verfolgen Sie denn nun mit diesen wilden Backäpfeln?"

„Ich schenke sie Ihnen", meinte Mama Hendschel. „Sie schicken ja überall herum nach solchen Äpfeln und können keine mehr bekommen!"

„Was? Ich schicke herum?" fragte der Hausherr perplex. „Wer sagt das?"

„Das ganze Land weiß es!" antwortete sie.

„Ah, jetzt naht die Lösung", scherzte Arndt. „Das ganze Land weiß es, daß ich ganz versessen auf alten, harten Käse bin. Und das ganze Land weiß es, daß Sie, Herr Rat, überall nach wilden Äpfeln forschen lassen!"

„So ist es auch! Der Herr Rat braucht die Äpfel wegen seiner Krankheit. Der Saft muß die Geschichte zusammenziehen, sonst können Sie ja gar nicht reden."

Der Gastgeber schüttelte den Kopf. „Nicht reden? Heraus mit der Sprache! Welche Krankheit habe ich denn?"

„Na, den Wolfsrachen", sagte sie gelassen, als sei es das Natürlichste von der Welt.

„Den Wolf – –?"

Das Wort blieb ihm im Munde stecken.

„Ja, den heimlichen Wolfsrachen!"

„Den heim – –?"

„Es heißt auch noch anders. Sie leiden an einer unterirdischen Hasenscharte."

„Hasensch – –! Heimlich, unterirdisch! Wolfsrachen! Hasenscharte! Und deshalb soll ich wilde Apfelbrühe trinken? Weil diese Brühe mir die unterirdische Scharte wieder zusammenzieht, gute Frau?"

„Natürlich, so ist es!" bestätigte sie todernst.

Es war im Saal so still geworden wie in der freien Natur vor einem Gewitter. Jetzt aber brach es los, das schallende Gelächter, in das selbst die Damen mit einstimmten. Und das erstaunlichste war: die beiden Köhlersleute lachten mit! Als die Welle der Heiterkeit verebbte, klopfte Andreas Hendschel dem Oberlandesgerichtsrat von Harsdörffer leicht auf die Schulter und sagte:

„Lieber Herr, nehmen Sie es mir nicht übel! Sie denken sicher, wir sind zwei recht törichte, alte Leute?"

Harsdörffer wollte protestieren, doch Hendschel fuhr schmunzelnd fort:

„Sie haben doch einen Neffen, der Gerichtsarzt ist, den Doktor Harsdörffer. Er hat uns den gewaltigen Bären mit den Backäpfeln und dem Käse aufgebunden, doch ein lieber Verwandter in der Residenz machte uns auf unseren Irrtum aufmerksam. Sie haben sich über unsere Unwissenheit köstlich amüsiert, wir uns aber insgeheim über die verdutzten Gesichter, die Herr Arndt und Sie machten, als Sie den Käse und die Backäpfel sahen. Verzeihen Sie mir die freimütige Sprache, Herr Rat, und nichts für ungut, doch: wer zuletzt lacht, lacht am besten!"

Da konnten sich die Gäste nicht mehr halten. Alle drängten sich zu dem alten Köhler, um ihm zu versichern, daß man es nicht böse gemeint habe. Der Rat aber sagte:

„Lieber Herr Hendschel, Sie haben uns köstlich beschenkt, auch mit ein bißchen Lebensweisheit! Haben Sie vielleicht irgendeinen Herzenswunsch?"

Beide zögerten verlegen. Dann, als ihnen von mehreren Seiten zugeredet wurde, sagte die Köhlersfrau:

„Ich möchte gern ein neues Waschbecken aus weißem Porzellan und nachher blaue Strickwolle für zwei Paar neue Strümpfe."

„Und Sie, Herr Hendschel?" fragte Harsdörffer.

„Na, wenn es auf mich ankäme, so möchte ich gern ein Pfund Tabak haben: Ich habe seit einigen Jahren nicht rauchen können. Die Zeiten sind schlecht."

„Du lieber Gott, sind das glückliche Leute!" meinte der Rat jetzt sehr ernsthaft. „Wer nur so geringe Bedürfnisse hat, der ist wirklich zu beneiden. Aber nun wollen wir die Scherze lassen. Denken Sie einmal, ich wäre die gute Fee aus dem Märchen, die Ihnen drei Wünsche erfüllen will. Welche würden das sein?"

„Sie foppen uns!" rief die Frau.

„Nein, ich meine es gut und ehrlich."

Die Köhlerin sah sich sehr ernsthaft im Kreise um, blickte dann nachdenklich ihrem Mann ins Gesicht und sagte:

„Du, der Herr Oberlandesgerichtsrat macht wirklich Ernst! Sag also, was du dir wünschst!"

Der Köhler besann sich und nickte dann zufrieden.

„Wenn es denn einmal sein soll: also erstens wünsche ich für mich und für meine gute Alte die ewige Seligkeit."

„Bravo!" sagte der Rat. „Wer diesen Wunsch allen anderen Wünschen voransetzt, der wird die Seligkeit auch ganz gewiß erlangen. Er ist also erfüllt. Weiter!"

„Sodann wünsche ich, daß wir beide immer gesund bleiben mögen, bis wir sterben!"

„Auch dieser Wunsch geht voraussichtlich in Erfüllung.

Sie besitzen beide eine eiserne Natur und sind ein mäßiges, ordentliches Leben gewöhnt. Weiter!"

„Na, was noch! Das ewige Leben und die Gesundheit, das ist die Hauptsache. Das dritte wäre noch, daß wir ein bißchen Geld hätten, daß wir bis an unser Ende nicht Not zu leiden bräuchten. Bist du es zufrieden, Alte?"

„Ja, gern", nickte sie. „Nur, der dritte Wunsch geht nicht so leicht in Erfüllung wie die beiden ersten."

„Aber gerade diesen Wunsch kann ich Ihnen persönlich erfüllen", sagte der Rat ruhig.

Er ging hinaus und kehrte bald mit einem großen, versiegelten Umschlag in der Hand zurück.

„Hier, Herr Hendschel", sagte er. „Was steht darauf?"

Der Alte las mit Mühe:

„Dem Kohlenbrenner Hendschel."

„Machen Sie ihn auf!"

Hendschel zögerte ein wenig und kratzte sich verlegen hinter dem Ohr. Da griff seine Frau resolut zu, nahm ihm das Kuvert aus der Hand, öffnete es und sagte dabei:

„Zaudere nicht so! Das ist ein Brief und dein Name steht darauf. Da muß doch etwas für dich drin sein."

Die Augen der Anwesenden ruhten mit Sympathie auf dem Paar aus dem Gebirge. Sie öffnete den Umschlag, warf einen Blick auf den Inhalt und rief:

„Banknoten!"

„Herrgott, ja!" stimmte er bei.

„Eins, zwei – vier, fünf – zehn!"

„Zeig her, zeig her!"

Er nahm ihr einen Schein aus der Hand, betrachtete ihn genau und rief fast überlaut vor Freude:

„Herrgott ja, es sind Hundertguldenscheine! Merkst du nichts, Alte? ‚*Tausend Gulden tot und zweitausend Gulden lebendig*'."

Da schlug sie die Hände zusammen und rief:

„Für den Pascherkönig? Ach, du heiliges Weihnachten!

Ich muß mich setzen, gleich hierher! Mir fährt der Schreck in die Glieder!“

Sie setzte sich direkt dort, wo sie stand, auf die Diele nieder. Hendschel aber warf die Geldscheine auf den Tisch, kniete sich neben ihr hin und fragte voller Angst:

„Meine liebe Frau, ist dir schlecht?“

„Nein, mir ist gut, aber ich fühle mich so schwach“, antwortete sie, den Kopf an seine Schulter legend. Es war eine wirklich rührende Szene.

Da trat der Gerichtsrat zu ihnen und sagte:

„Ich habe höheren Orts den Befehl erhalten, Ihnen die Hälfte der Prämie auszuzahlen, weil Sie wesentlich dazu beigetragen haben, daß Naumann gefangen wurde. Er hatte beabsichtigt, nur so lange in Langenstadt zu bleiben, bis er mit dem gesamten Vermögen des Amerikaners hätte verschwinden können, und wir hätten ihn nie wiedergesehen. Die andere Hälfte erhält der junge Buchbinder Heilmann, der Bräutigam der braven Magda Weber, als Anfangskapital für seinen neuen Hausstand. Sie beide haben gemeinsam so umsichtig gehandelt und den Pascherkönig überführt, daß unsere Polizei nur noch zuzugreifen brauchte. Das Geld gehört also zu Recht Ihnen.“

Da umarmten sich die beiden alten Leute und weinten, aber vor Freude. Als sie sich wieder gefaßt hatten, legte der Rat ihnen eine Quittung vor, die der Köhler unterschreiben mußte. Dann wurde ihnen von sämtlichen Anwesenden herzlich gratuliert.

„Jetzt können Sie sich Waschbecken und Strickwolle leisten“, lächelte Arndt.

„Und ich“, meinte der Alte, „ich kaufe mir sofort, wenn ich jetzt auf die Straße komme, eine Zigarre für drei Kreuzer. Die will ich qualmen!“

„Das können Sie schon jetzt tun“, versicherte der Rat. „Hier, nehmen Sie!“

Er reichte ihm sein Etui hin, und Hendschel brannte sich genüßlich eine Zigarre an. So blieben die beiden noch einige

Zeit in der noblen Runde. Als sie sich schließlich verabschiedeten, blieb der Köhler auf der Straße stehen, faßte seine Frau beim Arm und sagte:

„Waren das gute Leute, herrje! Diesen Tag werde ich im Leben nicht vergessen! Eine Zigarre im Mund und tausend Gulden von einem adligen Herrn, der Oberlandesgerichtsrat ist. Man kann es kaum ausdenken!"

„Ja", stimmte sie zu. „Das war unser großer Tag!"

23.

Schloß Randau

Nur ein wenig über eine halbe Wegstunde von Langenstadt entfernt befindet sich der Ort Randau, und oberhalb erhebt sich das Schloß gleichen Namens, zu dem große Ländereien der Umgegend gehören. Das benachbarte Schloß Waldau und Schloß Randau beherrschen seit alters her die ganze Gegend und geben ihr ein eigentümliches, vornehmes Gepräge. Zwischen den Schloßherren bestanden freundschaftliche Beziehungen; die Scharfenbergs, Besitzer von Waldau, und die Randaus hatten stets gute und fröhliche Nachbarschaft gehalten. Nur in allerneuester Zeit war eine Trübung dieses Verhältnisses eingetreten. Der älteste Sohn der Randaus, Leutnant Edmund, der bei der Artillerie in Rollenburg stand, nahm es mit seinem Beruf ernst, während Leutnant von Scharfenberg zum Spieler herabgesunken und endlich gar als Falschmünzer in die Hände der Polizei gefallen war. Überdies besaßen beide ohnehin zu unterschiedliche Charaktere, als daß je eine enge Freundschaft zwischen ihnen denkbar gewesen wäre.

*

Heute nun herrschte ein etwas regeres Leben als gewöhnlich auf Schloß Randau. Es war nämlich der Geburtstag des Schloßherrn, und sein ältester Sohn, der Leutnant, war angekommen, um diesen Tag bei den Eltern zu verleben. Der jüngste Sproß hatte abgesagt, weil er sich in einem weit entfernten, exklusiven Internat auf seine Abschlußprüfung vorbereiten mußte.

Es war am Vormittag. Die Frühlingssonne lachte zu den

Fenstern herein, und Vater, Mutter und Sohn saßen in guter Stimmung beieinander, in einem eifrigen Gespräch begriffen. Jeder erzählte die Neuigkeiten, die man für die anderen gesammelt hatte.

„Also gab es jetzt in der Residenz ganz Außerordentliches zu erleben!“ sagte der Freiherr von Randau.

„Ja, wie wohl niemals, lieber Vater“, bestätigte Edmund. „Der tragische Selbstmord Bruno von Scharfenbergs und der Tod seines Vaters haben großes Aufsehen erregt. Ich bin über die näheren Umstände besser unterrichtet als andere, denn ich hatte die Ehre, neulich einen Herrn kennenzulernen, der seit einiger Zeit in der Residenz eine wichtige Rolle spielt.“

„Wen meinst du da?“ fragte der Vater erstaunt.

„Den Geheimpolizisten Franz Arndt.“

„Ein Name, den man jetzt öfters in den Zeitungen liest“, bemerkte der Vater anerkennend. „Aber zu wichtigeren Dingen! Du weißt ja, daß dein Bruder Matthias jetzt im Begriff steht, das Abitur zu machen. Wir dachten immer, er wolle unsere Ländereien bewirtschaften. Nun hat er aber ganz andere Zukunftspläne. Er will auch zum Militär.“

Mit diesen Worten war das Geheimnis ausgesprochen. Vater und Mutter ließen ihre Blicke forschend auf dem Sohn ruhen, um in seinem Gesicht den Eindruck zu lesen, den die Worte des Vaters hervorbrachten. Edmund erhob sich langsam von seinem Sitz, schritt einige Male im Zimmer auf und ab, trat dann ans Fenster und blickte lange Zeit schweigend hinaus. Als er sich endlich wieder umdrehte, sagte er:

„Ich habe entschieden, und dabei bleibt es!“

Es lag eine feste, unumstößliche Entschlossenheit in seinem Gesicht.

„Entschieden? So schnell?“ fragte seine Mutter.

„Ja, Ihr kennt mich! Es ist bei uns nicht so wie in manch anderen Häusern. Wir alle lieben uns, es hat noch niemals eine Wolke zwischen uns gegeben. Wir brauchen uns keine langen Reden zu halten, sondern was der eine wünscht und sagen möchte, das ahnt und weiß der andere ohne viele und umständliche Worte. Matthias wird, das ist sicher, nie ein Landwirt werden. Ihr wißt zwar, daß ich für den Offiziersberuf schwärmte, von Beförderung und Karriere träumte. Die Zufriedenheit und die Achtung meiner Vorgesetzten besitze ich ja schon, aber – aber –“

Er zögerte, darum fragte sein Vater: „Was aber?“

„Denk an den ‚Kranich‘, den Hagenau! Hohler Kopf, Geld und Adelsstolz und mehr als fragwürdiges Benehmen. Denkt an den jungen Scharfenberg! Welch tragisches Schicksal! So kenne ich noch manche. Ihr wißt aber auch, daß meine alte Liebe der Landwirtschaft gehört. Matthias mag zum Militär gehen, wenn er es unbedingt will. Mein jetziger Urlaub soll der Übergang zu dem Abschied sein, den ich bald einreichen werde.“

„Lieber, lieber Edmund!“ Seine Mutter streckte ihm die Hand entgegen. „Du bringst uns ein großes Opfer, aber du nimmst uns auch eine große Sorge vom Herzen, das glaube mir!“

Auch der Freiherr drückte ihm gerührt die Hand.

„Bedenke, daß ich nicht mehr der Jüngste bin! Ich bedarf der Ablösung. Du bist zwar an die Geselligkeit der Kameraden gewöhnt, das wirst du vermissen, aber wer verbietet es dir hier, in fröhlicher Runde zu leben?“

Edmund schüttelte den Kopf und antwortete bedächtig:

„Vater, ich habe die Geselligkeit weniger genossen, als du vielleicht denkst. Der Dienst und meine Bücher standen mir höher als solche Zerstreuungen.“

„Und doch“, bemerkte die Mutter, „bedenke, wie spät du als Offizier an die Gründung eines eigenen Haushalts hättest denken können!“

„Aha!“ lachte er fröhlich auf. „Jetzt kommt es! Das Lieblingswerk der Mütter, überhaupt aller Frauen. Soll ich etwa heiraten, Mutter?“

„Warum nicht?“ lächelte sie. „Ich wüßte viele Mädchen für dich!“

Edmunds Gesicht wirkte plötzlich verschlossen.

„Nein, liebe Mutter!“ antwortete er ernst, „die Sache ist bereits abgemacht: ich werde mich niemals verheiraten!“

„Papperlapapp!“ sagte der Freiherr. „So sagt ein jeder, der noch nicht angebissen hat. Ich war auch so. Jetzt aber meine ich, daß es die allergrößte Dummheit auf Erden ist, ohne Frau zu bleiben.“

Edmund sah Vater und Mutter mit einem Blick an, den sie noch nie bei ihm bemerkt hatten.

„Ich spreche in vollem Ernst. Ich bleibe ledig!“

„Mein Gott, lieber Edmund, hast du denn einen stichhaltigen Grund dazu?“ rief der Vater aus.

Edmund kämpfte mit sich selbst. Man sah, es wurde ihm sehr schwer, endlich aber sagte er:

„Ja. Ihr sollt ihn erfahren. Heute ist nicht nur Vaters Geburtstag, sondern ein wichtiger Tag, der über meine und meines Bruders Zukunft entschieden hat. Da will ich einmal von dieser Angelegenheit sprechen, die ich nie erwähnen wollte, und zwar zum ersten-, aber auch zum letztenmal.“

Die Mutter blickte ihn ernst an.

„Edmund, hast du ein Mädchen gefunden, das du liebst?“

„Ja, Mutter. Aber ihr werdet niemals eure Einwilligung zu dieser Vermählung geben können!“

Das war in einem so entschiedenen Ton gesprochen, daß die Eltern sichtlich erschraken. Edmund aber ließ sich nicht beirren und fuhr fort: „Sie ist bürgerlich!“

„Sapperment!“ brauste der Freiherr auf.

Er legte Wert auf die Herkunft seiner Familie und ihren Stammbaum, obgleich er nicht den starren Ahnenstolz mancher Adeligen besaß. Seine Frau aber machte eine abwehrende, begütigende Handbewegung.

„Warum soll die Tochter eines bürgerlichen Hauses nicht ein ebenso wertvoller Mensch sein wie eine Adelige?“

„Ich danke dir, liebe Mutter“, fiel da Edmund ein, „wäre es nur das eine, so würde ich keine Sorge haben. Sie ist aber die Tochter eines Zuchthäuslers!“

„Herr, mein Gott!“

Die Freifrau war vor Schreck leichenblaß geworden. Sie kannte ihren Sohn. Sie wußte, daß er nur eine große Liebe haben werde. Während sie daran dachte, daß ihr Sohn elend und unglücklich war, dachte der Freiherr allein an die Schande. Er fuhr auf:

„Junge, bist du toll? Die Tochter eines Zuchthäuslers zu lieben!“

„Sie kann nichts dafür!“ sagte Edmund kühl.

Der Freiherr war kein hervorragender Menschenkenner, aber er merkte doch, daß sich hinter der scheinbaren Ruhe seines Sohnes etwas ganz anderes verbarg. Auch die Mutter blickte bestürzt und mit sichtlicher, ängstlicher Besorgnis in das bleiche Gesicht ihres Sohnes. Sie legte ihm die Hand auf die mit Schweißperlen bedeckte Stirn und fuhr erschrocken zurück.

„Edmund!“ rief sie. „Du bist krank! Deine Stirn ist ja wie Eis!“

Der Sohn wehrte ab.

„Nur für diesen Augenblick. Sei ruhig! Es geht vorüber. Aber ihr wißt nun, warum ich einsam bleiben und niemals an eine Verbindung denken werde.“

Der Freiherr war sich nicht schlüssig, ob er fluchen, zanken, lachen oder weinen sollte. Er schritt erregt hin und her.

„So ein Geburtstag! Ich bin an dem Jungen vollständig irre geworden! Mensch, mußt du dich denn gerade in so eine Frau verlieben?“

„Vater, ich wette mein Leben, daß du an meiner Stelle auch nicht anders gefühlt und gehandelt hättest!“ beteuerte Edmund. „Hört mir zu!“

Und er erzählte den beiden von der Geburtstagspartie mit Hagenau, vom Haus der Melitta, und wie es ihm gelungen war, das geliebte Mädchen vor den Zudringlichkeiten der anderen zu schützen. Er vergaß auch nicht hinzuzufügen, daß der ehemalige Zuchthäusler bald nach dem Freitod

Scharfenbergs offiziell für unschuldig an der damaligen Unterschlagung erklärt worden war. Dann schwieg er, und auch seine Eltern fanden eine Weile kein Wort. Schließlich legte ihm der Freiherr die Hand auf die Schulter.

„Höre, Edmund, deine Offenbarungen haben mich sehr überrascht, das muß ich frei gestehen. Aber du darfst die Sache nicht so romantisch nehmen. Du hast ein schönes und unschuldiges Mädchen gerettet – gut! Du hast ein gewisses Wohlgefallen an ihr gefunden – auch gut! Sie hat unschuldig gelitten und ihr Vater ebenfalls, und das hat dein gutes Herz in Wallung gebracht – auch gut, auch! Aber was nun weiter? Warum sollen solche vorübergehenden Sachen zu tragischen Folgen führen, die du dein ganzes Leben lang bereuen wirst? Sieh einmal, in der Jugend pulsiert das Blut rascher durch die Adern als in späteren Jahren. Darum erscheint alles vergrößert, das Glück sowohl wie auch das Unglück! Es mag sein, daß du ein eigenartiger Charakter bist. Du bist ernst, stolz, streng mit dir und tiefsinnig veranlagt. Du hast niemals oberflächliche Gefühle und Regungen gekannt. In diesem Fall wirst du sehen, daß du dich geirrt hast. Ich sehe die Zeit kommen, in der du es einsiehst und dieses Mädchen nur noch eine blasse Erinnerung ist."

„Nie!" versetzte Edmund schroff.

Der Freiherr versuchte, die Situation durch Humor zu retten. Er lachte auf und meinte:

„Oh, es dürfte nur so ein Mädchen kommen, wie die Mutter in ihren jungen Tagen war, oder – ah, sapperment!"

Er schnippste mit den Fingern.

Auch die Freifrau lächelte. Sie fragte:

„Was ist denn das auf einmal für ein Geschnippse?"

„Oh, ich habe etwas ganz Wunderschönes gesehen, einen weiblichen Engel, eine Göttin, eine Königin! Also paß auf! Du weißt, daß ich Geschäfte in Grünthal hatte, die sich nicht aufschieben ließen. In Grünthal stieg ich in den Zug, und als ich das Coupé betrat, saß sie bereits drin – eine Dame, schön und mit Haaren, schwarz wie die Nacht. Dazu zwei Herren, ihr Vater offenbar und ein Mann mit feinen Zügen. Famose Gesellschaft und famose Unterhaltung! Man stellt sich bei einer so kurzen Reisestrecke nicht besonders vor, ich weiß also gar nicht, wer sie sind, aber ich bleibe dabei: hättest du die Dame gesehen, so wäre es um dich geschehen gewesen. Übrigens hattest du mich ja vom Zug abgeholt, du könntest sie also bemerkt haben."

Das Gesicht des Leutnants hatte sich gerötet, und seine Augen glänzten freudig.

„Darum konntest du dich, als du hier in Randau ausstiegst, auch gar nicht trennen", sagte er. „Du machtest diesem Coupé immer und immer wieder Komplimente."

„Dem Coupé nicht, aber den Insassen. Sie nickten mir ja auch immer wieder zu!"

„Dir?" lachte der Sohn. „Jedenfalls auch einem anderen, der in deiner Nähe stand!"

„Papperlapapp!" versetzte der alte Freiherr. „Außer dir war doch niemand da, dich aber kennen sie doch gar nicht. Neben mir standen nur noch einige Bauern, denen die Grüße sicher nicht gegolten haben. Wüßte ich nur, wohin sie gereist sind! Ich wollte nicht fragen."

„Was das betrifft, so kann ich dir dienen: sie sind in Langenstadt ausgestiegen."

Da sah ihn der Freiherr ganz erstaunt an.

„Das willst du wissen?"

„Du weißt, daß die beiden Scharfenbergs in aller Stille beerdigt worden sind. Heute findet ja auf Schloß Waldau eine Trauerfeier für die Heimgegangenen statt. Nun, deine Unbekannten sind gute Bekannte der Scharfenbergs und ebenfalls geladen. Übrigens kennen wir uns."

„So haben etwa dir ihre Verbeugungen gegolten und gar nicht mir?" rief der alte Freiherr aus.

„Das ist gut möglich. Ich verbeugte mich auch, gerade so wie du, nur hinter dir. Wir müssen für das Abteil eine höchst effektvolle Gruppe gebildet haben."

Der Vater nahm es mit Humor.

„Ah, da bin also ich der Blamierte! Darum also lächelte sie so eigentümlich! Ich dachte, sie lächelte aus Wohlgefallen über meine Höflichkeit! Die Hauptsache vergißt du freilich: ihre Namen."

Edmund ließ sich einen Augenblick Zeit, dann meinte er gemächlich:

„Der jüngere der Herren war der Geheimpolizist Arndt, und der andere, ein guter Bekannter Arndts, heißt Petermann!"

Der Baron runzelte die Stirn.

„Nur Petermann?" fragte er. „Nicht von Adel? Na, schadet auch nichts. Er war ein feiner und kenntnisreicher Mann und machte einen wohlgesetzten Eindruck, so daß ich ihn für einen Standesgenossen hielt. Ich habe kaum jemals eine so hohe und breite Stirn gesehen, wie sie dieser Petermann besitzt. Und die Dame ist seine Tochter?"

„Allerdings", lachte der junge Randau. „Ich kenne sie schon längst, und du siehst also, daß ihr Anblick mich nicht kurieren kann. Übrigens würde es dir auch nicht erwünscht sein, mich von ihr kurieren zu lassen!"

Der Freiherr zuckte die Achseln. Aber von dem Leutnant war auf einmal alle Bedrückung gewichen, er war mit einem Male wieder lustig, ja sogar ausgelassen geworden, und seine Eltern fühlten sich selig, daß der eigentümliche Anfall von Trübsinn so plötzlich vorübergegangen war. Der Instinkt der liebenden Mutter blickte freilich tiefer als der Scharfsinn eines Mannes. Bei der ersten Gelegenheit, als sie sich mit ihrem Sohn allein befand, ergriff sie seine Hand und fragte:

„Darf ich wohl eine Frage an dich richten, lieber Edmund? Wie kam es, daß du vorhin so plötzlich deine Traurigkeit vergessen konntest?"

Der Sohn wich aus und bemerkte nur:

„Lassen wir das jetzt! Es wird und mag so kommen, wie Gott es will."

Sie drückte einen Kuß auf seine Stirn:

„Er wird es zum Besten lenken."

Gegen Abend fuhr der Freiherr von Randau mit Frau und Sohn zum Schloß Waldau. Die Trauerfeier sollte nach Einbruch der Dunkelheit stattfinden. Als sie im Hof ausstiegen, eilte der Hausverwalter herbei:

„Verzeihung, meine Herrschaften! Hauptmann von Scharfenberg läßt sich entschuldigen. Er berät sich noch mit seinem Rechtsanwalt und läßt Sie bitten, sich nach den gewohnten Zimmern zu verfügen!"

Die Randaus wurden hier stets gastlich behandelt, und jedes Familienmitglied hatte bei einem eventuellen Aufenthalt sein ihm bestimmtes Zimmer. Die Familie begab sich nun zu ihren Räumlichkeiten. Der Leutnant verabschiedete sich kurz von seinen Eltern und betrat das Zimmer nebst Kabinett, das ihm gewöhnlich zugewiesen wurde. Der Schlüssel steckte bereits; er trat ein. Es war ihm, als ströme ihm ein feiner, lieblicher Duft entgegen. Er blickte sich um.

„Ganz wie Treibhausblumen, ah! Aber wo? Vielleicht im Umkleideraum?"

Er sog den Duft ein, es roch nach Veilchen und Reseda. Rasch öffnete er die Tür zum Kabinett und trat hinein. – Wally Petermann stand vor ihm und streckte die Hände abwehrend aus.

„Gott! Gehen Sie!" stammelte sie.

Da holte er tief Atem, schüttelte langsam den Kopf und antwortete:

„Valeska, hören Sie! Seit jenem Abend in Rollenburg habe ich an Sie denken müssen – ohne Unterlaß. Ich habe mit meinem Herzen gekämpft, tapfer und unverdrossen, doch das Herz ist stärker gewesen als mein Verstand. Seit ich Sie in der Nachbarschaft von Schloß Randau untergebracht hatte, durfte ich Sie weder sprechen noch sehen. Ihr Vater schämte sich seiner Vergangenheit und wollte mich doch nicht von sich stoßen, da er mich als Ihren Retter betrachtete. So kam ich ein paarmal zu Besuch, erblickte Sie aber nicht. Endlich hörte ich vor einigen Tagen, Sie seien in die Residenz gereist, um mit Herrn Arndt zu sprechen. Dann erreichte mich eine Nachricht Ihres Vaters, daß nun seine vollständige Rehabilitierung feststeht. Wovor schrecken Sie also zurück?"

Wally hatte ihm zugehört, nun aber sagte sie in flehendem Ton:

„Herr von Randau, Sie haben mich aus schwerer Schmach und Schande gerettet. Nie werde ich Ihnen das vergessen, jetzt aber lassen Sie mich bitte allein! Ich hatte keine Ahnung, daß Ihnen mein Zimmer bekannt ist!"

Edmund schüttelte den Kopf.

„Gut, ich gehe. Vorher aber muß ich Sie über Ihren Irrtum aufklären: dieses Zimmer pflege ich zu bewohnen, wenn ich als Gast bei Scharfenbergs weile. Soeben erst bin ich angekommen und ging hierher in der irrtümlichen Annahme, dieser Raum sei frei. Valeska, ich habe Sie lieb und werde Sie immer lieben. Meine Liebe ist rein und heilig. Sie wären mein ein und alles, mein Anfang und mein Ende gewesen, jeder Pulsschlag, jeder Atemzug hätte nur Ihnen gegolten. Warum stoßen Sie mich von sich?"

Er wollte sich entfernen, doch in demselben Augenblick stand sie neben ihm, faßte ihn beim Arm:

„Herr von Randau, ist das Ihr Ernst?"

Sie hielt inne. Ihre Wangen waren jetzt ganz blaß geworden, aber ihre dunklen Augen blitzten erregt.

„Ja", versicherte Edmund. „Als ich Sie an jenem Ort traf, wohin Sie von Verbrechern geschleppt worden waren, da erkannte ich auf den ersten Blick, daß Sie ein kostbarer Edelstein waren, den man geraubt hatte. Ich brachte diesen Stein an das Licht der Sonne, um mich an seiner Reinheit zu freuen, und hätte gern mein Leben hingegeben, um ihn zu schützen und zu bewahren.

„O Gott!" stieß Wally hervor. „Edmund, Edmund, du liebst mich? Du liebst mich?"

„Mehr als Vater und Mutter, mehr als mein Leben!" antwortete er.

Da legte sie die Arme um ihn, zog seinen Kopf zu sich

herab und küßte ihn. Dann plötzlich ließ sie von ihm ab, trat zurück und sagte:

„Gott, ich danke dir! Diese wenigen Sekunden machen alles gut und geben mir die Kraft und den Mut zu den Jahren der Entsagung, die ich vor mir habe! Edmund, ich habe dich geliebt und ich liebe dich, wie ich noch nie einen Mann geliebt habe. Du erschienst mir als Retter in fürchterlichster Verlassenheit. Ich dachte an dich wie an ein Wesen, das ich mit meinem Blick kaum erreichen könne. Du warst ja doch der Sohn und Erbe eines Adelshauses, ich aber das arme Kind eines Zuchthäuslers."

Sie wollte ihn sanft aus dem Zimmer schieben; er aber legte seine Arme um sie und sagte:

„Valeska, ich bin nicht mehr Offizier, ich werde nur noch Landwirt sein. Die Eltern haben es gewünscht. Ich habe auch von dir mit ihnen gesprochen. Ich habe ihnen gestanden, daß ich ein Mädchen liebe, das unverschuldet das tiefste Elend erleiden mußte. Ich beteuerte, fürs Leben ledig zu bleiben, wenn ich sie nicht heiraten könnte. Vater meinte zwar, das werde sich ganz anders gestalten, ich brauchte nur eine Dame zu sehen wie die, mit der er heute im Zug gesprochen habe. Aber das warst ja du!"

Wally erwiderte mit fester Stimme:

„Dennoch muß es so sein, wie ich gesagt habe. Es gibt Gesetze, gegen die man nicht ungestraft sündigen darf, obgleich sie in keinem Gesetzbuch stehen. Du wirst eine standesgemäße Frau finden, die du achten, wenn auch nicht so heiß wie mich lieben wirst. Deine Eltern werden sich darüber freuen, und mir wird ihr Segen gewiß sein."

„Du hast ihn schon, diesen Segen!"

Die beiden fuhren erschrocken zusammen. Eine sanfte Frauenstimme hatte diese Worte gesprochen. Als sie sich umwandten, sahen sie die Freifrau von Randau im vorderen Zimmer stehen.

„Seid mir nicht böse!" sagte sie. „Ich suchte dich in deinem Zimmer, ohne zu ahnen, daß dieses brave Mädchen hier wohnt. Ihr hörtet mich nicht eintreten, da ihr zu laut spracht, und so habe ich denn alles vernommen. Ihr müßt mir verzeihen. Kommen Sie, mein Kind! Sie scheinen keine Mutter zu haben, ich will von jetzt an die Ihrige sein. In meinem Herzen wohnen Sie bereits, Sie werden mir auch in meinem Hause willkommen sein."

„Mutter!" jubelte Edmund.

„Ja, mein Sohn, das ist das rechte Wort!" sagte die Freifrau und zog sie beide an sich. „Geben Sie ihm Ihre Hand, meine Tochter! Sie dürfen ihm gehören, weil Sie ihm entsagen wollten."

In diesem Augenblick öffnete sich die vordere Tür und eine Stimme fragte:

„Valeska, bist du da?"

Es war Karl Petermann. Er trat mit einem Licht in der Hand herein und erblickte seine Tochter in den Armen des Geliebten.

„Was ist das?" fragte er, erschrocken und erstaunt. „Du bist nicht allein? Kind, was muß ich sehen!"

Er hatte die Stirn gerunzelt. Er konnte diesem Tête-à-tête nur eine ihm nicht angenehme Deutung geben. Doch seine Tochter trat auf ihn zu, faßte seine Hände und sagte bittend:

„Du darfst nicht böse sein, lieber Vater! Edmund meint es so ehrlich, wie du nur wünschen kannst."

Petermann schüttelte mißmutig den Kopf.

„Edmund? Ah, ihr nennt euch bereits beim Vornamen! Und ich habe nicht die mindeste Ahnung gehabt! Herr Leutnant, meine Tochter ist mir so lieb und so wert, wie eine Tochter ihrem Vater nur sein kann. Sie ist aber das Kind eines unvermögenden Mannes, und Sie sind der Sohn eines vornehmen, reichen Hauses. Ernsthafte Wünsche sind da wohl kaum vorauszusetzen, und zu einer vorübergehenden ‚Unterhaltung' darf ich mein – –"

„Bitte, bitte!" fiel Edmund in die Rede. „Ich will mich nicht selbst verteidigen; aber hier steht mein Anwalt, dem Sie größeren Glauben schenken können als mir."

Er griff nach der Hand seiner Mutter, die seitwärts im Dunkel gestanden hatte, und zog sie in den Lichtkreis.

„Wer ist diese Dame?“ fragte Petermann.

„Meine Mutter, die soeben so freundlich gewesen ist, die Hand Ihrer Tochter in die meine zu legen.“

„Frau von Randau?“ fragte der Erstaunte. „Wie soll ich mir erklären – –“

„Die Erklärung ist sehr leicht und sehr einfach, Herr Petermann, mein Sohn liebt Ihre Tochter, und sie erwidert seine Liebe. Ich habe keinen Grund, dem Herzenswunsch meines Kindes entgegenzutreten, und so habe ich eingewilligt. Mein Sohn wird sich nun erlauben, Sie um die Erlaubnis zu seiner Verlobung mit Valeska zu bitten.“

Petermann glaubte, seinen Ohren nicht trauen zu dürfen.

„Aber das ist doch unmöglich!“ rief er aus. „Kennen Sie meine Verhältnisse, gnädige Frau?“

„Ein wenig“, lächelte sie. „Aber immer noch genug, um alle Ihre Befürchtungen zu zerstreuen. Ich überraschte diese beiden, als sie eben den Stimmen ihrer Herzen Gehör schenkten. Valeska wollte entsagen. Sie wollte ein Opfer bringen, dessen Größe das beste Zeugnis von ihrer untadeligen Gesinnung ist. Sie hatte die mutige Selbstüberwindung, meinen Sohn an seine Pflichten zu erinnern. Sie hat sich damit würdig gemacht, meine Tochter zu werden. Auch mein Mann wird genauso denken wie ich.“

Petermann stellte den Leuchter auf den Tisch, streckte ihr beide Hände entgegen und sagte, die Augen voller Tränen:

„Von Herzen Dank, gnädige Frau! Sie ahnen nicht, welch ein wertvolles Geschenk Sie mir geben. Ich habe jahrelang mit finsteren Geistern gerungen – –“

Er wurde unterbrochen. Die Tür zu dem vorderen Zimmer ging abermals auf, und eine Stimme erklang:

„Edmund, Junge, wo steckst du?“

„Hier, Vater“, antwortete dieser mit belegter Stimme.

„Da drinnen? Schön! Ich höre soeben, daß wir in den Salon kommen sollen, und – ah, sapperment!“

Er war näher getreten und erkannte Valeska.

„Das ist ja – –“, begann er stockend, „die schöne Unbekannte aus dem Coupé! Fräulein Petermann, wie du sie nanntest. Ich sagte zwar heute morgen, daß dich der Anblick auf andere Gedanken bringen würde – aber, hm, – – so schnell?“

„Und diese anderen Gedanken sind bereits da!“ lachte Edmund jetzt, als er das erstaunte Gesicht des Vaters erblickte. „Ich hoffe, daß du mir nicht zürnst!“

„Das läßt sich noch gar nicht sagen“, brummte der Freiherr.

Petermann trat schnell zwischen Randau und dessen Sohn.

„Herr von Randau, ich bin ebenso überrascht gewesen, wie Sie es jetzt sind. Ich möchte betonen, daß dieses außerordentliche Vorkommnis ganz ohne mein Wissen und auch ohne meine Einwilligung eingetreten ist. Ich habe bereits die Ehre gehabt, dies der gnädigen Frau zu erklären.“

„Ich aber“, fiel die Freifrau ein, „habe im Gegenteil erklärt, daß dieses nicht ganz so außerordentliche Vorkommnis meine vollste Billigung findet. Ich habe meine Einwilligung gegeben“, nickte sie ihm zu.

„Deine Einwilligung?“ fragte der Freiherr verblüfft. „Wozu denn?“

„Zur Verlobung!“

„Höre ich recht? So plötzlich?“ rief der alte Randau aus. „Aber am unbegreiflichsten bist du mir, Edmund! Heute morgen wolltest du nicht von deiner ‚großen Liebe‘ lassen und nun – –“

„Lasse ich noch immer nicht von ihr!“ lachte ihm sein Sohn ins Gesicht.

Der Freiherr trat erstaunt zurück.

„Jene Dame, von der du sprachst, und Fräulein Petermann hier sind identisch? Wußtest du das etwa schon, als ich von ihr sprach?“

„Ja!“ gab sein Sohn zu.

Der Vater wußte nicht, ob er zürnen oder lachen sollte. Er sah den bittenden Blick seiner Frau auf sich gerichtet. Es wurde ihm warm und weich zumute. Sein Herz gewann die Oberhand. Er wandte sich an seine Frau und fragte:

„So schnell hast du dich bereits für sie entschieden?“

Sie nickte:

„Sie erinnerte Edmund an seine Adelspflicht und meinte, er werde an der Seite eines anderen Weibes wenn auch kein unendliches Glück, aber doch ein friedliches Dasein finden. Seine Eltern würden dann diejenige segnen, deren Entsagung er diesen Frieden zu verdanken habe.“

„Ah! Das hat sie gesagt? Wirklich?“ fragte der Freiherr gerührt. „Und da warst du mit deiner Prüfung zu Ende! Lieber Edmund, du hast uns heute ein großes Opfer gebracht, indem du deiner Karriere entsagt hast. Wir sind dir Dank schuldig, und daher sollst du meine Entscheidung nicht hart und unbillig finden. Nehmt meine Einwilligung und meinen Segen, Kinder! Was die Mutter gutgeheißen hat, darf der Vater nicht tadeln oder gar rückgängig machen. Möge also die jetzige Stunde uns allen zum Heil und Segen gereichen!“

Da wurde er von sechs Armen umschlungen, so daß er sich fast nicht zu rühren vermochte. Petermann hatte sich abseits gehalten, seine Lippen zuckten, schließlich streckte er dem Freiherrn wortlos die Hand entgegen. Herr von Randau legte teilnehmend den Arm um ihn und sagte:

„Fassen Sie sich, lieber Freund! Ich verstehe und würdige Ihre Gefühle. Das Leben ist Ihnen viel, sehr viel schuldig geblieben, es will Ihnen jetzt diese Schuld abtragen.“

24.

Eine Trauerfeier

Wenige Minuten nach diesen Ereignissen trafen Petermanns und Randaus im Salon des Schlosses ein. Dort fanden sie den Detektiv Arndt und einen Rechtsanwalt, mit dem sich Hauptmann von Scharfenberg vorher noch hatte beraten müssen. Arndt stellte sich der Familie Randau vor und sagte:

„Ich bin ebenso wie Sie zur Trauerfeier für die beiden verstorbenen Herren von Scharfenberg geladen. Die Einladung hat mich zunächst ziemlich erstaunt, da ich in keiner direkten Beziehung zu dieser Familie stehe. Inzwischen habe ich erfahren, daß ich anwesend sein soll, um als Zeuge zu fungieren. Ich tue das mit großer Befriedigung, denn es steht Ihnen allen eine außerordentliche Überraschung bevor. Man ist übrigens bereits in der Kapelle des Schlosses versammelt. Bitte, begleiten Sie mich!"

Bei dem Wort ‚Überraschung' hatte sein Auge mit freundlichem Lächeln auf Petermann und seiner Tochter geruht.

Die Schloßkapelle war mit schweren, schwarzen Tüchern drapiert. Hinter dem Altar befanden sich die Mitglieder des Kirchenchores von Langenstadt, und an der kleinen Orgel saß der Ortskantor. Er griff, als er die Trauergäste eintreten sah, an ihrer Spitze den Anstaltsdirektor, den letzten Träger des Namens Scharfenberg, in die Klaviatur. Leise getragene Akkorde schwebten durch den kleinen Raum; dann, als das Vorspiel beendet war, begann der Kirchenchor das Sterbelied:

„Meine Lebenszeit verstreicht,
stündlich eil' ich zu dem Grabe,

und was ist's, daß ich vielleicht
noch allhier zu leben habe?
Denk, o Mensch, an deinen Tod;
säume nicht, denn eins ist not!"

Jetzt trat der Pfarrer an den Altar und begrüßte in knappen Worten die anwesenden Gäste. Dann erklang die nächste Strophe des Liedes:

„Lebe, wie du, wenn du stirbst,
wünschen wirst, gelebt zu haben.
Güter, die du hier erwirbst,
Würden, die dir Menschen gaben,
nichts wird dich im Tod erfreu'n;
diese Güter sind nicht dein."

Es folgte die eigentliche Rede des Geistlichen. Er begann zum Erstaunen aller, das bekannte Gleichnis vom Verlorenen Sohn vorzutragen und fuhr dann fort:

„Geliebte im Herrn! Als der Herr von Scharfenberg mich bat, heute bei der Trauerfeier für seinen Bruder und seinen Neffen zu Ihnen zu sprechen, trug er mir auf, die üblichen Lobreden auf die beiden Verstorbenen fortzulassen. Ich respektiere seinen Wunsch. Der Herr Jesus Christus hat uns im Evangelium eine Antwort gegeben auf die Fragen, die das tragische Schicksal der beiden zu früh Heimgegangenen in uns wachrufen. Der eine, Leutnant von Scharfenberg, lud schwere Schuld auf sich. Wie der verlorene Sohn im Gleichnis verschleuderte er sein ganzes Erbteil. Der Major, sein Vater, konnte ihm nicht helfen, der gnädige Gott und Vater hat ihn mit seinem Sohn gemeinsam heimgeholt. Uns aber will der Herr im heutigen Evangelium sagen, daß er alle Sünden verzeiht und den verlorenen Sohn mit Freuden aufnimmt in seine Ewigkeit. So laßt auch uns bedenken, daß wir Staub und Sünder sind, und den Herrn anflehen, daß er uns einst Verzeihung unserer Sünden gewähre. ‚*Richtet nicht, auf daß Ihr nicht gerichtet werdet!*' Wir wollen den

Heimgegangenen nichts nachtragen, sondern für das Heil ihrer unsterblichen Seelen beten. Ja, so sei es! Amen!“

Mit den letzten Worten hatte seine Stimme einen beschwörenden Klang angenommen. Er trat vom Altar zurück, und es folgte der Gesang:

„Tritt im Geist zum Grab oft hin;
siehe dein Gebein versenken.
Sprich: Herr, daß ich Erde bin,
lehre Du mich selbst bedenken.
Lehre Du mich's jeden Tag,
daß ich weiser werden mag.“

Eine feierliche, fast bedrückende Pause schloß sich an. Hauptmann von Scharfenberg trat langsam vor und blieb am Altar bleich und unbeweglich stehen, als wäre er erstarrt. Nun aber erhob er leise die Hand und sagte ernst:

„*Ja, Herr, daß ich Erde bin, lehre Du mich selbst bedenken! Lehre Du mich's jeden Tag, daß ich weiser werden mag!* Diese Worte sind es, die mir im Ohr und im Herzen geklungen haben, seit ich die erschütternde Nachricht von dem Tode dieser beiden Menschen erhielt. Sie sind aus dem Leben gegangen, ohne eine Schuld gebüßt zu haben, die auf ihrem Gewissen lag. Ich als der letzte Träger ihres Namens will diese Schuld von ihnen nehmen.“

Er schwieg einen Augenblick. Es war ein Augenblick gespanntester Erwartung. Dann sagte er:

„Herr Petermann, kommen Sie mit Ihrer Tochter näher! Ich habe zu Ihnen zu sprechen.“

Das hatten die beiden nicht erwartet. Dennoch ergriff Petermann die Hand Valeskas und trat mit ihr zu Scharfenberg, so daß beide in den hellen Schein der Kerzen zu stehen kamen. Der Hauptmann sprach zu ihnen:

„Der verstorbene Leutnant von Scharfenberg hat ein schweres Verbrechen an Ihnen verübt. Er hat Sie um Ihre Freiheit und um Ihre Ehre gebracht, während es doch nur eines Wortes aus seinem Mund bedurft hätte, um Ihre vollständige Unschuld zu beweisen. Er schwieg aus Feigheit, und Sie büßten, ohne etwas verbrochen zu haben. Doch: ‚De mortuis nihil nisi bene!' – Sie waren ein treuer Diener unseres Hauses und opferten sich auf, um die Ehre unseres Namens aufrechtzuerhalten. Sie wurden als Verbrecher behandelt. Inzwischen war Ihr einziges, unschuldiges Kind in verbrecherische Hände gefallen, aus denen es glücklicherweise errettet wurde. Das alles haben diese beiden Toten zu verantworten. Sie sind hinübergegangen, ohne Sühne leisten zu können. Ich habe die Pflicht, es an ihrer Stelle zu tun. Ich erkläre hiermit bei dieser Trauerfeier, daß an Ihnen, Herr Petermann, nicht der mindeste Makel haftet. Sie haben den Verstorbenen ein Opfer gebracht, für das keiner sonst die Kraft aufgebracht hätte. Ich bin bereit, Ihnen die Genugtuung zu gewähren, die mein Gewissen mir gebietet. Als der Letzte meines Namens bitte ich Sie, den beiden Heimgegangenen zu verzeihen. Darf ich hoffen, daß Sie mir diese Bitte erfüllen?"

Es war so still in der Kapelle, daß man das Zittern einer Spinnwebe hätte hören können. Dann sagte Petermann:

„Ich verzeihe ihnen!"

„Und Ihre Tochter?"

„Sie verzeiht ebenso wie ich. Gott möge ihnen ein gnädiger Richter sein! Ich werde für sie beten."

Der Hauptmann sagte ergriffen:

„Und Ihnen möge er lohnen, was die Toten nicht mehr gutmachen können! Sie haben die Ehre Ihres Namens geopfert, darum kann die einzige Anerkennung nur darin bestehen, daß ich Sie an meinem Namen teilnehmen lasse. Ich habe keine Kinder, deshalb kann ich Sie, Fräulein Petermann, adoptieren. Sie sind von diesem Augenblick an meine Tochter und nach meiner Frau meine einzige Erbin. Seine Majestät der König hat die Erlaubnis erteilt, daß Sie sich Valeska von Scharfenberg-Petermann nennen können. Die Dokumente sind bereits ausgestellt. Darf ich sie Ihnen übergeben, Herr Petermann?"

Der Gefragte war sprachlos, seine Tochter ebenso. Der Direktor mußte seine Frage wiederholen, ehe er die Antwort erhielt:

„Das ist unmöglich, ganz unmöglich!"

„Ich erfülle eine Pflicht, Herr Petermann, und ich erfülle sie gern", sagte Scharfenberg ernst, indem er näher zu ihm trat. „Ich will Ihnen nicht Ihre Tochter rauben und Ihnen auch nicht zumuten, die Adoption als einen Ersatz für das, was Sie erduldeten, zu betrachten, sondern ich will Ihnen damit nur den Beweis geben, daß Sie meine vollste Achtung besitzen. Indem Sie in die Adoption einwilligen, zeigen Sie mir, daß Sie den Toten wirklich verziehen haben und auch gegen mich keinen Groll hegen. Bitte, nehmen Sie an!"

Da gab Petermann nach.

„Nun gut, ich will mich nicht weigern, falls meine Tochter bereit ist, Ihren Namen zu tragen!"

„Und Sie, Fräulein Petermann?"

„Ich kann es kaum fassen", stammelte die Gefragte.

„Oh, Sie werden sich schnell daran gewöhnen", meinte Scharfenberg. „Ich verlange kein persönliches Opfer von Ihnen. Sie sollen meinen Namen tragen und meine Erbin sein. Hier meine Hand, bitte, schlagen Sie getrost ein!"

Da gab sie ihm die Hand. Der Hauptmann geleitete sie in den Salon, wo sie die Dokumente unterzeichnen mußte, ebenso ihr Vater und dann noch Arndt als Zeuge. Noch eine gute Weile saß die Trauergesellschaft alsdann zusammen und besprach die aufregenden Ereignisse des heutigen Tages.

*

Wenige Worte genügen, um das weitere Schicksal der Hauptpersonen zu erläutern. Nach kurzer Zeit der Vorbereitung konnte die Verhandlung gegen ‚Naumann und Genossen' vor dem Königlichen Landgericht eröffnet werden. Einige Tage danach wurde das Urteil gesprochen: den ‚Pascherkönig' und Mörder Wolf Naumann verurteilte man zum Tode, seinen Helfer Borwald dagegen zu zehn Jahren Zuchthaus wegen Mittäterschaft und Mordversuchs an dem Gefängnisschließer und dem Wachsoldaten. In einem anderen Verfahren erhielten der Wucherer Siegmund Dorn und der Falschmünzer Solbrig je fünf Jahre Zuchthaus.

Aufgrund der Bemühungen von Staatsanwalt Unterberg wurden auch die Mädchenhändler bald abgeurteilt: die Melitta, Uhland und ihre Helfershelfer wanderten alle auf Jahre hinter Gitter, und man hat nie wieder etwas von ihnen gehört.

Die ganze Schwere des Gesetzes traf den Buchbinder Heider, der sich gegenüber seinem Vater und dem Nebenbuhler Heilmann so schlimm verhalten hatte: zwei Jahre und acht Monate lautete die Quittung für seine Taten, insbesondere für den Diebstahl und die eidlich geleisteten falschen Anschuldigungen. Es nutzte ihm nichts, daß er später Erbe des Goldbechers geworden war.

Der Lotteriekollekteur Maibaum und sein Vater mußten wegen des Losschwindels je ein Jahr ins Gefängnis. Auch die Helfer Naumanns in der Residenz, soweit man ihrer hatte habhaft werden können, erhielten ihren Lohn. Unter ihnen befand sich der sogenannte Rudolf, der mehrere Jahre lang unter der Maske des ehrbaren Kaufmanns die dunklen Geschäfte Naumanns unterstützt hatte. Er wurde wie die anderen entlarvt und seiner gerechten Strafe zugeführt.

Jetzt konnten alle Bürger aufatmen. In der Residenz herrschten wieder Frieden und Ruhe, und im Gebirge schien man nach der endgültigen Festsetzung des ‚Pascherkönigs' den Schmuggel ganz verlernt zu haben. Auch der Wagnermeister Hendschel aus Obersberg, der Verwandte des alten Köhlers, konnte wieder friedlich bei seiner Familie leben. Der Neffe Webers genas allmählich von seinen schweren Verletzungen. Nur noch die zurückgebliebenen Narben erinnerten an die schlimmen Ereignisse. Er erfüllte sich seinen Wunschtraum und kaufte ein altes Rittergut in der Nähe von Langenstadt. Dorthin zog er mit der Familie

Weber. Heilmann dagegen blieb in Rollenburg und übernahm später die Buchbinderei aus den Händen des Meisters, der ihn einst so vertrauensvoll aufgenommen hatte.

*

Einige Wochen nach dem Prozeß fand auf Schloß Waldau die glanzvolle Hochzeit zweier glücklicher Paare statt: Edmund von Randau heiratete Valeska von Scharfenberg-Petermann und Wilhelm Heilmann seine Magda Weber. Gefeierter Ehrengast dieses frohen Festes aber war natürlich – der Detektiv Arndt. Heute zeigte es sich, welcher Liebe und Ehrerbietung er sich bei den Menschen erfreute, zu deren Glück er so viel beigetragen hatte. Schon wenige Tage nach der Hochzeit reiste er ins Ausland ab, einem neuen, schwierigen Fall auf der Spur. Staatsanwalt Unterberg, Assessor von Ansbach und Kommissar Anders erhielten für ihren unermüdlichen Einsatz Auszeichnungen aus der Hand des Innenministers. Durch seine Abreise hatte sich Arndt der Ehrung geschickt entzogen.

An der Gruft der Herren von Scharfenberg bei Schloß Waldau aber sieht man Jahr für Jahr am Todestag von Vater und Sohn ein schönes Paar stehen: Edmund von Randau, der ehemalige Leutnant und jetzige Gutsbesitzer, und seine Valeska, die Tochter des ehemaligen Sträflings Petermann. Oft begleitet auch Karl Petermann die beiden geliebten Menschen an diese Stätte, wo sie der düsteren Vergangenheit gedenken und sich ohne Groll im Herzen erinnern an den

verlorenen Sohn.

Nachwort

DER VERLORENE SOHN erschien von 1883 bis 1885 im Kolportageverlag H. G. Münchmeyer. Unter Karl Mays ‚Münchmeyer-Romanen' nimmt dieser dritte eine herausragende Rolle ein. Auf nicht weniger als 2411 Seiten entwickelt sich eine vielfach verschlungene, spannungsgeladene Handlung mit hohem autobiographischem Gehalt. Während in den anderen Lieferungsromanen häufig exotische Gegenden als wechselnde Kulissen dienen, beschränkt sich der Schauplatz des ‚Verlorenen Sohnes' auf die engere Heimat Karl Mays.

Im Kern reduziert sich in der Urfassung die Erzählung auf das Schicksal des Förstersohnes Gustav Brandt. Er wird fälschlicherweise des Doppelmordes bezichtigt und überführt; der Bestrafung kann er sich nur durch Flucht entziehen. Nach einer „Erzählkerbe" von zwanzig Jahren kehrt Brandt als reicher Mann unerkannt heim. Er verfügt nun über uneingeschränkte Mittel und nimmt den Kampf um seine Rehabilitierung und zugleich gegen die verbrecherischen Umtriebe einer Bande auf. Erst im weiteren Verlauf der Handlung erkennt Gustav Brandt, daß der Kopf der Verbrecher identisch ist mit der Person, die den Mordverdacht einst auf ihn gelenkt hat. Doch vor allem wirkt Brandt als geheimnisvoller „Fürst des Elends" (so auch der Untertitel der Erstfassung) in der tatkräftigen Unterstützung der Armen und Bedrängten. Er entlarvt die ausbeuterischen Machenschaften der Mächtigen. Im Rahmen der ‚Gesammelten Werke' wurden die wichtigsten Episoden in den Bänden 64 *‚Das Buschgespenst'* und 65 *‚Der Fremde aus Indien'* zusammengefaßt; die Rolle Gustav Brandts übernehmen der Detektiv Arndt (ohnehin eine der vielen Masken des Heimgekehrten) und Gerhard Burg.

Das geographische Zentrum und den Drehpunkt der Handlung bildet eine nur knapp umrissene „Residenz", hinter der sich nicht nur die sächsische Metropole Dresden verbirgt; vielmehr skizziert May in seinem groß angelegten

Panorama der deutschen Verhältnisse im ausgehenden 19. Jahrhundert das Abbild einer typischen Großstadt jener Zeit. Dabei gelingt ihm eine Reihe sorgfältig beobachteter Milieuschilderungen im „Lumpenproletariat" der großstädtischen Halb- und Unterwelt. Geradezu liebevoll entwirft Karl May aber Porträts einfacher bescheidener Menschen aus seiner erzgebirgischen Heimat. Ausgespart wird jedoch auch nicht soziale Kritik an den armseligen Verhältnissen, in denen die Weberfamilien und Bergleute ihr Leben fristen müssen.

Die hoffnungslos erscheinende Abhängigkeit von Fabrikanten und die elende medizinisch-hygienische Versorgung beschreibt Karl May mit großer Eindringlichkeit. Vom Schmuggel, den May im ‚*Buschgespenst*' (aber auch in den Bänden 43 und 44) ausführlich behandelt, bleibt im Band 74 nur der zweifelhafte Ehrentitel „Pascherkönig" für den Verbrecher Naumann übrig.

Unverkennbar sind klassische Abenteuerromane französischer Provenienz als direkte literarische Vorbilder des ‚Verlorenen Sohnes' zu benennen:[1] Eugène Sues ‚Die Geheimnisse von Paris' (1842/43) und Alexandre Dumas' ‚Der Graf von Montecristo' (1844/45), beide ebenfalls als Fortsetzungsromane erschienen. Für den Handlungsaufbau und -verlauf des ‚Verlorenen Sohnes' stand gewiß der Roman von Dumas Pate.[2] Der literarische Einfluß Eugène Sues dagegen wird – neben den Großstadtschilderungen – besonders in der zugespitzt sittlich-moralischen Tendenz deutlich. Aber in der Mayschen Konzeption geht es im wesentlichen um die ausgleichende höhere Gerechtigkeit, und in diesen Passagen löst sich May von seinen literarischen Vorbildern, um eigenständige Wege zu beschreiten.

Literarische Originalität entfaltet Karl May auch in der Ausgestaltung verschiedener Motivkreise, unter denen das

1 Vgl. dazu Volker Klotz „Abenteuer-Romane", München 1979

2 Vgl. Hartmut Kühne „Der verlorene Sohn", in: Mitteilungen der Karl-May-Gesellschaft, 9, 1971 S. 30 f.

biblische Gleichnis vom verlorenen Sohn im Lukas-Evangelium nicht nur den Schlüssel zu diesem Riesenroman bildet, sondern auch einen Zugang zum Erzählwerk Mays überhaupt ermöglicht. Der ehemalige Sträfling May muß sich als junger Erzähler besonders von jenem biblischen Sinnbild angezogen gefühlt haben. Erblickte er Parallelen zu seinem eigenen Schicksal? Verloren, aber wiedergefunden; gestorben und wiederauferstanden – so mag sich May nach seiner Entlassung aus dem Zuchthaus Waldheim 1874 immer wieder vorgekommen sein.

In einer Reihe von Exempeln wird das Motiv durchgespielt, wobei May vom biblischen Grundmuster häufig abweicht und vielfältige Variationen präsentiert. Die Geschichten um den entlassenen Sträfling Petermann und den ehemaligen Buchbinder Heilmann verlangen in diesem Zusammenhang besondere Aufmerksamkeit. Sie stellen nicht nur Varianten des biblischen Gleichnisses dar, sondern beinhalten darüber hinaus autobiographische Spiegelungen Mays. Hainer Plaul hat schon 1976 ausführlich belegt, daß sich hinter der Gestalt Petermanns der Arbeitshausinsasse Karl May (in Zwickau 1865–1868), in der Heilmann-Episode dagegen der Zuchthäusler May (in Waldheim 1870–1874) verbirgt.[1] Sowohl Petermann wie auch Heilmann geraten s c h u l d l o s in Bedrängnis; die Vermutung liegt nahe, daß sich May subjektiv gleichfalls der begangenen Taten unschuldig fühlte. Während Petermann in seiner Haftzeit als Schreiber arbeiten darf und wegen guter Führung Straferlaß erhält (Zwickau!), wird Heilmann mehrmals disziplinarisch belangt und nach seiner Entlassung unter Polizeiaufsicht gestellt (Waldheim!) – eine genaue Analyse beider Erzählungen dürfte manche bislang unbekannte biographische Details erschließen helfen. Offensichtlich hat Karl May in der Episode um den Buchbinder Heilmann zudem Einzelheiten seiner ersten Verurteilung 1862 verar-

1 Hainer Plaul „Resozialisierung durch progressiven Strafvollzug“, in: Jahrbuch der Karl-May-Gesellschaft 1976, S. 154 f.

beitet.[1] Aktenkundig ist, daß der Fabriklehrer May am 21. 12. 1861 nach Ernstthal reist, um die Weihnachtsferien bei seinen Eltern zu verleben; am zweiten Feiertag wird er in einem Hohensteiner Gasthof festgenommen. Sein Stubenkamerad in Altchemnitz hat ihn des Diebstahls bezichtigt und angezeigt. Die angegebenen Gegenstände: eine Uhr, eine Anbeißpfeife und eine Zigarrenspitze werden tatsächlich bei May gefunden, doch leugnet er jegliche Diebstahlsabsicht. Durchaus glaubwürdig gibt er zu Protokoll, sich diese Dinge schon häufiger entliehen zu haben. Vieles spricht für diese Selbstdarstellung, zumal May aus den Ferien doch wieder an seinen Arbeitsplatz zurückkehren mußte. Die Gegenstände dürfte May als Renommierstücke in Hohenstein-Ernstthal vorgeführt haben, um sie später so zurückzulegen, wie er sie entliehen hatte. Trotz seiner Beteuerungen wird Karl May in einem reinen Indizienverfahren „wegen widerrechtlicher Benutzung fremder Sachen" zu sechs Wochen Gefängnis verurteilt. May hat diesen Schicksalsschlag, der nicht nur sein Vertrauen in die irdische Gerechtigkeit erschütterte, sondern ihn erst auf die schiefe Bahn brachte, nie verwinden können. Aufschlußreich ist nun die Umdeutung dieses Vorfalls im ‚Verlorenen Sohn'. Als wollte sich May bewußt oder unbewußt eine Last von der Seele schreiben, wird in der Heilmann-Episode die Ausgangssituation verschärft (vgl. Kapitel 2 und 3 des vorliegenden Buches): der bereits einmal unschuldig verurteilte Wilhelm Heilmann wird wegen eines angeblichen Uhrendiebstahls in einer Herberge – wie seinerzeit May im Gasthof – festgenommen, und zwar wiederum aufgrund einer Denunziation. Den regulären Kauf dieser Uhr kann er jedoch nicht nachweisen, da der einzige Zeuge, sein alter Pate, unterdessen verstorben ist. Heilmann bleibt in der Erstfassung in Haft – und sitzt dort wohl noch heute, denn entweder hat May vergessen, den Handlungsfaden wieder aufzunehmen, oder er verzichtete mit Absicht darauf!

1 Biographische Angaben bei Hans Wollschläger „Karl May. Grundriß eines gebrochenen Lebens". Zürich 1976

Schon diese knappen Bemerkungen verdeutlichen, warum sich ‚Der verlorene Sohn' als persönlichster aller ‚Münchmeyer-Romane' Mays bezeichnen läßt. Adalbert Fischer, Münchmeyers Verleger-Nachfolger, warb denn auch in einer aufwendigen Kampagne absichtlich mit dem zugkräftig zweideutigen Untertitel: ‚Roman aus dem Leben / von Karl May'.

Die literaturwissenschaftliche Auseinandersetzung um die Textgeschichte der ‚Münchmeyer-Romane' hält bis in unsere Tage an.[1] Als Adalbert Fischer im Februar 1901 mit ‚Die Liebe des Ulanen' begann, die alten Romane in seiner „Allgemeinen Unterhaltungs-Bibliothek" unter Mays Namen wieder zu veröffentlichen, sah Karl May seinen guten Schriftstellerruf gefährdet. In ihrer Urgestalt nämlich verkörpern die teilweise anonym oder pseudonym erschienenen ‚Münchmeyer-Romane' Kolportage in ihrer typischen Form. Charakteristisch sind die dem permanenten Fortsetzungscharakter verbundene Erfordernis der stetigen Spannungssteigerung und die Zeilenschinderei endloser, heutzutage ungenießbarer Dialoge. Gewürzt wurden diese Lieferungsromane gelegentlich mit „pikanten" Stellen, die heute recht harmlos wirken, in der wilhelminischen Ära jedoch oft als anstößig angesehen wurden.

Daher rechnete Karl May mit erheblichen Angriffen; es erwies sich als unumgänglich, dem „Schundverleger" Einhalt zu gebieten und sich deutlich von den Publikationen Fischers zu distanzieren. Am 28. 03. 1901 trat May mit folgender Erklärung an die Öffentlichkeit: „Ich schrieb die Erzählungen, um die es sich hier handelt. Münchmeyer wußte, daß ich keine Zeit hatte, die Korrekturen oder gar die fertigen Werke wieder durchzulesen, und so entdeckte ich nur durch Zufall, daß er mein heimlicher Mitarbeiter gewesen war. Er hatte geändert, weil sein Verlangen nach Liebesszenen vernachlässigt worden war. Ich brach

1 Grundsätzliches hierzu von E. A. Schmid in den Karl-May-Jahrbüchern 1919 und 1926 sowie heute in GW Band 34 „ICH"

mit ihm und habe seitdem kein Wort mehr für ihn geschrieben."[1]

In seiner Gegenerklärung mußte Fischer bestätigen, daß Münchmeyer in Mays Manuskripten weitgehende, nicht mit dem Autor abgesprochene Veränderungen vorgenommen hatte. Darüber hinaus darf nicht übersehen werden, welch ungeheurem Produktionszwang May zwischen 1882 und 1887 unterworfen war. Er lieferte nicht nur fünf Riesenromane mit über 12 000 großformatigen Seiten an Münchmeyer, sondern publizierte gleichzeitig auch weitere Werke, darunter umfangreiche orientalische Reiseerzählungen in der Familienzeitschrift „Deutscher Hausschatz". Dies dürfte ihn bis an die Grenzen seiner Belastbarkeit beansprucht haben und könnte die sprachlich-stilistischen und tektonischen Mängel im Kolportagebereich deuten. Andererseits lassen dort die unzähligen Irrtümer und Fehler auf massive Eingriffe Münchmeyers und seiner Helfer schließen. Eine endgültige Klärung dieser Vorgänge ist kaum mehr möglich.

Im Februar 1903 sah sich Karl May zu einem für ihn ungünstigen Vergleich mit Fischer gezwungen, um angesichts der sich anbahnenden Prozeßlawine wenigstens an dieser Front Ruhe zu haben. May litt an Beweisnot. Es lagen weder ein Autorenvertrag mit Münchmeyer noch die Originalmanuskripte vor. Erst das Jahr 1907 brachte für May ein befriedigendes Ergebnis. Am 8. 10. 1907 unterzeichnete der Fischer-Nachfolger Arthur Schubert eine gerichtliche Erklärung, wonach die ‚Münchmeyer-Romane' Mays „im Laufe der Zeit durch Einschiebungen und Abänderungen von dritter Hand eine derartige Veränderung erlitten haben, daß sie in ihrer jetzigen Form nicht mehr als von Herrn Karl May verfaßt gelten können . . ."[2] Seit diesem Zeitpunkt durften diese Romane nicht mehr unter Mays Namen veröffentlicht werden.

1 Allgemeiner Wahlzettel für den dt. Buch- und Musikalienhandel, Leipzig, Nr. 60 vom 28. 03. 1901.

2 Börsenblatt für den Deutschen Buchhandel Nr. 253 vom 29. 10. 1907

Karl May hat seinen grundsätzlichen Standpunkt zu den ‚Münchmeyer-Romanen' in zuweilen überspitzter, aber auch wieder literarisch origineller und ansprechender Form in dem Privatdruck ‚Ein Schundverlag' (S. 375 ff.) dargelegt:

„Nehme ich meine damalige Arbeit jetzt in die Hand, so erkenne ich sie kaum wieder. Das ist nicht jener wohlbedacht artikulierte Leib, in welchem meine Seele zum Leser sprechen sollte. Das sind nicht jene weichen und doch energischen Konturen, die ich ihm gegeben habe, nicht die hellen Züge, die runden Linien, die hohe, denkende Stirn, die klaren Augen, die beweglichen Glieder! Sondern das ist ein formlos dicker Rumpf, von ordinären Genüssen aufgeschwollen, mit verkrüppelten Armen und Beinen, die an den Leib gezogen sind, weil sie zu faul waren, sich zu bewegen. Ein wüster Kopf! Alles ist stumpf an ihm, nicht nur die Nase! (. . .) Wie konnte aus der von mir geschaffenen, wohlgegliederten Gestalt, die zwar keinen Engel aber doch einen stattlichen und ebenmässig gebildeten Menschen darstellte, ein solcher trottelhafter Tolpatsch werden! Und wie konnte sich die schlanke, kräftige, zwar auch nicht sündenlose Menschlichkeit, die ich gezeichnet habe, in eine so feiste, schwammige, nach Ehebruch lüsterne Abscheulichkeit verwandeln, wie ich sie hier zu sehen bekomme! Wer hat meine wohlabgemessenen Worte in Klumpen zusammengeballt, meine leichtfliessenden Sätze in hässlich breite, langsam vorwärtskriechende Krötenleiber verwandelt? Wer hat mir alle die lieben Pausen, in denen mein Leser Atem holen und liebend nachsinnen sollte, herausgenommen und aus meinen kurzen, leicht begreiflichen Redeformen zottige Stricke gedreht, an denen sich jede Aufmerksamkeit zu Tode würgen muss? (. . .) Die Anlage stammt von mir, der Bau, die Disposition, die Gliederung. Das Geographische, Geschichtliche, das Ethnologische. Die Schilderung von Land und Leuten. Die genau berechnete Schaffung psychologischer Situationen resp. Verwickelungen. Das stammt von mir; das ist fast alles mein Werk; aber von Schritt zu

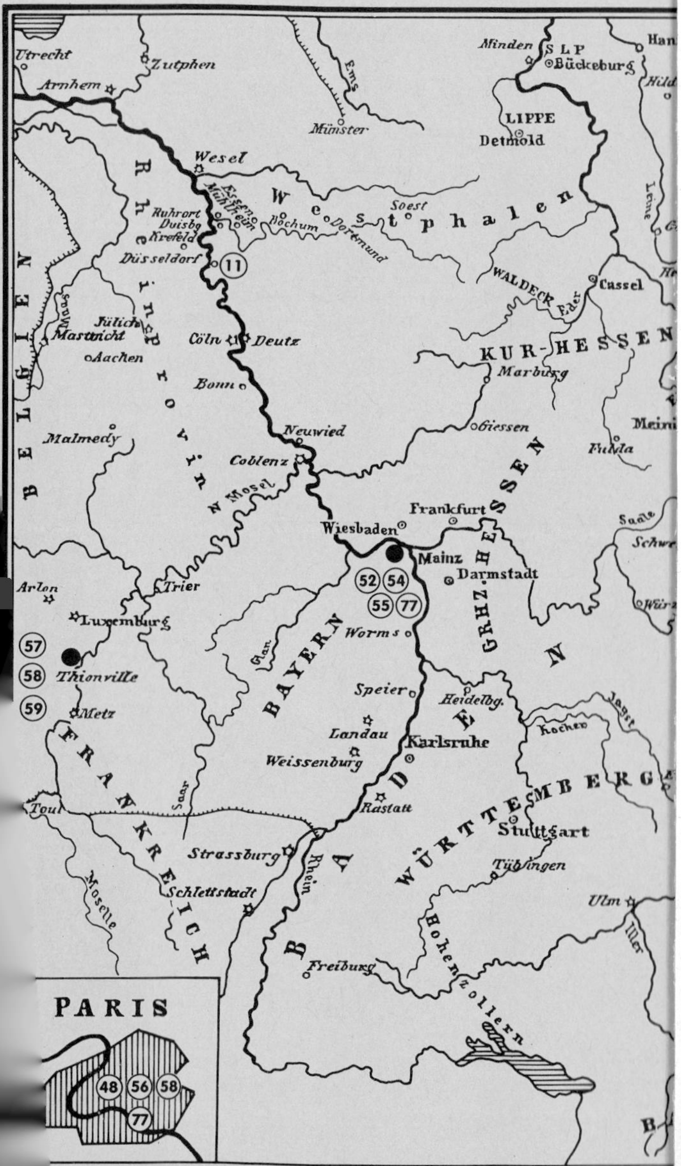

Schritt bemerke ich mehr und mehr, dass sich fremde Geister in dieses Werk geschlichen haben. Ich stosse auf Fäden, die ich nicht kenne, auf Spuren, die nicht von meiner Psyche, sondern von anderen Seelen stammen. Ich entdecke Münchmeyers wohlbekannte Stapfen und höre seine Schritte förmlich hallen. Sein rührseliges Schluchzen. Sein halblautes, verliebtes Lächeln. Das Tätscheln frischer Wangen. Die satte Deutlichkeit in der Beschreibung weiblicher Reize. Redewendungen, die nur ihm allein eigen waren."

Erst 1914 gelang es dem Verleger Dr. Euchar Albrecht Schmid, unter großen Opfern sämtliche Rechte an den fünf umstrittenen ‚Münchmeyer-Romanen' für den Karl-May-Verlag zu erwerben. In den 20er Jahren begannen er und seine Mitarbeiter, diese Erzählzyklen gewissenhaft bearbeitet in die Reihe der ‚Gesammelten Werke' einzubeziehen. Alle Texte wurden sorgfältig durchgesehen, der Handlungsverlauf begradigt, langatmige Schilderungen gekürzt, anstößige Stellen ausgemerzt, Widersprüche und Flüchtigkeiten getilgt. Stets lagen dabei als Richtschnur die Intentionen Mays zugrunde, wie er sie selbst in seinen Briefen und Privatdrucken nach 1900 geäußert hatte.

Der langjährige Mitarbeiter des Karl-May-Verlages, Franz Kandolf, ein glänzender Kenner des Mayschen Gesamtwerkes, hatte sich bereits Mitte der 30er Jahre um den nunmehr vorliegenden Band 74 bemüht. Er entschloß sich, mehrere Nebenhandlungen, die im *‚Fremden'* und *‚Buschgespenst'* keinen Platz fanden, in Form von Einzelerzählungen zu überarbeiten. Dabei brachte er auch die Heilmann-Episode zu einem befriedigenden Abschluß.[1] Der Ausbruch des Zweiten Weltkrieges verhinderte jedoch das Erscheinen der Kandolf-Fassung in Buchform.

Unsere Textversion versucht, Konsequenzen aus dieser Bearbeitungsgeschichte zu ziehen. Die Mitarbeiter sind den Anregungen Kandolfs gefolgt, wobei allerdings die Auflösung in Einzelerzählungen ausschied; denn die Struktur des

1 Abgedruckt in „Das Vaterhaus", Dresden-Niedersedlitz 1934/35.

Riesenromans, die Verschachtelung der verschiedenen Erzählstränge, sollte zumindest angedeutet und im Kleinen nachgebildet werden. Insofern erwies es sich als nützlich, auf die Gestalt des Detektivs Arndt zurückzugreifen, der bereits im ‚*Buschgespenst*' als Protagonist auftrat; durch einige Querverweise konnten ohne wesentliche Textveränderungen die Zusammenhänge hergestellt werden. Der Detektiv Arndt ist damit genauso die Zentralgestalt der Neubearbeitung wie Gustav Brandt im ursprünglichen ‚Verlorenen Sohn'. In der spannenden Geschichte, die Elemente des klassischen Detektivromans wie Analyse, Nachforschung und Rückschluß verwendet, stehen sich Arndt und als Widersacher der Wucherer Dorn sowie der „Pascherkönig" Naumann gegenüber. Hinter „Naumann" verbirgt sich der in der Erstfassung vorkommende Oberschurke des ‚Verlorenen Sohnes', Franz von Helfenstein, der ja bereits im ‚*Fremden aus Indien*' definitiv zur Strecke gebracht worden ist. Die Rolle, die ursprünglich die diversen Helfer der Hauptperson übernehmen, spielen in dieser Ausgabe Wilhelm Heilmann und Franz von Ansbach.

Insgesamt beschränken sich die Veränderungen und Ergänzungen auf das unumgänglich Notwendige. Die stilistische Durchsicht des Textes folgt den Prinzipien, die auch schon in den vorhergehenden Bänden der ‚Gesammelten Werke' angewandt worden sind.

Ziel der Bearbeitung war es, eine Leseausgabe zu erstellen, die den Absichten Mays und der nunmehr jahrzehntelangen Tradition des Karl-May-Verlages gerecht wird. Die erfreuliche Resonanz des Publikums auf die bisherigen Bemühungen spricht für sich.

Dr. Christoph F. Lorenz